DROEMER

Von Katharina Fuchs sind bereits folgende Titel bei Droemer erschienen:
Zwei Handvoll Leben
Neuleben
Lebenssekunden
Unser kostbares Leben
Der Traum vom Leben
Das Flüstern des Lebens

Über die Autorin:
Katharina Fuchs, geboren 1963 in Wiesbaden, verbrachte ihre Kindheit am Genfer See und in einer hessischen Kleinstadt. Nach ihrem Studium der Rechtswissenschaften in Frankfurt am Main und in Paris wurde sie Rechtsanwältin und Justiziarin eines daxnotierten Unternehmens. Katharina Fuchs lebt mit ihrer Familie im Taunus. »Zwei Handvoll Leben« und »Neuleben« basieren auf ihrer eigenen Familiengeschichte. »Der Traum vom Leben« ist nach »Unser kostbares Leben« und »Lebenssekunden« ihr jüngster Roman.

KATHARINA FUCHS

DER TRAUM VOM LEBEN

ROMAN

DROEMER

Besuchen Sie uns im Internet:
www.droemer.de

MIX
Papier | Fördert gute Waldnutzung
FSC® C083411

Eigenlizenz August 2024

Ein Imprint der Verlagsgruppe
Droemer Knaur GmbH & Co. KG, München

Redaktion: Heike Fischer
Covergestaltung: KRISTIN PANG
Coverabbildung: © Anna Rakhvalova / Trevillion Images,
Ulyana Naydenkova / Trevillion Images,
HiRock / Shutterstock.com, Paul shuang / Shutterstock.com
Satz: Adobe InDesign im Verlag
Druck und Bindung: CPI books GmbH, Leck
ISBN 978-3-426-30896-7

2 4 5 3 1

Es gibt Tage, da kann ich die salzige Butter des Briocheteigs auf der Zunge schmecken, den Geräuschpegel des Boulevards St. Germain hören, den Duft des Pariser Berufsverkehrs riechen. Wie duftet eine Stadt? Sicher ist jedenfalls: Wenn die Nacht sich vor dem Tag verneigt, steigt die Intensität der Gerüche und Paris zeigt ein anderes Gesicht. So viel Magie liegt an keinem Ort in der Luft wie in Paris.

Es kommt mir dann vor, als säße ich wieder auf einem der Bugholzstühle im Café de Flore, vor mir auf der Marmorplatte des kleinen runden Tischchens einen Café Crème double und eine der unvergleichlich luftigen und zugleich saftigen Brioches, die Aydin jede Nacht um vier Uhr anfängt zu backen.

Ich nehme das Gebäck in die Hand, sehe Männer in maßgeschneiderten Anzügen – dafür habe ich inzwischen einen Blick – auf ihrem Weg zur Métrostation vorübergehen. Übernächtigte Paradiesvögel in Paillettenkleidern, die aus einem Nachtclub oder einem Hotelbett zurück in ihr Arrondissement kommen. Mütter und Kindermädchen, die dunkelblau gekleidete Kinder zur Schule oder in den Kindergarten bringen. Kleinwagen der Marken Renault und Peugeot tuckern vor schwarzen Stretchlimousinen her. Und ich mag sogar den Pariser Berufsverkehr, denn er bildet einen der größten Gegensätze zu der Situation in meinem Heimatort. Die Mystik und Faszination der Stadt liegt in dieser besonderen Mischung.

»Avec ardeur«, pflegt Aydin zu sagen – mit Hingabe. Damit meint er seine innere Haltung, wenn er die herrlichen Backwaren für das Café herstellt. Ich schließe jedes Mal die Augen, wenn ich hineinbeiße, und weiß, dass er mir dabei zusieht. Wie gespannt er auf mein genießerisches »Hmmm« wartet. Aydin wurde in Marokko geboren und ist in Casablanca aufgewachsen, er hat in Lyon gelebt – und ist dennoch unter meinen Freunden der typische Pariser schlechthin.

Manchmal ärgere ich ihn ein wenig und spanne ihn auf die Folter, lasse ihn zappeln und sage sekundenlang gar nichts. Erst wenn ich ihn dann ansehe und ihm versichere, mich wie im Himmel auf Erden zu fühlen, lächelt er zufrieden.

Ich setze meine schwarze Sonnenbrille ab, ziehe meinen federleichten Kamelhaarmantel enger um die Schultern, werfe ein Alka-Seltzer in das Glas Wasser und frage ihn, was er nach Feierabend vorhat – bei ihm beginnt er schon um elf. »Dormir!«, lautet seine Antwort. Er legt beide Handflächen zusammen und bettet die Wange darauf. »Das würde dir auch guttun!« Dabei nickt er in Richtung der dunklen Ringe unter meinen Augen, die vorher verdeckt waren. Und wie immer schließt er die Frage an, ob ich ihm dabei Gesellschaft leisten wolle. Zwischen uns ist das okay, diese Art Geplänkel gab es von Anfang an, keiner von uns nimmt es allzu ernst. Später werden wir uns sowieso alle wieder in einem der angesagten Bistros treffen. Die ganze verrückte Truppe, zu der er aus irgendeinem Grund von Anfang an gehört hat, mit seiner wohltuenden Normalität. Vielleicht haben wir uns deshalb immer so seelenverwandt gefühlt – weil wir beiden Landeier da eigentlich gar nicht wirklich reinpassten. Und weil ich nur zu gut weiß, wie es sich anfühlt, jeden Morgen vor Sonnenaufgang mit der Arbeit zu beginnen. Aydin wird sich um vier Uhr nachts in seine Backstube verabschieden, während wir noch weiter ins Le Palace, Natasha, Les Bains Douches oder in eine andere der angesagten Pariser Discos und Nachtclubs weiterziehen. Außer an den Tagen, an denen ich gebucht bin. Außer während der Prêt-à-porter- und Haute-Couture-Schauen, außer während der Pariser Modewoche. Dann übe ich mich in eiserner Disziplin und gehe ohne Abendessen, ohne den kleinsten Schluck Alkohol um halb zehn ins Bett.

Das könnt ihr glauben oder nicht!

»Ich wünsche dir einen wundervollen Tag, belle Lou!«, sagt Aydin mit seinem charmanten Akzent. »Un jour magnifique, ma belle de nuit … belle de minuit!«, verbessert er sich und verschwindet danach in seiner Küche.

»Mitternachtsschönheit.«

In Paris nennen mich alle »Lou«. Obwohl ich Luise heiße.

Luise Jensen.

Ich mag die französische Version meines Vornamens, denn sie ist ein Zeichen meiner Verwandlung. Von dem viel zu lang geratenen, schüchternen Mädchen aus der norddeutschen Provinz mit der Narbe am Bein in eine echte Pariserin.

Ich denke gerne zurück an diese Zeit. Es war eine wahnwitzige, irre Epoche in Paris, als die Modemacher wie Pilze aus dem Boden schossen. Als an jeder Ecke plötzlich eine neue Boutique, eine neue Marke entstand, innerhalb einer einzigen Woche aus einer unscheinbaren Landpomeranze ein Star auf den Laufstegen der Modewoche werden konnte. Was man irgendwann im Gedächtnis behält, sind gar nicht die wichtigen Ereignisse, es sind nur noch die Momente. Es ist eine Farbe, eine Stimmung, ein Klang, eine Melodie oder nur ein Duft, der bleibt. Irgendwann werde ich mich zwar noch daran erinnern, dass ich mit zwei bildschönen Jungen auf der Dachterrasse der Galeries Lafayette stehe, kurz vor Sonnenuntergang, und eine helle Wolke hebt sich über Montmartre ab. Ich werde den Namen des zweiten Jungen vergessen haben, aber mich noch genau an die Umrisse der leuchtenden weißen Wolke erinnern, die hinter der Silhouette von Sacré-Cœur am Himmel hing, und an ihre Lichtreflexe auf den Dächern der Stadt, fein wie Perlmutt. Ich werde mich an ein opulentes Abendessen in einem Penthouse mit Blick auf die Seine erinnern, an den Geschmack von Cœur de filet de bœuf au poivre noir avec sauce béarnaise, daran, ein fließendes Seidenkleid von Gaultier direkt auf der Haut zu tragen, an das wunderbare Gefühl, gut gegessen zu haben und satt zu sein. Aber ich werde mich weder an den Mann, der mich einlud, noch daran erinnern, ob ich seine Erwartungen an diesen Abend erfüllt habe. Was mein Gedächtnis von jenen ersten Pariser Monaten am deutlichsten festhielt, das war die liebevolle Wärme, die Aydin aus seiner Backstube mitbrachte. Die Hingabe, mit der er mir seine selbst gebackene Brioche servierte. Die stolze Begeisterung von Jean-Luc, des Parisers, der mir seine geheimen Lieblingsplätze zeigte. Das fein gewobene Band ihrer unverbrüchlichen Freundschaft, die sie mir nie ganz entzogen, ganz gleich, was ich tat und zu was ich mich überreden ließ. Das ist es, was ich für immer behalten werde.

Im Nachhinein kommt mir dieser Abschnitt meines Lebens vor wie ein Zauber – und das, was folgte, wie ein Traum.

Ich glaube, bevor alles in Vergessenheit gerät, ist es an der Zeit, dass jemand euch meine Geschichte erzählt – am besten von Anfang an. Die Chronistin hat versprochen, dabei objektiv zu bleiben, so kann sich jeder sein eigenes Bild machen.

1

Ostfriesland, April 1992

Luise erwachte noch vor der Dämmerung und schlug sofort die Decke zurück. Bliebe sie noch länger liegen, käme sie auf dumme Gedanken, und gerade das Denken vor der Morgendämmerung wollte sie vermeiden. Denn sobald sie über ihr Leben nachdachte, verlor sie sich leicht in Wünschen und Sehnsüchten, die ihre Mutter nur als Flausen bezeichnet hätte.

Sie hielten keine Hühner mehr, und ihr kleiner Hof war so abgelegen, dass nicht einmal die Hahnenschreie von anderen Bauernhöfen zu ihnen herüberhallten, die sie dazu brachten, aufzustehen.

Dann lag man da, lauschte auf die Stille, wo man doch wusste, dass es hier draußen nie ganz still war. Man glaubte es nur. Aber es gab Geräusche. Meistens prasselte Regen aufs Dach, knisterte der Wind im Gras, schlug ein Ast an einen Stamm, raschelten Zweige, wenn kleine nachtaktive Tiere hindurchschlüpften. Alles lebte, alles war in Bewegung, auf der Suche nach Futter oder Material für den Nestbau, dem Selbsterhaltungstrieb folgend. An diesem Morgen pfiff der Wind durch die Ritzen. Luise begann zu frieren.

Genau aus dem Grund hatte sie gleich die Decke zurückgeschlagen. Sie schwang die Beine aus dem Bett, tastete mit den nackten Füßen nach ihren Pantoffeln.

Wie jeden Tag hatte sie ihr innerer Wecker um fünf Uhr aus dem Schlaf geholt. Und jetzt begann ihr Arbeitstag.

Sie stand auf, zog die gerippte Unterwäsche an, schlüpfte in den sackartigen blauen Overall, band sich den Gürtel fest um die Taille und warf einen Blick in den Spiegel. Das blasse Gesicht mit den blonden, kaum sichtbaren Augenbrauen und Wimpern war so was von nichtssagend! Sie sah aus wie eine Bäuerin, nicht mehr und nicht weniger! Nur dass sie selbst dafür viel zu groß geraten war. Mit den Handflächen strich sie über das feste Köpergewebe des neuen Blaumanns. Männerkleidung – alles andere war ihr an Armen und Beinen zu kurz. Sie würde ihn sich enger nähen müssen, wie alle Kleidungsstücke. Abnäher sahen ordentlicher aus, als wenn sie Stoffborten an den Hosenbeinen annähte – und auf Ordnung legte ihre Mutter besonderen Wert. »Örnung und Süverheid«, wurde sie niemals müde, ihnen zu predigen, »sind dat A und O.« Luise musste sich jedes Mal zusammenreißen, damit sie nicht laut mitsprach. Sie wollte ihre Mutter auf keinen Fall verhöhnen, das hatte sie nicht verdient! Die liebe Moder, die immer nur schuftete. Aber ihre Sprichwörter, Redensarten und Bauernregeln, die sie und Grootmoder Lina zu jeder Gelegenheit herunterbeteten, brachten jeden auf dem Hof hin und wieder auf die Palme.

Als sie den Kopf einzog und die enge Treppe hinunterstieg, hörte sie schon ein Klappern und das Pfeifen des Kessels auf dem Herd. Ihre ganze Kindheit lang war die Küche von frischem, selbst angesetztem Sauerteigbrot aus dem Ofen und starkem Ostfriesentee erwärmt worden. Der Duft der Brotkruste war früher durch das ganze Haus gezogen. Inzwischen fehlte ihrer Mutter die Zeit zum Backen, und es gab meistens Schnittbrot aus der Metro. Immerhin ein schnelles Frühstück, bevor es in den Stall zum Melken ging.

»Moin moin, Moder.«

»Moin moin, Luise.«

Die alte Katze saß auf dem Fensterbrett und starrte hinaus in die Dämmerung. Sie hatte die Schulterblätter hochgezogen und die Ohren angelegt. Ihre ganze Haltung drückte eine Art Unbehagen aus. Der Wind rüttelte so stark am Fensterrahmen, dass das Glas fast aus dem brüchigen Kitt sprang.

»Gleich gibt's frische, warme Milch, Missi!«, flüsterte Luise ihr mit weicher Stimme zu. Bis zu ihrem sechsten Lebensjahr hatte sie nichts außer Plattdeutsch gelernt – und keine einzige Autobahn gesehen. Erst in der Grundschule wurde ihr Hochdeutsch beigebracht. Inzwischen sprachen sie zu Hause fast alle eine Mischung aus beidem, bis auf Grootmoder Lina, die am »Plattdüütschen« festhielt, in tief verwurzeltem Misstrauen gegen alles Neue.

Zärtlich strich Luise über das stumpfe Fell der Katze.

»Missi macht mir Sörgen!«, sagte sie, an ihre Mutter gewandt. »Man sieht jede einzelne Rippe hervorstechen, und ihr Fell geht aus.« Zum

Beweis hielt sie ein kleines graues Haarbüschel aus ihrem Rücken hoch.

»Se is mager as 'n Stück Holt!«

Ihre Mutter drehte sich zu ihr um und schüttelte den Kopf. »Du und dien Deren! Wir hebben über dreißig Katzen auf dem Hof, und du machst dir Sorgen um das einunddreißigste Exemplar. Missi is old, se quält sich nur noch. Wir sollten ihr eine Spritze geben lassen, wenn der Tierarzt dat anner Mal up de Hof kommt.«

»Eine Vitaminspritze?«, fragte Luise mit unschuldiger Miene, obwohl sie genau wusste, was ihre Mutter meinte.

Auch Dörte Jensen war, wie die meisten Frauen hier, hochgewachsen, einen Meter siebzig groß, breite Schultern von der harten Arbeit. Die blonden Haare, Wimpern und Augenbrauen hatte sie mit Luise gemein. Als Luise mit dreizehn schon alle Kinder ihrer Klasse um einen Kopf überragte, hatten ihre Eltern begonnen, in ihren Ahnenreihen zu forschen, und eine entfernte Tante ausfindig gemacht, die stattliche einen Meter sechsundsiebzig groß gewesen war – vor vierzig Jahren eine Seltenheit. Doch Luise hörte auch nach eins sechsundsiebzig und ihrem vierzehnten Geburtstag nicht auf zu wachsen. Die Striche am Türrahmen, die wie bei so vielen Familien das Gedeihen der Kinder dokumentierten, hatte ihr Vater irgendwann aufgehört zu ziehen. Inzwischen war sie siebzehn, einen Meter sechsundachtzig groß und hatte trotz der »goden Utsicht von daar boven«, wie ihr Vater sie allzu häufig aufzog – der guten Aussicht von da oben –, nichts von der Welt gesehen außer den Torfwiesen, den kunstgedüngten Feldern um ihren Hof herum und dem nächstgelegenen 400-Seelen-Dorf.

»Missi ist die Ururgroßmutter von mindestens fünfzig Kätzchen und Katern. Du wolltest doch auch nicht, dass deine Ururenkel dich irgendwann einmal vor die Tür setzen, nur weil sie en Bült Minsken in de Hüttspott … weil sie das Haus voll haben.«

»Dat kann man doch nich verglieken!«

Die Katze Missi stand auf, machte einen Satz zu Luise auf die Eckbank und stieß sie sanft mit dem Kopf an.

»Und ob man dat vergleichen kann!«

Luise schnitt sich eine Scheibe Brot ab, schmierte sich die billige

Nussnougatcreme aus dem Großmarkt darauf. Sie warf zwei Stücke weißen Kandis in ihre Tasse, die beim Einschenken des heißen Tees immer so herrlich knisterten und dem Tee die leckere Süße gaben. Dann goss sie einige Tropfen dickflüssige Sahne dazu. Sie nahm die Tasse in beide Hände, trank einen Schluck, schloss die Augen und war sich in diesem Moment bewusst, dass sie niemals etwas anderes zum Frühstück trinken wollte: Am Anfang kam die cremige und etwas kühlere Sahneschicht, gefolgt vom herben Geschmack des Ostfriesentees, gekrönt von der Süße am Schluss.

Sie öffnete wieder die Augen und biss in ihr Brot. Auf dem Tisch lagen ein ausgefüllter Lottoschein, Vaders halb leere Zigarettenpackung, ein gelbes Feuerzeug, das Kreisblatt, auf dessen erster Seite über das Feuerwehrfest berichtet wurde.

»Es ist nichts anderes, als wenn wir zu de Oma sagen würden: Wir brauchen nu die Einliegerwohnung, Grootmoder, die könnten wir gut verhüren. Du büst unnütt, und wir laten di nu einschläfern.«

»Luise!« Die Stimme ihrer Mutter klang ungewohnt schrill. Sie knallte den Kessel auf den Topfuntersetzer. »Dat geiht to wied!«

»Ist doch wahr!«

Luise klappte das Brot zusammen und sprang auf. »Ich fange besser mal mit dem Melken an. Is Vader schon im Stall?«

»Klaar, und Jakob auch.«

Jakob war Luises älterer Bruder.

Zum Abschied streichelte sie der alten Katze über den Rücken, und diese schmiegte sich an ihre Hand. »Bleib schön nah an der Heizung, Missi«, flüsterte sie leise.

Die schweren Arbeitsschuhe in Größe 43 an den Füßen, lief sie über den durchgeweichten Hof, machte sich nichts aus den Pfützen und sah dabei in die Ferne zu den Pappeln. Wie tintenschwarze Zähne ragten sie in den Himmel, der eine fast unwirkliche Färbung annahm. Endlich waren die Tage wieder länger, und sie begannen die Arbeit nicht mehr in tiefster Nacht. Sie liebte die Blaue Stunde, wenn sich der Schein der ersten Dämmerung mit dem Licht des untergehenden Mondes vermischte. Luise legte den Kopf in den Nacken, atmete tief die kühle Luft ein. Sie schmeckte frisch und prickelte in ihren Lungen. Der Wind fuhr ihr ins Gesicht, fegte das letzte bisschen Schläfrigkeit fort – und ihr Stallkopftuch.

Endlich hatte der Dauerregen aufgehört! Die Wege zu den Feldern hatten an vielen Stellen einem Flussbett geglichen. Es war gar nicht daran zu denken, die Saat für das Sommergetreide auszubringen. Frühlingshochwasser gehörte, seit sie denken konnte, zu ihrem Leben wie Hitzeperioden im Hochsommer und Gewitter mit Platzregen während der Erntezeit. Eiseskälte mit Frostbeulen im Winter. Der Jensenhof stand auf Endmoränenland, und das konnte mehr Eis und Wasser ab, als sie in ihrem Leben jemals sehen würden. Und doch war das Wetter ein nie enden wollendes Thema.

»Die Klaag is des Buur Grööt!«, hieß es dazu am Dorfstammtisch von den wenigen, die nicht von der Landwirtschaft lebten. Die Klage ist des Bauern Gruß. Allein das dauernde Trommeln auf den Dachschindeln, die mit Steinen beschwert waren, damit der Wind sie nicht davonriss, hatte in den letzten Wochen auf die Gemüter aller Familienmitglieder gedrückt.

Seit heute Nacht peitschte der Westwind die dunklen Wolkenberge vor sich her und pfiff sogar durch die Holzlatten des Stalls, in dem es sonst immer warm war. Als sie die Tür öffnete, riss ihr eine Böe den Eisenschieber aus der Hand und knallte die Bretter gegen die Wand, dass diese bebte. Mit aller Kraft stemmte sich Luise gegen den Sturmausläufer, um die Tür – nun so schwer wie ein Mühlstein – langsam wieder von innen zuzuziehen und zu verriegeln. Dann wischte sie sich die Haarsträhnen aus dem Gesicht. Verschwunden war das Kopftuch, das ihr draußen der Wind vom Kopf gezerrt hatte. Vollkommen sinnlos, danach zu suchen. Längst hatte es die Böe Hunderte Meter weit fortgetragen. Sie zog das Gummi aus dem zerzausten Zopf, strich sich die Haare straff nach hinten und zurrte sie zu einem festen Knoten.

Dann ging sie weiter in den Stall und sah nach den Kühen. Seit sie die neue Melkmaschine angeschafft hatten, sparten sie Zeit. Doch die Anschaffungskosten hatten sich bei ihren fünfundzwanzig Kühen noch lange nicht rentiert, der Kredit war kaum abbezahlt. Mehr als fünfundzwanzig Kühe wiederum gab der Stall nicht her. Die zu niedrigen Milchpreise stellten das Dauerthema bei ihren Mahlzeiten dar, das bei allen stets für eine herrlich schlechte Laune sorgte.

»Na, Frida, bist du schon fertig?«, fragte Luise die Schwarzbunte, die ihren Kopf durch die Eisenstangen im Melkstand steckte und geduldig wartete. Zur Antwort leckte ihr Frida über beide Hände. Frida war ihr Liebling, geduldig und gutmütig. Außerdem ein besonders reinliches Tier, wie Luise fand. Sie achtete immer darauf, sich nicht in die eigenen Fladen zu legen. Nur als Luise einmal auf ihr reiten wollte, hatte sie sich geweigert. Für einige Zeit war die Freundschaft damit ausgesetzt, und Luise hatte begonnen, für ein Ponyfohlen zu sparen, wozu ihr bisschen Geld niemals reichen konnte. Nur für ein zu schwaches, kränkliches vielleicht, und das erlaubte ihr Vater nicht.

»Heute Abend bössel ich dich noch fein, freust du dich?« Luises Stimme nahm die weiche Tonlage an, in der sie immer mit den Tieren sprach. Manchmal striegelte sie die Kühe mit einer Nylonbürste. Einige hatten das gern und hielten dabei ganz still. Auch die Katzen wurden seit jeher von ihr gebürstet. Es war einer der Gründe, weshalb ihre Mutter darauf verfallen war, eine Friseurlehre könnte für ihre jüngere Tochter das Richtige sein. Die Katzen genossen ihre Behandlung besonders, weil sie Flöhe hatten, auf die Luise sie ausgiebig mit einem Staubkamm untersuchte. Zum Glück waren es keine Flöhe, die auf Menschenblut aus waren. Gelbliche große Tiere, die wie Käfer aussahen und eher krabbelten als sprangen. Die Kühe hatten kein Ungeziefer.

Luise stieg über die Metallstangen und bückte sich zu Fridas Euter, um die Sauger von den Zitzen zu nehmen. Wenn ihr Vater morgens um fünf in den Stall kam, führte er Frida immer als Erste in den Melkstand. Danach begann er mit den Stallarbeiten, und Luises Aufgabe bestand darin, den anderen Kühen nach und nach die Melkmaschine anzulegen. Das neue System pumpte die Milch über eine fest installierte Leitung in den Kühltank, ohne dass sie erst umständlich aus den Eimern umgefüllt werden musste. Damit sparten sie sich Arbeitsgänge, und die neuen Hygienevorschriften wurden auf das Genaueste eingehalten.

Jetzt fuhr ihr Vater auf seinem kleinen Schaufelbagger an Luise vorbei und rief: »Moin moin! Na, betüttelst du schon wieder deine Frida? Kieck mal, die anderen werden ungedürig!«

»Moin moin, Vader!«

Ihr Vater war ein stattlicher Mann mit dem typischen Ostfriesengesicht – gerötet, vage freundlich und mit jugendlich fülligem, aber grauem, gescheiteltem Haar, das er häufig zur Seite strich. Bei der Arbeit trug er immer eine blaue Kapitänsmütze auf dem Kopf.

Er hatte recht! Hinter Frida wartete bereits die nächste Kuh, und sie wirkte wirklich unruhig, muhte, scharrte mit dem Huf. Frida hingegen hatte es nicht im Geringsten eilig. Luise rieb ihre Zitzen vorsichtig mit Melkfett ein. Nachdem sie losgebunden war, schlenderte Frida ganz gemächlich und fast aufreizend langsam von allein zurück in den Laufstall. Die mächtige Schwarzbunte dahinter schlug den Vorderhuf auf den Zement, dass es knallte und die Funken sprühten. Irgendetwas stimmte nicht mit ihr.

»Du hast es aber heute ielig, Mathilde!« Luise gab ihrer Stimme einen beruhigenden Klang und breitete ganz langsam die Arme aus. »Was ist denn bloß los mit dir, bist du mit dem falschen Fuß aufgestanden, oder ist es de Störm, der dich so aufregt?« Das riesige Tier muhte wieder laut, setzte seinen massigen Körper in Bewegung, und Luise sprang rasch zur Seite, als es unerwartet wild auf sie zustürmte. Auch während sie ihr die Melkmaschine anlegte, war Mathilde unruhig und stampfte immer wieder mit dem Vorderlauf auf. Luise wollte ihn anheben, um nachzusehen, ob sie sich etwas eingetreten hatte, doch die Kuh gab ihr den Fuß nicht.

Luise sah auf ihre Armbanduhr. Um Punkt sieben musste sie im Friseursalon sein, bis dahin hatte sie alle Kühe fertig zu melken, sich selbst zu waschen, zu kämmen und umzuziehen.

»Vader?«, rief sie und sah sich um. Doch er war schon wieder ans andere Ende des Stalls gefahren und rangierte dort mit seinem kleinen Bagger, sodass er sie nicht hören konnte. Es war nicht ganz einfach, Mathilde wieder aus dem Melkstand zu bugsieren, und so wie sich die Kuh heute anstellte, war Luise dankbar für ihre Stahlkappen auf den Schuhspitzen. Ihr hatte schon mit fünf ein Rind auf dem Fuß gestanden, die Erfahrung reichte fürs ganze Leben. Als alle Kühe fertig waren, füllte sie rasch eine Kanne frischer Milch aus dem Tank ab, um sie ihrer Mutter zu bringen. Dann suchte sie ihren Vater, fand aber nur Jakob, dem sie im Gehen zurief: »Mathildes rechter Vorderlauf scheint nicht in Ordnung zu sein. Sagst du es Vader?«

»Hm«, brummte er, ohne aufzusehen. »Wie viele Dauerwellen hast du heute?« Sie drehte sich noch einmal zu ihrem Bruder um. Sein Gesicht war hell, die Konturen vom niedersächsischen Wind geschliffen, und ähnelte denen auf Porträts alter flämischer Meister. Ein Michelgesicht, hatte ihre Mutter es immer genannt, in Anspielung auf Michel aus Lönneberga und dessen Streiche, denen Jakobs täglicher Unfug in nichts nachstand.

»Heute gibt es hoffentlich keine Dauerwellen, wir üben heute nämlich für die Show. Und zwar Farbe und Kurzhaarfrisuren.«

Jakob stützte sich auf den Griff der Mistgabel und sah sie an. Seine weit auseinanderstehenden blauen Augen hatten den typischen fragenden Ausdruck. Seit sie denken konnte, stellte ihr Bruder Fragen, immer nur Fragen.

»Was für eine Show?«

»Die Frisurenshow mit Wettbewerb in Bremerhaven. Stell dir vor, der oder die Gewinnerin von allen achtzig Salons wird sogar nach Hamburg ins Hotel Atlantic eingeladen.«

»Hamburg bei Schleswig-Holstein?«

»Na, wo denn sonst, du Törfkopp? Kennst du ein anderes Hamburg?«

»Hm.«

Luise verdrehte die Augen und winkte ab. »Aber es gibt zu viele Bewerber, da haben wir sowieso keine Chance.« Dann, als sie schon losrennen wollte, fiel ihr noch etwas ein, und sie setzte ein schmachtendes Lächeln auf. »Meinst du, du könntest Imke fragen, ob sie sich als Modell zur Verfügung stellt? Sie bekommt auch einen tollen Haarschnitt – ganz umsonst!«

Imke war Jakobs erste feste Freundin, eine hübsche Sechzehnjährige mit überschulterlangen glatten Haaren, und allein bei der Vorstellung tippte er sich an die Stirn. »Imke mit kurzen Haaren? Bei dir piept's wohl?«

»Man kann ja mal fragen!« Luise lief los und rief noch einmal über die Schulter: »Vergiss nicht Mathildes rechten Vorderlauf!«

Eine halbe Stunde später stand sie in Gittes Friseursalon und schüttete Peroxid in eine kleine Schüssel. Sie verrührte es mit der Farbe, schob den Holzperlenvorhang beiseite und stellte sich hinter den Frisierstuhl, auf dem ihre erste Probandin saß, ohne von diesem besonderen Status etwas zu ahnen. Ilse Detlefsen trug die Haare noch immer hochgesteckt, genau wie früher – und wie fast alle Leversdorfer Frauen, die sich bisher standhaft gegen Gittes Gestaltungswut zur Wehr gesetzt hatten. In dem runden Spiegel, der mit einer Girlande aus Plastik-Margeriten dekoriert war, trafen sich Luises und Ilse Detlefsens Blicke. Heute würden die zwei Trockenhauben des Salons ausnahmsweise unbenutzt bleiben. Luise setzte die Sohle ihrer Klappsandalen auf den Fußhebel und sah zu, wie die kleinwüchsige Frau höher und höher wanderte. Luises Körpergröße machte es erforderlich, nahezu neunundneunzig Prozent aller Leversdorfer hochzuliften. Ilse Detlefsen hatte zusätzlich noch eine Kindersitzerhöhung unter dem Po. Ihr rundlicher Körper war in einen der neuen Wickel-Kimonos gehüllt, in trendigem Schwarz.

»Und, Froo Detlefsen? Klaar für dat neje Farv?«, fragte Luise betont munter, um der Wirtin des Moorbachhofs auch noch den letzten Zweifel zu nehmen. »Se worden sehn, Chocolate Cherry maakt Se zu einem ganz nejen Minsk. Es is genau de recht Klöör to hör Teint un deckt dat gries Haar ab.« Luise war tatsächlich sicher, dass der neue Farbton genau der richtige für den Teint der Kundin war und deren hellgraues Haar abdeckte.

Sie wusste, dass sie bei Ilse Detlefsen keinen Fehler machen durfte. Sie war die Erste, die sich traute – neue Farbe, neuer Schnitt. Eine halbe Stunde hatten sie gemeinsam die Farbkarte der Rottöne studiert, die sich die brünette Gastwirtin partout wünschte, und das schrille Kupferrot hatte sie ihr nur mit Mühe ausreden können. Den warmen Braunton mit einem schwachen rötlichen Hauch, den sie stattdessen gewählt hatten, bekäme heute Abend sogleich der Mittwochs-Stammtisch zu Gesicht. Wenn er nicht gefiel, würde sich die Nachricht über ihre Missetat wie ein Lauffeuer im gesamten Dorf und auf den umliegenden Höfen verbreiten. Ginge es nach ihrer Mutter, wäre dies eine Todsünde. »Hang de Lüü nix in de Hals!«, lautete eines ihrer liebsten Sprichwörter. – Gib anderen keinen Anlass zu Klatsch und Tratsch!

Während Luise routiniert mit dem Stielkamm Scheitel für Scheitel durch die brünetten Haare zog, die Farbe gleichmäßig aufpinselte, begann sie mit »dat Prootje«. Der Kunst des kurzweiligen Gesprächs, dem »Snack«, den sie inzwischen ziemlich gut beherrschte und von dem so manche

Kundin wusste, dass sie nahezu die gleiche Mühe darauf verwendet hatte, ihn zu erlernen, wie auf das Friseurhandwerk. Denn als Kind hatte Luise nur mit ihrer Familie und ihren Tieren gesprochen. Gegenüber Fremden war sie steif wie Holz gewesen. Inzwischen war ihr spät entdecktes Kommunikationstalent ein Segen für ihren Beruf.

Stießen eine Wirtin und eine Friseurin aufeinander, begegneten sich zwei Meistervirtuosen desselben Fachs.

»Wat maken de Kinner?«, fragte Luise genau im gleichen Moment, wie Ilse Detlefsen den Satz sagte: »Wat maken de Ollen?«

Sie sahen sich kurz in die Augen, dann setzten beide neu an: »All good toweeg?« Synchron verließen die Worte ihre Münder. Luise tippte Ilse Detlefsen leicht an die Schläfe, damit sie den Kopf zur Seite neigte, holte Luft und führte die Unterhaltung auf reinstem Plattdeutsch fort: »Hat mit de Beerlevern diesmal all geklappt?« Ob mit der Bierlieferung alles geklappt habe. Im gleichen Moment fragte Ilse Detlefsen: »Gibt de Brita weer Melk?« Ob Brita wieder Milch gebe.

Es war, als würden sie beide eine Liste abarbeiten. Ilse Detlefsen verhielt sich so, als stünde sie hinterm Tresen, spüle Gläser oder zapfe Bier und frage die Gäste nach den Kindern, Kühen, Schweinen, Hühnern – wobei sie bei jedem Bauer genau wusste, welches Viehzeug er hielt, und die meisten sogar mit Namen kannte. Nach de Rapssaad, Rapssaat, Kartuffeln, Rööv, Rüben, ganz wichtig: de Gröönkohl, de dartig, den dreißig Katzen und Oma Lina. Sie gab Kommentare ab wie: »Slimm mit de Pladderregen, hatten wir dat lest Maal de Februar 1987 – und dabei kien Spur von Fröst.« Solche Kommentare kamen an bei den Bauern! Die meisten von ihnen fühlten sich bei ihr gut aufgehoben, wenn sie vor ihrem Tresen saßen. Denn ihr Gedächtnis für das Wetter jedes einzelnen Monats in den letzten zwanzig Jahre zeigte, wie sehr man Ilse Detlefsen vertrauen konnte und dass sie eine von ihnen war.

Luise fragte die Wirtin nach dem »platten Reifen am Sprinter«, »de Water in de Klunten, hörs Swegermoder«, dem Wasser in den Beinen der Schwiegermutter, »de vorzeitige Wehen hörs Swegerin«, welche bis dato Vorsitzende des Landfrauenvereins war, »dat Befinnen de Bellmer van Hund«, des Hofhunds. Sie fanden ihren Rhythmus zwischen Fragen und Gegenfragen wie bei einem einstudierten Tanz, und schließlich kam Luise zum Höhepunkt jeden Schnack-Repertoires einer Friseurin – den Urlaubsplänen: »Woll Pläne? Oder woll al gebokt?« Alles gebucht?

Die Gastwirte waren privilegiert, deshalb unterhielt sie sich besonders gerne mit Ilse Detlefsen über dieses Thema: Sie besaßen keinen Hof, konnten die Gastwirtschaft zuschließen und verreisen.

»Dit Jahr Teneriffa.« Die Wirtin öffnete mit der unbewegten Miene einer Königin den Reißverschluss ihrer großen Handtasche und holte einen Prospekt heraus, als sei sie auf die Frage vorbereitet gewesen. Luise beugte sich über ihre Schulter und besah sich die Fotos der Hotelanlage mit Poollandschaft, weißen Plastikliegen, Palmen und gelbem Sandstrand. Verwundert stellte sie fest, wie wenig Fernweh der Anblick in ihr auslöste, wartete einen Moment und legte eine Hand auf die Brust. Aber da war nichts, kein Pochen, kein Sehnen nicht das kleinste Gefühl. Hätte Ilse Detlefsen den Eiffelturm oder die London Bridge auseinandergefaltet, wäre sie aus dem Schwärmen nicht mehr herausgekommen. Das war es, was sie wollte, wovon sie träumte: die Großstädte Europas besuchen. Einmal hätte es fast schon geklappt, bei einem Schüleraustausch mit einer englischen Schule nahe London. Aber dann hatte sie absagen müssen, weil die Fahrt in die Erntezeit gefallen war und sie auf dem Hof gebraucht wurde.

Sie stellte die Uhr, legte Ilse Detlefsen einen Stapel Hefte des Lesezirkels auf die Ablage unter dem Spiegel, fragte: »Koffje as immer, Froo Detlefsen?«, und ging die Schüssel mit den Farbresten spülen.

»Und? Hast du noch ein paar Modelle auftreiben können?«, raunte Gitte mit gedämpfter Stimme in dem kleinen Raum hinter dem Perlenvorhang. Luises Chefin war um die vierzig und steuerte den kleinen Friseursalon seit zehn Jahren durch alle Höhen und Tiefen der deutschen Konjunktur. Sie legte die aktuelle *Brigitte* mit den neuesten Vorher-nachher-Bildern vor sie auf die Arbeitsfläche. Luise trocknete sich die Hände ab und besah sich die Fotostrecke, die die Verwandlung eines Mädchens mit langen dünnen Haaren zu einem androgynen Geschöpf dokumentierte.

»Das wollen Sie genau so umsetzen, Chefin?« Mit der Chefin sprach sie Hochdeutsch, denn diese kam aus Bielefeld, und es hatte sie nur aufs niedersächsische platte Land verschlagen, weil sie auf eine Heiratsannonce des Leversdorfer Dachdeckermeisters geantwortet hatte. »Gitte, meine ich.« Sie verbesserte sich, denn sie wusste, dass ihrer Chefin der Vorname als Anrede lieber war. Die Grammatik, die Vokabeln, auch die hochdeutsche Betonung hatte Luise erst in der Grundschule gelernt, aber sie saßen.

»Ich glaube nicht, dass ich eine finde, die bereit ist, sich den Nacken ausrasieren zu lassen.«

Sie tippte auf den langen zur Seite gekämmten Fransenpony des Models im Heft, der ein Auge des Fotomodells halb verdeckte. »Und das ist doch viel zu unpraktisch, damit kann man ja gar nichts mehr arbeiten, ohne immer ein bis zwei Haarklemmen zu benutzen.«

»Jetzt geht es nicht um ›praktisch‹, jetzt geht es um ›Glamour‹!« Das Wort »Glamour« sprach Gitte auf deutsch aus. Sie legte den Kopf schief und zwinkerte theatralisch mit ihren schwarz getuschten Wimpern. »Aber wir könnten das Deckhaar auch etwas länger lassen.« In ihrem runden Gesicht zeigten sich die Grübchen, die Luise jedes Mal verdeutlichten, wie sehr sich ihre Chefin ihrer eigenen Übertreibung bewusst war. Wie immer war ihr Teint leicht überschminkt, mit zwei Nuancen zu dunkler Foundation, pflaumenfarbenen Rouge-Dreiecken unterhalb der Wangenknochen, die diese schmaler wirken lassen sollten, und die »Smokey Eyes« fehlten nie. In ihrem fransigen Pony prangte eine pinkfarbene Strähne. Sie war der festen Überzeugung, dieses Styling ihren Kunden und Kundinnen schuldig zu sein. Kein Trend, keine Mode, und war sie auch noch so flüchtig, dürfe ungenutzt an ihr vorbeiziehen. Ob diese Einstellung für die Besitzerin eines Dorfsalons ungewöhnlich war, wusste Luise nicht zu beurteilen, denn sie hatte noch keinen anderen Friseurladen von innen gesehen. Aber sie ahnte es, da bisher kaum eine der Kundinnen einen von Gittes Trends übernommen hatte. Ihr Alltag bestand aus Dauerwellen, Waschen, Legen.

»Und das da nennen Sie Glamour?«, fragte Luise, sprach das Wort englisch aus und konnte mit ihrer Meinung nicht hinter dem Berg halten. »Für mich sieht das eher nach einer Mangafigur aus.«

»Das ist der neueste Schrei aus Paris, Luise!«

Gitte wusste ziemlich genau, womit sie Luise ködern konnte.

»Paris!« Allein der Name der Modehauptstadt vermochte jeden

Zweifel im Keim zu ersticken. »Sieh mal hier. Die Modelle sehen genauso aus.«

Sie drehte sich nach einem dicken Hochglanzkatalog um, der in einem überfüllten Regal zwischen Farbcremes und Karten mit Haarmustern lag. Wie von selbst blätterte er auf einer bestimmten Seite auf, wie es der Fall ist, wenn sie zuvor schon häufig aufgeklappt wurde. Die Mädchen auf den großformatigen Farbfotos steckten in Lederjacken und Hosen, die mit Sicherheitsnadeln zusammengehalten wurden. Und tatsächlich trugen sie fast alle den gleichen asymmetrischen Haarschnitt. Das Deckhaar auf der einen Seite etwas mehr als kinnlang, auf der anderen Seite kürzer und hinter das Ohr gekämmt, das voller Piercings war.

»Das ist voll im Trend. Damit schießen wir in Bremerhaven den Vogel ab, Luise!«

Luise seufzte. »Trotzdem wird das hier niemand freiwillig mit sich machen lassen, Gitte.«

Sie merkte, wie ihre Chefin sie anstarrte, drehte sich um, nahm die Kanne mit dem Filterkaffee von der Wärmeplatte und füllte eine Tasse. Während sie ein Plastikdöschen Kaffeesahne auf die Untertasse legte und alles auf ein kleines, rundes Tablett stellte, ruhte Gittes Blick noch immer auf ihrem langen blonden Pferdeschwanz. »Es gibt einen Ausweg, er ist direkt vor meiner Nase.«

Luise schüttelte ganz langsam den Kopf, ohne Gitte anzusehen. »Denken Sie nicht mal dran, Chefin!« Sie drehte sich um, schob den Perlenvorhang zur Seite und brachte Ilse Detlefsen ihren Kaffee.

Um acht Uhr fünfunddreißig fragte sie die Wirtin: »Und, Froo Detlefsen? Seen se, wie die neje Farv Ihre blauen Augen schienen lett?« Wieder begegneten sich ihre Blicke im Spiegel. Ilse Detlefsen hatte früher den Ruf innegehabt, die schmuckste Frau von Leversdorf zu sein, das wusste Luise von ihrer Mutter. Damals war die Tochter des Wirts vom Moorbachhof zwar nicht größer, aber viel schlanker gewesen. Jetzt, mit achtundvierzig Jahren, konnte man die frühere Schönheit nur noch erahnen. Der altbackene Schnitt, die grauen Haare hatten sie nicht eben attraktiver werden lassen, fand Luise. Aber mit den frisch gefärbten sah sie schon interessanter aus.

»Klaar für dat neje Schnitt?«

»Ik weet, dat ik up di an kann!«, sagte die Wirtin und nickte ihr zu. Es ging um Vertrauen, das wusste Luise. Sie hob die Schere und atmete tief ein: Schnipp – war die erste lange Strähne ab.

Neun Kunden und Kundinnen später, um sechzehn Uhr fünfundvierzig, saß Luise selbst auf dem ganz nach unten gefahrenen Friseurstuhl und sah zu, wie die Strähnen ihrer eigenen Haare auf den braunen Kachelboden fielen. Hell und dicht wie Gänsedaunen.

»Klar für den neuen Schnitt?«, hatte Gitte gefragt, und eh sie antworten konnte, war die erste lange Strähne ab gewesen. Luise begann, auf den Lippen zu kauen, während sich ihr Blick auf das bleiche Gesicht im Spiegel richtete. Im Gegensatz zu ihrer Chefin Gitte hatte sie hohe, hervorstehende Wangenknochen, und darunter wirkte die konkave Wölbung, als würde sie sich andauernd in die Backen beißen. Die Nase schmal und gerade, die Stirn hoch, die Lippen nicht übervoll, die Mundwinkel leicht nach unten gezogen, und dann die Augen: »To vööl Water!« Zu viel Wasser!, sollte ihre Großmutter als Erstes gerufen haben, als sie auf die Welt kam. Ihre Iris war von einem so hellen Blau, dass es wirklich an einen frisch gefüllten Priel im Wattenmeer denken ließ. Ein Blick, der ihre Gefühle niemals abbildete, ihr Innerstes vor der Außenwelt verbarg, aber dessen war sie sich gar nicht bewusst.

Wenn sie es recht bedachte, war ihr langes blondes Haar immer das gewesen, was sie am meisten an sich gemocht hatte. Und nun?

Gitte zog die Schublade des Rollcontainers auf. Als sie merkte, wie Luise ihren Bewegungen mit den Augen folgte, stellte sie sich so hin, dass ihr Rücken das Tun ihrer Hände verdeckte.

»Jetzt musst du tapfer sein, Luise. Möchtest du vielleicht, dass ich den Stuhl umdrehe, dann kannst du aus dem Fenster gucken, während ich …«

»Kommt nicht infrage!« Luise schob den Unterkiefer trotzig nach vorne. »Ich will alles sehen!«

Ihre Chefin seufzte: »Ganz wie du willst!«

Dann holte Gitte die neue Point-Cut-Schere hervor, und die Vorstellung, dass die gekürzten Haare nun auch noch »ausgesoftet« wurden, wie der Fachausdruck dafür lautete, ließ Luise ein klein wenig zusammenzucken. Als Gitte die Klinge ansetzte, hielt sie still und beobachtete, wie ihre Chefin mithilfe des breiten Zahnungsabstands Lücken in die einzelnen Haarsträhnen schnitt, um den unregelmäßigen Franseneffekt zu vervollkommnen.

Niemand wird mich jetzt beim Tanz in den Mai noch auffordern, schoss es ihr durch den Kopf. Bisher war es nur ihre Größe, die bei Dorffesten fast alle abgeschreckt hatte. Verlegen hatte sie herumgestanden, an ihrer Cola genippt, erleichtert, wenn die Musik vorbei war und die Mädchen sich verschwitzt wieder zu ihr stellten.

»Und? Was sagst du?« Gitte hielt ihr den Handspiegel hinter den Kopf und bewegte ihn hin und her. Luise strich sich über die lange, fransige Strähne, die ihr linkes Auge halb verdeckte. Sie wusste, dass der Schnitt perfekt gelungen war. Gitte verstand ihr Handwerk. Aber das Mädchen, das ihr aus dem Spiegel entgegensah, hatte nichts mehr mit der Luise zu tun, die sie kannte.

Als Gitte Luises unglücklichen Blick bemerkte, sagte sie: »Nun schau mal nicht so bedröppelt. An so eine Veränderung muss man sich erst gewöhnen.«

Luise kannte den Satz, in letzter Zeit hatte sie ihn des Öfteren selbst verwendet, wenn sie Bekannte und Freundinnen zu einem neuen Haarschnitt überredet hatte. Eigentlich geschah es ihr recht, nun selbst einmal in dieser Situation zu sein. Gitte legte den Spiegel zurück, zog die Schublade auf, die als Ladenkasse diente, und holte eine gelb-schwarz bedruckte Karte heraus.

»Hier! Das ist ein Gutschein für das Solarium, das die Tochter vom Hilgersen vor zwei Wochen eröffnet hat. Da gehst du heute noch hin, wärmst dich mal richtig auf und holst dir eine schöne Urlaubsbräune.« Luise drehte das dünne glänzende Papier mit den aufgedruckten Palmen in ihrer Hand und sah dann hoch zur Wanduhr. *Warum nicht?*, dachte sie. Um sechs musste sie beim Melken sein, also wenn die Chefin sie jetzt entließe, würde noch genug Zeit bleiben. »Kann ich dann vielleicht früher gehen?«

Auf Gittes rundem Gesicht zeigte sich ein mitfühlendes Lächeln, das mit den sympathischen Grübchen. Ihre Antwort, sie dürfe sogar jetzt schon gehen, verriet ihr schlechtes Gewissen. *So schlimm ist es also*, dachte Luise.

»Und wirst sehen: Mit brauner Haut ist dein Haarschnitt der absolute Hit.«

Luise presste die Lippen zusammen, murmelte ein »Danke, Chefin«, zog ihren gelben Regenmantel an, öffnete die schwere Glastür und ging durch den Windfang nach draußen.

Als sie auf den Gehsteig der Durchgangsstraße trat, musste sie blinzeln, weil gerade die Sonne durch die Wolken blitzte. Für die diesjährigen Verhältnisse war es ein recht guter Apriltag. Es lag eine erwartungsvolle Spannung über dem Dorf, so als würden jeden Moment die ersten Frühlingsboten auftauchen und keiner wolle sie verpassen: Knospen an den Kastanienbäumen vor dem Moorbachhof hätten ganz plötzlich von einem auf den anderen Tag aufblühen können. Aus den grünen Stielen der Osterglocken neben den Baumstämmen mochten unverhofft goldgelbe Blütenstände sprießen. Es war jedes Jahr ein Wunder, wie sich die unscheinbaren Spitzen der Stängel durch die verdichtete und platt getretene Erde kämpften. »Peng«, eines Morgens war es passiert, ohne dass es vorher irgendein Anzeichen gegeben hätte.

Als Luise mit langen Schritten an den zum Lüften weit geöffneten Fenstern des Gasthofs vorbeiging, späte sie hinein, suchte den leeren Gastraum nach Ilse Detlefsens Kopf ab, nach der neuen Frisur: Die Haarfarbe war ihr perfekt gelungen und der weiche Bob, den sie ihr geschnitten hatte, so hübsch geworden, dass sie die Wirtin zum ersten Mal, seit sie ihre Kundin war, sprachlos erlebt hatte. Luises Hand griff unwillkürlich in ihren eigenen Nacken und zuckte zurück, als sie die glatt rasierte Haut spürte.

Wie gerne hätte sie jetzt ihre asymmetrische Fransenfrisur gegen den Bob der Wirtin in Chocolate Cherry getauscht!

In den Rinnsteinen lagen noch die Reste des grauen Streusplitts, und die Backsteinfassaden wirkten nun trotz des Frühlingshauchs so trist wie immer während der langen Wintermonate. In der Mitte verlief der Kanal und trennte die beiden Straßenseiten. Leversdorf lag mitten in der Friesländer Fehnlandschaft. Hier war das Landschaftsbild vom Netz der Wasserwege geprägt. Lange Kanäle mit parallel zueinander verlaufenden Straßen, Hebebrücken, Backsteinhäuser mit tief gezogenen Dächern. In den letzten Jahren hatte sich das Dorfbild nach und nach verändert. Im Schreibwarenladen hatte Luise früher Tintenpatronen und Schulhefte gekauft. Inzwischen war das Schild überklebt worden. »Playhouse-Spielothek« stand dort jetzt in Neon-Buchstaben. Die Folie am Schaufenster war gerade so hoch, dass Luise darüber hinweg ins Innere sehen konnte. Zwei Burschen, die mit ihr in die Grundschule gegangen waren, saßen stoisch auf Barhockern vor den einarmigen Banditen und rauchten. Ein Kleinwagen näherte sich von vorne. Bildete sie sich das nur ein, oder fuhren die Autos langsamer, wenn sie an ihr vorbeikamen? Bis zu Melanies neuem Sonnenstudio waren es nur gut hundert Meter. Als sich das unverkennbare Tuckern des Dieselmotors eines Traktors näherte, wagte sie nicht, zur Seite zu schauen.

»Moin, Luise, wat is mit dien Haar passeert?«, rief der strohblonde Junge ihr vom Beifahrersitz aus zu. Sein Onkel am Steuer grinste breit, er hatte kaum noch einen Zahn im Mund.

Noch heute wird es im Dorf rum sein!, dachte Luise und zog sich die Kapuze über den Kopf.

»Hest al hört von Luise Jensen?« Sie konnte sich jeden Witz und jeden ihrer Sprüche ausmalen.

Als das mit Metallic-Folie beklebte Schaufenster neben ihr auftauchte, auf dem der Slogan stand: *Bleib frisch und gesund mit SUNSTAR*, schlüpfte sie rasch durch die Tür des Windfangs.

»Moin, Melli!«

Melanie Hilgersen saß mit gekreuzten Beinen vor dem Tresen auf einem Hocker und hob nur kurz den Kopf, denn sie war mit dem Dekorieren ihrer Fingernägel beschäftigt. Doch dann riss sie die Augen auf.

»Moin, Luise! Wat is mit dien Haar passeert?«

»Neuer Schnitt für die Show in Bremerhaven.«

»Top!«

Melanie grinste und wickelte ihren Kaugummi in ein Stück Stanniol. Luise stand es immer klarer vor Augen: Sie würde sich ein dickes Fell zulegen müssen. Als sie der jungen Frau den Gutschein auf den laminierten Tresen legte, zuckte diese mit keiner ihrer verlängerten Wimpern.

»Ah, Nummer 29! Dreißig Gutscheine haben wir ausgegeben, und du bist erst die Fünfte, die damit kommt.« Ihrer Stimmlage ließ sich nicht anhören, ob sie diese Tatsache positiv oder negativ fand.

»Warst du schon mal in einem Solarium?«

Luise schüttelte den Kopf.

»Pass auf, ich erklär's dir.«

Erst als sie auf der Sonnenbank lag, den Kopfhörer eines Discmans über den Ohren, der in jeder Kabine auslag, fiel das beklemmende Gefühl, einen Fehler gemacht zu haben, langsam von ihr ab. Sie summte die Melodie der Musik mit, zum Refrain bewegten sich ihre Lippen:

»If you're blue and you don't know where to go to
Why don't you go where fashion sits?
Puttin' on the ritz.«

Ihre Hände trommelten den Takt auf die Glasfläche des Solariums. Als ein durchdringender Ton von der Digitaluhr auf dem Klapptisch erklang, hörte sie ihn trotz der lauten Musik. Sie öffnete den Deckel der Sonnenbank und drehte sich auf den Bauch, so wie Melanie es ihr empfohlen hatte. Aus Erfahrung wisse sie, dass man auf diese Weise gleichmäßiger bräune, auch wenn es rein technisch keinen Sinn ergab. Sowohl in der Haube als auch unter der Liegefläche befänden sich je zehn hundert Watt starke Röhren.

Nach weiteren acht Minuten schaltete sich die Besonnung automatisch aus. Luise öffnete die Haube, stand auf und griff nach ihrer Kleidung, die sie über den Stuhl gelegt hatte. In dem kleinen Spiegel an der Wand konnte sie sehen, dass ihre Haut im Gesicht und am Dekolleté stark gerötet war, aber das würde nach einer Stunde vergehen, hatte Melanie gesagt. Auch der spezielle Geruch nach dem Sonnenbad wäre ganz normal, weil gewisse Bestandteile der Haut wie Fettsäuren und Hauttalg durch die UV-Strahlen gespalten wurden.

Sie schlüpfte in ihre Jeans und spürte, wie ihre Haut brannte, zog das grüne Sweatshirt über den Kopf. Dann kämmte sie sich ohne viel Erfolg ihren glatten blonden Pony, der so stark elektrisch aufgeladen war, dass er in alle Richtungen abstand. Luise sprühte sich etwas von dem Glasreiniger, der eigentlich für die Reinigung der Solariumfläche gedacht war, in die Handflächen und fuhr sich damit vorsichtig über die Haare. Als Luise am Tresen vorbeiging, beklebte sich Melanie gerade jeden ihrer in Pink lackierten Fingernägel sorgfältig mit schwarzen Herzchen.

»Und, wie war's? Tut gut, oder?«

»Ja, tut gut! Tschüss, Melli!«

Luise schlüpfte in den Regenmantel, trat in den Windfang, von dem Windfang auf die Straße und zog die Kapuze über den Kopf.

Freibier für alle!, hatte jemand in roter Schrift auf den Glascontainer gesprüht. Gleich daneben stand das F-Wort, mit einem gemalten unmissverständlichen Mittelfinger. Es musste tagsüber angebracht worden sein, denn am heutigen Morgen war ihr der Schriftzug noch nicht aufgefallen. Und es gab nur eine einzige Person, die dafür infrage kam, in Leversdorf am helllichten Tag Graffiti und Politparolen an öffentliches Gut oder Einrichtungen zu sprühen. Jeder kannte seinen Namen und sprach ihn doch nicht aus, wenn einer der beiden Polizeibeamten im Moorbachhof nach ihm fragte. Hier stand man good binanner.

Luise schritt weit aus, denn es war längst Zeit fürs Melken. Mit gesenktem Kopf, die Hände in den Manteltaschen, die Schultern hochgezogen, jedes Auto missachtend, das an ihr vorbeifuhr, lief sie am Rand der Landstraße entlang. Sie ging nach vorn gebeugt, stemmte sich dem Wind entgegen, in der typischen Haltung der Norddeutschen, und nahm sich vor, endlich den Achter in ihrem Fahrrad zu reparieren. Der Wind riss ihr die Kapuze vom Kopf.

Zu Hause angekommen, stürmte sie hoch in ihr Zimmer, zog eilig den Blaumann an, die Arbeitsschuhe, steckte sich den Pony mit zwei Haarklemmen fest und rannte über den dunklen Hof hinüber zum Stall.

Jakob stand vor ihr, kaum dass sie die Stalltür öffnete, eine Schaufel in der Hand. Sofort prustete er los und zeigte mit dem Finger auf sie. »Wat is mit dien Haar passeert? Warst du dien eigenes Modell?« Luise spürte, wie ihr das Blut in den Kopf stieg, aus Scham und aus Wut. »Und so wolltest du Imke die Haare schneiden? Meiner Imke?«

»Das war die Chefin«, murmelte sie. »Ich hätt's anders gemacht.«

»Und was ist mit dien Gesicht? Rood wie 'n gekochter Flusskrebs … nee, noch besser, wie 'n Leuchtturm siehst du aus!« Ihr Bruder krümmte sich vor Lachen und deutete auf ihren Kopf. »Hast du dich nicht im Spiegel gesehen?«

Sie wollte brüllen, Jakob zur Seite stoßen, stattdessen zuckte sie mit den Achseln und sah ihn nicht an. Sie ging mit langen, tiefen Schritten an ihm vorbei, als würde sie eine Sackkarre schieben. Zum Melkstand, wo Frida bereits fertig gemolken, aber ganz geduldig auf sie wartete. Dahinter stand Mathilde und stampfte wütend mit dem Huf auf. Die Kühe kannten ihre Reihenfolge und wussten normalerweise, wann sie dran waren. Aber Mathilde wirkte jetzt noch weitaus unruhiger als heute Morgen. Die dunklen Augen glänzten fiebrig. Luise näherte sich ihr langsam, sprach beruhigend auf sie ein und streichelte ihr dabei über das nass geschwitzte Fell. Das laute unruhige Muhen klang nicht gut.

»Was hat der Tierarzt gesagt?«, fragte Luise und drehte sich halb zu ihrem Bruder um. Jakob stand noch immer am Tor und lachte, schlug sich theatralisch auf die Schenkel. Nach einem letzten Wiehern richtete er sich langsam auf.

»Welcher Tierarzt?«

Während Luise ihr langes Bein weit nach oben hob, um über die oberste Stange zu klettern, und sich zu Fridas Euter hinunterbeugte, fauchte sie: »Petersen sollte sich doch Mathildes rechten Vorderlauf ansehen. Ich hab's dir heute Morgen zweimal gesagt. Da ist was nicht in Ordnung!«

»Du hast recht, ich Dussel hab's vergessen.« Jakob wirkte sofort ehrlich zerknirscht. »Wir hatten viel zu tun, waren den ganzen Tag auf dem Feld und haben gedrillt.«

»Und Vader hat auch nicht bemerkt, dass sien Rind seek is? Das ist sonst gar nicht seine Art.«

Sie nahm Frida die Sauger von den Zitzen, rieb sie mit Melkfett ein und führte sie aus dem Ständer. Kaum war sie draußen, stürmte Mathilde schon auf sie zu.

Luise hatte nie Angst vor einem Rind gehabt, das auf sie zukam, auch wenn manche von ihnen vierzehn Zentner wogen. Sie waren gutmütige Tiere, die sie von klein auf kannte, auch wenn es hieß, ein unberechenbares Rind gebe es in jedem Kuhstall.

Im Sommer molken sie sogar mitten auf der Koppel, und die Tiere waren dabei völlig frei. Doch Mathilde senkte jetzt den Kopf, und vor den Hörnern hatte Luise Respekt. Zumal es hier zu eng zum Ausweichen war.

»Komm schon, Mathilde, bleib ganz ruhig!« Vor Aufregung war sie heiser, versuchte aber, trotzdem Ruhe auszustrahlen. Langsam breitete sie die Arme aus und wich zurück, bis ihr Gesäß das hintere Gatter berührte. Der Melkstand war an drei Seiten von Metallstangen umgeben. Wo sollte sie so schnell hin? Mathilde scharrte mit dem Huf und schnaubte.

»Luise, raus da!« Jakob stand jetzt genau hinter ihr. »Raus, unten durch die Stangen, mach schnell!«

Im gleichen Augenblick tat Mathilde einen Satz nach vorn, und in letzter Sekunde rettete sich Luise durch einen Hechtsprung zwischen den Stangen hindurch. Sie landete auf dem harten Zementboden neben dem Melkstand. Doch mit einem Horn hatte die Kuh sie an der Wade erwischt.

Jakob war sofort bei ihr. »Ist dir was passiert?«, fragte er besorgt. Auch ihr Vater kam aus der anderen Ecke des Stalls angerannt. Jakob deutete auf die Blutlache unter Luises rechtem Bein. Geistesgegenwärtig öffnete ihr Vater seine Jacke und riss sich ein Stück von seinem Oberhemd ab, drehte das Bein auf die Seite, band einen langen Fetzen um ihren Unterschenkel, knotete ihn fest zu. »Lauf ins Haus und wähl den Notruf!«, befahl er Jakob.

»Ich hab's immer gesagt«, schimpfte er, während er mit beherzten Griffen einen Druckverband an der aufgeschlitzten Wade anlegte, aus der Luises Herz im Sekundentakt eine Blutfontäne pumpte. »Da können diese Demeter-Quacksalber und Bio-Spinner erzählen, was sie wollen. Die Hörner gehören eben doch ab.«

Um achtzehn Uhr zweiundreißig wurde Luise mit der Trage in den Rettungswagen geschoben. Sie zitterte. Das Letzte, was sie sah, war das Gesicht ihrer Mutter, das blass und besorgt zwischen den geöffneten Türen ins Innere blickte.

»Kommst du nicht mit?«, wollte Luise fragen, sagte aber nichts. Denn sie wusste, dass die Kühe fertig gemolken werden mussten und auf dem Hof jede Hand gebraucht wurde.

Während der Woche, die Luise im Krankenhaus von Bremerhaven verbrachte, bekamen alle Rinder auf dem Jensenhof ihre Hörner abgesägt. Obwohl sich rasch herausstellte, dass Mathilde ein eitriger Abszess im Huf gequält hatte und sie deshalb durchgedreht war, ließ sich Kai Jensen nicht mehr von seinem Plan abbringen: Er bestand darauf, von diesem Tag an bei jedem neuen Kalb bereits im Alter von drei Wochen die Hornansätze auszubrennen, wie es seit jeher in der Bullenmast und vielfach auch in der neueren Laufstallhaltung der Rinder üblich war. Das hatte einen praktischen Vorteil: Die Kühe hatten weniger Respekt voreinander, hielten geringeren Abstand und brauchten dadurch auch weniger Platz.

2

Siehst du das?«, fragte Magnus, der Rettungssanitäter, der sie vom Krankenhaus nach Hause fuhr.

Vierundzwanzig Kilometer noch bis Leversdorf.

Auf dem Weg kamen sie an verwaisten Haltestellen mit Plexiglaswindfang vorbei, an denen schon lange kein Bus mehr hielt. Mit seinem kurzen Zeigefinger deutete Magnus auf ein nacktes Feld voller Solaranlagen und fünf Windräder am Horizont. Luise, mit ausgestrecktem Bein auf dem Armaturenbrett, halb liegend auf dem Beifahrersitz des Rotkreuzwagens, Gummibärchentüte und Wundsalbe auf dem Schoß, reckte den Kopf, um nachzuschauen, was er meinte – dabei kannte sie die Landschaft doch. Sie liebte die schnurgeraden Alleen mit den windschiefen Kastanien links und rechts, wo die Lastwagenfahrer achtgeben mussten, damit sie mit der Ladung nicht an die Kronen stießen. Sie mochte das satte Grün der Wiesen, seinen Kontrast zum blau-weißen Himmel.

Seit der Boom der erneuerbaren Energien vor zwei Jahren begonnen hatte, formierten sich die Ostfriesen zu Bürgerinitiativen gegen die Windanlagen, die ihnen den Horizont verstellten und an Sonnentagen lange Schatten warfen. Nachts blinkten ihre roten Warnlichter am Himmel hundert Meter hoch.

Magnus sprach weiter, in ernsthaftem Ton: »Das da ist die Zukunft! In ein paar Jahren baut hier keiner mehr Getreide an, und Milchwirtschaft wird es auch nicht mehr geben.«

»Und was essen wir dann?«, fragte Luise leichthin, aber sein Satz ging ihr während der gesamten Fahrt nicht mehr aus dem Kopf. Was, wenn die Landwirtschaft wirklich bald am Ende war? Sie betrachtete Magnus von der Seite, seine platte Nase und die struppigen Haare. In dem Augenblick drehte er den Kopf zu ihr, und seine abstehenden Ohren erinnerten sie sofort wieder an die Henkel einer Suppentasse.

»Sopptass« lautete daher auch sein Spitzname, von klein auf.

»Übrigens: Ich hab einen Studienplatz bekommen!«

»Wirklich? Wo? Das ist genial!«

Alle wussten, dass er schon seit zwei Jahren auf den Medizinstudienplatz wartete.

»Hab Glück im Losverfahren gehabt: Zum Wintersemester fang ich an der Uni Bremen an.«

»Kommst du dann als Landarzt zurück nach Leversdorf?«

Magnus zuckte mit den Achseln. »Wer weiß? Wär sicher nicht verkehrt, der alte Soderberg hat keinen Nachfolger, soweit ich weiß.«

Magnus war einer von den netteren gleichaltrigen Burschen, die sie beim gemeinsamen Heuen auf den Feldern und beim anschließenden Planschen im Moorbach traf. Auf einmal konnte Luise nicht anders, als sich auszumalen, wie ihre gemeinsamen Kinder aussehen würden: wie die Nachkommen einer dürren Riesin und eines Hobbits. Mit wässrigen Augen, Sommersprossen, unsichtbaren hellen Brauen und Wimpern, zu langen Gliedmaßen, zu kurzem Rumpf – das Gespött jedes Kindergartens und jeder Grundschulklasse. Insgeheim begrub sie die Idee, Arztgattin zu werden, bevor sie geboren war.

Zur Feier von Luises Rückkehr gab es sonntags Grünkohl mit Pinkel. Der Esszimmertisch war mit dem weißen Damasttuch aus Dörte Jensens Aussteuer gedeckt. Das Monogramm DJ passte auch nach ihrer Heirat noch, obwohl es für Jonasson stand, ihren Mädchennamen. Auf dem Tuch war das gute Geschirr mit dem blauen Zwiebelmuster gedeckt, das nur zu Feiertagen herausgeholt wurde. Dörte Jensen war stolz auf ihre zehn verschiedenen Grünkohlsorten. Wenn Luise ehrlich war, hatte sie noch nie einen Unterschied zwischen diesen herausgeschmeckt, denn der Grünkohl wurde vier Stunden in Schweineschmalz geschmort und musste einen Tag ziehen. Aber weil sie ihrer Mutter eine Freude machen wollte, fragte sie heute ganz genau nach, welcher verwendet worden war.

»Winterbor.«

Dörte Jensens Stimme bekam einen schwärmerischen Klang, und sie betonte die Silben, als sei die Grünkohlsorte mit den dunkelgrünen, krausen Blättern eine exotische Kostbarkeit. »Und dieses Jahr hat er ordentlich Frost abgekriegt, genau so, wie es sein muss.« Ein geschmeicheltes Lächeln umspielte ihre Mundwinkel, während sie sich die Schürze auszog. Luise wurde sich in diesem Moment bewusst, wie sehr sie ihre Mutter liebte, die sich geradezu kindlich über ihre Grünkohlzucht freuen konnte.

Nach dem in der Familie Jensen überlieferten Rezept gab man vier Esslöffel Hafergrütze und eine Messerspitze Piment dazu. Diese »Verfeinerung« des Grünkohls variierte von Hof zu Hof. Zu einem echten Grünkohlessen gehörten neben Pinkel – das war Grützwurst, gefüllt mit Speck, Schinken, Zwiebeln und Hafergrütze – auch traditionell Mettenden und Kassler. Aber alle drei Sorten Schweinefleisch gab es bei den Jensens nur zu Weihnachten, seit sie keine Schweine mehr hielten.

Luise hätte sich geehrt fühlen können, dieses Festessen zu ihrer Rückkehr im gemütlichen Bauernzimmer vorgesetzt zu bekommen, in dem die Familie nicht einmal an gewöhnlichen Sonntagen aß. Normalerweise wurde nur der Ofen in der Küche angeheizt. Sie durfte zwei Stühle besetzen und lagerte das mit achtzehn Fäden zusammengeflickte Bein seitlich auf einem Kissen. Dabei machte sie gute Miene zu dem Scherz ihres Vaters über die besondere Größe der Wunde, die natürlich auch ihrem überdurchschnittlich langen Unterschenkel geschuldet sei.

»Das wird eine Narbe geben!«, sagte ihre Mutter und rollte bedeutungsvoll mit den Augen.

»Eh se sük traut, ist's weer gut«, sagte Oma Lina.

»Die un sük traun?«, rutschte es Jakob heraus. »Nooit – niemals!« Der tadelnde Blick seiner Mutter brachte ihn zum Schweigen. Oma Lina hatte den Rücken an den warmen Kachelofen gelehnt, ein graues Wolltuch um die Schultern, und schien mit jedem Jahr eine Kachel weiter nach unten zu rutschen. Die Furchen auf ihrer Stirn setzten sich in den Faltenbündeln der äußeren Augenwinkel und um den Mund herum fort. Ihre gichtigen Hände ragten aus den Ärmeln wie Stecken aus dem Sackkleid einer Vogelscheuche. Da Lina in letzter Zeit kaum noch redete, fiel es besonders auf, wenn sie sich zu Wort meldete, und sei es auch nur mit dem Spruch, der Luise schon von klein auf begleitete.

Eh se sük traut, ist's weer gut!

Klemmte sie sich den Finger in einer rostigen Türangel, hieß es: Eh sie heirate, werde es wieder gut, und der Vater gab ihr Waffenöl darauf. Verklebte sie sich einen ihrer blonden Zöpfe, weil er tief in den Teertopf baumelte, wurde das Abschneiden mit den gleichen tröstenden sieben Worten begleitet. Verlor sie an einem Fuß alle Zehennägel, weil sich eines der Rinder beim Melken versehentlich daraufstellte, hörte sie zur

Aufmunterung die gleiche fromme Lüge, die auf bessere Tage vertröstete: Das wird schon wieder – und vieles wurde auch, fast wie von selbst, tatsächlich wieder gut.

Jakob sprach fast ebenso selten, wie Oma Lina Sätze von Belang von sich gab, fand Luise. Aber das bemerkte man kaum, denn stattdessen stellte er Fragen oder stritt sich mit ihrem Vater. Luises Bruder war achtzehn, hatte seine Landwirtschaftslehre abgeschlossen, und alle gingen stillschweigend davon aus, er werde den Hof einmal übernehmen. Dass ihr Vater es allerdings jemals vermochte loszulassen, konnte sich niemand vorstellen.

»Wie war die Aussicht von deinem Krankenzimmer? Hast du den Hafen sehen können?«, fragte Jakob voller Interesse, um seine freche Bemerkung über Luises Heiratsaussichten wieder wettzumachen.

Luise schüttelte den Kopf und streichelte Missi, die zu ihr auf die Bank gesprungen war, tastete besorgt den mageren Körper der alten Katze ab, der nun nur noch aus Haut und Knochen bestand. »Nein, nicht den Hafen, nur den anderen Flügel vom Krankenhaus, die Polyklinik für Hals-Nasen-Ohren-Heilkunde, hat die Patientin im Bett neben mir erklärt.«

»Morgen wird das Stalldach repariert«, sagte ihr Vater und wechselte einfach abrupt das Thema. »Sobald das Vieh versorgt ist, fangen wir an.«

Jakob fragte sofort: »Hast du den Zimmermann bestellt?«

»Der ist ein Taugenichts, hat die Nägel alle krumm geschlagen.«

»Sprichst du von Fiete Jacobsen?«, fragte Luise und wusste schon, wie seine Antwort lauten würde. Der Ehemann ihrer Chefin Gitte genoss keinen besonders guten Ruf in Leversdorf. Es hieß, er sei einmal vom Dach gerutscht und auf den Kopf gefallen. Seitdem habe er sie nicht mehr alle beisammen.

»Jawoll, den meine ich! Diesmal machen wir es selbst. Vor dem nächsten Regen, und die Feldarbeit wartet auch nicht. Ist reichlich spät dieses Jahr, aber was konnte man schon machen, bei der vermaledeiten Sintflut, die uns dieses Jahr geschickt wurde.«

Einer saß immer mit am Tisch – und das war der Hof. Er war das wichtigste Familienmitglied.

Sie waren einmal fünf Kinder gewesen, und die Familie hatte immer in großer Armut gelebt. Luise war das jüngste, ihre knapp drei Jahre ältere Schwester Maike war seit fünf Jahren aus dem Haus, mit einem Landwirt verheiratet und hatte schon zwei Kinder. Dann kamen ihr Bruder Jakob und sie selbst, gefolgt von Zwillingsmädchen, von denen das eine aber bei der Geburt und das andere am plötzlichen Kindstod starb. Danach war ihre Mutter fortschrittlich genug, um zu verhüten – und nahm die Pille. Luise hatte inzwischen gelernt, dass es schwer war, wurde man in Armut hineingeboren, aber noch schlimmer wäre es gewesen, keine Familie und keinen Hof zu haben.

Sie waren Bauern. Ihr Haus stand auf einem rohen Torfacker – zwanzig Hektar plattes, entwässertes Land. Bei klarer Sicht erahnte man das Wattenmeer. Seit sie sechs war, arbeitete sie mit auf dem Hof. Pflichtbewusstsein war ihr von klein auf eingeimpft worden, zusammen mit dem Wissen darum, dass sie mit der Landwirtschaft nie »auf einen grünen Zweig kommen« würden.

Ihre Eltern hatten sie vierzehn Jahre lang aufgezogen und dann in eine Lehre geschickt. Große Auswahl gab es nicht, und zwischen Agrarwesen bei dem vier Kilometer entfernten Großbauern, Einzelhandelskauffrau im SPAR des drei Kilometer entfernten Dorfs oder einer Ausbildung im Friseurladen hatte sie sich für Letzteres entschieden. Nach ihrer Gesellenprüfung wurde sie in Gittes Friseurlädchen für 735 D-Mark Monatslohn weiterbeschäftigt. Mit Trinkgeldern brachte sie es in guten Monaten auf 780 D-Mark. Das war viel Geld, von dem sie einen guten Teil zu Hause für Kost und Logis ablieferte.

»Iss mal ordentlich! Mager bist du geworden, in der Woche im Krankenhuus!«, stellte ihre Mutter fest und legte die Hand auf ihren schmalen Unterarm. »Siehst bald aus wie Lina.«

Mit einem empörten Gesichtsausdruck stellte Oma Lina klar, dass sie nicht mit ihrer Enkelin, dieser dünnen Bohnenstange, verglichen werden wollte. Luise hatte zu Hause im Spiegel verwundert ihre Erscheinung betrachtet. Der kleine Badspiegel im Krankenhaus war noch gnädig gewesen. Ganzkörperlich hatte sie sich darin nicht sehen können. Ihre abgesäbelten Haare hatten ihr schon gereicht, der Sonnenbrand war ohne die erhoffte Bräune abgeheilt, an Rücken und Bauch hatte sich die

Haut geschält. Tatsächlich hatte sie die ganze Woche über nahezu durchgängig die Nahrung verweigert. Ihre Schultern waren eckig geworden, die Hüftknochen stachen heraus wie bei einem halbwüchsigen Knaben. Sofern sie jemals eine gewisse Fraulichkeit besessen hatte, war sie nun gänzlich verschwunden. Kein kleines Doppelkinn, keine gerundeten Hüften, ihre Brüste vollkommen platt.

»Wie lange bist du krankgeschrieben?«, fragte ihr Vater.

»Zwei Wochen.«

»Gut.« Er nickte, und über sein rot geädertes Gesicht mit den hellgrauen Augen huschte ein Hoffnungsschimmer. Luise wusste, was das hieß. Ihr Vater war froh, dass sie dem Friseurladen nun zwei Wochen fernblieb und auf dem Hof helfen konnte.

»Bagger und Traktor kannst du doch mit dem Bein sicher fahren. Deine sonstigen Arbeiten kann Sönke übernehmen.«

»Also, Kai! Luise sollte sich auskurieren.« Der Protest ihrer Mutter war schwach, und Luise versuchte, sich nichts anmerken zu lassen. Denn sie liebte es, Traktor zu fahren, was ihr bisher selten vergönnt gewesen war. Man konnte hoch oben auf dem Sitz thronen, den Wind in den Haaren spüren und über den Acker rumpeln. Obwohl! Sie griff sich unwillkürlich an den Hinterkopf, eine Geste, die sie sich im Krankenhaus angewöhnt hatte. Lange Haare waren es nicht mehr, in die der Wind fahren konnte. Aber auf dem Traktor würde wenigstens niemand über ihre Frisur lästern. Da wäre sie mit sich und dem Feld allein.

Früher war Treckerfahren Jakobs Vorrecht gewesen, und seit Sönke, der schmale Zivildienstleistende mit Ziegenbart, auf dem Hof war, hatte meistens dieser oben auf dem Bock gesessen. Stoisch wie ein Tiefseefisch – niemals ohne die grünen Kabel seiner Kopfhörer, die aus der Jackentasche zur Kapuze hochwanderten und in den Ohren verschwanden. Ob er auf dem Traktor, dem Bagger, dem Mähdrescher oder Kartoffelroder saß, sein dumpfer Blick blieb stets der gleiche. Einmal hatte Luise versucht, sich mit ihm über Musiktitel auszutauschen. Doch mit den Namen, die er ihr aufzählte, wusste sie keine einzige Melodie und kein einziges Gesicht zu verbinden. Sein mitleidiger Ausdruck, als sie ihm einen Song nannte, der sie zu begeistertem Hochdrehen der Lautstärke oder wildem Mitgrölen brachte, reichte ihr, um die Unterhaltungen mit ihm auf das Notwendigste zu reduzieren. Natürlich würde er nun nie erfahren, welche Poster über ihrem Bett hingen, an dessen Ende sie seit sechs Jahren einen Stuhl stehen hatte, um nicht mit den Füßen in der Luft zu enden.

»Habt ihr schon gehört, dass sie dem Ahlers seinen Geflügelhof geschlossen haben?«, fragte Luise, froh darüber, mit einem Thema auftrumpfen zu können. »Hat mir Magnus Dirksen, der Rettungssani, erzählt, der mich nach Hause gebracht hat. Er hilft manchmal auf dem Ahlershof aus.« Den Nachsatz hätte es nicht gebraucht. In Leversdorf wusste jeder, wessen Sohn gerade auf welchem Hof arbeitete.

Dass von ihrer Familie niemand Zeit gehabt hatte, sie abzuholen, war ebenfalls keinen Nebensatz wert. Luise war mit dem Wissen groß geworden: Familie war wichtig, eine unentbehrliche Stütze. Denn der Familienverband machte enorm leistungsfähig – aber der Hof kam immer an erster Stelle! Sie alle hatten eine hohe Verzichtsbereitschaft.

Was sie auch nicht erwähnte, waren die Neuigkeiten von Magnus' Medizinstudienplatz. Sie wusste, die Nachricht würde bei ihrem Vater tiefes Unverständnis auslösen. Wie konnte man bloß seine Heimat verlassen? Etwas hielt die Friesenkinder ihr Leben lang in der Nähe ihrer Fehndörfer. Kaum eines, das sich einmal weiter als fünfzig Kilometer entfernte. Alle hingen sie an ihren Schollen.

Ihr Vater ließ die Gabel sinken und hob den Kopf. Seine Stimme klang bemüht gleichgültig. »Den Geflügelhof geschlossen? Weshalb?« Aber jeder am Tisch wusste, wie sehr ihn die Nachricht faszinierte.

»Salmonellen.«

Kai Jensen brach in sein kehliges, bitteres Lachen aus, das so typisch für ihn war. »Als ob das ein Grund wäre. Salmonellen haben all Hohnerzüchter.«

»Dat mag angahn.« Luise schüttelte sich die lange Ponysträhne aus dem Gesicht, die ihr zunehmend lästig wurde. »Es heißt, die Salmonellen wurden von der Lebensmittelüberwachung bei einem Routinerundgang gefunden. An die hunderttausend Eier sind von der Rückrufaktion betroffen. Dat wird vom Landratsamt überwacht.«

Ihr Vater zog die Augenbrauen hoch. »Routinerundgang? Seit wann gibt's denn so was? Da hat wohl jemand de dicke Buur aufs Korn genommen. Keen Gottswunner, ik kann auf Anhieb fünf Namen seggen, die er sich zum Feind gemacht hat.«

»Und dein Name allen voran?«, platzte Jakob heraus und senkte, als er merkte, dass sein Ton zu aufgebracht war, den Blick auf seine Finger. Obwohl sie sich alle vor jedem Essen die Nägel mit dem Bürstchen schrubbten, wurden diese nie ganz sauber. Dann fuhr er sich mit der breiten Hand durch den festen blonden Schopf. Jetzt biss sich Dörte Jensen auf die Lippen und ließ ihren Blick besorgt zwischen ihrem einzigen Sohn und ihrem Mann hin und her wandern. Inzwischen litt bereits ihre Ehe unter den dauernden Auseinandersetzungen der beiden.

»Wenn dat stimmte, hätt ik dem dicken Buur wohl kaum mien einzigen Jung geschickt.«

Der Ahlershof war der größte in der Gegend, und Jakob hatte auf ihm seine Landwirtschaftslehre absolviert. Im Gegensatz zur Philosophie seines Vaters, der sich von einem Viehzeug nach dem anderen getrennt hatte, um sich »aufs Wesentliche zu konzentrieren«, wie er es ausdrückte, hatte Ahlers jedoch expandiert. Zwischen Jakob und seinem Vater bargen die unterschiedlichen Konzepte ausreichend Konfliktpotenzial, um jede Mahlzeit im Streit enden zu lassen. Deshalb hob ihre Mutter alarmiert den Kopf, als Jakob nun sagte:

»Aber zum Glück ist er ja so breit aufgestellt, dass ihn das nicht weiter kratzt.« Jakob legte sein Besteck ab und zählte mit den Fingern in die Handfläche. »Hundertfünfzig Hektar Ackerland und vierhundert Tiere. Winterweizen, -raps, -gerste, -roggen, Erbsen und Mais. Milchkühe, Rinder, Schweine, Ferkel, Hühner, Lohnarbeit und einen Hofladen.«

Dann stieß er die Gabel so fest in die Wurst, dass der Saft aus dem Darm spritzte. »Damit ist man unabhängig vom Auf und Ab der Marktpreise – und von Salmonellen.«

»Na, wenn dat so licht wäre! Ik will gar nicht wissen, wie seine Zahlen wirklich aussehen – mit all den Krediten.«

»Wer nicht investiert, hat irgendwann das Nachsehen und wird vom Fortschritt überrollt.«

Luises Vater verzog die Mundwinkel nach unten. Seine Frau sah erneut beunruhigt zu ihrer Schwiegermutter hinüber, die sofort aufhörte zu kauen. Gleich würde der Streit so richtig losbrechen.

»Man kann beter van achtern in de Klump kiecken as van vörn«, murmelte Oma Lina.

Jakob antwortete umgehend: »Aber hinterher ist es eben manchmal auch zu spät, Grootmoder! Wenn der Hof pleite ist, gibt's nichts mehr in de Klump zu kiecken.«

»Werd nicht frech!« Als das Familienoberhaupt seine Serviette neben den Teller warf und aufsprang, flüsterte seine Frau: »Vader, bitte! Setz dich wieder hin.«

Luise bemerkte den Blick, den ihr ihre Mutter zuwarf, als wolle sie sagen: Da siehst du, was du angerichtet hast!

Der Generationenkonflikt war ein Klassiker unter fast allen Landwirten. Eine Betriebsübergabe von Alt an Jung lief auf keinem der Höfe glatt. Alle Bauernfamilien lebten dort, wo sie arbeiteten. Rund um die Uhr waren sie zusammen, konnten Beruf und Familie nicht voneinander trennen.

Plötzlich wurde die Tür aufgerissen, und Maike stand in der Stube, ihren Zweijährigen an der Hand. Im ersten Moment waren alle erleichtert, weil die beiden Streithähne dadurch abgelenkt wurden. Aber das Gesicht von Luises älterer Schwester war fleckig und verheult.

»Habt ihr wieder Ehekrach gehabt?«, rief ausgerechnet Oma Lina, und Maike brach sofort in Tränen aus.

»Na komm, setz dich erst mal her und iss etwas, es ist noch Grünkohl da«, versuchte ihre Mutter, sie zu beruhigen.

Maike blieb aber stehen. »Weißt du, was er gesagt hat, als ich einen Urlaubsprospekt up de Tafel hab liegen lassen?« Sie senkte die Lider. »Ich geb zu: nich ganz ut Versehn.«

»Urlaubsprospekt?«, wiederholte ihr Vater, als handelte es sich um ein Fremdwort.

»Ja, Vader. Unser letzter Urlaub liegt vier Jahr zurück. Es war ein langes End van de Week in der Eifel.«

Ihr Vater schüttelte voller Unverständnis den Kopf. »Fraag mal dien Moder, wann sie zuletzt in Urlaub war!«

Dörte Jensen biss sich auf die Lippen. »Ich kann mich gar nich darauf besinnen. Es macht mehr Arbeit, alles zu organisieren, damit man ein paar Tage wegfahren kann, als man Erholung hat, und dann fährt das schlechte Gewissen immer mit.«

Maike verdrehte die Augen, und ihre Stimme bekam einen schwärmerischen Unterton. „Ich wollte doch nur nach Mallorca – nur einmal im Leben.«

»Mallorca! So ein Quark! Was willst du denn da? Du hast zwei kleine Kinder, Mann und Hof.«

»Von sechs Uhr morgens bis sechs Uhr abends, manchmal auch länger, sieben Tage die Woche, arbeite ich auf dem Hof, dazwischen wechsle ich Windeln, füttere, putze, wasche Wäsche, und wenn die Kleine nachts schreit, bin ich es, die sie wiegen muss.«

»Wo ist sie überhaupt?«, fragte ihre Mutter.

»Im Auto, sie ist auf der Fahrt eingeschlafen.«

Luise stand auf, hinkte auf Maike zu, um ihr ein Päckchen Taschentücher zu geben, holte Besteck aus der Schublade, einen Teller des guten Zwiebelmustergeschirrs aus der Anrichte, legte ihrer Schwester den Arm um die Schulter und drückte sie sachte auf den Stuhl. Maike starrte sie an und fragte: »Wat is mit dien Haar passeert?«

»Ich geh nach der Kleinen sehen!«, sagte Luise, statt darauf zu antworten, und humpelte nach draußen. Es war der beste Weg, der Frage zu begegnen. Sich aufzuregen, brachte gar nichts, das wusste Luise mittlerweile, nachdem ihr Magnus, Vader, Moder, Oma Lina nacheinander alle die gleiche Frage gestellt hatten: »Wat is mit dien Haar passeert?«

Keiner erkundigte sich danach, ob sie Schmerzen habe oder ob die Wunde gut verheilt sei.

Einfach ein dickes Fell haben, wie ein Oldenburger, der im niedersächsischen Sturm auf der Koppel stand. Den Kopf nach Osten, weg vom Wind, den Hintern nach Westen.

Sie schob die neue Plastikhaustür auf, die Jakob vor einem Monat aus dem Baumarkt geholt hatte, und merkte, dass Missi ihr gefolgt war. Seit sie aus der Klinik zurück war, trieb sich die alte Katze immer in ihrer

Nähe herum, als wüsste sie, dass sie ihre Beschützerin war. Die Wunde an Luises Bein schmerzte bei jedem Schritt. Nicht nur die Fragerei nach ihren Haaren vertrieb sie aus der Küche. Aus Erfahrung wusste sie ganz genau, was jetzt folgte: Ihre Eltern und sogar Oma Lina würden so lange auf Maike einreden, bis sie wieder ins Auto stieg und zurück zu Mann und Hof fuhr. Die verließ man nicht!

Sie dachte häufig an Maike, und sie tat ihr leid. Gleichzeitig bestätigten sie die Erzählungen ihrer älteren Schwester in dem Wissen, dass sie selbst anderes im Sinn hatte. Ein paar Mal schon hatte sie zu ihrer Mutter gesagt: »Mutti, das reicht mir nicht. Ich muss weg von hier.«

»Weg? Wo willst du denn hin? Und was sollen wir ohne dich machen?«

Der Nissan mit dem verblichenen Grünmetallic-Lack und zahlreichen Dellen stand direkt vor der Haustür, und Luise warf einen Blick durch das Fondfenster. Die Kleine war wach, hatte die Augen weit geöffnet, spielte mit ihren Händen, und als sie ihr Gesicht entdeckte, lächelte sie herzerwärmend. Doch nahezu im selben Moment verzogen sich ihre Mundwinkel nach unten, und sie begann zu weinen. Luise öffnete die Tür und schnallte den Babysitz auf, um sie herauszuholen. Sobald sie ins Freie kam, verstummte die Kleine. Isabel hieß sie. Bei der Namensgebung hatte sich Maike gegenüber ihrem Mann ausnahmsweise durchgesetzt. Luise setzte sich auf die Bank vor der Hauswand, ihre Nichte im Maxi-Cosi neben sich, wippte mit einer Hand an der Plastikschale, mit der anderen streichelte sie die Katze. Missi schnurrte in der warmen Sonne und sah mit halb geschlossenen Augen in den hellblauen Himmel. Isabel streckte die Hände nach dem roten Holzhampelmann aus, der über ihr am Griff baumelte. Die Augen des Babys glänzten wie geschliffene Steine. Es war einer der seltenen Momente vollkommener Windstille.

Für den Augenblick war alles in Ordnung, und Luise brauchte sich um nichts Sorgen zu machen. Manchmal gab es das.

Sie ließ ihren Blick über das Stückchen Land gleiten, das ihrer Familie gehörte: über den Kuhstall mit dem maroden Wellblechdach, die Scheune, die im weißen Mittagslicht noch schäbiger aussah als sonst, Moders

Gemüsegarten mit den zehn verschiedenen Grünkohlsorten. Südlich davon sah sie heute Steinnelken leuchten, die auf der Wiese blühten, Feldlerchen auf Zaunpfählen mit blassem Gefieder, deren kleine Kehlen Lieder sangen. Weit oben in der warmen Luft kreisten Schwalben, und neben dem südlichsten ihrer Felder glänzten die hellen Triebe der fünf Silberpappeln in der Sonne. Blühende Kastanien neben der saftigen Weide, auf der seit gestern wieder die Schwarzbunten grasten. Und die Störche waren auch zurückgekommen. Wie jedes Jahr, in ihr Nest auf dem Telefonmast am Ende der größten Koppel.

Die ganze Bedrücktheit glitt von Luise ab, und sie fühlte sich leicht. Falls sie jemals Frieden empfunden hatte, war es jetzt in dieser Minute, an einem Sonntag im April vor der warmen Hauswand. Wie hatte sie nur jemals ans Weggehen denken können? Luise hing an diesem rohen Stück Land wie an der alten Katze, die nur noch aus Haut und Knochen bestand, aber deren Herz einzig für das zu groß geratene Mädchen schlug, das sich täglich um sie kümmerte. Sie hatte die Arbeit auf dem Hof gern, weil sie diese immer in der Nähe der Tiere verrichten konnte. Die Arbeit im Friseurladen mochte sie, weil sie gerne mit Schere und Farbe hantierte. Aber auch Locken drehte sie gerne auf, nur Dauerwellen waren ihr zu fisselig. Luise streckte die staksigen Beine aus, die ihr Vater mit denen eines Fohlens verglichen hatte, schloss die Augen und lehnte den Kopf mit dem Sträflingshaarschnitt, als den ihn Magnus bezeichnet hatte, an den rauen Putz. Zu lang geraten, ohne jede Proportion. Vielleicht war es besser, hierzubleiben, für immer Kind zu sein und auf keinen Fall zu heiraten.

Ihr Körper war gescheiter als sie selbst. Er hatte sich angepasst und die Zeichen seiner Weiblichkeit auf ein Minimum eingeschränkt.

Der Frieden währte nur kurz, denn sie hörte von Weitem das Tuckern eines Dieselmotors und das Rumpeln von vier Achsen. Noch bevor der Traktor um die Ecke bog, wusste sie, wer ihn lenkte und dass der Fahrer nicht mal den Anhänger abgekoppelt hatte. Kalle sprang vom Sitz ab und kam mit tiefen Schritten auf sie zu, als schiebe er eine Schubkarre vor sich her. Es war der typische Bauerngang, den er niemals ablegte, dabei war ihr Schwager erst sechsundzwanzig. Seine Gummistiefel überzog eine dicke Schlammschicht, und obwohl Sonntag war, trug er den Blaumann und ein kariertes Hemd mit hochgekrempelten Ärmeln. Kalle war kräftig und gedrungen. Sein trüber Blick streifte sie kurz, dann hellte sich sein Gesicht auf und er fragte: »Wat is mit dien Haar passeert?«

Luise verschränkte die Arme und sah durch ihn hindurch, als wäre er Luft.

»Ist Maike drinnen?«

»Ja.«

»Und? Hat sie wieder einen auf Mitleidstour gemacht?«

Schulterzuckend neigte sie Isabel den Kopf zu, streckte die Hand aus und wippte die Babyschale, denn die Kleine zog schon wieder ein Prömpchen. »Siehst du? Sogar deine Tochter bringst du zum Weinen.«

»Wenn du wüsstest!«, presste Kalle zwischen den Zähnen hervor.

»Was meinst du? Was soll ich denn wissen?«, gab Luise zurück und stand auf, um ihre weinende Nichte aus der Babyschale zu holen. Ein stechender Schmerz durchfuhr ihre Wade, und sie stöhnte laut auf. Sofort war Kalle bei ihr und griff ihren Arm, um sie zu stützen. »Setz dich besser wieder«, sagte er, und seine Stimme klang plötzlich weich. »Du musst doch eine Riesennaht am Bein haben, nach allem, was Maike erzählt hat.« In seinen Zügen erkannte Luise staunend so etwas wie Mitgefühl.

Luise winkte ab. »Halb so wild!«, anwortete sie, obwohl sie dabei das Gefühl hatte, als würde die lange Naht an ihrer Wade genau in diesem Moment wieder aufplatzen. Seit gestern hatte sie die Tabletten abgesetzt, und nichts dämpfte mehr den Wundschmerz. Kalle zupfte verlegen an seiner Hose herum. Plötzlich wirkte er selbst verletzlich und sah nicht mehr wie der Mann aus, der seine Frau schlecht behandelte. Auch Isabel verstummte und reckte ihrem Vater die Ärmchen entgegen. Ganz vorsichtig half er Luise zurück auf die Bank und nahm dann Isabel aus der Babyschale. Seine Bewegungen wirkten sanft und bedachtsam. Er schien zu wissen, was er tat.

»Kommst du denn zurecht?«, fragte er. »Denn dann würde ich Isabel mitnehmen und mal nachsehen, wo Maike steckt.«

Luise nickte. Als er mit dem Baby im Haus verschwunden war, fragte sie sich, was das Leben mit ihm und zwei Kindern wohl aus ihr machen würde.

Nach nicht einmal zehn Minuten klappte die Haustür auf. Luise hatte es vorhergesehen. Kalle kam Arm in Arm mit Maike wieder an ihr vorbei.

Luise fragte: »Alles wieder gut?«

Kalle drehte sich zu ihr um. Er sah glücklich aus und wollte ihr anscheinend etwas Nettes sagen. »Übrigens prahlt die Ilse Detlefsen im Moorbachhof mit ihrer neuen Frisur, die sie von dir hat.« Er nickte anerkennend. »Sie sieht wirklich besser aus als vorher.«

»Und auf jeden Fall um einiges adretter als du mit deinem Raspelschnitt«, fügte Maike mit einem Nicken in Luises Richtung hinzu. »Wie kann man sich nur so verhunzen lassen?«

»Danke, Schwesterchen!«

Maike machte zwei Schritte auf sie zu, flüsterte: »Tut mir leid, ich wollte dich nicht beleidigen«, und fuhr ihr mit der Hand über den Hinterkopf. »Das fühlt sich merkwürdig an.«

Luise seufzte. »Ich weiß.«

»Warum hast du das gemacht?«

»Gitte brauchte Modelle … eine musste es tun.«

3

Die folgenden Tage vergingen für Luise wie im Flug. Die Temperaturen stiegen auf über zwanzig Grad, obwohl immer noch eine kühle Brise wehte. Am blassblauen Himmel hingen zerrupfte Wolkenfetzen. Der Frühling warf seine hellgrüne Decke über das Land, und die Landmaschinen ratterten von früh bis spät.

Anfangs nahmen alle auf dem Hof Rücksicht auf ihre Verletzung. Deshalb war sie es nun, die auf dem Bock des kleinen Baggers saß, ihn immer geschickter bediente, durch den Stall rangierte, zur Scheune und zum Misthaufen steuerte. Tagsüber rumpelte sie mit dem Traktor über die Felder, brachte Gülle auf den Acker.

Zuerst ermüdete Luise schnell. Wenn sie morgens in aller Frühe über den Hof humpelte, hatte sie das Gefühl, die Arbeit niemals wieder so leicht wie früher bewältigen und so unbefangen wie einst mit den Rindern umgehen zu können. Aber was man als Kind lernte, wurde nicht durch ein einziges Ereignis ausgelöscht. Sobald sie wieder im Stall war, die vertrauten Geräusche der wiederkäuenden Rinder hörte, ihren Geruch einatmete, merkte sie, dass sie die Abläufe noch in sich hatte. Sie lockerte ihre verkrampften Muskeln. Es ging natürlich alles noch sehr langsam und strengte sie übermäßig an. Aber ihre Wunde heilte, ihr Haar wuchs wieder, und die Arbeit auf dem Hof wurde nicht weniger. Es gab Kühe zu melken – vier Tage lang von Hand –, denn der Kompressor der Melkmaschine gab den Geist auf. Es waren noch immer Auswinterungsschäden zu beseitigen, Zäune zu reparieren, Kohl zu ernten und einzulegen. Bald spaltete Luise das Holz im Schuppen, strich im Stall eine Wand frisch an. Mit ihrem Vater pflegte sie die Wallhecken, die seit Jahrhunderten in Friesland das Wild von den Koppeln fernhielten, Grenzen markierten und vor Wind schützten. Mit Jakob und Sönke baute sie den Motorblock des Schleppers aus und zog ihn an der Seilwinde hoch. Sie brachten ihn zum Schlosser, damit der ihn schnellstmöglich wieder zum Laufen brachte. Nach und nach ging ihr das Bewusstsein verloren, eine junge Frau zu sein. Luise war schon ein wenig muskulöser geworden. Wenn sie Holz zersägte, wurde sie zum Mann, trank sie warme Kuhmilch direkt aus dem Euter, war sie wieder ein Kind, hielt sie Missi auf den Knien und sah der sinkenden Sonne zu, fühlte sie sich wie ein uraltes, geschlechtsloses Wesen. Doch in dieser Zeit wurde sie nahezu unbemerkt zur vollen Arbeitskraft auf dem Hof, die niemand mehr missen wollte.

An einem gewittrigen Tag hörte sie im Vorbeigehen aus der Scheune ein leises Wimmern und stieg die Leiter zum Heuboden hinauf. Sofort sah sie, dass eine ihrer vielen Hofkatzen auf einem aufgeplatzten Heuballen Wochenbett gehalten hatte. Luise hatte den Tierarzt, wenn er kam, immer darum gebeten, möglichst alle Katzen zu kastrieren, aber meistens waren die schlauen Tiere genau dann nicht auffindbar, als ahnten sie, was ihnen blühte. Die frischgebackene Mutter war eine Rotgetigerte, eine Scheue, die sich von den Menschen bisher eher ferngehalten hatte. Deshalb hatte Luise ihre Schwangerschaft auch nicht bemerkt. Doch jetzt schnurrte sie laut und sah Luise mit feuchten Augen glücklich und stolz an. Luise konnte sie streicheln und durfte sich sogar ihren drei Jungen nähern. Sie waren noch blind und vollkommen hilflos. Eines war rot gestromt wie die Mutter, eines weiß wie Schnee, und das einfarbig kupferne war tot. Sie nahm es vorsichtig in zwei Hände und trug es weg, um es zu begraben. Die Katze ließ sie gewähren und schien es gar nicht zu vermissen. Sie ging ganz in der Pflege ihres rot gestromten und weißen Kätzchens auf.

Das Kartoffelkraut sprießte schon hellgrün, Luise bohrte ihre Finger in die lehmige Erde und zog eine Rinne neben der Staude. Morgen würde sie mit der Maschine die Kartoffeln auf dem ganzen Feld mit Erde anhäufeln, um zu verhindern, dass diese ans Tageslicht kamen und ungenießbare, giftige grüne Stellen bekamen. Keine leichte Aufgabe, die Fingerspitzengefühl am Lenkrad erforderte, damit die zarten Pflanzen nicht platt gefahren wurden. Aber sie war es, der die Arbeit anvertraut wurde. Luise ging weiter, buddelte eine faulige Knolle aus, aber insgesamt sah es erfreulich aus: Fast alle Frühkartoffeln schienen aufzugehen. Es würde eine gute Ernte geben, und sie spürte, wie sich ein unbeschreibliches Glücksgefühl in ihr ausbreitete.

Als sie sich aufrichtete, sah sie einen kleinen roten Wagen auf dem Feldweg ganz langsam näher kommen. Wegen der vielen Schlaglöcher wurde er ordentlich durchgeschüttelt. Sie wusste, wem er gehörte: Gitte Jacobsen, ihrer Chefin.

Sie legte die Knolle ab und wischte sich die Hände an einem Stofftaschentuch ab, stellte sich breitbeinig auf und sah zu, wie Gitte aus ihrem Fiesta stieg. Wie der Storch im Salat kam sie auf dem lehmigen Feldweg auf sie zu, versuchte, in der Mitte auf der Grasnarbe zu laufen. Wo die meisten Landbewohner nahezu durchgängig Gummistiefel oder Arbeitsschuhe trugen, hatte Gitte flache schwarz-weiß gepunktete Ballerinas mit einer Lederschleife an den Füßen, die höchstens halb so groß waren wie Luises.

»Moin, Luise, ich dachte, ich schau mal nach dir!«

»Moin, Chefin … ich meine Gitte.«

Gitte hatte einen Blumenstrauß in der Hand und streckte ihn ihr entgegen. Luise sah sich verlegen um, als wollte sie nachsehen, ob jemand anderes da war, für den die Blumen gedacht sein konnten. Dann nahm sie sie entgegen. Gitte betrachtete Luises Hände, die inzwischen mit Blasen und Schwielen bedeckt waren, die schwarzen Trauerränder unter den Fingernägeln. Sie zog die Augenbrauen hoch. »Bist ja schon wieder ordentlich dabei! Ist die Wunde denn verheilt?«

Aber obwohl es offensichtlich war, dass Luise kräftig auf dem Hof mit anpackte, während sie krankgeschrieben war, sah Gitte immer noch freundlich aus.

»Ja, ist fast nichts mehr zu sehen.« Luise krempelte bereitwillig das Hosenbein ihres Blaumanns ein Stück nach oben und drehte sich ein wenig, um ihrer Chefin die Narbe zu zeigen. Als diese die leuchtend rote Naht mit den Einstichstellen rechts und links in der weißen Haut erblickte, legte sie sich die Hand auf den Mund: »Auweia, Luise! Da hat dich das Rindvieh aber ganz schön erwischt. Warst ja das Gesprächsthema in ganz Leversdorf, so lange, bis der Junge auf dem Karlshof vom Heuboden gefallen ist.«

»Ich hab das von Torben gehört. Weiß man schon Näheres? Ich hoffe, er wird wieder.«

»Er hat beide Arme im Gips, der Torfkopp! Seine Mutter ist ganz verzweifelt, weil er keinen Handgriff mehr allein machen kann.«

Luise presste die Lippen zusammen und nickte verständnisvoll.

»Übrigens warst du nicht nur wegen deines Unfalls Gesprächsthema im Dorf …«

»Sondern auch wegen meiner Haare?« Luise fasste sich auf den Kopf. »Dachte ich mir schon.« Inzwischen war ihr Pony so lang, dass sie ihn fast immer mit einem Zackenhaarband bändigte, das sie sich morgens einige Zentimeter hinter den Ansatz schob. Das Ding hielt sein Versprechen, aber es drückte unangenehm gegen die Kopfhaut. Ein ganzer Tag mit Zackenhaarband bedeutete Schmerzen am Abend, die sie heroisch ertrug.

Gitte zeigte ihr liebenswürdiges Grübchenlächeln. »Nicht wegen deinen, sondern wegen Ilse Detlefsens Haaren.«

»Hat ihr die neue Frisur gefallen?«

»Nicht nur ihr. Ich habe inzwischen eine Warteliste mit zwanzig Namen darauf. Sie alle wollen genau die gleiche Frisur, exakt die gleiche Farbe, und nur DU sollst sie bedienen.«

Luise krempelte sich das Hosenbein wieder nach unten und schüttelte den Kopf. »Das wird schwierig.«

»Warum?« Das Gesicht der Friseurmeisterin wurde blass. »Du kommst doch zurück, oder?«

Während sich Luise langsam aufrichtete, überlegte sie einen Moment. Dann schüttelte sie störrisch den Kopf. »Nein, das geht nicht!«

Gitte starrte sie immer noch erschrocken an. »Das geht nicht?«

»Genau der gleiche Bob und vor allem Chocolate Cherry passt nicht zu jeder Leversdorfer Frau.« Dann wurde ihr Ausdruck verschmitzt. »Wenn ich es mir recht überlege, vermutlich zu keiner. Ilse Detlefsen ist eben die schmuckste Deern im ganzen Dorf.«

Vor Erleichterung lachte Gitte auf.

»Das mag sein, Luise. Und es ehrt dich, dass du dir über die Typfrage so viele Gedanken machst. Aber du fehlst mir im Salon, und außerdem ist nächste Woche die Show in Bremerhaven.«

Sie legte eine Pause ein, senkte kurz die Lider und schlug sie wieder auf. »Luise, ich brauche dich!«

Luise zögerte, als habe sie noch etwas auf dem Herzen.

»Gitte …«, begann sie. Doch sie überlegte es sich anders, biss sich auf die Lippen und nickte. »Ich bin morgen um sieben im Salon.«

Als sie dem roten Fiesta hinterhersah, der im Rückwärtsgang Richtung Hof rollte, dass der Motor heulte, dachte Luise mit einem Schaudern daran, wie sie es ihren Eltern beibringen sollte.

Es war ungewohnt, den Blaumann gegen Jeans und T-Shirt zu tauschen, die Hände und Nägel so sauber zu schrubben, dass sie weiß glänzten. Genauso ungewohnt war es, wieder so viel zu sprechen. Bei der Landarbeit konnte man schweigen, seinen eigenen Gedanken nachgehen. Nur während der Mahlzeiten wurde geredet – über ein einziges Thema: den Hof. Nach den vier Wochen kam es ihr vor, als müsste sie den belanglosen Schnack erst wieder lernen, über Biskuitteigrezepte, Windpocken und Landfrauenabende. Mit Engelsgeduld überzeugte sie ihre Kundinnen von der zu ihnen passenden Farbe und Frisur, hockte mit Farbkarten vor ihnen, blätterte gemeinsam mit ihnen Zeitschriften durch, um ihnen Vorschläge zum Schnitt zu machen. Denn tatsächlich verlangten alle nach dem Ilse-Detlefsen-Look. Wenn die Frauen ihre Haarnadeln und Kämme herauszogen oder die langen Zöpfe aufflochten, eine nach der anderen mit offenen Haaren vor dem Spiegel saß, hatte Luise das Gefühl, sie würde Leversdorf in ein neues Zeitalter führen. Wie konnte es sein, dass sie alle so lange damit gewartet hatten und sich ausgerechnet jetzt für eine Typveränderung entschieden? Als sei die Mode der letzten Jahrzehnte spurlos an ihnen vorübergegangen.

»So, Frau Gustavsen. Wenn Sie meinen Rat hören wollen, sollten Sie sich zwischen diesen beiden Farbtönen entscheiden: Karamell oder Champagnerblond.«

Sie legte die Fingerspitzen unter die beiden Haarproben, die an der Karte befestigt waren, und hielt sie ihrer sechsten Kundin des Tages an die Schläfe. »Zu Ihrem Teint passt beides, was gefällt Ihnen besser?«

Anne Gustavsen, die Frau des Schlossers, dreiundvierzig Jahre alt, betrachtete die Proben lang, strich mit dem Finger über die weichen Haarbüschel, und Luise fühlte, wie statt Ungeduld tiefes Verständnis in ihr aufkam. Dies war ein ganz besonderer Moment für die Frau mit den zarten Gesichtszügen und den feinen, von grauen Fäden durchzogenen Haaren, die, wie jeder im Dorf wusste, nach zahllosen Fehlgeburten ungewollt kinderlos geblieben war. Anne Gustavsen wirkte verunsichert.

Luise musste an eine der Lebensweisheiten denken, die ihr eine gestandene Emder Berufsschullehrerin schon im ersten Lehrjahr mit auf den Weg gegeben hatte:

»Du mootst versöken, dat Best in jeder Kundin zu gewahren, sie im bestmögelk Lücht to sehn. Dat bewarkt gliek en Geföhl de Naberskupp, en Aard Fründskupp, de Verbinnens.«

Versuche, das Beste in jeder Kundin zu erkennen, sie im bestmöglichen Licht zu sehen. Diese Einstellung erzeugt sofort ein Gefühl der Nähe, eine Art von Geneigtheit, eine Verbindung.

»Ihr schöner Teint verträgt beides«, sagte Luise. Sie hätte gern für ihre Kundin entschieden, denn das warme Karamell war ihrer Ansicht nach der etwas passendere Farbton, doch die Frauen mochten es besonders, wenn ihnen die Auswahl überlassen wurde.

»Die Namen hören sich ja beide ganz schön an!« Anne Gustavsen legte den Kopf schief. »Ich glaube, ich nehme Champagnerblond, oder was meinst du, Luise?«

»Mooi, mooi«, antwortete die, was so viel hieß wie: Schön, schön.

»Oder lieber doch Karamell?«, überlegte die Frau des Schlossers.

Luises Gesicht hellte sich auf. »Wunnermooi! Eine wunderschöne Wahl, Frau Gustavsen. Ich geh de Farb anrühren.«

Erst während sie ihr den schwarzen Kimono auszog und den Handspiegel so hielt, dass sie den duftigen karamellblonden Pagenkopf von allen Seiten sehen konnte, spürte Luise, wie sehr sie ihren Beruf in den letzten Wochen vermisst hatte. Es war dieser Moment, der wichtiger war als jedes Trinkgeld, als jeder Monatslohn. Anne Gustavsen war eine unscheinbare Frau, die stets dunkle Kleider trug. Mit verhärmten schmalen Lippen hatte sie Gittes Friseurlädchen an diesem Tag betreten. Aber als sie es mit ihrer neuen Frisur verließ, strahlte sie Gesundheit, Gelassenheit und eine tiefe Zufriedenheit aus.

Erst nachdem die letzte Kundin des Tages in den Windfang getreten war, realisierte Luise, wie erschöpft sie war und dass die Narbe an ihrer Wade schon lange angefangen hatte zu pochen. Obwohl sie sich auch in den letzten Wochen nicht geschont hatte, strengte sie das lange Stehen mehr an als die Landarbeit. Zum ersten Mal seit heute Morgen um sieben setzte sie sich auf einen der Drehsessel aus eierschalenfarbenem Kunstleder und streckte die langen Beine aus.

»Müde?«, fragte Gitte und sah sie mitfühlend an. »Das war vielleicht ein bisschen viel für den ersten Tag.«

»Es geht schon!«

Gitte lächelte ihr Grübchenlächeln, schloss den Laden von innen ab und verschwand kurz hinter dem Perlenvorhang. Mit einem Tablett, auf dem zwei MM-Piccolos, Sektgläser und eine Blechdose Quality Street standen, kam sie zurück.

»Jetzt feiern wir erst mal deine Genesung, und dann besprechen wir, wie wir es in Bremerhaven machen, welche Schnitte und Farben wir vorführen.«

Als Erstes sah Luise zur Uhr. Aber bis zum Melken hatte sie noch eine halbe Stunde Zeit. »Keine Sorge, ich fahr dich heute nach Hause, damit du pünktlich bei deinen Kühen bist«, sagte Gitte und fügte hinzu: »Hast du eigentlich keine Angst vor den Rindviechern, seit das passiert ist?« Sie machte eine Kopfbewegung in Richtung von Luises lädiertem Bein.

»Nee, die Mathilde konnte nichts dazu, sie war seek, ich meine krank, und hatte große Schmerzen.«

»Na, du bist wirklich hart im Nehmen, Mädchen.« Gitte öffnete das erste Fläschchen.

»Können Sie denn danach noch Auto fahren?«, fragte Luise leise.

»Lass das mal meine Sorge sein!« Gitte schenkte ihnen die Gläser voll und hielt Luise die bunt bedruckte Dose mit den Toffees entgegen. »Na denn mal Prosit! Du glaubst ja gar nicht, wie froh ich bin, dich wiederzuhaben!«

Beide hoben die Gläser.

Luise erwiderte leise das Prosit und spürte dem Prickeln des lieblichen Sekts auf der Zunge nach. Gitte deutete auf ihren Kopf und spitzte die Lippen. »Deine Haare sind gewachsen. Man sieht ja gar nicht mehr die ursprüngliche Kontur. Was meinst du, soll ich sie noch mal nachschneiden?«

»Bloß nicht!«, protestierte Luise. »Wenn Sie wüssten, wie viel Spott mir die Frisur eingebracht hat.«

Gitte schüttelte den Kopf. »Das sind alles Banausen, ohne Geschmack! Dein asymmetrischer Fransenschnitt ist mir perfekt gelungen. Und bei der Show solltest natürlich auch du selbst gut frisiert sein.«

»Ja, das stimmt, aber der Schnitt passt einfach nicht zu mir.«

Ganz vorsichtig, um ihre schwarz lackierten Fingernägel nicht zu beschädigen, öffnete Gitte die Blechdose mit den Karamellbonbons und bot sie Luise an.

»Darum ging es doch gar nicht«, sagte Gitte. »Ich meine, um passen oder nicht passen.«

Luise suchte sich ein rosa eingepacktes Toffee aus und zog an den beiden Enden, um es aufzuwickeln. »Ich glaube schon … eigentlich geht es immer nur darum!«

»Aber doch nicht bei der Übung für eine Show.«

Das Toffee fühlte sich in ihrer Hand warm und klebrig an, und Luise zögerte, es sich in den Mund zu stecken. »Ich glaube, unsere Aufgabe besteht darin, das Beste in jedem Menschen zu erkennen und ihn im bestmöglichen Licht zu sehen. Wenn uns das gelingt, dann finden wir auch die passende Frisur für ihn oder sie.«

Gitte hob die Augen theatralisch zur Decke.

»Ach, du machst es viel zu kompliziert, Luise. Jetzt lass uns mal über was Wichtiges reden: Was meinst du, mit welchen Frisuren sollen wir in Bremerhaven antreten?«

4

Es war ein strahlender Maitag. Durch das Stadtzentrum von Bremerhaven bewegte sich ein Umzug von fast zweitausend Menschen in farbenprächtigen Trachten und Uniformen. Dazwischen Pferdegespanne und Spielmannszüge. Von Weitem konnte Luise schon die Masten der Schoner über den Häuserlinien sehen, als sie und Gitte im Schritttempo hinter der letzten Kutsche hertuckerten. Der Hafen war das Ziel des Zugs. Die bunten Wimpel der stattlichen Segelschiffe flatterten im Nordseewind, und die rot-weiß-rote Flagge mit dem Stadtwappen auf den Fahnen bildete einen herrlichen Kontrast zu dem verwaschenen blauen Himmel. Ausgerechnet heute war Frühjahrsmarkt in Bremerhaven, der es ihrer Chefin nicht leicht machte, den Ford Fiesta zu dem Hotel zu steuern, in dem die Frisurenshow stattfand. Luise beugte sich nach links, um auf die Uhr im Armaturenbrett zu sehen. Schon zehn nach neun. Sie kamen zu spät!

Das Preisfrisieren der Friseur-Innung um die Goldene Schere von Bremerhaven im Forumhotel war einzigartig. Hundertzwanzig Meister, Gesellinnen und Lehrlinge aus kleinen niedersächsischen Dörfern, aber auch aus Städten wie Vechta, Oldenburg, Wilhelmshaven und Bremen kamen hier zusammen und traten im Wettbewerb gegeneinander an. Es gab Wertungen in den Kategorien Herren- und Damenfrisuren für jedes Lehrjahr, für Gesellen, die Meister und ganze Teams.

Die Forumsbühne hatte sich für diesen Tag in einen Friseursalon verwandelt. Jeder hatte ein Modell zur Verfügung, und Luise fragte sich, wo man die vielen Frauen und Männer nur gefunden hatte und wie sie alle trotz des Frühlingsmarkts rechtzeitig angekommen waren. Es saßen bereits sechs junge Mädchen und zwei Männer nebeneinander auf den Frisierstühlen. Längst war der Wettbewerb im Gang. Haare rieselten auf den Boden, Scheren klapperten, Föhne surrten. Ein paar Gesichter kannte Gitte und grüßte, aber nicht viele. Die Community, die sich hier traf, war eine eingeschworene Gesellschaft. Viele tingelten von Wettbewerb zu Wettbewerb und waren der Jury bestens bekannt. Wer aus einem großen Salon aus der Stadt kam, trat ganz anders auf als die unscheinbaren Dorffriseure. Und die Blicke, die sie trafen, kannte sie ebenfalls, da sie auch hier so gut wie jeden um einen Kopf überragte und ihre Frisur inzwischen keine Frisur mehr war.

Als Luise an die Reihe kam, spürte sie eine Nervosität, die sie nie zuvor gekannt hatte. Das Mädchen mit den schwarz gefärbten dünnen Haaren, das vor ihr auf dem Stuhl saß, sah sie aus schmalen Augen an und schien ihr wenig zuzutrauen. Sie mussten etwa gleichaltrig sein. Um den Hals des Mädchens lag eine Tattoo-Kette. Ihre gescheitelten Haare setzten hoch über der Stirn an, die kaum gebogenen und gezupften Augenbrauen ließen gerade genug Platz für die kleine Zornesfalte. Sie schien nicht viel Lust zu verspüren, einen neuen Haarschnitt zu bekommen, und schon gar nicht von dieser ungelenken Riesin, die mit einem rausgewachsenen Fransenschnitt herumlief.

»Guten Morgen, ich bin Luise, und wie heißt du?«

»Haneke«, presste die Probandin hervor.

»Also, Haneke, ich müsste dich als Erstes ein wenig hochliften, ist das okay für dich?«

Haneke nickte zögernd und ließ Luise nicht aus den Augen, während diese den Frisierstuhl so weit nach oben pumpte, wie es ging.

Dabei betrachtete Luise sich die Haare näher, und ihr sank der Mut: Sie waren trocken, splissig, ausgelaugt und kaputt gefärbt.

»Darf ich?«, fragte sie, bevor sie eine Strähne berührte. Das Mädchen sah sie erstaunt an, nickte aber. Anscheinend war es so viel Höflichkeit nicht gewohnt. Vor allem die Spitzen waren mindestens viergeteilt. Bis auf fünf Zentimeter an den Ansatz heran war die Haarstruktur so angegriffen, dass nichts mehr zu retten war. Was sollte sie daraus machen? Ein Drew-Barrymore-Bob, wie ihn Gitte unbedingt von ihr sehen wollte, war völlig unmöglich. Dazu mussten die Haare mindestens zwanzig Zentimeter lang bleiben und gesund sein.

»Benutzt du häufiger einen Lockenstab?«, fragte Luise.

»Nein, aber ein Kreppeisen, warum?«

Luise biss sich auf die Lippen und beugte sich nach vorne, untersuchte die Haare am Oberkopf. Kein Wunder!

»Das ist keine so gute Idee, Haneke, und wenn, dann solltest du das nur ganz, ganz selten nehmen.« Aber immerhin war die Farbe am Ansatz bereits vier Zentimeter herausgewachsen, und es kam ein lichtes Blond zum Vorschein.

»Was hast du dir denn für eine Frisur vorgestellt?«

Das Mädchen zuckte mit den Schultern. »So was wie Cher vielleicht?« Dabei machte sie eine Bewegung mit beiden Händen, die viel Volumen und einen schmalen Gesichtsausschnitt andeuteten.

»Cher«, wiederholte Luise leise und dachte an die aparte Schauspielerin und Sängerin mit den pechschwarzen überschulterlangen Haaren und dem Mittelscheitel. »Die mag ich auch, der *Shoop Shoop Song* aus *Meerjungfrauen küssen besser* ist sogar eines meiner Lieblingslieder.«

»Meins auch.« Zum ersten Mal war in Hanekes Augen ein Hauch von Glanz zu sehen. Luise hatte plötzlich eine Idee.

»Den Film hast du also auch gesehen?«

Haneke nickte. »Ja, der war klasse.«

»Und wie findest du Winona Ryders neuen Haarschnitt?«

»Auch super …«, dann legte sie den Kopf schief. »Du meinst doch nicht etwa …?«

»Doch, genau das meine ich!«

Während sie beide sich bisher nur im Spiegel angeschaut hatten, stellte sich Luise jetzt vor Haneke hin und sah ihr direkt in die Augen. »Glaub mir: Der Winona-Pixie würde perfekt für dich passen, du hast Ähnlichkeit mit ihr, die gleiche Gesichtsform, die geraden Augenbrauen … nur eben alles in Blond und nicht in Brünett.«

»Aber das ist raspelkurz!« Der Ausruf war so laut, dass sich die anderen Modelle, Friseure und die gesamte Jury zu ihnen umdrehten.

»Pst, nicht so laut! Der Pixie ist nicht raspelkurz … er ist kurz, ja, das stimmt, aber …«

Als sie merkte, dass die anderen sie immer noch beobachteten, beugte sie sich nach vorne und sprach leiser: »Vertrau mir, Haneke. Ich weiß, dass es gut wird, und für deine Haare ist es eine Wohltat.«

»Eine Wohltat, wenn man sie abschneidet?«

Luise nickte.

Das Mädchen schloss kurz die Augen, stieß einen tiefen Seufzer aus und sagte kaum hörbar: »Von mir aus.«

Luise konzentrierte sich ganz auf ihre Arbeit, ließ die Schere über den Kopf des Mädchens flattern, ohne das geschäftige Treiben um sich herum weiterhin wahrzunehmen. Nach und nach wurde der Boden von den langen, ausgelaugten Strähnen bedeckt. Mit geübten Handgriffen schnitt sie die Haare so, dass manche Spitzen schwarz blieben, die meisten aber blond wurden. Es war ein Experiment, aber der Effekt gelang. Das Haar wirkte viel lebendiger und so aufregend wie ein gutes Gemälde.

Als sie fertig war, nahm sie einen großen Pinsel und wischte über Hanekes Gesicht, um die kleinen Härchen zu entfernen, dann zog sie ihr mit einem Ruck den Friseurumhang weg.

»Fertig, jetzt bist du Winona in Blond!« Und setzte hinzu: »Fast Blond!«

Mit dem Handspiegel ließ sie Haneke ihre neue Frisur aus allen Perspektiven betrachten und lauschte nun mit halbem Ohr und der Nervosität einer Künstlerin bei ihrer ersten Ausstellung auf die Kommentare um sie herum. Abschätziges hörte sie nicht, aber auch kein ausdrückliches Lob.

Doch was ihr viel wichtiger war: Auf dem Gesicht ihres Modells erschien ein zaghaftes Lächeln, das langsam in ein Strahlen überging. Das Mädchen strich sich mit den Fingern über die vier Zentimeter langen Haare am Oberkopf, wo die Farbe meliert war. Es war nicht zu übersehen, dass der Pixie-Schnitt wirklich perfekt zu ihrem Typ und ihrer Gesichtsform passte – und dass seine Konturen vollkommen waren.

»Und? Gefällt es dir?«, fragte Luise.

Haneke nickte: »Ja! Es gefällt mir wirklich. Danke!«

Bis die Modelle in einer Stunde von der Jury begutachtet wurden, vertrieb sich Luise die Zeit und sah den anderen Lehrlingen, Gesellen, vor allem aber den Meistern zu. Gitte war mit dem asymmetrischen Fransenschnitt beschäftigt, den sie an ihr geübt hatte. An der Frau, die ihr Modell saß, gefiel Luise die Frisur noch weniger als an sich selbst. Bei der kräftigen Statur, dem runden Gesicht und dem kurzen Hals war die unregelmäßige, modische Schnittlinie ein völliger Fehlgriff. *Warum sieht meine Chefin das nicht?*, fragte sich Luise gerade im Stillen und zuckte zusammen, als sie plötzlich jemand ansprach.

»Wie sind Sie auf den Pixie-Schnitt gekommen?« Der Mann, der neben ihr stand, musste um die vierzig sein und trug die Spuren eines ausschweifenden Lebens in seinen Gesichtszügen. Mit den Ostfriesengesichtern, die Luise kannte, hatte er nichts gemein, bis auf die blassblauen wässrigen Augen. Darunter Tränensäcke, tiefe Falten führten links und rechts der schmalen Nase bis zum Mund, über diesem ein gelbblonder Schnurrbart. Das zu lange Haupthaar in der gleichen Farbe. Es reichte ihm bis über den Hemdkragen.

»Winona Ryder?«

Luise nickte zögernd. »Ja, genau.«

»Chapeau! Die Kleine ist der gleiche Typ – die ideale Wahl und noch dazu fast perfekt ausgeführt.«

»Fast perfekt?«

»Ich hätte nichts von dem kolorierten Haar übrig gelassen. Das reine Flachsblond hätte sie noch unschuldiger aussehen lassen.«

Luise presste die Lippen zusammen und nickte wieder. Sie fühlte sich unbeholfen, insbesondere, weil der Mann sie so unverhohlen von oben bis unten musterte.

»Trotzdem schlägt deine Arbeit die der übrigen Friseur-Gesellinnen um Längen.«

Er machte eine übertrieben abfällige Geste, mit der er jeden im Saal einbezog. »Alles nur Durchschnitt … übrigens, ich bin der Udo.« Er streckte die Hand aus, und Luise ergriff sie. »Udo Hammer.«

Luise meinte, den Namen hätte Gitte schon einmal erwähnt, aber sie war sich nicht sicher.

»Und was ist mir deinem eigenen Haar passiert?« Sein Nicken in Richtung ihrer nicht mehr exakt geschnittenen Frisur, deren Pony sie wieder mit dem Zickzackhaarreif streng nach hinten gezurrt hatte, war unmissverständlich. »Da könnte man auch mehr draus machen.« Luise griff sich an den Hinterkopf.

»Irgendwoher müssen die Modelle eben kommen.« Diese Antwort hatte sie sich inzwischen zurechtgelegt, um den vielen abfälligen Bemerkungen zu begegnen.

»Entwaffnend«, sagte er. »Wo kommst du her?«

»Aus Leversdorf … das liegt zwischen Wiesmoor und Emden … Ostfriesland.«

»Ah, alles klar«, machte er, wobei nicht klar wurde, ob er damit ausdrücken wollte, nun wisse er Bescheid oder er kenne die Gegend. Hinter ihm tauchte eine Dame in einem engen Kostüm und roten Pumps auf, die Luise bereits am Tisch der Jury gesehen hatte. Sie berührte ihn mit einer Geste am Arm, als würden sie sich nicht nur beruflich kennen. »Kommst du, Udo? Wir müssen.«

»Bin gleich da, Ulla!«

Als sie nicht gleich wieder ging, wurde er deutlicher. »Wir haben noch etwas zu besprechen. Ich sage doch, ich komme gleich.« Die Dame in dem Kostüm schob die Unterlippe vor und drehte sich beleidigt um.

»Wie wär's, trinken wir später noch einen Kaffee zusammen?«, fragte er, wieder an Luise gewandt.

»Das geht leider nicht, ich bin mit meiner Chefin da, und wir fahren sofort nach Verkündung der Gewinner zurück nach Hause.«

»Das ist schade.«

Der Griff in die Brusttasche seines Jackets erfolgte sogleich, und schon hatte er Luise seine Visitenkarte in die Hand gedrückt.

»Wir sollten uns unbedingt wiedersehen.«

Er berührte sie kurz an der Schulter und drehte sich um. Während Luise noch die Hochglanzkarte hin und her drehte, auf der die Worte »International Hairstylist« in roter Schrift unter seinem Namen gedruckt waren, kam Gitte auf sie zu. »Was wollte Udo Hammer von dir?«

Luise zuckte mit den Schultern. »Ich weiß nicht … Kaffee trinken.«

Gitte zog die Augenbrauen hoch. »Das ist ja 'n Ding. Der Vorsitzende der Jury will mit dir Kaffee trinken!«

Eine halbe Stunde später hielt Luise einen hässlichen Acrylblock im Arm, in den eine goldfarbene Schere gegossen worden war. Der erste Preis war derart überdimensioniert, dass sie sich, noch während sie ihn in Empfang nahm, fragte, wo sie ihn in ihrem kleinen Zimmer unterbringen sollte. Der Applaus tat ihr in den Ohren weh, die Gesichter des Publikums um sie herum verschwammen, und sie merkte, wie ihr das Blut in den Kopf stieg und ihre Wangen glühten. Vermutlich war ihr Gesicht purpurrot. Haneke, ihrem Modell, ging es genauso, als sie neben ihr auf der Bühne stand. Der Saal war voll besetzt mit Fachpublikum. Jetzt ertönten Bravorufe, und Gitte formte einen Trichter vor ihrem Mund und stieß aus der ersten Reihe laute, begeisterte Heuler aus. Das Mädchen hob in einer graziösen Geste das Kinn und legte zwei Finger darunter. Sie hatte sich von einem hässlichen Entlein in einen Schwan verwandelt. Die Scheinwerfer blendeten Luise, doch sie sah die pure Freude und den Stolz in Hanekes Gesicht. Die beiden lächelten sich zu, und in diesem Moment dachte Luise: *Das ist es, was ich will – ich will Menschen durch meine Frisuren zufrieden und glücklich machen!*

»Der bekommt natürlich einen Ehrenplatz in unserem Laden.«

Gitte freute sich so sehr über Luises Preis, dass sie ihre Enttäuschung, selbst leer ausgegangen zu sein, schnell vergaß. »Aber du weißt ja, was das heißt, und das ist viel wichtiger als dieser Klotz hier: Du wirst nach Hamburg zur Endausscheidung fahren. Es ist wirklich mehr als grandios!«

Erst als sie im Auto saßen und von der Bundesstraße abbogen, kam Gitte wieder auf den Wettbewerb und den Vorsitzenden der Jury zu sprechen. Udo Hammer sei in der Friseurbranche schon immer das gewesen, was man einen »Networker« nenne. Sie kenne ihn noch aus seiner Zeit als Vertreter von Wella. Er pflege systematisch Beziehungen, bringe Leute zusammen, sammele Informationen, habe viel Sinn fürs Geschäft, aber auch für Mädchen.

»Du hast ihm doch hoffentlich nicht deine Telefonnummer gegeben?«, fragte Gitte.

Luise schüttelte den Kopf. »Natürlich nicht!«

Der Seufzer ihrer Chefin drückte Erleichterung aus. »Hätte ich mir bei dir auch nicht vorstellen können. Na ja, er hatte einen gewissen Ruf, es hieß, man müsse seine Lehrlinge vor ihm in Sicherheit bringen.«

Sie hatten noch dreißig Kilometer bis nach Leversdorf, und das Wetter hatte umgeschlagen. Mittlerweile prasselte Regen auf die Windschutzscheibe, und die Scheibenwischer rasten hin und her. Weiter oben am Himmel blinkten die roten Warnlichter der Windräder. Seit zwei Jahren zeigte deren immergleicher Takt ihnen an, dass sie sich ihrem Heimatdorf näherten, wie Leuchtfeuer auf einer Landebahn.

»Bei dem Schietwetter ist man sogar froh über die schrecklichen Dinger«, murmelte Gitte und kniff die Augen zusammen, um die Fahrbahn besser sehen zu können.

Luises Bemerkung war leise: »Manche sagen, das ist die Zukunft, und wünschen sich noch mehr von ihnen.«

Gitte schüttelte den Kopf. »Weißt du, womit mich mein Mann vor zehn Jahren überredet hat, hierherzuziehen?«

»Womit?«

Draußen wurde es immer dunkler, und ihre Chefin schaltete die Scheinwerfer ein.

»Du wirst sehen, sagte er damals, Ostfriesland tut dir gut! Der weite Himmel über dir und das grüne Land ringsum, so was findest du sonst nirgends.« Sie lachte auf. »Die Weite war einmal. Ich habe gehört, dass in den Landkreisen Aurich, Wittmund, Leer, Friesland und in der Stadt Emden über tausend Windkraftanlagen geplant sind, und die Genehmigungsverfahren laufen schon. Bald ist das hier ein riesengroßes lärmendes Industriegebiet.«

Luises Augen weiteten sich. »Wer sagt das?«

Jetzt hackte der Regen so stark auf die Scheiben ein, dass Gitte nur noch im Schritttempo fahren konnte. Sie umklammerte das Lenkrad und beugte sich weit nach vorne. Schließlich sah man gar nichts mehr. Sie fuhr an die Seite und stellte die Warnblinkanlage an, ließ aber den Motor laufen, damit die Lüftung die Scheiben von innen freiblies. Um sich zu verständigen, mussten sie schreien.

»Zufällig zähle ich die Ehefrau des Landrats und unseren Bürgermeister zu meinen Kunden, und mein Mann hat ja von seinem Arbeitsplatz auf den Dächern einen guten Überblick. Er sagt, die Landvermesser sind schon ausgeschwärmt.«

Ob mein Vater davon weiß, fragte sich Luise, ohne es auszusprechen. Vermutlich wurde längst auch am Stammtisch darüber geredet.

»Und der Nationalpark Wattenmeer? Ich meine, der ist doch Weltnaturerbe.«

»Keine Ahnung!« Gitte hob die Schultern. »Seit dieses Gesetz über erneuerbare Energien erlassen wurde, spielt das anscheinend keine Rolle mehr.« Sie rieb Daumen und Mittelfinger aneinander – eine Geste, die fast auf der ganzen Welt das Symbol für Geld war. »Wenn du mich fragst, geht es da nicht um saubere Energie, sondern um nackte Gier. Jeder, der jetzt nicht mitmacht, ist nachher der Dumme.«

Der Regen ließ langsam nach, und Gitte löste die Handbremse. Sie hatten mindestens zehn Minuten am Seitenrand gestanden, und kein einziges Verkehrsmittel war in dieser Zeit an ihnen vorbeigefahren. Der Graben neben der Straße glich einem reißenden Bach, durch die graue Wolkendecke streckte die Nachmittagssonne ihre Strahlenfinger aus, so grell, dass sie die Sonnenblenden herunterklappen mussten. Schon kamen die ersten Krähen zurück auf die nassen Felder geflattert, um nach Würmern zu suchen. Luise drehte sich zu den Windrädern um und betrachtete die Rotorblätter in hundert Metern Höhe, die sich alle gleichmäßig bewegten – fast majestätisch. Nach Gittes Worten sah sie die gigantischen Windanlagen mit anderen Augen an.

Was, wenn sie und Magnus recht behielten? Würde sich dann nicht alles hier verändern?

Im Autoradio lief Radio Nordseewelle, und Luise drehte den Ton lauter, als der Instrumentalhit *Das Boot* von U 96 kam. Die kleinen Lautsprecher des Fiesta klirrten bei der anschwellenden Melodie. Am gelben Ortsschild von Leversdorf ging Gitte vom Gas, tuckerte langsam die Dorfchaussee entlang. Vorbei an Mannsens alter Mühle, die schon lange stillgelegt war, und am Glascontainer, auf dem ein neues Graffiti dazu gekommen war – ein Windrad. Sie passierten rechter Hand Mellis Sonnenstudio, und der Wind scheuchte eine McDonald's-Tüte vor ihnen her. Sonntags war das Dorf wie leer gefegt, und hinter den Fenstern flimmerte es bläulich. Nur im Moorbachhof brannte warmes Licht.

»Weißt du was?«, fragte Gitte. »Da gehen wir jetzt rein und zeigen allen deinen Pokal!«

»Nein, auf keinen Fall!«

»Komm schon, Luise. Ich muss jetzt ein bisschen mit dir angeben.«

»Das interessiert da keinen, die wollen doch alle nur Fußball gucken, und außerdem gibt es genug Arbeit auf dem Hof, die auf mich wartet.«

Gitte deutete auf die kleine Uhr im Armaturenbrett. »Es ist erst vier, noch keine Zeit zum Melken ... komm schon, sonntags gibt's immer frischen Blechkuchen bei Ilse.«

Im Dorfkrug lief kein Fußball, denn weder der FC St. Pauli noch Werder Bremen hatten Spieltag und die Kickers Emden waren in der Regionalliga. Hinter dem Tresen stand Ilse Detlefsen und zapfte sechs Pils, obwohl nur Malte Ahlers mutterseelenallein und tropfnass am Stammtisch saß. Er war einer von denen, wie es sie in jedem Dorf gab, die mit keinem sprachen, schon von Kind an alles anders machten. Bei Regen lief er barfuß, heulte mit dem Wind mit, aß rohe Kartoffeln vom Feld und wurde von den Leuten hingenommen wie das Wetter. Man hielt ein wenig Abstand, machte Scherze, und solange er nicht die eigene Hauswand bemalte, ließ man Malte in Ruhe, zumal er der Sohn von Hans Ahlers war, dem Bauern mit dem größten Hof weit und breit, von dem es hieß, er würde noch halb Ostfriesland aufkaufen. Mit Ahlers wollte sich keiner anlegen.

Als die Tür aufflog, hob Malte den Kopf und zog eine schiefe Grimasse. Gitte marschierte vorneweg und trug den Acrylklotz wie eine Trophäe in beiden Händen. Die Wirtin riss die Augen auf. »Gitte! Hast du etwa gewonnen?«

»Nee, nicht ich, sondern die Kleine hier.« Sie deutete auf Luise, die mit eingezogenem Kopf hinter ihr herschlich. »Ich meine, die kleine Große!«

Ilse Detlefsen schlug die Hände zusammen. »Im Ernst jetzt?« Doch ihr Erstaunen ging sofort in übertriebene Lobhudelei über. »Als hätt ich's nicht immer schon gewusst: Aus der Luise Jensen wird noch mal was, so wie die mir die Haar geschnitten hat!« Mit den Handflächen bauschte sie ihren Bob auf. »Und die Farv erst … Chocolate Cherry kennt inzwischen ganz Leversdorf.«

Sie griff hinter sich, nahm die Flasche mit dem Friesengeist aus dem Regal und goss die sechs Schnapsgläser auf ihrem Tablett randvoll. »Wollt ihr auch einen? Ist gut gegen das Sauwetter! Oder soll ich euch zwei Damengrogs machen, zum Aufwärmen?«

Ilse Detlefsens starker Tee mit Rum war berühmt-berüchtigt.

»Nee, lass mal, uns steht der Sinn nach deinem Blechkuchen und zwei Tassen starkem Tee mit Sahne.«

»Kriegt ihr gleich!«

Ilse Detlefsen kam hinter dem Tresen hervor und öffnete die Schiebetür zum Kartenzimmer, aus dem Rauchschwaden drangen und laute

Männerstimmen. Alle redeten durcheinander. Sie verstummten sofort, als die Wirtin sich zwischen die Türflügel stellte und hineinrief: »Paule, guck mal, das musst du dir ansehen.«

Halb drehte sie sich zu Gitte und Luise um, winkte ihnen, näher zu kommen. Doch nur Gitte folgte bereitwillig ihrer Aufforderung und stolzierte auf ihren hohen Stiefeln mit dem Pokal durch die offene Tür. Sie platzte fast vor Stolz.

»Den hat Luise Jensen gewonnen! Erster Platz beim norddeutschen Friseurwettbewerb um die Goldene Schere«, hörte Luise sie sagen. Gitte hielt den Pokal in die Höhe, doch Luise fühlte sich unwohl, als sie die Männer klatschen und johlen hörte. »Bravo! Und wo ist denn nun die Siegerin?«

»Luise, komm doch mal.« Gitte versuchte sie mit wilden Bewegungen herbeizuwinken, aber ohne Erfolg. Lieber setzte sich Luise auf die Eckbank zu Malte. Der musterte sie, dann schenkte er ihr ein scheues Lächeln. Vor sich auf der Tischplatte hatte er eine Platzdecke aus Papier liegen und ein kleines Pappschächtelchen mit Buntstiften, das normalerweise nur Gäste mit Kindern bekamen. Im Sommer war der Moorbachhof seit Neuestem ein Ausflugsziel für Touristen. Dann standen Tische draußen, es gab einen Moorlehrpfad und einen Streichelzoo. Aber auch der Gastraum im Moorbachhof war gemütlich. Von der tiefen holzgetäfelten Decke fiel sanftes Licht auf ihren runden Tisch. In der Ecke stand ein Ofen mit blau-weißen Delfter Kacheln voller alter Windmühlenmotive. Luise lehnte ihren langen Rücken daran und spürte, wie die angenehme Wärme durch ihre Glieder floss. Früher war er mit Torf beheizt worden, inzwischen hatte man ihn auf Gas umgerüstet. Sie legte ihr Bein auf die Bank und wollte sich ein bisschen ausruhen, betrachtete Maltes nackte Füße und fragte sich, warum er nicht dauernd krank wurde.

Malte summte die immer gleiche Melodie und füllte das Papier mit Landschaften, Kühen, Schafen, Raben, Strichmännchen, umgeben von Zeichen und Buchstaben, die seinen Graffitis ähnelten. *Vielleicht dienen ihm die Platzdecken als Skizzen, als Vorlagen*, dachte Luise, stützte die Hände ins Kinn und sah ihm zu. Auf einmal legte er den kurz gemalten grünen Buntstift ab, streckte die Hand nach ihr aus. Bereitwillig beugte

Luise ihren Kopf nach vorne, und er zog ihr den Zickzackhaarreif aus den Haaren. Dabei lachte er. Ein Junge wie Malte hatte undurchschaubare Regeln. Man wusste nicht, woher sein dauerndes Summen kam, warum er plötzlich lachte oder weinte. Luise spielte einfach mit. Aber sie erkannte plötzlich das Lied, das er vor sich hin summte. Es war die Melodie von *Das Boot*, die sie gerade eben im Autoradio gehört hatten.

»Das ist ein Zackenhaarband. Damit kannst du jeden Bad Hair Day ins Gegenteil verkehren, sagen sie in der Werbung.«

Malte antwortete nicht, sondern versuchte, sich den Reifen auf den Kopf zu setzen, doch der verfing sich in seinen kinnlangen strähnigen Haaren. »Aua!«, rief er und begann sofort zu weinen wie ein Kind.

»Lass mich mal.« Luise nahm ihm das Haarband sachte aus der Hand und platzierte es um seinen Hals. »Das muss man so machen. Vorsicht, es kratzt ein bisschen.« Dann schloss sie das Band in seinem Nacken und schob es ganz langsam nach oben, bis es einige Zentimeter hinter seinem Haaransatz saß. »Sieht gut aus!«, lobte sie, streckte den Daumen in die Höhe, und Malte lächelte unter Tränen. »Du kannst es behalten.« Erst jetzt bemerkte Luise, dass er Watte in den Ohren hatte. Sie streckte die Hand aus und deutete darauf. »Du kannst mich wohl gar nicht hören?«

»Die Watte stopft er sich in die Ohren, weil ihm die Geräusche der Welt zu laut sind und ihn erschrecken – vor allem eine zu grobe Sprache kann er nicht ertragen.«

Luise erschrak, als sie die tiefe, aber sanfte Stimme vernahm. Der Mann, der unbemerkt in den Gastraum gekommen war, stand plötzlich neben ihnen. Sie erkannte Maltes älteren Bruder Nils sofort an den Augen, seinem ruhigen Blick, dem gesamten Habitus, der schon immer eine große Gelassenheit ausgestrahlt hatte.

Sie sagte: »Ach so, das wusste ich nicht.«

Nils legte Malte die Hand auf die Schulter. »Hier bist du! Ich hab dich überall gesucht.« Malte stand auf und schmiegte sich an Nils' Körper, dem es nicht das Geringste auszumachen schien, dass sein Bruder pitschnass war. Nils war noch immer der lebhafte, sympathische, gertenschlanke Junge, an den sich Luise erinnerte. Er trug dunkle Jeans, einen roten Pullover, Schuhe aus weichem Leder. Damit sah er vollkommen anders aus als die anderen Burschen hier im Dorf. Ohne große Umschweife zog er Malte mit sich, setzte sich neben Luise und legte seinem Bruder den Arm um die Schulter. Schon als sie noch Kinder gewesen waren, hatte Nils immer die richtigen Gesten und Worte gefunden. Keiner konnte so locker mit Malte umgehen wie Nils, sagen, was er dachte, und ihn doch seine Liebe und Fürsorge spüren lassen. Ohne Erklärung zog er die Watte aus Maltes Ohren und steckte sie ihm in die Jackentasche. Der wehrte sich nicht, und als Nils meinte, er solle die Jacke ausziehen, weil sie kladernatt sei und triefe, gehorchte er, ohne zu murren.

»Du hast den Haarreif von Luise, meinst du nicht, sie braucht ihn selbst?« Lächelnd sah Nils sie an. »Nimm's ihm nicht übel, wenn er sich nicht bedankt hat.«

»Natürlich nicht!«

Sie bemerkte Nils' Blick auf ihre langen Ponysträhnen, die ihr jetzt ungebändigt ins Gesicht fielen, strich sie hinter das Ohr und wünschte, sie hätte sich heute ausnahmsweise mehr Mühe mit ihrem eigenen Aussehen gegeben.

»Wie kommt's, dass du hier mit Malte im Dorfkrug sitzt?«, fragte Nils.

Luise fühlte sich versucht, ihm alles zu erzählen. Die Neuigkeiten brannten ihr auf der Zunge. Für sie war er immer ein Held gewesen, der sich herzerwärmend um seinen Bruder kümmerte. Der Zuverlässige, der Starke, mit dem man Geheimnisse teilen konnte, der einen nie verriet. Aber sie schwieg. Die Nachricht von ihrem ersten Platz hätte wie Prahlerei wirken können, und es war ihr nicht egal, wie er von ihr dachte. Sie antwortete mit einer Gegenfrage: »Wie kommt's, dass du hier bist, ich dachte, du studierst?«

»Ich bin nur für ein Wochenende da, hatte Sehnsucht nach dem Scheusal hier.« Liebevoll knuffte er Malte gegen den Oberarm, und dieser lächelte, hielt seine Hand fest. Nils erzählte ihr von seinem Studium in Hamburg, von Vorlesungen, Tutorien, vom Büffeln vor den Klausuren, sprach von seinen Vorstellungen, seinem Sehnen und seinen Wünschen, vom Glück und dem schlechten Gewissen, wenn er Malte hier allein ließ.

»Er ist doch nicht allein.«

»Du weißt schon, was ich meine.«

Luise wusste es. Zwar wurde Malte von allen geduldet und auch nicht gequält, aber selbst sein Vater nannte ihn einen Tunichtgut.

»Was für ein spannendes Leben du hast. Ich beneide dich, du siehst so viel mehr als ich, lernst Neues, weißt, was du willst, kannst dir deine Träume erfüllen und hast eine andere Zukunft vor dir als wir hier.«

Die Worte flossen aus ihrem Mund, wie von allein. Schnackte sie im Friseursalon sonst nur über belanglose Dinge, sprach sie hier plötzlich von Zukunftsträumen. »Ich bin erst siebzehn, aber das Einzige, was ich kenne, ist unser Hof, Leversdorf, der Friseurladen und …« Ihr lag »Bremerhaven« auf der Zunge, aber auch dann hätte sie auf seine Nachfrage hin alles erzählen müssen.

Ilse Detlefsen brachte jetzt vier Stücke warmen Streuselkuchen, eine Kanne Ostfriesentee und Tassen an den Tisch. »Das geht aufs Haus!« Mit Blick auf Luise erklärte sie Nils: »Weißt du eigentlich, wen du vor dir hast? Diese Deern ist eine Künstlerin. Sie ist verantwortlich für meine neue Frisur.« Wie vorhin klappte sie die Handflächen nach hinten und bauschte die Spitzen ihres Bobs auf. Nils formte mit Daumen und Zeigefinger ein O. »Sehr schick, Frau Detlefsen!«

»Aber nicht nur das: Luise hat heute die Goldene Schere gewonnen.«

»Die Goldene Schere?« Nils hob die Augenbrauen und schenkte Luise ein schiefes Grinsen.

»Jawohl, du kannst ihr gratulieren, sie fährt zur Deutschen Meisterschaft nach Hamburg.«

Luise verteilte die Tassen und warf in alle zwei Stücke weißen Kandis hinein. Die Kluntjes, die beim Einschenken des heißen Tees so herrlich knisterten und dem Tee die leckere Süße gaben.

»Mit Wulkje?«, fragte sie. Als alle nickten, gab sie jedem einige Tropfen dickflüssiger Sahne dazu, die in der Tasse das friesische Wölkchen zauberte.

»So, nach Hamburg?« Nils trank einen Schluck Tee und legte die klammen Hände um die blau-weiße Tasse. »Dann melde dich bei mir, ich zeig dir Winterhude mit den weißen Villen an der Alster, den Containerhafen und den Fischmarkt.« Die Wirtin deutete auf den Pokal, den Gitte jetzt in die Mitte des Tischs stellte, und applaudierte dazu. Dabei schimpfte Luises Chefin leise: »Mensch, Mädchen, du hättest dich doch ruhig mal zeigen können!«

Sie setzte sich in gebührendem Abstand zu Malte auf die Bank, unter dessen Platz sich bereits eine Pfütze gebildet hatte. Er schien glücklich über seinen neuen Haarreif zu sein, fasste ihn immer wieder an und lächelte.

Eine halbe Stunde später kamen die Männer aus dem Hinterzimmer und gingen einer nach dem anderen an ihrem Tisch vorbei.

»Gratuliere, Luise!«, sagte der Bürgermeister und blieb stehen. »Du machst Leversdorf noch berühmt!«

»Na ja!«, murmelte Luise und fühlte, wie ihr heute schon zum zweiten Mal die Röte ins Gesicht stieg.

»Ist dein Bein gut verheilt? Ich habe von deinem Unfall gehört.«

Luise nickte. »Ja, danke, es geht schon wieder.«

»Een fimmeliges Rind gibt's in jedem Kohstall«, mischte sich Hans Ahlers ein. Die Schließung seiner Geflügelzucht wegen Salmonellenverdachts war wieder aufgehoben, nachdem Tausende Legehennen gekeult worden waren. Er wiegte seinen Körper vor lauter Wichtigkeit hin und her. Seiner beachtlichen Leibesfülle versuchte er mit einer Weste Form zu geben, und die über den Backenknochen gerötete Gesichtshaut glühte von den vielen Bieren und Schnäpsen. »Hoffentlich hat's dien Vader gliek zum Slachter brocht!«

»Das würde er nie tun!«, brauste Luise auf. Mit wütendem Blick fügte sie hinzu: »Dat Rind war seek und konnte överhoopt nix daarför.«

Ahlers lachte aus vollem Hals, aber es klang nicht fröhlich, sondern gehässig. »Was dat eenmal daan hett, kunn dat ok noch een tweetes Mal.«

»Kunn dat gar nich! De Hoorns sünd nämlich ab.«

Er stutzte zwar, aber antwortete umgehend: »Na, dat ist ja ok dat Minnst!«

Dann wandte er sich an seine Söhne. »Und ihr zwei? Hebt keen Arbeid? Wieder nur Fiebelquinten im Kopp?«

Nils winkte ab. »Lass mal gut sein, Vader! Wir kommen gleich nach.«

Ahlers brummte etwas und wandte sich grußlos ab.

»Glückwunsk, Luise!«, gratulierte ihr der Mann hinter ihm und kam jetzt nach vorne an ihren Tisch. Er zog sogar seine Kapitänsmütze, und Luise fiel auf, dass sie ihn noch nie ohne gesehen hatte. Die Stirn war weiß, der Rest des Gesichts wettergegerbt. Anderssen war Landwirt – seine Felder grenzten an die ihres Hofs – und ein Nachbar, der ihnen immer aushalf, wenn Not am Mann war.

»Ich kenn dich noch, da warst du een Bündsel!« Er hielt die Handfläche achtzig Zentimeter über den Boden und strahlte sie aus blanken Augen an. Dann brummte er: »Grööt to Huus«, bevor er sich wieder umwandte.

Die anderen drei Männer, die ohne Umweg über ihren Tisch zum Windfang gingen, waren Luise fremd.

Nils hatte die ganze Zeit geschwiegen, aber sein Blick ruhte auf Luise, und sie wartete auf seine Reaktion. Die nicht kam. Er stellte keine Fragen, vermutlich auch, weil die beiden Frauen dabeisaßen. Doch sie spürte, dass er über das Gehörte nachdachte, und wäre jetzt gerne mit ihm allein gewesen. Unter der Tischplatte nahm er ihre Hand, umschloss ihre Finger und strich mit dem Daumen über ihre Handfläche, langsam und sanft. Sonst nichts.

Plötzlich hob Malte die Platzdecke hoch, die er die ganze Zeit bemalt hatte, und hielt sie Luise entgegen. »Für dich!«, sagte er. Erstaunt nahm sie sie in beide Hände und erkannte erst jetzt, dass das gesamte Blatt voller Windräder in ganz verschiedenen Farben war.

5

Die Landvermesser kamen und brauchten nur zwei Wochen, um die Leversdorfer Felder, Wiesen, Bäche, Straßen und Wege zu vermessen. Sie stellten einen gelben dreibeinigen Theodoliten auf, fixierten rotweiß gestreifte Stangen auf der Torfwiese. Die grenzte an Jensens Parzelle, deren Ausmaße so lächerlich klein waren, dass nicht einmal ein Mähdrescher auf den Feldern wenden konnte. Regelmäßig mussten hierzu Schleifen über Nachbaräcker gefahren und Wege genutzt werden, die außerhalb von Jensens Besitz lagen. Im Gegenzug belieferte Jensen Anderssen mit seinem blassgrünen, aromatischen Heu, das den Ruf genoss, das würzigste von ganz Ostfriesland zu sein. Die Stängel ohne Blattwerk, griffig und rau, war es genau, wie es sein sollte – und es war rar.

Breitbeinig stand Luises Vater in der Mitte des Hofs, schirmte den Blick gegen die Sonne ab und ließ die jungen Ingenieure keine Sekunde aus den Augen. Der Architekt neben ihnen wandte sich in Jensens Richtung, breitete die Arme aus und machte eine Geste, als wolle er sagen »Was ist los?« oder »So ist der Lauf der Zeit!«. Aber er war zu weit entfernt, als dass man Worte hätte austauschen können. *Das ist auch besser so*, dachte Luise und drehte sich wieder zu dem Hänger mit den Düngersäcken um, die abgeladen werden mussten. Jede Unterredung zwischen den Vermessern oder dem Architekten und ihrem Vater hätte nur mit gegenseitigen Verwünschungen geendet.

Sie trug ihr blaues Stallkopftuch, hatte eine Liste in der Hand und verglich die angelieferte Menge mit der Bestellung, während Sönke und Jakob die Ladung löschten.

»Komm, Vader«, sagte sie, »du kannst ja doch nichts ändern. Sieh mal hier.« Sie hielt ihm die Blaupause entgegen, unter anderem, um ihn abzulenken. »Hast du wirklich nur zwanzig Sack Stickstoff bestellt?«

»Was denkst denn du, bei den Preisen?«

Luise schüttelte den Kopf. »Beter düür, as nich to kopen!« Besser teuer, als nicht zu kaufen.

Ihr Vater zog eine Schnute. »Musst du dich jetzt auch schon daartüskensteken? Mir reicht schon ein Negenklook auf dem Hof!«

Luise lächelte. Sie hatte ihr Ziel erreicht und ihren Vater von den Landvermessern abgelenkt. Doch das wäre gar nicht nötig gewesen. Denn als ein weißer Golf den geteerten Weg zum Hof entlanggefahren kam und ein junger, schlanker, hochgewachsener Mann in rotem Pullover ausstieg, fiel ihrem Vater die Kinnlade herunter. Dann öffnete sich die Tür auf der Beifahrerseite, und Malte sprang heraus. Die beiden kamen herunter zur Scheune geschlendert, drehten die Köpfe nach allen Seiten, und ihr Vater murmelte: »Na, wenn dat nicht Malte und Nils Hans sind, die Söhne vom dicken Buur.« Lauter setzte er hinzu: »Wat is? Habt ihr fertig gekieckt?«

Mit den Nachnamen hatte man es in Ostfriesland viele Jahrhunderte nicht so genau genommen, denn sie waren, bis Napoleon sie einführte, einfach nicht gebräuchlich gewesen. Man rief sich beim Vornamen, und wenn es mehrere Frauen oder Männer gleichen Vornamens gab, hängte man den Namen des Vaters hintendran. Die Brüder hießen eigentlich Nils und Malte Ahlers.

»Moin moin, Herr Jensen!« Nils streckte die Hand aus und senkte sogar höflich den Kopf, als er Luises Vater begrüßte. Er gab Malte einen brüderlichen Klaps auf den Rücken, woraufhin dieser ebenfalls die Hand ausstreckte. Auch heute trug er Luises Zackenhaarband. Die beiden winkten Jakob und Sönke lässig zu. Luise stand da und beobachtete die Szene stumm.

»Was führt euch zu uns?«, fragte Kai Jensen.

»Mein Bruder Malte wollte Luise zu einem Ausflug einladen, wenn jo dat schickt.«

Mit dem höflichen Nachsatz auf Plattdeutsch hatte er bei Kai Jensen sofort einen Stein im Brett, doch gab dieser das natürlich nicht zu, sondern steckte die Hände in die Taschen seines Blaumanns und schob einen Stein im Schotter mit der Fußspitze zur Seite. In einiger Entfernung klappte die Haustür, und Dörte Jensen kam, wie zufällig, mit zwei Müllkübeln heraus. Doch statt direkt um die Ecke zu den Mülltonnen abzubiegen, kam sie auf sie zu.

»Wer hat sich bloß diesen Unfug mit dem grünen Punkt ausgedacht, wisst ihr das?«

Luise bemerkte, dass die Kübel beide nur halb voll waren. Es war offensichtlich, dass ihre Mutter den Besuch durch das Fenster gesehen hatte und bloß aus Neugier herausgekommen war. »Recycelbar und nicht recycelbar, so ein Quatsch!«, schimpfte sie vor sich hin. »Und was für ein Aufwand, den Müll zu sortieren und alles zu drei verschiedenen Müllcontainern zu fahren.«

»Moin moin, Frau Jensen«, sagte Nils sofort und senkte wieder den Kopf, sogar noch ein wenig tiefer, als er es bei der Begrüßung von Luises Vater getan hatte. »Wie geht es Ihnen?«

Luise fand sein Verhalten eigentlich nett und höflich, bei Nils wirkte es auch nicht aufgesetzt, aber sie wusste bereits jetzt, dass sich ihr Bruder später darüber das Maul zerreißen würde. Vor ihrem geistigen Auge sah sie bereits, wie er ihn nachäffte. Ihr war die Situation peinlich, und deshalb angelte sie einen Joghurtdeckel aus dem Kübel.

»Sieh mal, Moder, du hast wieder das Alu zum Papier getan, das geht so nicht!«

»Ach, Luise, geh fort, als ob das wichtig wäre.«

»Das ist schon wichtig, Frau Jensen«, mischte sich Nils ein. »Für die Umwelt! Und seh'n Sie, die Zusatzkosten für den Grünen Punkt müssen ja sogar die Hersteller der Verpackungen tragen.«

Es entstand eine peinliche Pause. Sönke und Jakob hatten beide mit der Arbeit aufgehört und beobachteten die Szene voller Interesse. Einen Neunmalklugen würde Jakob Nils später nennen. »Und außerdem können Sie nun auch gleich die Umverpackungen im Laden lassen, denn am 1. April ist die zweite Stufe der Verpackungsverordnung in Kraft getreten.«

»So, na, wenn du meinst ...« Luises Mutter war natürlich nicht ganz überzeugt, aber trotzdem betrachtete sie Nils weitaus wohlwollender als Luises Vater.

»Also mit dem Ausflug geht dat nich so einfach! Hier gibt's noch viel zu tun. Kommt in zwei Stunden wieder.«

Nils nickte. »Versteh schon, aber vööl Hannen maken licht Wark. Was meinst du, Malte? Packen wir mit an?«

Malte lachte: »Klaar!«

»Ist das recht?«, fragte Nils nun auch in Richtung von Jakob und Sönke, zog aber bereits, ohne ihre Antwort abzuwarten, den Pullover über den Kopf und krempelte sich die Ärmel hoch. Gegen zusätzliche helfende Hände hatte letztlich niemand etwas einzuwenden. Schon hatten Malte und Nils jeder einen Sack geschultert, und Luises Mutter warf ihr einen vielsagenden Blick zu, als wisse sie genau, warum die beiden das taten.

»Wie kommt es, dass du schon wieder in Leversdorf bist?«, fragte Luise eineinhalb Stunden später, als sie hintereinander auf einem schmalen Pfad in das Hochmoor gingen.

»Ich hatte Sehnsucht.«

Ihr Herz machte einen Hüpfer. Er drehte sich zu ihr um, offenbar weil er ihre Reaktion sehen wollte. »Nach dem Scheusal hier.« Dabei deutete er auf Malte, der zu seiner Sicherheit zwischen ihnen lief.

»Nach wem auch sonst!«, antwortete Luise mit einem Pokerface. Sie versuchte, sich nicht anmerken zu lassen, wie sehr sie sich über seinen Besuch freute.

»Und dein Studium?«

»Ich kann ja nicht jeden Tag über den Büchern sitzen. Manchmal muss man auch den Kopf freikriegen.«

Im nordöstlichen Teil führte seit Kurzem eine Brücke über den Abelitz-Moordorf-Kanal und ermöglichte einen Abstecher zur Dobbe, einem kleinen Moorauge südlich des Ewigen Moores. Sie waren eine Dreiviertelstunde gefahren, weil Nils ihr unbedingt das Ewige Meer zeigen wollte. Es war ein Naturschutzgebiet, und auf den Schildern wurde überall davor gewarnt, die Wege zu verlassen. Das Moor konnte tückisch sein, fester Grund und tiefe schlammige Löcher lagen eng beieinander. Die Kinder hier in der Gegend lernten dies bereits in der Grundschule. Man konnte durch die tragende Schicht aus Torfmoos brechen und einsinken. Dann war es kaum möglich, sich allein zu retten.

Der Pfad war umgeben von Wiesen, hellen Trauerweiden und kleineren Gehölzen. Sie duckten sich unter tief hängenden Ästen hindurch und gingen stetig weiter, manche Zeit, ohne zu sprechen, beobachteten die Wasservögel, kamen an zwei Weißstörchen mit staksigen roten Beinen und schwarzen Schwungfedern vorbei. Ihre Köpfe schnellten hoch und schleuderten Tropfen durch die Luft.

»Einfach weitergehen und ignorieren«, flüsterte Nils. »Verhält man sich nicht wie ein Raubtier, verhalten sie sich auch nicht wie ein Beutetier.« Luise kannte die schönen Zugvögel nur von ihrem wagenradgroßen Nest, das sie auf dem Telefonmast am Ende der Torfwiese hinter ihrem Hof gebaut hatten und jedes Jahr wieder aufsuchten. Jahr für Jahr kamen sie Tausende Kilometer aus dem Süden geflogen, zeigten das Ende des Winters an, legten Eier, brüteten und zogen ihre Jungstörche groß, bis der Sommer um war. Sie hatte sich oft gewundert, wie zärtlich sie mit ihren langen roten Schnäbeln umgehen konnten, wenn sie die Jungen fütterten. Noch nie hatte sie Störche beobachtet, wenn sie auf Nahrungssuche waren. Gemächlich staksten sie durch das Moor und suchten nach kleinen Fröschen. So leicht, wie sie waren, sanken sie keinen Zentimeter ein.

Malte summte wieder seine Melodie und schien sich zwischen seinem Bruder und Luise wohlzufühlen, schritt stetig und gleichmäßig voran. Er trug einen kleinen Rucksack auf dem Rücken, aus dessen offenem Reißverschluss ein Panini-Album mit Fußballstickern herausschaute. Luise beugte sich vor, schaute genauer hin und bemerkte, dass er heute keine Wattepfropfen in seinen Ohren hatte. Die Sonne umhüllte ihre Schultern wie eine Decke und lockte sie tiefer in das Moor. Linker Hand tauchte der Ästeberg eines Biberbaus auf. Als sie um einen Schilfgürtel herumkamen, fiel das Abendlicht auf Hunderte Libellenflügel, die über der glitzernden Wasserfläche tanzten. Endlich breitete sich der See vor ihnen aus.

»Siehst du?« Nils stellte sich so neben sie, dass sich ihre Schultern berührten, und streckte den Arm aus. »Das wollte ich dir zeigen. Du sehnst dich nach der weiten Welt. Aber seit siebzehn Jahren lebst du nur ein paar Kilometer vom größten Hochmoorsee Deutschlands entfernt und warst noch nie da. Das Ewige Meer steht in jedem Reiseführer.«

Luise betrachtete die Wasserfläche, die so weit war, dass sich der gesamte Himmel und alle Wolken darin spiegelten.

»Er gehört genauso zu Ostfriesland wie der endlose Himmel, die Schwarzbunten auf den saftigen Weiden, die salzige Luft, wie das Moor selbst, der Torf, die Entwässerungskanäle, der starke Tee und der Grünkohl, den unsere Mütter anbauen.«

Seine Worte klangen ein wenig belehrend, fand sie, aber vielleicht war das in Studentenkreisen so üblich, und irgendwie hatte Nils ja recht. Sie hätte längst einmal auf die Idee kommen können, die nähere Umgebung ihrer Heimat zu erkunden. Der einzige Ausflug, den sie einmal im Jahr mit ihren Eltern machte, führte sie zur Nordseeküste. Und zweimal war sie auch mit einer Gruppe, die sich »Bier-Klub« nannte, auf die Inseln Langeoog und Spiekeroog gefahren. Tagesausflüge, denn sie wurde ja auf dem Hof gebraucht.

»Es ist seltsam«, fügte Nils hinzu, als sagte er den Satz mehr zu sich selbst als an Luise gerichtet: »Manchmal glauben wir, wir müssten sehr, sehr weit wegreisen, um etwas Besonderes zu sehen, dabei muss man nur aufmerksam sein, und dann gibt es direkt vor der Haustür so viel Schönheit.«

Luise nickte. »Ich weiß, was du meinst. Und was ist mit den Windkraftanlagen? Gehören die in Zukunft auch zu Ostfriesland wie der Tee oder der Torf?« Sie deutete auf das einzelne Windrad am Horizont, dessen Rotorblätter sich im Gegenlicht träge bewegten.

»Ich weiß nicht, aber vermutlich schon!«

»Hundertachtunddreißig Windräder!«, sagte Malte.

»Hundertachtunddreißig?«, fragte Luise.

»Das sind viele!« Nils legte ihm die Hand auf den Arm. »Woher hast du diese Zahl, Malte?« Aber sein Bruder zuckte nur mit den Achseln. »Das haben die gesagt.«

»Und wer sind die? Meinst du die Männer im Moorbachhof, den Bürgermeister und Vader?«, fragte Nils. Er sprach normalerweise kein Plattdeutsch und hatte sogar den ostfriesischen Tonfall abgelegt, seit er in Hamburg studierte.

Malte antwortete nicht. Stattdessen bückte er sich und suchte flache Kiesel zusammen.

»Hundertachtunddreißig Windräder wären absurd!« Luise spürte, wie ihr Puls mit einem Mal raste, als sie an die Landvermesser dachte. »Aber zumindest haben die Ingenieure schon ganze Arbeit geleistet. Sogar die Wochenenden haben sie durchgearbeitet. In ihren Flurkarten und Plänen ist vermutlich jeder rumpelige Weg mit jedem Stein darauf, jeder Grashalm auf der Wiese exakt vermerkt.«

»Hm«, machte Nils und schien nicht zu wissen, wovon sie sprach. Er hatte die Landvermesser ja auch nicht jeden Tag gesehen. »Es mag stimmen, dass neue Windkraftanlagen gebaut werden, das muss ja auch sein …«, Nils dämpfte die Stimme, was bei ihm eine Seltenheit war, denn sonst war er immer geradeheraus. Aber jetzt warf er einen Blick auf Malte, der ganz und gar mit den Kieseln beschäftigt zu sein schien. »Doch die Zahl muss nicht unbedingt richtig sein, oder sie kann sich auf etwas ganz anderes beziehen. Vielleicht auch auf ein viel größeres Gebiet. Es müssen ja Mindestabstände eingehalten werden.«

Luise drehte sich so, dass ihr die Haare aus dem Gesicht geweht wurden, und kniff die Augen ein wenig zusammen, als sie in die Ferne sah. »Dein Vater besitzt riesige Flächen, das weiß jeder, und es heißt, dass hohe Pachtzinsen für die Windkraftanlagen gezahlt werden.«

Jetzt war es heraus. Unsicher, ob Nils ihre Formulierung schlicht überhört hatte oder ob er die pikante Anspielung auf die finanziellen Interessen seines Vaters aus purer Freundlichkeit ignorierte, fuhr Luise fort: »Wärst du wie ich als arme Kirchenmaus geboren, auf einem Hof mit viel zu wenig Land, um je auf einen grünen Zweig zu kommen, würdest du das auch anders sehen. Wir können von dort nicht weg, verstehst du? Wir haben sonst nichts.« Sie traute sich auf einmal, ihm von ihren Sorgen zu erzählen, von der täglichen Mühsal und nahm dabei die Veränderungen in seinem Gesicht wahr. Niemals zuvor hatte sie sich über die harte Arbeit beklagt, die Last der täglichen Verantwortung, und die Hoffnungslosigkeit so deutlich ausgesprochen. Seine Augen folgten ihrem Mund, manchmal senkten sich seine Lider, als empfände er Trauer oder Schmerz, dann wieder riss er die Augen weit auf. Als sie von ihrer Freude am Traktorfahren nach dem Unfall oder von ihren Katzen erzählte, teilten sich seine Lippen, und er lachte sie an, freute sich mit ihr. Er war anteilnehmend und offenherzig, wollte immer mehr von ihr wissen.

Nils betrachtete eine Zeit lang schweigend ihr Profil, dann sagte er plötzlich: »Komm, lass uns an was anderes denken, lass uns Butterstullen werfen.« Schon gingen sie beide in die Hocke, ließen die ersten Steine über die Wasserfläche springen: einmal, zweimal, dreimal. Malte war ein Meister darin und zeigte ihnen, wie man sie seitlich aus der Hand schnellen lassen musste. Eine Weile beschäftigten sie sich damit und warfen um die Wette. Als sich Luise nach dem letzten Wurf wieder aufrichtete, sah Malte sie von der Seite an und fragte unvermittelt: »Wie groß bist du eigentlich?« Anscheinend hatte ihn ihr Aussehen schon länger beschäftigt.

»Eins sechsundachtzig«, antwortete Luise, ohne zu zögern.

Nils musterte sie. »Genauso groß wie ich. Ganz beachtlich für ein Mädchen.«

»Als ob ich das nicht wüsste! ›Ganz schön groß für 'ne Deern‹, ›Wohin willst du denn noch wachsen?‹, ›Wie ist die Luft da oben?‹, ›die schötige Luise‹, ›die spillige Luise‹. Diese Sätze hab ich alle schon tausendmal gehört.«

Das war maßlos übertrieben, denn sie war noch gar nicht so vielen verschiedenen Menschen begegnet.

Malte hob die Schultern. »Also ich finde dich schön so.«

Lächelnd sah Nils sie an. »Ich auch! Sehr schön sogar!« Er beugte sich zu ihr und drückte seine Lippen herzhaft auf ihre. Mit Nils war es schon immer sehr einfach gewesen, er sagte, was er dachte, verstellte sich nie. Aber gerade dieses Wissen hinterließ bei Luise ein Gefühl der Enttäuschung und der Sehnsucht. Obwohl er sie kurz und kräftig mitten auf den Mund küsste, hatte die Geste so gar nichts Romantisches an sich. Es war nicht der Kuss eines Liebhabers, sondern der eines Bruders.

Auf dem Rückweg nahmen sie eine Route entlang des Kanals und mussten einige kleinere Gräben überqueren. Ihre Sohlen sanken tief in den nassen Grund ein. Jetzt war Luise froh, dass sie Gummistiefel trug, wie die beiden Männer. Auf dem letzten Stück verlief der Pfad auf einem hohen Wall, von dem man eine gute Rundumsicht hatte. Man überblickte die anderen kleineren Erhebungen, die wohl Reste des ehemaligen Hochmoors waren, Nils sprach von Hunnengräbern. Von Westen sandte die Sonne ihre Strahlen durch eine Gruppe hoher Fichten, die lange lichtblaue Schatten über das Moor warfen. Und in diesem Zwielicht kam gemächlich eine Gruppe Rehe heran, deren glattes Fell in der Abendsonne rotbraun leuchtete. Sie setzten sich in Galopp und jagten übermütig durch das Moor, als wüssten sie genau, wo sie ihre Füße aufsetzen durften und wo die Untiefen lauerten. Bald sah man die Tiere nur noch schemenhaft am Horizont.

»Das ist das schönste Stück Erde, das ich je gesehen habe«, sagte Luise atemlos.

Inzwischen hatten die Weißen Nächte begonnen – die Nächte, in denen die Sonne in Ostfriesland weniger als achtzehn Grad unter den Horizont sank. Hier oben im Norden ging die Abenddämmerung jetzt direkt in die Morgendämmerung über. Zwischendurch wurde es nicht mehr richtig dunkel. Luise mochte diese Jahreszeit, denn sie bedeutete eine Verlängerung ihrer geliebten Blauen Stunde. Doch in der Nacht nach dem Moorspaziergang mit Nils und Malte brachte sie das Licht in ihrer Dachzimmer um den Schlaf. Die vielen neuen Eindrücke und Gedanken umschwirrten sie wie ein aufgescheuchter Sperlingsschwarm. Vielleicht war zwischen ihnen etwas passiert, mehr als nur dieser kurze, für ihn vermutlich so gut wie bedeutungslose Kuss. Aber da war etwas, ein wenig nur, und schließlich waren sie nicht allein gewesen, Malte immer dicht neben ihnen. Es verfolgte sie die Erinnerung an Nils' Haut zwischen seinen Hemdknöpfen, an die blonden Haarwirbel in seinem Nacken, seinen schlanken Körper. Wäre sie ebenso nervös gewesen, wenn er seine Lippen nicht so plötzlich auf die ihren gedrückt hätte? Konnte diese Geste rein freundschaftlich gemeint sein?

Sie lauschte auf die Geräusche, die sie sonst vor lauter Bettschwere nach den langen Arbeitstagen nie hörte. Im Holz knisterte es und raschelte, vermutlich waren es die Mäuse – hier oben wurden sie nicht von den Katzen erwischt. Luise legte sich die Bettdecke über das Gesicht, wollte traumlos einschlafen und wälzte sich doch nur hin und her. Schließlich hielt sie es nicht mehr aus, zog eine Jacke über ihr Nachthemd und schlich mit einer Taschenlampe in der Hand leise vom Dachgeschoss in den ersten Stock, vorbei am Zimmer ihrer Eltern und dem von Jakob. Sie lauschte, aber alles war totenstill. Weiter ging es ins Erdgeschoss, wo Missi ihr von der Ofenbank entgegenblinzelte. Die alte Katze durfte als einzige ins Haus. Sie folgte ihr über den Hof, hielt sich dicht zwischen ihren Beinen. Luise holte die Leiter aus der Scheune und leuchtete kurz in die hintere Ecke. Inzwischen wohnte hier in einer Kiste, weich mit einer alten Decke ausgepolstert, die Rotgetigerte mit ihren Jungen. Sie war eine leidenschaftliche Mutter und nachts ging sie nicht mehr auf Beutesuche, denn Luise fütterte ihr genug Milch und Fleisch. Verschlafen blinzelte sie in den Lichtkegel der Taschenlampe, und Luise knipste sie schnell aus, um das Tier nicht zu blenden. Dann nahm sie die Leiter mit, lehnte sie an die Wand des Kuhstalls, hob Missi ganz vorsichtig auf und kletterte auf das flache Dach. Rücklings legte sie sich auf das Wellblech, dachte über den vergangenen Tag nach, ihre widersprüchlichen Gefühle und sinnierte über den Blauton des Himmels. Auch zur lokalen Mitternacht, also kurz nach ein Uhr, war dieser über dem Nordosthorizont noch deutlich aufgehellt.

Und genau in diesem Augenblick bot die Juninacht ein wunderschönes Schauspiel: In silbrig-blauem Schimmer leuchteten die Wolken für kurze Zeit auf. Hier im Norden nannte man es Eislicht, denn was da leuchtete, waren Eiskristalle, die das Sonnenlicht in sehr großer Höhe reflektierten. Es war ein seltsames Glühen, ein unheimliches überirdisches Leuchten, das durch die Wolken schimmerte, und in Luises Fantasie entfachte es eine halluzinogene Wirkung.

»Sieh mal, Missi«, sagte sie zu der Katze. »So ist das Mitternachtsleben hier bei uns in Ostfriesland. Wenn du genau hinschaust, kannst du ihn sehen: Da oben fährt er, der kleine Häwelmann! Erinnerst du dich an das Märchen?«

Und wirklich bildete sie sich ein, den kleinen Jungen aus der Erzählung von Theodor Storm in seinem Rollenbettchen durch den Himmel fahren zu sehen. Auch er hatte nicht schlafen können. Während sie die Worte nachsprach, die ihr Oma Lina früher so häufig auf der Ofenbank vorgelesen hatte, verwandelte sich die gespenstische Endzeitwelt am Himmel in ein Märchenreich von unwiderstehlicher Schönheit.

»Nachdem er drei Mal die Reise gemacht hatte, guckte der Mond ihm plötzlich ins Gesicht. ›Junge‹, sagte er, ›hast du noch nicht genug?‹ ›Nein‹, schrie Häwelmann, ›mehr, mehr! Mach mir die Tür auf! Ich will durch die Stadt fahren; alle Menschen sollen mich fahren sehen.‹«

Luise hörte, wie die Katze zu schnurren begann, lauschte dem leisen Rascheln der Rinder im Stroh unter ihnen und sprach weiter: »›Das kann ich nicht‹, sagte der gute Mond; aber er ließ einen langen Strahl durch das Schlüsselloch fallen; und darauf fuhr der kleine Häwelmann zum Hause hinaus.«

Zärtlich strich sie Missi über den knochigen Rücken und richtete sich dann auf. »Weißt du was, meine süße Missi?«, flüsterte sie. Die Katze unterbrach ihr Schnurren, als würde sie auf eine Antwort warten. Aber tatsächlich wollte sie nur weiter gestreichelt werden. Luise tat ihr den Gefallen, und sofort schnurrte die Katze wieder voller Zufriedenheit.

»Ich würde auch gerne mal auf einem Mondstrahl um die Welt fahren und alles von da oben sehen. Kannst du das verstehen, Missi?« Sie beugte sich nach vorne, um die gelben Augen der Katze zu sehen, die vor Genuss halb geschlossen waren. »Und auf der anderen Seite möchte ich doch gar nicht von dir und von hier fort!« Sie schluckte. »Vor allem seit es Nils gibt.«

Das Schauspiel am Himmel währte nur kurze Zeit. Nachdem sie Missi ihr Innerstes offenbart hatte, erlosch das silberne Schimmern so plötzlich, wie es begonnen hatte. Mit dem erschöpften, gleichmütig starren Blick eines völlig übermüdeten, schlaflosen Menschen hob sie Missi wieder sachte hoch und stieg mit ihr ganz langsam die Sprossen der Leiter hinunter. Auf einmal spürte sie den kalten Wind und begann zu zittern. Unten setzte sie die Katze ab, zog sich die Jacke fester um den Körper und lief rasch über den Hof zurück zum Haus. Die Tür war niemals abgeschlossen. Leise schlich sie die Treppen hoch zu ihrem Zimmer. Diesmal nahm sie Missi entgegen dem Verbot ihrer Eltern mit nach oben in ihr Bett, schmiegte sich an sie, und mit der schnurrenden Katze im Arm fand sie endlich in den ersehnten traumlosen Schlaf.

Als sie am nächsten Morgen aufwachte, war der Körper der alten Katze eiskalt. Sie strich sanft über ihre schwarzen Tatzen, die feine dreieckige Nase und die dunkle Schwanzspitze, die nun nie wieder vibrieren würde. Missi war in der Nacht in ihren Armen friedlich entschlafen. Luise begrub sie hinter dem Gemüsegarten, neben dem roten Katzenjungen und einem Jungstorch, der vor Kurzem aus dem Nest gefallen war. Dann steckte sie ein kleines Kreuz aus zusammengebundenen Zweigen darauf. Das Vaterunser betete sie so laut, dass Oma Lina aus ihrem Fenster sah und den Kopf schüttelte. »Du un dien Deren!« In der Landwirtschaft war es nicht üblich, Tierkadaver beizusetzen. Die Nutztiere kamen zum Schlachter, die Kleintiere warf man auf den Misthaufen. Luises Verhalten entsprang in den Augen ihrer Familie einer gewissen Schwäche oder Sentimentalität, die man sich als Bauer einfach nicht erlauben konnte. Aber Luise folgte einem Trieb, den sie nicht bekämpfen konnte und auch nicht wollte.

Am selben Tag stellte ihr die Rotgetigerte ihre Jungen vor. Sie trug sie am Nackenfell eines nach dem anderen gemächlich über den Hof und legte sie vor ihre Füße. Das eine sah aus wie die Mutter, nur winzig, und es flüchtete sich wimmernd zurück in die mütterliche Wärme. Das andere war ausgesprochen hübsch, immer noch schneeweiß und zauseliger als alle Katzen, die Luise bisher gesehen hatte. Es setzte sich in die Sonne. Durch die Haut der kleinen Ohren schien das Blut und ließ sie rosa leuchten, auch an anderen Stellen sah man die rosige Haut durch den flockigen Pelz schimmern. Die Mutter beobachtete ihr Junges, und es wirkte, als sei sie stolz darauf, so etwas Außergewöhnliches geschaffen zu haben. Fast alle Landwirte in der Umgebung betrachteten Katzen als lästig, sofern sie nicht gerade mit einer Mäuseplage zu kämpfen hatten. Auch auf dem Jensenhof waren sie nur leidlich geduldet.

»Wie sollen wir deinen Liebling nennen, Rotgetigerte?«, fragte Luise die Rotgetigerte. Auf dem Hof hatten bei Weitem nicht alle Katzen Namen. Dazu waren es schlicht zu viele. Aber Luise hatte das Gefühl, die kleine Weiße wäre ihr als Ersatz für ihre geliebte Missi von der Mutter gebracht worden.

»Weiß wie Schnee, flauschig wie eine Flocke. Ich weiß, wie sie von jetzt ab heißen wird: Sneeiflock.«

6

Zwei Wochen später stand Luise vor dem Spiegel, bürstete sich das Haar und überlegte, was sie für Hamburg mitnehmen sollte. Sie würde ein ganzes Wochenende weg sein, samt einer Übernachtung in einem Hotel. Also brauchte sie einen kleinen Koffer oder eine Reisetasche. Wo sollte sie die herbekommen? Sie wusste nur von einem einzigen verstaubten Koffer ganz hinten im Spitzboden, und der war viel zu groß.

Luise sah sich in ihrem Zimmer um. Bis Maike ausgezogen war, hatte sie den Raum mit ihr geteilt. Die ganze Enge, das Schiefe, das Erdrückende ihres kümmerlichen Bauernhauses war hier oben unter den dicken Balken besonders zu spüren. Nur direkt vor der Zimmertür konnte sie aufrecht stehen und hatte sich den geduckten Gang so angewöhnt, dass sie ihn manchmal sogar im Freien beibehielt. Wie oft hatte sie sich schon an den tiefen Balken die Stirn gestoßen. Zum Glück verbrachte sie nie viel Zeit hier oben, sonst wäre ihr irgendwann die Decke auf den Kopf gefallen. Ihr Blick fiel auf ihr Bettzeug. Vielleicht könnte sie sich einfach eine große Stofftasche nähen.

Sie wandte sich wieder dem Spiegel zu. Ihre Haare waren weiter gewachsen, und täglich musste sie sich gegen Gittes Versuche wehren, sie ihr wieder »in Form« zu schneiden, wie sie sich ausdrückte. Inzwischen reichten sie sogar wieder für einen kleinen Zopf.

Was sollte sie nach Hamburg mitnehmen? Zum Anziehen besaß sie nichts außer ihrem Blaumann, Jeans, T-Shirts, zwei Pullovern. Niemals hatte sie sich zuvor viele Gedanken über ihre Kleidung gemacht. Es ging ihr gar nicht so sehr darum, was sie während des Wettbewerbs tragen sollte. Was ihr durch den Kopf spukte, war Nils. Seit Tagen stellte sie sich vor, wie er reagieren würde, wenn er sie wiedersah. Sie hatte sein sensibles Gesicht vor Augen, aber auch den knallroten Pullover und die weichen Lederschuhe. Er achtete offenbar auf Äußerlichkeiten. Seit dem Sonntagnachmittag im Hochmoor tummelten sich in ihrem Kopf die Gedanken wie etwas Flüchtiges, Verwehtes, etwas, das ihren Blick selbst bei der Arbeit ständig abwesend wirken ließ.

Se hett Muusnüsten in d' Kopp, sagte Oma Lina dazu.

Ihre Mutter nannte es Flausen.

Am Morgen stand Luise um vier auf, molk die Kühe eine Stunde früher, um den ersten Bus zu kriegen. Sie lief mit dem alten Pappmaschee-Köfferchen, welches die Grootmoder noch auf ihrem Schrank gefunden hatte, über den ungeteerten Weg bis zur Straße. An den Koppelrändern grasten die Schwarzbunten mit gesenkten Köpfen, starrten sie kauend an, verwundert, dass sie so früh auf die Weide gelassen worden waren. Luise hatte ihre innere Uhr durcheinandergebracht. Je nachdem, wo die Rinder standen, würde ihre Milch später nach Kräutern oder Gras schmecken. Die meisten bevorzugten den Wildwuchs direkt unter dem Zaun. Viele von ihnen waren trächtig, auch Berta und Mathilde. Jedes Jahr ein Kalb – denn ohne Kalb keine Milch. Luise machte einen großen Schritt über eine hellbraune Pfütze und versuchte, nicht daran zu denken, wie schmerzlich der Moment jedes Mal war, wenn die Kälber direkt nach der Geburt von ihren Müttern getrennt wurden. Man übergab sie kurz darauf an den Viehhändler. Milch- und Fleischproduktion liefen in der deutschen Landwirtschaft getrennt. Es war das Ergebnis der zunehmenden Spezialisierung, die in der Nachkriegszeit, als Lebensmittel knapp und teuer waren, vorangetrieben worden war. Nur Ahlers, der Großbauer, konnte sich eine kuhgebundene Kälberaufzucht leisten. Bei ihm kamen die Kleinen zurück auf die Weide und wurden dort von mehreren weiblichen Ammen aufgezogen, um schließlich bei Erreichen des vorgegebenen Gewichts von hundertfünfzig Kilogramm, meist nach zweiundzwanzig Wochen, zum Schlachthof gefahren zu werden.

In beiden Fällen ließ das Bauernleben wenig Raum für Sentimentalität.

Zum Glück kam der Bus pünktlich um fünf Uhr vierundfünfzig, und sie stieg vorne beim Fahrer ein. »Moin moin!«

Hier in Leversdorf gab es kaum Pendler. Nur ein Mann saß außer dem Fahrer im Bus, einen speckigen Elbsegler auf dem Kopf. Das war eine typische ostfriesische Kopfbedeckung, die durch Helmut Schmidt salonfähig geworden war. Offenbar hatte der Fahrgast versucht, mit einer halben Flasche Rasierwasser den Schnapsgeruch zu übertünchen. Doch Luise besaß eine empfindliche Nase und legte Wert darauf, selbst nach nichts zu riechen. Weder nach Stall noch nach Friseur. Sie bewahrte die Stallkleidung vor ihrer Zimmertür an einem Haken auf und benutzte wann immer möglich die Dusche, auch wenn ihr Vater über die Wasserverschwendung schimpfte. Auch heute Morgen hatte sie nach dem Melken noch gründlich geduscht, bevor sie die schwarze Hose und Bluse ihrer Mutter angezogen hatte. An der Hose hatte der herausgelassene Saum gerade so gereicht, dass die Länge zu den flachen Halbschuhen passte. Bei der Bluse musste sie die Ärmel umschlagen, damit keiner sah, wie kurz sie waren.

»Moin moin!«, grölte der einzige Fahrgast. »Na, wenn dat nich die schötige Luise Jensen ist! De Füürtoorn is ja nich zu übersehen!« Er lachte derb über seinen groben Scherz, das zu groß geratene Mädchen einen Leuchtturm genannt zu haben, und drehte sich zu ihr um, als sie nach hinten durchging, um sich so weit von ihm entfernt wie möglich auf einen Einzelsitz zu setzen.

»Wo geht's denn hin so früh und noch dazu mit Gepäck?«, rief er durch den ganzen Bus.

Sofort herrschte ihn der Fahrer an: »Lett de Deern tofree, Suupkopp!«

»Is ja schon gut, ich wollt ja bloß wissen, wat dat spillige Foon wohl vorhat.«

Der Busfahrer trat so abrupt auf die Bremse, dass Luises Kopf nach vorne geworfen wurde. Und schon öffneten sich die Türen mit einem Zischen.

Der Fahrer wartete einen Moment, und als sich der Mann mit dem Elbsegler nicht rührte, drehte er sich zu ihm um. »Scheer di rut, aber stracks!«

Der Mann fluchte laut und stierte Luise vorwurfsvoll an, aber schließlich stand er auf und stieg wütend aus dem Bus, mitten in eine tiefe Pfütze hinein. Als sich die Türen wieder schlossen, sah Luise, wie er seine Kappe abnahm und missmutig auf den Boden warf.

»Danke!«, flüsterte Luise leise, doch der Fahrer hörte sie trotzdem.

»Schon gut, recht geschieht ihm!«, brummte er. »Olle Suupnöös!«

Eine knappe Stunde später setzte sich der Zug in Bewegung, und die sonnige Junilandschaft glitt an ihr vorüber. Felder, auf denen sich das junge Korn im Wind bog, im Wechsel mit saftigen Wiesen, auf denen Schwarzbunte grasten oder kräftige Oldenburger Pferde.

Luise spürte auf einmal einen Stich in der Brust, den sie nie zuvor gekannt hatte – Abschiedsschmerz. Sie versuchte, nicht daran zu denken, sondern an das, was auf sie zukam. Diesmal war sie ganz auf sich gestellt, ohne ihre Chefin an der Seite. Gitte hatte ihr in der letzten Woche noch einige neue Schnitte für den Wettbewerb zeigen wollen, aber schließlich abgewinkt und gesagt: »Dir kann ich sowieso nichts mehr beibringen, inzwischen bist du besser als ich, und der Rest ist Glückssache!« Dann spuckte sie ihr drei Mal über die rechte Schulter.

Noch nie hatte Luise Hamburg gesehen. In den Zeitschriften des Lesezirkels waren Fotos der Prachtstraße Elbchaussee mit den strahlend weißen Villen der Hamburger Reederfamilien abgebildet, die durch den bedeutenden Hafen der Stadt ein Vermögen gemacht hatten. Bilder der Außenalster mit hübschen Segelbooten auf glitzerndem Wasser und vielen eleganten Menschen, die auf der Promenade flanierten. Was für ein Leben mochten sie führen? Sie stellte sich vor, dass die meisten Hamburger wohlhabend und gut gekleidet waren, dass sie Seezunge und Nordseekrabben aßen, dazu ein kühles Blondes tranken, vornehm waren und weltmännisch. Und vielleicht konnte auch sie etwas von dieser Eleganz abbekommen. Auf einmal wurde sie ungeduldig und konnte es kaum erwarten, endlich in Hamburg anzukommen. Einmal wollte sie sie wenigstens betreten, diese Chaussee.

Als sie am Hauptbahnhof das erste Mal einen Fuß auf Hamburger Asphalt setzte, hatte Luise das Gefühl, sofort in das Großstadtleben hineingezogen zu werden. Sie blieb auf dem Bahnsteig stehen und betrachtete das Gewimmel. Noch nie hatte sie so viele Menschen auf einmal gesehen, und alle waren in Bewegung. Erst als sie ein paar Mal angerempelt und von einer Frau, die den Zug noch erwischen wollte, fast umgerannt worden war, erwachte sie aus ihrer Starre. Sie durchquerte die monumentale Bahnsteighalle im Strom der Pendler, der sich aus den Vorstadtzügen ergoss, ging weiter durch die Wandelhalle und stand schließlich auf dem Vorplatz am Eingang des Glockengießerwalls. Hier draußen ging es nicht weniger geschäftig zu als in der Bahnhofshalle. Mit den Augen suchte sie nach einem Wegweiser.

»Am besten läufst du die paar Meter zu Fuß hinüber zum Hotel. Erst nach links auf die Kirchenallee, dann noch mal links über den Heidi-Kabel-Platz am Ohnsorg Theater vorbei, immer geradeaus auf dem Holzdamm, und dann bist du auch schon da. Du wirst sehen, das ist gar nicht weit!«, hatte Gitte ihr den Weg beschrieben.

Mit ihrem schäbigen Köfferchen in der Hand ging Luise los, und es packte sie die Zuversicht, dass ihr jederzeit etwas Großartiges passieren und direkt hinter der nächsten Ecke das Glück lauern könnte. Hamburg im Frühsommer war einfach unwiderstehlich. Die Luft hatte perfekte vierundzwanzig Grad, der Himmel war strahlend blau. Über den Häuserlinien aus der Gründerzeit hingen einige Wolkenfetzen. Der leichte Wind würde dafür sorgen, dass sie bis zum Nachmittag verschwanden. Wegen Luise hätte es auch aus Kübeln schütten können. Es war so oder so ein denkwürdiger Tag, als sie das »Weiße Schloss an der Alster« das erste Mal vor sich sah. Erst gestern hatte Gitte ihr einen Artikel in der Zeitschrift *Die BUNTE* gezeigt, aus dem sie erfuhr, dass das über hundert Jahre alte Grandhotel ursprünglich für die Erste-Klasse-Passagiere berühmter Luxusliner gebaut worden war. Vor oder nach der Atlantiküberquerung stiegen sie hier ab.

»Vielleicht triffst du sogar Udo, er ist einer der bekanntesten Dauergäste im Hotel.«

Luise wusste, wie sehr Gitte Udo Lindenberg verehrte, und natürlich waren seine Songs auch noch ihrer Generation bekannt. Sie hatte ihrer Chefin versprechen müssen, ihr ein Autogramm mitzubringen, falls sie dem Sänger begegnete.

Die Wahrscheinlichkeit war gering. Luise würde nicht hier übernachten, die Zimmer waren unbezahlbar. Aber der Friseurwettbewerb würde heute um zwölf Uhr mittags in Hamburgs Traditionshotel starten.

Von Anfang an kam sie sich fehl am Platze vor, schon als sie die breite Auffahrt überquerte und auf die Drehtür zuging. Gerade hielt eine schwarze Limousine, und zwei Kofferträger öffneten sofort eilfertig die Fondtüren auf beiden Seiten.

»Aus dem Weg!«, herrschte sie einer davon an, während er mit einem riesigen silbernen Rollkoffer auf den Hoteleingang zusteuerte. Die Dame mit der dunklen Sonnenbrille, die hinter ihm kam, einen camelfarbenen Mantel über den Schultern und einen Dackel auf dem Arm, sagte nichts, sondern kräuselte nur so lange die Lippen, bis Luise zur Seite trat.

»Der Eingang für das Personal ist in der Seitenstraße«, raunte ihr der zweite Kofferträger zu. Zumindest lächelte er dabei.

»Ich bin kein Personal, ich nehme am Friseurwettbewerb teil.«

»Ach so!« Er räusperte sich. »Na gut, dann warte hier einen Moment, ich zeige dir, wo's langgeht. Soll ich den Koffer verwahren, oder brauchst du den?«, fragte er in feinstem, leicht näselndem Hamburger Deutsch.

Luise störte sich nicht daran, dass er sie duzte. Er war etwa in ihrem Alter und hielt es offenbar für ausgemacht, es nicht mit einem Hotelgast zu tun zu haben, obwohl sicher auch einige wenige der Wettbewerb-Teilnehmer sowie die Jury im Atlantic abstiegen.

Sie nickte, übergab ihm ihr einziges Gepäckstück. Er zuckte nicht mit der Wimper, als er den fünfzig Jahre alten, abgeschabten Koffer ihrer Oma entgegennahm, und kam nach wenigen Minuten mit einer kleinen blauen Marke zurück, die er ihr in die Hand drückte.

»Da geht's lang.«

Sie durchquerten die Hotelhalle in Richtung der Aufzüge, vorbei an cremefarbenen Sesseln und Sofas, die in einladenden Sitzgruppen hinter raumhohen Palmen angeordnet waren.

»Der Wettbewerb findet in unseren Konferenzräumen im ersten Stock statt. Soll ich dich dahin begleiten?«

Sie schüttelte den Kopf. »Ich finde mich schon zurecht! Danke schön!«

Er wünschte ihr Glück für den Wettbewerb und zwinkerte ihr sogar verschwörerisch zu.

Als sie den ersten Konferenzraum betrat, ähnelte die Szenerie dort einem kontrollierten Chaos: Ein Kamerateam, an die zehn Fotografen und eine bunte Schar aus Teilnehmern, ihrem Begleitteam, Modellen und Experten wuselten über den hochflorigen Teppichboden. Luise suchte sich einen freien Stuhl, über den sie ihre Jacke hängen konnte, sah auf die runde Wanduhr und holte tief Luft. Es war zwanzig vor zwölf.

»Gleich, wenn du ankommst, musst du den Zeitplan suchen. Der wird ausgehängt!«, rief sie sich Gittes Worte in Erinnerung. »Da steht alles drauf, wann und wo du dran bist, wie lange du Zeit hast, was die Aufgabenstellung ist.«

Sie sah sich um, entdeckte eine Traube von Menschen, die sich neben der Tür gebildet hatte. Da musste der Plan sein! Dann nutzte sie ihre Größe aus, um über die Köpfe der Mitbewerber hinweg nach ihrem Namen zu suchen. Ihr Herz begann zu pochen: Sie war in der ersten Gruppe um Punkt zwölf Uhr im Saal Bremen mit einem Langhaarschnitt. Wo war Saal Bremen? Zusammen mit zwei jungen Männern, die sich an der Hand hielten, rannte sie hinüber zu dem nächsten Konferenzraum.

»Musst du auch zu Bremen?«, fragte sie der eine von ihnen mit dem Bürstenhaarschnitt, während er keuchend neben ihr herrannte. Luise nickte. »Ihr auch?«

»Komm mit, das ist der übernächste, hier ist Lübeck.«

Auch im Saal Bremen war bereits ein unglaubliches Gewusel im Gange, ein eigenes Universum aus Kandidaten mit angespannten Mienen, Modellen, Fotografen. Die hellblaue Wandbespannung war kaum zu sehen, so brechend voll war der Saal mit Menschen, die alle durcheinanderzureden schienen.

Luise blieb einen Moment stehen, holte tief Luft. Dabei versuchte sie, sich geistig auf die bevorstehenden dreißig Minuten einzustellen, in denen ihr Schicksal als Friseurin besiegelt würde. »Das ist deine große Chance, Luise! Wenn du da gewinnst oder auch nur unter den Top Fünf landest, kannst du dir eine Stelle bei einem der großen Salons aussuchen, in so ziemlich jeder Großstadt. Mach was draus!« Wie uneigennützig Gitte doch war. Hätte sie nicht eher wünschen müssen, sie bei sich zu behalten? Aber stattdessen fieberte ihre Chefin mit ihr mit, auch wenn sie diesmal nicht dabei sein konnte.

Entweder würde Luise ganz oben mitmischen oder sich mehr schlecht als recht im Mittelfeld durchschlagen oder ganz unten landen. Das hieße dann wohl: Für immer im Leversdorfer Friseursalon Dauerwellen legen und vor sich hin schnippeln.

Eine durchgestylte junge Dame wurde von einer Videokamera am Hinterkopf getroffen, eine andere fast von einem Mann mit gelbblonden Haaren umgerannt, der sich hastig den Weg zur Bühne zu bahnen versuchte und dabei auch noch Luise auf den Fuß trat.

»Oh, Verzeihung!« Er drehte sich zu ihr um, und Luise erkannte den gelben Schnurrbart sofort wieder. Udo Hammer, der Starfriseur der alten Garde. Diesmal trug er einen weißen Anzug mit schwarzem Hemd, aus dessen offenem Kragen eine Silberkette schimmerte. Bei ihm schien es länger zu dauern, bis er sie zuordnen konnte. Er zog die Sonnenbrille mit den violett gefärbten Gläsern aus. Seine wässrigen Augen zeigten, wie es in ihm arbeitete. Er senkte den Kopf, schnipste mit den Fingern der rechten Hand. »Ein Gesicht, das ich einmal gesehen habe, vergesse ich nicht so schnell … helfen Sie mir!«, meinte er und schnipste weiter, bis sie ihm Stichworte lieferte. »Winona Ryder … Pixie-Schnitt?«

»Ah, jetzt kommt's wieder: Goldene Schere Bremerhaven, die talentierte Siegerin aus Ostfriesland! Und wann geht's hier los?«

»Ich bin gleich um zwölf Uhr dran.«

Er deutete auf die Bühne. »Dann würde ich mich mal ranhalten. Deine Konkurrenten haben schon angefangen.«

Luise stieg das Blut in den Kopf. »Das darf nicht wahr sein!«

Während sie sich einen Weg durch das Gedränge bahnte, auf die Bühne zueilte, suchte sie die einzelnen Plätze dort oben nach dem einen Modell ab, das noch nicht frisiert wurde. Denn das musste das ihre sein. Und tatsächlich: Ganz rechts saß eine Frau mit rotem Kraushaar auf dem Drehsessel und sah verloren in die Menge. Luise rannte die kleine Treppe links von der Bühne hoch, vorbei an den acht anderen Kandidaten, die bereits in Aktion waren. Zwei davon waren die beiden jungen Männer, mit denen sie kurz zuvor durch den Gang gerannt war. Sie blickte die beiden panisch an. Der mit dem Bürstenschnitt nickte ihr kurz zu und flüsterte: »Das wird schon, toi, toi, toi!«

Völlig außer Atem kam Luise an ihrem Platz an. »Entschuldigung, ich bin zu spät!«

Bevor ihr Modell antworten konnte, näherte sich die Organisatorin mit Klemmbrett in der Hand und Namensschild am Revers. »Sie sind Luise Jensen?«

»Ja, die bin ich.«

»Und wo ist Ihre Startnummer?«

»Was für eine Startnummer?« Erst jetzt fiel ihr auf, dass alle anderen Kandidaten Nummern auf dem Rücken hatten.

»Haben Sie sich denn nicht am Eingang registriert?«

Luise schüttelte den Kopf. »Nein, das habe ich wohl übersehen.«

»So geht das nicht! Dann kann ich Sie nicht zum Wettbewerb zulassen.« Die Frau sah sie streng an und schien es ernst zu meinen. »Verlassen Sie die Bühne.«

»Können Sie nicht eine Ausnahme machen? Ich bin hier das allererste Mal dabei.«

Die Frau presste die Lippen zusammen und schüttelte den Kopf. »Bedauere. Ausnahmen sind im Reglement nicht vorgesehen.«

»Was ist das da für ein Palaver? Geht es jetzt endlich mal los?« Es war Udo Hammer, der unterhalb der Bühne stand und wild mit den Armen fuchtelte. »Lass das Mädchen jetzt endlich mal an die Arbeit gehen, um den Rest kümmere ich mich schon.«

Mehr musste er nicht sagen. Anscheinend hatte ein Satz von Udo Hammer in der Branche Gewicht.

Luise nickte ihm dankbar zu, dann warf sie wieder einen Blick zur Uhr. Neun Minuten ihrer Zeit waren schon um.

»Hallo, ich bin Luise«, wandte sie sich an das Modell, eine etwa dreißigjährige Frau.

»Ich heiße Susanna.«

»Kann ich Du sagen? Du hast umwerfende Haare. Sie könnten ein wenig Glanz und sogar noch mehr Volumen vertragen. Ich habe eine Idee, und ich glaube, sie könnte gut werden. Vertraust du mir?« Die Frau mit dem schmalen Gesicht zögerte einen Moment, aber dann nickte sie und sagte leise: »Ja, ich denke schon. Bestimmt glättest du sie, oder?«

»Hättest du das gerne?«

Susanna schüttelte den Kopf. »Ich glaube nicht. Das ist einfallslos!«

»Das finde ich auch!«

Luise sah sich nach dem Handwerkszeug um. In einem Rollcontainer lag alles bereit. Keiner durfte seine eigene Schere mitbringen, in die manche viel Geld investiert hatten, und besonders eitle Friseure hüteten sie sogar wie ein Violinist seine antike Geige.

Luise hatte genau vor Augen, was sie aus den prächtigen Haaren machen würde. Ihr war klar, dass sie mit dieser Entscheidung ein Risiko einging, und ihr war auch klar, dass sie dies ohne Not tat. Sie hätte die Haare glätten können, wie es die allermeisten Friseure bei solch einer Krause täten. Aber das konnte Luise nicht. Es war ihr zu einfach. Heute wollte sie der Branche ihre Sicht auf das Modell präsentieren, eine neue Facette ihres Talents vorführen, zeigen, wie Frauen mit solchen Haaren sich in Zukunft frisieren konnten. *Ich bin*, dachte sie dabei voller Selbsterkenntnis, *entweder eine Närrin oder eine Heldin.*

Die Uhr tickte, zum Waschen war nun keine Zeit mehr. Sie prüfte die Utensilien, die sie zur Verfügung hatte, griff zu der Sprühflasche und feuchtete die Haare an. Dann griff sie zu der Schere …

Als der Gong ertönte, zuckte Luise zusammen und wunderte sich, wie sie ihn beim ersten Mal hatte überhören können. Sie war gerade dabei, die Locken mit Haarwachs in Form zu kneten. Jeder Teilnehmer musste die Schere, Bürste, den Föhn, was auch immer er gerade in der Hand hielt, sofort weglegen. Das Ergebnis wurde so bewertet, wie es nach Ablauf der Zeit war.

Die feinen, kaum sichtbaren Stufen, die Luise geschnitten hatte, ließen das Haar noch viel voluminöser wirken. Aus der Krause waren fein definierte Locken geworden, voller Glanz. Susanna saß genau unter einem der hellen Strahler, und ihre korallenrote Mähne schien dadurch von innen heraus zu leuchten. Verwegen sah sie aus, das war das Wort, nach dem Luise schon die ganze Zeit gesucht hatte. Ihr Modell betrachtete sich im Spiegel und lächelte schüchtern und ungläubig über die Verwandlung.

»Die rote Zora!«, hörte Luise eine Frauenstimme aus dem Zuschauerraum rufen.

»Grässlich!«, sagte jemand.

»Einfach zu viel Haar für so einen kleinen Kopf!«

Auch den Preisrichtern war ihre Kreation offenbar zu viel des Guten. Sie erhielt die zweitschlechteste Bewertung von allen. Luise war durchgefallen.

»Mach dir nichts draus, Mädchen!« Udo Hammer reichte ihr ein Taschentuch, um die kommenden Tränen zu trocknen, doch er schätzte sie falsch ein. Luise war zwar enttäuscht, aber das Ergebnis brachte sie nicht zum Weinen. Nur für ihre Chefin tat es ihr leid. Gitte hätte sich über eine gute Platzierung womöglich mehr gefreut als sie selbst.

Wieder hielt ihr Udo Hammer seine hochglänzende Visitenkarte entgegen.

»Die habe ich schon«, entgegnete sie.

Mit den Worten, doppelt halte besser, drückte er sie ihr trotzdem in die Hand.

»Das sind alles Banausen hier. Wenn einer sehen kann, wer als Friseur was taugt oder nicht, dann bin ich das. Pass auf, du Riesenbaby: Ich nehm dich mit auf die Fashion Weeks der Welt.«

Luise sah ihm in die Augen und konnte nicht glauben, was sie da hörte. Ihr Herz begann, heftig zu schlagen. Aber sie zwang sich, mit ruhiger Stimme zu antworten: »Die Fashion Weeks?«

Hammer gestikulierte wild, als wolle er seine Weltläufigkeit unterstreichen. »London, Mailand, New York, Paris …«

»Da sind Sie überall dabei? Und was machen Sie dann in Bremerhaven und in Hamburg?«

Er schürzte die Lippen, und in seinen blassen Karpfenaugen blitzte die Spur eines Feuers auf, das erahnen ließ, was ihn sein Leben lang angetrieben hatte: die Talentsuche. Er hatte etwas an sich, das ihr Misstrauen weckte. Etwas Verschlagenes.

»Ich überlege es mir«, murmelte Luise und wollte sich schon abwenden, als er sie am Arm griff.

»Überlege nicht zu lange! Manche Gelegenheit im Leben bekommt man nur einmal. Schon morgen könnte ich auf einer drittklassigen Provinzveranstaltung ein neues Talent entdecken.«

Luise war ausgeschieden, und damit war der Wettbewerb für sie viel früher zu Ende als gedacht. Im Grunde hätte sie einfach wieder in den Zug nach Hause steigen können. In ihrem Dachzimmer die schwarze

Hose und weiße Bluse gegen den Blaumann tauschen können, um zurück an die Arbeit auf dem Hof zu gehen. Aber etwas hielt sie zurück. Mit Nils hatte sie sich für den späten Nachmittag verabredet. Doch so lange wollte sie nicht warten. Für alle Fälle hatte er ihr seine Adresse aufgeschrieben und auf dem Stadtplan gezeigt, wo der Poelchaukamp lag.

Sie machte sich zu Fuß auf den Weg über die Alsterbrücke, ging dann bei strahlender Sonne den beinah ländlichen Uferpfad entlang, an schwankenden, vertäuten Booten vorbei. Tief atmete sie die frische Brise ein und spürte dem Geruch nach, der in Hamburg angeblich nach Atlantik duften sollte. Ausgerechnet dieser Duft erinnerte sie an ihre Kindheit, an harte Arbeit und Sehnsucht nach der Welt, an ihre kleinen Rebellionen, die von dem Verlangen getrieben wurden, mehr aus ihrem Leben zu machen. An die Enttäuschung jedes Jahr in den großen Ferien, nüchtern und scharfkantig wie der eisige Nordwind, wenn niemals ein einziger Sommerurlaub heraussprang.

Vielleicht sollte sie doch das Angebot von Udo Hammer annehmen? Womöglich war das wirklich die Chance ihres Lebens?

Hier und da sah sie weiße Segel auf dem glitzernden Wasser, mitten in der Stadt. Gegenüber lagen die weißen Villen von Winterhude, majestätisch. Davor eigene Anlegestellen, Dachterrassen und Flaggen mit dem Hamburger Wappen, die vor dem stahlblauen Himmel wehten. Sie bog vom Uferpfad ab, ging in eine Straße, die genauso prächtig war, bewegte sich zwischen Gärten mit Rosensträuchern und kugelförmigen Buchsbäumen, die in von massiven Sandsteinplatten eingefassten Beeten standen, und wunderte sich, wie Nils in so einer Gegend wohnen konnte. Aber der Poelchaucamp lag in einem kleinen belebten Kiez voller Geschäfte, Restaurants und gut gefüllter Cafés, deren Gäste rosa Hemden trugen, die Gesichter in die Sonne hielten und Weißwein oder Latte macchiato tranken. So ließ man den Freitagnachmittag in Hamburg-Winterhude ausklingen und stimmte sich auf das sonnige Wochenende ein. Manche musterten das zu groß geratene, dürre Mädchen mit dem tiefen Bauerngang, den zu kurzen Ärmeln. Luise latschte an ihnen vorbei, darauf konzentriert, das richtige Haus zu finden. Ganz so einfach war es nämlich nicht, sie musste einige Male fragen, bis sie die Nummer 25 gefunden hatte. Als sie vor der unscheinbaren braunen Holztür stand, direkt neben einem italienischen Restaurant, spürte sie, wie unruhig ihr Herz schlug. Sie dachte an die Worte von Gitte, nachdem sie ihr von ihrem Treffen mit Nils erzählt hatte: »Ich an deiner Stelle würde mir gleich mal ansehen, wie der wohnt, dann weißt du Bescheid, ob er Stil hat oder auch nur so ein Torfkopp ist wie die meisten anderen hier, mein … eingeschlossen, oder ob er in Hamburg schon eine feste Freundin hat.«

Nie waren Luise Zweifel daran gekommen, dass Nils anders war als die groben, maulfaulen Leversdorfer Burschen aus der Landjugend und dem Bier-Klub. Und trotzdem – etwas an Gittes Tonfall, an ihren Worten ließ sie nicht zur Ruhe kommen und geisterte ihr durch den Kopf.

Sie suchte nach der Klingel, doch die gab es nicht. Dann klopfte sie zwei- oder dreimal an das Holz, aber niemand öffnete. Schnaufend kam eine ältere Frau mit vollen Einkaufstaschen auf sie zu, sah sie neugierig an und fragte, zu wem sie wolle.

»Zu Nils Ahlers, wissen Sie, ob er zu Hause ist?«

»Wer sind Sie denn?«

»Ich bin eine Freundin?«

»Eine Freundin, soso!«

Die Frau mit den grau durchzogenen Haaren musterte sie eine Weile.

»Ich muss ihn sprechen, es ist wichtig, wissen Sie, ob er da ist?«

»Ich glaube nicht, aber ich kann Sie reinlassen, Sie sehen vertrauenswürdig aus.«

Luise wunderte sich, als die alte Frau ihr den Schlüssel in die Hand drückte. »Ich wohne auf demselben Flur und gieße seine Pflanzen, wenn er zu Hause in Leversdorf ist«, erklärte sie ihr.

Luise stieg die Stufen hoch, trug der Frau die Einkäufe in den vierten Stock, und diese deutete auf die Tür gegenüber. Da wohne der Nils, meinte sie. Er sei ein netter junger Mann und so leise. Luise klopfte, wartete, und als keine Antwort kam, schloss sie auf und trat ein. Es war nicht gerade geräumig, zwei der Wände waren schräg und unter dem winzigen Dachfenster stand ein Bett mit weißem Bettzeug, ordentlich gemacht. Ihr gegenüber befand sich ein klobiger Schrank, ein massives Holzungetüm, von dem Luise sofort dachte, dass es Nils gewiss nicht selbst ausgesucht hatte. Vermutlich wurde das Zimmer möbliert, mit einer bescheidenen Kochnische vermietet. Die Tür zum braun gekachelten Bad stand offen. Auf dem Fensterbrett standen zwei Yuccapalmen, in der einen Ecke ein Ficus benjamina.

In der anderen Ecke sah sie einen quadratischen Tisch, bedeckt mit Papieren und auf dem Gesicht liegenden Lehrbüchern: *Mikroökonomie Band 4, Übungsbuch zur Stochastik*. Sie nahm davon eines mit blauem Einband in die Hand. Dann setzte sie sich auf den Stuhl. Auf dem Boden ein grauer Teppich, über dem zweiten Stuhl ein Bündel Kleidung, der rote Pullover, eine ausgewaschene Jeans, zuoberst eine weiße Baumwollunterhose mit dem schwarzen Schriftzug *Calvin Klein* auf dem Bund. So eine hatte schon aus seinen Jeans hervorgeschaut, als er auf ihrem Hof die Düngersäcke entladen und mit ihr die Butterstullen über den Moorsee hatte fliegen lassen.

Wenn sie die Unterwäsche ihres Vaters und Bruders aufhängte, war diese schlicht, von einem Grauschleier überzogen, ausgeleiert und aus Feinripp, so wie ihre eigenen. Unter dem Stuhl standen Converse All Star Chucks, die so weiß strahlten, als habe er sie noch nie getragen, und als sie sie anhob, klebte noch das Preisschild an der Sohle: neunundsiebzig Komma neunundneunzig D-Mark. So viel Geld hatte Luise noch nie für ein Paar Schuhe ausgegeben.

Einige Minuten saß Luise regungslos auf dem Bett, ließ den Blick gleiten über den Discman und die CD-Hüllen von Nirvana und Suede, den Kunstdruck von zwei geöffneten Händen, die einen Sandhaufen hielten, aus dem ein grünes Pflänzchen sprießte, das Kinderfoto auf dem Nachttisch, das Nils und Malte Arm in Arm zeigte, strahlend, den grünen Einband des Taschenbuchs *Der Herr der Ringe*, Band 3, mit Eselsohren, das er offenbar gerade las. Da war nichts, das auf schlechte Angewohnheiten oder einen flachen Charakter schließen ließ.

Es war, als schlüge ihr klatschend eine Hand auf die Wange. Was tat sie hier? Tot umfallen wollte sie vor Scham. Die Erkenntnis, dass sie in dieser Wohnung nichts zu suchen hatte, kam spät. Aber sie sprang sofort auf, hastete zur Tür, schlug sie hinter sich zu und rannte die Treppe hinunter, als sei der Teufel hinter ihr her. Blind vor plötzlicher Reue und Bedauern über ihre eigene Indiskretion stürzte sie auf die Straße, vorbei an den Menschen in den Cafés und Restaurants, deren Stimmen ihr jetzt schrill vorkamen, und lief Nils genau in die Arme.

»Luise!«

Seine Stimme klang ehrlich erfreut, und sein Gesichtsausdruck war so offen wie eh und je. An diesem Tag trug er einen dunkelgrünen Pullover lässig über den Schultern geknotet, ein weißes Hemd mit umgeschlagenen Ärmeln, Baggy Pants – Jeans, die einen Fingerbreit unter den Hüftknochen hingen. Der grüne Eastpak-Rucksack baumelte nur an einem Gurt über seinem Arm.

»Ich dachte, du bist erst heute Nachmittag fertig?«

Sie sagte: »Die Sache ist die …«, und verstummte. Sie senkte den Blick und fuhr fort: »Es ist nicht so toll gelaufen, und ich bin gleich am Anfang ausgeschieden.«

In seinen hellblauen Augen erschien ein Ausdruck voller Mitgefühl. »Das tut mir leid!« Er breitete fragend die Hände aus. »Wie ist es dazu gekommen? Du hast doch bei dem Wettbewerb in Bremerhaven den ersten Platz belegt?« Er beugte sich besorgt nach vorn, so als erkundete er sich nach einer schlimmen Krankheit. Luise fielen seine blonden Wimpern auf, die den ihren so sehr glichen. Was ihr in ihrem eigenen Gesicht missfiel, mochte sie in seinem.

Sie erklärte es ihm, mit einem fast distanzierten, amtlichen Ton. Tatsächlich machte ihr der Verlauf des Wettbewerbs weniger aus, als man hätte vermuten können, als er offenbar vermutete.

»Und wie kommt es, dass du aus dieser Richtung kommst?«

Er zeigte auf das italienische Restaurant in ihrem Rücken, das neben seiner Haustür lag.

Luise zögerte, verhaspelte sich. Mit der Frage hatte sie nicht gerechnet, obwohl sie doch so naheliegend war.

»Ich habe nach deinem Haus gesucht, weil …«

Er lächelte. »… weil du dachtest, ich hätte auch schon früher Zeit.«

»Genau.

Nils blickte sie auf seine eigentümliche Weise an, offen und ironisch zugleich. »Da hast du Glück und ich auch: Das Mikro-Tutorium ist ausgefallen.«

Ihre Blicke verhakten sich mehr als ein oder zwei Sekunden ineinander, dann sah Luise weg. Nachdem sie so viel von ihm gesehen hatte:

Was er las, was für Musik er hörte, welches Foto er auf seinem Nachttisch stehen hatte, wie seine Unterhose aussah, und wohl manchen Winkel seiner Seele kennengelernt hatte, fiel es ihr schwer, ihm länger in die Augen zu schauen. Sie ließ den Blick unter sein Kinn sinken und bemerkte ein dünnes Silberkettchen um seinen Hals.

»Kommst du kurz mit in meine Wohnung, dann lege ich meine Bücher ab, wir deponieren deinen Koffer und ziehen danach gleich los zur versprochenen Stadtbesichtigung.«

Vielleicht sah er, wie sie errötete, denn er hob die Hände und fügte hinzu: »Keine Angst, ich habe keine Hintergedanken.«

»Das ist es nicht.«

»Was dann?«

Die Vorstellung, in seiner Wohnung so zu tun, als betrete sie diese das erste Mal, und womöglich im Treppenhaus seiner Nachbarin zu begegnen, versetzte sie in Aufruhr. Sie suchte nach einer Ausrede, und als sie die Kuchenvitrine in dem Café gegenüber erblickte, tat sie den ersten vorsichtigen Schritt in eine Notlüge. »Ich wollte mir kurz dort drüben noch ein Brötchen oder ein Stück Kuchen holen.« Sie legte sich demonstrativ die Hand auf den Magen. »Ich habe nämlich seit heute früh nichts gegessen.«

»Alles klar!« Wieder sahen sie sich in die Augen. Was für kindlich lange Wimpern und schmale gerade Brauen er doch hatte. In seinem Blick lag ein Zögern, so als wollte er sie nicht gehen lassen. Er streckte die Hand aus, und sie verstand nicht gleich.

»Gibst du mir deinen Koffer, oder willst du den etwa die ganze Zeit mit dir herumschleppen?«

»Ja, natürlich, ich meine: nein, natürlich nicht.«

Sie hielt ihm den Pappmaschee-Koffer entgegen und schämte sich für dessen Schäbigkeit. Aber er hielt ihn voller Begeisterung in die Höhe. »Das ist ja eine antike Rarität! Dafür würdest du hier auf dem Trödelmarkt an der Flohschanze sicher einen Abnehmer finden.«

Luise musste lächeln. »Vermutlich ist er so alt wie meine Oma Lina – ihr gehört er nämlich.«

Eine Stunde später saßen sie nebeneinander in einem schwankenden Schiff und lauschten dem Fremdenführer, der ihnen den Hamburger Hafen erklärte. Luise war von den Tausenden aufeinandergestapelten

Containern und den riesigen Krananlagen so beeindruckt, dass sie mit weit aufgerissenen Augen aus dem Fenster sah. Vor ihnen im Bug der Hafenfähre saß eine Gruppe junger männlicher Touristen, die ein Bier nach dem anderen bestellten und immer lauter wurden. Das Elbwasser war schmutzig braun, und heute gab es erstaunlich viel Seegang. Nils wollte ihnen Labskaus bestellen, doch Luise winkte ab. »Wenn ich jetzt seekrank werde, möchte ich nicht zu viel im Magen haben.«

»Oh, soll ich nach einer Tablette fragen? Die sind hier sicher auf solche Fälle eingestellt. Das ist ganz normal für Landratten wie uns.«

Besorgt betrachtete Nils sie von der Seite, und sie spürte seine Empathie. Obwohl sie in einer intakten Familie aufgewachsen war, hatte nie jemand viel Aufhebens von ihren Befindlichkeiten gemacht. Dafür war einfach keine Zeit. Nils umschloss ihre Finger und strich mit dem Daumen über ihre Handfläche, langsam und sanft. Sonst nichts. Dabei sah er ihr fest in die Augen. Zum ersten Mal in ihrem Leben machte sie mit dem beklemmenden Gefühl der Anziehung Bekanntschaft.

Luise wurde nicht seekrank. Sie genoss es, dicht neben Nils zu sitzen und ganz nah an den Wänden der Containerschiffe aus fernen Ländern vorbeizufahren, so hoch wie Wolkenkratzer.

Als sie sich wieder der Anlegestelle näherten, erzählte ihnen der Fremdenführer von einem alten Hamburger Brauch und erntete damit kehlige Lacher. Wer im Wahrzeichen von Hamburg heiratete – dem Hamburger Michel –, musste am Tag vor der Hochzeit seine Schwiegermutter huckepack die Stufen hinauf in den Glockenturm tragen, in den Drachenturm. Wenn er die Tochter dann immer noch heiraten wollte, hielt die Ehe ein Leben lang.

»Deine Mutter ist ja fast so schlank wie du«, sagte Nils. »Es würde sicher ein Leichtes sein, sie dort hochzutragen, sogar im Laufschritt.«

»Schlank« hatte sie noch nie jemand genannt. Sie kannte nur Adjektive wie dürr, spillig, sprickbenig oder mager, wenn ihr Äußeres beschrieben wurde.

Danach kauften sie sich Fischbrötchen an einem der vielen Stände, spazierten über die Landungsbrücken, hielten ihre Gesichter in den Wind – und hier hätte alles schon vorzeitig enden können.

»Irgendwann wird die Zeit der überdimensionierten Ozeantanker vorbei sein, und auch die des Schweröls, das ihre Großdieselmotoren tonnenweise verbrauchen. Es ist eine der schlimmsten Umweltsünden überhaupt. Diese Schadstoffe, die Sludge-Klumpen, die auf den Meeresboden sinken, an die Strände gespült werden, Flora und Fauna vergiften. Jedes weitere Tankerunglück, jede Verklappung ist ein nicht wiedergutzumachender Eingriff ins Ökosystem. Da muss endlich ein Umdenken einsetzen!«

Ihre Unterhaltung hatte sich von Hamburger Bräuchen entfernt, jetzt sprach er über Umweltvergehen und erneuerbare Energien. Das war heikel, denn sie wusste nicht genug darüber. Aus dem Fernsehen hatte sie ab und zu ein paar Begriffe aufgeschnappt, gefolgt von den entsprechenden Verwünschungen ihres Vaters. Sie versuchte, sich eine Antwort zurechtzulegen, mit dem Erfolg, dass sie nicht richtig zuhörte. Er sagte etwas, sie nickte nur aufmunternd, und er wiederholte seine Frage: »Wie denkst du über die Erneuerbaren?«

»Das ist nicht so direkt mein …« Sie brach ab. Würde Nils sie womöglich als naive Friseuse, unwissendes Landei oder beides abtun, wenn sie nichts zu diesem Thema beitrug?

»Also, wenn schon Solar- oder Windenergie …«

Er sah sie voller Interesse an. »Dann …?«

»… wäre ich eher für Offshore-Windparks.« Den Begriff hatte sie schon ein paar Mal gehört.

»Du bist also für Offshore-Windparks?« Er fragte das aufmunternd und bedachte sie dabei mit einem freundlichen und gleichzeitig spöttischen Blick, den sie von ihrer ersten Begegnung im Moorbachhof in Erinnerung hatte. »Das hätte ich nicht gedacht!«

»Und wieso nicht?«

Er zuckte mit den Schultern und rückte nicht raus mit der Sprache, vielleicht, um sie nicht zu verletzen. Luise brach kleine Stücke von ihrem Brötchen ab und warf sie den Möwen zu. Sofort kamen sie von allen Seiten angeflogen, landeten neben ihnen und trippelten mit wippenden Köpfen um sie herum. Als die letzten Krümel aufgepickt waren, warteten sie darauf, ob noch mehr Futter kam, dann flatterten sie wieder davon. Schweigend beobachteten Luise und Nils, wie die schönen Wasservögel zur Elbe flogen. Sie ließen sich nahe bei den Touristen nieder, die über die eisernen Stege an Land und in die Boote strömten, bis die Hafenfähren eine nach der anderen an- oder ablegten.

»Was für ein schönes Leben du hast«, sagte Luise und erinnerte sich daran, dass sie den gleichen Satz schon im Moorbachhof zu ihm gesagt hatte. »Keiner zwingt dich dazu, richtig zu arbeiten«, entfuhr es ihr jetzt, und sie sah ihn erschrocken an. Aber sein Blick flackerte nur neugierig auf.

»Das denkst du von mir? Aber ganz so einfach verhält es sich bei mir auch wieder nicht«, widersprach er. »Ich habe mich richtig reingehängt. Zuerst dachte ich, dass Agrarwissenschaft das richtige Studium für mich ist, aber damit habe ich nur meinem Vater einen Gefallen getan. Dann habe ich auf Betriebswirtschaft umgesattelt. Ein Betriebswirt ist zu allem zu gebrauchen, aber es ist so ein trockener Stoff. Das genügt mir nicht, ist mir zu fantasielos, hat nichts mit dem Leben zu tun.« Beim Sprechen fuchtelte er mit den Armen herum, lächelte viel, sah dann wieder ernst drein und fuhr sich häufig durch die Haare. »Ich will etwas Neuartiges lernen, meine Ideen fliegen lassen, nicht irgendwelche Theorien und Formeln auswendig können, nicht nur Lehrbücher inhalieren und in den Klausuren wieder ausspucken, sondern …« Nils machte eine unbestimmte Geste. Luise fragte: »Sondern?«

Er schwieg. Ihre Gesichter waren einander zugewandt, und sie spürten beide die Spannung, die der Austausch ihrer Gedanken, die sie sonst mit keinem teilten, in ihnen hervorrief. Bis Nils' Arm in die Höhe fuhr, seine Hand in die Luft über der Elbe griff und er lachend fragte: »Erinnerst du dich noch daran?« Luise machte die gleiche Bewegung. »Natürlich, damals als Kinder im Bach, als wir fliegende Fische gefangen haben. Ich hab einen.« Sie bewegte ihre leeren Hände, als hielte sie einen zappelnden Fisch dazwischen fest. Dann öffnete sie sie und warf ihn zurück ins aufgewühlte Wasser. Nils riss die Augen weit auf, öffnete seine Lippen, und seine weißen Zähne lachten sie an.

Nils deutete auf ein altes Backsteingebäude mit einer grün oxidierten Kupferkuppel. »Möchtest du den Alten Elbtunnel sehen?«

»Den Elbtunnel? Wieso nicht.«

»Soviel ich weiß, soll das mal die längste Rolltreppe Deutschlands gewesen sein«, sagte er, als sie auf den quietschenden Metallstufen nach unten glitten. »Aber sie hat schon bessere Zeiten gesehen.« Unten angekommen, schienen sie die Einzigen in dem Gewölbe zu sein.

»Eine unheimliche Vorstellung, dass über einem der Fluss fließt.« Unwillkürlich flüsterte Luise.

Es gab nur alle zehn Meter eine vergitterte Bergbaulampe an der Wand, dazu einen angenehm einschläfernden moderigen Staubgeruch, als hätten die vielen Jahre den größten Teil der Luft verbraucht.

Nils kam näher. »Das sind Millionen Liter Wasser über uns.«

Sie hob den Blick, seine Lippen streiften ihre. Luise erinnerte sich an ihren allerersten Kuss auf der Fährfahrt mit dem Bier-Klub nach Usedom. Sie war sechzehn, der Junge war betrunken, grob und fordernd. Doch das hier war anders, und sie konnte nicht ihr Leben lang misstrauisch gegen alles und jeden sein. Sie ließ ihre Lippen weich werden. Nils nahm ihr Gesicht zwischen seine Hände, sah ihr in die Augen. »Du bist noch so jung und lachst viel zu wenig. Die Zeit kommt nie mehr wieder, die verpassten Gelegenheiten werden sich nicht wiederholen.«

Luise spürte, wie ein nie empfundenes Sehnen in ihr hochstieg.

»Du solltest dein Leben feiern.«

Er schlang die Arme um sie, küsste sie erst zart, dann immer gieriger. Wenn sie ehrlich war, hatte sie sich diesen Augenblick ausgemalt, seit sie Nils nach langer Zeit erstmals wiedergesehen hatte. Alles Erdenkliche hatte sie zurück auf dem Jensenhof durchgespielt. Jetzt fasste sie sein Gesicht, seine Schultern an und wich plötzlich zurück. Es machte ihr Angst, dass der Wunsch, ihn zu berühren, so stark war. Sie standen eine Weile heftig atmend voreinander, und wieder durchströmte Luise das Gefühl, dass sie auf verrückte Weise zusammenpassten.

»Und nun?«, fragte Nils. »Möchtest du noch mehr von Hamburg sehen, oder gehen wir zu meinem gemütlichen Italiener?«

»Was gibt es denn noch zu sehen?«

»Der Fischmarkt mit seinen berühmten Marktschreiern hat nur frühmorgens geöffnet, aber wir können die Speicherstadt ansehen. Das sind die alten Backsteinhäuser an den Kanälen, in denen früher der Kaffee und Tee gelagert wurde. Eigentlich hätten wir sie auch bei einer längeren Hafenrundfahrt besichtigen können. Es ist nicht weit von hier.

»Das würde ich gerne sehen, aber ich möchte auch unbedingt noch zur Elbchaussee.«

»Zur Elbchaussee? Das ist zu weit von hier, das können wir morgen machen.«

Morgen, dachte Luise, und ihre Knie wurden weich, als sie sagte: »Gut, dann morgen.«

Sie erwähnten nicht ein einziges Mal das Hotelzimmer, das Gitte für Luise gebucht hatte, und immerhin hätte sie noch immer den Abendzug nehmen können, um heute zurück nach Leversdorf zu fahren. Wie an einer unsichtbaren Schnur gezogen, setzten sie einen Fuß vor den anderen, bewegten sich nach der Besichtigung der auf Stelzen gebauten Lagerhäuser, ohne es auszusprechen, wieder Richtung Winterhude.

In den Restaurants saßen noch immer viele Menschen, Weinkühler auf den Tischen, glückliche Gesichter. Der italienische Kellner begrüßte Nils wie einen alten Bekannten. Er gab ihnen einen gemütlichen Zweiertisch, legte ihnen Decken über die Stuhllehnen und brachte gleich darauf warmes Holzofenbrot und goldgelbes Olivenöl.

»Was möchtest du für einen Wein trinken?«, fragte Nils. »Einen Pinot grigio oder einen Lugana?«

Luise wusste nicht, was sie antworten sollte. Es war ihr peinlich zuzugeben, dass sie noch nie in ihrem Leben Wein probiert hatte. Sie hatte nicht die geringste Ahnung von Weinsorten.

»Such du etwas aus!«

Sie fand den Anblick herrlich, als auch auf ihrem Tisch ein beschlagener Weinkühler stand und der Kellner erst Nils probieren ließ und dann ihnen beiden drei Fingerbreit eingoss. Durch die Wände der langstieligen Gläser leuchtete die Flüssigkeit in einem klaren, hellen Strohgelb mit lindgrünen Reflexen. Nils griff zu seinem Glas und stieß damit so leicht an ihres, dass es leise klingelte. Der erste Schluck war ungewohnt herb. Der zweite fühlte sich in ihrer Kehle frisch und elegant an. Der dritte stieg ihr sofort in den Kopf. Sie staunte, als ihre Portionen Tagliatelle neben ihrem Tisch jeweils in einem riesigen Käselaib gewendet wurden.

»Tartufo?«, fragte der Kellner, und Nils nickte. Sofort holte der Kellner eine kleine schwarze Knolle hervor, die Luise an eine der fauligen Kartoffeln erinnerte, die sie vor Kurzem aus dem Acker gepult hatte. Fast hätte sie aufgeschrien, als er die Knolle über die dampfenden Nudeln hielt und mit einem Hobel feine Blättchen auf sie hinabrieseln ließ. Wie konnte er das Gericht nur so verderben? Doch ein herrlich nussiger, erdiger Duft breitete sich aus und kitzelte sie angenehm in der Nase. Schon nach der ersten Gabel fühlte sich Luise wie im Himmel.

»Gut?«, fragte Nils und sah sie erwartungsvoll an.

»Hm, so was Köstliches habe ich noch nie gegessen.«

»Ich glaube, du bist eine der wenigen, die Trüffel gleich beim ersten Mal mögen. Und das als Ostfriesin!«

»Du bist doch auch Ostfriese.«

Nils nickte lächelnd. »Und werde es wohl auch für immer bleiben.«

Sie aßen schweigend, doch Luises Gedanken flatterten nur so hin und her.

»Eines hast du mir noch nicht gesagt«, meinte Nils schließlich. Sie sah ihn an. »Ob du glücklich bist. Zwar hast du erzählt, wie gerne du Friseurin bist, wie du die Tiere liebst, dass du das Treckerfahren magst, aber wovon träumst du nachts?«

Luise kämpfte mit sich. Sollte sie ihm von dem Starfriseur, der sie angesprochen hatte, erzählen, von seinem Angebot? Von ihrer Sehnsucht nach der Ferne? Sie zögerte, suchte nach einer passenden Antwort, die nicht zu viel verraten würde. Ihre Träume schwebten wie eine Fata Morgana in ihrem Kopf herum, benennen konnte sie sie nicht. Von Tag zu Tag, Woche zu Woche und von Monat zu Monat wartete sie, wollte sich ihren Träumen nähern, hoffte auf ein anderes, ein aufregendes, genussvolles Leben.

»Ich weiß nicht … etwas mehr von der Welt möchte ich schon sehen, aber für immer wegzugehen von zu Hause, kann ich mir auch nicht vorstellen, und meinen Eltern könnte ich das auch nicht antun.«

Um zweiundzwanzig Uhr an diesem Freitag waren sie ein Liebespaar. Es ging nicht alles glatt, und es gab keine verzückte Ekstase, als ihre Haut und ihre Seelen sich begegneten. Sie kannten ihre Körper nicht, wussten nicht, wie sie aufeinander reagierten, waren verlegen, unbeholfen, und Luise fühlte sich, als müsste sie den Erwartungen eines unsichtbaren Publikums gerecht werden. Vielleicht der Nachbarin, die ihr Geheimnis teilte, die wusste, dass sie nicht zum ersten Mal in dieser Wohnung war? Und diese Vorstellung war real. Als sie die Treppen hochgestiegen waren, öffnete sich die Wohnungstür einen Spaltbreit, die Frau, die ihr am

Nachmittag den Schlüssel gegeben hatte, stand dort in einer langen grauen Strickjacke, eine Blümchen-Teetasse in der Hand, und musterte Luise mit unverhohlener Neugier. Doch sie sagte nichts außer: »Guten Abend, Herr Ahlers.«

Nils erwiderte ein freundliches »Gute Nacht, Frau Vogel«.

Als sich die Tür wieder schloss, schien die Stille dahinter äußerst angespannt zu sein. Während Nils begann, sie zu küssen, sie zu entkleiden, dachte Luise darüber nach, wie dick die Wände waren und ob das Bett knarrte – alles eher unerotische Gedanken.

Jetzt fuhr er zärtlich mit den Fingern die Konturen ihrer Narbe nach. Die Einstiche waren noch immer feuerrot, aber der Schnitt selbst war glatt verheilt und verlief gerade.

»Achtzehn Fäden, sechsunddreißig Stiche? Das Rind hat ganze Arbeit geleistet … und der Chirurg auch.«

Luise lag auf der Seite und streckte ihr endlos langes Bein über das weiße Laken. Sie hatten keine Lampen angemacht, aber durch das kleine Dachfenster fiel noch das weiche Licht der Dämmerung.

»Wie tief war der Schnitt?«, fragte er.

»Das weiß ich beim besten Willen nicht und möchte es auch nicht wissen.«

»Tut es noch weh?«

Luise schüttelte den Kopf. »Nur wenn ich daranstoße.« Da beugte Nils sein Gesicht zu ihrer Wade und begann, jeden einzelnen Einstich ganz vorsichtig zu küssen.

Am nächsten Morgen gingen sie zum Frühstück in ein Café. Es war ein herrlicher Sommertag, von einer Pracht, welche die Gedanken schneller fließen und das Herz heftig klopfen ließ. Die Fassaden leuchteten noch weißer, die Alster glitzerte intensiver.

»Isst du niemals zu Hause?« Luise wunderte sich, wie Nils sich das als Student leisten konnte, und andererseits wunderte sie sich auch nicht. Schließlich wurde über seinen Vater in Leversdorf immer nur mit unverhohlener Ehrfurcht gesprochen. Der Großbauer war nicht beliebt, aber jeder wusste, wie geschäftstüchtig er war.

Sie strich sich großzügig Orangenmarmelade auf ihre Brötchenhälfte und biss hinein.

»Warum sollte ich?«, fragte er zurück. Auch nach ihrer gemeinsamen Nacht erwies er sich als unkompliziert. Vermutlich wusste er, dass es ihr erstes Mal gewesen war, aber er erwähnte es nicht. Wo die meisten Burschen, die sie kannte, wortkarg bis mürrisch waren, erzählte Nils und ließ sich erzählen. Er war neugierig, hörte zu, das Hin und Her ihrer Unterhaltung war einfach und entspannt. Pingpong wie bei Tischtennisspielern, die sich gegenseitig schnelle, aber einfache Bälle auf die Vorhand schlugen. Ein wenig stolz über ihre eigene zuvorkommende Präzision. Nils' Gesicht leuchtete, es zeigte keine Spur von Zurückhaltung, sein Mund lachte mit kräftigen weißen Zähnen.

Später fuhren sie mit dem Bus Richtung Blankenese. Dort schlenderten sie über die Promenade an der Elbchaussee – zwischen Familien mit Kleinkindern, die über die Wege rannten, Brot für die Möwen in den Fäusten – und sprachen über ihre Geschwister.

»Meinen Bruder kennst du ja bereits vom Düngerabladen, und außerdem hat er seine Lehre auf eurem Hof gemacht.«

»Stimmt, am Anfang haben wir dort sogar zusammengearbeitet, bis ich anfing zu studieren – und du kennst meinen kleinen Bruder.«

Seine Schwester, Johanna, einst eine Partie, die sich so manche Leversdorfer Mutter für ihren Sohn wünschte, war sechs Jahre älter als Nils, hatte eine Landwirtschaftslehre auf dem eigenen Hof gemacht. Sie war längst mit einem Berufsschullehrer verheiratet und nach Bremen gezogen. »Nicht gerade das, was sich mein Vater vorgestellt hat. Sie hatte eine glänzende Zukunft vor sich, schimpft er immer noch, und dann das …«

Luise erzählte ihm von ihrer älteren Schwester Maike und wie wenig sie sich vorstellen konnte, es ihr gleichzutun. »Sie war gescheit, gut in der Schule, ein Ass in Mathematik, fleißig, konnte gut mit Menschen umgehen, wollte das Abitur machen, und dann verliebt sie sich mit achtzehn, wird schwanger und schuftet seitdem auf einem genauso schäbigen Hof wie dem unsrigen, nur dass sie dabei noch zwei Kinder großzieht.«

»Ah, deshalb bist du so auf Verhü…«

»Bin ich was?«

Es war das erste Mal, dass sie ihn rot werden sah. »Du weißt schon … auf Verhütung bedacht.« Nils räusperte sich. »Willst du keine Kinder?«

»Na, jedenfalls nicht jetzt!« Ihr Ausruf kam so vehement, dass Nils stehen blieb und das Thema wechselte. Er zeigte auf die schneeweißen

Paläste mit Blick auf die Elbe, die noch prächtiger waren als die in Winterhude. Schlanke Säulen flankierten breite Treppen, die zu ausladenden Portalen führten. Luise verschlug es den Atem. Eine solche Eleganz und Schönheit kannte sie nicht.

»Kannst du dir vorstellen, dass Blankenese früher ein Fischerdorf war? Heute ist es der wohlhabendste Stadtteil von Hamburg. Da muss man hineingeboren werden.«

»Na ja, du kannst dich auch nicht darüber beklagen, in was du hineingeboren worden bist. So ziemlich jeder in Leversdorf wünscht sich genau das.«

Nils ließ sich nicht beeindrucken. Ihre Erwähnung seiner Herkunft glitt von ihm ab. Aber er murmelte lediglich etwas, das so klang wie: »Wenn du wüsstest …«

Nils sprach nicht weiter. *So geradeheraus, wie ich ihn immer gekannt habe, ist er womöglich doch nicht, zumindest nicht bei allen Themen*, dachte sie. Schon griff er ihren Arm, hakte sich ein und zog sie in Richtung des Elbstrands. Nebeneinander liefen sie die Treppenstufen hinunter, sogen gierig die Meeresluft ein. Unten zogen sie die Schuhe und Strümpfe aus, stapften durch den gelben Sand, und immer mächtiger überfiel Luise das Gefühl, das Leben könne trotz aller Widrigkeiten schön sein. Der Tag war noch jung, zu Hause erwartete man sie nicht vor dem Nachmittag zurück, also warfen sie ihre Schuhe in den Sand, krempelten die Hosenbeine hoch und rannten Hand in Hand in den Fluss. Sie wateten so weit, bis das Wasser fast ihre Knie erreichte, spürten den Sog, wenn sich die Wellen zurückzogen. Luises Beine zitterten leicht, und Nils fragte besorgt, ob sie Schmerzen habe, ob ihre Narbe brenne. Seine Stimme klang so warmherzig, so liebevoll, umhüllte sie wie eine leichte Sommerdecke. Aber sie schüttelte den Kopf, bückte sich, tauchte die Hand ins Wasser, und Nils leckte ihr das Salz von den Fingern. Auf dem Weg zum Meer mischte sich das Süßwasser der Elbe mit dem Salzwasser der Nordsee. Vor ihnen zog ein mächtiges Containerschiff vorbei, und die Bugwelle schwappte über ihre Knie. Statt sich darüber aufzuregen, machte Luises Herz einen Satz vor Freude. Am liebsten hätten sie sich beide die Kleider ausgezogen und wären ganz in das Wasser eingetaucht.

»Kann man hier baden? Oder gibt es hier auch diese … wie hast du es genannt? Slotsch-Klumpen?« Nils wollte ihre Freude wohl nicht trüben, sondern antwortete lächelnd: »Sludge-Klumpen. Die Verklappung des Schweröls wird meistens viel weiter draußen auf hoher See durchgeführt. Aber es kann schon ein paar Teerablagerungen im Sand geben.« Sie winkelte das Bein ab, betrachtete ihre Fußsohlen, aber die waren weiß wie eh und je. Es war Juni, die Luft war lau, zu Hause wartete nur Stall- und Feldarbeit. Hier lagen Menschen am Strand oder spielten Ball. Luise versank in dem Duft von Sonnencreme und Fruchteis, das aus einem bunten Wagen heraus verkauft wurde, verlor sich in den Stimmen der kreischenden Möwen.

»Also dann«, sagte sie um halb vier und hielt ihm ihre Hand hin. Nils nahm sie, umschloss ihre Finger, strich mit dem Daumen über die Innenfläche wie beim ersten Mal, als sie sich im Dorfkrug wiedergesehen hatten. Schlagartig traf Luise wieder dieses heftige Sehnen, der unwiderstehliche Drang, sich an seine Brust zu werfen. Er kam ihr zuvor, zog sie an sich, und vielleicht hätten sie sich noch lange geküsst, hätte nicht in diesem Moment kräftig und geradezu lächerlich laut der Schaffner direkt neben ihnen in seine Trillerpfeife geblasen.

»Kommst du bald nach Leversdorf?«, lag es ihr auf der Zunge zu sagen, aber er kam ihr zuvor und sprach die Antwort darauf schon aus: »Bis nächstes Wochenende. Dann komme ich nach Hause. Ganz gewiss!«

Auf der Rückfahrt nach Emden am frühen Nachmittag saß sie ganz allein in ihrem Waggon. Als der Zug die Stadtgrenze Hamburgs hinter sich ließ und das Alte Land mit seinen Obstplantagen durchquerte, ging sie, um ihre Erregung abzustreifen, im Gang auf und ab. Für ein paar Minuten setzte sie sich, dann war sie schon wieder auf den Beinen. Sie warf sich vor, zu leichtfertig gewesen zu sein. »To licht to hebben«, hätte Grootmoder Lina dazu gesagt. Zu leicht zu haben. Aber war dieses Denken nicht vollkommen überholt und altmodisch? So wie die weiße Holzklappbrücke, die in diesem Augenblick vor dem Fenster vorbeirauschte?

»Ganz gewiss«, hatte er gesagt. Ganz gewiss käme er nächstes Wochenende, und diese zwei Worte kamen ihr nun merkwürdig vor. Warum hatte er so sehr betont, dass er kommen würde? Als würde sie daran zweifeln, wozu sie doch gar keinen Anlass hatte.

7

Zu Hause lief Luise gleich hoch in ihr Dachzimmer, zog sich den Blaumann und ihr Stallkopftuch an und machte sich auf zum Melken. Als sie über den Hof rannte, sah sie einen weißen Schatten um die Ecke des Kuhstalls verschwinden und ging ihm nach. Kurz vor der Scheune setzte sich die kleine weiße Katze hin und schien auf sie zu warten. Luise kam langsam näher, und als sie das lange, seidige Fell sah, wurde ihr bewusst, dass Sneeiflock im Begriff war, sich in eine Schönheit zu verwandeln. Ihre blauen Augen waren grün geworden und leuchteten wie Smaragde in dem weißen Gesicht. Die Nase stumpfer als die ihrer Mutter. Sie sah aus wie eine Angorakatze, aber weit und breit kannte Luise niemanden, der einen so exotischen Kater hielt. Wie war nur diese erstaunliche Mischung auf ihrem Bauernhof zustande gekommen? Es machte Luise traurig, was hinter dieser Frage stand. Die meisten räudigen Stallkatzen waren Überlebenskünstler. Eine langhaarige weiße Katze mitten auf dem Land würde einen frühzeitigen Tod sterben. Entweder ein Raubvogel würde sie erwischen, oder sie würde an der unbekömmlichen Nahrung zugrunde gehen oder an etwas anderem.

Die Rotgetigerte lugte um die Ecke und schien die gleichen Sorgen zu haben wie Luise. Womöglich fühlte auch sie, dass ihr Kleines in Gefahr war, und wollte die anstrengenden Mutterpflichten gerne mit ihr teilen.

»Du un dien Deren!«, sagte Luises Mutter, als sie um die Ecke kam und sie neben den Katzen hocken sah. »Kaum bist du zurück, schon denkst du wieder nur an das unnütze Getier! Beeil dich lieber: Die Berta steht schon im Melkstand.«

Zu Hause gab es nur noch ein Thema: die Windräder. Selbst Oma Lina sprach davon, als sie sich zum Abendbrot an den Küchentisch setzte. Jetzt, raunte sie, werde schon sonntags in der Kirche darüber geredet, wo Windräder hinpassen könnten und wo nicht. Wer sein Land dafür hergebe und wer nicht. Was sie nicht verstehe, das sei, warum die ganzen schönen alten Windmühlen stillgelegt wurden, es geheißen habe, sie seien zu nichts mehr gut, und nun stattdessen diese riesigen, hässlichen Dinger aufgestellt werden müssten.

»Ik bin mit Windmöhlen groot worden! Aber nich mit solchen, die man über Kilometer wied sieht und die nachts blinken wie de Wiehnachtsboom.«

»Das ist die Energiewende, Grootmoder!«, erklärte Jakob. »Die neuen Windkraftanlagen mahlen kein Getreide, sondern erzeugen Strom.«

»Es heißt, die Kühe geben weniger Milch, wenn so ein Windrad in der Nähe steht«, mischte sich ihre Mutter ein. Oma Lina hörte auf zu kauen. »Dat kann wohl wahr sein. Sollte mich nich wunnern, wenn sie auch beim Kalben Probleme kriegen.«

Luise hielt sich raus und war froh, dass sie niemand fragte, wie ihr Wettbewerb verlaufen war. Sie drückte kleine Kuhlen in den Quark und goss Leinöl hinein, bis sie lauter gelbe Seen auf ihrem Schwarzbrot hatte. Dann streute sie frische Schnittlauchröllchen darüber. Dabei musste sie an das Olivenöl und die Trüffel von gestern Abend denken. Wenn sie in dieser Runde erwähnt hätte, was das Essen in dem italienischen Restaurant gekostet hatte, wäre allen die Kinnlade heruntergefallen.

Ihr Vater saß im Unterhemd auf dem Stuhl, die beiden Hosenträger baumelten seitlich hinab, und Luise wünschte sich auf einmal, er trüge ein ordentliches Hemd, so wie Nils. Sie sah zu ihrer Mutter hin, die sonst immer so viel Wert auf Sauberkeit und Ordnung legte. Aber es war warm in der Küche, und ihr Vater hatte den ganzen Tag auf dem Feld verbracht, Grünroggen geerntet, sich den Nacken und die Schultern in der Sonne verbrannt. »Soll ich dir Buttermilch holen, für kalte Kompressen, Vader?«, fragte Luise. Doch Jensen redete sich schon wieder in Rage. »Der Bürgermeister und weniger als eine Handvoll Bauern haben sich überlegt, wo die Windräder am besten hinpassen. Natürlich werden wir Lüttjen gar nich gefragt. Und der Ahlers ist der Schlimmste von allen. Der dicke Buur langt wieder mal ordentlich hin. Allein auf seinem Land sollen an die sechzig Windräder aufgestellt werden.«

»Ahlers weiß halt, wie man zu was kommt. Der muss sich auch nicht mit halb maroden Maschinen rumschlagen, bei ihm schnurrt der Häcksler wie eine Katze.« Jakobs Satz stand in der stickigen Küche, und alle Frauen hielten die Luft an. Auch Luises Bruder kam direkt vom Feld, hatte ein staubiges Gesicht und Stroh in den Haaren. Anscheinend hatte es schon bei der Arbeit Ärger zwischen ihm und seinem Vater gegeben.

Dieser sagte: »Immerhin haben wir ihn wieder flottgekriegt, oder etwa nicht? Frag mal, wie die Finanzen aussehen, wenn man Maschinen nicht repariert, sondern sich jährlich neue anschafft.« Ihm entfuhr ein Stöhnen, als Luise ihm ganz sachte das in kalter Buttermilch getränkte Geschirrtuch in den Nacken legte. Ihre Mutter nickte Luise dankbar zu. Jakob knöpfte sein kariertes Hemd auf und fächelte sich mit dem Kreisblatt Luft zu. Auch er hatte einen bösen Sonnenbrand abbekommen. Mit ihrem blonden Haar und ihrer hellen Haut hatte es Vater und Sohn schlimm erwischt. Jakob kippte sich Leinöl auf den Teller und tunkte das Brot darin ein.

»Außerdem ist das Silo verrostet, und du weißt selbst, dass die Silage verdirbt, wenn der Grünroggen Sauerstoff abbekommt.«

»Unsinn! Das Silo hat bisher immer gehalten. Oder willst du etwa sagen, meine Rinder hätten verdorbenes Futter bekommen?«

»Deine Rinder? Ich plag mich den ganzen Tag mit ihnen ab, und dann sind es deine Rinder?«

»Also, ich kann jetzt Sauerstoff gebrauchen!« Mutter Jensen riss die Küchenfenster auf, als könnte so die dicke Luft entweichen. Der Saum der angestaubten, ehemals weißen Stores zitterte im Windhauch. Sie hatten die Farbe von Gespenstern. Grau, organisch, abgelebt. Nie wieder würden sie weiß werden.

»Heut ist ja Sonnabend! Wer geht denn später zum Tanzball mit Kapelle im Moorbachhof?« Ihre Frage klang nahezu verzweifelt. Bloß kein Streit!

»Frag mal die Luise«, sagte Jakob. »Sie hat sich zwei Tage ausgeruht, sicher ist sie da noch munter genug zum Tanzen.«

Luise bekam sofort ein schlechtes Gewissen und biss sich auf die Lippen. Ihr Bruder hatte recht, sie hatte sich wirklich ausgeruht. Abgesehen von der Zeit im Krankenhaus, war es das erste Mal gewesen, dass sie zwei Tage nicht gearbeitet hatte. Niemals wäre sie auf die Idee gekommen, heute noch zum Tanzball zu gehen und wieder als Mauerblümchen den Paaren beim Schwofen zuzusehen. Doch Jakobs grimmige gereizte Art weckte ihren Trotz. »Ganz genau, und deshalb geht die faule Luise heute tanzen.« Sie sprang auf.

»Wie war denn überhaupt dein Wettbewerb? Hast du wieder gewonnen?«, fragte ihre Mutter, doch Luise war schon auf dem Weg in ihr Zimmer.

Die alten Schlager waren nicht Luises Ding, aber sie zogen die Paare auf die Tanzfläche. Zwei Männer aus dem Nachbardorf saßen rauchend an der Theke, klimperten mit ihrem Kleingeld in der Tasche und machten zuerst Witze über Malte, der am Stammtisch saß und die weißen Platzdecken mit seinen Kritzeleien füllte. Dann zogen sie über die Körpergröße der Wirtin her. Luise merkte, wie die Männer ihr Blicke zuwarfen, als sie an ihnen vorbei zum Fenster ging.

»Und die Bohnenstange hier ist das genaue Gegenteil.«

»Die eine ganz lütt, die andere schötig, so sind die Leversdorfer Deerns!«, feixte der Ältere von ihnen mit kahl geschorenem Kopf und rötlichem Vollbart. Ilse Detlefsen verstand keinen Spaß, weder was ihre eigene Figur noch die ihrer Lieblingsfriseurin anging. Sie schnickte mit dem Finger und machte kurzen Prozess. Schon standen vier kräftige Leversdorfer Burschen neben ihr, rollten ihre Ärmel auf und nahmen den beiden Männern die Zigaretten aus dem Mund. »Hier wird nicht geraucht.«

Es gab doch nichts Unterhaltsameres als eine Schlägerei am Sonnabend im Dorfkrug, und mit Nachbardörflern prügelte man sich besonders gern.

Luise wunderte sich nicht, nur darüber, dass Magnus Dirksen einer von den Leversdorfern war, die auf Rabatz aus waren. Ausgerechnet Magnus, der hilfsbereite Rettungssanitäter, der sie nach ihrer Verletzung nach Hause gebracht hatte. Gerade fuhr er seine Ellenbogen aus. Schon fiel das Wort, das Luise beinah selbst leise ausgesprochen hätte: »Sopptass!« So nannte man hier Menschen mit abstehenden Ohren, und bei Magnus waren die Ohrmuscheln nicht nur völlig überdimensioniert, sondern standen in rechtem Winkel vom Schädel ab. Wenn der Ausdruck auf jemanden passte, dann auf ihn, musste Luise eingestehen. Um solche ästhetischen Makel zu verhindern, hatte ihre Mutter ihnen die Ohren im Babyalter mit Leukoplast an den Kopf geklebt. Daran erinnerte sich Luise nicht, aber ihre Mutter hatte es ihnen später erzählt und schien stolz darauf zu sein. Worauf Oma Lina sie gefragt hatte, warum sie dann das Fußteil von Luises Bett abmontiert habe. Hätte man doch womöglich das übermäßige Wachstum des Kindes dadurch verhindern können!

Die beiden aus dem Nachbardorf waren so dumm, auf dem Ausdruck länger als nötig herumzureiten: »Sopptass!«

Hauke, ein bulliger Typ mit finsterem Ausdruck, der bei den Tanzveranstaltungen immer die Kasse übernahm, kam jetzt ebenfalls zu ihnen herüber. Fünf gegen zwei. »Gibt's Ärger?« Schon während er die Frage stellte, hellte sich Haukes Gesicht auf. Die Vorfreude auf die Prügelei war ihm anzusehen.

Auch in dem holzgetäfelten Saal hinter der Gaststube war es heute heiß und stickig. Noch spielte die Band, die Leversdorfer feierten, die Männer hatten die Schlipse ausgezogen und knöpften ihre Hemden auf. Bald käme der Höhepunkt, das wusste jedes Kind, dann trat die Wirtin auf, Ilse Detlefsen sang selbst. *Er gehört zu mir* war immer ihr Auftaktlied. Sie trug heute hohe Pumps, ein ärmelloses Kleid, und man erahnte, dass die Konturen ihrer Oberarme einmal schöner definiert gewesen waren. Inzwischen hatten das Alter und die Schwerkraft ihre unvermeidliche Arbeit geleistet. Aber mit ihrer Eieruhrfigur konnte sie sich immer noch sehen lassen. Ihr Haar war von Luise frisch frisiert worden und schimmerte in verheißungsvollem Chocolate Cherry.

»Stehn dir die Zähne zu eng?« war ein Satz, der bei der Wirtin alle Alarmglocken schellen ließ. Was sie wollte, war kurzer Prozess, ein schneller Abtransport der Störenfriede vor die Tür, aber Schlägereien duldete sie in ihrem Gasthof nicht, und erst recht wollte sie sich davon nicht ihren Auftritt verderben lassen.

Ihre hochgezogenen Augenbrauen reichten aus, um die gegenseitigen Provokationen zu beenden. Vier Leversdorfer Burschen hakten die beiden Nachbardörfler je links und rechts unter, und diese ließen sich erstaunlich widerstandslos nach draußen führen. Damit war das Problem gelöst.

Kurz darauf betrat Ilse Detlefsen die Bühne. Ein grob gezimmertes Holzpodest, auf dem rechts die Tanzkapelle aufspielte. Das Mikrofon war bereits auf einen Meter fünfzig eingestellt worden. Die singende Wirtin hielt es zwischen beiden Händen und schmetterte das Lied von Marianne Rosenberg, ohne die Töne allzu genau zu treffen, aber so voller Inbrunst, dass es keinen im Saal gab, der nicht mitgerissen wurde.

»Ist es wahre Liebe? (uuh)
Die nie mehr vergeht (uuh)
Oder wird die Liebe
Vom Winde verweht?«

Luise wurde aufgefordert – ausgerechnet von Magnus Dirksen. Sie glaubte, ihm einen Gefallen zu schulden, weil er sie vom Bremerhavener Krankenhaus nach Hause gefahren hatte. Aber sie fühlte sich entsetzlich unwohl, weil sie zwei Köpfe größer war als er, und hatte das Gefühl, alle starrten das ungleiche Paar an. Magnus schien es einerlei zu sein, was andere von ihnen hielten. Er war ein temperamentvoller Tänzer, griff nach ihr, wollte sie festhalten, hatte aber so kurze Finger, dass ihm ihre Hand entglitt. Er wollte sie unter seinem Arm hindurchwirbeln, doch dazu musste sie sich tief ducken. Gleich darauf fing er sie wieder ein, und als ihre Körper sich berührten, empfand sie nichts als ein sengendes Brennen aufgrund der Gewissheit, dass sie sich der Lächerlichkeit preisgaben. Es folgte ein langsames Lied, und Luise wollte die Tanzfläche verlassen, doch schon hatte Magnus die kurzen Arme um sie gelegt – Engtanz. Wenn Nils seine Hände auf ihren Rücken legte, überlief sie ein angenehmer Schauder. Magnus, zwei Köpfe kleiner, konnte seinen Kopf hingegen an ihre flache Brust lehnen, und sie empfand nichts als Peinlichkeit. Wenn er zu ihr hochschaute, fing er einen Blick auf, der von einem anderen träumte. Beim Tanzen konnte man nicht sprechen, aber fühlen. Und das Gefühl, mit dem Falschen zu tanzen, überfiel sie mit ganzer Macht.

Die Musiker wurden nicht müde zu spielen, aber Luise spürte eine Art Schwindel. Magnus bestand darauf, sie nach Hause zu bringen, obwohl er nicht mehr ganz nüchtern war. Diesmal steuerte er keinen Rettungswagen, sondern den rostigen Kastenwagen seines Vaters. Kurz bevor sie ausstieg, beugte er sich plötzlich zu ihr herüber und wollte sie küssen. Aber Luise war schneller. »Danke fürs Bringen«, flüsterte sie und hatte ein schlechtes Gewissen, weil er so nett zu ihr gewesen war.

Am Montag betrat sie den Friseursalon das erste Mal mit einem mulmigen Gefühl. Gitte zu gestehen, dass sie in Hamburg gleich in der ersten Runde ausgeschieden war, fiel ihr schwer. Aber diese wusste schon alles und begrüßte sie mit einer Mischung aus mütterlichem Verständnis und einer Spur Enttäuschung.

»Es liegt nur an deiner Verbohrtheit, dieser Vorstellung, die Frisur müsse zum Typ passen. Bei Wettbewerben geht es aber nicht um ›passen‹ oder ›die Persönlichkeit unterstreichen‹. Die Preisrichter wollen nur die neuesten außergewöhnlichen, perfekt ausgeführten Schnitte sehen. Sonst nichts!«

Luise nickte, obwohl sie nicht davon überzeugt war, und sollte es stimmen, wollte sie sowieso an keinem Wettbewerb mehr teilnehmen. Sie standen in dem engen Raum mit der Kaffeeküche und dem Materialschrank.

»Und hast du wenigstens Udo gesehen?«

»Udo Lindenberg nicht, aber Udo Hammer.«

»Ach, der war auch wieder vor Ort?«

»Wissen Sie, was er mich gefragt hat?«

»Was?«

»Ob ich zu den Fashion-Shows mitkommen will.«

»Obwohl du in der ersten Runde ausgeschieden bist?« Gittes Gesicht zeigte eine Mischung aus Ungläubigkeit und Bewunderung.«

Als Luise bejahte, sagte sie: »Dann hält er wirklich große Stücke auf dich.«

»Also ich glaube ja, der prahlt nur damit, dass er dort überall dabei ist, in Mailand, London, New York und Paris. Wenn man ihn sich so ansieht, nimmt man ihm das nicht ab.«

Gitte spitzte die Lippen. »Ich wäre mir da nicht so sicher. Er war mal einer der ganz großen deutschen Friseure, auch wenn er aussieht wie ein Zuhälter aus St. Pauli.«

Die Glocke an der Tür zeigte ihnen an, dass die erste Kundin da war und der Arbeitstag begann. Noch bevor Luise den Perlenvorhang zur

Seite schob, flüsterte Gitte: »Und hast du schon über sein Angebot nachgedacht?«

»Für mich kommt das nicht mehr infrage. Ich bleibe lieber hier in Leversdorf.« Gitte musterte sie und suchte in Luises Blick nach einer Erklärung. Etwas an ihr war anders, seitdem sie nach Hamburg gefahren war. Doch die blauen Augen waren so undurchdringlich wie tiefe Moorseen.

Die sechs einsamen Tage der Woche dehnten sich. Luises Verlangen nach Nils steigerte sich ins Unerträgliche. Die Arbeit ging ihr nicht mehr leicht von der Hand, häufig fielen ihr die Lockenwickler aus den Fingern, einmal sogar die Schere. Sie schloss die Augen und träumte. Gitte rüttelte sie an der Schulter und wollte wissen, was mit ihr los sei. Luise lächelte nur, zuckte mit den Achseln und brachte kein Wort heraus.

»Hat es mit dem älteren Ahlers-Sohn zu tun? Hast du ihn in Hamburg getroffen? Du hast dich doch nicht etwa in ihn verliebt?«

Nichts in der Welt hätte Luise dazu bringen können, das Geheimnis zu lüften. Denn es musste ein Geheimnis bleiben, dazu hatte Nils ihr dringend geraten. Das Dorf war klein, es gab viel Gesnack, erst recht im einzigen Friseursalon. Warum niemand von ihnen wissen sollte, hatte sie ihn nicht gefragt.

Luise fieberte dem Samstag entgegen. Am Freitag zählte sie die Stunden, bis sie endlich schlafen gehen konnte, dann lag sie wach und konnte nur an Nils denken. Wieder hörte sie das Knistern und Rascheln im Gebälk, wieder zog es sie auf das Wellblechdach des Kuhstalls, doch vergeblich wartete sie diesmal auf das Naturphänomen des Eislichts.

Sie trafen sich am Torfbach, dort, wo er am breitesten war und vor einer Brücke gestaut wurde. Vor Ungeduld sprang Luise wie ein Fohlen mit seinen viel zu langen Beinen auf das Gebüsch zu, hinter dem Nils seinen VW Golf versteckt hatte. Diesmal war er ohne seinen kleinen Bruder gekommen. Sie fielen sich lachend in die Arme. Nils drückte sie an sich und begann, sie zu küssen.

»Steig ein«, sagte er, als sie von Weitem einen Fahrradfahrer kommen sahen, der schwer in die Pedale trat. Bevor er sie erkennen konnte, holperten sie über den löchrigen Feldweg. Rechts und links lagen Felder mit gelbem Weizen und in die Höhe geschossenem Kartoffelkraut. Luise dachte nur an ihr Ziel, das Hochmoor, an die schöne Wiese, die versteckt hinter dem Kiefernwäldchen lag. Er parkte seinen Golf, sie gingen einige Hundert Meter, dann lag das Moorauge ruhig vor ihnen, und in seinem Smaragdgrün spiegelten sich die Wolken. Hier kam niemand her, hier waren sie die einzigen Menschen, nur Wasservögel und Biber gab es viele.

8

Sie liebten sich einen Sommer lang.

Während Luise in Gittes Friseurladen Ansätze nachfärbte, die neuen Schnitte der Leversdorfer Frauen in Form hielt, Haare wusch und föhnte, die Kühe molk, Heu einfuhr, goldgelbes Korn erntete, während der Stunden, die sie schlaflos in ihrem Bett unter dem Dach verbrachte, stiegen Bilder in ihr auf. Die Bilder von den Ausflügen, die sie am Wochenende mit Nils unternahm.

Von dem übervollen Himbeerschlag, den sie fanden. Davon, wie sie sich gegenseitig eine süße Beere nach der anderen in den Mund steckten, sich wunderten, dass ihr eigenes Fleisch nicht zu Himbeerfleisch wurde. Von der tiefen Glückseligkeit, dem wilden Duft von Sonne und gärenden Früchten, der sie einhüllte und berauschte. Von einem nächtlichen Treffen, zu dem sie sich heimlich aus dem Haus schleichen musste. Ihr Pfad führte zwischen den Feldern hindurch, und sie gingen langsam, weil nur das Mondlicht ihnen den Weg wies. Ein Käuzchen schrie, und sein Ruf klang nicht unheimlich, sondern verheißungsvoll. Die Julinacht war so mild, dass sie keine Jacke brauchten. Und die Wiese, die sie aufsuchten, war trocken. Luise wollte ihm ihre geliebte Blaue Stunde zeigen. Als sie ihre Decke im Gras ausbreiteten, war die Dämmerung bereits hereingebrochen. Ihr Schein vermischte sich mit dem Licht des untergehenden Mondes. Mit Nils wurde die Blaue Stunde zur Stunde des Begehrens, des Herzklopfens und der Vereinigung.

In den Spiegeln von Gittes Friseursalon betrachtete Luise manchmal verwundert ihre neue Erscheinung. Sie war noch immer dünn, aber ihre Konturen wirkten weicher. Ihr Haar war stark gewachsen, sie hatte seit Gittes Radikalschnitt keine Schere mehr an sich herangelassen. Es war jetzt ganz glatt und von der Sonne gebleicht, ihr Gesicht gebräunt. Auf den Wangenknochen lag ein neuer Schimmer, die Schultern waren runder, nicht mehr wie die eines Knaben oder eines geschlechtslosen Wesens. Sie fand sich selbst zum ersten Mal in ihrem Leben weiblich und schön.

An einem Vormittag betrat Nils' Mutter den Friseursalon. Im Laufe der Jahre hatte Luise sie gelegentlich im Dorf gesehen, jedoch meistens aus der Ferne. Sie konnte sich noch gut erinnern, wie Hilde Ahlers sie als kleines Mädchen von ihrem Auto weggescheucht hatte. Die Frau des Großbauern war eine der ersten im Dorf, die einen eigenen Wagen fuhr – einen nagelneuen, blau lackierten VW Polo. Hilde Ahlers arbeitete auch mit auf dem Hof, wie alle Bauersfrauen, aber nicht den ganzen Tag. Daher hatte sie Zeit, nach Emden oder Oldenburg zu fahren und dort zum Friseur zu gehen. Sie war stets tadellos gekleidet, mit knielangem Rock, Bluse oder Twinset, Pumps und Handtasche, farblich aufeinander abgestimmt. Gitte wusch gerade der Frau des Bürgermeisters die Haare und warf Luise einen vielsagenden Blick zu. Hilde Ahlers hatte keinen Termin, aber sie betrat den Salon zum ersten Mal und fragte, ob Luise ihr die Haare waschen und legen könne. Das Selbstbewusstsein drang ihr aus allen Poren, und ihr Auftreten glich dem einer Königin. Da sagte man nicht Nein.

»Moin moin, Frau Ahlers. Sehr gerne!« Luise lächelte schüchtern, sah der Mutter von Nils direkt in die Augen, half ihr in den schwarzen Kimono und bot ihr den freien Platz am zweiten Becken an. Hoheitsvoll glitt die Großbäuerin auf den Sessel.

Luise betrachtete ihre imposante Frisur und hatte gleichzeitig das beeindruckende Hauptgebäude des Ahlershofs mit seiner hellroten Backsteinfassade und dem tief heruntergezogenen Reetdach vor Augen. Es hieß, das Elternschlafzimmer sei zwanzig Quadratmeter groß, mit anschließendem Bad.

Das blond gefärbte Haar der Großbäuerin war hochgetürmt, an den Schläfen hingen steife Locken herunter. Ihr Gesicht war schmal, und an Nase und Mund erkannte Luise die Ähnlichkeit zu Nils. Schüchtern stand sie vor ihr und merkte, wie Hilde Ahlers sie ebenso einer genauen Musterung unterzog.

Luise fiel es schwerer als sonst, in Hilde Ahlers das Beste einer jeden Kundin zu erkennen, sie im besten Licht zu sehen, wie sie es sich zu Beginn ihrer Friseurlehre angewöhnt hatte. Zögernd streckte sie die Hand in Richtung der von Spray verklebten Haare aus. Ein Gefühl der Nähe, eine Art Geneigtheit, eine Verbindung wollte sich nicht einstellen.

»Darf ich?«, fragte Luise, und nach einem huldvollen Nicken suchte sie nach der ersten Haarnadel, um sie aus der Betonfrisur herauszuziehen. Schließlich lagen zwanzig Nadeln sowie Haarklemmen auf der Ablage vor dem Spiegel, und Luise war sich sicher, noch längst nicht alle erwischt zu haben.

»Möchten Sie die Haare hernach wieder genauso gesteckt haben, oder sollen wir vielleicht etwas …«, sie zögerte und suchte nach einem neutralen Ausdruck, »Weicheres versuchen?«

Ein mildes Lächeln überflog Hilde Ahlers' Gesicht.

»Wasch sie erst mal!«

Jemandem zum ersten Mal die Haare zu waschen, war heikel. »Ist das Wasser so recht?«, fragte Luise.

»Etwas zu kalt.«

»So besser?«

»Viel zu heiß, willst du mich verbrühen?«

»Verzeihung.« Luise ließ das Wasser jetzt vorsichtshalber länger über ihre Hand laufen, um die Temperatur zu prüfen.

»Wie lange dauert das denn noch? Ich habe nicht ewig Zeit!«, fauchte Hilde Ahlers.

Während des Shampoonierens schlossen viele Kunden und Kundinnen die Augen und genossen die Kopfmassage. Nicht so Hilde Ahlers. Sie riss die Augen weit auf und fixierte die ganze Zeit Luises Kinn, bis diese im Spiegel überprüfte, ob sie dort neuerdings einen Pickel oder Leberfleck hatte. Vorsichtig richtete Luise den Wasserstrahl auf Hilde Ahlers' Hinterkopf. »Ist es so recht?«, fragte sie wieder.

»Hm!« war alles, womit Nils' Mutter ihre Zufriedenheit mit der Wassertemperatur zum Ausdruck brachte.

Nach dem Waschen – sie hatte dreimal shampoonieren müssen, um das Haarspray herauszuwaschen – knotete Luise die Haare in einen Handtuchturban und bat Frau Ahlers, mit ihr zum Spiegel zu kommen. Ihre Blicke trafen sich, und sie hoffte unwillkürlich, Hilde Ahlers würde irgendetwas Nettes zu ihr sagen. Sie womöglich als Nils' Freundin anerkennen. Doch sie blieb distanziert, unterhielt sich nur mit der Frau des Bürgermeisters, blätterte mit spitzen Fingern die Zeitschriften des Lesezirkels durch, faltete die *Bild*-Zeitung auseinander. Luise las die Schlagzeile mit: *Es ist eine Jahrhundert-Dürre. Fast sieben Wochen Trockenheit im Norden.*

»Was das noch werden soll«, seufzte Hilde Ahlers. »Die Wiesen sind so gelb wie eine Steppe geworden.«

Im Gegensatz zu den meisten Leversdorfern sprach sie nur Hochdeutsch.

»Vater sagt«, antwortete Luise ebenfalls auf Hochdeutsch und war froh, endlich ein Gesprächsthema zu haben, »die Gerste wird viel Kümmerkorn und wenig Ertrag bringen, und wir werden die Silage aus dem vorigen Jahr an die Rindviecher verfüttern müssen.«

Frau Ahlers warf ihr einen hochmütigen Blick zu. »Wenn er mal welche aus dem letzten Jahr übrig hat!« Dann wandte sie sich explizit an die Frau des Bürgermeisters. »Was sagst du, Alma? Es soll auch in den nächsten Tagen nur hochsommerliche Wärme geben, mit Werten zwischen drei- und achtundzwanzig Grad. Örtlich sogar dreißig Grad. 1992 soll wohl eines der heißesten Jahre werden. Was ist bloß mit dem Wetter los?«

Hilde Ahlers gab Luise lediglich schroffe Anweisungen, während ihr diese die schulterlangen Haare auf große Wickler drehte. Einen neuen Schnitt oder eine schwungvolle Föhnwelle hatte sie rundweg abgelehnt. Dennoch standen ihr das offene Haar, die weichen Locken ohne Haarspray weitaus besser als die strenge Hochsteckfrisur.

Luise war erleichtert, als sie die Tür des Windfangs hinter ihr schließen konnte.

»Was war das denn?«, fragte Gitte und verdrehte die runden Augen, was sie sich nur erlauben konnte, weil sie gerade allein im Laden waren.

Luise kaute auf ihren Lippen. »Ich weiß auch nicht. Vielleicht hatte sie keinen guten Tag.«

Wie gerne hätte sie Gitte ihr Herz ausgeschüttet, von der Beziehung zu Nils, ihren großen Gefühlen gesprochen, doch etwas ließ sie auf der Hut bleiben. Sie wusste, dass Gitte nicht eben der verschwiegenste Mensch in Leversdorf war.

Gitte wiegte den Kopf hin und her. »Es heißt, wenn die ganzen Windräder erst auf ihren Feldern aufgestellt sind, fährt Hilde Ahlers nicht mehr Polo, sondern Porsche.«

Am darauffolgenden Wochenende erzählte Luise Nils, dass seine Mutter bei ihr im Friseurladen gewesen war, und fragte, ob sie sie bald einmal näher kennenlernen würde. Als Nils nicht sofort antwortete, zog sich Luises Magen zusammen.

Nach einer Weile sagte er: »Klar wirst du das. Demnächst.«

Auch der August hatte beständiges, heißes Wetter gebracht. Sie brauchten nichts als trockene Wiesen, versteckte Lichtungen, um sich zu lieben. Luise wusste noch, wie die kleinen Feldwege, Bäche und Tümpel früher hießen. Winkelheck, Kistenkuhl oder Flandernbach – Grootmoder Lina hatte es ihr beigebracht. Diesen Sommer führten sie kaum Wasser. Nils staunte über ihre Kenntnisse ihrer gemeinsamen unmittelbaren Heimat, denn die alten Namen kannte er nicht. Oft kam Luise mit dem Fahrrad, und dann nahm Nils sie auf den Gepäckträger. Die Sonne brannte heiß auf ihre Rücken herab. Sie sprachen davon, wie sie früher zusammen mit den anderen Kindern im Mühlteich geschwommen waren, den es inzwischen nicht mehr gab. Man hatte sich die Haut mit Melkfett eingerieben und schmorte in der Sonne, einen Fuß lässig im Wasser. Nils war der Erste, der Tiroler Nussöl dabeihatte und sich damit einrieb, bis er wie ein Brathähnchen glänzte. Am Ende des Sommers legte man die Unterarme auf der Schulbank nebeneinander und verglich, wessen Haut am dunkelsten geworden war. Luise fragte Nils, ob er damals geahnt habe, dass aus ihnen einmal ein Paar werden würde, und zu ihrem Entzücken sagte er: »Klar, immer schon!«

Es hatte zehn Wochen nicht geregnet, und die Bauern befürchteten nun schwere Gewitter. Die Glut der Sonne hatte das Korn reifen lassen. Von morgens bis abends brummten die Landmaschinen. Mähdrescher, Heupressen, Feldhäcksler. In der Ferne donnerte der dreihundert PS starke Lamborghini-Traktor von Ahlers über die Felder, dass es nur so staubte. Jetzt wurden alle Hände gebraucht, Luise machte in Gittes Laden früher Schluss, um bei der Ernte zu helfen, und Nils arbeitete in seinen Semesterferien ganztägig auf dem elterlichen Hof. Luise fieberte den knappen freien Stunden entgegen. Sie suchten sich jetzt Heuschober oder verlassene Hütten. Ihr Glück war groß, doch das ständige Versteckspiel machte Luise zu schaffen.

An einem späten Sonntagnachmittag lagen sie im Heu und ließen ihre schwitzenden Körper trocknen, da sagte sie ganz ruhig: »Ich würde gerne meinen Eltern von uns erzählen. Sie fragen immer, was ich in meiner freien Stunde tue … bald gehen mir die Ausreden aus.«

Nils zuckte zusammen, als habe sie ihm den Finger in die Brust oder sogar ins Herz gebohrt. Er gab ein seltsames Geräusch von sich, das nicht wie ein Räuspern klang, eher wie ein Hüsteln. Er wollte etwas sagen, doch er fand keine Worte, starrte sie an. Die Vertrautheit zwischen ihnen war wie weggeblasen, und dahinter kam sein peinliches Geheimnis zum Vorschein, das sie die ganze Zeit geahnt, aber verdrängt hatte. Er wollte weder, dass ihre, noch, dass seine Eltern von ihnen erfuhren. Sie hatte seine kleine Lüge freigelegt, die Wahrheit darüber, dass er ihrer Beziehung keine Zukunft gab.

»Heißt das, du möchtest es niemals irgendjemandem erzählen?«

Sie sahen sich in die Augen, und Luise zwang sich, Nils' Blick standzuhalten. Was für ein seltsames Blau, was für kindlich lange Wimpern. In seinem Blick lag ein Zögern, als würde er ihn gleich abwenden.

»Das muss ich nicht, das hat schon jemand für mich erledigt.«

Luise sagte leise: »Malte«, und Nils nickte. »Er muss uns beobachtet haben und war wohl auch ein bisschen eifersüchtig.«

»Das glaube ich nicht!«, verteidigte Luise Nils' kleinen Bruder. »Malte hat sich bestimmt nichts dabei gedacht.«

»Wahrscheinlich hast du recht. Jedenfalls hat mein Vater mich schon nach unserem ersten Wochenende damit konfrontiert und …«

»Und was?« Sie sah ihn herausfordernd an. An dieser Stelle ahnte sie, was jetzt kam, oder ihr Körper wusste es. Ihr Herz schlug schneller, aber nicht vor Freude, sondern aus Furcht. Nils zog ihr mit einer zärtlichen Geste einen Heuhalm aus den Haaren und griff nach ihrer Hand, aber sofort entzog sie sie ihm. Sie richtete ihren Oberkörper auf, sodass er zu ihr hochsehen musste.

»Was?«, wiederholte sie.

»Das möchtest du nicht hören.«

»Doch, was hat er gesagt?«

Nils zögerte immer noch, dann sagte er leise: »Wenn ich mich weiter mit der Tochter vom ärmsten Bauern weit und breit treffe, dann gibt er keinen Pfennig mehr für mein Studium aus und enterbt mich.«

Luise stieß ein spöttisches Lachen aus, zog sich das T-Shirt über den Kopf, schlüpfte in ihre Hose und stand auf. »Der Satz hört sich an, als käme er aus einem alten Spielfilm von 1960 oder noch älter. Und du lässt dir das gefallen?«

Nils ließ sich nicht beeindrucken, ihr Vorwurf glitt von ihm ab. »Luise, du kennst meinen Vater nicht. Der meint so was vollkommen ernst.« Er suchte jetzt auch seine Kleidung zusammen, zog die Jeans an und ging in dem Heu auf die Knie, als wollte er sie anflehen. »Du weißt doch, dass ich dich liebe!« Seine Stimme klang warmherzig und umhüllte sie wie eine warme Jacke. Aber sie schüttelte den Kopf, um sich aus dem Trancezustand zu reißen, in dem sie sich den ganzen Sommer befunden hatte. Sie wusste, dass er recht hatte. Die Dinge waren hier noch immer so, auch wenn es niemand aussprach. Es gab in Leversdorf kein Recht auf Fortschritt, auf Gerechtigkeit, auf Emanzipation, noch nicht einmal auf Wahrheit. Keiner hatte hier Anspruch darauf, so behandelt zu werden, wie man es in einer aufgeklärten Gesellschaft Ende des zwanzigsten Jahrhunderts erwarten konnte. Es gab in Leversdorf viel Unausgesprochenes, manches schwebte schon jahrhundertelang durch das Dorf und von Hof zu Hof. Wenn sich das verkehrt anfühlte, musste man entweder damit klarkommen. Oder man musste gehen.

Luise war mit dem Fahrrad gekommen, und auf das stieg sie jetzt auf, radelte über den rumpeligen Feldweg davon, ohne sich noch einmal umzudrehen. Nils sah ihr lange nach. Der Himmel war noch wolkenlos, aber fast bleigrau, die Luft lag dick und heiß über den Feldern.

9

Der Schmerz, der in Luise hochstieg, glich einer Folter, die ihren Körper in Stücke riss. Die Liebe ihres Lebens hatte sie verraten. Das Wissen, wieder allein zu sein, überfiel sie und löste Beklommenheit in ihr aus. Erst nachdem alles zu Ende war, begriff, sie, was Nils für sie bedeutete. Sie konnte sich nicht vorstellen, ohne ihn zu sein. Sie wollte nichts mehr sehen, nichts denken.

»Am liebsten wäre ich tot«, sagte sie ein paar Mal vor sich hin, während sie in die Pedale trat.

Es war kurz vor halb sechs, als Luise plötzlich eine schwarze Wolkenwand hinter den beiden Birken aufsteigen sah, die den Weg zu ihrem Hof flankierten. Um sie herum schwirrten Fliegen. Sie schienen überall zu sein, verfingen sich in den Haaren, auf ihrer Haut, zwischen den Zähnen. Die Hitze schien wie unter einer großen Glocke gefangen, die Sonne lag hinter Schleiern, die Wolkenwand wurde immer bedrohlicher. Das letzte Stück des Wegs fuhr Luise wie eine Besessene. Sie wollte nichts anderes als heimkommen, die Tiere in den Stall bringen. Das Fahrrad ließ sie einfach fallen, als sie ihre Mutter sah, die schon dabei war, die Rinder von der Weide zu treiben. Waren die Tiere sonst eher gemächlich unterwegs, hatten sie es jetzt eilig und setzten sich in Trab. Sie spürten ein Gewitter viel früher als Menschen, durch den fallenden Luftdruck, und es war schon vorgekommen, dass ganze Herden ausbrachen, auf die Straße liefen und sich kilometerweit verstreuten. Das Problem war nicht, sie in Bewegung zu setzen, sondern ihnen die Richtung vorzugeben und alle beisammenzuhalten.

»Wo sind Vader und Jakob?«, rief Luise völlig außer Atem.

»Noch draußen auf dem Feld. Und wo warst du?«

Luise antwortete nicht, riss sich einen Zweig vom nächsten Busch ab und lief über die ausgedörrte Erde an das hintere Ende der Herde. Bisher waren sie in diesem Sommer von ganz schlimmen Unwettern verschont geblieben, aber nun kam offenbar eines mit Macht auf sie zu. Der Himmel hatte sich jetzt ganz verfinstert: Grauschwarz mit einem unguten

Hauch von Schwefelgelb, was Sturm oder Hagel ankündigte. Die Sonne war nur noch als diffuses Licht im Westen zu erahnen, doch die Hitzeglocke lag noch immer über dem Hof. Das Atmen fiel ihnen schwer. Noch immer regnete es nicht. Aus dem Dorf vernahmen sie jetzt zwischen dem Heulen des Windes deutlich den hellen Ton der Kirchturmglocke. Da gab es einen Laut wie einen Riss durch ein Stück Stoff, und Luise spürte die ersten dicken Tropfen auf ihrer nackten Haut. Schon zuckte auch der erste Blitz am schwarzen Himmel.

»Los, lauf schon, Wanda! Lauf«, trieb Luise das letzte Rind an. Währenddessen zählte sie nach, wie lange es dauerte, bis der Donner grollte. »Zehn«, sagte sie laut. Das Gewitter war noch etwa zehn Kilometer entfernt, und sie hatten noch zweihundert Meter bis zum Stall. Acht der Rinder waren trächtig und bewegten sich mit ihren dicken Bäuchen langsamer als die anderen. Als sie das Ende der Weide erreicht hatten, zog ihre Mutter die elektrischen Bänder von den Haken, und Luise trieb die Kühe durch den Ausgang. Mathilde war es, die seitlich ausbrach, um die anderen zu überholen. Von ferne sahen sie jetzt den Traktor mit Vater und Jakob herankommen. Inzwischen hatte es angefangen zu hageln. Hagelkörner prasselten auf sie nieder, manche so groß wie eine Kinderfaust. Im Vorbeirennen sah sie Sneeiflock, die unter der Bank vor dem Haus saß und die weißen Eiskörner anstarrte, die vom Himmel fielen. Sie hatte die Schulterblätter hochgezogen und den Kopf gesenkt, die Ohren angelegt und drückte mit ihrer Haltung Furcht und Unbehagen aus. *Warum ist sie nicht in der Scheune?*, fragte sich Luise. Doch sie hatte jetzt keine Zeit, sich darum zu kümmern, denn erst mussten die Rinder in den Stall. Der zweite Blitz erhellte den ganzen Hof, und Luise konnte nur noch bis fünf zählen, bis es so laut donnerte, dass die Kühe in panischen Galopp verfielen. Ihre Mutter rannte voraus, um den zweiten Flügel der Stalltür zu öffnen, doch dazu kam sie nicht mehr. Schon toste die Herde an ihr vorbei, drängte sich durch die Öffnung, um nur ja schnell ins Innere zu kommen. Sie hatten es geschafft. Nur Berta war ausgerutscht, aber sie war gleich wieder auf den Beinen und schien sich nicht verletzt zu haben. Luise zog die Stalltür zu und drehte den Schlüssel im Schloss um. Bei dem Sturm, der draußen losgebrochen war, war das sicherer. Anschließend machte sie sich mit ihrer Mutter ans Melken. Als es an das Stalltor hämmerte, öffnete Luise, ließ rasch Jakob und ihren Vater ein, die beide vollkommen durchnässt waren.

»Gott Loff un Dank, dass ihr gesund zurück seid!«, hörte man ihre Mutter aus dem Melkstand seufzen, aber ihre Arbeit unterbrach sie nicht. Ihr Vater, in seiner grauen Jacke mit dem tropfenden Elbsegler auf dem Kopf, wollte an Luise vorbeigehen, doch sie warf sich ihm an den Hals.

»Luise«, brummte er und stand unbeholfen da, bis er schließlich die Arme um sie legte. Sie drückte ihr Gesicht an seine nasse Jacke, und als sie den vertrauten Duft nach Feldarbeit, Erde und einem letzten Hauch seines scharfen Rasierwassers, das er immer benutzte, einsog, brach sie in Tränen aus. Es war ein hoffnungs- und hemmungsloses Schluchzen, wie das eines völlig übermüdeten Kindes.

»Ist ja schon gut!«

Er strich ihr über den Rücken, verwundert über den ungewohnten Gefühlsausbruch seiner Tochter. Doch als sie nicht aufhörte zu schluchzen, sondern immer weiter weinte, merkte sie, wie ihr Vater erstarrte. Dabei hielt er sie weiter in den Armen. Ihm wurde wohl klar, dass es nicht nur die Sorge um ihn und Jakob gewesen war, die sie in diesen Zustand versetzt hatte, sondern eine typisch weibliche Katastrophe, die in den Händen einer Frau nach seiner Ansicht besser aufgehoben war. Hilflos murmelte er: »Ich hole deine Moder.«

Aber Luise wollte nicht, dass er sie losließ. Sie klammerte sich an ihn, obwohl er kleiner war als sie, obwohl er triefend nass war. Als sie flüsterte: »Ich bin nur froh, dass du wieder zurück bist«, merkte sie, wie sich ihr Vater entspannte.

Dieser Augenblick hinter dem Stalltor konnte nicht länger als dreißig Sekunden gedauert haben, doch eine solche Sentimentalität erlaubte man sich normalerweise hier oben im Norden und noch dazu in der Landwirtschaft nicht. Sie riss sich zusammen, ging zurück zum Melkstand, während ihr Vater sie immer noch argwöhnisch ansah. Als sie mit dem Melken fertig waren, lief sie mit ihrer Mutter über den Hof. Der Hagel hatte aufgehört, aber der Boden war mit Eiskörnern übersät, an manchen Stellen lagen große weiße Haufen. Unter der Bank kauerte noch immer die kleine weiße Katze, zitternd. Luise sah kurz fragend zu ihrer Mutter, und als diese nickte, hob sie sie hoch und nahm sie mit ins Haus. Mit Sneeiflock auf dem Arm stand sie keuchend im Flur.

»Zieh dir die nassen Sachen aus, ich koch uns gleich einen heißen Tee«, sagte ihre Mutter. Luise setzte die weiße Katze auf die Ofenbank, flüsterte ihr zu, sie käme gleich wieder zurück, und rannte die Treppe hoch, in ihre Kammer unter dem Dach. Hier oben mussten es an die fünfundvierzig Grad sein. Die Luft war so trocken und stickig, dass es einem in der Kehle brannte. Sie öffnete das kleine Fenster, zog sich die nasse Kleidung aus, hängte sie vor ihre Zimmertür an den Haken. Dann stand sie an den Türrahmen gelehnt, nackt, blickte in ihre niedrige Kammer, sah sie mit den Augen eines reichen Großbauern. Der alte Tisch, der abgewetzte Stuhl. Das schiefe Nena-Poster an der Holzwand, eingerissen am Rand und verknittert. Ihre Korkpinnwand mit Fotos vom Eiffelturm, der London Bridge, ausgeschnittenen Bildern aus den alten Lesezirkelheften. Die bunte Häkeldecke auf dem Bett. Ärmlichkeit überall, hier hauste ganz offensichtlich eine, die nicht gut genug war für den feinen Sohn vom dicken Buur. Hier wohnte die schotige Luise, der zu groß geratene Trampel vom Jensenhof, hässlich, ärmlich und unnütz wie ein Büschel Schafgarbe auf der Weide.

Und auf einmal überkam sie Wut. Mit der Hand fegte sie ihr Bettzeug herunter, holte ihre armselige Kleidung aus dem Schrank und trampelte auf ihr herum. Der kleine Ständer für Papiere und Karten landete an der Wand. Sie sank vor ihrem schmalen Bett zu Boden und schlug die Hände vor das Gesicht, schluchzte laut auf.

Was hatte Nils nur aus ihr gemacht?

Sie war so außer sich, dass sie am liebsten alles aus dem Fenster geworfen hätte. Nach einer Weile ließ sie ihre Hände sinken, schlaff hingen sie auf den Dielenboden, und sie ertasteten eine Karte, hoben sie auf. Ihre Hand immer noch zitternd vor Wut.

Es war die lilafarbene Hochglanzkarte, auf der der Name *Udo Hammer* in Kursivschrift gedruckt war. Darunter stand eine Telefonnummer.

10

Zwei Tage später wippte ein gut gefederter, blaumetallicfarbener Mercedes der S-Klasse über den löchrigen Feldweg auf ihr Haus zu. Luise hatte sich gewundert, wie einfach es war. Sie hatte von ihrem Hausanschluss die Nummer gewählt. Als sich nach zweimal Klingeln die Raucherstimme meldete, ihren Namen gesagt, kurz den Pixie-Schnitt in Bremerhaven erwähnt und gefragt, ob sein Angebot noch gelte.

Jetzt saß Udo Hammer bei ihren Eltern in der Küche, tunkte seinen gelbblonden Schnurrbart in die Tasse Ostfriesentee mit Kluntje und frischer Sahne. Mit den Ostfriesengesichtern, die die Jensens kannten, hatte er nach wie vor nichts gemein, bis auf die blassblauen wässrigen Augen. Die Tränensäcke kamen Luise heute noch größer vor, die Wangen aufgedunsener, und das gelbe Haar schien noch länger geworden zu sein. *Womöglich ist es eine Perücke*, dachte sie für einen Moment. Hammer war vor ein paar Wochen achtundvierzig geworden, und sein Gesicht zeigte die Spuren seines hektischen Arbeitslebens, in dem das Kulinarische, Zigaretten und Alkohol immer ein Beruhigungs-, Aufputsch- und Überzeugungsmittel gewesen waren, überdeutlich.

»Habe die Ehre, junge Frau«, hatte er ihre Mutter begrüßt.

»Ihr Tee ist ganz vorzüglich, genauso, wie er sein soll«, säuselte er jetzt und rührte um. Luise entfuhr ein erschrockenes Stöhnen. Was für ein Frevel! Daran erkannte man einen Banausen. Niemals würde ein Ostfriese seinen Tee umrühren. Sie sah ihre Eltern an, doch diese blieben vollkommen gelassen – sie hatten nichts anderes erwartet.

»Was für ein schönes Aquarell!«, sagte Udo Hammer und deutete auf den kleinen, Eiche-gerahmten Druck an der Wand, der eine Windmühle und Schwarzbunte auf der Weide zeigte.

Ihre Mutter folgte kurz seinem Blick, wollte darauf antworten, doch da sagte Kai Jensen: »Und was führt Sie nun zu uns?«

Udo Hammer räusperte sich, aber die Antwort kam ohne Zögern: »Das Talent Ihrer Tochter!«

»Das Talent …«, wiederholte Luises Vater und sah ihn ratlos an.

»Sie wissen doch sicher, dass sie in Bremerhaven die Goldene Schere gewonnen hat? Einen der begehrtesten Preise in der Friseurzunft!«

Nur Luises Mutter nickte, ihr Vater schien dies entweder gar nicht zur Kenntnis genommen oder schon wieder vergessen zu haben.

»Ich glaube, sie ist eine außergewöhnlich gute Friseurin, und so jemanden kann ich bei meiner Arbeit auf den internationalen Fashion-Shows sehr gut brauchen. Es wäre eine einmalige Chance für sie.«

Er machte eine Pause, aber als Luises Eltern nicht antworteten, sprach er direkt weiter. »Jedes Jahr werden auf den internationalen Modewochen zwei Mal im Jahr die neuesten Kollektionen der Top-Designer vorgestellt. Früher habe ich keine Show ausgelassen. New York, Mailand, London, Paris. Ein ganz schöner Schlauch, jede Woche in einer anderen Stadt auf der Weltkugel zu sein. Ich muss allerdings gestehen, dass auch an mir das Alter nicht spurlos vorübergegangen und mir das alles zu anstrengend geworden ist. Diesen Herbst werde ich deshalb nur auf der Prêt-à-porter in Paris sein. Sie gilt als die wichtigste der vier großen Fashion Weeks, aber die Prêt-à-porter wäre dann bereits nächste Woche. Was meinen Sie?«

»P r e t a p o r t e r«, wiederholte Luises Mutter radebrechend. »Was soll das sein?«

»Moder, das ist die Modemesse in Paris. Da wird die neueste und sündhaft teure Mode von Mannequins oder Models, wie man heute sagt, auf Laufstegen präsentiert. Das Wort ist Französisch und heißt so viel wie: ›Gleich zu tragen‹.«

Ihre Mutter nickte langsam. Scheinbar wusste sie nicht, was sie damit anfangen sollte.

»Sündhaft teuer?«, wiederholte Luises Vater. »Mitten in einer Wirtschaftskrise wird sündhaft teure Mode verkauft? Was ist denn mit dem Schwarzen Mittwoch, über den gerade die Zeitungen schreiben?«

Er tippte mit dem Zeigefinger auf die Schlagzeile der *Bild*-Zeitung, die auf dem Küchentisch lag: *16. September – Schwarzer Mittwoch: Das Pfund rutscht in den Keller. Krise des gesamten Europäischen Währungssystems.*

»Sie haben vollkommen recht, Herr Jensen. Aber die Modeszene ist eine eigene Welt. Da können Wirtschaftskrisen, Terror und Kriege wüten, da kann Aids ein weltweites Massensterben verursachen …« Bei dem Wort »Aids« wurde Dörte Jensen blass und musterte ihn beunruhigt, doch Hammer sprach unbeirrt weiter: »… doch die Mode hängt ihre Fahne trotzdem hoch und erfindet sich neu. So lange, bis man ihr den Strom abdreht, und selbst dann setzt man wahrscheinlich noch einen eigenen Generator in Gang.«

»Und was hast du mit dem Ganzen da zu tun?«, fragte Dörte Jensen und sah ihre Tochter an. Luise zögerte. Mit der Frage hatte sie nicht gerechnet. Aber Udo Hammer kam ihr zu Hilfe. Er hielt ihrer Mutter seine Tasse entgegen, lobte nochmals den hervorragenden Tee, und während sie ihm eingoss, antwortete er für Luise.

»Die Modelle müssen für die Show frisiert werden, natürlich mit absolut avantgardistischen Stylings. Die Designer sind so was von innovativ, das ist der reine Wahnsinn. Da kann und muss man sein ganzes Repertoire aufbieten, um bei den Frisuren mitzuhalten, meistens in wahnwitzigem Tempo. Ein harter Job, aber auch ein Traumjob für jeden Friseur und jede Friseuse. Man sieht was von der großen weiten Welt, kann seiner Fantasie freien Lauf lassen und sein Können beweisen.«

Er hatte diese Sätze schon oft gesagt und wiederholte sie voller Ausschmückungen immer wieder mit echtem Gusto.

»Na ja, von der großen weiten Welt hast du ja schon immer geträumt«, murmelte Dörte Jensen. »Von dem anderen verstehe ich nichts. Aber von jetzt auf gleich nach Paris, wie soll denn das gehen?«

Sie betrachtete ihre abgearbeiteten, rauen Hände. »Und was wird dann aus dem Hof?«

Niemals hätte sie gesagt: Was wird aus uns? *Immer geht es nur um den Hof!*, dachte Luise.

Hammer blickte ihre Mutter auf eigentümliche Weise an. Freundlich, aber mit einer Spur Ironie. »Für so ein junges Talent wie Ihre Tochter wäre das natürlich ein Sprungbrett, ein Karriere-Booster.«

»Was wäre denn Ihre Rolle dabei?«, fragte jetzt Luises Vater und deutete dabei mit Daumen und Zeigefinger auf den Gast.

Udo Hammer beugte sich nach vorne und wandte sich ihm zu, als erkundige er sich nach einer schlimmen Krankheit.

»Herr Jensen, entschuldigen Sie. Ich habe mich schlecht ausgedrückt. Es gibt natürlich jede Menge Friseurinnen und Friseure, die sich nach so einer Chance die Finger lecken würden. Tausende, Zehntausende, wenn nicht gar Hunderttausende! Mein besonderes Interesse gilt jungen Leuten ganz am Anfang ihrer Karriere, und ich fördere sie … aber natürlich nur mit dem Einverständnis der Eltern, vor allem, wenn wie in diesem Fall die betreffende Person noch minderjährig ist, und glauben Sie bloß nicht, ich könnte Ihre Bedenken nicht verstehen …«

Jetzt nestelte er ein HB-Päckchen aus der Brusttasche seines Lederblousons, sah sich um und fragte: »Darf man hier rauchen?«

Luises Mutter stand auf und holte den Glasaschenbecher, stellte ihn auf den Tisch und setzte sich wieder. Udo Hammer bedankte sich, hielt Luises Eltern das offene Zigarettenpäckchen entgegen, und ihr Vater griff zu. Der Gast lächelte, als er ihm Feuer gab, offenbar erfreut, eine Gemeinsamkeit entdeckt zu haben. »Ich nehme an, Sie wollen der Karriere Ihrer Tochter nicht im Weg stehen?«

Wie zufällig nahm er den Lottoschein in die Hand, der wie jede Woche in der Mitte des Küchentischs lag. Die Geste sollte offenbar deutlich machen, dass man nicht auf die Gunst des Schicksals warten müsse, das einem Glück im Spiel bescherte. Wie souverän er jetzt die Rolle des freundlichen Heilsbringers spielte!

Kai Jensen blies den Rauch in die Luft, schlug die Beine übereinander und lehnte sich zurück.

»Also, das Ganze wäre nur für eine Woche?«

Luises Herz machte einen Satz. Sie kannte diesen Tonfall ihres Vaters und den Gesichtsausdruck mit den gespitzten Lippen. Er bedeutete, dass er die Sache nicht mehr rundweg ablehnte.

Udo Hammer nickte. »Eine Woche.«

»Machen wir doch mal Nägel mit Köpfen: Wo würde Luise wohnen, und wer bezahlt das?«

»Ganz einfach. Sie wohnt im Hotel, und die Kosten strecke ich vor. Wenn wir engagiert werden, bekommt sie einen Anteil an der Gage.«

Luises Vater drückte die Zigarette aus. »Wenn wir engagiert werden?«, wiederholte er. »Das heißt, es steht noch gar nicht fest?«

Udo Hammer lehnte sich auf dem Stuhl zurück, schloss die Augen, um die Überflüssigkeit der Frage zu verdeutlichen, und öffnete sie erst wieder, als er schon mitten in der Antwort war. »Sie können versichert sein: Wenn Udo Hammer nach Paris auf der Prêt-à-porter-Woche erscheint, braucht er sich um eine Buchung nicht den Kopf zu zerbrechen.« Er schüttelte den Kopf und schloss nochmals die Augen. »Gewiss nicht.«

»Gewiss nicht«, wiederholte Dörte Jensen, und Luise dachte einen Moment lang, sie meinte es ironisch. Allerdings war ihrer Mutter Ironie vollkommen fremd. Also musste sie es ernst meinen.

Kai Jensen warf einen Blick auf die alte Küchenuhr an der Wand. »Zeit zum Melken.«

Schweigen senkte sich über den Raum. Alle warteten, ob er noch etwas hinzufügen würde. Luise spürte den Blick ihrer Mutter auf sich ruhen. Als sie ihr in die Augen sah, neigte sie kaum merklich den Kopf, als wollte sie sagen: Er wird schon Ja sagen. Luise sah ihren Vater erwartungsvoll an. Wollte er Udo Hammer denn nicht seine Entscheidung mitteilen? Dieser blieb ganz gelassen, stellte fest: »Dann sind wir uns also einig!«, und streckte die Hand aus. Luise fiel erst jetzt auf, was für gepflegte Fingernägel er hatte, im Gegensatz zu den schwarzen Nägeln ihres Vaters. Dieser sah dem gealterten Starfriseur jetzt forschend in die Augen. »Sie sind doch nicht so einer, der …«, er räusperte sich und sprach den Satz nicht zu Ende. Stattdessen setzte er neu an. »Wir können Ihnen doch vertrauen, Herr Hammer?«

»Voll und ganz. Was meinen Sie, wie schnell es sich in der Branche herumsprechen würde, wenn das nicht der Fall wäre. Aber Sie können gerne Erkundigungen über mich einziehen. Die Chefin von Luise, Gitte … kann Ihnen sicher Auskunft geben. Sie kennt mich noch aus meiner Zeit als Vertreter bei Wella.«

»Das stimmt, Vader. Das hat sie gesagt.«

Kai Jensen schlug ein.

Der Raum schien sich zu verdunkeln. Luise sah an Udo Hammer vorbei zu dem Fensterbrett, auf dem Sneeiflock saß. Ohne großes Aufhebens hatte sich die Jungkatze das Privileg erschlichen, sich im Wohnhaus aufhalten zu dürfen, was bisher nur der alten Missi gelungen war. Niemals würde Dörte Jensen zugeben, dass die kleine weiße Schönheit sie um den Finger gewickelt hatte. Sogar Oma Lina war schon dabei beobachtet worden, wie sie Sneeiflock streichelte, ihr leise Kirchenlieder vorsang und alte Geschichten erzählte. Jetzt hockte Sneeiflock mit hochgezogenen Schultern und angelegten Ohren auf dem Fensterbrett mit dem abgeplatzten Holzlack und blitzte Luise durchdringend an, als spürte sie die drohende Veränderung. Luise ging zu ihr ans Fenster, bückte sich, strich ihr über den weichen Rücken und flüsterte ihr ins Ohr: »Es ist doch nur für eine Woche.«

Die Katze schnurrte nicht, sondern stieß ihre Stirn gegen Luises Wange und stemmte die Vorderpfoten auf ihre Brust.

11

Am 27. September 1992 saß Luise im blaumetallicfarbenen Mercedes der S-Klasse neben Udo Hammer, fuhr Richtung Südwesten und starrte durch die Windschutzscheibe. Kilometerlang führte die Straße vorbei an Stoppelfeldern, gepflügten Äckern, Torfwiesen, Entwässerungskanälen, Wallhecken, Windrädern. Dann, als wäre eine Schnur gezogen worden, endeten die Feuchtwiesen auf einmal, und Ostfriesland verschwand im Heckfenster. Die Straße verbreiterte sich zu einer vierspurigen Autobahn, und Luise tastete nach dem Haltegriff, als Hammer auf die vor ihm fahrenden Autos zufuhr und nur wenig Abstand zu ihnen hielt. Die Luft im Wagen war jetzt so stickig, dass Luise das T-Shirt schweißnass auf der Haut klebte. Hinzu kam, dass Hammer eine Zigarette nach der anderen rauchte. Immer wieder kurbelte sie das Wagenfenster herunter und trank aus ihrer mitgenommenen Wasserflasche. Sie wollte endlich ankommen und musterte ungeduldig die Kilometerangaben auf den Schildern, die Namen von Städten, in denen andere Menschen zu Hause waren.

Bei Saarbrücken überquerten sie die Grenze zu Frankreich. Luises Herz machte einen Satz, und sie krallte ihre Finger in das Gummi am Seitenfenster, als sie das Schild an der Goldenen Bremm sah. Auf blauem Grund, umkränzt von gelben Sternen, stand dort: *Frankreich 800 m.*

Stundenlang betrachtete Luise fasziniert die geometrischen Figuren an den Graswällen neben der Autobahn und fragte sich, wozu sie dienten.

»Die sind toll, ne?«, sagte Hammer.

»Was?«

»Die Dinger haben sie aufgestellt, damit der Fahrer nicht einschläft.«

»Ah!«

Zwischendurch redete Hammer über die Modebranche: Die Achtzigerjahre seien für die Modeschöpfer die Zeit der Freiheit gewesen: extravagante Formen, schillernde Farben. Erlaubt war, was gefiel.

»Mit Anbruch der Neunzigerjahre hat sich die Welt geändert – und damit auch die Mode!« Er ließ das Seitenfenster herunter und legte den linken Ellbogen in den offenen Rahmen, jetzt lenkte er nur noch mit einer Hand, was Luise unwillkürlich nach dem Haltegriff tasten ließ. »Du musst wissen, die Mode ist fast immer ein Spiegel dessen, was gerade passiert.« Im Bereich High Fashion sei gerade ziemlich viel los, fuhr er fort. »Die Extravaganz der Achtziger ist nach Amerika hinübergeschwappt, dank des italienischen Modedesigners Gianni Versace.« Er wandte ihr sein Gesicht zu. »Kennst du Gianni Versace?« Luise schüttelte den Kopf. »Na, das wird sich bald ändern!«, brummte Hammer. »Seine farbenfrohen, üppigen Kleider werden von den teuersten Topmodels getragen. Der neue exklusive und auch lockere Stil breitete sich dann von Amerika in die ganze Welt aus.«

Hammer drückte auf die Hupe, als ganz plötzlich ein Traktor mit Anhänger auf die Straße einbog und er so scharf abbremsen musste, dass ihre Köpfe nach vorne geschleudert wurden. »Armleuchter! Landei! Torfkopf!«, gab Hammer eine Schimpftirade von sich. Luise musste daran denken, dass man mit dem Traktor manchmal keine andere Wahl hatte, als einem Pkw die Vorfahrt zu nehmen, um überhaupt einbiegen zu können. »Es lässt eben auch keiner gerne einen Traktor rein!«, sagte sie. »Und irgendwie müssen die Landwirte ja schließlich von A nach B kommen.«

Hammer seufzte und schüttelte den Kopf, ohne erkennen zu lassen, ob er ihren Einwand einsah. Erst als der Traktor nach zwei Kilometern den Blinker setzte und wieder in einen Feldweg einbog, sprach er weiter. »Alle drei bis vier Jahre ändert sich die Mode komplett, und in Europa entsteht gerade eine Gegenbewegung zu dem bisherigen Bling-Bling-Stil.« Er verlieh seiner Stimme eine theatralische Note. »Düster, brutal, nachdenklich, konzeptuell!«

Er warf Luise einen Blick zu, um ihre Reaktion einzuschätzen. Aber sie sah weiter geradeaus, und sein Redestrom setzte wieder ein.

Der neue Modestil, erklärte er, orientiere sich an den neuen kulturellen und politischen Entwicklungen ihrer Zeit: Techno, Grunge, aber auch Tschernobyl, die Wirtschaftskrise.

»Der neue Stil nennt sich Antifashion. Er macht Schluss mit dem Glamour der vergangenen Jahre. Mode bedeutet also plötzlich: Zerrissene Kleider, schräge Proportionen und Performances statt Modenschauen.« Wieder sah er Luise an. »Als es damit losging, dachte man noch, das hat keine Zukunft, aber wenn du mich fragst, hat sich die Mode dadurch für immer verändert.«

Als er merkte, dass Luise zwar nickte, aber nicht viel mit seinen Ausführungen anfangen konnte, fügte er leise hinzu: »Ich glaube, man kann das alles nicht verstehen, solange man nicht selbst dabei war. Die Modebranche ist einfach zu crazy! Du wirst schon sehen …«

Wie zur Untermalung seiner Aussage drehte er plötzlich die Musik so laut, dass die Lautsprecher klirrten, und Luise wunderte sich, als Hammer den Text mitsang: »Rhythm is a dancer, its a soul's companion, you can feel it everywhere …«, denn dies war ein relativ neuer Hit von Snap!. Sie betrachtete Hammers Profil von der Seite und fragte sich, wie die Zeit mit ihm wohl werden würde, ob es wirklich die richtige Entscheidung gewesen war, ihn anzurufen und mitzufahren. Vielleicht war er ja verrückt! Auf einmal wurde ihr heiß, und sie fühlte, wie ihr Puls anfing zu rasen. War es zu spät, um umzukehren? Umdrehen, lag ihr auf der Zunge. »Umdrehen«, sagte sie so leise, dass er es nicht hörte.

Er hob den Zeigefinger und bewegte ihn im Takt der Musik, dann kam der Refrain, und ohne es zu wollen, sang Luise ihn auf einmal mit: »Oh-oh, it's a passion, oh-oh, you can feel it in the air.«

Als der Song vorbei war, setzte Hammer plötzlich den Blinker und fuhr in einen Feldweg. »Die Natur verlangt ihr Recht«, erklärte er, stieg aus, stellte sich ungeniert mit dem Rücken zu ihr an ein Stoppelfeld und pinkelte. »Du musst nicht?«, fragte er in das geöffnete Fenster. Luise rollte mit den Augen. Hier war weit und breit nichts, was ihr als Sichtschutz gedient hätte. Die Felder waren abgeerntet. Natürlich war sie es als Landkind gewohnt, ihre Notdurft auch ab und zu im Freien zu verrichten, aber doch nicht vor aller Augen! Das schien er auch ohne Worte zu verstehen und stieg ein.

Es gebe einige neue Gesichter, die mit eigenen Labels durchstarteten, nahm Hammer seinen Vortrag wieder auf, sobald er zurück im Wagen war. »Oder die als Chefdesigner bei hochpreisigen Marken anfangen.« Hammer warf mit den Namen der verschiedenen Modelabels so selbstverständlich um sich, als handelte es sich dabei um Gemüsesorten: Dior, John Galliano, Chanel, Azzedine Alaïa, Claude Montana, Christian Lacroix, Sonia Rykiel, Vivienne Westwood, Jean Paul Gaultier und, und, und. Inzwischen sei es so, dass wer über Mode spreche, an den Supermodels nicht mehr vorbeikäme. Er zählte deren Vornamen auf: Claudia, Naomi, Linda, Christy, die sich Luise merken sollte, denn sie würde mit neunundneunzigprozentiger Sicherheit die eine oder andere von ihnen auf ihrem Frisierstuhl sitzen haben, aber … Er bekam einen Hustenanfall und brauchte eine Weile, bis er weitersprechen konnte. »Aber natürlich nicht gleich am Anfang, sie müsse ja erst einmal ein paar Erfahrungen sammeln«, fügte er hinzu und zündete sich die nächste Zigarette an. »Diese Topmodels sind richtige Stars, Celebrities, sie werden vom Publikum verehrt und sind teilweise bekannter als die Modemacher selbst.« Hammer drehte ihr das Gesicht zu und sagte eindringlich: »So muss man sie auch behandeln!«

Nach einer Weile sagte er, sie solle sich als Deutsche außerdem ein wenig in Acht nehmen.

»In Acht nehmen?«

Hammer öffnete das Fenster ein Stück weit und blies den Rauch vermeintlich nach draußen, doch der Fahrtwind wehte ihn zurück ins Wageninnere. Dann wandte er ihr das Gesicht zu. Bislang hatte er während der gesamten Fahrt eine Sonnenbrille mit violett eingefärbten Gläsern getragen. Jetzt nahm er sie ab.

»Die Wiedervereinigung vor zwei Jahren hat nicht bei allen zu Jubelstimmung geführt, vor allem im Ausland nicht.«

»Und warum?«, fragte Luise, die daran denken musste, dass auch ihr Vater nicht gerade begeistert über die vielen Fördermaßnahmen in den neuen Bundesländern war. »Wo bleiben wir Landwirte im Westen, wenn alles Geld in den Osten fließt?«, hatte sie ihn ein paar Mal sagen hören. Hammer nahm noch einen tiefen Zug und setzte zu einem Überholmanöver an. Er umklammerte das Lenkrad, und Luise klammerte sich am Sitz fest, während er den Wagen übertrieben beschleunigte. Dabei sprach er unbeirrt weiter, als seien sie auf einer Kaffeefahrt.

»Manche befürchten einen neu aufflammenden deutschen Nationalismus. Meinen, die Gefahr eines Vierten Reichs wäre umso drohender, je größer Deutschland wird. Und der Anschlag in Hoyerswerda letztes Jahr, wo die Neonazis auf dem Marktplatz Vietnamesen verprügelt haben, wurde in der französischen Presse sicher entsprechend beleuchtet.«

Luise hatte die Nachrichten dazu im Fernsehen gesehen.

»Und Sie meinen, jetzt werden wir in Frankreich für Nazis gehalten?« Die Vorstellung machte ihr Angst.

Hammer schüttelte den Kopf. »Natürlich nicht. Ich meine nur, wir sollten nicht unbedingt auffallen, wir dürfen ruhig graue Mäuse sein, auch wenn das Motto der Modebranche das genaue Gegenteil ist.« Während sie weiterfuhren, dachte Luise über seine Warnung nach. Da sie bislang noch niemals die deutsche Grenze übertreten hatte, konnte sie sich schlichtweg nicht vorstellen, wie sie sich als Ausländer fühlen würde.

Sobald sie freie Sicht auf die Landschaft hatten, sah sie endlose abgeerntete Kornfelder ohne Zäune, Wege oder Wallhecken von unvorstellbaren Ausmaßen. Wiesen, auf denen Kühe, Schafe und Pferde weideten, und dies ohne ein einziges Windrad am Horizont. Luise drehte den Kopf zur Seite, sank in einen unruhigen Schlaf, und als sie wieder aufwachte, bogen sie gerade auf eine geschwungene Auffahrt, die sich nach oben schraubte und auf die Stadtautobahn führte.

Riesige Gebäude mit zehn oder fünfzehn Stockwerken ragten neben ihnen auf. Sie sahen schäbig aus, grau, mit Wäscheleinen auf den kleinen Balkonen. Unmengen von Autos rasten an ihnen vorbei, und Luise erschrak. Das sollte Paris sein?

Doch dann nahmen sie eine Abfahrt, warteten eine Weile an einer Ampel, fädelten sich in den Verkehr ein, und Hammer streckte die Handfläche Richtung Windschutzscheibe. »Voilà!«

Luise kurbelte das Fenster herunter und streckte den Kopf heraus.

Paris im September war überwältigend, und auch dieses Jahr bildete keine Ausnahme. Die Luft hatte perfekte dreiundzwanzig Grad, der Himmel war wolkenlos und von Schwüle keine Spur. Die Spitze des Eiffelturms hob sich von einem tiefblauen Himmel ab. Selbst wenn es in Strömen geregnet hätte, wäre es für Luise immer noch ein Traumtag gewesen, an dem sie das berühmte stählerne Bauwerk – das Wahrzeichen von Paris – aus nächster Nähe sah. Die Place du Trocadéro mit den Wasserfontänen auf der einen Seite und dem Eiffelturm auf der anderen war gefüllt mit Touristen aus aller Welt. Sie sah die weltbekannte Szenerie in dem Glauben, sie in der kommenden Woche täglich besuchen zu können. Und das fühlte sich ganz anders an, als wenn sie nur als Touristin in die Stadt gekommen wäre und die Sehenswürdigkeiten in zwei Tagen hätte ablaufen müssen. Fast empfand sie eine Art Mitleid mit den Menschen, die sich in die Schlange stellten, um so rechtzeitig auf dem Turm zu sein, dass sie noch die Bootstour auf der Seine, den Besuch in Notre-Dame, auf dem Montmartre und im Centre Pompidou an einem Tag schaffen konnten.

»Ganz schön beeindruckend, wenn man ihn das erste Mal sieht, oder? Und dann noch bei dem Kaiserwetter«, sagte Hammer und drehte erneut seinen Kopf zu ihr. Er deutete auf die Eisenkonstruktion.

»Ja, das ist er!«, sagte sie leise. Sie hatte wirklich großes Glück gehabt!

Der Morgenverkehr flutete die Uferstraßen der Seine. Unerhört war die Zahl der Autos und Motorräder, die über den ausladenden Pont de la Concorde strömten und die Pariser zu Tausenden vom links gelegenen Quai d'Orsay zum rechten Ufer herüberbrachten – und umgekehrt. Das schimmernde Blattgold der Statuen, die die Brücke flankierten, war fast zu betörend, um wahr zu sein. Als sich ihr Wagen in den Kreisverkehr der Place de la Concorde einfädelte, hielt Luise den Atem an, so rasch und so dicht fuhr Udo Hammer auf die anderen Wagen zu und auf. Die deutschen Verkehrsregeln schienen hier nicht zu gelten. Man hupte einfach, um sich Platz zu verschaffen.

Diese breiten Straßen, die Weite, das Licht, die hellen Sandsteinfassaden der Haussmann'schen Architektur, das alles bildete einen überwältigenden Kontrast zu dem flachen, kaum besiedelten Land, auf dem Luise ihr Leben lang zu Hause gewesen war.

Was konnte es Schöneres geben, als gleich am ersten Tag in Paris diesen Anblick präsentiert zu bekommen. Selbst die Baumwipfel der Jardins du Luxembourg waren von besonderer Pracht. Sie leuchteten bereits in der ersten Herbstfärbung orange und rot. Luise kurbelte das Fenster herunter und streckte den Kopf hinaus. Trotz der Abgase war sie sicher: Die Pariser Parks und Straßen strömten einen Duft aus, der süßer war als Honig. Ein Geruch, der ein namenloses Sehnen in ihr weckte. Er trieb sie, sich wieder und wieder umzuschauen, als warte dort in dem Park eine neue Liebe auf sie. Ein vages, durch den Pariser Duft erwecktes Gefühl, das sie plötzlich überfiel und erstaunte. Sie kurbelte das Fenster wieder hoch und versuchte, sich selbst davon zu überzeugen, wie unnötig und verfrüht ihr Wunsch war. Auf keinen Fall würde sie sich hier Hals über Kopf in eine neue Beziehung stürzen!

Den Rest der Fahrt unterhielt sie sich wieder mit Udo Hammer. Er war bester Laune, erklärte ihr die Sehenswürdigkeiten, knüpfte Anekdoten daran. Luise musste an den schockierten Ausruf von Gitte denken: »Nach Paris fährt man doch nicht mit Omas altem Pappmaschee-Koffer. Ganz im Gegenteil. Da nimmt man eine kleine Reisetasche und einen leeren Schrankkoffer mit. Stell dir vor, du bist in Paris und es ist Sommerschlussverkauf!«

Luise musste unwillkürlich lächeln. Gitte war allen neuen Modetrends scheinbar willenlos ausgeliefert. Sie selbst hatte davon nicht die geringste Ahnung.

»Ich fahre nach Paris, um zu arbeiten, und nicht, um einzukaufen!«, hatte sie ihr entgegnet und leise hinzugefügt: »Außerdem habe ich ohnehin kein Geld übrig.«

Aber Gitte hatte ihr einen Kunststoff-Reisekoffer in einer vernünftigen Größe geliehen, den Luise gar nicht zu füllen vermochte.

»Um zu arbeiten«, wiederholte Luise jetzt leise, und als Hammer sie nicht verstand, sagte sie lauter: »Ich kann noch gar nicht glauben, dass ich hier in Paris wirklich auf der Modewoche arbeiten werde.«

»Dann wird es aber Zeit, dass du in der Realität ankommst. In einer Stunde haben wir unser erstes Vorgespräch mit dem Designer Azzedine Alaïa. Die Show ist morgen Abend.«

»Morgen Abend schon?«

»Das habe ich ganz vergessen zu fragen.« Hammer räusperte sich. »Kannst du eigentlich Englisch, ein paar Brocken wenigstens?«

Luise nickte zögernd. »Etwas schon.«

Wie verrückt das alles ist, ging es Luise durch den Sinn. Ganz leicht fallen würde ihr der Job vermutlich nicht, allein die Sprachbarriere machte ihr jetzt Sorgen! Aber dennoch hatte sie das Gefühl, ihre Begegnung mit Udo Hammer wäre so etwas wie ein Lottogewinn, auf den ihr Vater jede Woche vergeblich hoffte.

Als Luise wieder aus dem Fenster sah, war das Bild ein anderes. Sie kamen durch eine schmale Gasse, in der die Häuser ärmlicher wirkten, der

Putz von den Fassaden abplatzte, ein Kellner neben ihnen trübes Spülwasser in den Rinnstein goss, Hammer langsamer fahren musste. Aus dem Augenwinkel nahm Luise eine Gruppe von Jugendlichen wahr, die am Bordstein standen und alle in ihre Richtung sahen.

»Achtung, verriegle die Tür!«, befahl Udo Hammer mit abgehackter Stimme. Noch während er Luise aufforderte, die Tür zu verschließen, löste sich eines der Mädchen aus dem Pulk und rannte neben ihrem Wagen her. Es war viel jünger als die anderen und trug nur Leggings und ein weites schwarzes T-Shirt. Seine langen Haare wirkten unfrisiert. Es rief etwas, aber im Wageninneren konnte man seine Worte nicht verstehen.

»Was will sie von mir?«, fragte Luise, doch als das Mädchen die Hand nach dem Türgriff ausstreckte, drückte sie unwillkürlich den schwarzen Knopf zur Verriegelung nach unten.

Udo Hammer fuhr schneller, da bog vor ihnen ein Motorroller ein, der in Schlangenlinien vor ihnen hertuckerte und sie nicht vorbeiließ.

»Verdammt!«, fluchte Hammer und umklammerte mit beiden Händen das Lenkrad.

Luise wollte gerade das Fenster herunterlassen, als das Mädchen ganz plötzlich an ihnen vorbeizog und vor ihnen auf die Straße sprang.

Luise schrie gellend auf. Hammer stieg auf die Bremse und brachte den Wagen abrupt zum Stehen, doch das Mädchen schlug hart auf der Motorhaube auf und rutschte auf die Pflastersteine.

»Oh, mein Gott. Das darf doch nicht wahr sein.« Luise griff in Richtung des Türöffners und spürte, wie ihre Handflächen feucht wurden. Ihr Herz pochte.

»Nein, warte!« Hammer drehte sich um und sah ihr beschwörend in die Augen. Er bewegte den ausgestreckten Zeigefinger hin und her, um ihr klarzumachen, dass sie das auf keinen Fall tun sollte.

»Du bleibst im Wagen. Lass mich das regeln«, wies er sie an.

Er öffnete die Tür, griff nach seiner Lederjacke und zog sie an, während er ausstieg. Ein Murmeln setzte unter den Jugendlichen ein, die sich um die Unfallstelle versammelt hatten. Jemand rief: »Speeder!« So nannte man hier die Verkehrsraudies und Raser.

Hammer sah zuerst mit einem ernsten Lächeln in die Gesichter und machte sich dann auf den Weg zu dem Unfallopfer. Die Jugendlichen wichen zurück und bildeten eine Gasse für ihn. Aber ihre Körperhaltung und ihr Gesichtsausdruck wirkten fast bedrohlich. Sie waren mindestens zu zehnt, überschlug Luise, die alles durch die Windschutzscheibe beobachtete. Als sich Hammer über das auf der Straße liegende Mädchen beugte, erschien zwischen seinen gefärbten Augenbrauen eine Falte, die seinem derben Gesicht ein sorgenvolles Aussehen voller Betroffenheit und Mitleid verlieh. Im gleichen Moment schlossen sich die Reihen und verdeckten Luise die Sicht. Sie zögerte einen Moment, dann öffnete sie vorsichtig die Beifahrertür, um kein Geräusch zu verursachen, stieg aus und ging langsam auf die Gruppe der Jugendlichen zu. Gedämpfte Stimmen waren zu hören wie:

»Oh, mein Gott. Ist sie tot?«

»Sie ist doch noch so jung!«

Luise wunderte sich, dass keine Schaulustigen aus dem Restaurant oder den anderen Gassen herbeikamen, sie mussten den Unfall doch gehört oder gesehen haben. Nur eine korpulente Frau, ganz in Schwarz gekleidet, bückte sich über das Unfallopfer. »Ist das etwa Pilar?«, fragte sie und fing leise an zu weinen. »Oh, nein, nein, nein!« Sie streckte die Hände aus, als wolle sie ihr in die Haare fassen, ihr über das Gesicht, die Arme, die Beine streichen.

»Lassen Sie sie! Keiner fasst sie an! Gehen Sie sofort weg von ihr!«

Der befehlende Ton einer Männerstimme mit hartem Akzent ließ die Frau zurückzucken. Der muskulöse Mann, dem sie gehörte, mit Dreitagebart, schwarzer Hose und blütenweißem Hemd machte einen Schritt nach vorne und stellte sich breitbeinig neben dem Mädchen auf, wie ein Wächter. Mit gelangweiltem Gesicht schien er auf etwas zu warten. Hammer wirkte unbeeindruckt. Langsam kniete er sich neben die Verletzte und betrachtete die zusammengekrümmten Beine. *Die Oberschenkel sind dünner als meine Oberarme*, ging es ihm durch den Kopf.

»Können Sie mich hören?«, sprach er sie auf Französisch an. Luise gelang es inzwischen, sich weiter nach vorne zu schlängeln. Sie betrachtete das Gesicht des Unfallopfers mit den auffallend hohlen Wangen und blassen Lippen. Während Hammer zwei Finger an die Halsschlagader des Mädchens legte und einen schwachen Puls fühlte, drehte er sich zu der Menschenmenge um, die ihn dicht umringte. Er fragte, ob jemand einen Krankenwagen gerufen habe. Statt Gesichtern sah er vor allem ein Kameraobjektiv, das ein Junge aus der Gruppe auf ihn gerichtet hatte und mit dem er die Szene fotografierte.

Der Notarzt sei schon unterwegs, versicherte ihm der bullige Mann mit dem Dreitagebart. Hammer suchte seinen Blick, und der Mann fügte hinzu: »Er müsste gleich da sein … haben Sie gesehen?« Mit zwei Fingern deutete er zu dem Mädchen auf dem Boden. Hammer folgte seinem Blick.

»Was?«, fragte er, und im gleichen Moment erkannte Luise, was der andere meinte.

»She's pregnant.«

Und wirklich: Unter dem verrutschten dünnen Stoff ihres schwarzen T-Shirts zeichnete sich eine deutliche Rundung ab. Luise merkte, wie ihr das Blut in den Kopf stieg, ein Summton, der leise begann und immer kräftiger wurde, setzte in ihren Ohren ein. Sie hatten ein schwangeres Mädchen angefahren.

Es fiel ihr schwer, einen klaren Gedanken zu fassen. Aber sie zog ihre Strickjacke von ihren Schultern, bückte sich und bedeckte den Körper der jungen Frau.

»Bis der Krankenwagen kommt, kann es schon zu spät sein«, sagte sie leise zu Hammer, als sie sich neben ihn kniete.

Jetzt gab das Mädchen auf dem Boden ein Stöhnen von sich. Es drehte den Kopf und öffnete die kohlschwarzen Augen.

Der Mann mit dem Dreitagebart redete jetzt plötzlich in englischer Sprache auf Hammer ein. Ein Wortschwall mit eindrucksvoller Stimme, schwer und dunkel, dabei wanderten seine Augen von Hammer zu dem angefahrenen Mädchen auf dem Pflaster und den Jugendlichen, die den Kreis im gleichen Moment enger um sie zogen. Luise verstand nichts außer dem Wort »Police«, und sie sah, wie sich Hammers Gesichtsausdruck veränderte. Seine Augen verengten sich, er presste die Lippen zusammen. Luise machte unwillkürlich einen Schritt zurück, als der Mann unvermittelt in ihre Richtung sah. Er starrte sie an, als hätte er sie eben erst bemerkt. Hammer hatte nur ein Nicken für seinen Redeschwall. Dann richtete er sich langsam auf und griff in die Innentasche seiner Lederjacke. Der Mann deutete auf die Jugendlichen, sagte etwas, und diese nickten. Aus der Ferne war jetzt eine Polizeisirene zu hören.

»Combien?«, fragte Hammer und zog nun ein Geldbündel hervor, das mit einer Klammer gehalten wurde, zählte einige Scheine ab und legte sie dem Mann in die ausgestreckte Hand. Dieser bewegte die Fingerspitzen, um anzudeuten, dass der Betrag nicht reichte, woraufhin Hammer ihm noch vier Geldscheine mehr gab.

»Ist das alles, was du hast?« Seine Stimme klang amüsiert, als er das sagte, aber sein Gesichtsausdruck war eindeutig. Luise hielt den Atem an. Sie hatte noch nie vor einem Menschen so viel Angst gehabt. Die eng zusammenstehenden Augen. Das Unberechenbare, Verschlagene an ihm … Sie waren mitten in Paris am helllichten Tag, die Sonne schien, aber sie fröstelte. Die Sirenen kamen näher. Der Mann gab sich plötzlich mit dem zufrieden, was ihm Hammer gegeben hatte. Luise konnte schwer abschätzen, wie viel es war, weil sie die Franc-Scheine nicht kannte.

»Ab ins Auto«, sagte Hammer zu ihr.

»Und was wird aus dem Mädchen?«

»Mach dir um das mal keine Sorgen! Die ganze Sache war doch inszeniert!«

»Aber sie könnte trotzdem verletzt sein!«

Sie stiegen ein, während zwei der Jugendlichen dem Mädchen aufhalfen, es an den Armen unterhakten und zum Bürgersteig führten.

»Vermutlich ist sie eine Akrobatin, die solche Stunts täglich trainiert. Auf solche kleinen Zwischenfälle muss man hier vorbereitet sein«, erklärte Hammer, als er sich wieder auf den Fahrersitz setzte. Die ausgeleierte Rückenlehne ächzte unter seinem Gewicht. Seine Worte kamen ihm so gelassen über die Lippen, als wolle er sich selbst beruhigen.

»Kleine Zwischenfälle?«

Luise betrachtete sein Profil. Er schien gar nicht besonders wütend zu sein, obwohl ihm durch die Gaunerei gerade ein beträchtlicher Betrag aus dem Portemonnaie gezogen worden war.

»Was hat der Mann zu Ihnen gesagt?«, fragte sie.

Hammer nestelte eine Zigarette aus seiner Brusttasche, steckte sie sich zwischen die Lippen, und sofort holte Luise das Feuerzeug aus der Mittelkonsole und zündete sie ihm an. Er hatte auf der Fahrt von Ostfriesland nach Paris bereits ein ganzes Päckchen geraucht, und was sie weit mehr gestört hatte als der Qualm, war die Tatsache, dass er sich die Zigaretten selbst ansteckte, ohne anzuhalten, und das Auto währenddessen mit dem Knie lenkte. Luise kurbelte das Fenster herunter, als Hammer den ersten Zug tat.

»Die Polizei sei sicher auch gleich da, hat er gesagt. Und das sei eine ganz schöne Sache für einen Ausländer, in Paris ein schwangeres Mädchen zu überfahren. Mit ›Speedern‹ sei man hier nicht zimperlich, es könne zu einer Anklage kommen und es gebe elf Zeugen, die übereinstimmend aussagen würden, dass ich mit hundert durch die Straße gerast sei.«

Luise drehte sich um und beobachtete durch das Heckfenster, wie das überfahrene Mädchen scheinbar unversehrt auf die gegenüberliegende Straßenseite spazierte. Dabei sah sie aufreizend in ihre Richtung. Auch die Rundung unter ihrem T-Shirt war verschwunden.

»Ja, sie haben uns gründlich angeschmiert!«, rief Luise und schüttelte den Kopf.

»Ich muss zugeben, dass ich zumindest ein paar Minuten lang gedacht habe, das Mädchen hätte sich ernsthaft verletzt …«

»Wie viel hat er Ihnen abgenommen?«

Hammer lächelte. Es war ein bitteres Lächeln. Wenn du wüsstest, schien es zu sagen. »Zu viel!«

Er zuckte mit den Achseln. »Aber ich hatte keine Wahl, der Typ schien sich ziemlich sicher zu fühlen, und er scheut anscheinend auch keinen Ärger mit der Polizei.«

Luise spürte wieder, wie sich das ungute Gefühl in ihr breitmachte. Die Angst vor dem Unbekannten, auf das sie sich eingelassen hatte. Sie war jedenfalls froh, nicht allein zu sein und Hammer an ihrer Seite zu haben. Er schien das genau zu spüren.

»Nun mach dich nicht verrückt. Es ist ja nichts passiert, und der hätte uns auch nichts getan.« Seine barsche Stimme stutzte ihrem Unbehagen die Flügel. Er sah auf seine Armbanduhr, eine dicke Rolex aus Stahl. »Ein Wunder, dass er mir die nicht auch noch abgeknöpft hat. Aber egal, was mir jetzt Sorgen macht, ist, dass uns die Zeit davonläuft!«

Er drückte aufs Gas und fuhr in dem Moment, in dem die Ampel auf Rot umsprang, noch über die Kreuzung.

»Wie in allen Großstädten sind die Bezeichnungen der Stadtviertel Synonym für die gesellschaftliche Stellung und Lebensart ihrer Bewohner«, erklärte Hammer Luise, während er weiterfuhr. »In Paris sind es die Nummern der Arrondissements, die darüber Auskunft geben, wer da wohnt. Sagt man bei einer Aftershow-Party: Ich wohne im zehnten Arrondissement, hinter der Porte Saint-Martin, schauen die meisten Gesprächspartner erst einmal hilflos über ihr Champagnerglas.« Luise nickte, dabei hatte sie nicht die geringste Ahnung, wovon er sprach. Ihr war, während sie durch das heruntergekommene Viertel fuhren, immer noch ein wenig mulmig, vor allem nach der gerade gemachten Erfahrung.

»Man hätte in diesem Fall genauso gut sagen können, man wohnt in St. Pauli, im Londoner Eastend oder in der Bronx, und so fühlt man sich dann auch.«

»Und hier im zehnten Arrondissement sind solche Betrügereien also an der Tagesordnung?«, fragte Luise zaghaft und sprach das Wort Arrondissement mit deutscher Betonung aus.

Hammer zuckte mit den Schultern. »Nicht gerade an der Tagesordnung. Das war jetzt schon ein ziemlich starkes Stück, muss ich sagen. Ist mir auch noch nicht passiert.« Er hielt vor einem Zebrastreifen und ließ geduldig eine ältere Frau mit einem Gehstock passieren.

»Ich kannte bisher eher die kleinen Trickbetrüger in unmittelbarer Nähe der Sehenswürdigkeiten, Hütchenspieler oder auch mal Taschendiebe.«

Hammer bog in die Rue Bouchardon ein, beugte sich nach vorne und deutete auf die Fassaden.

»In der feinen Gesellschaft gilt das zehnte Arrondissement als schäbig«, erklärte er. »Zugegeben, es ist eher ein Viertel der Einwanderer und kleinen Leute, aber wenn du mich fragst, ist es pariserischer als so manche rausgeputzte Haussmann-Allee.«

Auch hier gab es Sandstein-Häuserzeilen beidseits – aber mit Grauschleier. Hinter den Reihen geparkter Autos Läden: ein Secondhandgeschäft, ein Supermarché mit Tag- und Nachtverkauf, ein Couscous-Restaurant, Telefonzelle, Waschsalon und ein afrikanischer Friseursalon. Auf der kleinen Restaurantterrasse aßen müde Büroangestellte Tajine au poulet, und verliebte Paare tranken billigen Rosé. Hammer verlangsamte seinen Wagen. »Hier im zehnten Bezirk auf dem rechten Seine-Ufer, zwischen Gare du Nord, Canal Saint-Martin und Place de la République, leben ungefähr so viele Menschen wie in Avignon, fast hunderttausend Einwohner – und es liegt im Herzen der Stadt. Du wirst schon noch warm damit werden, aber viel Zeit verbringen wir hier sowieso nicht.«

Vor einem der Mietshäuser fuhr Hammer seinen Mercedes mit den Rädern auf den Bordstein.

»Voilà la Numero 50!«, sagte er und deutete auf das Gebäude mit den verschlossenen Fensterläden. Luise stieg aus und betrachtete die malerischen Fluchttreppen aus Eisen, die sie an ein Plakat in Hamburg für das Musical *West Side Story* erinnerten, sowie das blinde Messingschild mit den schwarzen Buchstaben: *Appartements Bonheur* an der Hauswand, während Udo Hammer ihren Koffer auf dem Bürgersteig abstellte. Sie legte die Finger auf den fein ziselierten Türknauf, spürte das kalte Metall in ihrer Handfläche und drückte, aber nichts passierte – die graue Tür war verschlossen. Luise suchte vergeblich nach einer Klingel.

»Da musst du den Code eingeben.«

Luise verstand nicht gleich, doch Hammer deutete auf ein kleines Tastenfeld neben der Tür, ebenfalls aus Messing. Hammer suchte in seiner Brusttasche nach dem Zettel mit den Zahlen und rief sie ihr zu. Die Tür öffnete sich daraufhin, Luise griff ihren Koffer und ging durch eine vollgesprayte Einfahrt an vier überfüllten Müllcontainern vorbei zur nächsten Eingangstür. Auch hier musste man wieder einen Code eingeben. Sie tippte die Zahlenfolge ein, die Hammer ihr zurief, und dann standen sie in einem Treppenhaus, dessen Boden mit bunten Steinfliesen ausgelegt war. Rechts führte eine schmale Treppe nach oben, daneben gab es einen Aufzug mit einem Eisengitter davor. Die Kabine war winzig, trotzdem quetschten sie sich zu zweit hinein und erreichten so den dritten Stock. Dort erst saß eine müde Frau mit Lockenwicklern hinter einem Tisch, der offenbar die Rezeption des Hotels darstellte.

»Ah, Monsieur Hammer. Bienvenue! Hatten Sie eine angenehme Reise?«, fragte die Frau. »Wen haben Sie diesmal mitgebracht?« Sie musterte Luise von oben bis unten, dann gab sie ihnen je einen Zimmerschlüssel. »Bonjour, Madame Gambarini, je vous présente Luise.«

»Enchantée, belle Louise«, sagte sie.

»Bondschur«, antwortete Luise.

»Hier sagt man immer Madame oder Monsieur nach dem Gruß, erklärte ihr Hammer leise. »Und es heißt Bonjour.«

»Bondschur, Madame«, verbesserte sich Luise, aber ihre Aussprache blieb genauso wie zuvor. Madame Gambarini lächelte nachsichtig und zeigte einige Runzeln auf ihrem Gesicht.

»Elle est assez grande. Comme un haricot magique.«

Hammer lachte sein kehliges Lachen. »Eine magische Bohnenstange nennt sie dich.«

12

Im Stadtviertel Marais, in der Rue de Bellechasse, befand sich das Atelier von Azzedine Alaïa in seinem üblichen Zustand der Auflösung, so kurz vor der Prêt-à-porter-Schau. Als Luise die Stufen hochstieg und auf einem Kokos-Teppich ans Licht getragen wurde, glaubte sie, in ein Irrenhaus geraten zu sein. Schrille Stimmen bohrten sich in ihr Ohr, Kolonnen von Assistentinnen schossen von zwei Seiten an ihr vorbei. Sie traute sich kaum, weiterzugehen, bis Hammer sie am Arm fasste und durch das fast fertig ausgebaute Loft des ehemaligen Lagergebäudes bugsierte. Während sie über das knarrende Parkett gezogen wurde, registrierte sie die junge Frau, die sie mit dem Gesicht einer zornigen Biene anstarrte. Ihre langen Fingernägel machten ein klackendes Geräusch auf dem Holm des Metallkleiderständers, um ihr zu bedeuten, dass sie im Weg war. Luise presste sich an die goldfarbene Wand mit der chinesischen Tapete und ließ sie vorbei.

Das Gebäude erstreckte sich über mehrere Etagen, in denen Azzedine neben seinem Atelier, einem Showroom, einem Hotel und seiner Privatwohnung auch eine Alaïa-Boutique eingerichtet hatte, wie Hammer Luise erklärte. Viele Möbel standen nicht in dem Atelier. Der weitläufige Raum diente jetzt als provisorische Ankleide, Sitzecke, Maske und Fotostudio. In seiner Mitte stand ein traditioneller Schneidertisch, auf dem ein Mann im Schneidersitz saß und nähte. Eine zweite, weiter hinten eingezogene Ebene innerhalb des fast fünf Meter hohen Raumes wurde für die Änderungen genutzt. Der Platz unmittelbar darunter wurde von einer Sitzecke mit breitem Bohème-Sofa und einem Couchtisch aus schwarzem Glas dominiert, auf dem blaue Wasserflaschen und Gläser standen. Alle waren schwarz gekleidet, einschließlich des auffallend kleinen Mannes, der nun vom Schneidertisch sprang und Hammer wie einen alten Freund mit einer Umarmung begrüßte. Er trug einen Kaftan, der Luise im ersten Moment an die Nylon-Kittel in Gittes Friseurlädchen erinnerte, nur dass er aus Seide und viel raffinierter geschnitten war. Luise wunderte sich, wie vertraulich die beiden unterschiedlichen

Männer die Köpfe zusammensteckten. Der gealterte Starfriseur und der Modeschöpfer, dessen Name sich bis in einen ostfriesischen Friseurladen herumgesprochen hatte. Allerdings nur dank eines Wissensvorsprungs, den sie ihrer modeinteressierten Chefin verdankte. Vermutlich war sie in Leversdorf und Umgebung neben Gitte die Einzige, die schon von ihm gehört hatte.

Von dem, was die beiden Männer redeten und worüber sie kehlig lachten, konnte sie kein Wort verstehen. Überhaupt hatte sie, seit sie in Paris angekommen waren, das Gefühl, aus der Welt der Kommunikation vollkommen ausgeschlossen zu sein. Nur eines hörte sie aus der Unterhaltung heraus: Hammer nannte den Modeschöpfer beim Vornamen und umgekehrt.

Azzedine war ein kleiner Mann, seine Schultern fast so schmal wie die eines Jungen, und Luise überragte ihn um zwei Köpfe. Sie hatte sich Azzedine Alaïas Gesicht hundertmal ausgemalt, von dem Augenblick an, in dem Hammer ihr von ihrem Termin bei dem Modeschöpfer erzählt hatte. Es sich vorgestellt, als sie ihren Koffer in dem bescheidenen Hotelzimmer ausgepackt und unter der Dusche gestanden hatte – in der sie den Kopf einziehen musste –, ja sogar, während sie in ihre Jeans und das schwarze T-Shirt geschlüpft war, für dessen Wahl sie jetzt dankbar war, denn damit fiel sie hier kaum auf. Während der Fahrt hierher – Hammer lehnte es ab, wie die Pariser mit der Métro zu fahren, sondern schaukelte in seinem Mercedes durch die Stadt –, als sie die Treppen hochstieg, durch das Atelier ging, bis zu diesem Moment, in dem er sich ihr zuwandte. Seine Haut hatte die Farbe von antiquarischem Papier. Unmittelbar als sie ihm in die goldbraunen Augen mit den schweren Lidern sah, bemerkte sie seine enorme Anziehungskraft. Azzedine warf Hammer einen kurzen Blick zu. Dieser nannte ihm ihren Namen und fügte einige Worte hinzu. Der Ausdruck »jeune coiffeuse de talent« fiel dabei. Die ausdrucksstarken Augen des gebürtigen Tunesiers wanderten wieder zu Luise, und das ganze Chaos um sie herum, die herumschwirrenden Assistentinnen, die Modelle, die Kollektion traten in den Hintergrund. Er schien diesen kurzen Moment ganz und gar ihr zu widmen, obwohl der Zeitdruck und die Hektik offensichtlich waren. Unwillkürlich drückte sie die Tasche mit den Friseurutensilien fester an ihre Brust.

»Luise!«, wiederholte Alaïa und musterte sie von oben bis unten.

Dann sagte er: »Enchanté, belle Lou, géante avec les yeux comme de l'eau!« Seine Stimme war genauso eindrucksvoll wie sein Gesicht, das er ihr jetzt entgegenstreckte, und als Luise nicht gleich verstand, raunte Hammer ihr zu: »Wangenküsse. Abwechselnd. In Paris sind es drei – ein Kuss auf jeder Seite und dann noch mal einer auf der anderen Seite.«

Sie stand da, als hätte sie ihre Zunge verschluckt, und musste sich bücken, um die »Bisous« auszutauschen. Nicht ahnend, wie ihr diese Art der Begrüßung schon bald in Fleisch und Blut übergehen würde.

Sie bekamen jeder ungefragt einen Espresso gebracht, obwohl es schon nach einundzwanzig Uhr war, und setzten sich auf das Sofa neben zwei Mädchen in Bademänteln und weißen Hotelpantoffeln, die Hammer herzlich begrüßten und Luise keines Blickes würdigten. Im Gegenteil, sie wandten ihr den Rücken zu, um sich miteinander auf Französisch zu unterhalten.

Auf der gegenüberliegenden Seite war der Boden bis zur Hälfte des Raums mit weißem Stoff bedeckt. Dahinter befand sich eine weiß gestrichene Rückwand, die als Hintergrund diente, vor dem die Modelle fotografiert wurden. Dazwischen verliefen dicke weiße Kabel zu den hellen Strahlern und dem Stromaggregat. Der Kamera- und der Lichtassistent trugen beide schwarze, körperbetonte Anzüge und erinnerten Luise damit an die Saatkrähen auf ihren Feldern. *Wenn hier alles schwarz-weiß ist*, dachte sie, *wie wird dann wohl die Kollektion aussehen?* Jedenfalls war alles bereit, um diese erstrahlen zu lassen und einen Traum zu erschaffen.

Die Frau mit dem zornigen Bienen-Blick und den langen Fingernägeln rollte den Kleiderständer heran, über dem immer noch ein weißes Nesseltuch hing und die Modelle verbarg. Die beiden Mädchen standen unaufgefordert auf, zogen ihre Bademäntel aus und zeigten sich ohne jede Scham nahezu nackt. Luise wollte ihren Blick abwenden, um die Intimität der Mädchen zu wahren, doch dann merkte sie, dass das niemand außer ihr tat. Es schien für alle eine Selbstverständlichkeit zu sein, die dürren, nur mit fleischfarbenen Slips bekleideten Körper auf Armeslänge vor sich zu haben. So normal, dass auch Luise es sich erlaubte, sie anzuschauen. Sie schienen genau dafür gemacht zu sein, und dennoch fühlte Luise sich unwohl dabei. Der hautfarbene String von einer der jungen Frauen konnte kaum den blauen Faden ihres Tampons verdecken. Es gab ihr eine zusätzliche Verletzlichkeit, zu wissen, dass sie gerade ihre Menstruation hatte.

Azzedine stand etwas abseits und schien durch die Körper hindurchzuschauen. Eine spitznasige Frau mit einem voluminösen Haarband aus geflochtenen silbernen Ketten, das ihr eine exzentrische Note verlieh, wies die Assistentin an, ihr das erste Outfit zu reichen. Das weiße Nesseltuch wurde gelüftet, ein weiß bezogener Bügel mit einem Body aus sehr feinem Stoff im Leopardenprint hervorgeholt. Schon streifte das eine Model ihn über. Dann versuchte sie, in einen hautengen Pencil-Rock zu schlüpfen, doch der wollte selbst über ihre knabenhaften Hüften nicht hinwegrutschen. Azzedine sagte ein paar knappe französische Worte zu der Assistentin, die ihn verzweifelt ansah. Als sie nicht reagierte, begann er, selbst eine Seitennaht aufzutrennen. Er setzte sich auf einen niedrigen Hocker mit Rollen, den sie ihm brachte, zückte Nadel und Faden und begann, dem Mädchen den Rock auf den Körper zu schneidern.

»Zeichnungen verfälschen den Körper. Die Beine sind lang, sehr lang, der Oberkörper auch, die Proportionen sind verfälscht. Deswegen mag ich diese Modezeitungen nicht«, murmelte er und nähte weiter. »Ich brauche immer einen lebendigen Körper, denn in der Bewegung fällt der Stoff ganz anders.«

Genauso verfuhr er auch mit dem schwarzen Schößchen-Blazer, der in einer Kombination aus Korsetttechnik und komplizierten Ziernähten um die Figur des Models drapiert wurde. Die endlos vielen Haken und Ösen, die zu schnüren bereits eine halbe Ewigkeit dauerte, trieben dem Choreografen der Schau den Schweiß auf die Stirn. Er stand mit einer Stoppuhr daneben und schüttelte ständig den Kopf. Unvorstellbar, sich so ein Kleidungsstück allein anzuziehen. »Bist du noch nicht zufrieden?«, fragte die Stylistin, als Azzedine an den Schultern herumzupfte. »Nein!«

»Wie willst du weitermachen?«, wollte sie wissen. »Wir haben nicht mehr viel Zeit!«

»Wenn es sein muss, arbeiten wir die Nacht durch.«

Luise registrierte einige Seufzer, aber niemand beschwerte sich.

Schließlich halfen dem Model zwei Assistentinnen in die hochhackigen Schnürstiefeletten aus Leopardenfell, wie Luise zunächst dachte. Doch in dem Redeschwall von Azzedine kam das Wort »Pony« vor. *Stiefel aus Ponyfell also*, kombinierte sie.

Als das Model begann, vor ihnen auf und ab zu gehen, der Kamera verführerische Blicke zuwarf und ihren knallrot geschminkten Mund leicht öffnete, erklärte Azzedine Hammer gestenreich, wie er sich die Frisur vorstellte. Er hielt beide Hände über seinen Kopf und ließ die Finger vibrieren, um ihnen seine Vorstellungen zu vermitteln. Jetzt endlich wurde Luise offiziell miteinbezogen, denn Hammer übersetzte ihr jeden Satz, und sie hatte das Gefühl, zum ersten Mal von der gesamten Equipage wahrgenommen zu werden:

Sie – Luise Jensen aus Leversdorf – war hier als einer von zwei Hairstylisten für die Azzedine-Alaïa-Prêt-à-porter-Schau Frühling/Sommer 1993!

Und Azzedine begann jetzt sogar, auf Englisch mit ihr zu sprechen, von dem sie mehr verstand, als sie gedacht hätte. »Volume and shine, you see?«, wiederholte er mit seiner dunklen Stimme, die sich angenehm auf Luises Ohren legte. Wieder vollführten seine Finger vibrierende Bewegungen über seinem Kopf, um anzudeuten, dass er Wellen meinte. Luise warf Hammer einen Blick zu. Sie wussten beide, dass Wellen nur schwer zum Glänzen gebracht werden konnten, da sie das Licht niemals so reflektierten wie glattes Haar. Aber Hammer stülpte die Lippen unter seinem Schnurrbart nach vorne und nickte. So als wollte er sagen: »Das kriegen wir schon hin.«

Inzwischen war auch das zweite Model angekleidet. Auch ihr schwarzer Hosenanzug saß wie eine zweite Haut, aber dennoch schien er Bewegungsfreiheit zu bieten, denn sie lief in großen Schritten mit vorgeschobenem Becken auf sie zu, als sei sie bereits auf dem Laufsteg. Auf das Fingerschnippen der spitznasigen Frau mit dem Haarband hin wurde eine Windmaschine angestellt, und die dünnen, langen Haare der Models flatterten ihnen in die Gesichter.

»Non, non, non!«, rief Azzedine. »Kein Wind bei diesem Defilee … das verdirbt ja alles!« Sofort drückte jemand auf den Schalter, und die Maschine stand wieder still. Dann klatschte die Stylistin in die Hände, die Models wurden von den Assistentinnen vorsichtig aus ihren Outfits geschält, während zwei andere vom Meister persönlich in Kleider eingenäht wurden, die wie eine zweite Haut saßen. Luise stellte sich auf eine lange Nacht ein und fragte sich, wie Azzedine das morgen während der Schau zeitlich schaffen wollte. Diese Frage schien auch die Stylistin und den Choreografen zu beschäftigen, die ständig mit einer Stoppuhr hantierten, die sie um den Hals hängen hatten, und die Stirn runzelten. Hammer ließ sich hingegen wieder auf das Sofa plumpsen, holte ein Notizbuch und Stifte heraus und begann, in aller Ruhe Frisuren-Skizzen und Notizen zu machen.

»Hast du die Kreppeisen eingepackt? Die werden wir brauchen«, murmelte er.

»Ja, natürlich! Möchte Azzedine unsere Frisuren nicht vorher wenigstens einmal sehen?«

»Normalerweise schon, aber jetzt ist keine Zeit mehr. Sie sind ziemlich verzweifelt, aber so ist es bei Azzedine eigentlich immer.«

Ein Assistent stellte einen Champagnerkühler, Gläser und einen Teller mit Feingebäck auf den Beistelltisch. Biskuitkekse mit rosa Zuckerguss, grüne Pistazien-Macarons und winzige Schokoladen-Eclairs. Auf der weißen Papierserviette war der Name *Pâtisserie Ladurée* in Goldschrift aufgedruckt. Luise und Hammer griffen zu und ließen es sich schmecken. Kein anderer nahm auch nur einen einzigen Keks, und die missbilligenden Blicke, die Luise trafen, verdarben ihr den Appetit.

»Du wirst noch merken«, erklärte Hammer mit vollen Backen, »dass das Schlankheitsdiktat in der Modebranche vor niemandem haltmacht.«

Luise hörte auf zu kauen, legte das angebissene Eclair auf ihre Serviette. »Warum bringt man dann überhaupt Kekse?«

»Das teure Gebäck ist eine Art Statussymbol. Es soll alle Anwesenden daran erinnern, dass sie sich im Bereich des Luxus bewegen.«

Luise beobachtete, wie zwei der Assistenten und ein Model mehrere Tabletten mit Champagner herunterspülten und die Blister achtlos auf dem Tisch liegen ließen. Sie nahm sie in die Hand und las die Aufschriften *Paracetamol* und *Ibuprofen*. Schmerzmittel, die sie zum ersten und letzten Mal in ihrem Leben nach dem Unfall beim Melken eingenommen hatte. Als sie Hammer einen fragenden Blick zuwarf, zuckte der nur mit den Schultern. »Die halten das sonst nicht durch, die Pariser Fashion-Show ist die letzte von vier. Nach New York, London und Mailand sind viele schon fast am Ende ihrer Kräfte, und dann noch dieses Chaos hier, da kann man schon mal ein paar Schmerzmittel gebrauchen!«

Erst nach vierundzwanzig Uhr verließen sie das Atelier und machten sich hundemüde auf den Weg zu ihrem Hotel.

»Belle Lou«, die Worte echoten in ihrem Kopf. »Belle Lou, géante avec les yeux comme de l'eau«, hatte Azzadine zu ihr gesagt. Nicht einmal das hatte sie verstanden und sich erst jetzt auf der Rückfahrt getraut, Hammer danach zu fragen. Es tat weh, sich so dumm zu fühlen. So furchtbar unwissend.

»Schöne Lou, Riesin mit Augen wie Wasser«, übersetzte er ihr die Worte des Modeschöpfers.

»Das hört sich nicht sehr schmeichelhaft an.«

»Im Gegenteil. Er scheint dich zu mögen. Also enttäusche ihn morgen nicht.« Hammer wandte ihr das Gesicht zu, dessen grobporige Haut im Licht der Ampel, an der sie gerade hielten, rötlich widerschien. »Und mich auch nicht! Das Ganze muss ablaufen wie am Schnürchen. Die Frisuren müssen genial werden und …« Die Ampel sprang auf Grün, er sah wieder auf die Straße und fuhr an. »… und vor allem musst du eines wissen: Außer den unbekannten Models, die du heute gesehen hast, werden morgen auch Stephanie Seymour, Naomi und Christy für Azzedine laufen.«

Luise fiel auf, dass er bei manchen Models nur den Vornamen nannte und bei einigen den Nachnamen hinzufügte. Sie wollte fragen, warum, doch Hammer redete einfach weiter.

»Ich werde zusehen, dass ich die drei frisiere, aber es kann sein, dass es zeitlich nicht genau hinhaut.« Das Licht der Scheinwerfer fiel jetzt auf einige Betrunkene, die schwankend am Straßenrand entlangliefen. Ein eng umschlungenes Pärchen überquerte plötzlich die Straße, und Hammer musste scharf bremsen. Er beugte sich tief über das Steuer und stöhnte: »Was ist eigentlich los in diesem verdammten Paris?«

Luise fand, dass er ziemlich häufig fluchte. Überhaupt hatte sie das Gefühl, dass er immer nervöser wurde.

»Christy und Naomi sind selbst Stars, die muss man ganz anders behandeln als die Durchschnittsmodels. Wenn da nur mal der Föhn zu heiß ist oder es ein bisschen ziept, können sie ziemlich unangenehm werden.«

Luise wusste nicht, von wem er sprach. Doch bevor sie nachfragen konnte, redete Hammer auch schon weiter. Das Erzählen schien ihm an diesem späten Abend ein besonderes Bedürfnis zu sein. »Und bei der Schau sitzen Stars wie Madonna, Tina Turner oder die amerikanische Modeikone Anna Wintour in der ersten Reihe.«

Jetzt bogen sie in ihre Straße ein. Das Restaurant hatte bereits geschlossen, und der Kellner kettete gerade die Stühle an den Tischen fest. Hammer stellte den Motor ab. »Wir dürfen uns morgen nicht den kleinsten Fehler erlauben. Hast du das verstanden?«

Seine Stimme hatte jetzt einen Unterton, den Luise bislang noch nie vernommen hatte. Bis vor Kurzem war er noch der nette, wohlmeinende Onkel gewesen. Jetzt bemerkte sie plötzlich eine klare Erwartungshaltung und konnte nichts mehr von der freundlichen Nachsicht entdecken, mit der er sie bisher behandelt hatte.

»Ja, ich verstehe«, sagte sie leise, wandte sich ab und stieg aus. Als sie in dem Aufzug zusammen nach oben fuhren, war ihr die Enge unangenehm. Sie presste sich an den Stahlkäfig, um eine Berührung zu vermeiden, und blickte vor sich hin, als hätte sie sich in den eigenen, viel zu großen Träumen verirrt.

13

In dieser Nacht, Luises erster Nacht in Paris, fiel Regen, ein starker, prasselnder Regen. Noch Jahre später brauchte Luise nur die Augen zu schließen, um ihn wieder zu hören. Wie unzählige Finger, die in einem schnellen Rhythmus auf das Dach und gegen die Scheibe klopften. Irgendwo in ihrem Wohnblock jaulte eine Katze, oder es war das Schreien eines Säuglings aus einem der Nachbarzimmer. Es hörte und hörte nicht auf, klang verzweifelt, hungrig, verlassen. Luise drückte sich das Kopfkissen auf die Ohren, konnte nicht in den Schlaf finden, sooft sie sich auch von einer Seite auf die andere wälzte. Dabei fühlte sie eine bleierne Müdigkeit in ihren Gliedern. Sie konnte sich einfach nicht an das lose Laken unter der Wolldecke statt einer weichen Daunendecke im Bettbezug gewöhnen. War das in Frankreich so üblich? Beides war so fest unter die Matratze gesteckt, dass sie ihre großen Füße nicht in die Höhe strecken konnte. Also zog sie beides heraus, die Wolldecke rutschte vom Bett, und sie fror.

Ich weiß nicht, ob ich dem gewachsen bin, dachte sie, *ob ich wirklich hierhergehöre, ob ich diesen Druck aushalte*, während der Schlaf ihre Augenlider schwer machte. Aber dann fiel ihr eine Redensart ihrer Grootmoder Lina ein:

Folg ohn Furcht dien Hart.

Folge ohne Furcht deinem Herzen.

Sie musste leise ins Kissen lachen, wo doch Oma Lina selbst allem Neuen so überaus skeptisch gegenüberstand. Als besonders mutig hatte sie sie nie erlebt, und vom Krieg sprach sie nie. Vielleicht hätte sie gerne die Gelegenheit gehabt, in die Welt zu reisen, so wie ihre Enkelin?

Und dann dachte sie plötzlich an Nils, obwohl sie nicht an ihn denken wollte, denn sonst würde der Schlaf niemals kommen … niemals.

Am nächsten Morgen wusste sie nicht, wie lange sie geschlafen hatte. Auf jeden Fall weckten sie ihre kalten Füße, die über das zu kurze Bett hinaushingen und unter der Decke herausschauten. Trübes Licht fiel durch den Schlitz zwischen den beiden Vorhangschals, und ihr fehlte jedes Zeitgefühl. Ihre Armbanduhr war stehen geblieben. Von nebenan hörte sie das Gurgeln einer Toilettenspülung. Hammer war offenbar bereits aufgestanden. Kurze Zeit später klopfte es an ihre Tür, und schon flog sie auf. Offenbar hatte Luise vergessen, abzuschließen. Hammer stürmte herein, in schwarzer Hose und schwarzem Hemd, die Sonnenbrille mit Farbverlauf saß schief, in jeder Hand trug er einen breiten schwarzen Lederkoffer mit dem Equipment. Er stellte sie auf den Dielenboden und schlüpfte eben noch in seine Lederjacke.

»Bist du fertig, Luise? Wir müssen los, es ist schon halb neun.«

»Aber unser Termin ist doch erst um halb zehn!«

»Hast du eine Ahnung, wie es im Pariser Berufsverkehr zugeht?«

Erst jetzt realisierte er, dass Luise noch im Pyjama war und ihn aus verquollenen Augen ansah, als wüsste sie nicht, wovon er sprach. Er nahm die Sonnenbrille ab und putzte sie.

»Du hast genau vier Minuten Zeit, um dich anzuziehen. Sonst fahre ich ohne dich.« Da war schon wieder dieser fordernde Unterton. *Hätte er mir nicht gestern Nacht sagen können, wann er losfahren will?*, dachte Luise.

»Ich warte im Wagen«, zischte er, packte die beiden Pilotenkoffer und verließ das Zimmer.

Luise hatte Übung im schnellen Anziehen. Wie oft war sie schon im Morgengrauen nach dem Melken in ihre Dachkammer gerast, um pünktlich um sieben geduscht und umgezogen im Friseursalon zu stehen. Aber Duschen war jetzt nicht mehr drin, die Zeit reichte gerade einmal noch für Anziehen und Zähneputzen im Eiltempo, dafür mit extraviel Zahnpasta. Haare kämmen und mit einem Gummi zusammenbinden verlegte sie ins Auto. Um acht Uhr vierunddreißig stieg sie in den Mercedes ein, genau zur Stoßzeit, wenn der Pariser Verkehr zum Erliegen kam – vor allem bei Regen. Die Scheibenwischer arbeiteten auf Hochtouren, so heftig trommelten die dicken Tropfen auf die Windschutzscheibe.

»Wäre es nicht besser gewesen, mit der Métro zu fahren?«

Luise hatte von dem gut ausgebauten Pariser U-Bahn-Netz gehört.

»Ich fahre nicht Métro. Und schon gar nicht mit dem ganzen Krempel.«

Er deutete auf den Rücksitz, wo ihr umfangreiches Equipment in den Pilotenkoffern und Taschen verpackt lag.

Hammer fuhr wie ein Verrückter, begann, den Stadtverkehr zu verfluchen und jeden anderen Autofahrer zu beschimpfen. Es war wirklich ein weiter Weg aus dem zehnten Arrondissement ins Marais. Sie fuhren durch Straßen mit kleinen Geschäften, vorbei an leeren Cafés, hochgeklappten Stühlen. Die Gesichter, die Luise in den ihnen entgegenkommenden Autos sah, schauten missmutig in den trüben Himmel, der wie ein graues Laken über der Stadt hing. Nach und nach wurden die Straßen wieder zu den Alleen, deren Fassaden gestern so gestrahlt hatten. Doch heute war die ganze Stadt blass vom Regen, ihre Schönheit ausgewaschen wie ein alter Unterrock. Sogar der Putz der Häuser wirkte leblos, schmutzig und konnte an diesem trüben Tag so gar keinen Charme entfalten.

Bereits in der Rue du Figuier staute sich der Verkehr hinter den Limousinen, die in zweiter Reihe parkten.

»Was ist das?«, fragte Luise und deutete auf ein Gebäude mit Türmen und Zinnen, das an eine alte Burg erinnerte.

»Das Hôtel de Sens war eines der ältesten Wohngebäude von Paris«, erklärte Hammer gereizt, während er auf die Hupe drückte. »Fahr doch endlich, du Armleuchter!«, rief er dem Taxifahrer vor ihnen zu, was natürlich nicht das Geringste nützte. Er drehte sich wieder zu Luise. »Soviel ich weiß, beherbergt es inzwischen aber nur noch Bücher – die Bibliothèque de Forney.«

Die Rue de Moussy vor Alaïas Atelier hatte sich in einen Walk of Fame verwandelt. Hammer parkte seinen Wagen auch hier ungerührt mit zwei Reifen auf dem Bordstein im absoluten Halteverbot. Der schwarze Teppich auf den Stufen zum Eingang war bereits jetzt von einem dichten Zuschauerspalier gesäumt. Keinen schien der Regen davon abzuhalten, hier zu warten. Obwohl die Schau noch lange nicht begann, brannten vor allem junge Fans, die keine Einladung bekamen, darauf, einen Blick auf ihren Lieblingsdesigner oder gar den Modeschöpfer selbst zu erhaschen. Paparazzi, japanische Fotografen mit vielen verschiedenen Kameras um den Hals unter Schirmen, Sicherheitsleute mit Walkie-Talkies hielten Ausschau nach den Prominenten. Junge Mädchen in Kostümen mit Regenhüten oder mit bunten Statement-Kappen taten unentschlossen, in der Hoffnung, von den Fotografen »entdeckt« zu werden. Junge Männer in schwarzen Anzügen, die als Ordner engagiert worden waren, versuchten, sie im Zaum zu halten. In ebenso langen Schlangen warteten die schwarzen Limousinen mit dunkel getönten Scheiben, die die betuchten Besucher zu den Schauen chauffierten. Aber noch stieg niemand aus. Man wartete im Trockenen ab, dass der Regen nachließ. Außerdem timten die meisten ihren Auftritt so, dass sie nicht zu spät kamen, sondern nur ein Minimum an Zeit vor der Schau warten mussten. Die Limousinen hatten Ähnlichkeit mit Leichenwagen, fand Luise, während sie sich an Hammers Fersen heftete. Sie konnte nicht verstehen, warum schwarze Autos den Gipfel des Luxus darstellen sollten.

Ihr Starfriseur stürmte schnaufend, mit den beiden Koffern in den Fäusten an den Fassaden entlang. »Wir hätten schon vor einer halben Stunde hier sein müssen!«, schimpfte er, als sei die Verspätung ihre Schuld. Auch Luise hatte noch eine Tasche mit Bürsten, Sprays und einigen Geheimwaffen der Friseurbranche dabei. Um den Hals trugen beide ihre Plastikkarten, die ihnen den Sondereinlass am unscheinbaren Seiteneingang garantierten. Der Kontrolleur hob die tropfende Plane vor dem Eingang in der Rue de la Verrerie hoch, der ihnen direkten Zugang zum Backstagebereich gewährte. Viele der Wartenden vor dem Haupteingang hätten alles dafür gegeben, dieses spezielle Universum zu betreten. Für sie wäre es der Gipfel der Exklusivität gewesen, die fiebrigen Vorbereitungen live zu verfolgen. Doch das war Luise nicht bewusst, als sie sich umsah und darauf wartete, dass sich ihre Augen an das Dunkel gewöhnten. Es herrschten Enge und geschäftige Nervosität. Zwischen Kleiderständern, an denen die sorgfältig nummerierten Outfits hingen, und Containern mit Utensilien hatte man Schminkplätze eingerichtet. Sie waren gut ausgestattet, mit Fünfer-Steckdosenleisten auf den Ablagen und genügend Glühbirnen um die Spiegel herum. Vier Models saßen davor und wurden bereits von den Visagistinnen bearbeitet. »Ganz links, das ist Stephanie Seymour«, flüsterte Hammer Luise zu. »Sie hat sich letztes Jahr für den *Playboy* ausgezogen, was in der Modebranche eigentlich verpönt ist. Aber ihrer Modelkarriere hat es offensichtlich nicht geschadet.« Luise betrachtete die Frau mit den langen brünetten Haaren und musste unwillkürlich an die Jungs im Bier-Klub denken, die einmal grinsend eine Ausgabe des *Playboy* herumgereicht hatten. Sie konnte sich gar nicht vorstellen, wie die Aufnahmen des aparten Models dort hineinpassen sollten, während Hammer Stephanie mit Bisous begrüßte. Dann begann er, geschäftig seine Koffer auszupacken und sich immer weiter auszubreiten. Luise hauchte sich in die kalten Hände. Durch den Regen war die Luft stark abgekühlt, und die Räume wurden nicht beheizt. Man ging wohl davon aus, dass sie sich durch die vielen Scheinwerfer und Menschen schon erwärmen würden. Die spitznasige Stylistin trug heute einen auffälligen Haarreif aus Pelz, hatte eine Assistentin mit Klemmbrett neben sich. Sie nickte Luise nur kurz zu und gab ihrer Assistentin Anweisung, auf der Liste einen Haken hinter ihrem Namen zu machen. Dann kontrollierte sie wieder die Outfits, trieb die Visagistinnen zur Eile an und schien ihre Aufgabe darin zu sehen, jeden nervös zu machen.

Im hintersten Winkel, halb versteckt hinter einem Kleiderständer, stand eine schwarze Frau in einem kurzen Seidenkimono und rauchte eine Zigarette. Der Haltung nach unverkennbar ein Model, obwohl sie kurviger war als die meisten und auffallend muskulöse Beine hatte. Zu Luise, die wieder ihre Hände rieb, sagte sie auf Englisch: »Ziemlich kalt hier, nicht wahr? Aber warte ab, bald sind wir alle nass vor Schweiß.«

Sie nahm einen Zug und sprach weiter. Eigentlich habe sie längst mit dem Rauchen aufhören wollen, aber die Zigarette erlaube ihr, in diesem Trubel einen Augenblick für sich zu haben. Sie kam näher, nahm einen letzten Zug und drückte die Zigarette in einem Aschenbecher aus, der auf dem Boden in einer Ecke stand.

»I'm Naomi!«, sagte sie und streckte Luise wie selbstverständlich ihre Wangen zur Begrüßung hin.

»Bist du eines der neuen Models? Dann sage ich Azzedine gleich, dass ich nicht vor oder hinter dir laufen will.«

Sie hielt die Hand auf Höhe von Luises Scheitel, der sich zehn Zentimeter über dem ihren befand.

»Nein, ich bin die neue Hairstylistin«, antwortete Luise in gebrochenem Englisch. »Luise.«

»Ah, da bin ich beruhigt, Louiiise.« Sie zog das »i« in die Länge und gab ihrem Namen damit eine französische Betonung. »Und? Was hat sich Azzedine für die Schau ausgedacht? Verrätst du es mir? Diesmal weiß ich gar nichts, weil ich erst gestern aus Mailand gekommen bin.«

»Er möchte viel Volumen, eigentlich gekreppt, aber …«

»I hate crepe iron!« Naomi spie die Worte förmlich aus, als äße sie eine bittere Frucht, und ihr schönes Gesicht verformte sich zu einer Grimasse, wie man sie nie vermutet hätte. Dabei fuhr sie sich mit beiden Händen in die dunkelbraunen Haare. Luise verstand den Satz auf Anhieb.

»Nach über fünfzig Shows in drei Wochen sind meine Haare fertig. Jeder von diesen angeblichen Hairstylisten denkt, er könnte mit ihnen umspringen, wie er will. Ob sie hinterher wie Stroh aussehen oder wie ein Besen und er mich wie ein gerupftes Huhn zurücklässt, interessiert keinen.«

»Ich glaube …« Luise streckte langsam die Hand aus. Aber bevor sie eine Haarsträhne berührte, suchte sie Naomis Blick und fragte: »Darf ich?«

Naomi nickte, und Luise suchte sich eine Strähne heraus, ließ sie durch Daumen und Zeigefinger gleiten, betrachtete die Spitzen.

»Ich glaube, ich könnte den Effekt, den Azzedine sich vorstellt, auch anders erreichen. Vor allem, weil er sich viel Glanz wünscht, würde ich bei deiner Haarstruktur kein Kreppeisen einsetzen.« Luise hatte Mühe, die Sätze auf Englisch zu formulieren, und musste dabei die Hände zu Hilfe nehmen, um sich verständlich zu machen.

Naomi sah sie aufmerksam an. Im gleichen Moment eilte der Choreograf auf sie zu und rief mit einem angedeuteten Winken: »Es wird Zeit! An die Arbeit.« Dabei hielt er demonstrativ seine Stoppuhr in die Höhe. »In vierundsiebzig Minuten ist dein Auftritt, Naomi.«

Diese machte eine Kopfbewegung in Richtung des Schminkplatzes, der gerade frei geworden war.

»Fangen wir an?«

Aus dem Augenwinkel bemerkte Luise Hammers erstaunten Blick, als Naomi vor ihr herging, auf dem freien Stuhl Platz nahm und sich dabei mit ihr unterhielt, als wären sie alte Freundinnen. Luise begann, die Haare mit einem Stielkamm zu teilen, doch in diesem Moment ergriff Hammer ihren Arm und zog sie beiseite.

Er war aufgebracht. »Wir hatten doch ausgemacht, dass ich mich um Naomi kümmere. Sie ist viel zu heikel, um sie einer Anfängerin zu überlassen.«

Luise nickte. »Ja, ja, selbstverständlich!«, antwortete sie mit gedämpfter Stimme. Vor Aufregung war ihr Gesicht blass. Während sie immer noch fröstelte, standen Hammer Schweißperlen auf der Stirn. Obwohl sie ihm sogleich zugestimmt hatte, sah er sie mürrisch an. »Keine Alleingänge mehr, wenn du weiter für mich arbeiten willst!«

Wieder nickte Luise. »Sagen Sie es ihr? Ach, und einen Vorschlag möchte ich noch machen …« Hammer zog die Augenbrauen hoch. »Ich würde Naomis Haare nicht mit dem Kreppeisen bearbeiten, sondern sie auf Wellenpapilloten wickeln, das passt besser zu ihrer Haarstruktur und …«

»Das dauert viel zu lang«, wurde sie von Hammer grob unterbrochen. »Überlass das besser mir!«

Sie drehten sich beide um und sahen, wie Naomi gerade Azzedine umarmte. Der Modeschöpfer und das Model wirkten fast so vertraut wie Bruder und Schwester oder Vater und Tochter. Trotz der Hektik vor der Schau nahm er sich die Zeit, sie kurz zu begrüßen.

Hammer war mit wenigen Schritten neben den beiden und griff Naomi wie selbstverständlich mit gespreizten Fingern in die Haare.

»Stopp!«, sagte sie, und er zuckte zurück.

Naomi strich sich lächelnd zwei dunkle Strähnen hinter die Ohren. »Sei mir nicht böse, Udo, nichts gegen dich und deinen süßen Seelöwen-Schnurrbart. Aber diesmal möchte ich von ihr frisiert werden.« Sie deutete mit ihren unendlich langen, schlanken Fingern auf Luise. »Von Louiiiise.«

Flüchtig erwog Luise, einfach wieder zu gehen, um nicht in die Schusslinie zwischen einem gealterten Starfriseur und einem selbstbewussten Model, das hier offenbar eine Sonderstellung genoss, zu geraten. Doch Azzedine selbst kam ihr zuvor. »Dein Wunsch ist uns Befehl, Naomi!«

»Merci, cher papa«, antwortete sie und gab ihm einen Kuss.

Azzedine sprach kurz mit Hammer auf Französisch, seine Stimme klang tief und warm, aber bestimmt. Hammer räumte darauf mit zusammengepressten Lippen das Feld. Dann begann er, zwei Plätze weiter sogleich die feinen blonden Haare des Models von gestern Abend mit einer Drahtbürste zu traktieren. Es war zu schüchtern, um sich zu beschweren.

Er hat vermutlich allen Grund, wütend zu sein, dachte Luise. Denn ihr Gefühl sagte ihr, dass er diese Entscheidung als Kränkung empfand und sie ihr persönlich zuschreiben würde. Aber sie hatte jetzt keine Zeit mehr, sich darum zu kümmern. Während sie anfing, Naomis angefeuchtete Haare Strähne für Strähne um den Zeigefinger zu wickeln, sprach das Model erneut mit ihr, als kennten sie sich schon ewig. Luise streifte die erste Strähne vom Finger und steckte sie am Ansatz mit einem Clip fest.

Sie müsse wissen, erzählte Naomi, dass Azzedine all das für sie getan habe, was ihr Vater niemals tat. »Er ging mit mir zum Zahnarzt, ins Museum, in gute Restaurants. Erst durch ihn habe ich gelernt, was Kunst und Kulinarik ist. Weißt du, meinen Vater habe ich nie gesehen, und ich weiß auch nicht, ob ich das jemals will …«

Als sie die Worte aussprach, konnte Luise ihr früheres Kindergesicht so deutlich in ihrem Spiegelbild erkennen, als hätte Naomi ihr ein altes Foto von sich gezeigt. Sie musste lächeln, als sie sich vorstellte, mit ihrem eigenen Vater ein Museum zu besuchen oder ein Restaurant. Es war undenkbar.

»Was ist?«, fragte Naomi. »Warst du schon einmal im Louvre?« Luise schüttelte den Kopf. »Was ist das?«

»Das größte Kunstmuseum der Welt, es ist fast zweihundert Jahre alt.« Sie schloss schwärmerisch die Augen. »Eine einzigartige Schatzkammer der Kunst aller Epochen und Länder.«

»Ich komme aus einem kleinen Dorf in Ostfriesland und lebe auf einem Bauernhof«, sagte Luise. »In einem Kunstmuseum war ich noch nie und in einem Restaurant auch nicht.«

Naomi musterte sie, als hätte sie gerade gesagt, sie sei eine Außerirdische. Einen Atemzug lang bereute Luise es aus tiefstem Herzen, so offen gewesen zu sein.

»Aber dann sind wir uns ja ganz ähnlich!«, sagte Naomi. »Bevor ich Azzedine kennengelernt habe, war Kultur ein Fremdwort für mich.« Dann schwieg sie und beobachtete Luises Arbeit. Nach einer Weile deutete sie auf Luises geschickte Finger, die gerade die Haarspitzen der letzten Strähne eindrehten.

»Und wo hast du das gelernt?«

»In Gittes Friseurladen in Leversdorf.«

»Leversdorf«, wiederholte Naomi und ließ das Wort wie ein Eclair im Mund zergehen. Luise realisierte in dem Moment, dass die blassrosa Lippen des Models die schönsten waren, die sie je gesehen hatte. Erst als Luise die aufblasbare Trockenhaube auspackte, wurde Naomi offenbar klar, dass sie es wirklich mit einer Friseurin aus einem Dorfsalon zu tun hatte. Schweigsam sah sie Luises letzten Handgriffen zu.

»So, jetzt müssen wir mindestens fünfzehn Minuten warten, vielleicht auch zwanzig«, sagte diese schließlich, als Naomi die lila Haube auf dem Kopf hatte. Das Model nickte und lächelte jetzt verhalten, mit deutlicher Skepsis. Sie stand auf und räumte den Platz für das nächste Mädchen.

Der Saal, in dem Azzedine Alaïas Modenschau stattfinden sollte, strahlte in hellem Weiß. Direkt vor dem Laufsteg standen die Bänke der ersten Reihe, die – so unbequem sie auch waren – zu den begehrtesten zählten, saß man auf ihnen doch nur wenige Zentimeter vom Laufsteg entfernt, dicht an dicht, und bekam die Präsentation hautnah mit. Gleichzeitig befand man sich selbst wie auf einem Präsentierteller. Kamerateams und Fotografen arbeiteten sich an der Frontreihe ab, denn viele Plätze waren prominent besetzt. Dazwischen wirkte manche betuchte, aber weniger bekannte Kundin wie ein Mauerblümchen. Ein niedriges Geländer hielt die Fotografen davon ab, sich den Zuschauerinnen zu sehr zu nähern. Dahinter standen fünf Reihen Bänke, so eng, dass die Sitzenden kaum Beinfreiheit hatten. Unter der stuckverzierten Decke des Showrooms vibrierte die Luft von den vielen durcheinanderredenden Stimmen. Es gab immer fünf oder sechs Modenschauen während jeder Pret-à-porter-Woche, bei denen man sich unbedingt sehen lassen musste, um seine Stellung in der Hackordnung der Modeszene zu demonstrieren oder zu wahren, und die Schau von Azzedine Alaïa gehörte zweifelsohne dazu. Der Lärmpegel erinnerte an den einer gigantischen Cocktailparty. Man winkte aufgeregt und drängte sich durch die Reihen, selbst wenn man zu spät war. Sogar wenn sich die Besucher gerade erst auf den großen Partys in Saint-Tropez begegnet waren, begrüßten sie sich, als hätten sie sich jahrelang nicht gesehen.

Hinter der Bühne hatten sich die Models in der Reihenfolge aufgestellt, in der sie gleich über den Laufsteg gehen würden. Der Couturier persönlich saß auf einem Hocker mit Rollen und nähte einem der Mädchen noch in letzter Sekunde den hautengen Catsuit aus petrolfarbener Wolle auf den Leib. »Die Kollektion ist fertig, wenn sie fertig ist«, erklärte er, als der Choreograf ihm die Stoppuhr vor das Gesicht hielt.

Die Visagistinnen umringten die Laufstegschönheiten, legten letzte Hand an das Make-up. Obwohl sie die Garderobe gerade verlassen hatten, wurden der Look nachgebessert, Gesichter abgetupft, einige nicht sichtbare Haare auf dem Revers entfernt und die Kleidung um einige Millimeter zurechtgezupft. Hammer und Luise toupierten hier noch einen Hinterkopf nach oder fuhren mit der Hand in einen Schopf, um die kunstvolle Frisur aufzubauschen.

»Darf ich?« Luise trat zu Naomi, die die Show eröffnen würde, und drehte eine ihrer Strähnen um die Fingerspitze, als diese plötzlich nach ihrer Hand griff und flüsterte: »Louiiise, tu es géniale.« Das Model war jetzt stark geschminkt, trotzdem strahlte es Wärme aus. Sie drehte ihren Kopf hin und her, und wirklich glänzten ihre wippenden Locken, prall wie Kaffeebohnen. Luise atmete tief ein und aus, als sie merkte, wie sehr sich Naomi mit ihrer Frisur gefiel. »Leversdorf«, flüsterte das Model verschwörerisch mit einer merkwürdigen Aussprache, über die beide lachen mussten.

»Toi, toi, toi«, sagte Luise, »so wünscht man sich bei uns Glück.«

Wenig später spähte sie durch die noch dunkle Öffnung der Stoffwand, die den Laufsteg vom Backstagebereich trennte und durch die die Models in wenigen Sekunden laufen würden. Der Laufsteg war mit hochglänzender weißer Plastikfolie eingehüllt. Auch der Hintergrund war strahlend weiß, so wie es Luise nach den gestrigen Vorbereitungen im Atelier erwartet hatte. Aber was sie wunderte, war die Zusammensetzung des Publikums. Sie hatte gedacht, überwiegend Frauen zu sehen, doch es saßen fast ebenso viele männliche Zuschauer auf den Plätzen. Eine feierliche, erwartungsvolle Atmosphäre lag in der Luft. Eine Stimmung, für die Luise keinen Vergleich fand. Ungeduldig spielte der Choreograf mit seiner Stoppuhr. Die Verspätung hing mit Carine Roitfeld zusammen, die rechts neben Anna Wintour sitzen würde. Modejournalistinnen waren ein unvermeidliches Übel in der Branche. Von allen gefürchtet und gleichzeitig hofiert. Sie waren in der Lage, mit wenigen Sätzen die gesamte Kollektion eines Stardesigners in der Versenkung verschwinden zu lassen. Endlich eilte eine Frau mit einer goldblonden Nerzjacke und langen unfrisiert wirkenden dunklen Haaren, einer silbrigen, eng anliegenden Hose samt einer Eskorte des Sicherheitsdienstes am Laufsteg entlang und nahm ihren Platz ein. Ihr Auftreten ließ keinen Zweifel daran, dass sie eine bedeutende Persönlichkeit war, und genau deshalb wurde sie nun von Anna Wintour, die bereits seit zehn Minuten in der ersten Reihe saß und mit allen anderen Zuschauern auf sie hatte warten müssen, keines Blickes gewürdigt.

Laute, rhythmische Musik setzte ein. Vier Mitarbeiter rollten die Plastikplane auf, die den Laufsteg zudeckte. Grelle weiße Laufsteg-Schweinwerfer flammten auf und tauchten ihn in ein gleißendes Licht.

»Cinq, quatre, trois, deux, …«, zählte der Choreograf die Zeit herunter, »… allez!« Und schon stolzierte Naomi hinaus ins Rampenlicht.

Sie trug eine kurze smaragdgrüne Miederjacke, dazu einen langen fuchsiafarbenen Rock, der genau am Ansatz der Wade endete. Er war so eng geschnitten, dass es geradezu eine Kunst sein musste, damit natürliche Schritte zu machen. Doch der unsichtbare Stretchanteil darin ließ sogar anmutige Bewegungen zu. Genau wie bei Naomi veränderten die Scheinwerfer, die laute rhythmische Musik, der Laufsteg, das Publikum, aber vor allem die Aufmachung unmittelbar den Eindruck, den Luise bis dahin von den meisten Models hatte. Plötzlich waren Körper, Haare, Gesichter der jungen Frauen, die eben noch mager, blass, kindlich, angreifbar, verletzlich ausgesehen hatten, wunderschön und faszinierend. Sie bewegten sich geschmeidig, verführerisch, graziös. Azzedine Alaïa erreichte Körperbeherrschung durch verschiedene Mittel, darunter Stretchstoffe, Streben und Nähte. Die Mieder, die er in die körperbetonten Blazer eingefügt hatte, waren mit Leggings oder hautengen Röcken kombiniert. Er lenkte die Aufmerksamkeit auf die Taillen, indem er sie mit breiten perforierten Ledergürteln betonte.

»Diese Gürtel sind seine neuste Erfindung«, sagte eine Männerstimme neben ihr. Luise merkte erstaunt, dass Hammer sich zu ihr gestellt hatte. Von seiner Gereiztheit war nichts mehr zu merken. »Sie wären normalerweise wegen ihrer Breite viel zu steif, aber dem begegnet Azzedine mit einem neuen Material, das er selbst zusammen mit einer italienischen Firma entwickelt hat. Der Stoff mit Namen »Relax« ist eine Mischung aus Viskose, Nylon und Carbon. Carbon wird normalerweise als Antistatik- und Anti-Schmutzmittel verwendet, weil es elektromagnetische Strahlung abstößt. Und jetzt sieh dir mal an, was dieses Genie daraus gemacht hat!«

Naomi kam mit wiegenden Hüften zurück, und Luise verstand erst jetzt, was er meinte: Der Gürtel war provokativ mit einem dreieckigen Patch am Schambein platziert, was alles anders als zurückhaltend war. Aber was sie noch sah und nie wieder vergessen würde, war die bemerkenswerte Aura, die Naomi um sich herum verbreitete. Die Presse würde ihren Auftritt am nächsten Tag als »Killer-Spaziergang« über den Laufsteg beschreiben und ihren außergewöhnlichen »wilden Blick« hervorheben.

Sofort nachdem die ersten Models wieder hinter der Bühne waren, verfielen alle erneut in Hektik. Luise musste darauf achten, dass während des Umziehens keine Frisur zerstört wurde, und falls doch, rasch alles wieder in Form bringen. Azzedine stand erneut mit Nadel und Faden bereit, um manche Naht direkt auf den Körpern zuzunähen. Als Naomi fertig für den zweiten Auftritt war, stockte Luise der Atem. Sie trug ein ärmelloses Mini-Strickkleid mit Schmetterlingsmotiven und dazu halterlose Strümpfe, die mit einer farblich passenden Strickborte kurz unter dem Gesäß endeten. Das Kleid, in hellem Lila und Weiß auf schwarzem Untergrund, hatte die Ausmaße eines Badeanzugs und unterstrich ihren perfekten Körper. Luise musterte sie voller Ehrfurcht, doch dann kam ihr eine Idee. Das Minikleid nahm Anleihe beim Hippiestil der Siebzigerjahre, und auch die Frisur sollte das Thema aufnehmen. »Ich würde dir gerne einen Mittelscheitel ziehen, das würde besser zu dem Outfit passen. Du weißt schon … Seventies …« Naomi runzelte die Stirn, doch nach wenigen Sekunden beugte sie ihren Kopf nach vorne. »Du könntest sogar recht haben, aber beeil dich, wir haben nur zwei Minuten.« Sie hielt zwei ihrer langen Finger in die Höhe.

Diesmal ging Naomi als Letzte. Sobald sie einen Fuß auf den Laufsteg setzte, ernteten sie und ihr Outfit lauten Szenenapplaus. Auf dem Laufsteg ging von ihr etwas Übernatürliches aus, etwas sehr Hypnotisches. Als Luise einige Blicke der Zuschauer erhaschte, die gebannt jede Stelle von Naomis Körper eingehend betrachteten, bekam sie eine Gänsehaut. Denn in ihnen lag ein unstillbares Begehren, eine Gier.

Luise brauchte ein paar Sekunden, bis sie begriff, dass alles zu Ende war. Aus dem Dunkel des Backstagebereichs heraus hatte sie einen Teil der Schau mitansehen können. Einige Meter von ihr entfernt stand Azzedine, in sich zusammengesunken. Der Modeschöpfer wirkte müde und erschöpft, wie ein Löschblatt, das zu viel Tinte aufgenommen hatte. Es schien, als würden der Jubel, die Bravorufe, der Beifall gar nicht zu ihm vordringen.

Jetzt kamen Naomi und ein zweites Model zu ihm, um ihn in ihrer Mitte mit auf den Laufsteg zu nehmen. Als er in das Scheinwerferlicht trat, ging auch mit ihm eine Verwandlung vor: Er hob das Kinn, sah direkt in das Scheinwerferlicht, das seinen weißen Kaftan strahlen ließ, und schien an Kraft zu gewinnen. Auch bei ihm wirkte die Magie des Laufstegs, nur dass er sich dadurch nicht in ein begehrenswertes Wesen verwandelte, so wie seine Models. Aber er wurde dafür bewundert, einen Traum erschaffen zu haben – und dann platzte die Bombe.

Azzedine ließ sich ein Mikrofon geben, setzte an zu sprechen, rang um Fassung und um Aufmerksamkeit. Doch der Vorgang war so ungewöhnlich, dass die Zuschauer weiter klatschten, sich unterhielten und keiner verstand, was er sagte. Er wartete einige Sekunden. Da stand der kleine Mann mit dem Kaftan, der gerade eine Wunderwelt erschaffen hatte, und schien mit den Tränen zu kämpfen. Mit einem Mal wurde es im gesamten Raum so still, dass man eine Stecknadel hätte fallen hören können.

Er bedankte sich bei seinen Mitarbeitern, Designern, den Schneidern und Schneiderinnen, den Models, dem Publikum, den treuen Kundinnen, die ihn all die Jahre begleitet hatten, und teilte kurz und knapp mit, dass dies seine letzte Prêt-à-porter-Schau gewesen sei. Bei den letzten Worten brach seine Stimme, und einen Grund für seinen Rückzug konnte oder wollte er nicht mehr nennen. Keiner sagte etwas, keiner klatschte, man schaute in betretene Gesichter. Obwohl es durch die Scheinwerfer und Reflektoren gleißend hell war, konnte man ihn nicht durchschauen. Es war dem Modeschöpfer nicht anzusehen, was ihn angetrieben hatte, wie ihn seine frühen Jahre in Tunesien geprägt hatten und was ihm nun seine Motivation nahm. Die Stimmung drohte zu kippen, doch das begeisterungswillige Publikum der Modeszene stand nur den Bruchteil einer Sekunde unter Schock, dann realisierte es die Sensation. Die Modeszene kreiste um sich selbst und hatte nun gleich zu Beginn der Fashion Week Frühling/Sommer 1993 ihr Gesprächsthema. Sofort bildete sich eine Traube von Fotografen und Journalisten um Azzedine. Kameras blitzen auf. Der Modeschöpfer starrte geradeaus vor sich hin, wurde von den hochgewachsenen Models wie von einem Schutzschirm umringt und zurück in den Backstagebereich geleitet. Die meisten hatten versteinerte Gesichter und Tränen in den Augen.

Glanz und Glamour der Schau waren verschwunden, die Visagisten packten ihre Schminke ein. Die Models schlüpften in ihre Alltagskleidung, die Kollektion wurde wieder auf die Ständer gehängt, Luise und Hammer verstauten ihr Equipment in die Taschen und Pilotenkoffer. Man versank in der üblichen Routine, die Arbeit ging weiter und fast alle zogen weiter zur nächsten Show.

»Beeil dich! Um vierzehn Uhr müssen wir in Puteaux sein«, trieb Hammer Luise gleich wieder an. »Da ist das Margiela-Defilee, keine Ahnung, warum Martin es an diesen unbedeutenden Ort verlegt hat.«

Seine Stimme klang nicht mehr wütend, nur ein wenig belegt, denn ihn schien der Rückzug des Meisters tiefer getroffen zu haben, als er zugab. Luise hätte gerne nachgefragt, und sie hätte gerne noch ein paar Worte mit Naomi gewechselt, doch das schwarze Model war verschwunden, keiner hatte sie mehr gesehen. Sie musste das Zelt sofort nach Azzedines Ankündigung verlassen haben.

14

Wussten Sie, dass Azzedine aufhören würde?«, fragte Luise, nachdem sie sich wieder in den Pariser Straßenverkehr eingefädelt hatten. Hammer starrte mit glasigem Blick auf den Strafzettel, der unter dem Scheibenwischer klemmte und im Fahrtwind flatterte.

»Ich hatte keine Ahnung! Aber vielleicht hat es etwas mit dem Tod seiner Schwester zu tun. Ein Schicksalsschlag, die Nachricht ging durch die Presse.«

Luise warf einen letzten Blick auf das alte Gebäude, in dem das Imperium des berühmten tunesischen Couturiers lag, den Eingang der Boutique mit dem Schriftzug Alaïa darüber und das Gewimmel davor.

Hammer schien nicht in der Stimmung zu sein, weiter mit ihr über die Gründe für Azzedines Abtritt zu sprechen. Er umklammerte das Lenkrad und fragte: »Ist rechts frei?«

Als Luise bejahte, drückte er aufs Gas, fuhr quer über drei Spuren, ignorierte die wütenden Autohupen und bog schließlich rechts ab.

Nach seinem geglückten Manöver lehnte er sich mit zufriedenem Lächeln zurück und tastete nach einer offenen Röhre mit Pringles-Chips, die noch von der Reise dort lagen. Fast zärtlich fuhr er mit seinen dicken Fingern über deren Rand, griff dann hinein und steckte sich fünf Stapelchips auf einmal in den Mund.

»Ich kann Alleingänge zwar auf den Tod nicht ausstehen, und pädagogisch ist es auch nicht besonders klug, dir das jetzt zu sagen …« Nochmals griff er in die Röhre, holte diesmal sogar acht Chips heraus und sprach dann mit vollem Mund weiter: »… aber eines muss man dir lassen …« Er senkte vertraulich die Stimme. »… du hast nicht nur die Locken ordentlich gewickelt, sondern zudem noch diese Diva von Model um den Finger!« Er lachte so laut und schallend über die Doppeldeutigkeit seines Satzes, dass ein Schwall orangefarbener Chipsbröckelchen über das Armaturenbrett verteilt wurde.

Luise antwortete nicht. Hammer hatte ihr ein Kompliment gemacht, das ihr nicht gefiel. Er dachte sicherlich, es sei ihre Absicht gewesen, sich bei Naomi einzuschmeicheln, bewies damit aber, dass er nicht die geringste Ahnung von ihr hatte. Was Hammer jedoch nicht zu kümmern schien. »Das ist Gold wert, aber du musst aufpassen, dass du es dir dabei nicht mit dem Modeschöpfer und den Designern verscherzt. Die meisten haben ganz genaue Vorstellungen von den Frisuren und sind nicht so nachgiebig wie Azzedine. Er war einer von der alten Schule, das, was jetzt kommt, ist was ganz anderes, du wirst sehen.« In dem Moment, als Hammer den Blinker setzte, um in die Rue de Rivoli einzubiegen, entdeckte Luise das Schild mit der Aufschrift *Louvre*. Während sie die schnurgerade Straße entlangfuhren, wandte sie den Kopf zu dem lang gestreckten Südflügel des Stadtpalais. Die Spätsommersonne überzog die Fassade mit Gold und wärmte den Statuen über dem Portal die steinernen Häupter. Luise musste wieder an Naomis Worte über den Louvre als das größte Museum der Welt denken, und obwohl sie bisher noch keine Großstadt außer Hamburg und Bremerhaven gesehen hatte, war sie sicher: Kein Ort stellte seine Schönheit so unverblümt zur Schau wie Paris – die Stadt aller Träume. Das Sonnenlicht ließ den Sandstein der Fassade mit den Bögen und Kuppeln um die Wette leuchten. »Eine Schatzkiste!«, murmelte sie.

»Was sagst du?«

»Ist das wirklich alles ein Museum? Das würde ich gerne einmal besuchen.«

»Soviel ich weiß, wird es gerade umgebaut und erweitert, keine Ahnung, ob es trotzdem geöffnet ist, aber vermutlich haben wir dazu ohnehin keine Zeit.«

»Waren Sie mal drin?«

»Die alten Schinken interessieren mich nicht sonderlich.«

Hammer schüttete sich die restlichen Chipskrümel direkt aus der Dose in den Mund und wischte sich den Schnurrbart mit dem Handrücken ab. Die Fassade des Palais schien kein Ende zu nehmen, und er kommentierte die Pracht mit einer abschätzigen Bemerkung. »Das war mal der Königspalast, bevor sie in Versailles noch einen weitaus überdimensionierteren gebaut haben. Kein Wunder, dass man die irgendwann alle auf die Guillotine gezerrt hat.«

Schließlich bog er schwungvoll nach links auf die Rue du Louvre ab. Luise wunderte sich, dass er niemals auf den Stadtplan schauen musste.

»Wissen Sie eigentlich jeden Weg in Paris auswendig?«

Wortlos tippte sich Hammer an seine Schläfe. »Ist alles hier drin. Abgespeichert, nach all den Jahren. Natürlich kenne ich nicht jede Straße, aber zumindest die grobe Richtung zu den Arrondissements. Jetzt fahren wir jedoch raus aus der Innenstadt, da müsste man vielleicht mal einen Blick in den Stadtplan werfen, der liegt da hinten.«

Er deutete mit dem Daumen hinter den Fahrersitz, und Luise angelte mit ihrem langen Arm nach dem zerfledderten Falk-Plan und entdeckte dabei eine zweite Dose Chips.

»Und was erwartet uns nun?«, fragte sie, während sie den Plan auseinanderfaltete und die Dose öffnete. Erst jetzt, weil ihr Magen laut knurrte, fiel ihr auf, dass sie den ganzen Tag noch nichts gegessen hatte. Sie stopfte sich eine ganze Handvoll Chips in den Mund, genauso gierig wie eben noch ihr Chef.

»Martin Margiela.« Hammer betonte den Namen, als sei er eine exotische Gemüsesorte. »Du wirst dich wundern! Man könnte fast sagen, modisch gesehen vertritt er die Antithese zu Alaïa. Verstehst du? These – Antithese? Weißt du überhaupt, was das ist?«

Er wandte ihr den Kopf zu, fuhr aber weiterhin mit der gleichen Geschwindigkeit geradeaus, was Luise überhaupt nicht mochte, deshalb sagte sie schnell: »Ja, klar!«, ohne den Hauch einer Ahnung zu haben. Hammer sah wieder auf die Straße. Links tauchte ein anderes prachtvolles Gebäude auf. »Was ist das?«, fragte Luise.

»Das Grand Palais«, antwortete Hammer knapp, weil sie nicht auf seine Frage einging.

Die Sonne war herausgekommen und ließ das Dach des Glaspalasts strahlen. Dort würde morgen die große Chanel-Modenschau stattfinden, wie die Plakate verkündeten. Chanel war selbst Luise ein Begriff, und jetzt hatte sie zudem eine Vorstellung von den fiebrigen Vorbereitungen, die sich dann Backstage in Gang setzen würden.

»Das, was Margiela zeigt … ich meine, seine Kollektion … ist schwer zu beschreiben. Grunge, sexy bis Porno, no limit, minimal … street. Er pfeift auf alles Bourgeoise und das Bling-Bling von Chanel, Fendi, Dior und Co …« Luise verstand gar nichts. »Aber eins muss man sagen. Er hat sein Defilee minutiös geplant. Es sieht zwar nicht so aus, aber er hat alles im Griff. Vor drei Monaten war ich in seinem Atelier und habe die Frisurenmodelle mit ihm entworfen, alles ausprobiert, den Dreck angerührt, den wir den Models in die Haare pinseln werden.« Er schüttelte den Kopf. »Erde in die Haare – das muss man sich erst mal trauen! Ich bin gespannt, was die Zuschauer dazu sagen.« Dann bekam er wieder einen Hustenanfall. »Und erst die Presse!«

Die Schau fand in einer urbanen Brache statt, einem schwach beleuchteten, leeren Gebäude in einem ehemaligen Lagerhallenviertel. Die Ordner trugen schwarze Hoodies und hatten die Kapuzen über die Köpfe gezogen.

Für die Zuschauer lagen Kissen auf dem Boden. Erste Reihe, Bänke, Stühle, Glamour – Fehlanzeige.

Luise sah sich um und fragte sich, ob sich die feine Gesellschaft mit ihren Limousinen wirklich hierher trauen würde.

Backstage empfing sie ein Mann, unrasiert, mit runder Sonnenbrille, schwarzem Baseball Cap und einem weißen T-Shirt. Er begrüßte Hammer wie einen alten Freund und zog die Brille ab, um Luise genauer zu betrachten. Dann schob er die Lippen nach vorne und nickte anerkennend. »Pas mal, la petite!«, sagte er. Nicht schlecht, die Kleine!, und gab ihr drei rauchige Bisous.

»Ihr könnt gleich loslegen. Habt ihr genug Material mit?«

Hammer fragte zurück: »Du meinst, genug Dreck und Fett?«

Margiela lachte, als hätte Hammer gerade den komischsten Witz der Welt erzählt. Dann zündete er sich eine Zigarette an. »Das Hässliche ist schön! Es ist eine Form der Auflehnung: Die Verweigerung, das Weniger, der Schmutz. Die alten Stoffe mit Mottenlöchern. Du wirst sehen – sie werden es lieben!«

Drei Models umringten ihn, die erste junge Frau hielt ihm Pinsel und eine Farbdose hin. »Bitte, Martin!«, sagte sie, dann drehte sie ihm ihr Hinterteil zu. Sofort begann er, mit dem Pinsel großflächig schwarze Farbe auf den Jeansstoff aufzutragen. Dann ließ er rote Farbe vom nächsten Pinsel spritzen. Dabei sprach er weiter: »Das ist die entscheidende Geste der Erneuerung: Man nehme eine alte Jeans, übermale sie, und es wird GRUNGE! Das Abgetragene verleiht die besondere Note, den löchrigen Jeans genauso wie den Gewändern zur Zeit von François I., deren Schlitze andeuteten, dass man einen Messerkampf überlebt hatte.«

Luise sah sich nach den Schminkplätzen um. Neben einem Spiegel lehnte ein Mädchen mit verzottelten blonden Haaren in lässiger Pose an der Wand und rauchte eine selbst gedrehte Zigarette. Sie war nicht besonders groß, auch keine makellose Schönheit, eher wirkte sie wie das unscheinbare Mädchen von nebenan. Als sie Luises Blick bemerkte, fragte sie auf Englisch, ob sie auch einen Zug wolle. Das sei ein ziemlich guter Schwarzer Afghane. Sie kam näher und hielt ihr den Joint entgegen. In ihren engen zerfetzten Jeans, dem schlichten weißen T-Shirt, mit den Ringen unter den Augen und den aufgesprungenen herzförmigen Lippen wirkte sie genauso übernächtigt wie Luise, dabei verletzlich, wenn nicht gar zerbrechlich. Und doch ließ ihre Erscheinung keinen Zweifel daran, dass sie etwas Besonderes war.

Luise schüttelte den Kopf. Allein der süßliche Geruch des Rauchs machte sie schwindelig.

»I'm Kate!«, sagte das Mädchen und streckte Luise ihre Wangen für die Begrüßung entgegen. »Bist du eines der neuen Models? Dann sage ich Martin gleich, dass ich nicht vor oder hinter dir laufen will. Du bist mir mindestens zwei Nummern zu groß.«

Sie hielt die Hand auf Höhe von Luises Stirn.

»Nein, ich bin die neue Hairstylistin«, antwortete Luise in ihrem gebrochenen Englisch.

»Ah, da bin ich beruhigt.«

Etwas Pelziges huschte über den Boden, krallte sich an Kates ausgefransten Hosenbeinen fest, kletterte ihre Beine und Arme hoch und setzte sich auf ihre Schulter. Doch statt zu kreischen, lächelte Kate und fütterte die Ratte mit einem Stück Brot. Sie machte eine Kopfbewegung in Richtung des Schminkplatzes, der gerade frei geworden war.

»Fangen wir an?«

Hammer war bereits dabei, auszupacken. In Tupperdosen hatte er Erde, Schlamm, Schmalz und Butter eingepackt. »Die Haare sollen ungewaschen, fettig, dreckig aussehen. Die Mädchen dürfen ruhig den einen oder anderen Pickel haben, Martin hat auch extra einige Models mit Zahnspangen gebucht …«

»Sind Sie sicher?« fragte Luise, als sie den Deckel von einer Dose entfernte und eine graubraune Masse zum Vorschein kam, die noch dazu einen modrigen Geruch verströmte. Statt zu antworten, klebte Hammer ein Foto mit Klebestreifen an den Spiegel. »Noch Fragen?«

Luise schüttelte den Kopf.

Es war beeindruckend, wie locker und entspannt Kate reagierte, als sie die Aufnahme sah. Es war nicht unbedingt selbstverständlich, dass sich ein Model hässlicher machen ließ, als es war. »Los, mach schon!«, sagte sie grinsend. »Schmier mir das ekelhafte Zeug in die Haare!«

Zu den voll aufgedrehten Sounds der »New Kids on the Block« liefen die Mädchen wenig später auf Kommando los. Das Make-up war hässlich, die Haare mit Schmalz oder Erde eingerieben, die Klamotten zerrissen, die Nähte nach außen gedreht. Um die Taille geknotete Karohemden, Kates nackter Rücken, Kleid über Hose, das lange Shirt, mit dem man sonst schlief, die Kapuze über der Jacke – man kannte das schon aus der Rockszene, jetzt defilierte es über den Laufsteg. Omas Häkeldeckchen, Birkenstocks, Converse Chucks, klobige Springerboots, die Models rauchten, die Stoffe zerfielen, die Mädchen verloren ihre Kleidungsstücke auf dem Laufsteg.

Mit ihrem unschuldigen Gesicht lief Kate vollkommen ungezwungen über den Laufsteg. Sie setzte die Kleidungsstücke nicht in Szene, sondern wirkte wie ein Mädchen von der Straße, das zufällig perfekte Proportionen hatte und lässig das geknotete Hemd von der Hüfte rutschen ließ.

Die Resonanz war so berauschend, dass das Publikum jedes vorgeführte Modell beklatschte. Zum Finale klickten die Feuerzeuge. Und die größte Modemarke des Jahrzehnts, das zu lange weiße Oversize-Hemd, das überall heraushängt, war geboren. Ein Aufschrei! Die neue Generation erklärte alles Vorangegangene für verstaubt und rückständig. Es war eine Form der Auflehnung – die Geburtsstunde des »Scheiß-drauf-Grunge«.

Martin Margiela erschien nicht auf dem Laufsteg, denn er wollte den Fokus weg von seiner Person als Designer hin auf die Kreationen selbst lenken. Aus dem gleichen Grund gab er auch keine Interviews. Es war eines seiner Markenzeichen. Er wurde dennoch bejubelt, und mancher ahnte womöglich, dass ausgerechnet nach dieser Schau ein unvorstellbarer Hype, ein industrieller Beschleunigungsschub in der Modeindustrie einsetzen würde:

Die Modewelle mit der größten Schlagkraft seit Langem – der GRUNGE.

Als sie abends in der Avenue du Bussardin ankamen, war Luise trotz ihrer Müdigkeit noch aufgedreht. Sie stieg aus und sah hinüber zu der Terrasse des Couscous-Restaurants Les Saveurs de l'Orient. Die Tische waren alle noch voll besetzt, und ein herrlicher exotischer Duft nach warmem Essen stieg ihr in die Nase. Am liebsten wäre sie hinübergegangen, hätte sich unter die bunten Glühlampen gesetzt und ein ganzes Menü bestellt. Doch der graue Glaskasten mit der aufgedruckten Wählscheibe neben einer der Feuertreppen erinnerte sie daran, dass sie längst ihre Eltern hätte anrufen sollen.

»Ich komme gleich nach«, sagte sie zu Hammer und zeigte auf die Telefonzelle. »Ich muss unbedingt meine Eltern anrufen, sie machen sich bestimmt schon Sorgen.«

Hammer nickte. »Versteh ich. Morgen ist pünktlich um neun Uhr Abfahrt. Wenn du nicht fertig bist, fahr ich ohne dich!«

Als sie dem gealterten Starfriseur hinterhersah, fragte sich Luise, ob er gar keine Angehörigen hatte. Bisher war noch nie das Gespräch auf seine Eltern, Geschwister, geschweige denn Frau und Kinder gekommen. Konnte man so allein durchs Leben gehen?

Sie warf ein Franc-Stück in den Schlitz und faltete umständlich den Zettel mit der deutschen Vorwahl auseinander, dann tippte sie die Nummer in die Tastatur ein und hoffte, dass sie niemanden weckte. Es knackte und rauschte in der Leitung. Plötzlich gingen im Restaurant ihr gegenüber die Lichter aus, und die andere Straßenseite lag im Dunkeln. Nur der Mond hing in dieser Pariser Nacht orangerot und voll wie eine reife Frucht am Himmel zwischen den Häusern. Jetzt wirkten die Fassaden mit den eisernen Feuertreppen erst recht wie aus einer Filmszene.

Es tutete lange, und Luise fragte sich, ob ihre Eltern womöglich schon schliefen. Sie gingen jeden Abend um zehn ins Bett, und jetzt war es schon zweiundzwanzig Uhr fünf.

»Jensen?«

»Moder, ich bin es, ich bin da!«, rief sie in die Sprechmuschel, viel lauter, als es nötig gewesen wäre. »Nein, noch nicht … ja, ich weiß, es tut mir leid!«

Sie wechselte den Hörer von einer Hand in die andere.

»Ich weiß, Mama, ich hätte mich früher melden sollen, aber es war so düchtig zu tun.« Schon mischte sich ihre Sprache wieder mit Platt. »Es ist alles so upregend, die Schauen, die Models, die Designer, die Mode, wenn du dat nur sehn könntest, heute haben wir den Deerns Erde in d' Haar gepinselt, Fett und tonige Erde … Klei!«

Sie hatte vor Augen, wie ihre Mutter ungläubig den Kopf schüttelte, und konnte ihre Worte fast vorhersehen. »Klei in d' Haare? De mutt vör de Kopp to Ader laten worden.« Der muss verrückte Ideen haben – das war eine Redensart von Oma Lina, allerdings auf sich selbst bezogen, die Luise von klein auf begleitet hatte.

Luise drehte sich um und beobachtete, wie ein Mann über die Straße kam. Sie sagte: »Ja, Hammer ist nett, das Zimmer süver und akraat.« Das Zimmer sei sauber und ordentlich.

Ein Mann klopfte an die Tür, und Luise drehte sich zu ihm um. Er lächelte sie mit blitzweißen Zähnen an, gestikulierte und deutete auf seine Armbanduhr. Luise nickte.

»Was sagst du?«

»Ja, ik wahr mich, Moder!« Ich passe auf mich auf.

»Du musst nicht allen Quatsch mitmachen.«

»Ich weiß, Moder. Sind to Huus alle gesund?«

Als ein Motorrad vorbeifuhr, wurden die Worte, die aus der Ohrmuschel drangen, verschluckt. Alles, was Luise verstand, war: »… Nils Ahlers war hier …«

Dann war die Leitung tot, sie hätte längst mehr Geldstücke einwerfen müssen.

Nils war bei ihren Eltern gewesen? Was hatte das zu bedeuten?

Der wartende Mann sah, dass sie den Hörer auf die Gabel legte, und zog die Tür auf. Luise schenkte ihm einen finsteren Blick.

»Pardon, Mademoiselle. Mais c'est urgent!« Er sprach Französisch mit einem Akzent, den Luise nicht kannte. Der Mann, der sie so höflich ansprach, reichte ihr bis zur Schulter. Er war ziemlich schlank, fast zierlich. Ein Mann, der wie ein Junge wirkte, mit dunklen Haaren und noch dunkleren freundlichen Augen, einer hohen Stirn, einem sensitiven Mund, fein geschwungenen Lippen, die aus jedem Mädchen eine Schönheit gemacht hätten. Selbst in dem kalten Licht der Telefonzelle erkannte Luise seine klassischen Züge. Er hatte das attraktivste männliche Gesicht, das Luise bisher gesehen hatte.

»Oh, ja, natürlich«, stotterte sie auf Englisch, blieb aber trotzdem stehen. Er lachte und fragte höflich, jetzt ebenfalls auf Englisch, ob er kurz das Telefon benutzen dürfe. In seinem Restaurant sei der Strom ausgefallen. »Ah, Ihnen gehört das Restaurant dort drüben?«

»Oui, oui!« Er nickte und erklärte, dass auch die Telefonleitung tot sei. Luise starrte ihn unverwandt an. Noch nie hatte sie so dunkle Augen gesehen. Die Wimpern so lang wie die der hübschesten Models.

»Dürfte ich vielleicht?«, fragte er nun und machte einen halben Schritt auf den Metallboden der Zelle.

»Ach so, ja, natürlich.«

Endlich ging sie zur Seite und machte ihm Platz. Während der Mann Münzen in den Schlitz warf, betrachtete Luise seine schlanken Hände mit den dunklen Härchen auf den Fingern, und er lächelte ihr zu. Obwohl sie müde war und längst hätte gehen können, blieb Luise wie angewurzelt stehen und beobachtete ihn. Etwas an ihm zog sie magisch an.

Plötzlich legte er den Hörer auf die Gabel und streckte den Kopf zur Tür hinaus. »Hätten Sie vielleicht noch etwas Kleingeld, Mademoiselle?«

Luise holte ihr Portemonnaie hervor und gab ihm, was sie an französischen Münzen hatte. »Danke!«, sagte er und wählte eine neue Nummer. Sie hörte ihn reden, stöhnen, sah, wie er ungeduldig mit den Fingern auf den Apparat trommelte, mit den Augen rollte.

Als er mit seinen Telefonaten fertig war, öffnete er die Tür und sagte auf Englisch: »Es ist eine Notdienstnummer, aber da läuft nur ein Band. Ist das nicht absurd? Und wie soll ich jetzt meine Gäste bekochen? Vier Tische warten noch auf ihr Essen!« Er sah Luise an, als schuldete diese ihm eine Antwort. Dann blickte er sich um. Jemand schloss einen Fensterladen in einem der umliegenden Häuser. Auf der anderen Seite der Straße spielten drei Kinder zwischen den Stühlen seines Restaurants. Immer noch lag es im Dunkeln. Doch mit einem Mal gingen alle Lichter wieder an.

»Ein Wunder ist geschehen!« Aydin strahlte über das ganze Gesicht. »Kommen Sie, Mademoiselle, ich lade Sie zu einem Abendessen ein. Haben Sie schon mal meinen Couscous probiert?«

Luise schüttelte den Kopf. »Ich muss ins Bett. Morgen gibt es viel Arbeit.«

»Arbeit? Morgen? Morgen ist morgen, und heute ist heute. Schauen Sie diesen Mond an, Mademoiselle.« Er machte eine graziöse Bewegung mit der Hand und deutete in den Himmel. »Und Sie müssen unbedingt meinen Couscous probieren. Es ist der beste Couscous von ganz Paris.«

An den Tischen gegenüber erklang lautes Gelächter. Aydin sah sich um, und ein Kellner winkte ihm, er solle endlich zurückkommen.

Mit einem Lächeln griff Aydin nach ihrem Arm, und Luise spürte, wie seine Berührung sie elektrisierte und wie sehr sie sein Lächeln mochte. Er zwinkerte ihr zu. »Überredet?«

»Überredet.«

Sie bekam reichlich zu essen. Aydin brachte ihr als Erstes warmes Fladenbrot, das nach frischem Rosmarin duftete, und glänzende schwarze Oliven. Luise stürzte sich darauf wie eine Verhungerte, ohne zu ahnen, dass dies nur der klitzekleine Auftakt zu dem üppigen marokkanischen Couscous-Gericht war. Immer mehr Schüsselchen und Schälchen wurden aus der Küche gebracht und auf ihrem runden Tisch vor sie hingestellt. Als sich das Restaurant leerte, drehte Aydin einen Stuhl um und setzte sich mit der Rückenlehne nach vorne neben sie. Er goss ihnen beiden ein Glas Rotwein ein, legte die Arme auf die Lehne und prostete ihr zu. »Santé!«

»Es war köstlich. Du bist ein unglaublich guter Koch!«, sagte Luise. »Wie machst du das … ich meine, wie kann man so viele verschiedene Speisen auf einmal zubereiten?«

»Avec ardeur … mit Hingabe, Mademoiselle«, flüsterte er.

»Ich heiße Luise.«

»Louise? Dann werde ich dich Lou nennen … belle Lou!«, setzte er hinzu und fuhr ihr mit dem Zeigefinger über den schmalen Nasenrücken.

In der Nacht lag Luise im Bett und strich sich über den Bauch, der sich vom vielen Essen wölbte. Sie hatte nicht aufhören können. Das sämige, pikant gewürzte Couscous mit Tomaten, Kürbissen und Kichererbsen war wirklich das Herrlichste, was sie je gegessen hatte. Und das Gefühl, endlich wieder einmal satt zu sein, tat unendlich gut, auch wenn der volle Bauch ihre Aufregung nicht vertreiben konnte. Von draußen hörte sie eine Polizeisirene, die genauso klang wie die Sirenen vom Band während des Margiela-Defilees. Der Blutmond schien durch die dünnen Vorhänge hindurch in ihr Zimmer und tauchte es in sein oranges Licht. *Himmel, ich werde kein Auge zumachen können!*, dachte Luise, drehte sich zur Seite und schlief ein. Nils' Gesicht tauchte vor ihr auf, der rote Pullover, die blonden Haare, die wässrigen blauen Augen, die ihren so ähnelten. Sie spazierten Hand in Hand an der Alster entlang. Er kam näher, seine Lippen wollten sie küssen und verwandelten sich plötzlich in die geschwungenen lächelnden Lippen von Aydin. Mit ihm rannte sie am glitzernden Ufer der Seine entlang, bis ihnen Frau Ahlers entgegenkam, majestisch schreitend, in einem Kleid von Alaïa, mit Schlamm in den aufgetürmten Haaren. Die Großbäuerin hob den Zeigefinger …

Luise schreckte aus dem wirren Traum hoch, und ihr Hotelzimmer kam ihr auf einmal unendlich kahl und leer vor. Längst war der Mond weitergewandert, und nichts als das Dunkel der Nacht kam durch das Fenster. In all den Jahren, die sie in ihrer kleinen Kammer unter dem Dach geschlafen hatte, war ihr diese zu eng und zu niedrig erschienen. Wieso sehnte sie sich jetzt plötzlich danach? Luise knipste das Licht an und nahm das Buch, das Oma Lina ihr mitgegeben hatte, vom Nachttisch. Sie strich über den verblichenen Einband, der einen kleinen Jungen in seinem Gitterbettchen zeigte, fuhr mit der Hand über das verdutzte Gesicht des runden Mondes und zog mit dem Finger die Buchstaben auf dem Einband nach.

Der kleine Häwelmann von Theodor Storm.

Sie glaubte, ihn rufen zu hören: »Mehr, mehr, guter Mond!«, dann blätterte sie durch die glatten Seiten.

Es war weit nach Mitternacht. Draußen war der Verkehrslärm verstummt. Die Stadt war so still, als hätte sich ausnahmslos ganz Paris zur Ruhe gebettet, um für das urbane Chaos des nächsten Tages Kraft zu schöpfen. Sie begann, mit heiserer Stimme zu lesen und die Stille mit ihren Worten zu füllen, lockte die Buchstaben aus den Seiten und ließ die Figuren durch das Zimmer tanzen. Ihre Stimme wurde weicher, schnurrte und gurrte die Wörter, und es kam ihr vor, als hörte sie Grootmoder Lina zu. Selbst als ihre Stimme leiser wurde, Luise wieder einnickte, hörte sie noch immer Oma Lina fragen: »Hast du noch nicht genug?«

15

Am nächsten Morgen prallte etwas gegen die Scheibe. Luise zog ganz langsam den Vorhang zurück und sah eine Taube betäubt auf der Fensterbank sitzen. Sie drehte die Chips-Packung von gestern um und schüttete sich die Krümel in die Handfläche. Vorsichtig öffnete sie das Fenster und hielt ihre Hand nach draußen. Die aufgeplusterte Taube legte den Kopf schief, als überlegte sie, ob sie ihr trauen konnte, dann trippelte sie zu ihrer Hand und pickte die orangefarbenen Krümel heraus. Als alles aufgegessen war, breitete sie die Flügel aus und flog hoch hinauf, wo der blaue Himmel auf sie wartete. Luise sah ihr nach, bis das Grau ihres Gefieders mit dem Blau verschmolz.

Hammer wartete schon am Auto, als sie aus dem Hotel kam. Die Luft war lau, und Luise hatte bereits ein Gefühl für den besonderen Duft der Stadt entwickelt, der so anders war als die Landluft auf ihrem Hof in Friesland. Es roch nach Spätsommer, und es wärmte ihr das Herz, den Pariser Duft an diesem Morgen tief in ihre Lungen zu lassen. Heute ließ die Morgensonne die Fassaden wieder schimmern. Gegenüber auf der Restaurantterrasse lehnten die Stühle noch an den Tischen. Luise war gestern Abend dabei gewesen, als Aydin sie mit Ketten umwickelt hatte. Sonst bekämen sie Beine, hatte er ihr erklärt. So schnell könne man in Paris gar nicht gucken, wie sie verschwunden wären. Die Tür des Restaurants stand offen, und Luise ertappte sich dabei, nach der zierlichen Gestalt und dem aparten Gesicht des Marokkaners Ausschau zu halten. Doch heraus kam eine rundliche Frau mit einem bunten Tuch um den Kopf und kippte mit Schwung einen Eimer Putzwasser in den Rinnstein.

»Na, heute ausgeschlafen?«, fragte Hammer mit einem süffisanten Lächeln, als wisse er Bescheid, und öffnete ihr die Beifahrertür. Luise nickte, bedankte sich und stieg ein.

Sie hätte Lust gehabt, ein Stück zu Fuß zu gehen, um das üppige Essen und den ungewöhnlichen Abend zu verdauen. Aber Hammer drängelte schon wieder, und sie wollte ihm auf keinen Fall von ihrem abendlichen Ausflug ins Restaurant erzählen.

»Es gibt eine Planänderung. Wir arbeiten für eine Schau im Centre Pompidou – du kommst also doch noch zu deinem Museum.«

Er nahm diesmal von Anfang an einen Schleichweg, von dem er gestern erzählt hatte. Doch obwohl die Gassen schmaler, die Kreuzungen enger waren, fuhr er schneller als je zuvor, viel schneller sogar. Heute hatte er es offenbar besonders eilig. Während sie auf dem Weg ins Marais waren, begann er über den jungen Designer zu sprechen, den sie gleich in seinem Atelier trafen. Manche würden von Emile behaupten, er sei einer der talentiertesten belgischen Modeschöpfer. Aber zurzeit sei dieser wohl in einer etwas prekären Situation.

»Und dass er mich so kurzfristig engagiert hat, ist nicht gerade beruhigend. Ein anderer Hairstylist ist ihm abgesprungen, und ich kenne den Grund dafür nicht. Ich hoffe, wir bekommen unser Geld, bevor der Junge pleitegeht.«

Während er weitersprach, betrachtete Luise die Umgebung. Die Straßen wurden wieder breiter. Paris hatte so viele Gesichter. Sie fuhren an ehemaligen Adelspalästen vorbei, von denen man nur erahnen konnte, dass sich dort früher die feine Gesellschaft getroffen hatte. Doch jetzt bröckelten viele davon, geschlossene Fensterläden zeigten Leerstand an. Hammer navigierte seinen Mercedes durch die Avenues und sprach unbekümmert weiter. »Eigentlich sollte ich in so einem Fall wie dem Belgier auf Vorkasse bestehen, aber das macht sich nicht so gut in der Branche.«

Diesmal fuhr Hammer in eine Tiefgarage, die eine so schmale Einfahrt besaß, dass sie auf beiden Seiten die Außenspiegel einklappen mussten.

»Direkt beim Pompidou zu parken, ist leider aussichtslos«, lautete sein Kommentar, während sie die steile Rampe hinunterrollten. Es schepperte, als sie mit der Hinterachse über eine Schwelle fuhren und mit der Karosserie aufsetzten. Doch bei solchen Dingen blieb Hammer immer vollkommen gelassen, was Luise insgeheim bewunderte. Mit ihren Pilotenkoffern und Taschen bewaffnet, suchten sie in der spärlich beleuchteten Tiefgarage nach dem Ausgang und hasteten dann nach oben ans Licht. Wieder waren sie offenbar zu spät dran.

Das Centre Pompidou lag zwischen dem Hallenviertel und dem Marais. Als sie sich dem Gebäude aus Stahl und Glas näherten, hielt Luise den

Atem an, denn der Architekt hatte das Innere nach außen gestülpt. Alle Installationskanäle lagen als farbige Röhren an der Außenseite. Rolltreppen fuhren durch Glasröhren, wie die Aufzüge führten sie an der Außenfassade entlang. Das Museum stellte seine komplizierte Bautechnik für alle sichtbar zur Schau.

Auf dem Vorplatz präsentierte sich eine bunte Mischung aus Kleinkünstlern und Gauklern und wurde von Passanten umringt. Fremdartig klingende Musik erfüllte den Platz: eine närrische Komposition aus dumpfen Trommeln, hellen Pfeifen und Schellen, gleichsam traurig und ausgelassen. Luise zuckte zusammen, als direkt neben ihr plötzlich ein Feuer aufloderte. Fasziniert blieb sie stehen und beobachtete, wie der Mann eine Flasche an den Mund hielt, bis seine narbigen Wangen prall gefüllt waren. Dann holte er tief Luft, spannte seinen Körper und spuckte alle Flüssigkeit, die in seinem Mund war, über eine brennende Fackel in die Luft. Ein Feuerball hing über der Zuschauermenge, ein gleißender heller Ball, der sich wie etwas Lebendiges in die milde Mittagsluft fraß. Während sie noch wie gebannt auf den glühenden Ball starrte, entzündete der Artist eine zweite Fackel und strich sich mit ihr über die nackten Arme. In seinen funkelnden Augen lag eine Mischung aus Glück und Triumph, aber nicht die kleinste Spur von Angst. Er spielte mit dem Feuer wie mit einem zahmen Haustier und schien eine kindliche Freude daran zu haben. Wie verzaubert stand Luise da, mitten auf der Esplanade, und konnte sich nicht sattsehen.

»Wir müssen weiter!«, erinnerte sie Hammer und tippte ihr auf den Oberarm. »Zuerst in sein Atelier, das ist gleich da drüben.«

Nur wenige Schritte von der gegenüberliegenden Seite der Rue Rambuteau entfernt, stand eine riesige Automatikuhr.

»Le Défenseur du temps«, sagte Hammer »So heißt sie!« Und übersetzte ihr: »Der Verteidiger der Zeit.«

»Was für ein schöner Name!«, flüsterte Luise.

Sie wusste später nicht zu sagen, was ihren Blick von dem übergroßen Zifferblatt weg und zu dem Motorrad hingelockt hatte, das sich hinter ihnen einen Weg durch die Fußgängerzone suchte. Vielleicht hatten ihre Ohren das Motorgeräusch eingefangen, vielleicht spürte sie das Herannahen drohenden Ärgers wie unerwartete Kälte oder Hitze auf der Haut. Sie sah das Mädchen auf dem Sozius mit schlanken, blassen Beinen, die aus kurzen Shorts herausragten, und seine langen flatternden Haare nur aus dem Augenwinkel. Das Motorrad schlängelte sich zwischen den Menschen hindurch und war schon kurz darauf im Gedränge verschwunden. Ein unangenehmes Gefühl machte sich in Luise breit.

»Das ist hier natürlich auf dem Platz verboten«, sagte Hammer. Doch die Tatsache, dass die beiden mitten durch die Fußgängerzone fuhren, war nicht der Grund für Luises Unbehagen. Als Hammer merkte, wie sie ihnen weiter hinterhersah, erklärte er: »Das war sicher eines der Models. Es ist die schnellste Art, sich in Paris von Schau zu Schau zu bewegen. Manche laufen am Tag in sechs bis acht Shows. Nur die Supermodels können sich Chauffeure und Limousinen leisten, und manche haben Motorradchauffeure.«

Luise nickte. »Sicher war es ein Model!«

Wieder tippte Hammer ihren Arm an. »Jetzt aber los!«

Das Haus, in dem sich das Atelier befand, wirkte zwischen den alten Adelshäusern wie ein Aschenputtel unter Prinzessinnen. Schmal und schmucklos stand es neben all den hohen Giebeln. An der Fassade klebten verblichene Werbeplakate. Keine Klingel, keine Tastatur für die Codeeingabe – die schäbige Eingangstür ließ sich einfach aufdrücken. Durch ein ungepflegtes Treppenhaus kamen sie im zweiten Stock zu einer Tür mit einem großen schwarzen Schild: Emile de Ridder Fashion.

Emile empfing sie, umgeben von vier Frauen in hipper Kleidung. Er gab Luise Begrüßungsküsschen, umarmte Hammer burschikos, entschuldigte sich danach für seine Erkältung, die dem Stress geschuldet sei, und lud sie beide an einen kleinen Tisch ein. Luise streckte den Frauen in alter Gewohnheit die Hand entgegen, doch sie gaben ihr ebenfalls die obligatorischen Bisous, ohne Luise anzuschauen, ohne sich vorzustellen oder ihr zuzuhören, als sie ihren Namen sagte. Hammer erklärte, dass seine Assistentin Luise noch kein Französisch spreche, und fragte, ob man die Unterhaltung auf Englisch führen könne. Aus ihrer Reaktion entnahm Luise, dass ihnen das nicht passte. Etwas befangen nahm sie dennoch Platz.

Emile war ein Riese, mindestens einen Kopf größer als Luise. Seine Augen waren klein und farblos, auf seinen geröteten Nasenflügeln schälte sich die Haut. Er deutete auf Hammers Schnurrbart, den dieser anscheinend erst seit diesem Jahr hatte, denn Emilie machte eine Bemerkung darüber, die wohl lustig sein sollte, es aber nicht war. Dann kam er direkt zur Sache. *Er versteht vermutlich keinen Spaß*, dachte Luise und speicherte sein Gesicht in ihrem Gedächtnis ab. Zahlen konnte sie sich schlecht merken, aber Gesichter.

»Das ist die Kollektion«, sagte er und schob ihnen ein Lookbook seiner Sommerkollektion über den Tisch. Sein Englisch war schlecht, deshalb wechselte er ins Französische, wodurch Luise von der Unterhaltung ausgeschlossen war. »Aber vergiss die Frisuren, Alexandra hat meine Entwürfe überhaupt nicht verstanden.« Hammer blätterte die Folien durch, während Emile zu Filzstift und Block griff und mit schnellen geübten Strichen skizzierte, was er sich frisiertechnisch vorstellte. Luise war erstaunt, wie rasch er seine Ideen zu Papier bringen konnte. Er wolle kleine Köpfe, mit glatten strengen Frisuren, sodass der Blick allein auf seine Kreationen gelenkt werde, erläuterte er. Erstaunt hob Hammer das Kinn und sagte auf Englisch: »Ich habe ja schon einiges gemacht, aber sollen wirklich alle Models durchgängig so …«, er schien nach dem richtigen Wort zu suchen, was bei ihm selten vorkam, »… unweiblich daherkommen?«

»Androgyn«, verbesserte eine brünette Frau mit weit aufgeknöpfter Bluse, die den Blick auf ihre flache Brust fast gänzlich freigab, und einem kurzen Rundhaarschnitt, der exakt einer der Frisuren auf den Skizzen ähnelte. Sie hatte bisher geschwiegen, aber jetzt ließ sie gleich einen längeren französischen Redeschwall folgen. »Androgyn«, das Wort fiel mehrmals, während der Modeschöpfer nervös ein Maßband durch die Finger gleiten ließ, denn er merkte anscheinend, wie wenig Hammer die Ideen gefielen. Eine andere Frau mit aschblondem Haar und einem Mund, der nicht so aussah, als würde sie ihn allzu oft zum Lächeln benutzen, schaltete sich ein. Während sie sprach und dabei wild gestikulierte, gewann Luise den Eindruck, dass die beiden untereinander wetteiferten. Obwohl sie in deren Augen Luft zu sein schien, produzierten sie sich vor Emile, schienen Hammer und ihr beweisen zu wollen, wer dem Modeschöpfer näherstand. Sie verstand kaum etwas von dem, was sie sprachen, doch steigerten sie sich immer mehr in ihre Diskussion hinein, bis sie sich offenbar gegenseitig Beleidigungen an den Kopf warfen. Emile hustete in die vorgehaltene Hand, mehr war von ihm nicht zu hören. Der Rundhaarschnitt schnappte aufgebracht nach Luft, die Aschblonde hob mehrmals ungläubig die Augenbrauen. Trotz des wenig förmlichen Umgangstons schienen sie weder untereinander noch mit Emile befreundet zu sein. Hammer hörte sich das eine Weile an und spielte mit seinem Schnurrbart, der jetzt so struppig aussah wie eine tote Maus.

»Vielleicht hätten Sie das früher klären müssen«, schaltete er sich wieder auf Englisch ein. »Jetzt ist es zu spät, und wir müssen handeln.« Emile wirkte fast erleichtert, dass jemand ein Machtwort sprach. »Ich schlage vor, wir setzen die Frisuren aus der Mappe um, ohne Wenn und Aber. Wann kommen die Mädchen?«

Emile sah auf seine Armbanduhr. »Die müssten schon längst da sein! Wo stecken die denn?« Hilfe suchend sah er zu dem Rundhaarschnitt. »Keine Sorge, Emile. Sie werden kommen, aber direkt ins Pompidou.« Es klang, als wollte sie sowohl ihn als auch sich selbst beruhigen.

»Hast du auch ein oder zwei der Top-Mädchen dabei?«, fragte Hammer in einem Tonfall, als handelte es sich um eine Nebensächlichkeit. Doch als Emile den Kopf schüttelte, kniff Hammer die Lippen zusammen und warf einen Blick aus dem staubigen Fenster. Luise spürte, dass ihm die ganze Situation missfiel. Tatsächlich war sie anstrengend und peinlich, doch schließlich gingen die beiden Frauen aus dem Raum und ließen sie mit Emile allein.

»Also? Was ist wirklich los?«, fragte Hammer in vertraulichem Tonfall. »Du weißt, dass ein Prêt-à-porter-Defilee ohne Namen wie Evangelista, Campbell, Schiffer, Patitz oder Turlington inzwischen kaum noch wahrgenommen wird. Wenn nicht wenigstens eines der Supermodels für dich läuft, bist du ein Niemand.«

Luise schluckte nervös, denn Hammer war ziemlich laut geworden. Und sie wunderte sich, dass er auf einmal die Nachnamen der Topmodels verwendete, wo er doch sonst meist nur die Vornamen erwähnte, fast so, als sei Emile de Ridder kein Insider. Jetzt fügte er beschwörend hinzu: »Emile, in der Modebranche gibt es keine Geheimnisse. Die Branche lebt nun mal vom Gerede, und über dich pfeifen die Spatzen so einiges von den Dächern …«

Emile rümpfte die Nase und blickte verächtlich zu den vergilbten Wänden, von denen der Putz bröckelte.

»Sieh dir das an, Udo! Diese Bruchbude! Willst du wissen, wo ich schlafe?« Seine Stimme klang weinerlich. Hammer zuckte statt einer Antwort mit den Schultern.

»Auf diesem Sofa, mitten im Atelier, denn ich kann mir keine zwei Mieten in Paris leisten.« Luises und Hammers Blicke folgten seinem ausgestreckten Arm zu einer zerschlissenen Samtcouch, die man mit viel Wohlwollen als Bohème-Schick hätte bezeichne können. »Meine Erkältung kann ich so nicht auskurieren. Und die Belastung durch die Arbeit an meiner Kollektion geht langsam über meine Kräfte.« Wieder wanderte sein Blick fiebrig hin und her. Auf dem Fenstersims hockte eine Taube, ihre Federn wurden vom aufkommenden Wind zerzaust. »Kannst du dir vorstellen, dass ich am liebsten mit ihr tauschen würde? Mit einer grauen Stadttaube? Du bist zwar lange genug im Geschäft, Udo, aber du kannst dir nicht vorstellen, wie hart das Modebusiness inzwischen ist.«

»Es war schon immer hart!« Hammer wirkte angespannt. Auf ein solches Geständnis war er offenbar nicht vorbereitet gewesen. Doch Emile ließ sich jetzt nicht mehr bremsen, obwohl im Hintergrund die Türglocke und Stimmen zu hören waren. Anscheinend trafen die Models nun doch hier ein.

»Finanzierungen finden, die Arbeit im Atelier managen, die Medien füttern, Personal suchen und führen und dabei immer noch kreativ sein.« Niedergeschlagen schüttelte er den Kopf. »Wenn ich nicht arbeite, muss ich trotzdem für alles aufkommen, wenn ich aber arbeite, verdiene ich dennoch nichts. Ich bin noch nicht einmal versichert – in meinem Alter!«

Nun, so alt ist er ja noch nicht, dachte Luise. Sie schätzte ihn auf Ende zwanzig. Hammer setzte sich auf und zog seine Ärmel zurecht. »Willst du damit vielleicht andeuten, dass du mich nicht bezahlen kannst? Emile, sei mir nicht böse, aber umsonst …«, er räusperte sich und schüttelte den Kopf.

»Oh, nein, nein, Udo, um Gottes willen, nein!« Emile legte ihm die Hand auf den Unterarm. »Natürlich bekommst du dein Geld. Gar kein Thema! Die Modenschau im Pompidou wird von meinem Sponsor voll finanziert. Er möchte sogar eine Lizenz auf meine Modelle erwerben.«

Er schien nicht zu merken, dass die Aussage im Gegensatz zu seinen vorherigen Andeutungen stand.

»Sehr schön, sehr schön.« Hammer blieb freundlich, aber bestimmt. »Dann gib mir das Geld jetzt.«

Luise fühlte sich unbehaglich. Sie verspürte ein quälendes Gefühl des Fremdschämens und stand auf.

»Entschuldigung, wo ist denn die Toilette?«, fragte sie.

»Gleich die erste Tür rechts«, antwortete Emile, dem es ganz recht zu sein schien, wenn sie kurz den Raum verließ.

Als sie die Tür öffnete, stand sie neben drei Models, die keine genauen Anweisungen erhalten hatten, ob sie hierher oder direkt ins Centre Georges Pompidou kommen sollten. Es gab ein Palaver zwischen der Aschblonden und dem Rundhaarschnitt, das durch den schrillen, lang gezogenen Schrei eines der Mädchen unterbrochen wurde. »Aide, une souris!«

Zwei standen sofort auf dem nächsten Stuhl, wohingegen sich das dritte Mädchen bückte und die winzige Maus, die an der Fußleiste entlangraste, zu fangen versuchte. Doch schon war sie in einem Schlitz zwischen Parkett und Holzleiste verschwunden.

»Allez!« Die Aschblonde klatschte in die Hände und scheuchte die Mädchen aus dem Atelier wie eine Schar Hühner. »Auf zum Pompidou.«

Unter einem von Vasarely geschaffenen Pompidou-Porträt betrat man die Rolltreppe, die durch die gläserne Raupe zur Bibliothèque publique d'information weiterleitete. Alle fünf Etagen waren hundertfünfzig mal fünfzig Meter groß und wurden von keiner einzigen störenden Trägerkonstruktion zergliedert. Dadurch waren sie für alle Gestaltungsmöglichkeiten offen – und mit dem langen Grundriss ideal für den Laufsteg einer Prêt-à-porter-Schau. Luise fragte Hammer nicht, ob Emile ihn im Voraus bezahlt hatte, in diese Dinge wollte sie sich nicht einmischen. Sie hatte noch nicht einmal gefragt, wann sie ihren Lohn bekäme und wie hoch er sein würde. Sie wollte in diesem Augenblick nichts anderes, als genau an diesem Ort sein. Sie glitten durch die Röhre in die Höhe, und der Blick über die Dächer und Giebel von Paris fesselte ihre ganze Aufmerksamkeit. Die meisten Menschen, die das erste Mal einen Ausblick auf Paris geboten bekamen, sei es vom Eiffelturm, Montmartre oder von der Dachterrasse der Galeries Lafayette, hätten so einen märchenhaften Ort wie diesen nur in ihren Träumen erwartet. Die Nachmittagssonne ließ die Dächer leuchten, als würden deren schimmernde Ziegel sogleich unter den Strahlen zusammenschmelzen. Das Gewimmel, die Menschenmenge um die Gaukler auf der Esplanade verschwammen zu einem impressionistischen Gemälde Cézannes oder Monets. Die weißen Kuppeln von Sacré-Cœur thronten ungeachtet all des Trubels zu ihren Füßen auf dem Montmarte-Hügel und leuchteten weithin über die Stadt. Luise war so verzaubert, dass sie still verharrte, als wollte sie nie mehr etwas anderes sehen.

»Und das Gute ist ...«, feixte Hammer, »... wenn man im Pompidou ist, gibt es keine einzige Geschmacksverirrung mehr, die einem die Laune verdirbt, denn in ebendieser befindet man sich dann gerade.« Offenbar fand er seinen Spruch ungeheuer witzig, denn er gluckste und prustete eine Weile in seinen Schnurrbart hinein, dass sein Brustkorb zitterte. Luise wusste nicht, ob sie seine Ansicht teilte, so weit war sie noch nicht, dass sie sich ein Urteil über moderne Architektur erlaubte. Es waren zu viele Eindrücke, die seit gestern auf sie einwirkten, zu viele steinerne Gebäude, zu viele Menschen. Sie ließ ihren Blick, staunend wie ein Kind, weiter über die Stadt der Träume wandern und spürte dabei, wie eine böse Vorahnung ihr den Magen zusammenzog, wie eine dunkle Wolke das Übermaß an Schönheit störte:

Wenn man an der silbernen Oberfläche kratzte, kam dann darunter billiges Blech zum Vorschein? Grootmoder Lina hätte es so ausgedrückt: Puder in 't Haar un Lusen in d' Büx – Puder im Haar und Läuse in der Hose, was auf Platt so viel bedeutete wie: »Mehr Schein als Sein«.

Sie verließen die Glasröhre und betraten den kahlen, langen Raum, in dem von einem Andrang, wie er vor Alaïas Schau geherrscht hatte, nichts zu merken war. Die Atmosphäre war nüchtern. Man sah noch keinen einzigen Zuschauer, aber es waren Stapel billiger Klappstühle hergebracht worden. Zwei Männer stellten sie mit missmutigen Gesichtern kreuz und quer auf den vollgekrümelten Industrieboden.

»Jetzt siehst du mal, wie wichtig ein guter Eventmanager ist«, sagte Hammer. Einige Models, die verloren vor dem Laufsteg standen und auf

Anweisungen warteten, kamen auf ihn zu, da sie ihn offenbar kannten, und begrüßten ihn. Keiner schien sich wirklich zuständig zu fühlen, die Models zu dirigieren, die Zeitvorgaben zu machen, den Saal vorzubereiten.

»Geh schon mal vor, ich muss noch mal telefonieren.« Er drückte ihr seine Pilotenkoffer in die Hand, fragte einen der Helfer nach einem Telefon und folgte ihm wieder in Richtung Ausgang.

Backstage – der Bereich war nur mit zwei schwarzen Stellwänden vom Laufsteg getrennt – gab es sieben schlecht beleuchtete Schminkplätze, aber im Moment noch nicht genug Models und bislang auch keinen einzigen Stylisten.

Die Schau sollte in drei Stunden beginnen, das war der übliche Vorlauf für die Stylisten, Friseure und Visagisten, hatte Hammer Luise während der Fahrt nach Paris erklärt.

»Sind die Visagisten noch nicht da?«, fragte Luise. Doch sie erntete nur ein Schulterzucken von zwei der Models. Also begann sie, den Inhalt der Koffer auf der Ablage vor dem ersten Spiegel zu verteilen, und wunderte sich, dass in dem einen lauter Schminksachen waren. Als die Frau mit dem Rundhaarschnitt an ihr vorbeieilte, bat sie sie um besseres Licht. »Ein oder zwei Stehlampen oder so etwas«, versuchte sie ihr in ihrem Schulenglisch zu erklären.

»Je ne comprends pas!«, antwortete diese und war schon wieder verschwunden.

»Okay, wer möchte anfangen?«, fragte Luise die drei Models und deutete auf den dunklen Schminkplatz.

Hammer kam jetzt angerannt. Er schwitzte.

»Ich hatte ganz vergessen, dir etwas zu sagen. Wir übernehmen dieses Mal beides: Frisur und Visage.«

Du lieber Himmel! Zwar gehörte dekorative Kosmetik mit zur Grundausbildung einer Friseurin, aber sie hatte bisher nur Bräute geschminkt – und so viele Hochzeiten gab es nicht in Leversdorf, denn es hatte ja nur vierhundert Einwohner. Als Hammer ihr Zögern bemerkte, klopfte er sich auf die Brusttasche seiner Lederjacke.

»Emile hat dafür ordentlich bezahlt. In bar … und wir machen heute fifty-fifty, versprochen.«

»Darum geht es gar nicht«, sagte Luise. »Ich weiß nicht, ob ich das kann!«

»Natürlich kannst du das.«

Er deutete auf den einen Koffer. »Da ist alles drin, was du brauchst.«

Die nicht sehr subtile Botschaft lautete, er hatte schon vorher damit gerechnet, dass sie Emile ein Rundumpaket bieten mussten, Luise aber nichts gesagt.

Der Rundhaarschnitt kam jetzt auf sie zu und brachte ihnen die ersten beiden Models, die in androgyne Geschöpfe verwandelt werden sollten. Sie waren beide sehr mager, und die Schlankheit ihrer Oberschenkel wurde von den Jeansshorts, die sie trugen, noch hervorgehoben.

»Das sind Natascha und Lily.«

Nach der obligatorischen Bisous-Begrüßung ließen sich die Mädchen auf den Klappstühlen vor den Spiegeln nieder und verbreiteten eine merkwürdige Distanziertheit. Sie hatten beide sehr feine Haare, Augenringe und gelbliche Zähne, was alles Anzeichen für Magersucht und Bulimie waren. Luise ahnte nicht, dass sie mit diesen unter den Models weitverbreiteten Krankheitsphänomenen noch nähere Bekanntschaft machen würde.

»Ich hoffe, ich verderbe mir nicht mein Image, wenn ich hier mitmache«, murmelte Hammer auf Deutsch, während er seine Utensilien auspackte. Er teilte Lily Luise zu. Sie wirkte noch fragiler und kränklicher als Natascha. Doch ein Blick in ihr längliches Gesicht mit den weit auseinanderstehenden Augen und der schmalen Nase sagte ihr, dass es leicht sein würde, sie zu schminken.

»Darf ich?«, fragte sie wie immer, bevor sie eine Kundin oder ein Model berührte. Auch bei Lily löste ihre Frage einen kurzen erstaunten Blick aus.

»Tu es la maquilleuse?«, fragte sie zurück. Luise sah sich Hilfe suchend um, weil sie den Ausdruck nicht verstand. »Make-up artist?«, wechselte Lily daraufhin ins Englische. Luise zögerte kurz, ihr lag auf der Zunge zu antworten: »Ja, aber nur heute«, doch besann sie sich eines Besseren und nickte nur.

Sie begann mit der Hautreinigung, danach trug sie eine Grundierung auf, arbeitete sie sorgfältig ein, kaschierte die Augenringe mit Concealer, suchte ein rostrotes Rouge aus und betonte damit Lilys hervorstehenden

Wangenknochen. Die kühlen Augen wurden nur mit einem grauen Lidstrich optisch verlängert. Die Haare im Wetlook glatt nach hinten gekämmt und geknotet.

Als sie fertig war, öffnete Lily den in einem kräftigen Bordeaux geschminkten Mund und warf Luise einen gleichzeitig ernsten und verschwörerischen Blick zu. »Pas mal!«, sagte sie. Schließlich streifte Lily die Kleider über, die ihr eine der Stylistinnen brachte. Der fleischfarbene Body mit feinen Graunuancen aus sehr feinem Stoff und eine Haremshose aus fast durchsichtiger hellbeiger Seide wirkten an ihrem filigranen Körper wie eine zweite Haut. Der Nude-Look, wie sie ihn nannten, verwandelte Lily vollends in eine Art geschlechtsloses Fabelwesen, und während Luise die letzten Korrekturen vornahm, lächelte das Model ihr das erste Mal zu. Schon nahm das nächste Mädchen auf dem Klappstuhl Platz. Luise drehte sich um und bemerkte, dass hinter ihr eine ganze Schlange von Mädchen stand, bei Hammer dagegen weitaus weniger. So vertieft war sie in ihre Arbeit gewesen, dass sie das zunehmende Gewimmel um sich herum gar nicht wahrgenommen hatte.

Als Luise nach zwei Stunden das nächste Mal hinter dem schwarzen Paravent hervorblickte, hatte sich auch der Laufsteg verwandelt – in einen exotischen Bazar. Er war mit gewirkten Teppichen und Kissen drapiert, in einer Reihe standen riesige Vasen mit blühenden Jasminzweigen. Die Mädchen würden links und rechts daran vorbeilaufen müssen. Von der Decke hingen unzählige marokkanische Laternen. Ein junger Mann in schwarzem Anzug und weißem T-Shirt, mit blonden Strähnen in den Haaren und einem Lidstrich unter der braunen Iris wirbelte zwischen den Helfern herum und gab Anweisungen. Verteilte bunte Kelimkissen, die er aus einem rollbaren Container holte. Mit den Worten: »Voilà, Madame!«, zeigte er einer Dame mit einem rötlichen Pagenkopf und überdimensionierter Sonnenbrille ihren Platz. Luise war sicher, sie schon einmal gesehen zu haben.

Die erste Reihe bestand aus opulent verzierten persischen Poufs, auf denen nach und nach prominente Zuschauer und Kundinnen ihre Plätze einnahmen. Die Reihen dahinter hatten sich bereits gut gefüllt, und es drängten immer mehr Menschen von außen in den Saal. Irgendjemand hatte die Organisation anscheinend doch noch in die Hand genommen, und er oder sie hatte es gut gemacht. *Aber warum hat uns niemand gesagt, dass es so orientalisch wird, dann hätte ich das Make-up entsprechend angepasst*, dachte Luise. Doch ihr blieb kaum Zeit, die Szene auf sich wirken zu lassen, denn in diesem Moment tippte ihr die Aschblonde auf die Schulter. »Luise? Udo sagt, da wartet noch ein Model!«

Luise war ziemlich geschafft und sehr hungrig. Trotzdem ging sie bereitwillig zurück zu den Schminkplätzen, wo Hammer schon neben einem der Spiegel an der Ablage lehnte. Mit einem nicht zu deutenden Gesichtsausdruck starrte er auf ein langhaariges Mädchen, das mit dem Rücken zu ihr auf dem Klappstuhl saß.

Als er Luise bemerkte, sagte er: »Schau mal, wen wir hier haben!« Luise kam neugierig näher, und er fügte mit einem ironischen Unterton hinzu: »Unser schwangeres Unfallopfer.«

Luise erkannte sie nicht nur von dem gestellten Unfall, sondern auch von vorhin auf der Esplanade, und es wunderte sie nicht, dass sie als Model arbeitete, denn sie hatte sehr helle, durchscheinende Haut, mandelförmige braune Augen, eine kleine Stupsnase und volle Lippen. Sie war das Mädchen, das auf dem Sozius des Motorrollers durch die Fußgängerzone gefahren worden war, nur hatte sie sie in dem Moment nicht zuordnen können.

»Pregnant? Or not pregnant?« Hammer machte eine Geste mit der gewölbten Hand vor seinem Bauch. Seine Stimme klang fordernd. Das Mädchen verstand nicht oder wollte nicht verstehen. Sie sah von Hammer zu Luise. Ihre dunkelbraunen Augen verrieten, dass sie sie ebenfalls wiedererkannte. Doch ihr Blick verriet noch etwas anderes. Luise hatte das gleiche Gefühl, das ihr schon vorhin auf dem Platz eine Gänsehaut verursacht hatte. Vielleicht konnte man die Anwesenheit von furchtbarer Angst auch schon bei einer flüchtigen Begegnung spüren. Sie hüllte einen Menschen ein, genauso dunkel und schwarz wie eine einsame, kalte Nacht. Luise sah, dass die Finger des Mädchens zitterten. »Du kannst mir nicht erzählen, dass du kein Englisch verstehst!«, herrschte Hammer das Model an.

Luise sagte leise: »Ich glaube, es bringt nichts, sie anzuschreien. Wenn Sie nichts dagegen haben, würde ich das Mädchen gerne schminken und frisieren.«

Hammer schwieg einen Moment lang.

»Von mir aus. Aber wir haben jetzt nicht mehr viel Zeit.« Damit wandte er sich um und legte letzte Hand an die Models, die sich bereits vor den Paravents sammelten.

Auch als er außer Sichtweite war, starrte das Mädchen Luise feindselig an. Sie hatte die Hände zu Fäusten geballt, vielleicht, damit sie nicht mehr zitterten.

»Darf ich?«, fragte Luise auf Englisch, bevor sie ihr die Haare mit einem Gummi zusammenband. Das Mädchen zögerte, dann nickte sie.

»Ich heiße übrigens Luise – und du?«

»Pilar. Ich heiße Pilar.«

Ihre Stimme erstickte fast vor hilfloser Wut oder Angst.

Luise erinnerte sich an dieses Gefühl. Als sie nach ihrem letzten Treffen mit Nils durch das Gewitter nach Hause geradelt war, hatte sie so empfunden. Mit einem tonisierten Wattepad strich Luise ihr sanft über die Gesichtshaut und flüsterte: »Manchmal will man auf die ganze Welt einschlagen, so ungerecht fühlt man sich behandelt. Aber es nützt nichts.«

Sie trug eine Tagescreme auf und begann dann, gleichmäßig die Grundierung zu verteilen. »Es nützt überhaupt nichts«, bekräftigte sie. »Der Kummer bleibt.«

Das Mädchen rührte sich nicht.

»Vor wem hast du solche Angst?«, flüsterte Luise so leise, dass Pilar sie kaum verstehen konnte.

»Ist es dieser muskulöse Mann mit dem Bart, der bei dem Unfall dabei war?« Das Mädchen senkte den Kopf. Da Luise ohnehin Mühe hatte, sich mit ihren paar Brocken Englisch verständlich zu machen, war eine Unterhaltung mit Pilar aufgrund von deren Verschlossenheit erst recht nicht möglich.

Himmel, wenn Blicke töten könnten, dachte Luise, als sie Pilar bat, die Augen zu schließen, damit sie den Lidschatten auftragen konnte. Doch sie tat, was sie sagte, also verstand sie sie auch. Nur sprechen wollte sie nicht mit ihr.

»So, du bist fertig!«

Es war höchste Zeit, denn das Defilee sollte in wenigen Minuten beginnen. Pilar betrachtete sich kurz im Spiegel, und ihr Blick zeigte Luise, dass sie sich gefiel. Sie hatte ihr die Haare mit Gel zurückgekämmt und einen straffen, glänzenden Zopf am Hinterkopf geflochten. Es war friseurtechnisch keine große Herausforderung gewesen, aber das Make-up mit dem goldenen Lidschatten und weißen Lidstrich betonte die Feinheit von Pilars Zügen. Sie sah Luise kurz an, und auf ihr Gesicht stahl sich ein kleines, verlorenes Lächeln. Auf geheimnisvolle Weise wirkte sie alt, wie die Bewohnerin eines eigenen Reichs, das seit langer Zeit neben der wahren Welt existierte.

Die Models liefen auf beiden Seiten der riesigen Vasen mit den Jasminblütenzweigen über die Teppiche, teilten sich und liefen in Schlangenlinien wieder zurück. Im Wechsel von chorischem Sprechgesang, der aus den Lautsprechern kam, kurzen rhythmischen Instrumentalstücken und der zauberhaften Beleuchtung durch viele Laternen hatte der Abend etwas ungemein Anziehendes. Die Kollektion bekam Applaus, der junge Artdirector mit den blonden Strähnen hieß Patrick, und er wurde gefeiert. Es war sein Nachmittag als Eventmanager, Choreograf und Artdirector in einer Person, denn er hatte die Schau von Emile de Ridder innerhalb von zwei Stunden gerettet.

Aber irgendetwas stimmte nicht mit der Inszenierung. Luise kam nur nicht darauf, was es war. Sie war durchdacht, geschlossen, konsequent. Traumschöne, surreale Bilder entstanden, die Models waren fabelhaft, der Wechsel der Outfits gelang geschmeidig. Das Publikum folgte dem Geschehen konzentriert, respektvoll. Und spürte doch, dass irgendetwas fehlte. Vielleicht war es schlicht unmöglich, innerhalb von zwei Stunden, ohne vorherige Abstimmung, eine Harmonie zwischen Kollektion und Show auf die Beine zu stellen.

»Wir müssen gleich weiter!«, raunte Hammer Luise zu und hastete an ihr vorbei, zurück zu den Schminkplätzen.

Luise hätte gerne noch einmal mit Pilar geredet, aber Hammers Gesicht ließ keinen Zweifel daran, dass es schon wieder brandeilig war. Hastig klappte sie die Dosen und Boxen mit den Schminkutensilien zu, verstaute alles in dem Koffer und suchte aus dem Augenwinkel die Reihen der Models ab, die sich zum größten Teil selbst abschminkten und die Zöpfe lösten. Manche zogen auch nur die Outfits aus und verschwanden sofort. Dann entdeckte sie Pilar, die gerade mit Patrick, dem blonden Eventmanager, sprach.

Sie ließ das Schloss des Koffers zuschnappen und ging zu ihnen hinüber. »Das war toll, gratuliere!«, sagte Luise an die beiden gewandt. Der Mann nickte freundlich, und Luise fiel erst jetzt auf, dass auch seine Augenbrauen hellblond gefärbt waren.

»Danke, dein Make-up war auch super!«, sagte er.

Pilar schien darauf zu warten, dass sie wieder ginge, so als hätte sie eine wichtige Unterhaltung unterbrochen, also fragte Luise sie ganz direkt: »Könnte ich dich noch einmal wiedersehen? Ich bin eine Woche in Paris.«

Pilar verzog die wohlgeformten Lippen. »Mich? Wozu?« Dann gab sie dem Eventmanager ein Zeichen, und er verstand sofort, ging zurück zum Laufsteg und begann, die Dekoration abzubauen.

Luise sagte: »Ich dachte, du könntest vielleicht Hilfe brauchen … um dich von jemandem zu befreien.«

Der Blick ihrer Augen ließ Luise schaudern, ihr war, als berührte jemand mit eiskalten Fingern ihre nackte Haut. Die Wimpern des Mädchens glänzten noch voller goldener Mascara.

»Ja, sicher, ganz bestimmt brauche ich Hilfe, und ausgerechnet von dir«, stieß Pilar mit rauer Stimme hervor.

Aber als sie merkte, dass sie Luise mit ihrer barschen Antwort nicht beeindrucken konnte, fügte sie leise hinzu: »Halte dich lieber fern. Mir kann niemand helfen.«

Das futuristische Gebäude warf seinen Schatten auf den Platz zwischen den Häusern des Marais. Noch immer schien die Sonne vom wolkenlos blauen Himmel, als sie wieder die gläserne Röhre betraten und auf der Rolltreppe nach unten glitten. Von hier oben sahen die alten Adelspaläste des vierten Arrondissements aus wie eine herausgeputzte Spielzeugstadt.

»Das war eine Lehrstunde darin, was alles zusammenpassen muss, damit eine gute Schau entsteht. Eine gute Kollektion reicht noch lange nicht. Hier war die Planung im Vorfeld einfach katastrophal!«, sagte Hammer und sah dabei versonnen auf das Panorama, das sich ihnen bot und immer näher kam. »Im Laufe der Jahre ist die Pariser Fashion Week zu einem großen Event geworden, und jede einzelne der neunzig Shows ist ein kompliziertes Geflecht aus ganz unterschiedlichen Menschen und Berufen. Jeder Einzelne muss absolut top sein, damit es funktioniert.« Er zog leicht abfällig einen Nasenflügel hoch. »Wenn nur zwei Prozent nicht performen, ziehen sie die anderen achtundneunzig mit herunter.«

Luise gab sich Mühe, interessiert dreinzublicken, denn etwas anderes zog ihre Aufmerksamkeit auf sich.

Ganz am Rand des Platzes wurden die Sonnenstrahlen von dem Schutzblech eines Motorrads widergespiegelt. Sie versuchte, den Fahrer im Auge zu behalten, und als die Rolltreppe in die andere Richtung fuhr, drehte sie sich um. Kurz bevor sie den ersten Stock erreichten, sah sie, wie sich ein Mädchen mit einem strengen geflochtenen Pferdeschwanz auf den Soziussitz schwang, und sofort verschwand der Motorradfahrer mit ihr in einer Seitengasse.

16

Diesmal war es für Pariser Verhältnisse ein kurzer Weg. Sie fuhren zum Grand Palais, das direkt an den Champs-Élysées lag. Luise schwieg die ganze Fahrt über, und Hammer schien ausnahmsweise auch kein Mitteilungsbedürfnis zu haben. Langsam näherten sie sich der Place de la Concorde, die von dem turmhohen steinernen Obelisken bewacht wurde. Sie kamen nur noch im Schritttempo voran, denn auf der Avenue Winston Churchill stauten sich neben dem üblichen Nachmittagsverkehr bereits wieder die Limousinen. Der Platz vor und neben dem Grand Palais hatte sich mit Menschen gefüllt, die Luft summte vor lauter Gesprächen, und die Restaurants und Cafés an dem Boulevard waren bis zum letzten Platz gefüllt. Binnen weniger Stunden würde hier einer der Höhepunkte der Modewoche stattfinden. Chanel hatte für seine Schau das komplette Riesengebäude aus der Belle Époque gebucht, während die Modehäuser mit geringerem Budget auf andere Orte in Paris auswichen. Auf dem schwarzen Teppich standen Frauen und Mädchen im Tweedkostüm, wirkten unentschlossen und warteten doch nur darauf, fotografiert zu werden. Die zur Schau gestellten Eitelkeiten der mit CC-Logos auf Ohrringen, Broschen und Taschen durchgestylten Zuschauer nahmen eine neue Dimension an, die mit den letzten Schauen nicht vergleichbar war. Ein seltsames Paralleluniversum mit zweitausenddreihundert Gästen, angereist aus aller Welt, gekleidet in Schwarz und Weiß, Rosé und Bleu, schien hier nur um ein einziges Zentralgestirn zu kreisen: die Marke CHANEL. Der Grand Palais, eines der für die Weltausstellung von 1900 errichteten Ausstellungsgebäude, diente CHANEL vier Mal im Jahr für seine Schauen. Zwei Mal Prêt-à-porter, zwei Mal Haute Couture. Heute stand hier die Frühlings-/Sommermode 1993 im Mittelpunkt. An den Stahlstreben der Halle hingen sechsundvierzig weiße Fahnen mit dem schwarzen CC-Logo.

Luise ging wieder einmal mit ihren langen tiefen Schritten hinter Hammer her. Der Starfriseur strebte für seine Verhältnisse wieselflink auf den Seiteneingang zu. Gemächlich war er nie unterwegs, doch heute wirkte er so hektisch, als ginge es um Leben oder Tod. Um die überdimensionale, massive Seitenfront abzuschreiten, brauchte man einen langen Atem. Auch an der Seitenpforte hatte sich diesmal bereits eine Schlange gebildet, denn die Zahl der Stylisten, Hairdresser, Visagisten war um ein Vielfaches höher als bei den Schauen zuvor. Jeder einzelne Ausweis wurde akribisch kontrolliert, dann durften sie endlich eintreten. Die Sonne stand schon schräg und schimmerte an diesem Abend, wie zum endgültigen Ende des Spätsommers, fast melancholisch durch das Dach des Glaspalasts. Luise fand den Anblick überwältigend. Es war ein eigenartiges Gefühl, inmitten dieser Schönheit und Pracht eine Rolle zu spielen. Sie konnte kaum glauben, dass sie bisher nur zwei Nächte und eineinhalb Tage in Paris verbracht hatte, die Vorbereitung für die Schauen ihr jedoch schon fast in Fleisch und Blut übergegangen war, das hektische Treiben in der Garderobe sie nicht mehr überraschte.

Sie suchten sich in der langen Reihe zwei freie Schminkplätze nebeneinander. Hammer klebte die Fotos der Frisuren, die er schon sechs Wochen zuvor ausprobiert und aufgenommen hatte, an die Spiegel. Dann packten sie sorgfältig alle Utensilien aus, die sie brauchten, verteilten sie auf den Konsolen. Links und rechts von ihnen taten unzählige weitere Stylisten genau das Gleiche. Sie füllten die strahlend weiß lackierten Ablagen, die breiter und tiefer als alle bisherigen waren, mit ihren Farbpaletten, Pinseln, Bürsten, Föhns und Sprayflaschen. Die Steckdosenleisten hatten jeweils acht Anschlüsse, an jedem Platz standen Glasdosen mit den beiden aufgebrachten schwarzen verschlungenen C, gefüllt mit rosa Wattepads, lindgrünen Wattestäbchen und duftenden Papiertaschentüchern bereit.

»Heute Abend sind sie alle dabei. Es heißt, für Chanel laufen sie sogar ohne Honorar.«

»Wer?«, fragte Luise.

»Claudia natürlich, Karls Muse. Linda, Christy …«, zählte er auf und schien es nicht für nötig zu halten, die Nachnamen hinzuzufügen. »Tatjana und Cindy gehören seit dem legendären britischen *Vogue*-Cover ebenfalls zu dem erlauchten Kreis. Seit Peter Lindbergh sie für die Januarausgabe fotografiert hat, wenn du weißt, was das heißt.«

Natürlich wusste Luise nicht, was das hieß. Hammer deutete auf eine Gruppe von hochgewachsenen Mädchen ganz unterschiedlichen Typs, die sich gerade begrüßten. Langhaarig, blond, stupsnasig, kurvig, kurzhaarig, brünett, elegant und knochig. Jede für sich genommen mit einer unnachahmlichen Ausstrahlung. »Sie dominieren die Modelszene jetzt seit etwa zwei Jahren, seit Beginn der Neunziger sozusagen … und Naomi natürlich … sie fehlt noch.« Als er Naomi nannte, horchte Luise auf. Vielleicht konnte sie mit ihr noch einmal kurz über Azzedine sprechen. Sie stand dem tunesischen Modeschöpfer besonders nah und wusste bestimmt mehr über die Gründe seines Rückzugs. Doch bis jetzt hatte Luise das schwarze Model noch nicht entdecken können.

»Kommt Naomi nicht?«

Hammer nickte. »Aber sicher doch.«

»Kate ist nicht dabei?«

»Kate? Welche Kate?«, fragte Hammer in gereiztem Ton. Er versenkte beide Arme bis zu den Ellbogen in einem der Pilotenkoffer, suchte nach einem bestimmten Haarspray und wirkte von einem auf den anderen Augenblick wieder hektisch und ungeduldig. Haarspray war eines ihrer wichtigsten Accessoires – ohne Haarspray konnte aus einer kunstvoll gestylten Catwalk-Frisur innerhalb von Sekunden ein aufgeribbelter Flokati werden. »Da ist es ja, Gott sei Dank!« Erleichtert hielt er die schwarze Flasche hoch und sah Luise an.

»Nun mach schon«, brummte er, als sie eine kleine Ewigkeit brauchte, um die Kabel zweier Föhns zu entwirren.

»Ja, ja«, knurrte sie zurück und entschuldigte sich sofort für ihren Tonfall. Hammer richtete sich auf und legte ihr auf einmal den Arm um die Schultern.

»Ich muss mich entschuldigen. Ist nicht leicht mit mir … bin nicht immer der Geduldigste.«

»Udo Hammerrrr!«, rief eine helle Stimme neben ihm und rollte das R mit einem so sonoren Timbre in der Stimme, dass Luise sich sofort umdrehte.

Mit den Worten »Linda, Darling«, begrüßte Hammer die Frau mit der langen eleganten Nase und den auffällig hervorspringenden Wangenknochen. »Die sind ja wieder kurz!« Er deutete auf ihre Frisur und gab ihr schmatzende Bisous. Ihre Haare waren schräg an der Wange entlang geschnitten und so schwarz wie Rabenfedern.

»Er wollte es so!« Sie bewegte das Kinn in Richtung des Mannes mit

Zopf und dunkler Sonnenbrille, der etwa zehn Meter von ihnen entfernt stand und Hammer bis jetzt keines Blickes gewürdigt hatte. Anscheinend pflegte der gealterte Starfriseur zu dem berühmten Modeschöpfer bei Weitem kein so enges Verhältnis wie zu den anderen, die Luise bisher kennengelernt hatte. *Hier ist er wohl nur einer von vielen*, dachte sie sich.

»Er wollte kurz und schwarz?«, fragte Hammer, und Linda nickte. »Du weißt doch, dass man Karl keinen Wunsch abschlägt.«

»Das nächste Mal, wenn du dich umstylen lässt, kommst du wieder zu mir, Linda, Schatz!«

»Du bist ja nie da, Udo! Wo warst du? Kein New York, kein London, kein Milano?«

Hammer schüttelte den Kopf. »Das ist mir zu anstrengend geworden, Linda.«

Das Model machte eine wegwerfende Handbewegung, sagte aber nichts, sondern biss sich auf die Lippen. Erst viel später sollte Luise erfahren, warum. Das Wort »anstrengend« galt in der Modebranche als Synonym für »krank«.

»Oder zu Luise.« Er fasste Luise am Arm und schob sie nach vorne. »Sie ist eine Meisterin des Kurzhaarschnitts, sie wird dich heute frisieren.«

Linda sah Luise kurz an. »Ach, wirklich? Ist das deine neue Assistentin?«

Sie beugte sich nach vorne und gab Luise drei Wangenküsse. Doch der Blick aus ihren grünen Augen wirkte skeptisch. »Also ich bleibe lieber beim Meister selbst. Udo … Wollen wir anfangen?«

»Ganz wie du möchtest!«

Fast wirkte Hammer erleichtert, als Linda darauf bestand, von ihm frisiert zu werden. Luise übernahm gleich darauf eines der weniger bekannten Models mit langen blonden Haaren. Mithilfe des Glätteisens formte sie ihm eine üppige Außenrolle, im Stil der Siebzigerjahre, wie sie auf Foto Nummer zwei zu sehen war. Als sie fertig war, zog sie das Foto vom Spiegel. Gleich danach saß schon das nächste Mädchen auf ihrem Stuhl, dem sie eine konservative Innenrolle verpassen musste und einen breitkrempigen Hut aufzusetzen hatte. »Hallo, ich bin Luise, darf ich?«, fragte sie jedes Mal, bevor sie die Haare berührte. Dann kam die voluminöse Lockenfrisur bei einer schwarzhaarigen Schönheit an die Reihe, glatte Face Framing Layers mit Mittelscheitel bei Christy, wobei der Vorhangeffekt des allmählich länger werdenden Ponys ihre Wangenknochen betonen sollte – so stand es handschriftlich auf dem entsprechenden Foto am Spiegel. Danach der gelackte Bob eines kanadischen Models, der wie eine Haube sitzen sollte. Luise arbeitete wie am Fließband und so konzentriert, dass sie nicht mitbekam, wie um sie herum immer mehr Hektik ausbrach. Die Toupage in Ansatznähe führte sie mit einem engzackigen Stielkamm Strähne für Strähne von der Stirn zum Nacken aus.

»Hast du sie erreichen können? Wo steckt sie denn?«, rief eine hohe Männerstimme direkt hinter ihr, so laut, dass sie sich umdrehte.

»Unverzeihlich, bei der Chanel-Show zu spät zu kommen«, stöhnte Jean-Luc, der Choreograf mit aschblonder Lockentolle und Kajal-umrandeten Augen. Er klopfte direkt vor ihrem Gesicht auf seine schicke Armbanduhr, als sei Luise für die Verspätung verantwortlich, dabei meinte er gar nicht sie. »Wie soll das jetzt noch klappen? Frisur, Make-up, Dress-up and so on? Bis zum Defilee läuft mir die Zeit weg.« Seine Stimme überschlug sich, und er wurde immer hysterischer.

Luise zuckte ratlos mit den Schultern und merkte erst jetzt, dass er nicht mit ihr, sondern mit einer Frau sprach, die hinter ihrem Rücken stand.

»Liz ist sonst so zuverlässig! Kriegen wir noch einen Ersatz? Jacqueline vielleicht oder Suzanne?«, fragte die weibliche Stimme.

»Weiß es Karl schon?«

Die Stylisten und der Choreograf waren außer sich, liefen hinter den Schminkplätzen auf und ab, wuselten durcheinander, steckten jeden mit ihrer Nervosität an, während sie nach einer Lösung suchten. Dann erspähte Luise neben sich plötzlich ein wohlgeformtes Bein in einem transparenten Nylonstrumpf und einem hohen schwarzen, spitz zulaufenden Pumps am Fuß. Naomi stand da und tippte ihr auf den Rücken. »Louiiiise!«, rief sie aus, als sei sie vollkommen überrascht und entzückt, sie hier zu sehen. »Hätte ich gewusst, dass du da bist, wäre ich für das Styling zu dir gekommen!« Sie war bereits fertig frisiert, geschminkt und angezogen. Nur über der Stirn trug sie noch einen großen Klettwickler in den Haaren. »Aber ich saß dort hinten …«, sie streckte den Arm in die Höhe und zeigte auf den fünfzehnten Schminkplatz, »... ganz am Ende und habe nicht damit gerechnet, dass du auch hier bist.«

Sie begrüßten sich mit Bisous, dann entschuldigte sich Luise, weil sie das kanadische Model fertig frisieren musste. Naomi blieb stehen und musterte sie währenddessen von oben bis unten. Sie winkte den hysterischen Choreografen heran, sprach mit ihm auf Französisch, und auch Jean-Luc betrachtete Luise, legte die Hand ans Kinn, den Kopf schief, tuschelte mit Naomi, holte die Chef-Stylistin Nico herbei. Luise kämmte die Deckhaare des Models vorsichtig nach der Toupage, sprühte alles mit Haarlack ein und versuchte zu ignorieren, dass inzwischen ein Pulk von Stylisten um sie herumstand. »Groß ist sie ja, sehr dünn, sehr blass, nicht hässlich ...«, sagte jemand.

»Kann sie denn laufen?«, fragte Nico mit harter, metallischer Stimme. Hammer war jetzt mit seinem letzten Model fertig und drehte sich um. »Worum geht es denn?«

»Liz ist nicht gekommen«, erklärte ihm Naomi. »Keiner weiß, wo sie steckt, und nun fehlt ein Model, da dachte ich an ...«

Sie deutete mit dem langen pink lackierten Nagel ihres Daumens auf Luise, die gerade den glänzenden Bob der Kanadierin mit den Handflächen aufbauschte und fröhlich ausrief: »Ready!«

»Merci!«, antwortete das Model. Luise nahm ihr den Umhang ab, wartete, bis sie aufstand, und drehte sich um. Die Art, wie sie von vier Personen angestarrt wurde, gab ihr ein merkwürdiges Gefühl. In dem harten Neonlicht des Spiegels registrierte Luise, dass das Gesicht der Chefstylistin Nico völlig überschminkt war, während sie sich gegenseitig misstrauisch beäugten.

»Bist du überhaupt schon mal gelaufen?«, fragte Nico jetzt ungeduldig auf Englisch.

Luise hatte nicht die leistete Ahnung, wovon sie sprach.

»Natürlich ...«, hob sie unsicher an. »Ich laufe jeden Tag vom Haus zum Stall, oftmals auch auf die Weide, vom Hof zu Gittes Friseurladen und wieder zurück.«

Sie erntete ein paar Lacher, aber nicht von Nico, die keine Miene verzog. »Ich meine selbstverständlich, auf dem Laufsteg, dummes Ding!«

»Nein«, entgegnete Luise. »Da noch nie. Wie käme ich dazu?«

»Komm mal mit!« Naomi nahm Luise an der Hand. »Und du bitte

auch, Udo!« Dann zog sie Luise ein Stück von den anderen weg, hinter einen der Kleiderständer. Udo folgte ihnen.

»Louiiiise, sei jetzt bitte nicht so störrisch«, sagte Naomi. »Vielleicht täusche ich mich ja auch, aber das ist womöglich eine Chance für dich. Ich habe gleich gedacht, als ich dich das erste Mal gesehen habe, dass du eigentlich zu uns gehörst. Was meinst du, Udo?« Sie drehte sich zu Hammer um.

Der übersetzte Luise Naomis Worte, obwohl sie sie sinngemäß verstanden hatte. Dann fügte er hinzu: »Na ja, von der Größe und Figur hat Naomi recht. Wenn du nicht sogar zu groß bist. Aber ich weiß nicht, ob du mit dem Gang …« Er wandte sich wieder an Naomi. »Na ja, versuchen könnte sie es …« Luise betrachtete die beiden mit wachsender Panik. »Das kann ich nicht, vollkommen ausgeschlossen!«

Hammer zuckte mit den Schultern. »Jeder fängt irgendwann mal an, oder nicht? Es bedeutet nur, dass man gewinnen kann, und wenn man es nicht versucht, verliert man sowieso.«

»Also, was ist jetzt?«, schnurrte die metallische Stimme Nicos schon wieder ganz in ihrer Nähe. »Wir haben keine Zeit zu verlieren! Wenn ihr noch lange diskutiert, hat es sich sowieso erledigt.«

»Los, zeig ihr mal was!«, forderte Hammer Luise auf. »Geh einfach so, als käme der Wind von hinten.«

Luise trat vor die Kleiderständer, ging von der Garderobe bis zur Öffnung des Backstagebereichs, der auf den Laufsteg führte, und dann wieder zurück. Die anderen warfen sich Blicke zu, während Luise mit gesenktem Kopf über den Steinboden stiefelte, als hätte sie wieder eine Sackkarre vor dem Bauch, gefüllt mit Düngersäcken, die in die Scheune mussten. Eine Bauersfrau auf dem Weg zur Arbeit – kein glamouröses Outfit der Welt würde dies verbergen und kein Make-up.

Naomi legte die Hände in die Taille, schob die Hüften nach vorne und machte Luise vor, wie sie gehen musste.

»Siehst du? Große Schritte, das machst du richtig, aber die Hüften müssen lockerer sein, mehr Eleganz. Eins, zwei, eins, zwei, eins, zwei.« Luise versuchte, es nachzumachen, schob das Becken nach vorne, bewegte die Hüften, fühlte sich wie eine Ente, aber Naomi feuerte sie an. »Ja, ja, genau so, noch mehr wiegen, Hände in die Taille, drehen, kurz stehen, posen und wieder zurück …«

Es fühlte sich übertrieben und affektiert an, doch Luise kam zum ersten Mal selbst der Gedanke, wie es wohl wäre, wenn sie in einem der teuren Kleidungsstücke steckte und sie alle ansahen. Die Stylistin winkte ab. »Terrible! Sie läuft wie Donald Duck, oder eher noch wie ein Kamel … so ein Trampeltier kann ich doch nicht bei der Chanel-Schau einsetzen!«, rief sie schrill. Obwohl Luise die Worte »chameau de Bactriane« nicht verstand, wäre sie allein wegen des beleidigenden Tonfalls fast in Tränen ausgebrochen.

»Das wird nichts«, fuhr die Chefstylistin barsch fort, »da brauche ich Karl gar nicht erst zu fragen. Vergessen wir es, Naomi, du übernimmst das Outfit von Liz. Ich gebe dir zwei Stylisten, die dir beim Umziehen helfen.«

»Non, non, non!« Der Choreograf schien anderer Meinung zu sein. »Wir könnten ihr etwas zu schieben geben, einen Kinderwagen, nein … einen Einkaufswagen.«

Plötzlich stand Karl neben ihnen und fragte, was hier los sei. Das Publikum werde schon unruhig. Sie seien fünf Minuten über der Zeit. Er fächelte sich Luft mit einem schwarzen Fächer zu. Die schnellen Bewegungen drückten unmissverständlich seinen Ärger über die Verspätung aus. Der Choreograf erklärte es ihm und deutete dabei mehrfach auf Luise. Die Augen des Modeschöpfers richteten sich auf sie, zumindest ahnte man seinen Blick hinter den dunklen Gläsern seiner großen Sonnenbrille. Er war ganz in Schwarz gekleidet, mit einem langen Sakko, das seine Leibesfülle etwas kaschierte, aber nicht verbergen konnte. Über den Schläfen verliefen graue Strähnen in seinen dunklen Haaren, die in einem gepflegten Pferdeschwanz mündeten. Luise musste an die Worte Hammers denken: Karls Anspruch an sich und an seine Mitarbeiter sei überlebensgroß. Sobald jemand nicht nach seinen Vorstellungen arbeitete, ihm etwas an ihm nicht passte, konnte er sofort in Ungnade fallen.

»Sie läuft wie ein Trampeltier!«, wiederholte die Chefdesignerin.

»Ach ja?«, fragte er und stülpte die Lippen nach vorne.

Neben ihm erschien jetzt ein blondes Model, das aussah wie ein Engel. Mit langen blonden Haaren und einer ebenso kurvigen Figur wie Naomi, die bereits in einem engen, pinken Tweedkostüm steckte. »Ich finde, sie würde gut in die Show passen!«, sagte sie auf Deutsch.

»Meinst du wirklich, Claudia?«, fragte Karl und legte den Kopf schief.

»Hast du ihre Beine gesehen?«, fragte Claudia. »Ich wette, keine von uns hat längere.« Sie deutete auf die Riege der Topmodels, die sich im Halbkreis versammelt hatten. Aber nicht jede betrachtete Luise so wohlwollend wie Claudia Schiffer. Einige musterten Luise eher skeptisch oder betont desinteressiert.

Karl bewegte fast unmerklich den Zeigefinger und forderte Luise auf: »Lauf noch mal!«

Luise ging wieder bis zu der Stoffwand und zurück, hob dabei ihre Beine höher als sonst.

»Ressemble plus à une cigogne qu'à un chameau de Bactriane.« Sie ähnelt eher einem Storch als einem Trampeltier, lautete sein Kommentar. Mit einem Nicken brachte er eine Art wohlwollendes Staunen zum Ausdruck.

»Los«, kommandierte Karl. »Puder, Massen von Mascara, Pferdeschwanz – der Haarschnitt ist ja furchtbar – und zieht ihr die weiße Schlaghose an, dazu das gelbe Top, die gelbe Tweedjacke und Ballerinas, damit sie nicht gleich stolpert.« Er ratterte die Anweisungen herunter und sprach dabei so unsagbar schnell, wie Luise es selten bei jemandem gehört hatte. Keiner wagte es daraufhin, noch zu widersprechen. Luise war engagiert, und der Choreograf zwinkerte ihr verschwörerisch zu.

Applaus brandete auf, als die Models hinter der Stoffwand hervorkamen, die den Laufsteg vom Backstagebereich trennte.

Das Aufgebot in der diesjährigen Schau war atemberaubend und gewagt. Sehr sexbetont! Chanel hatte sich der Zeit angepasst, denn seit Anfang der Neunzigerjahre spielten Designer wie Thierry Mugler oder Gianni Versace ausdrücklich mit sexuellen Referenzen. Karl nahm den Trend schnell auf: Unfassbar schmale Taillen, tiefe Dekolletés, hautenge Mieder, dazu Schlaghosen. Naomi trug einen Minirock, der so kurz war, dass er kaum unter der pinken Tweedjacke hervorragte. Tatjana kam in einem weißen Bikini auf den Laufsteg, dessen Top aus winzigen Pads auf den Brustwarzen bestand, die mit dem Doppel-C versehen waren und nur notdürftig von schmalen Bändern gehalten wurden. Dazu trug sie weiße Kniestrümpfe wie ein Schulmädchen. Den alten Chanel-Kundinnen blieb die Luft weg, und die jungen atmeten auf – jetzt konnte man endlich diese Marke tragen und musste sich in ihr nicht altmodischer vorkommen als in Givenchy, Dior oder Yves Saint Laurent.

Luise trug die engen weißen Schlaghosen, die hellgelbe knappe Tweedjacke und ein Top, so eng, dass sie kaum atmen konnte. Ihre vollen Lippen waren mit blassrosa Gloss geschminkt, die Augen schwarz umrandet, die Wangen hatten den beneidenswerten Glow, ihr blonder Pferdeschwanz wippte. Sie ging hinter Linda her, die einen Meter vor ihr über den weiß gelackten Boden lief, vielmehr in einem schwarzen Hosenanzug mit tiefem BH-losen Ausschnitt graziös zu schweben schien.

»Sexy!«, rief jemand laut aus dem Publikum.

Automatisch ahmte Luise Lindas Bewegungen nach, schob die Hüfte nach vorne, hob die Füße bewusst höher vom Boden ab als gewöhnlich, legte die Hände in die Seiten. Doch ihr Gang fühlte sich hölzern und unrhythmisch an. Aus den großen wiegenden Schritten, die so herrlich lässig wirkten, wurden plötzlich kleine Trippelschritte, die ihr gar nicht ähnlich waren. Geistesabwesend starrte sie das Model in der weiten Marlene-Hose mit dem fast durchsichtigen Neckholder an, das gerade an ihr vorbeilief, und versuchte, sich auf die Einzelheiten ihres Outfits zu konzentrieren, um sich zu beruhigen, doch ihr Gehirn verweigerte ihr den Dienst.

Die Musik war atemberaubend. Ein Zischen, Flüstern, Knistern, Prasseln wie Regentropfen. Zusammen mit Michel Gaubert hatte Karl die Laufstegmusik revolutioniert. Statt zu jeder Themengruppe in der Schau eine neue Musik einzuspielen, wie Luise es bei den letzten drei Shows erlebt hatte, hörten sie einen durchgehenden Flow. Es war ein ziemlich verrückter Mix aus Soul, Bizet, House und Pavarotti, der aus den überdimensionalen Lautsprechern schallte.

Sie kam an das Ende des Laufstegs, dorthin, wo das Blitzlichtgewitter der Fotografen am heftigsten war, beobachtete Linda, die keinen Effekt ausließ. Die mit dem Publikum spielte, mit der Zunge schnalzte, verschwörerisch ein Auge zukniff und im Rhythmus des Klickens der Kameras die Posen wechselte. Dann war sie dran. Das Licht der Scheinwerfer blendete Luise, die Schuhe, die man ihr gegeben hatte, waren an den Zehen nicht breit genug und drückten. Sie drehte sich einmal, posierte, wandte sich viel zu hastig um, und von da an bekam Luise nichts mehr mit. Sie bildete sich normalerweise etwas auf ihre Fähigkeit ein, sich auf eine Sache hundertprozentig konzentrieren zu können, sei es beim gleichmäßigen Aufpinseln der Farbe oder bei einem exakten Haarschnitt. Doch jetzt schien sie diese Fähigkeit im Stich zu lassen. »Geh langsamer, dann kommst du in den Rhythmus!«, raunte ihr Claudia zu, die an ihr vorbeikam und aufmunternd lächelte: »Du kannst das!« Doch Luise konnte nichts. Was bei den anderen so leicht aussah, war doch so schwer. Als sie zurücklief, schaute sie zu allem Überfluss genau in das Gesicht der Chefstylistin Nico, die mit herablassendem Ausdruck hinter der Stoffwand hervorschielte. Luise war im Begriff, sich vor zweitausenddreihundert Zuschauern zum Gespött der Chanel-Prêt-à-porter-Schau für Spring/Summer 1993 zu machen, und es gab nichts, was sie dagegen tun konnte. Sie empfand nichts als heiße Peinlichkeit, genau wie an dem Abend, als sie im Moorbachhof mit Magnus getanzt und er vor aller Augen seinen Kopf an ihre Brust gelegt hatte. *Nur weg von hier!*, dachte sie und wollte hinter der Stoffwand verschwinden, sich im Dunkel verstecken, in ein Nichts auflösen.

»Noch mal! Du musst noch mal zurück!«, raunte ihr Naomi zu, beugte sich etwas näher zu ihr und berührte ihre Hand. »Und schau auf mich!« Luise drehte sich mit ihr um. Jetzt ging Naomi vor ihr her, mit unsagbar geschmeidigen Bewegungen. Wenn sie das doch nur könnte! Sie setzte das rechte Bein nach vorne, wenn Naomi es tat, schob das linke nach, genau im Gleichschritt mit dem schwarzen Model. *Weiter!*, sagte sie sich. Allein vom Zusehen fand Luises Körper allmählich zurück in sein Gleichgewicht. Mit zunehmendem Vergnügen ging sie eineinhalb Meter hinter Naomi und spürte deren Kraft und Energie, gepaart mit kühler Gelassenheit. Nach und nach saßen bei Luise die Hüftschwünge, die Armbewegungen, die Gesten, jeder lange Schritt. Sie fand ihren eigenen Rhythmus. Ohne übertriebene Ambition verkörperte Luise mit einem Mal die schlichte Eleganz, die Selbstverständlichkeit, die die Zuschauer bei einem Model der Chanel-Schau sehen wollten. Sie hatte eine ganz eigene Ästhetik, und als sie am Ende des Laufstegs ankam und mit der Hand in der Hüfte posierte, die Lippen leicht öffnete, wie sie es bei den Topmodels beobachtet hatte, spendete man ihr sogar Szenenapplaus. Selbst zwischen all den langen, schlanken Models stach sie mit ihrer

Körpergröße, ihren langen Beinen hervor und zog die Aufmerksamkeit auf sich. Eine neue Erscheinung zwischen all den Schönheiten, die man schon kannte. Unter dem fortwährenden Flüstern und Knistern der Musik wurde Luises Widerstand immer schwächer, bis sie schließlich nur noch der Gedanke erfüllte, eine neue Art von Glamour, Lässigkeit und Coolness auszustrahlen, etwas anderes als all die anderen Fantasie-Geschöpfe, die vor ihr und hinter ihr über den Laufsteg gingen. Deren Körpermaße kaum jemand im Publikum jemals erreichen konnte, die in den Kleidergrößen 34 und 32 der neuesten Chanel-Mode etwas Übernatürliches, Übermenschliches ausstrahlten und etwas sehr Hypnotisches. Keiner konnte den Blick mehr von den hochgewachsenen, schlanken Schönheiten und von Luise abwenden, die alle überragte. Ihre ästhetische und symbolische Metamorphose in die Verkörperung des Begehrenswerten schlechthin würde nur einen flüchtigen Moment lang anhalten. Sie alle produzierten die Illusion eines Traums, der Verwandlung des sozialen Status und des Körpers derjenigen, die diese Luxusmode kauften und besaßen. Sie waren ein Kunstgriff der Modeindustrie, geschaffen für den Augenblick und für die Ewigkeit gleichermaßen.

Die Leute waren wie in Trance, sie applaudierten wie wahnsinnig, weil die Mode, die Schau, die Models, die Musik, weil »es« so überwältigend war. Es gab Standing Ovations und Jubel. *Das tut gut*, schoss es Luise durch den Kopf, und sie merkte, wie sich die kleinen blonden Härchen auf ihren Armen aufstellten – vor Aufregung bekam sie eine Gänsehaut. Den Applaus, der ihnen allen gespendet wurde, besonders natürlich Karl, der von den Supermodels umringt auf den Laufsteg kam, nahm dieser bildlich gesprochen mit einer Geste auf, indem er ihn mit beiden Händen einfing und an sein Herz drückte, als wollte er sagen: »Her damit, ich hab's verdient!« Und er hatte es verdient!

Luise wusste nicht, warum sie den Augenblick so genoss, nur, dass sie das alles gerne noch mal erleben wollte – und keiner Menschenseele in Leversdorf jemals davon erzählen würde.

17

Als die Show zu Ende war und sie sich backstage den kostbaren Blazer ausziehen und das enge Tweedmieder aufschnüren ließ, warf ihr Nico, die Chefstylistin, einen wenig freundlichen Blick zu. Sie lachte gezwungen und spitz, doch dann umarmte sie sie schroff, aber lange. »Du hast den ersten Walk vollkommen verpatzt … Trampeltier!«

Der Choreograf Jean-Luc, der ein Model nach dem anderen überschwänglich mit Umarmungen und Küsschen auf die Wange bedachte, sich bedankte, zögerte bei ihr einen Moment. Er musterte Luise so kritisch wie ein Landwirt das neue Rind im Stall, bei dem er noch nicht sicher war, ob es genug Milch geben würde. Schließlich umarmte er sie und flüsterte ihr ins Ohr: »Am Schluss warst du cool, Lou! Sexy, beautiful, sophisticated, I love it. J'adore ça!« Er machte eine Kopfbewegung in Richtung von Nico. »Und hör nicht auf die Zicke.«

Naomi kam zu ihr, hob die Arme in die Luft und applaudierte ihr leise. Dann umarmte sie sie ebenfalls. »Ich wusste, dass du es kannst. Sehr sexy! Kommst du noch auf die After-Show-Party?«

»Ich weiß nicht!«

Luise drehte sich zu Hammer um, der schon dabei war, geschäftig alle Utensilien zurück in die Pilotenkoffer zu packen. Für ihn schien es ein Defilee wie jedes andere gewesen zu sein, und er gab vor, nichts von der Frage nach der Party mitbekommen zu haben. Luises Gesichtsausdruck war halb verlegen, halb bedauernd, als sie Naomi erklärte, sie würden direkt zurück zum Hotel fahren. Doch zu ihrem Erstaunen mischte sich Hammer auf einmal entrüstet ein. »Bist du verrückt geworden? Natürlich gehen wir hin! Es ist der beste Ort, um alte Freundschaften zu pflegen und neue Kontakte zu knüpfen.« Er ließ die Metallverschlüsse des einen Koffers zuschnappen. »Außerdem werden heute Nacht zwei Wahrzeichen der Stadt vereint: die Feier der Couture von Chanel mit ›La Tour Eiffel‹!«

»Dem Eiffelturm?«

Naomi und Hammer mussten beide lächeln, als sie das Leuchten in Luises Augen sahen. »Mehr Paris geht nicht!«

Die Nacht war klar. Noch nie hatte Luise so viele Lichter gesehen. Der Himmel spannte sich über den Dächern von Paris, und das Funkeln der Stadt stand den Sternen in nichts nach. Wie ein mit winzigen mundgeblasenen Glasblättchen besticktes Tuch, wie einer von Chanels oder Diors kostbaren Stoffen der Haute Couture, die in Hunderten Stunden Arbeit von den Händen geduldiger Näherinnen hergestellt wurden, damit das Unikat den hohen Ansprüchen seiner einzigen Trägerin gerecht wurde, so glitzerten die Lichtpunkte der Stadt.

Die zweite Plattform des Eiffelturms in hundertfünfundzwanzig Metern Höhe bot den Vorteil, dass die umliegenden Stadtteile noch in gut sichtbarer Nähe waren. Bei Dunkelheit wurde der symbolträchtige Turm normalerweise prächtig angestrahlt. Heute jedoch hatte man die Scheinwerfer gedimmt, damit die Besucher der Party im Restaurant Le Jules Verne eine bessere Aussicht genossen.

»Kann ich kurz hier draußen allein bleiben? Ich brauche ein paar Minuten für mich«, hatte sie gefragt, und Hammer hatte ihr zugezwinkert und Verständnis gezeigt. »War alles ein bisschen viel auf einmal in den letzten Tagen, aber verkühl dich nicht …« Luise beobachtete verwirrt, wie er seine Lederjacke auszog und sie ihr über die Schultern legte. Eine fürsorgliche Geste, die sie von ihm nicht gewohnt war, aber gerne annahm. »Danke!« Tatsächlich war heute der erste Abend, an dem sich der Herbst mit einem kühlen Wind ankündigte, während auf der Modewoche die Frühlings- und Sommermode vorgeführt wurde. Luise ging ein Stück weiter über den Metallboden der Plattform und ließ ihre Augen über das Lichtermeer gleiten. Sie stützte die Arme auf das Geländer, atmete tief die Pariser Luft ein und versuchte, die Geschehnisse des Tages zu verarbeiten. Kurz schloss sie die Augen, fühlte sich warm und wunderbar, so ähnlich wie nach dem Gewinn der Goldenen Schere in Bremerhaven. Aber gleichzeitig spürte sie eine tiefe Sehnsucht nach dem, was nach dem Wettbewerb geschehen war, nach ihrem Wiedersehen mit Nils. Wenn sie ehrlich mit sich war, sehnte sie sich nach seinem ruhigen Blick, seinem Habitus, der schon immer eine große Gelassenheit ausgestrahlt hatte, nach seiner Nähe, der Geborgenheit.

»Da, eine Sternschnuppe!«, sagte eine hohe Männerstimme hinter ihr. »Schnell, wünsch dir etwas!«

Luise fuhr herum. Vor ihr stand Jean-Luc, der Choreograf, und hielt in jeder Hand einen Longdrink mit Strohhalm. Mit seinem runden Gesicht und dem dichten blonden Haarschopf sah er fast aus wie ein Putto-Engelchen. Luise fragte sich, ob er absichtlich weiblich wirken wollte. »Hier! Gin Tonic ist zwar nicht sehr französisch, aber ein guter Einstieg in den Abend.«

»Danke!« Luise nahm ihm eines der Gläser mit den leise klirrenden Eiswürfeln ab. Sie stießen die Gläser gegeneinander und sogen an den Strohhalmen.

»Vorsicht, durch den schmalen Strahl geht der Alkohol direkt ins Blut, und davon ist ziemlich reichlich drin …« Er sog sein Glas bis zur Hälfte leer. »Andererseits brauchen wir alle etwas, um nach der Schau runterzukommen. Du hattest sicher ziemliches Herzklopfen, bevor du dich als Naturtalent erwiesen hast … alle sprechen davon.«

Er grinste verschwörerisch, und Luise mochte seine direkte, unverblümte Art, dennoch konnte sie nicht glauben, was er sagte. »Es waren doch nur ein paar Minuten, und ich habe nichts anderes gemacht, als mit einem Outfit, das mir nicht gehört, hin- und herzulaufen.«

»Dreizehn Minuten, genauer gesagt. So lange hat das Chanel-Defilee diesmal gedauert.«

»Siehst du? Das ist doch ein Witz.«

Jean-Luc lachte verschmitzt. »Na, wenn du meinst. Aber tatsächlich ist an Couture gar nichts witzig, sondern es steckt harte Arbeit dahinter … und Big Business!« Er machte eine ausladende Geste in Richtung der Stadt. »Et voici: La Capitale de la Mode, das Herzstück, der Mittelpunkt!«

Luise antwortete nicht. Sie sah den Choreografen an. Lässig lehnte er am Geländer, und die Stadt der Mode lag ihnen zu Füßen. In den Scheiben des Restaurants spiegelten sich die Lichter. Die Silhouette von Karl, sein Zopf und die Sonnenbrille, die man sogar in Norddeutschland kannte und stolz auf seine Hamburger Herkunft war, tauchte auf und wurde sofort von Menschen verdeckt, die ihn umringten.

»Oh, er ist tatsächlich gekommen, das macht er nicht immer«, sagte Jean-Luc und deutete auf die Stelle, wo gerade noch der berühmte Modeschöpfer zu sehen gewesen war. Dann wandte er sich wieder der Stadt zu und sagte, mehr zu sich selbst als zu Luise: »Es ist verrückt, wie wenig Zeit zwischen seinen Entwürfen und der Schau vergeht, und doch ist sie immer mit kleinen und großen Dramen gefüllt, mit Glückstränen, Angstzuständen, Nachtschichten und ganz viel Handwerk.« Er trank sein Glas leer und sagte zu Luise: »Wenn du mich fragst, ist er ein Genie.«

»Ich kann das nicht beurteilen. Für mich ist das alles so neu, und es fühlt sich irgendwie unwirklich an. Ich bin zwar Friseurin, und meine Chefin Gitte sammelt sogar Modezeitschriften, aber mein Leben habe ich auf einem kleinen Bauernhof in Ostfriesland verbracht.«

Luise merkte, wir ihr das Englischsprechen auf einmal leichter fiel. Vermutlich verlor sie durch die Wirkung des Gins ihre Hemmungen und redete einfach drauflos. Jean-Luc hörte ihr aufmerksam zu. »Bei uns drehte sich alles nur um den Hof, die Kühe, den Acker, das Wetter.«

»Ich glaube, selbst wenn du in einer deutschen Großstadt aufgewachsen wärst, hättest du keine Vorstellung von dem, was hier in der Modebranche abläuft.«

Die Tür öffnete sich, sie hörten das Geräusch von hohen Absätzen auf dem Metall.

»Ah, da seid ihr!« Es war Naomi in Begleitung eines Mannes in einem eng geschnittenen Anzug und mit einem kurz geschnittenen Vollbart. »Hier ist jemand, der dich gerne kennenlernen möchte, Louiiise!«

Der Mann sah zwar zu ihnen hin, doch er blieb stehen, schien mit jemandem zu sprechen, den man nicht sah, redete laut auf Französisch, schwieg, ließ wieder einige Sätze folgen. Dabei hielt er sich ein klobiges Gerät mit einer Antenne ans Ohr.

»Was macht er da?«, fragte Luise.

»Er telefoniert«, erklärte ihr Jean-Luc. »Das ist jetzt das Neueste, man nennt die Geräte Funktelefone, und man kann fast von überall damit anrufen.« Als er ihr staunendes Gesicht sah, fügte er hinzu: »Aber sie sind sehr teuer. Für uns Sterbliche ist so was unerschwinglich. Ich glaube nicht, dass sich das durchsetzt.«

»Kommst du?«, fragte Naomi.

»Wir kommen gleich!«, rief Jean-Luc und leiser zu Luise gewandt: »Was hast du dir gewünscht?« Luise sah ihn fragend an.

»Ich meine, beim Anblick der Sternschnuppe.«

»Das Einzige, was ich mir wünsche, ist …«

Jean-Luc legte ihr den Finger auf den Mund. »Stopp, sag es nicht. Dann geht es nicht in Erfüllung, aber vergiss es auch nicht, verstehst du? Egal, was auch passiert, vergiss es niemals!«

Luise nickte, denn dieser Aberglaube galt auch in Ostfriesland. Man durfte den Inhalt seines Wunsches niemandem verraten.

Liebe, dachte sie. Liebe war eigentlich das Einzige, was sie sich wünschte.

Im Le Jules Verne herrschte jetzt dichtes Gedränge. Als der blaue Samtvorhang sich am Eingang teilte, war die Luft mit Zigarettenrauch gefüllt, und ein Klangteppich aus englischen und französischen Satzfetzen lag über den Köpfen des Modevolks. Luise trug wieder ihre Arbeitskleidung – was sonst hätte sie auch anziehen sollen – und fühlte sich unter all den auffälligen Menschen in ihrer weißen Bluse und den schwarzen Hosen nahezu unsichtbar. Eigentlich war ihr das ganz recht. Sie wollte nicht schon wieder im Rampenlicht stehen wie auf dem Laufsteg. Doch als Luise an der Seite von Jean-Luc den in dunklen Blautönen gehaltenen Innenraum betrat, stürzte sich sofort Naomi auf sie.

»Das ist Pascal, er möchte dir einen Vorschlag machen, Louiiise.« Pascal Laurent war der Typ Mann, der in jungen Jahren vermutlich umwerfend ausgesehen hatte. Auch jetzt, Ende vierzig, war er es ganz offensichtlich noch gewohnt, dass Frauen ihn attraktiv fanden. Sein Teint war mittelmeergebräunt, sein rosa Hemd trug er offen, der schmale schwarze Dior-Blazer saß perfekt, die Haare lockten sich im Nacken, und seine gebogene Nase verlieh ihm das gewisse Etwas. Naomi stellte sie einander vor und bedeutete Jean-Luc, sich zurückzuziehen. Das schwarze Model trug ein goldfarbenes Minikleid und sah atemberaubend aus. Naomi zog Luise beiseite, schirmte ihren Mund mit der Hand ab und fügte leise hinzu: »Aber lass dich nicht von ihm einwickeln, er ist mit Vorsicht zu …« Sie beendete den Satz nicht, denn Pascal stellte sich direkt neben sie.

»Enchanté, Lou!«, rief er herzlich. Er beugte sich vor und gab ihr je ein geräuschvolles Bisou auf jede Wange, dann noch ein drittes. Anschließend nahm er ihre Hand und führte sie ohne Umschweife von

Naomi und Jean-Luc weg. Er drückte ihre Finger und wirkte dabei so vertraut, als hätten sie ein schon lange vereinbartes Rendezvous. »Sind Sie bereit für etwas ganz Neues? Ja?«, schnurrte er.

»Ich weiß nicht«, erwiderte Luise schüchtern.

»Es ist sicher alles sehr aufregend für dich. Ich darf doch Du sagen? Naomi hat mir erzählt, dass du von einem kleinen Bauernhof im Norden Deutschlands kommst und bisher kaum etwas anderes kennst.« Dabei blickte er Luise so anzüglich an, als fände er die Vorstellung, mit ihr zusammen Kühe zu hüten, geradezu sexuell erregend.

»Das stimmt nicht ganz. Ich bin Friseurin und habe auch schon an zwei Wettbewerben teilgenommen.« Als sie die Sätze aussprach, kam ihr ihre eigene Stimme im Vergleich zu seinem samtigen Singsang auf einmal blechern vor. Auch ihr Englisch war schon wieder stockend. Die plötzliche Nähe zu dem Fremden, der so vertraut tat, ließ sie abrupt nüchtern werden. Doch Pascal schien das nicht aufzufallen. »Ich liebe das Landleben!«, stellte er leidenschaftlich fest. »Meine Familie hat ein wunderschönes Château in der Nähe von Bordeaux, mit Weinbergen drum herum. Wenn ich in Frankreich bin, fahren wir jedes dritte Wochenende dorthin. Es ist riesig und hat fünfzig Zimmer!« Zur Demonstration breitete er die Arme aus. »Man kann sich gut aus dem Weg gehen, denn sonst würden wir uns ständig in die Haare bekommen, verstehst du?« Er verdrehte theatralisch die Augen und legte die Hand auf seine Brust. »Du musst unbedingt einmal für ein Wochenende mitkommen!«

Er schüttelte den Kopf, als eine Kellnerin mit einer Etagere vorbeikam, auf der bereits die Dessertsinfonie des hauseigenen Patissiers angeboten wurde. Luise nahm sich ein Petit Four mit rosa Zuckerguss und bemerkte Pascals hochgezogene Augenbraue. Offenbar wagte es normalerweise kein Model in seinem Beisein, sich eine Süßigkeit zu gönnen.

Sie wusste nicht, was sie zu der Einladung von einem Fremden sagen sollte, deshalb lächelte sie und sah dann zu Boden, zog mit der Schuhspitze die Maserung des Parketts nach.

»Du fällst doch hoffentlich nicht auf Pascals Masche rein!«, raunte ihr ganz plötzlich das kanadische Model im Vorbeigehen zu, das Luise für die Schau frisiert hatte. »Das Schloss ist unrenoviert und zugig, es hat keine Heizung, das Dach ist undicht, und es wimmelt von Mäusen.«

»Damit kannst du sie nicht erschrecken, Karen. Louiiise kennt das Landleben.« Luise glaubte, eine Spur von Gereiztheit aus Pascals Antwort herauszuhören. Karen blickte von Luise zu Pascal und verzog spöttisch den Mund. »Wie rührend. Aber als Friseuse kann sie was!« Noch immer hatte Karen den toupierten Bob, den Luise ihr frisiert hatte, legte die Handflächen unter die Haarspitzen und bauschte ihn leicht auf. Das lange Männerhemd aus schwarzem Satin, das sie wie ein Minikleid mit hohen Pumps trug, passte zu dem Look. »Das hier ist die perfekte Frisur einer Pariserin. Lass das Mädchen besser so, wie es ist, und verdirb es nicht, so wie all die anderen.« Sie machte eine lässige Handbewegung, mit der sie auf die anderen Models deutete.

Jetzt wurde Pascal richtig ärgerlich. »Ich verderbe niemanden. Du bist nur frustriert, weil du nicht so oft gebucht wirst wie Naomi, Claudia oder Linda … aber du solltest lieber einmal darüber nachdenken, woran das liegen könnte. Vielleicht an ein paar Croissants und Macarons zu viel? An mir und meiner Agentur jedenfalls nicht.«

Er griff wieder nach Luises Arm und zog sie einfach von Karen weg, so wie vorhin von Naomi. »Höre nicht auf sie, wir waren mal für ein paar Monate ein Paar, und seitdem die Beziehung beendet ist, zickt Karen nur noch rum.«

Pascal stand jetzt ganz nah am Fenster und strich sich über die zurückgegelten Haare. Wie er wohl früher ausgesehen hatte, als er so alt wie Luise war? Hatte er da auch schon diesen durchdringenden Blick gehabt? Luise kam es vor, als könne er ihre Gedanken lesen.

Die Musik wurde jetzt lauter, die Bässe hämmernder. Der DJ, der seine Boxen nur drei Meter neben ihnen aufgebaut hatte, schnickte mit den Fingern, klatschte in die Hände, drehte sich um seine eigene Achse, und die ersten Gäste begannen, im Takt zur Musik mit den Hüften zu wippen.

»Aber jetzt zu uns!« Pascal zog sie weiter von der Tanzfläche weg, in die Garderobe. Langsam hatte Luise das Gefühl, von ihm durch das Restaurant dirigiert zu werden, wie es ihm gefiel. »Hast du schon eine Mappe?« Er schloss die Augen und schüttelte den Kopf, als wunderte er sich über seine eigene Dummheit. »Nein, natürlich hast du die nicht.«

Er senkte kurz den Blick. »Was würdest du sagen, wenn wir ein paar Probeaufnahmen von einem guten Fotografen machen lassen?« Jetzt musterte er sie wie ein Kater, der eine junge unerfahrene Maus entdeckte und begann, mit ihr zu spielen. »Ich nehme an, du weißt noch nicht viel über unsere Agence ELLE, genauso wenig wie über das Modelbusiness, die Modebranche, aber das lässt sich alles lernen …« Dabei leckte er sich über die Lippen. »Und ich mag das Unverdorbene … also?«

Aber Luise hatte seine Frage inzwischen fast erwartet. »Dann würde ich sagen, ich muss es mir überlegen, und ich muss meine Eltern fragen.«

»Natürlich, natürlich!« Es hörte sich übertrieben verständnisvoll an. »Du bist aber doch volljährig?« Sie musste ihm doch nicht sagen, dass sie genau morgen achtzehn werden würde? Er hätte sich womöglich verpflichtet gefühlt, sie einzuladen.

Auf ihr Nicken hin musterte er sie wohlwollend. Langsam fand Luise ihn zu aufdringlich, sie stotterte ein paar ungeschickte Dankesworte und sagte dann: »Ich muss jetzt auch wirklich meinen Chef suchen, morgen geht es wieder früh …«

Aber Pascal ließ sie gar nicht ausreden. »Ich werde dir etwas sagen.« Er musste die Stimme heben, um die Musik zu übertönen, und jetzt klang sie nicht mehr so weich und säuselnd. »Du kannst morgen in meine Agentur kommen, oder du kannst es lassen. Es ist dein freier Wille. Ich möchte nur, dass du dir darüber klar wirst, dass so eine Chance nicht wiederkommt …«

Luise sah ihn an. »… und ich möchte, dass du dir vorher meine Topmodels ansiehst.« Wieder nahm Pascal sie am Arm und führte sie ein Stück zurück aus der Garderobe. Vor lauter Menschen, die dicht gedrängt am Rand der vollen Tanzfläche standen, konnte sie zuerst nicht viel von den Tanzenden sehen. Doch Pascal versuchte, ihr den Weg zu bahnen, drückte Leute zur Seite, die sich erstaunt zu ihm umdrehten und dann Platz machten. Der DJ hatte *Rhythm is a Dancer* von Snap! aufgelegt, und die geschmeidigen Körper der groß gewachsenen, schlanken jungen Frauen bewegten sich dazu, als wären sie alle als Tänzerinnen geboren worden. Linda, im kleinen Schwarzen mit langer Perlenkette à la Coco Chanel, ließ ihre Hüften kreisen, während sie die Arme in die Höhe streckte, Claudia strich sich über den drapierten Stoff ihres asymmetrischen rosa Minikleids und ging tief in die Knie. Christy wurde mit ihrem langen, glänzenden Haar zur brasilianischen Sambatänzerin. Ihr gelbes Satinkleidchen und die silbernen Riemchensandalen passten zu ihren extravaganten Bewegungen.

»Sieh sie dir gut an. Siehst du diese Handvoll junger Frauen? Man merkt ihnen auf den allerersten Blick ihren Erfolg, ihren Glamour und ihren Reichtum an. Fast jede von ihnen steht bei meiner Agentur unter Vertrag, verstehst du? Eva, Claudia, Linda, Naomi … und nur durch mich sind sie so bekannt geworden, dass man ihre Vornamen auf der ganzen Welt mit Mode und Schönheit in Verbindung bringt. Sie haben es geschafft: Durch mich sind sie zu Supermodels, zu Celebrities geworden.«

Naomi hob ihren langen schlanken Arm und winkte Luise zu, sie solle kommen, dann tanzte sie ausgelassen weiter.

»Sie sind die Darstellerinnen der Modebranche«, raunte Pascal in Luises Ohr. »Naomi zum Beispiel. Sie vereint alles: Schönheit, Klasse, Frische …«, seine Pupillen weiteten sich, als er ihren Körper betrachtete, dann biss er sich auf die Unterlippe und fügte hinzu: »… und so vieles mehr!«

Er wandte sich ab, nahm Luise am Arm und zeigte mit der anderen Hand auf die Fensterfront, auf die sich darin spiegelnden Lichter von Paris.

»Von all den anderen da unten, die so dumm waren, nicht zu meiner Agentur zu kommen, falls sie jemals die Gelegenheit dazu hatten …« Er deutete über die Köpfe hinweg erneut auf die erleuchtete Stadt hinter den Fensterflächen, gerahmt von den Stahlstreben des Eiffelturms. Es war ein magischer Anblick. Doch Pascal hörte nicht auf zu reden: »Von all den anderen hat man nie wieder gehört. Sie sind verglüht wie Sternschnuppen, wie Meteoriten, sie sind absolut bedeutungslos.« Er ließ Luise nicht aus den Augen, während sie noch immer in das tiefe Mitternachtsblau des Himmels starrte. »Ich meine es nur gut mit dir. Wenn du also deine Chance ergreifst, dann kannst du zukünftig vielleicht hier oben mit dabei sein, verstanden?«

Luise sah ihn kurz an. »Verstanden!«, sagte sie leise und suchte in der Menge nach einem Halt, nach einem vertrauten Gesicht, konnte aber Hammer oder Jean-Luc nicht entdecken. Die Körper um sie herum verschwammen zu einer wogenden Masse, das Wummern der Bässe vermischte sich mit ihrem eigenen Herzschlag, der ihr in den Ohren pulsierte. Und obwohl sie tief in ihrer ostfriesischen Seele spürte, dass Pascal es nicht nur gut mit ihr meinte, fasste sie bereits jetzt den Entschluss, ihr Glück in seiner Agentur zu versuchen.

Am nächsten Morgen weckte sie ein kratzendes Geräusch. Luise glaubte, ein unterdrücktes Fluchen zu hören. Jemand machte sich am Schloss ihrer Zimmertür zu schaffen. Dann klopfte es. »Wer ist da? Hammer, sind Sie es?«

Schlaftrunken sah sie auf den kleinen Wecker neben ihrem Bett und rief: »Es ist doch erst sieben!« Dabei fiel ihr auf, wie rasch sie sich von einer Frühaufsteherin in eine Langschläferin verwandelt hatte. Am liebsten hätte sie sich auf die Seite gedreht und weitergedöst.

»Hier ist Aydin«, hörte sie eine leise, angenehme Stimme.

»Aydin?«

Luise stand auf, tappte barfuß im Pyjama über den Dielenboden, drehte den Schlüssel um und öffnete die Zimmertür einen Spaltbreit. Das schöne Gesicht des Restaurantbesitzers lächelte ihr entgegen, und ein unvergleichlicher Duft nach frischen Backwaren stieg ihr in die Nase.

»Guten Morgen, belle Lou!«

»Was tust du denn hier? Und woher weißt du überhaupt, wo ich wohne?«

»So etwas findet man hier in unserer Straße schnell heraus. Ich wollte dir etwas bringen.«

»Und da versuchst du einfach, in mein Zimmer einzubrechen?«

»Tut mir leid, ich weiß, es ist noch sehr früh«, sagte er und hob ein Tablett vom Boden auf, das Luise vorher gar nicht gesehen hatte. Darauf standen ein Teller mit verschiedenem Gebäck und eine große Tasse Milchkaffee.

»Du hast mir doch an dem Abend erzählt, du kämst nie zum Frühstücken, da dachte ich …« Der Blick aus seinen dunklen Augen war zu verführerisch – wie sollte sie ihm widerstehen? Sie merkte erst jetzt, dass sie gar keine Scham vor ihm empfand, aber ihre angeborene Skepsis holte sie ein. »Das ist sehr nett von dir, ich würde dich ja hereinbitten, aber das geht leider nicht.«

Offenbar hatte er auch keinerlei Hemmungen, ihr Zimmer zu betreten, obwohl sie noch im Schlafanzug war.

»Das ›Aber das geht doch nicht‹ kannst du getrost weglassen. Ich verrate dir jetzt ein Geheimnis: Ich schlafe nicht mit Frauen.«

»Oh«, sagte Luise erstaunt.

»Sie machen mich nicht an, eigentlich haben sie mich noch nie angemacht, aber als Teenager habe ich ein paar Mal mit einem Mädchen geschlafen, weil ich dachte, dass man das so macht, doch schon nach dem zweiten Mal habe ich gewusst, dass ich das nicht mehr tun möchte.« Luise war seine Offenheit zwar peinlich, andererseits konnte sie ihre Erleichterung kaum verbergen. Sie hatte sich bestimmt eine halbe Nacht den Kopf darüber zerbrochen, ob sie in ihn verliebt war. Er war zwar nicht größer als Magnus, der Rettungssanitäter, aber zweifellos hielt sie Aydin noch immer für den schönsten Mann, den sie je gesehen hatte. Er bemerkte ihren Blick. »Ich schlafe nicht mit Frauen, ich schlafe mit Männern.« Als sie zurückzuckte, fügte er hinzu: »Daran wirst du dich in Paris gewöhnen müssen. Hier gibt es ziemlich viele von uns.«

Ohne weiter zu warten, ging er mit dem Tablett vor ihr her, stellte es einfach auf der Bettdecke ab und sagte: »Setz dich. Du sollst heute ein Frühstück im Bett haben!«, und klopfte mit der Hand auf das weiße Laken.

Luise tat, was er sagte, setzte sich mitten aufs Bett, legte sich das Kopfkissen an der Wand zurecht und lehnte sich daran. Sie wusste zwar nicht, wie sie zu so viel Fürsorge kam, aber sie tat auf jeden Fall gut, vor allem, da heute ihr achtzehnter Geburtstag war. »Also, das hier ist ein Madeleine, und offen gesagt, ist es das erste, das ich gebacken habe. Du bist das Versuchskaninchen.« Er zeigte auf ein Gebäckstück, das wie eine Muschel geformt war. Sie nahm es zwischen zwei Finger, drückte es leicht zusammen und merkte, wie weich und elastisch der Teig war. Dann biss sie hinein. Aydin ließ sie nicht aus den Augen, beobachtete genau ihren Gesichtsausdruck. Die Madeleines waren – ebenso wie das andere Gebäck – noch warm, und Luise hatte fast das Gefühl, Ferien zu haben, als sie den saftigen Teig an ihrem Gaumen spürte.

»Und? Wie schmeckt es?«, fragte er ungeduldig. Luise gefiel seine Aufmerksamkeit, und sie spannte ihn ein wenig auf die Folter. Dann lehnte sie den Kopf gegen seine Schulter und machte: »Mhmm …« Sie wusste nicht, was köstlich auf Englisch hieß, geschweige denn auf Französisch. Aber ihre Geste und ihr Mhhhm reichten ihm, und er legte den Arm um ihre Schulter, drückte sie an sich. »Fait avec ardeur!«, sagte er und übersetzte ins Englische: »Mit Hingabe gemacht.« Luise kannte den Begriff nicht, aber er umschrieb ihn ihr. »Wenn man seine ganze Leidenschaft in etwas hineinlegt … Madeleines sind vermutlich – außer Baguette, Croissant und Pain au chocolat – das französischste Gebäck schlechthin und eigentlich ganz einfach, aber sie können auch leicht zu trocken oder gummiartig werden. Das Wichtigste ist die geschmolzene Butter, die man mindestens fünfzehn Minuten abkühlen lassen muss. Danach verrührt man Eier, Zucker, Salz, das Mark einer Bourbon-Vanilleschote, das ist wichtig, es muss gute Vanille sein, mit Honig, gibt etwas Backpulver dazu, und erst ganz zuletzt fügt man die flüssige Butter dazu.«

Luise verkniff sich ein Gähnen.

»Café au Lait?« Er hielt ihr die große Tasse hin.

»Zu Hause in Ostfriesland trinken wir normalerweise Tee.«

»Oh, da musst du dich umstellen, echte Franzosen trinken Tee nur, wenn sie krank sind.«

Luise lächelte, umfasste die Tasse mit zwei Händen und ließ den Milchkaffee durch ihre Kehle rinnen.

»Gar nicht schlecht, mit so viel Milch schmeckt er mir sogar.«

Aydin sah ihr zufrieden zu. »Isst du nichts?«, fragte Luise.

Er schüttelte den Kopf. »Ich habe schon vor einer Stunde gefrühstückt.«

Draußen auf dem Fensterbrett gurrten die Tauben so laut, als wären sie schon seit Stunden wach.

»Was hast du heute vor? Wieder eine Modenschau?«

Einen Augenblick lang überlegte Luise, ihm alles zu erzählen. Von ihrem Auftritt beim Defilee von Chanel, von der Party, von ihrer Begegnung mit Pascal und von ihrem Plan, heute in seine Agentur zu gehen. Aber als sie seinen Blick sah, wusste sie genau, was er dazu sagen würde. Er würde sie warnen. Sie nickte. »Ja, klar, aber frag mich nicht, für welches Modehaus, Hammer hat mir noch gar nichts gesagt. Und außerdem …«

»Was?«, fragte Aydin und sah sie gespannt an.

»Außerdem ist heute mein achtzehnter Geburtstag.«

Auf Aydins Gesicht erschien ein Strahlen. »Das sagst du erst jetzt? Bon anniversaire.« Er beugte sich vor und gab ihr einen zarten Kuss auf die Wange.

»Was zum Teufel …?« Luise verschüttete vor Schreck ihren Kaffee über das weiße Laken, so plötzlich donnerte Hammers Stimme durch das Zimmer. Aydin blieb ruhig, aber er stand auf und sagte den Satz, den Luise schon ein paar Mal in alten Spielfilmen gehört hatte: »Es ist nicht so, wie Sie denken!«

Aber Hammer hörte gar nicht zu, sondern packte Aydin, der gegen den stattlichen älteren Mann wie ein Schuljunge wirkte, am Kragen, schob ihn ohne eine weiteres Wort zur Tür hinaus und schlug sie zu.

Warum musste das jetzt sein?, wollte Luise schon fragen. Aber sie tat es nicht. Sie fragte auch nicht, zu welcher Modenschau sie als Nächstes gingen. Vielmehr überlegte sie fieberhaft, wie sie die Gelegenheit finden sollte, ohne sein Wissen zur Agentur von Pascal zu gelangen. Umso überraschter war sie, als er sie direkt damit konfrontierte.

»Glaube nicht, ich wüsste nicht, was gestern passiert ist. Und ich weiß auch, dass du heute zu Probeaufnahmen in Pascal Laurents Agentur ELLE kommen sollst.« Luise war einen Moment sprachlos, so finster war sein Gesicht. Doch dann setzte er sich neben sie auf das Bett und stieß einen tiefen Seufzer aus. »Ich will ehrlich mit dir sein.« Ohne zu fragen, nahm er sich ein Pain au chocolat von dem Teller, den Aydin auf dem Laken abgestellt hatte, und biss hinein. »Gar nicht mal so schlecht!«, sagte er mit vollem Mund.

»Hat Aydin selbst gebacken«, erklärte Luise mit einem kleinen Anflug von Stolz.

»Aydin!«, wiederholte Hammer abfällig, biss aber voller Appetit das nächste Stück ab. »Also, ich sag 's dir gleich. Da geht es nicht zimperlich zu. Du musst mit frisch gewaschenen Haaren kommen, ungeschminkt, ohne Nagellack und rasiert sein.«

»Rasiert?« Luise konnte plötzlich kaum atmen.

Hammer schien ihre Verstörung erwartet zu haben und erklärte ihr: »Beine und Achselhöhlen natürlich! Sie wollen dich gepflegt, aber mehr oder weniger nackt.« Wieder wartete er kurz ihre Reaktion ab. Luise schluckte, sagte aber nichts. »Aber keine Angst …« Er griff nach dem nächsten Gebäckstück, eine Brioche, und biss hinein. Seine Augen verrieten, wie sehr es ihm schmeckte. »… richtige Nacktaufnahmen lasse ich nicht zu.«

»Das heißt, Sie kommen mit?«

»Da kannst du Gift drauf nehmen. Du hast heute Vormittag zwei Stunden frei. Aber allein lasse ich dich da nicht hingehen.«

Eine halbe Stunde später rannte Luise die Treppen hinunter, während Hammer wie immer den l'ascenseur, den Aufzug, nahm.

»Las-son-sör!«, sagte sie ein paar Mal laut vor sich hin, denn sie hatte sich vorgenommen, endlich ein paar Worte Französisch zu lernen, auch wenn ihr die Aussprache nicht leicht über die Lippen ging. Luise fröstelte, als sie vor die Haustür trat. Es war ein kühlerer Morgen als an den vorherigen Tagen, und die Sonne hing blass über den Häuserlinien, wie eine Franc-Münze, die jemand dort oben am Himmel verloren hatte. Gegenüber löste Aydin auf seiner Restaurant-Terrasse gerade die Ketten und zog sie mit lautem Scheppern aus den Armlehnen der Stühle. Als er Luise sah, richtete er sich auf und stemmte die Arme in die Hüften, so als wolle er abwarten, was sie zu sagen hatte. Aber sie legte den Finger auf die Lippen und machte eine Handbewegung, wonach ihr neuer Freund besser verschwinden sollte. Und sie hatte recht, denn gleich nach ihr trat Hammer auf die Straße.

Blitzschnell drehte Aydin ihnen den Rücken zu und gab vor, wieder voll und ganz mit seinen Stühlen und Tischen beschäftigt zu sein. Luise merkte allerdings, wie er sie aus dem Augenwinkel beobachtete, während sie mit Hammer zu seinem Wagen ging. Der Mercedes, der wie immer mit zwei Rädern auf dem Bürgersteig parkte, war Luise inzwischen fast vertrauter als ihr Traktor. Nirgends saß man so komfortabel und schaukelte auf den gepolsterten Sitzen durch die Pariser Straßen wie in der alten Nobellimousine des gealterten Starfriseurs. Im Gegensatz zu Hammer störte es sie auch nicht, im Stau zu stehen, denn dann hatte sie Gelegenheit, die Fassaden und Baudenkmäler in aller Ruhe zu betrachten. Ja, Luise liebte den Wagen inzwischen, aber an diesem Morgen zögerte sie, hineinzusteigen. Sie hatte plötzlich Angst vor ihrer eigenen Courage. Was, wenn sie gar nicht wirklich dem Bild entsprach, das

Pascal Laurent sich von ihr machte? Zumal sie sich auf den wenigen Fotos, die es von ihr gab, den Familienbildern oder Schnappschüssen, überhaupt nicht fotogen fand. Hammer bemerkte ihren Stimmungsumschwung und war umso forscher. Betont munter sagte er:

»Also, auf zu ELLE!«, als er sich hinter das Lenkrad setzte. Luise sah ihn einen Moment lang unschlüssig an und blieb stehen.

»Na, was ist?«

»Auf zu ELLE!«, wiederholte sie leise, gab sich einen Ruck und stieg ein. Als sie an Aydin vorbeifuhren, nickte er ihr fast unmerklich zu.

18

Da ist es!« Hammer verlangsamte das Tempo, auf der Suche nach einem Parkplatz, und zeigte auf ein Wohnhaus mit der typischen Haussmann'schen Sandsteinfassade an der linken Seite der breiten Avenue George V. Sie war eine der nobelsten Adressen von Paris. Die Gebäude, die sie säumten, unter ihnen ein luxuriöses Grandhotel, waren prachtvoll und voller Anmut. Mehr denn je strahlten sie wie selbstverständlich die herrschaftliche Eleganz aus, für die Napoleons Präfekt von Paris im 19. Jahrhundert so berühmt geworden war, als er die französische Hauptstadt umgestaltete. Haussmann war es, der die im Kern noch mittelalterliche Stadt in ein damals modernes Zeitalter führte, mit großzügigen Straßenzügen, öffentlichen Parks und Kanalisation. Die Pariser verdankten ihm die Schönheit und den weltweit bekannten Glanz ihrer Stadt. Die Gebäude waren mit fünf bis sieben Geschossen für mehrere Familien verschiedener Standesschichten ausgelegt worden und ein Spiegelbild der aufkommenden bürgerlichen Gesellschaft. Aus den typischen Sandsteinquadern gebaut, besaßen die Gebäude entlang des Boulevards einen durchgehenden Balkon auf der zweiten und fünften Etage, und die Mansardendächer wurden von Dachluken durchstoßen, die die Zimmer der Dienstboten belichteten. Die Erdgeschosse waren überwiegend für Ladenlokale angelegt, die erste Etage darüber für die Besitzer der Geschäfte reserviert. Die zweite Etage – auf Französisch »Étage noble« genannt – war für die wohlhabenden Familien vorgesehen. Hoch genug, um dem Straßenlärm zu entgehen und gleichzeitig nicht allzu viele Treppen steigen zu müssen. Inzwischen hatten sich in den Ladenlokalen überall die edlen Boutiquen der großen Modelabels angesiedelt. »Jedes internationale Modehaus, das etwas auf sich hält«, erklärte Hammer, »ist hier oder gleich nebenan in der Avenue Montaigne vertreten.« Er streckte die Hand aus und deutete auf die fantasievoll dekorierten Schaufenster, hinter denen einzelne Stücke der aktuellen Prêt-à-porter-Kollektionen gezeigt wurden. »Prada, Gucci, Valentino, Montana, Dior, Tom Ford, Armani … einfach alle findest du hier!« Vor den Läden lagen gepflegte Vorgärten mit Buchsbaumkugeln und schmiedeeisernen Zäunen.

»Sind wir bereit?«, fragte Hammer, nachdem er seinen Wagen wieder halb auf dem Bordstein geparkt hatte.

»Sofort!« Luise klappte zum ersten Mal die Sonnenblende herunter und betrachtete sich in dem kleinen Spiegel. Normalerweise war ihr ihr äußeres Erscheinungsbild nicht besonders wichtig. Aber ausgerechnet heute blickte ihr ein besonders blasses Gesicht entgegen, die hellen Augen mit den blonden Wimpern wirkten eingeschüchtert, aber vielleicht lag das auch an der Staubschicht auf dem Schminkspiegel. Von der Bräune ihres friesischen Sommers war in diesem Moment kaum mehr etwas zu sehen, auf ihrem schmalen Nasenrücken schälte sich die Haut.

»Bist hübsch genug!«, brummte Hammer. »Laurent wird schon wissen, warum er dich bestellt hat. Wasserblaue Augen, ein klares Gesicht und ellenlange Beine bis zum Hals.«

Luise sah ihn erstaunt an. Bisher hatte Hammer noch nie ein Wort über ihr Aussehen verloren. »Herr Hammer?«

Er räusperte sich. »Kannst mich Udo nennen, wird höchste Zeit.«

»Okay! Also, Udo …« Sie senkte die Stimme, bevor sie ihre Frage stellte, als könnte sie ihr damit die Bedeutung nehmen, die sie für sie hatte. »… finden Sie mich eigentlich wirklich hübsch?«

»Klar doch!«, antwortete Hammer, ohne dabei die Augen von der Eingangstür des Balenciaga-Ladens zu nehmen. Luise folgte seinem Blick durch die Windschutzscheibe zu der Ladentür, wo eine Frau in einem rosa Etuikleid mit großer Sonnenbrille gerade auf das Trottoir trat, dicht gefolgt von einem Portier in bordeauxroter Livree, der ihr mehrere schwarze Papiertüten hinterhertrug. Die Dame wirkte entspannt und war äußerst elegant gekleidet – die typische Pariserin. Luise stellte sich deren Leben wie in einem Roman vor: Sie fuhr mit dem Taxi jeden Tag an der Place de la Concorde, am Eiffelturm und an der Opéra Garnier vorbei. Am linken Seine-Ufer traf sie sich mit ihren Freundinnen auf einen Café oder zum Essen. Das hatte Stil, davon träumte die Welt. Die Pariserinnen besaßen eine natürliche Eleganz und einen erlesenen Geschmack. Viele Frauen auf diesem Planeten wären bestimmt nur zu gerne so wie sie.

»Worauf warten wir?«, fragte Hammer.

An der Windschutzscheibe seines Mercedes klebten tote Fliegen, und das Armaturenbrett war voller Chipskrümel und Staubflocken. Dagegen sah die Welt da draußen besonders fein, reich und fremd aus. Fremde

Straßen, fremde Häuser, fremde Menschen, selbst die Platanen und der Himmel sahen fremd aus. Luise passte doch gar nicht in diese Welt. Ostfriesland war ihr Zuhause – Leversdorf und der Jensenhof, eine Kammer unter dem Dach mit Blick auf den Kuhstall.

Hammer sah auf seine Armbanduhr. »Wenn wir uns jetzt zu viel Zeit lassen, fehlt sie uns heute Mittag. Um dreizehn Uhr müssen wir bei der Hank-Collins-Schau sein.«

Luise gab sich einen Ruck und stieg aus. Hammer warf die Fahrertür zu und marschierte los. Als der Portier in bordeauxroter Livree hinter ihm herlief, ihn einholte und wegen des falschen Parkens auf ihn einredete, steckte Hammer ihm einfach lässig ein paar Franc-Scheine zu und ging weiter, ohne sich nochmals umzudrehen.

Er gab den Code ein, hielt Luise die schwere Eingangstür auf und ging über den Marmorboden zum Aufzug. Luise fragte: »Welches Stockwerk?«, und erklomm bereits die ersten Stufen der schneckenförmigen Treppe, die mit einem weichen Läufer belegt war. »Zweite natürlich – die Étage noble!«

Luise wartete vor der Tür, bis Hammer aus dem Aufzug stieg und auf die Klingel neben dem Messingschild mit der Aufschrift *ELLE Agence* drückte. Die Tür öffnete sich mit einem kurzen Klicken, und sie betraten das Entree, gingen über einen Teppich mit grafischem Muster. An den Wänden großformatige Coverfotos hinter Acrylglas, angestrahlt von dezenten Spots. Nahezu jedes bekannte Model und fast alle Modemagazine waren vertreten, doch die meisten Bilder stammten aus der *Vogue*. Auf einem weißen Sockel die Skulptur eines Knotens aus Stahl.

Eine rotblonde junge Frau hinter einem mindestens vier Meter breiten antiken Tisch nahm keine Notiz von ihnen. Neben ihr stand ein prachtvoller Strauß mit weißen Lilien, die einen so süßen Duft verströmten, dass es einem den Atem raubte.

»Bonjour!«, sagte Hammer. Endlich hob die junge Dame den Kopf, musterte ihn und Luise von oben bis unten.

»Ah, du bist bestimmt die Deutsche!«, sagte sie zu Luise. »Und Sie sind … ihr Vater?«

Hammer hob die Augenbrauen. »Nein, ihr Friseur … ich meine, ihr Chef.«

Die Rotblonde spitzte die Lippen und nickte, als hätte sie es mit einem Kind zu tun, das man zwar nicht verstand, dem man aber mit Nachsicht begegnete. Sie wandte sich wieder an Luise. »Pascal hat dich schon angekündigt, aber du solltest um neun kommen.« Sie sah auf ihre Armbanduhr. »Jetzt ist es bereits zehn, und er hat gleich eine Besprechung. Ich muss sehen, ob er es noch einrichten kann.« Sie hob den Hörer des Telefons ab und drückte auf einen Knopf. »Pascal? Die Deutsche ist da.« Sie lauschte, ihre Augen weiteten sich, sie sagte »Okay« und legte auf. Sie dürfe direkt hineingehen, gab sie Luise den kurzen Inhalt des Gesprächs wieder. Dabei deutete sie auf die Tür am Ende des Flurs. Hammer folgte seinem Schützling unaufgefordert wie ein Schatten.

»Louiiise! Bonjour, ich freue mich!« Pascal trug ein weißes Hemd, das seine Sonnenbräune besonders betonte. Mit strahlendem Gesicht kam er hinter seinem Glasschreibtisch mit Chromgestell hervor und breitete die Arme aus. Seine Zähne waren genauso weiß wie sein Hemd. »Und wie ich sehe, hast du Verstärkung mitgebracht. Udo, wie geht es dir?«

»Tipptopp!« Sie schüttelten sich die Hände, und Pascal klopfte Hammer danach noch auf den linken Oberarm.

»Ich vermute, dass du inzwischen schon weißt, wie es ablaufen wird«, wandte sich Pascal wieder an Luise.

»Ein bisschen«, antwortete sie und sah sich schüchtern in seinem Büro um. Die Fenster gewährten einen Blick auf die roten Markisen des Hotel George V. Im gesamten Raum hing nur ein einziges Bild. Es zeigte Naomi, nackt, ein Bein auf einen Sessel gestellt, wie sie einen Nylonstrumpf aufrollte.

Pascal folgte ihrem Blick und meinte: »Naomi kennst du ja bereits, sie hat in den höchsten Tönen von dir geschwärmt, man könnte fast sagen, sie hat dich ›entdeckt‹.«

Luise nickte. »Ja«, sagte sie. »›Kennen‹ und ›entdecken‹ wäre zu viel gesagt, aber ich mag sie auf jeden Fall.«

»Jeder in der Modebranche ›entdeckt‹ gerne solch einen Diamanten«, setzte Hammer hinzu. Seine Augen schienen dabei kleine Pfeile in Pascals Richtung abzuschießen. »Allein bei der Körpergröße lecken sich alle die Finger.«

»Also … setzt euch bitte.« Pascal deutete auf die beiden Freischwinger vor seinem Schreibtisch.

»Du hast vollkommen recht, Udo. Eine Modelkarriere entscheidet sich tatsächlich fast immer anhand der Körpergröße. Wenn wir Bewerbungen in der Agentur durchgehen, ist die erste angezeigte Information nicht Name oder Wohnort beziehungsweise Nationalität. Zuerst sehen wir auf die Körpergröße. Natürlich werfen wir auch immer einen Blick auf die Fotos. Kleinere Models brauchen aber nahezu ausnahmslos das besondere, internationale Aussehen oder eine fertige Modelmappe. Für internationale Kunden zählt insbesondere die Körper- und Konfektionsgröße des Models. Aber bei dir ist das ja kein Thema beziehungsweise …« Er räusperte sich. »… kein Problem. Wie groß bist du genau, Luise?«

»Einen Meter sechsundachtzig.«

Allein das Flackern in seinen Augen und eine kaum merkliche Bewegung seiner Hand zeigten an, wie außergewöhnlich dieses Maß war, aber was er dann sagte, war ernüchternd. »Über einen Meter einundachtzig kann es für eine Frau schon wieder schwierig werden.« Er machte eine bedauernde Geste. »Das stimmt«, sagte Hammer, ehe Pascal fortfuhr.

»So wie es Grenzen nach unten gibt, gibt es auch Grenzen nach oben. Zum einen bist du größer als deine Kolleginnen. Du bist aber auch größer als deine männlichen Kollegen. Mit High Heels überragst du sie vermutlich alle. Auch auf dem Laufsteg. Die Modekollektionen werden für die erste Präsentation nur in einer Größe gefertigt. Meist nur für Kleidergröße 34, maximal 36 bei 175 bis 179 Zentimeter. Designer, Teams und Produzenten müssten jedes einzelne Stück für dich abändern oder alle Models größer buchen. Aber ich sehe dich auf Dauer auch eher im High-Fashion-Bereich.«

Sein Monolog stieß bei Luise auf offene Ohren. Sie verstand zwar nicht alles, was er sagte, aber das meiste und saugte die Informationen über die Modelbranche dankbar auf. »Und was ist der High-Fashion-Bereich?«

»Haute Couture, das sind unsagbar teure Modelle, die auf Maß für nur eine Trägerin gefertigt werden … auch dafür gibt es Modenschauen, natürlich in einem viel exklusiveren Kreis.«

Luise war ein wenig enttäuscht. Fand sie doch gerade die Prêt-à-porter-Schauen mit den vielen Zuschauern, der Musik, dem ganzen Drumherum besonders spannend.

Aber Pascal rieb sich die Hände. »Also das Prozedere wäre so: Wir nehmen deine Daten auf, vermessen dich, und dann würden wir dich zu ein paar Fotografen für Probeaufnahmen schicken.«

»Ich dachte, die Aufnahmen würden gleich hier gemacht«, rutschte es Luise heraus. »Heute Vormittag! Denn wir haben später ja keine Zeit mehr.« Sie blickte Beistand suchend zu Hammer. Pascal zupfte einen unsichtbaren Fussel von seinem Revers und sah erst Luise und dann Hammer mit einem missmutigen Gesicht an. »Ich dachte, man hätte dir erklärt, wie es abläuft. Aber offenbar war das nicht der Fall. Wir beschäftigen keine Fotografen, und es macht auch nur Sinn, Aufnahmen von einem ›Big Name‹ machen zu lassen. Am liebsten wäre mir Helmut Newton, mal sehen, wann ich ihn ans Telefon bekomme.« Er griff zum Hörer und drückte auf den Knopf. »Versuchen Sie bitte, Helmut zu erreichen!«, sagte er knapp in den Hörer, legte ihn gleich wieder auf und faltete die Hände auf der Schreibtischplatte. »Und was soll das heißen, du hast keine Zeit?« Er sah von einem zum anderen. Hammer tupfte sich mit einem Taschentuch die Stirn ab, als würde er schwitzen, obwohl es in dem Büro eher kühl war. Er schien nervös zu sein, und das hatte Luise bei ihm noch nie erlebt.

»Wir haben heute noch drei Defilees, für die wir beide als Hairstylisten arbeiten: Christian Lacroix, John Galliano, und gleich müssen wir zu Hank Collins, einem neuen amerikanischen Designer, in die Sorbonne. Morgen geht es weiter mit …«

»Ach ja?«, unterbrach ihn Pascal. »Und wie wichtig ist das für Luise, wenn ich fragen darf?«

Hammer schnaubte. »Ganz einfach, das ist derzeit ihr Job, sie ist Friseuse, und bisher sehe ich nicht, dass sie einen neuen Job hätte. Wenn ich ihr freigeben muss, kommt mich das teuer zu stehen.«

Luise sah peinlich berührt zu Boden. Stritten sich die beiden Männer etwa um sie? Oder wollte Hammer eine Art Abfindung aushandeln? Fast hörte es sich so an. Gleichzeitig bewunderte sie, wie gelassen Pascal auf Hammers feindselige Blicke reagierte. Der gealterte Starfriseur machte beinahe den Eindruck, als wäre er eifersüchtig.

»Tja, dann müssen wir die Aufnahmen eben verschieben«, sagte Pascal und lehnte sich in seinem Stuhl zurück. »Ich weiß ohnehin nicht, wann ich die Fotografen an die Strippe kriege.«

Luise wusste beim besten Willen nicht, was sie darauf sagen sollte, aber sie merkte erstaunt, wie enttäuscht sie war. Irgendetwas in ihr hatte sich danach gesehnt, zu dieser besonderen Welt zu gehören, zu einem dieser fast übernatürlich schönen Wesen auf dem Cover der *Vogue* zu werden. Die Modebranche übte eine Macht auf sie aus, die sie anzog und gleichzeitig ängstigte. Fast als wäre sie hypnotisiert.

»Könnte ich nicht heute Abend nach der letzten Schau noch zu Aufnahmen gehen?«, fragte sie auf einmal.

Hammer schnaubte, als hätte sie eine unzumutbare Forderung gestellt. »Irgendwann muss man ja auch mal schlafen!«

»Selbstverständlich kannst du das, zumindest in der Theorie«, sagte Pascal wie ein gönnerhafter Onkel und genoss die Verärgerung Hammers anscheinend ganz besonders. »Ich werde mich darum bemühen, einen Fotografen zu finden, der sich die Zeit für Probeaufnahmen eines No Name diktieren lässt.« Jetzt war die Ironie in seiner Stimme nicht mehr zu überhören. »Passt es ab zweiundzwanzig Uhr?

Luise nickte. »Ich denke, das sollte ich schaffen, oder?«

»Vermutlich«, stellte Hammer mit unbewegtem Gesicht fest.

»Versprechen kann ich da leider nichts!«, sagte Pascal. »So was sind wir eigentlich nur von unseren Supermodels gewohnt.« Er sah sie an, spielte mit einem schwarz glänzenden Montblanc-Kugelschreiber und schien zu überlegen. Offenbar war er nicht mehr ganz so überzeugt von seiner Entdeckung, dann sagte er schließlich: »Andererseits zeigt es mir, dass du Arbeitsmoral besitzt.«

»Cécile, das ist meine Sekretärin …«, er deutete auf die Tür seines Büros, als würde sie dort sitzen, »… wird sich bei dir melden. Wie kann sie dich erreichen?«

»Am besten über diese Telefonnummer.« Luise stand auf, um aus der Tasche ihrer engen Jeans ein Streichholzbriefchen zu ziehen, und hielt es Pascal hin. »Les Saveurs de l'Orient. Couscous et Tajines. Restaurant marocain«, las er laut vor und sah sie fragend an.

»Das gehört einem Freund von mir. Da können Sie anrufen, er kann mir Ihre Nachricht abends ausrichten.«

»Einen Freund hast du in Paris also auch schon gefunden?« Er musterte sie amüsiert.

»Es ist nicht so, ich meine … er steht nicht auf Frauen«, rutschte es Luise heraus. Pascal verkniff sich ein Lachen. »Na, da ist er in Paris nicht der Einzige, obwohl ich diese Jungs ja nicht verstehen kann.« Luise stand noch immer vor seinem Schreibtisch, und sein Blick lag eine Weile auf ihrem Gesicht. »Wirklich sehr nett, das kleine Näschen, schöne Augen, alles symmetrisch, nur diese Frisur, aber da lässt sich ja was machen …«, murmelte er, dann wanderten seine Augen zu ihren Beinen.

»Darf ich fragen, ob du sie einmal gemessen hast?«

»Was?«

»Die Länge deiner Beine.« Sie schüttelte verwundert den Kopf. Wie sollte sie auf so eine absurde Idee verfallen, ihre Beine zu vermessen.

»Für die Sedcard der Agentur wären deine Maße ohnehin nötig.« Wieder nahm er den Hörer seines Telefonapparats ab. »Cécile, könnten Sie bitte einmal mit dem Maßband kommen?«

Gleich darauf öffnete sich die Tür, und die Rotblonde kam herein.

»Nehmen Sie bitte die Maße«, sagte Pascal, als sei es etwas ganz Alltägliches, einer Besucherin die Gliedmaßen zu vermessen, und offenbar war es das auch. Denn Cécile legte ihr ohne Weiteres das Maßband um die Brust, hielt den Finger auf eine Zahl, nannte diese laut, dann wiederholte sie das Prozedere mit ihrer Taille und Hüfte.

»Achtundachtzig, achtundfünfzig, achtundachtzig«, wiederholte Pascal und sah Hammer an. »Etwas dünner als die Idealmaße.«

Cécile kniete sich nun vor Luise auf den Teppich, bat sie, die Schuhe auszuziehen. Alle beobachteten, wie sie ihre schwarzen Ballerinas auszog und nebeneinanderstellte. Es war ihr peinlich, wie abgetragen ihre Schuhe waren. Allein Céciles Gesichtsausdruck war anzumerken, dass sie deren Schäbigkeit wohl bemerkt hatte. Sie bat Luise, gerade zu stehen und die Füße dicht nebeneinanderzustellen, dann legte sie das Maßband an ihrem Hüftknochen an und zog es nach unten bis unter ihren Fußknöchel.

»Und?«, fragte Pascal. Hammer, der während des Gesprächsverlaufs immer schweigsamer geworden war, beugte sich nach vorne und murmelte: »Das würde mich jetzt auch interessieren.«

Cécile legte ihren Finger auf eine Stelle an dem weißen Maßband und las vor: »Hundertvierzehn Zentimeter.«

Pascal Laurent sah sie an, als glaube er ihr nicht. »Zeig mal her«, sagte er und beugte sich nach vorne, um die Zahl unter Céciles Finger abzulesen. »Cent quatorze!«, las er laut auf Französisch vor und fügte kopfschüttelnd hinzu: »C'est incroyable!« Er warf Hammer einen fragenden Blick zu, und der strich sich nachdenklich über das Kinn. »Wenn das stimmt, hätte sie längere Beine als Nadja.«

»Nadja?«, fragte Luise, die nicht verstand, warum die Männer so geheimnisvoll taten. Aber sie konnte ihre Aufregung spüren. Ihre Gesichter hatten den ungläubigen Ausdruck von Goldgräbern, die glaubten, auf eine Mine gestoßen zu sein, und ihrem Glück noch nicht so recht trauten.

»Nadja Auermann war auf den Titelseiten der meisten Modemagazine, hat mit fast alle großen Modemachern zusammengearbeitet und gilt bisher als das Model mit den längsten Beinen«, erklärte Pascal.

»Sie sind hundertzwölf Zentimeter lang.«

»Zieh dich aus!«, sagte Pascal in einer Tonlage, als würde er das Selbstverständlichste der Welt verlangen. Als er ihren erschrockenen Gesichtsausdruck sah, fragte er sie höflicher: »Ich meine, würde es dir etwas ausmachen, einmal deine Jeans auszuziehen?«

»Hier vor Ihnen allen?«

Hatte Hammer sie noch vor wenigen Minuten als seine unabkömmliche Friseuse bezeichnet, nickte er ihr jetzt aufmunternd zu. »Du solltest doch inzwischen gelernt haben, dass das in der Mode- und Modelbranche nichts Ungewöhnliches ist.«

Luise wusste, dass er recht hatte, doch sie hatte trotzdem widersprüchliche Gefühle, und ihre Schamhaftigkeit war ihr auf einmal peinlich. Doch ohne zu antworten, öffnete sie den Knopf, dann den Reißverschluss und schlüpfte aus ihrer Jeans, hängte sie über den Stuhl. Nun stand sie vor drei fast fremden Menschen in ihrem rosa geblümten Slip und wurde begutachtet, wie sie es sonst nur vom Viehmarkt in Emden kannte, wenn ihr Vater eine neue Milchkuh kaufen wollte.

»Magnifique!«, sagte Pascal leise, aber voller Begeisterung in der

Stimme. Ihre Beine seien gerade, schlank, die Haut ebenmäßig und glatt … und unvorstellbar lang. Er suchte voller Eifer nach Worten, die seinem Enthusiasmus Ausdruck verliehen. Hammer saß nur da, kaute auf seinen Lippen und nickte.

Pascal sagte: »Und das alles ohne High Heels, stell dich doch bitte einmal auf die Zehenspitzen.« Luise verstand den englischen Ausdruck zunächst nicht und warf ihm einen fragenden Blick zu, aber Cécile machte es ihr vor, und Luise tat es ihr nach. Jetzt waren ihre Muskeln angespannt. Der Glanz in Pascals Blick zeigte ihr, wie sehr ihre nackten Beine seinen Gefallen fanden, seinen Geschmack trafen, und dann sagte er einen Satz, den sie nie in ihrem Leben vergessen würde: »Damit kann sie Weltkarriere machen!«

Anschließend machte er eine Handbewegung, mit der er sie bat, sich zu drehen. Mit pochendem Herzen bewegte sich Luise ganz langsam um ihre eigene Achse, ließ ihn dabei aber nicht aus den Augen, drehte ihm ihren Kopf zu. Als sein Blick auf ihre Wade fiel, änderte sich sein Gesichtsausdruck jedoch.

»Oh, mon Dieu!«, stieß Cécile aus und hielt sich die Hand vor den Mund. Erst in diesem Augenblick wurde sich Luise bewusst, dass es ihre Narbe war, die hässliche Zeichnung, die aussah wie das Bild einer purpurroten Leiter auf ihrer Haut, die die beiden verstörte. Sie selbst hatte ihre Narbe, die der Melkunfall auf ihrem Unterschenkel hinterlassen hatte, bis zu diesem Moment vollkommen vergessen.

»Was ist das?«, fragte Pascal mit erstickter Stimme und klang so entsetzt, dass Luise von einem Augenblick auf den anderen klar wurde: Sie würde niemals ein Model werden.

19

So kam es, dass Luise ohne die Ankündigung eines Anrufs die Agentur ELLE verließ. Es war ernüchternd, wie schnell sie und Hammer aus den Räumlichkeiten hinauskomplimentiert wurden. Unten im Treppenhaus wartete sie auf Hammer, der – wie gewohnt – den Aufzug nahm.

»L'ascenseur«, wiederholte Luise erneut einige Male und konzentrierte sich auf die französische Aussprache, um sich von ihrer Enttäuschung abzulenken. War es nicht erstaunlich? Noch am gestrigen Morgen war sie mit dem zufrieden gewesen, was sie war, ihr hatte nichts gefehlt, und jetzt, nur weil ihr jemand diesen Floh ins Ohr gesetzt hatte, es als Model zu versuchen, war sie enttäuscht, weil sich die Aussicht in Luft auflöste. Sie sah zu dem gelb leuchtenden Knopf des Aufzugs und fragte sich, wo Hammer so lange blieb.

Die Haustür öffnete sich, das Klackern hoher Absätze auf dem Marmorfußboden war zu hören, und eine Dame kam auf sie zu. Als sie an ihr vorbei zum Aufzug ging, sagte Luise freundlich: »Bonjour, Madame!«, so wie sie es ein paar Mal in Paris aufgeschnappt hatte. Die Dame blickte sie an und lächelte mitfühlend: »Une autre créature pitoyable à moitié affamée.«

»Pardon?«, fragte Luise die zierliche Frau von etwa siebzig Jahren, die wie ein alt gewordenes hübsches junges Mädchen wirkte. Sie hatte blonde Haare, ein faltiges Gesicht, ihre Augen waren lebendig und willensstark, doch ihre Schultern und der Gang leicht gebeugt. Zu einer schwarzen Hose trug sie eine elegante hochgeschlossene weiße Jacke.

»Ich war auch einmal eine von euch!«, sagte die Dame auf Englisch, denn sie hielt Luise offenbar für ein ausländisches Model. »Aber das waren noch ganz andere Zeiten, damals war es eine Ehre, die Kreationen von Christian Dior oder Coco Chanel vorzuführen, wir wurden geschätzt, und wir durften auch ab und zu noch etwas essen!«

»Sie waren Model für Dior und Chanel?«, fragte Luise ebenfalls auf Englisch.

Die Dame nickte. »Ja, auch wenn man mir das nicht mehr ansieht.« Ihre Augen bekamen einen melancholischen Glanz, als würde sie die glamourösen Bilder von damals wieder vor sich sehen. »Es waren schöne Zeiten, die niemals wiederkommen. Wir fühlten uns wie Königinnen oder Prinzessinnen, wenn wir die wundervollen, kostbaren Kleider trugen.«

Die Aufzugtür öffnete sich, und Hammer kam wutschnaubend heraus. »Dieser verdammte Fahrstuhl! In der Zeit, die er für zwei Stockwerke braucht, mache ich normalerweise drei Haarschnitte und eine Dauerwelle … mindestens.«

Die Dame musterte ihn missbilligend: »Sie haben schlechte Manieren, Monsieur!«, sagte sie, dann wandte sie sich nochmals an Luise: »Ma chère jeune fille: Du siehst viel zu traurig aus. Du bist in Paris, der schönsten Stadt der Welt! Coco Chanel hat immer gesagt: Es gibt eine Zeit für die Arbeit. Und eine Zeit für die Liebe. Mehr Zeit hat man nicht. Denk mal darüber nach, bonne journée!« Damit drehte sie sich um, ließ sich von Luise die Aufzugtür aufhalten, die der Dame hinterhersah, als sie in der Kabine nach oben glitt.

Hammer war schon auf dem Weg nach draußen.

»Warum hast du mir das mit der Narbe nicht früher gesagt? Wie stehe ich denn jetzt da!«, schimpfte er, als sie ins Auto einstiegen. Luise zuckte mit den Schultern. »Ich habe gar nicht mehr an die Narbe gedacht, und bisher war sie ja auch nicht wichtig.« Sie verstand nicht, warum er sich so aufregte. Hatte er nicht gerade noch behauptet, sie sei als Friseurin unabkömmlich? Er war es doch außerdem nicht gewesen, der ihr den Termin in der Agentur vermittelt hatte, sondern letztlich hatte sie den Kontakt Naomi zu verdanken und ihrem Walk bei der Chanel-Show.

Sie fuhren schweigend durch die Pariser Straßen. Es war, als wäre mit der Absage und dem ersten kalten Tag die ganze Traurigkeit der Stadt über sie hereingebrochen, und das ausgerechnet an Luises achtzehntem Geburtstag. Dabei hatte er mit Aydins Gebäck und Kaffee sowie dem Termin in der Agentur so verheißungsvoll begonnen.

»Und wo geht es jetzt hin?«, fragte Luise.

»In die Sorbonne, direkt ins Herz der Pariser Gelehrten. Hank Collins wird sein Defilee im Innenhof der Universität durchführen. Amerikanische Frühlingsmode im Herbstwind, zwischen mittelalterlichen Mauern, ob das zusammenpasst …?« Er runzelte die Stirn, sagte aber nichts weiter.

Sie verließen das elegante achte Arrondissement, fuhren über die Brücke auf das Rive Gauche Richtung Quartier Latin. Die ersten Herbstwinde bliesen über die Oberfläche der Seine und peitschten glitzernde Tropfen in das helle Licht. Die Bouquinisten mussten ihre Bücher auf den Verkaufstischen festbinden, damit sie nicht davonflatterten. Auch das Laub an den Bäumen, die das Ufer säumten, wurde von Böen erfasst. Luise sah anfangs nicht mehr als das Grau der Straßen am linken Ufer, die steilen Hügel des Montagne Sainte-Geneviève, die kahlen Mauern des strengen Lycée Henri Quatre und den hohen Turm der Kirche Saint-Étienne-du Mont. Hier im fünften Arrondissement waren die Häuser weniger gepflegt als im achten, aber es gab wieder kleine Geschäfte, Boulangerien, Cafés, Restaurants, einen Markt auf der Place de la Contrescarpe mit bunten Ständen. Obwohl es kalt war, ließ sie das Fenster herunter, streckte das Gesicht in den Fahrtwind und roch den Duft nach süßem Obst, Leckereien und würzigem Käse. Neben den Stühlen der Cafés hatten die Besitzer schon Heizpilze aufgestellt. Dort saßen die Studenten in Kapuzenpullovern, Baggy Pants, Baseballkappen oder Stoffhüten, die aussahen wie bunte Fischerhüte mit umgeschlagener Krempe. Viele Mädchen hatten ihre Haare im Rachel-Cut geschnitten; der Stufenschnitt, den Jennifer Aniston in der Serie *Friends* trug, schien in Studentenkreisen besonders beliebt zu sein. *FILA, Chiemsee, Fishbone* oder *Dieckies* stand in großen Buchstaben auf ihren Shirts. In diesem Herbst war die Mode auf der Straße plakativ. Jeder sollte sehen, was man trägt, denn das galt als cool. Die Pariser Studenten waren in plüschige Teddyfelljacken gehüllt, hatten Sonnenbrillen in Gelb, Grün oder Blau auf den Nasen, blieben warm und aßen ihr Pain au chocolat.

Wenn man in Paris nicht genug aß, wurde man sehr hungrig, weil es überall so köstliche Auslagen gab und weil die Menschen im Freien aßen, sodass man das Essen sah, einem ständig dessen Duft in die Nase stieg. Luise musste an den Geschmack der selbst gebackenen Madeleines denken, die Aydin ihr heute Morgen samt anderen Gebäckstücken gebracht hatte.

»Avec ardeur! Mit Hingabe«, wiederholte sie leise seine Worte. Und sah auf einmal ihre Zukunft klar vor Augen: Sie würde nach dieser Woche wieder nach Hause fahren und dann in Leversdorf bei Gitte weiterarbeiten. Sie war Friseurin, und sie hatte ihren Beruf bisher gemocht, hatte Befriedigung empfunden, wenn sie Kundinnen die Haare färbte, schnitt oder föhnte, sich die Landfrauen danach schön fühlten und glücklich waren. Warum sollte sie sich überhaupt nach etwas anderem sehnen? Es war ein guter, ein ehrlicher Beruf. Sie konnte einfach ihre Arbeit tun – und zwar mit Hingabe! Wenn sie abends nach Hause kam, konnte sie in den Kuhstall gehen, die Wärme der Tiere spüren, mit Sneeiflock auf der Bank an der Hauswand die Abendsonne genießen, Tee mit Wölkje trinken. Wie mochte es der kleinen weißen Katze wohl ergehen, ob sie schon Mäuse fing, ob sie Luise vermisste?

Die ausgedehnten Gebäude der Sorbonne strahlten noch immer Würde und Gelehrsamkeit aus, obwohl, wie Hammer ihr erklärte, von ihrem mittelalterlichen Trakt nichts mehr vorhanden war. »Das da ist nur neunzehntes Jahrhundert, aber trotzdem eine geschichtsträchtige Kulisse. Ob sie allerdings für amerikanische Frühjahrsmode taugt …«, er wedelte mit der Handfläche, »… werden wir sehen … hier war schon so einiges los. Achtundsechzig war die Universität Mittelpunkt der Studentenbewegung. Sie wurde sogar besetzt, und hier im Quartier Latin tobte der Mob. Davon hast du sicher mal gehört, oder?« Luise schüttelte den Kopf und sah zu, wie Hammer wieder mit zwei Rädern auf den Bordstein rollte, um zu parken.

»Wird das nicht langsam zu teuer mit den vielen Strafzetteln?«, fragte sie.

Hammer machte eine Geste, die zeigte, wie gleichgültig ihm die Parktickets waren. »Die habe ich bislang noch nie bezahlt. Das deutsche Kennzeichen hat auch sein Gutes.«

Die meisten Studenten, die zum ersten Mal aus dem Dunkel des düsteren Gebäudes in den Innenhof des Collège de France traten, sahen sich zuerst verblüfft um, so als hätten sie einen derart märchenhaften Ort höchstens in ihren Träumen, aber nicht in ihrer Universität erwartet. Manche blieben verzaubert mitten auf dem Platz stehen und zählten die Säulen. Die Strahlen der Sonne ließen das Kuppeldach und den grünen Turm der Kapelle glänzen, das Zifferblatt der Uhr über dem Portal weiß leuchten. Luise war nicht sicher, ob sie die jungen Leute, die hier mehrere Jahre verbrachten, beneidete. Sie hätte sich gerade angesichts der Schönheit von Paris nicht vorstellen können, den ganzen Tag über Büchern zu sitzen. Und sie wusste ja von Nils, dass er die Lernerei nicht selten satthatte.

Nils! Ihr fiel auf, dass sie seit gestern nicht mehr an ihn gedacht hatte.

Heute hatte der Platz einen großen Teil seiner Anziehungskraft eingebüßt, da in seiner Mitte eine Tribüne aufgebaut worden war. Der Laufsteg verlief im Viereck vor den Säulen.

»Worauf wartest du?«, fragte Hammer und zog sie mit sich mit. Im Inneren, hinter den dicken Mauern, war es noch kühler, aber Luise wusste inzwischen aus Erfahrung, dass es ihr bei der Arbeit warm werden würde. Hier herrschte bereits das übliche Gedränge, wie vor jedem Defilee. Die Garderobe war in einem langen dunklen Gang eingerichtet worden, doch jemand hatte alles perfekt vorbereitet. Großformatige Spiegel, Licht aus unzähligen Glühbirnen und Strahlern, Steckdosenleisten, sogar Rollwagen mit verschiedenen Körben für die Utensilien der Stylisten standen an jedem Platz bereit.

»Hi, I'm Mandy!« Die Assistentin des Modemachers sprach mit breitem texanischen Akzent und erfüllte kaugummikauend das amerikanische Klischee.

»Es hat mich zwei Jahre gekostet, das ehrwürdige Gremium der Sorbonne davon zu überzeugen, dass Hank unbedingt hier seine Fashion-Show durchführen muss. There is no better place, what do you think?« Luise mochte Mandy auf Anhieb, denn sie sah sie aus schönen grünen Augen in einem breiten, ausdrucksvollen Gesicht offen an. Aber von deren Wahl des richtigen Ortes für eine Modenschau war sie nicht überzeugt. Passte die quietschbunte Kollektion des Amerikaners wirklich in diese pathetische Umgebung mit jahrhundertealter Tradition?

»Ihr könnt gleich anfangen. Wer da ist, startet einfach mit den Models in der Reihenfolge, wie sie ankommen«, erklärte Mandy. Luise begann, einen der Koffer auszupacken, klebte die nummerierten Fotos mit den Frisuren an den Spiegel, ordnete Kämme, Bürsten, Föhn, Lockenstab, Sprays ordentlich auf der Ablage und in den Körben an. Sie hatte bei den ersten Modenschauen viel Zeit mit Suchen verbracht und wusste inzwischen, wie chaotisch es kurz vor der Show zugehen konnte. Eine gute Organisation und Ordnung konnten dabei helfen, die Hektik zu überstehen.

In der Garderobe herrschte bereits jetzt so viel Bewegung wie selten zuvor, obwohl noch gar nicht alle da waren. Eine französische Stylistin, Anne, die sie von zwei anderen Shows bereits kannte, begrüßte sie herzlich, wonach sie auch andere Kolleginnen und Kollegen überschwänglich mit Umarmungen und Bisous auf die Wangen begrüßten. Um sie herum schwirrten Thierry, ein französischer Visagist, Mia, seine italienisch-chilenische Freundin, die auch Hairstylistin war, Kazuko, eine japanische, seit Kurzem in Paris lebende Visagistin, Pierre, ein französischer Retuscheur, Jack, der australische und gerade aus London eingetroffene Choreograf, und Marcel, der Schweizer Lichtassistent mit Wohnsitz in Paris und Basel. In einiger Entfernung, bei den Kleiderständern, bereitete Tracy, Mandys Assistentin aus Orlando, zusammen mit Oliver, einem New Yorker, die Outfits vor. Unter jedem Bügel standen die Schuhe bereit: Es waren Jelly-Sandalen in Pink, Gelb, Grün und Orange. Biegsame Gummischuhe, wie Luise sie von einer Wattwanderung kannte. Allerdings waren ihre damals schwarz gewesen. Hank machte die Sandalen zum Fashiontrend für den Frühling 1993.

Die hohen Wände in dem Gang warfen Echos zurück, alle Stimmen wurden mit hellem Schall verdoppelt oder gar verdreifacht, was sich, je mehr Stylisten und Models eintrafen, zunehmend verheerend auf die Akustik auswirkte. Man verstand sein eigenes Wort nicht mehr, deswegen schrie jeder noch einmal lauter und machte damit letztlich jede Unterhaltung unmöglich. Sie frisierte einer hellblonden Schwedin namens Anja eine glatte, glänzende Langhaarfrisur, dem nächsten Model, Maria, einer Norditalienerin mit Friauler Dialekt, eine lockere Hochsteckfrisur, die ihre längliche Gesichtsform noch unterstrich, und steckte dem nächsten Model einen türkisfarbenen Fischerhut fest. Darunter schimmerte ein langer brünetter Zopf hervor, der aus Kunsthaaren bestand, die keiner von echten hätte unterscheiden können. Ein deutsches Model, Doreen, das dritte, das Luise in Paris begegnete und ausgerechnet aus Karl-Marx-Stadt kam, das jetzt wieder Chemnitz hieß, war hocherfreut, mit ihr Deutsch sprechen zu können. Sie hatte in der Schule kein Englisch gelernt, sondern Russisch, und hatte es bei der Verständigung mit dem Modevolk entsprechend schwer. Doreen fragte sie, ob sie sich noch mal treffen wollten, solange sie in Paris war. Es gebe hier unglaublich coole Nachtclubs.

Bei dem männlichen Model Keith aus San Diego gab sie dem »Front-curtained-Look« den letzten Schliff. Den totalen Durchblick hatte man mit dieser Frisur nicht, aber dafür konnte man besonders geheimnisvoll zwischen den Strähnen hindurchschauen und sie ab und zu lässig aus dem Gesicht schütteln. Mit der Pony-Frisur der Japanerin Yoko hatte Luise aufgrund von deren vielen, festen, widerspenstigen Haaren länger zu tun, bis jede Strähne den perfekten Glanz hatte. Während sie Strähne für Strähne bearbeitete, spielte das Model auf einem Gameboy Mario Kart. Luise fiel auf, dass sie heute das einzige nicht weiße Model war, wo doch sonst in bisher jeder Show, für die sie gearbeitet hatte, Mädchen aller Hautfarben und Nationalitäten liefen. Genauso wie in jeder Show mindestens eines der Supermodels dabei gewesen war.

Heute kam bei jeder Einzelnen das Glätteisen zum Einsatz. Nur zweimal verwendete Luise den Lockenstab. Hank wollte nur spiegelglatte, glänzende, gesunde Haare sehen, die alle anwesenden Hairstylisten mithilfe des thermischen Bügelns erreichten. Die Glätteisen glühten an jedem Platz. In der Show sollten die Mädchen den Ostküstentraum verkörpern. »Stellt euch vor, sie waren den Sommer über auf Cape Cod oder Martha's Vineyard in den Ferienhäusern ihrer Eltern oder Freunde, und jetzt kommen sie zurück an die Ivy-League-Universitäten: Harvard, Yale und so weiter«, erklärte ihnen Hank. »Dabei nehmen sie den neuesten Ferienlook mit, und wir transportieren ihn an die Pariser Sorbonne.«

Bevor sie auf Luises Stuhl vor dem Spiegel Platz nahmen, waren alle Models in einer Kabine am ganzen Körper mit Bräunungsspray behandelt worden. Es gab auch männliche Models, die sich besonders über die

Duschhauben lustig machten, die sie dafür aufsetzen mussten. Luise fand, dass es unnatürlich aussah und überhaupt nicht zum Stil der Pariser passte. Aber nachdem sie die Studenten in den Cafés des Quartier Latin gesehen hatte, fragte sie sich, ob diese womöglich im nächsten Frühjahr auf den neuen Trend aufspringen würden. In den letzten drei Tagen hatte sie bereits ein Auge für Stil und Mode entwickelt, und die Fischerhüte, die Sweatshirts mit plakativen Aufdrucken und Kapuzen waren ihr aufgefallen, weil sie nicht den Stil der typischen Pariserin verkörperten.

Hank turnte zwischen ihnen herum, in einer knallroten Hose und einem weißen Hemd, und verbreitete gut gelaunt nichts anderes als zusätzliche Hektik. Caroline, eine Kalifornierin, trug den Friends-Haarschnitt von Jennifer Aniston mit feinen blonden Strähnen, die wirkten, als seien sie von der Sonne gebleicht. Von Luise bekam sie die Haare so lange glatt gebügelt, bis sie das Licht der hellen Strahler reflektierten. Dabei jammerte Caroline ihr von den unvorstellbar hohen Wohnungspreisen in New York vor, wo sie lebte. Zoé wiederum, die erste Französin, die sie heute frisierte, stammte aus Hyères, lebte erst seit Kurzem in Paris, erzählte ihr von ihren Liebesgeschichten und dass sie gerade wieder »jemanden kennengelernt« habe. Dabei machte sie einen Kussmund und verdrehte theatralisch die Augen. Sie plapperte drauflos, und ihr Englisch klang bezaubernd. »Ich hätte nur gerne einmal etwas mehr Freizeit. Seit einem Monat habe ich jedes Wochenende durchgearbeitet. Ich würde auch gerne einmal wieder meine Schwester sehen, die wie ich in Paris wohnt. Hast du Geschwister, Chérie?«

»Ja, eine Schwester und einen Bruder.«

»Und, fehlen sie dir?«

Luise musste überlegen. Sie zog das Glätteisen durch eine Strähne und hielt es dann eine Weile still. »Ich glaube schon, am meisten fehlt mir aber eine kleine weiße Katze, die aussieht wie eine Schneeflocke, unsere Kühe, die Weite und …«

»Und?« Zoé sah sie erwartungsvoll an, und ein wissendes Lächeln spielte um ihre Mundwinkel. »Nun sag schon, wie ist er? So groß wie du oder größer, gut gebaut, blond? Mit genauso wasserblauen Augen, wie du sie hast?«

»Ja … in etwa so…« Luise fiel auf, dass Zoé Nils ziemlich genau beschrieben hatte und wie ähnlich er ihr im Grunde sah. Außerdem dachte sie heute schon das zweite Mal an ihn.

»Wann kommt er nach Paris?«, bohrte Zoé weiter. »Ich würde ihn gerne mal sehen.«

Sie kicherte, und Luise antwortete: »Gar nicht. Ich fahre nächste Woche wieder nach Hause zurück.«

»Warum bleibst du nicht hier? Wegen ihm?«

Luise sah sie ratlos an. »Ich weiß nicht. Vielleicht.«

Das nächste Model setzte sich auf ihren Stuhl. Zu Luises Überraschung war es Pilar, das Mädchen, das vor drei Tagen den Verkehrsunfall vorgetäuscht hatte.

Sie sah sie an und hauchte ein »Bonjour!«.

»Bonjour!«, erwiderte Luise und sah ihr in die Augen, unter denen tiefe Schatten lagen. Das Schwarz ihrer Pupillen hob sich kaum von der dunklen Iris ab. Ihre gescheitelten Haare setzten tief an der Stirn an, und Luise fragte sich, was wohl hinter dieser vorging. Was ließ ihr Gesicht so unsagbar traurig und verängstigt wirken?

»Ça va?«, fragte Luise. Eine eher lockere französische Floskel, die sie inzwischen aufgeschnappt hatte. Pilar saß seltsam steif auf dem Ikea-Klappstuhl und schien alle Muskeln angespannt zu haben. Sie saß da, als wäre sie es nicht gewohnt zu sitzen, wie ein Mädchen, das immer auf der Hut, immer auf der Flucht war.

»Ça va!«, antwortete sie, was so viel hieß wie: Ja, alles gut. Aber jeder konnte ihr ansehen, dass nichts gut war und dass sie nicht darüber sprechen würde.

»Welche Nummer hast du bekommen?« Luise meinte die Modelnummer, die auch auf den Fotos stand, die sie an den Spiegel geklebt hatte. So wusste man von jedem Model, welche Frisur es bekommen sollte.

Pilar schüttelte den Kopf. »Noch gar keine, ich springe ein.«

»Und du weißt vermutlich nicht, für wen.«

Luise sah sich nach Mandy um und erblickte sie von Weitem in ihrem gelben Kleid.

»Ich bin gleich wieder da«, sagte sie zu Pilar.

»Welche Frisur bekommt das Mädchen dort?«, fragte sie Mandy kurz darauf und deutete auf ihren Schminkplatz.

Mandy drehte sich um, und beide sahen, dass der Platz leer war. »Wen meinst du?«

Pilar war verschwunden. »Das verstehe ich nicht. Eben saß sie noch da und meinte, sie springt für ein Model ein, das nicht kommt.«

Mandy blätterte eine Liste auf ihrem Klemmbrett durch, fuhr mit dem Finger die Namen entlang. »Also ich habe alle abgehakt. Es fehlt keine.« Sie sah Luise mit einem Blick an, der erkennen ließ, dass sie ihre Frage merkwürdig fand. »Alle Models sind gekommen. Ich weiß nicht, wen du meinst.« Als Luise ungläubig den Kopf schüttelte, legte sie ihr die Hand auf den Unterarm. »Wir sind alle ziemlich überarbeitet, da kann man sich schon mal irren.«

Luise dankte ihr kleinlaut und ging zurück zu ihrem Platz. Sie fragte das nächste Model nach seinem Namen, nannte ihm den ihren und bat, bevor sie ihm in die Haare fasste, wie immer um Erlaubnis. Das Mädchen hieß Yvonne und sah sie an, als wäre es unter ihrer Würde, sich mit ihr zu unterhalten. Mit ihrer arroganten Art hatte sie den Habitus eines Supermodels, obwohl Luise sie bisher noch auf keiner Show gesehen hatte und Hammer auch nie eine »Yvonne« erwähnt hatte. Sie trug ein Chanel-T-Shirt, Stiefeletten mit dem goldenen Gucci-Logo und hatte ihre teure Tweedjacke lässig über die Stuhllehne gehängt. Normalweise konnten sich die weniger bekannten Models die Luxuslabels nicht leisten. Luise glättete ihr die ellbogenlangen kastanienbraun gefärbten Haare. Aber denken konnte sie nur an eines: Warum war Pilar hier aufgetaucht? Wollte sie ihr etwas sagen? Brauchte sie Hilfe?

Der Deckel des Hitzeschutzsprays ging nicht ab, und Luise musste das Glätteisen ablegen. Dabei rutschte es von der Ablage und fiel auf den alten Steinboden hinunter.

»Aiii!«, jaulte das Mädchen auf, denn das heiße Eisen hatte ihr nacktes Bein gestreift. »Tu es complètement folle?«, schrie sie Luise an.

»Oh, das tut mir leid, ich hole kaltes Wasser!« Luise rannte sofort los, suchte die Toiletten und kam wenige Minuten später mit einem nassen Papierhandtuch zurück. Das Model saß nicht mehr auf dem Stuhl, sondern stand einige Meter entfernt in einem Pulk, zeigte den anderen eine offenbar rote Stelle am Knie und warf Luise wütende Blicke zu. Anscheinend hatte sie sich auch schon bei Mandy über sie beschwert, die beschwichtigende Gesten machte, aber dennoch einige Male mit gerunzelter Stirn zu Luise hinübersah.

Hammer arbeitete neben ihr völlig unbeirrt weiter. Entweder hatte er nichts von dem Vorfall mitbekommen oder tat zumindest so. Auch er hatte heute bei jedem Model das Glätteisen im Einsatz. Am liebsten wäre Luise einfach verschwunden, hätte sich in Luft aufgelöst, genauso wie Pilar vorhin, aber sie wusste auch, dass dies nicht der richtige Weg war, mit der Angelegenheit umzugehen. Obwohl sie merkte, dass ihr die Röte ins Gesicht stieg, überwand sie sich und ging auf die Gruppe zu. »Es tut mir wirklich leid, das wollte ich nicht. Ist es sehr schlimm?«, sagte sie. »Darf ich mal sehen?«

Widerwillig zeigte ihr das Mädchen den etwa drei Zentimeter roten Streifen am Knie, den man allerdings auf der gebräunten Haut kaum erkennen konnte. Luise bückte sich und suchte nach den passenden englischen Worten. »Ich könnte vielleicht zu einer Apotheke laufen und Brandsalbe kaufen. Aber das Beste wäre es, die Stelle unter fließendes kaltes Wasser zu halten.«

»Fiche-moi la paix!«, sagte das Model in wenig freundlichem Ton und wiederholte auf Englisch: »Lass mich einfach in Ruhe! Ich brauche deine Hilfe nicht. Du hast schon genug angerichtet.«

Yvonne sprach so laut, dass noch mehr Stylisten auf sie aufmerksam wurden, als sie sich an Mandy wandte und verlangte, dass jemand anderes sie frisieren sollte. Auf keinen Fall würde sie sich noch einmal auf den Stuhl dieser ungeschickten Idiotin setzen.

»Oh, là, là!«, mischte sich Anne ein, die französische Stylistin, die Luise vorhin so nett begrüßt hatte. »Du solltest vielleicht aufpassen, was du sagst! Man muss nicht gleich beleidigend werden«, sagte sie auf Englisch. Yvonne antwortete auf Französisch, und es folgte ein längerer hitziger Dialog, den Luise nicht verstand, der aber von dem Schall in dem hohen Gang mehrfach zurückgeworfen und verzerrt wurde. Jetzt kam auch Zoé dazu, das Model, das sie über ihre Liebe ausgefragt hatte, Thierry, Mia und Kazuko legten Mascara, Glätteisen und Pinsel ab, drehten sich zu ihnen um. Anja, das schwedische Model, das nichts trug als orangefarbene Shorts und ein Bustier, Maria, die Italienerin, alle kamen näher und zogen noch mehr und noch mehr Leute nach sich.

»Warum bist du so hässlich zu ihr? Sie hat es sicher nicht mit Absicht gemacht!«, sagte Thierry.

Mandy warf einen entnervten Blick auf ihre Armbanduhr. Sie war für den ordnungsgemäßen Ablauf der Schau zuständig und sagte: »Hey, Leute, ihr habt euch bei der Sache nicht einzumischen. Geht an eure Arbeit zurück, wir müssen in zwanzig Minuten alle startklar sein. Und du …«, sie wandte sich an Luise, »… solltest dich bei Yvonne entschuldigen.«

Luise nickte und sagte zum dritten Mal, dass es ihr wirklich sehr, sehr leidtue, worauf Yvonne nur mit einem Schulterzucken reagierte. Dann fing sie plötzlich an, sich richtig aufzuregen. »Das wird bestimmt eine hässliche Narbe geben. Womöglich ist meine Modelkarriere ruiniert. Ich möchte jedenfalls nicht, dass dieses Monster mich noch mal anfasst.« Sie zeigte auf Luise.

Da konnte Luise sich nicht mehr beherrschen. »So was Albernes!«, polterte sie los. »Das ist noch nicht einmal eine richtige Verbrennung. So etwas haben wir auf unserem Hof oft genug gehabt. Früher, als die Kühe noch …«, sie suchte nach der englischen Vokabel.

»Luise, sei still!«, murmelte Hammer.

Aber Luise ließ sich nicht mehr bremsen und nannte es: »Firesign – als sie noch Firesigns bekamen – heute kriegen sie Tätowierungen. Jedenfalls ist dabei jeder von uns mal an das heiße Eisen gekommen, wenn wir geholfen haben.«

Die anderen sahen sie entgeistert an.

»Vergleichst du mich etwa mit einer Kuh?« Yvonnes Stimme zitterte theatralisch.

Luise ging gar nicht darauf ein. »Und wenn du mal sehen willst, was eine Narbe ist, dann schau dir das hier an …«

Zum zweiten Mal an diesem Tag knöpfte sie ihre Jeans auf, zog den Reißverschluss herunter.

»Tu das nicht, Luise!«, hörte sie Hammers Stimme, verstand wegen der vielen Echos aber nicht, was er sagte. Wie von Sinnen zerrte sie sich die Hose über die schmalen Hüften, die Oberschenkel, trat auf deren Enden, um sie ganz herunterzuziehen, warf sie achtlos auf den Steinboden und drehte Yvonne ihre Wade zu.

Die Umstehenden gaben überraschte Laute von sich. »Oh, mon Dieu!«, riefen einige der Mädchen aus, genauso wie heute Vormittag noch Cécile, die Assistentin von Pascal. Mindestens zehn Leute starrten entgeistert auf ihre lange rote Narbe an der Wade.

»Seht ihr? Ich habe doch gleich gesagt, dass sie ein Monster ist!«, rief Yvonne. Hank kam atemlos angerannt und fragte, was los sei, hörte aber gar nicht zu, als Mandy anfing, ihm eine Erklärung zu geben, sondern klatschte mit grimmigem Gesicht in die Hände. »Los, los, los, an die Arbeit!« Von seiner guten Laune war nicht mehr viel zu spüren. Mandy wandte sich wieder an Luise. »Das war keine so gute Idee, my dear! Ich glaube, das Beste wäre, wenn du jetzt deine Sachen packst und gehst. I'm sorry!«

Luise kam erst langsam wieder zu sich. Was hatte sie getan! Sie sah das erstarrte Gesicht Hammers dicht neben sich, der ihr zuflüsterte, sie solle am Auto auf ihn warten, aber nicht glauben, dass er sie je wieder bei einer Show einsetzen würde. »Es ist wichtig, dass du eine Sache besonders schnell kapierst: Du bist eine Provinzfriseuse und nichts anderes!«

Nach diesem letzten Satz ihres Chefs bahnte sie sich einen Weg zwischen den bereits fertig angezogenen Models in bunter Strand- und Sportkleidung hindurch, an Visagisten vorbei, die bis zuletzt noch Sunglow aufpuderten, an Stylisten, die Polos aus den Shorts zupften, und nahm die bedauernden Kommentare von denen, die sich zu ihr umdrehten, gar nicht mehr wahr. Nur tausend Echos schriller Stimmen kamen in ihren Ohren an, und ihr brummte der Schädel, während sie die Bürsten, Kämme, Sprays und Glätteisen wahllos in den Pilotenkoffer warf. Sie spürte nicht, wie ihr Gesicht glühte, denn langsam wurde ihr klar, was sie getan hatte: sich bis auf die Knochen blamiert!

Sie griff nach dem letzten Kamm, der ganz hinten auf der Ablage lag, wollte ihn in den Koffer werfen und bemerkte zwischen seinen Zinken etwas Weißes. Es war ein Stück Papier. Ihre Hände zitterten noch, so viele Selbstvorwürfe machte sie sich, als sie ihn auseinanderfaltete. In einer hastig gekritzelten Schrift stand dort:

Warte im Le Procope auf dich, Pilar

Jetzt wusste sie, dass es keine Einbildung gewesen war. Sie sah sich um, doch keiner schien mehr Notiz von ihr zu nehmen oder gab es zumindest vor. Dann steckte sie den Zettel in die Hosentasche, klappte den Koffer zu und ging hinter den Schminkplätzen vorbei. Sie befahl sich, langsam zu gehen, mit erhobenem Kinn und durchgedrücktem Rückgrat, damit es nicht wie eine Flucht aussah. Vereinzelt drehten sich Hairstylisten, Visagisten oder Models zu ihr um, lächelten bedauernd, manche sagten ein paar nette Worte: »See you«, »À bientôt!«, »Do not let it get you! Lass dich nicht unterkriegen!«

Hank kam ihr entgegen, kniff die Lippen zusammen und sagte nichts.

Es wäre für sie vermutlich kein Trost gewesen, hätte sie damals schon gewusst, dass Hank Collins mit seiner Kollektion durchfiel. Seine sportbetonte Linie mit den braun gesprayten Models – Jungs mit Waschbrettbauch, offenen Hemden zu Shorts in Knallfarben – kam weder bei den Parisern noch bei dem internationalen Publikum an. Die Modewelt war wohl noch nicht reif für seinen Stil. Als eine Art Ironie des Schicksals würde die Modemarke Abercrombie & Fitch zehn Jahre später mit einem ganz ähnlichen Konzept, dem »Look der coolen, weißen Kids and Studenten«, in seinen Flagshipstores weltweit Milliarden verdienen.

Dennoch machte auch Hank Collins mit einem Accessoire ein kleines Vermögen: Die glitzernden Jelly-Sandalen, die er für Pfennig-Beträge in China fertigen ließ, wurden im nächsten Jahr zum Must-have eines Sommers.

20

Luise hätte nicht geglaubt, dass sie so schnell rennen konnte. Zum Glück wusste sie ungefähr, wo der Ausgang aus dem Universitätsgelände lag. Sie überholte Studenten, wich Gruppen junger Leute aus, die sie alle erstaunt musterten. Heute hatte man hier viele langbeinige Models gesehen, aber dieses hochgewachsene Mädchen, das mit wehenden blonden Haaren durch die Gänge raste, fiel allen auf.

Gott, was gäbe sie jetzt dafür, klein und unscheinbar zu sein!

Als sie das Hauptgelände der Sorbonne verließ, musste sie nach dem Weg zum Procope fragen. Luise wusste noch nicht einmal, was der Name bedeutete.

Es sei das älteste Café von Paris, soviel sie wisse, lautete die Wegbeschreibung der hilfsbereiten, jungen Frau mit schwarz gerahmter Brille, deren sehr französisch klingendes Englisch so lang und kompliziert war, dass Luise gar nicht mehr richtig hinhörte. »Tout droit, immer geradeaus«, sagte sie am Ende ihres Redeschwalls. Daran hielt sich Luise, ging geradeaus den Boulevard Saint-Michel hinunter und nahm sich vor, einfach immer wieder zu fragen. Die Straße entlang der vielen Cafés und Läden zog sich endlos lang. *Warum hat Pilar nicht einfach eines dieser Cafés hier gewählt, um sich mit mir zu treffen*, dachte Luise, während sie keuchend den Boulevard entlangstürmte. Es wäre doch viel einfacher gewesen! In einem Blumengeschäft mit Eimern voller blauer Herbst-Hortensien und rostroten Astern fragte sie die Inhaberin erneut nach dem Weg. Die Frau sprach kein Englisch und holte ihre Tochter aus dem Hinterzimmer, die gerade damit beschäftigt war, Sträuße zusammenzubinden.

»Es gibt viele Wege, auf denen man zum Procope kommt. Der schönere führt weiter die Straße hinunter, der kürzere durch die Rue Monsieur-Le-Prince, an der Statue d'Alfred Vulpian vorbei, über den geschäftigen Verkehr des Boulevard Saint-Germain hinweg und dann auf die Rue de l'Ancienne-Comédie, da ist es … möchten Sie vielleicht einen schönen Strauß mitnehmen?«

»Das geht leider nicht, aber danke!«

Luise hatte das Gefühl, mindestens hundert Abzweigungen zu nehmen und zehn Innenhöfe zu überqueren. Da waren alte, hohe, schöne Häuser in engen Gassen, und man konnte nach links abbiegen und auf einen hübschen Platz gelangen, mit einer Bank, die zum Verweilen einlud unter knorrigen Kastanienbäumen, riesengroß und ausladend, oder man konnte weiterhasten.

Wäre der Tag heute von Anfang an anders verlaufen, hätte sie vielleicht irgendwann auf dieser grünen Bank gesessen, ein Croissant oder Pain au chocolat aus der Hand gegessen, dabei die Büste eines französischen Dichters betrachtet und still ihren Geburtstag begangen. Später wäre sie ein wenig herumgeschlendert, hätte in die Schaufenster jeden Ladens und jeder Galerie hineingeguckt und bei irgendeinem Café haltgemacht, wo sie keinen kannte und keiner sie kannte, und dort etwas getrunken. Dann wäre sie in ihre kleine Mansardenwohnung zurückgekehrt, mit einer guten Sprungfedermatratze und einer schönen Aussicht über Paris. Das Schicksal hatte es jedoch anders gewollt, und sie selbst hatte das Ihrige dazugetan, um sich eine Zukunft in Paris zu verbauen. Und was sie jetzt gerade im Begriff war zu tun, würde ebenfalls nicht dazu beitragen, sie diesem Traum näher zu bringen – ganz im Gegenteil. Doch sie konnte nicht anders.

Als sie endlich die grünen Markisen mit der goldenen Aufschrift *Procope* über den geflochtenen Korbstühlen und runden Marmortischchen erreichte, hielt sie sofort Ausschau nach dem Mädchen mit den schwarzen Augen – nach Pilar, der Schwindlerin. Sie suchte die Reihen der Gäste ab, schaute in jedes Gesicht, das von langen dunklen Haaren umgeben war. Viele waren es nicht, und Luise wollte sich gerade enttäuscht umdrehen, doch da war so ein Gefühl: Sie war hier. Ganz sicher. Nochmals suchte sie mit den Augen die Stühle ab, und dann entdeckte sie sie ganz hinten in einer beschatteten Ecke. Sie starrte sie mit ihren großen schwarzen Augen unbeweglich an, als hätte sie sie die ganze Zeit beobachtet und doch kein einziges Erkennungszeichen gegeben.

Luise ging zwischen den Tischen und Stühlen hindurch und sagte: »Hier steckst du also, warum hast du nicht gewinkt und warum so weit weg von der Sorbo…«

»Setz dich bitte hin«, unterbrach Pilar sie leise. »Die Leute starren dich an.«

»Warum alles so geheimnisvoll?«, fragte Luise, während sie sich auf den Korbstuhl neben das Mädchen setzte. »Ich stand vorhin ziemlich dumm da, als du so plötzlich aus der Garderobe verschwunden bist.«

Als sie die Worte aussprach, wurde ihr bewusst, dass dies bei Weitem nicht das Dümmste war, was ihr dort passiert war. Sie schloss kurz die Augen und schluckte. Und alles, was danach entsetzlich schiefgelaufen war, war allein ihre eigene Schuld gewesen.

»Hast du heute schon etwas gegessen?«, fragte sie Pilar und deutete auf deren leere Espressotasse. Pilar nickte. Luise winkte dem Kellner.

Als er in seiner weißen Jacke vor ihnen stand, fragte Luise: »Was trinkt man in Frankreich, wenn man etwas hinunterspülen muss?«

Pilar sah sie voller Unverständnis an.

»Bei uns im Norddeutschland gibt es dann einen Friesengeist.« Sie verwendete das deutsche Wort und suchte nach dem englischen Ausdruck für Schnaps, aber ihr fielen nur die Worte »wash down … strong … alcohol« ein. Ohne eine Miene zu verziehen, unterbrach der Kellner ihr Gestammel und sagte: »Cognac? Un où deux?« Er hielt erst einen, dann zwei Finger hoch und sah Pilar an. Diese biss sich auf die Lippen und nickte dann.

»Deux!«, sagte Luise zu dem Kellner. »Und zwei Croissants.«

Er schüttelte den Kopf. »Désolé, Mademoiselle!« Sie hätten keine Croissants, dafür müsse sie in die Boulangerie zwei Häuser weiter gehen. Als er verschwunden war, klärte Pilar sie darüber auf, dass ein Café in Frankreich traditionell nur Getränke ausschenken würde. Die meisten der neueren Cafés hätten sich zwar auf die Bedürfnisse der Touristen eingestellt, und es gebe dort auch kleine Sandwiches wie Croque Monsieur oder so etwas, aber das Procope sei nun einmal das älteste Café in Paris.

»Und weil es das älteste ist, wolltest du dich ausgerechnet hier mit mir treffen?«

Pilar sah sie mit sorgenvoller Miene an. Sie hatte ein lebhaftes, scharf geschnittenes Gesicht, dessen Mimik so lebendig war wie die eines Tieres aus einem Walt-Disney-Film. Luise hätte ihr am liebsten über das zurückgebürstete Haar gestrichen, als sie die dunklen Augenringe und die Falte über der Nasenwurzel betrachtete. Das Mädchen musste einiges mitgemacht haben!

»›Hier‹, weil ich glaube, dass mich an diesem Ort niemand vermutet und mir auch niemand folgt, und ›mit dir treffen‹ – weil ich dich warnen muss.«

»Warnen … mich!«

Pilar schwieg. *Armes Mädchen*, dachte Luise. *Sie leidet unter Verfolgungswahn! Sie kann überhaupt an nichts anderes mehr denken!* Aber dann fiel ihr der bullige Mann mit dem Dreitagebart an, der Hammer nach dem gestellten Unfall ausgenommen hatte wie eine Weihnachtsgans.

»Vor dem Mann, der damals bei dem Unfall dabei war?« Sie wusste nicht, wie sie ihn beschreiben sollte. Auf einmal fehlten ihr die englischen Vokabeln. Ihre Fremdsprachenkenntnisse führten ein Eigenleben. Sie kamen und gingen, wie es ihnen beliebte. Da sie noch niemals vorher gezwungen gewesen war, so viel Englisch zu sprechen, konnte sie nicht beurteilen, ob das normal war. Mit Gesten deutete sie seine Armmuskeln an und sagte etwas von »so groß und kräftig wie ein Boxer«.

Pilar sah Luise mit undurchdringlicher Miene an. Sie schien mit sich zu ringen, wie viel sie ihr preisgeben sollte.

Luise bohrte weiter: »Hat er dich dazu gezwungen, vor unser Auto zu springen, das Opfer zu spielen? Ein ganz schön gefährliches Spiel!«

Der Kellner balancierte ein kleines Tablett auf der Handfläche und stellte dann zwei Gläser Cognac auf ihren Tisch. Daneben eine schwarze Kunststoffschale mit einem kleinen Zettel. »Merci!«, sagte Luise, aber er blieb wie angewurzelt vor ihnen stehen.

»Er wartet darauf, dass wir bezahlen, weil er uns nicht kennt«, sagte Pilar. »Aber ich habe nichts mehr.«

Luise suchte ihr Portemonnaie aus dem Pilotenkoffer und gab dem Kellner zwei Zehnfrancstücke. Zum Glück hatte Hammer ihr gestern schon den ersten Anteil an ihrem Honorar in Franc ausgezahlt. Der Kellner wühlte auffällig lange nach dem Rückgeld, bis Pilar Luise anstieß und flüsterte: »Er wartet auf Trinkgeld.«

»Es stimmt so!«, sagte Luise, woraufhin er sich bedankte und endlich verschwand. Sie fasste ihr Glas an dem kurzen Stil und versuchte, Pilar zu erklären, dass sie normalerweise keinen Alkohol trank, aber heute das Gefühl habe, sie brauche …

»Du musst mir nichts erklären.« Pilars Satz war kurz und knapp, und das erste Mal hatte Luise das Gefühl, dem Mädchen etwas näher zu sein.

Ohne viel Tamtam tranken beide einen großen Schluck, spürten dem leichten Brennen am Gaumen und in der Kehle nach. Luise nahm gleich noch einen zweiten. Vielleicht bildete sie es sich ein, aber sie hatte das Gefühl, als würde damit die Tragweite der heutigen Ereignisse sogleich um einige Nuancen abgemildert. Wahrscheinlich war das auch der Grund, weshalb einige Landwirte ihre dauernde Klage über das Wetter, zu niedrige Verbraucherpreise, kaputte Mähdrescher und die falsche Agrarpolitik in Berlin allzu gerne am Stammtisch im Moorbachhof mit einigen Runden Friesengeist herunterspülten. Danach verlor jeder Dauerregen seinen Schrecken!

»Es ist nicht der Mann, den du bei dem Unfall gesehen hast, der das größte Problem darstellt. Saïd ist nur ein Handlanger, ein kleiner Fisch. Aber was dahintersteckt, ist ein ganzes …« Jetzt war sie es, die nach dem richtigen Ausdruck suchte. »… Netz … so was wie ein Spinnennetz.«

»Ein Spinnennetz?« Luise sah Pilar verwirrt an. »Und wer ist die Spinne?«

»Das kann ich dir nicht sagen.« Sie schaute sich so misstrauisch um, als würde sie unter den anderen Gästen an den Marmortischchen jemanden vermuten, der mithörte. *Jetzt wird es absurd*, fand Luise. Für sie sahen die Menschen, die auf den Korbstühlen saßen und im *Figaro* blätterten, sich unterhielten oder einfach nur das Treiben auf der Rue de l'Ancienne Comédie beobachteten, alle vollkommen harmlos und nett aus. Manche tranken Bier oder Weißwein, einige rauchten, jeder hatte ein besonderes Merkmal, das ihn von den anderen abhob. Roten Lippenstift oder einen Trenchcoat lässig über den Schultern, eine junge Frau mit Krawatte, eine andere mit Stilettos zu zerrissenen Jeans, ein älterer Mann hatte ein Einstecktuch mit Paisleymuster in seinem Sakko und einen kleinen Dackel neben sich auf dem Stuhl, zwei ältere Damen, die sehr unmoderne, aber gepflegte Kleider trugen, saßen da, schwiegen und schauten die Passanten an. Die Atmosphäre war so schön und leicht und doch so alltäglich.

»Bist du Pariserin?«, fragte Luise plötzlich.

»Ich?« Pilar schien überrascht. »Nein, ich bin in Santiago de Chile geboren worden und kam mit acht Jahren nach Paris. Aufgewachsen bin ich im vierzehnten Arrondissement, genauer im Montparnasse. So gesehen, bin ich eine typische Pariserin. Inès ist ja auch nur Halbfranzösin.«

»Inès?«

»Na, Inès de la Fressange! Kennst du sie nicht? Sie hat kurze dunkle Haare und ist inzwischen sehr gefragt, sie hat es geschafft!«

»Doch, doch …« Luise erinnerte sich jetzt an den aparten Typ. »Ich weiß, wen du meinst. Sie war bei der Chanel-Schau dabei, aber ich habe sie nicht frisiert.«

Pilar nickte. »Wir sind beide nicht in Paris geboren, und doch fühlen wir uns als Pariserinnen. Paris ist ein Lebensgefühl, mit der Geburt, der Herkunft hat das nichts zu tun …« Es war das erste Mal, dass die kleine Falte zwischen ihren Augenbrauen verschwand und ihre schwarzen Augen zu leuchten begannen. »Meine Wohnung liegt über einer Boulangerie, und meistens gehe ich über den Hof und benutze die Hintertür zur Backstube. Dann laufe ich durch den herrlichen Brotgeruch der Öfen und des Ladens hinaus auf den Boulevard de Montparnasse, sehe den Straßenkehrer, gucke in ein Schaufenster, bin glücklich über den Spätsommermorgen und die vorbeigehenden Leute.« Ihre Augen wurden sogar ein wenig feucht. »Einfach nur glücklich«, wiederholte sie. Sie nahmen beide noch einen Schluck Cognac, und Pilar zog eine Grimasse. »Oh, der ist wirklich sehr stark … weißt du was? Der Geruch des frühen Morgens, des Brots, des Ausfegens, Aufwischens, der ersten Maschine im Waschsalon – das ist unser Treffpunkt –, der netten Begrüßung von Menschen, die du gut genug kennst, um kurz mit ihnen zu sprechen, die Tischchen mit den Marmorplatten vor den Cafés … das ist alles, was du brauchst!« Sie klopfte mit den Fingerknöcheln auf den runden Tisch. »Ich könnte nirgendwo anders leben als in Paris.« Jetzt verdunkelten sich ihre Augen wieder, und die kleine Falte über der Nasenwurzel war so plötzlich wieder da, wie sie zuvor verschwunden war. »Aber in letzter Zeit habe ich oft darüber nachgedacht, dass es besser wäre, es zu verlassen. Weißt du, ich habe noch Verwandte in Chile, da könnte ich vielleicht hin, zumindest für den Anfang.«

»Du willst zurück nach Chile? Aber warum nur? Willst du mir nicht endlich sagen, was los ist?«

Pilar schüttelte langsam den Kopf, und ihre Stirn kräuselte sich wie bei Disneys traurigem Babyelefanten, sodass Luise unwillkürlich lächeln musste.

»Das kann ich nicht!« Sofort wurde Luise wieder ernst.

»Weißt du, es klingt einfach zu verrückt, und du würdest mir wahrscheinlich nicht glauben. Jemand wie ich, die früher nur billige Spelunken und Kneipen kannte, dann die Castings, eine von zweihundert, dreihundert, fünfhundert dünnen Mädels, schwitzend vor Angst bei dem hoffnungsvollen Versuch, irgendwo für einen Kaufhauskatalog fotografiert zu werden. Die Augen, die Hände, die Manieren der Männer in dem Geschäft, da sind Kunden, Geldgeber, Produzenten, Hochstapler, Scouts … und Agenten. Am Anfang sind sie so freundlich zu dir und überschütten dich mit tollen Engagements, den besten Shootings mit den renommiertesten Fotografen, du landest vielleicht sogar auf einem Cover, womöglich sogar auf dem der *Vogue*, läufst für die coolsten Modelabels, hast einen Chauffeur, der dich schnell genug von einer Schau zur anderen bringt, fliegst im Privatjet nach Mailand, du bekommst gute Gagen, kannst dir etwas leisten, darfst teure Outfits behalten. Aber dann, nach und nach, kommen die anderen Jobs. Sie senkte die Lider mit den langen schwarzen Wimpern. »Es fängt ganz harmlos an, du sollst nur einen wichtigen Geschäftspartner zum Abendessen begleiten, lächeln, schmeicheln, ein bisschen nett sein, natürlich schlägst du das Angebot nicht aus, denn du willst ja nicht undankbar sein und gehst mit ins Restaurant L'Épicure oder Le Cinq, anschließend vielleicht noch ins Natasha, dann in die Hotelbar des Ritz …«

Ganz plötzlich weiteten sich ihre Augen, ihre Stimme erstarb, sie senkte den Kopf, und Luise hatte das Gefühl, als rutsche sie ein Stück tiefer in ihrem Stuhl, um kleiner zu wirken. Jetzt hörte auch sie das Knattern des Motorrads, drehte sich um und sah, wie der Fahrer im schwarzen Lederoverall die Vorderreifen anhob und direkt vor ihnen auf den Bürgersteig fuhr. Er klappte sein dunkles Visier nach oben, ließ den Motor mehrfach aufheulen und fixierte sie beide aus schmalen Augen. Die anderen Gäste drehten sich zu ihnen um, die zwei Damen in den altmodischen Kleidern wedelten demonstrativ die Abgase weg und hüstelten, der Kellner kam auf die Terrasse gerannt und rief: »Casse-toi, hau ab!«

»Wer ist das?«, fragte Luise und deutete auf den Motorradfahrer. Aber

Pilar antwortete nicht. Als würde sie von einer unsichtbaren Schnur gezogen, stand sie auf, nahm ihren Gucci-Rucksack und schlängelte sich, ohne ein Wort zu sagen, um die Tischchen und Korbstühle herum.

»Pilar, bleib doch einfach hier!«, rief Luise. »Es kann dich keiner zwingen …!« Doch Pilar schwang bereits ihr Bein über das Hinterrad, setzte sich auf den Soziussitz und legte die Hände um die Hüften des Fahrers. Dann brauste das Motorrad davon und verlor sich im Stadtverkehr.

21

Luise saß auf den kühlen Steinstufen vor dem Brunnen der vier Bischöfe an der Place Saint-Sulpice und beobachtete die Tauben, die auf dem Gehsteig herumspazierten oder sich ungeniert auf die kleine Kuppel über den Statuen setzten. Da war der Springbrunnen mit den überlebensgroßen Statuen der Geistlichen, deren steinerne Gewänder so echt wirkten, als sei ihr Stoff durchnässt, zu ihren Füßen liegende Löwenskulpturen, die die Reißzähne bleckten, dass man dachte, die Raubtiere bissen im nächsten Moment zu. An der Nordseite des Platzes lagen Geschäfte mit religiösen Gegenständen in der Auslage. Luise war übel vor Angst, wovor, wusste sie selbst nicht genau. Vielleicht war es Pilars versteinerter Gesichtsausdruck, die marionettenhafte Folgsamkeit, mit der sie wortlos aufgestanden war, sobald sie den Motorradfahrer gesehen hatte. War das Saïd gewesen, der Mann mit dem Bodybuilder-Bizeps, der bei dem gestellten Unfall die tragende Rolle gespielt hatte? Luise war sich nicht sicher. In einem Motorradoverall wirkte fast jeder muskulös. Die schmalen Augen, als er das Visier aufgeklappt und sie mit bohrendem Blick fixiert hatte, waren zu weit entfernt gewesen, um ihn wiedererkennen zu können.

Wohin brachte er Pilar? Was würde er dort mit ihr tun?

Kalt stellte sie sich den Ort vor, wo sie nun hinkam, wie eine Nacht ohne Lichter, ohne Mond und Sterne. Seit Pilar sie »gewarnt« hatte, fühlte sie eine innere Unruhe und ein Misstrauen, die ihr wie ein zweiter Schatten folgten. Ein Unbehagen, das den Himmel grau machte und die Glieder schwer. Sie musste an den Ausdruck »Spinnennetz« denken, den Pilar verwendet hatte.

Aber wer war die Spinne?

Vor ihr hüpfte ein kleines Mädchen die Stufen hinunter und wieder hinauf. Mit zufriedenem Gesicht und leichten Füßen, unermüdlich, als gebe es nichts Wichtigeres und nichts Schöneres, ganz eins mit sich und der Welt. Sein dunkelblauer Mantel war mit winzigen gestickten Bienen in zartem Rosa übersät, ein außergewöhnliches Kleidungsstück für ein

Kind. Es stammte sicherlich von einem Luxus-Modelabel »pour enfants«. Sein Anblick erinnerte Luise plötzlich wieder daran, weshalb sie nach Paris gekommen war – wegen der Prêt-à-porter-Woche. Und sie dachte an Udo Hammer. Jetzt drehte sich ihr der Magen um. Sicher war er furchtbar wütend auf sie, weil sie nach dem schrecklichen Vorfall einfach verschwunden war und nicht, wie er ihr zugerufen hatte, an seinem Auto auf ihn gewartet hatte. Wie sollte sie ihm nun wieder unter die Augen treten. Und wollte sie es überhaupt noch? Wollte er es? Vermutlich nicht!

Wenn sie zu Hause etwas angestellt hatte und wusste, dass sie nur Ärger erwartete, hatte sie sich immer ans äußerste Ende der Kuhweide gesetzt, hinter die Birke, damit Moder sie vom Haus aus nicht sehen konnte. Der Blick auf die friedlich wiederkäuenden Schwarzbunten, die nichts aus der Ruhe bringen konnte, und auf das saftige Gras hatte immer beruhigend gewirkt. Vielleicht sollte sie ins Grüne gehen, in Paris gab es doch sicher auch Parks?

Luise fragte das Mädchen: »Weißt du, wo hier ein Park in der Nähe ist?«

Die Kleine verstand kein Englisch, und Luise wiederholte das Wort »parc«. Die Kleine lächelte und entblößte dabei ihre Zahnlücken. »Ahhh, les Jardins du Luxembourg!«

Sie deutete mit ihrer kleinen weichen Hand Richtung Süden. »C'est par là!«

»Merci!«, bedankte sich Luise.

Als sie aufstand, merkte sie, dass ihr der Cognac auf leeren Magen gar nicht gutgetan hatte, und sie musste sich kurz am Geländer abstützen. Das Mädchen musterte sie mit großen blauen Augen, aber als es auf Französisch fragte, ob es ginge, nickte Luise flüchtig und machte sich mit leerem Bauch in leicht gekrümmter Haltung auf den Weg um die grau- und weißsteinige Kirche herum. Sie musste unbedingt als Nächstes eine Boulangerie finden, aber ausgerechnet auf dem ganzen Weg die schmale Rue Férou hinauf gab es keine Bäckerei und auch sonst kein anderes Geschäft. Hungrig besah sie die Häuser, den blassgelben Putz, die rostrot geziegelten Dächer, die Katzen, die um die Mauern strichen, schärfer und klarer. Anscheinend steigerte der leere Magen ihre Wahrnehmung. Sie schlich sich an eine der grauen Katzen heran, ging in die

Hocke, streckte die Hand nach ihrem weichen Fell aus. Dann setzte sie die Graue ganz sachte auf ihren Schoß. Eine Spur des wohlbekannten schnurrenden Glücks ergriff sie in dem Moment, als sie ihr über den gestromten Rücken strich. Doch ein Motorrad knatterte so dicht hinter ihr vorbei, dass ihr der Schreck kalt den Rücken herunterfuhr. Das war eines jener unsinnigen, aber einleuchtenden Gefühle, mit denen man kämpft, wenn man etwas Ungutes erlebt hat und hungrig ist. Sofort grub die Katze ihre Krallen in ihren Schenkel, machte einen Satz zurück aufs Pflaster. Luise starrte der Graugestromten und dem Fahrer hinterher. Dessen Jeans zu der roten Jacke sahen vollkommen harmlos aus. Kein schwarzer Lederoverall!

Erst als sie die Straße weiter Richtung Süden entlangging, kam sie an Bäckereien, Konditoreien und Läden vorbei, in denen Gemüse, Obst und Wein verkauft wurde. Einen Moment lang starrte sie sehnsüchtig durch die Scheibe der Pâtisserie Fargue, in der eine junge Verkäuferin nachsichtig die Bestellungen entgegennahm, dann betrat sie den Laden. Wenige Minuten später staunte sie darüber, mit welcher Sorgfalt die Verkäuferin ihr Eclair verpackte. Nicht etwa nur mit Papier oder in eine Tüte! Luise lag auf der Zunge zu sagen, das sei nicht nötig, weil sie es gleich essen wolle, doch dann schwieg sie und sah einfach nur zu, wie die junge Frau liebevoll ein schönes gelbes Band um den Karton schnürte und es sogar noch dekorativ mit der Schere kräuselte. »Voilà!« Damit reichte sie ihr das Backwerk in der hübschen Schachtel über den Ladentisch, als ahnte sie, dass heute ihr Geburtstag war. So kam Luise doch noch zu einem Geschenk, auch wenn sie es sich selbst kaufen musste.

Luise widerstand der Versuchung, das Band gleich wieder zu aufzuknoten, und folgte mit dem Päckchen in der Hand weiter der Straße. Kurz darauf sah sie auch schon den Eingang des Parks. Nun musste sie nur noch die Rue de Vaugirard überqueren, durch das weit offen stehende, schwere schmiedeeiserne Tor mit den vergoldeten Spitzen gehen, schon breitete sich die geometrische Anlage der Jardins du Luxembourg mit ihren Blumenbeeten, Wasserbecken und den Terrassen vor ihr aus. Rechts und links der Alleen konnte man im Schatten ausruhen, in einem der Freiluftcafés eine Erfrischung zu sich nehmen oder einfach nur den

Boule-Spielern zusehen. Die Stühle und Bänke an den Kieswegen waren gut besetzt. Doch sie fand einen Platz in der Sonne und schnürte das gelbe Band ihrer Schachtel auf, biss in das Eclair und schloss die Augen, um sich für einen Moment ganz dem Genuss hinzugeben. Essen konnte etwas Wunderbares sein! Mit zufriedenem Lächeln lehnte Luise sich zurück, die Schachtel auf den Knien. Als sie die Augen wieder öffnete, wirkte das Licht milder, wärmten der Geschmack des herrlichen Gebäcks und der Anblick des Parks ihr Herz. Verträumte Ecken, geschlungene Wege, unregelmäßig platzierte Baumgruppen umgaben das symmetrische Netz der breiten kiesbestreuten Alleen. Paare schoben Kinderbuggys in Richtung des Spielplatzes, Jung und Alt durchquerten den Park mit dem Fahrrad, obwohl dies laut den Schildern verboten war. Fast zärtlich fuhr sie mit den Fingern über den glatten Rand der Pâtisserie-Schachtel. Sie nahm den nächsten Bissen des köstlichen, mit Vanillecreme gefüllten Brandteigs zu sich und sah sich um.

Ein anderes Schild erregte Luises Aufmerksamkeit: der Wegweiser zum Musée du Luxembourg. Sie musste sofort an Naomis Worte denken, wie Azzedine Alaïa sie das erste Mal in ihrem Leben in ein Museum, den Louvre, mitgenommen hatte und wie sehr der Besuch sie verändert hatte. *Wann, wenn nicht jetzt, werde ich noch einmal die Gelegenheit haben, in ein Museum zu gehen?*, dachte sie. Schon bald würde sie vermutlich in einem Zug zurück nach Hause sitzen. Auch wenn sie noch keine genaue Vorstellung davon hatte, ob ihr Geld überhaupt für eine Fahrkarte reichen würde.

In den stuckverzierten Räumen des Museums betrachtete sie die Bilder Cézannes, Manets, Monets und der anderen Impressionisten, von denen sie in der Schule schon einmal gehört hatte. Die Kunstlehrerin hatte ihnen eines Tages einen Bildband mit Abbildungen deren wichtigster Werke mitgebracht und sie auf den Overheadprojektor gelegt. Die Fotos, die dann an die vergilbte Wand des Klassenzimmers geworfen wurden, hatten Luise nicht sonderlich beeindruckt. Aber hier im Original war es etwas vollkommen anderes! Die Farben leuchteten, die Kompositionen reizten alle Sinne, sodass man den Duft der getupften Kirschblüten in der Nase spürte, das Summen der Insekten hörte. Hier fand sie die Landschaften in Öl sogar fast noch schöner als in der Natur, in der sie aufgewachsen war. Die Bilder bargen etwas Geheimnisvolles und gaben den Seerosen, den Wiesen und dem goldenen Korn auf den Feldern eine ganz neue Dimension. Der silbrig-blaue Schimmer in den Wolken auf einem der Ölbilder zog sie besonders in den Bann. Der Maler hatte die Farben des nordischen Eislichts so genau getroffen, dass sie sich nicht daran sattsehen konnte. Was für eine überwältigende Kunstfertigkeit, das seltsame Glühen, das unheimliche überirdische Leuchten, das durch die Wolken drang, allein mit Pinsel und Farbe zu erzeugen. Der Schein wirkte fast genauso übernatürlich, wie sie es von ihren Mittsommernächten auf dem Dach des Kuhstalls in Erinnerung hatte – vielleicht sogar noch intensiver.

Sie ging näher an das Werk in dem goldenen Rahmen heran, um die Pinselstriche zu betrachten; je dichter man vor ihm stand, desto mehr veränderte sich die Wirkung. Ein Mosaik winziger Pünktchen, ein bisschen verschwommen, aber doch vibrierend und wahr.

»Manchmal frage ich mich, ob sie vielleicht nur so gut malen konnten, weil sie immer hungrig waren … das erhöht manchmal die Wahrnehmungsfähigkeit«, sagte eine hohe Stimme neben ihr auf Englisch mit französischem Akzent. »Denn die Maler waren alle so arm wie Kirchenmäuse.« Abrupt drehte sich Luise um und war so überrascht, dass der Choreograf der Chanel-Schau vor ihr stand, dass sie viel zu laut rief: »Jean-Luc, was tust du denn hier?«

»Schschscht«, machte der Museumswärter. Und sie entschuldigte sich sofort. »Oh, pardon!«

»Pauvre comme une souris d'église!«, wiederholte Jean-Luc auf Französisch und grinste. Sie freute sich aufrichtig, sein rundes Gesicht wiederzusehen. Heute waren seine blonden Haare noch lockiger als das letzte Mal auf der Plattform des Eiffelturms, und sogleich musste sie wieder an das Bild der beiden Putto-Engelchen denken, das in Detlefsens Moorbachhof über der Tür des Gastraums hing. »Du hast wohl eine Vorliebe für Überraschungen?«, fragte sie.

»Ich habe dich vorhin beobachtet, als du das Eclair gegessen hast.« Mit einem verwegenen Lächeln ließ Jean-Luc seine weißen Zähne aufblitzen und setzte hinzu: »Eine Mischung aus hungriger Gier und gezügeltem Genuss.«

»Du hast mich beobachtet? Warum?«

»Ich beobachte gerne Menschen. Als Choreograf beim Ballett wandelt man die Alltagsgesten und -szenen in Tanz um.«

»Du kommst vom Ballett?«

Er nickte. »Entschuldigung, dass ich dir gefolgt bin, aber ich habe mich gewundert, dich hier im ›Luco‹ zu sehen.« Als Luise erstaunt den Kopf hob, setzte er als Erklärung hinzu: »Wir Pariser nennen die Jardins du Luxembourg le Luco … und in das Musée du Luxembourg gehe ich übrigens selbst gerne, nur leider haben sie hier keine Degas mehr, die sind inzwischen alle im Louvre oder im Musée d'Orsay, und dort ist es mir meistens zu voll – zu viele Touristen!« Er wirkte dabei so wunderbar offen und ehrlich. Fast ein wenig schüchtern. Luise fühlte sich in seiner Gegenwart wohl, hatte überhaupt nichts dagegen, als er sich bei ihr einhakte. Im Gegenteil: Die Berührung ließ die Anspannung des Tages von ihr abgleiten, als sei sie nur verschwitzte Kleidung.

»Ich mag auch keine Menschenansammlungen«, sagte sie.

Dann begann er, ihr nach und nach die Bilder zu zeigen, die Details zu erklären und von seinen Träumen zu schwärmen. Er war Balletttänzer in einem klassischen Ensemble gewesen, hatte Choreografie studiert und war eher durch einen Zufall in der Modebranche gelandet. »Aber ich weiß noch nicht, ob ich dort wirklich meine Zukunft sehe. Mein Herz schlägt noch immer für den Tanz.«

Luise musterte ihn erstaunt. »Meine Zukunft in der Modebranche ist auch zu Ende«, sagte sie leise.

»Zu Ende?« Seine Stimme überschlug sich fast vor lauter Hysterie. »Ich dachte, sie fängt gerade erst an!« Er machte einen theatralischen Schritt zurück, bei dem die Eleganz und Schauspielkunst des Balletttänzers nicht zu übersehen waren, und Luise musste lachen.

»Hast du nicht sogar noch am Abend der Chanel-Show im Jules Verne mit einem Agenten gesprochen?« Sein Zeigefinger bewegte sich hin und her. »Non, non, non, non, non! Lass dir nichts erzählen! Du bist genau der Typ Model, der jetzt im Kommen ist. Die neue Designergeneration hat kein Interesse an den Starmodels. Jean Paul Gaultier oder John Galliano wollen für ihren rockigen Stil Frauen mit Ecken und Kanten. Und auch Claude Montana hat gerade erst ein Interview gegeben, in dem er ausdrücklich sagte, er möge diesen Prototypen nicht mehr. Er bevorzuge schöne Menschen, die männliche und weibliche Elemente in sich vereinen und die überraschen.« Jean-Luc musterte sie von oben bis unten. »Und du bist so jemand.«

»Männliche Elemente?«, wiederholte Luise. »Ich?« Sie war einerseits erstaunt und erinnerte sich andererseits, dass ihr der Gedanke schon selbst einmal gekommen war. Gleichzeitig verstärkten seine Worte ihre negativen Gefühle und die Enttäuschung. Sie hätte womöglich eine Chance als Model haben können, aber ihre hässliche Narbe hatte dies verhindert, und um die Arbeit als Hairstylistin hatte sie sich durch ihr unbeherrschtes Verhalten selbst gebracht.

Sie gingen weiter über das knarrende Parkett, und er sprach über die Modebranche und die Veränderungen, die gerade seit Anbruch des neuen Jahrzehnts in Gang gekommen seien.

»Hast du schon mal was von Grunge und von Antifashion gehört?«, fragte er, und Luise erzählte ihm darauf von ihrer Arbeit bei der Modenschau von Martin Margiela, als sie den Models Lehm in die Haare gepinselt hatte.

»Siehst du? Der Umbruch ist in vollem Gang!«, rief Jean-Luc. Er erzählte, dass er zwar versuche, bei vielen Schauen gebucht zu werden, und inzwischen einen Namen habe, aber manche Angebote würde er auch ablehnen. Denn er ginge lieber ins Museum, als für jemanden zu arbeiten, der keine Substanz habe.

»Weißt du, ich wohne ganz in der Nähe, in der Rue du Cardinal Lemoine, und liebe den Park und das Musée du Luxembourg.«

»Hier ist es ja auch wunderschön, fast zu schön, um wahr zu sein.«

Sie traten an das offene Fenster und betrachteten die Parkanlage von oben. In der Ferne sah man ein nostalgisches Kinderkarussell, auf dem Bassin zog ein Schwanenpaar langsam seine Kreise.

»Man muss zusehen, dass man sich selbst treu bleibt. Ich mache nicht alles für Geld, und das ist schwer. In der Modebranche sind alle eitel und sehr schnell gekränkt. Heute zum Beispiel habe ich frei, weil ich nicht für diesen Hank … Hank … wie heißt er noch einmal?« Er griff sich an die Nasenwurzel und sah erst Hilfe suchend zu den Gipsrosetten an der Decke, dann auf das Fischgrätparkett.

»Hank Collins?«, fragte Luise.

Jean-Lucs Putto-Gesicht hellte sich auf.

»Ja, genau der! Für den wollte ich keine Choreo machen!«

»Mit diesen quietschbunten Hosen und den Gummisandalen in der Kollektion? Für ihn habe ich heute gearbeitet und bin rausgeworfen worden.«

»Rausgeworfen, du?« Er legte sich erschrocken die Hand vor den Mund, und als er ihr zerknirschtes Gesicht sah, nahm er sie in den Arm. »Komm her, du armes Kleines. Das musst du mir erzählen. Bestimmt war es nicht deine Schuld, das kann ich mir jedenfalls nicht vorstellen, der hat doch überhaupt keine Ahnung von Mode, dieser amerikanische Banause.« Plötzlich griff er nach ihrer Hand. »Komm mit, ich zeige dir was!«

Er zog sie zu einem Bild von Toulouse-Lautrec, das eine Frau in einem roten, tief dekolletierten Kleid zeigte, und deutete auf die Rüschen an ihrem Ausschnitt. »Siehst du, hier, das ist ein Detail, das nur aus der Ferne gesehen zu einer Rüsche wird. Wenn man näher tritt, sind es dagegen einfach nur rote Striche, die keinen Sinn ergeben. Diese Leichtigkeit gibt es nur bei großen Künstlern, das gilt für alles, auch für die Mode. Und dieser Hank Collins ist ganz sicher keiner, noch nicht mal ein kleiner!« Dabei zeigte er einen Millimeter mit Daumen und Zeigefinger an und kam dabei dem Bild zu nah.

Der Museumswächter, der die ganze Zeit stumm in der Ecke auf einem Stuhl gesessen hatte, stand jetzt auf und sagte: »Attention, ne pas toucher!« Achtung, nicht anfassen!

»Pardon!«, antwortete Jean-Luc und machte sofort einen Schritt zurück. Dann sagte er leise: »Ich muss jetzt leider los, habe noch eine Besprechung wegen der Montana-Schau morgen. Schade, aber ich würde dich gerne wiedersehen, nachdem wir uns jetzt sozusagen angefreundet haben. Wie wäre es, wenn wir uns heute Abend im Bains Douches treffen?«

»Was ist das?«

Jean-Luc seufzte und legte seine Hände auf die runden Wangen, als wäre es einfach nicht vorstellbar, dass jemand diesen Ort nicht kannte.

»Das Bains Douches ist unser Wohnzimmer … ein ziemlich großes sogar, un peu trop branchouille, mais on s'y amuse bien.« Seine Augen bekamen einen ganz besonderen Glanz, als er davon sprach. »Ein bisschen zu hip, die Bude, aber schon ganz nett«, übersetzte er seinen letzten Satz. »Es ist ein altes Schwimmbad und die derzeit angesagteste Disco von Paris. Jeden Abend drängeln sich dort bis zu tausend Menschen, und frühestens ab Mitternacht sind wir alle dort … also abgemacht, sehen wir uns dort, so um zwölf?«

Luise wusste nicht, was sie sagen sollte. Es war gleichzeitig verlockend und beängstigend, allein so spät noch durch Paris zu fahren und in eine Disco zu gehen, deshalb zögerte sie. »Ich weiß nicht, wo ist das denn?«

Jean-Luc drückte ihre Hände und beugte sich vor, um ihr Küsschen auf die Wange zu geben. »Im dritten Arrondissement, in der Rue du Bourg-l'Abbé, à tout-á-l'heure, belle Lou!«

Luise sah ihm hinterher, als er zum Ausgang ging, und sie bemerkte erst jetzt seine würdevolle Haltung und den graziösen Gang des Balletttänzers. »À tout-à-l'heure«, sagte sie leise. Seit sie in Paris war, merkte sie, wie viel mehr der zweite Blick zählte.

22

Sie lief die Treppen der Métrostation Porte Saint-Martin hinauf, als in der einsetzenden Abenddämmerung gerade die Laternen aufleuchteten. Links in einer der rauchgrauen Fassaden war der Waschsalon »Laverie Bouchardon« strahlend hell erleuchtet. Seine Besucher hatten eine Flasche billigen Rotwein geöffnet und prosteten sich zu, während sich die Trommeln mit ihrer Wäsche drehten. Der afrikanische Friseurladen hatte auch noch geöffnet, und Luise nickte der Inhaberin zu, die einer Kundin mit flinken Händen unzählige winzige Zöpfe flocht. Sie lächelte zurück. In Aydins Couscous-Restaurant saßen die Gäste in Mänteln auf der Terrasse. Keiner wollte wahrhaben, dass der Sommer endgültig vorbei war. Von den Bars an der Ecke Rue René Boulanger drang Musik herauf.

Niemand in dieser Straße schien auch nur annähernd etwas mit der Prêt-à-porter-Woche zu tun zu haben. Brauchte man diese abgedrehte Modebranche überhaupt? Hier wurde das altbekannte Leben fortgesetzt: Zur Arbeit gehen, den Haushalt schmeißen, Freunde treffen, Abendessen mit Couscous, Knoblauch und Baguette, viel Rotwein, zusammen in die Zweizimmerwohnung und ins Bett gehen.

Als Aydin Luise sah, winkte er ihr zu und rief über die Straße: »Udo hat dich schon gesucht, und außerdem hat jemand für dich angerufen!«

Udo? Duzte sich Aydin jetzt mit ihrem Chef?

Er kam auf sie zugerannt, und schon zog sie seine ganze Erscheinung wieder in den Bann. Aydin war einfach der schönste Mann, den sie kannte, da konnten weder Jean-Luc noch Nils mithalten.

»Wo hast du denn gesteckt? Udo sagt, du wärst heute Mittag einfach von einer Schau in der Sorbonne weggelaufen, und es hat jemand für dich angerufen!« Er sprach in dem gleichen vorwurfsvollen Tonfall wie ihre Mutter, wenn sie etwas angestellt hatte.

»Was geht dich das an!«, antwortete sie schroffer als beabsichtigt.

»Schon gut, schon gut!« Er hob die Hände, mit einer Geste, als wolle er sich ergeben. Dann fischte er einen Zettel aus seiner Tasche, den er von seinem Kellner-Block abgerissen hatte. »Ein Pascal hat angerufen.

Er erwartet dich um zwanzig Uhr dreißig in der Avenue Marceau zum Diner.« Dabei rollte er vielsagend mit den Augen. »Das ist eine sehr noble Adresse!«

»Pascal? Bist du sicher?«

Vielleicht ist ja doch noch Zeit für ein Wunder!, dachte sie. Aydin nickte und sah auf seine Armbanduhr. »Aber du musst dich beeilen, es ist ja schon acht.«

»Ach du meine Güte, wie soll ich denn so schnell dorthin kommen, ich muss doch auch noch duschen, und was soll ich anziehen? Ist Hammer noch im Hotel? Du siehst doch immer alles.«

»Hammer ist schon wieder weggefahren.« Aydin kam näher, sodass sie sein angenehmes Eau de Toilette riechen konnte. Eine Mischung aus Vetiver und Sandelholz. »Wer ist das überhaupt, dieser Pascal«, fragte er, »dass er dich zu sich nach Hause einlädt?«

Luise überlegte, ob sie ihm jetzt alles über die Agentur und ihre geplatzten Träume erzählen sollte, aber sie entschied sich dagegen, denn er würde vielleicht genauer nachfragen, und sie hatte es jetzt eilig. Einer der Kellner kam angerannt und fragte etwas auf Französisch. Aydin bedeutete ihm, dass er gleich wieder da sei, dann dämpfte er seine Stimme. »Du musst aufpassen, belle Lou, die französischen Männer sind unberechenbar!«

Luise schüttelte den Kopf. »Ach, komm schon Aydin, ich bin nicht dumm, und das ist doch nur ein …« Sie suchte nach dem richtigen Ausdruck auf Englisch und sagte das Wort dann auf Deutsch, als es ihr nicht einfiel: »Ein Klischee.«

Er hob die Augenbrauen. »Un cliché? Und kennst du nicht das Sprichwort …«

»Was für ein Sprichwort?«

»Dass alle Klischees falsch sind, ist leider auch eines!«

23

Das Wohnzimmer von Pascals Penthouse-Wohnung war gut und gerne fünfzig Quadratmeter groß, was der Grundfläche ihres gesamten Hauses auf dem Bauernhof entsprach. Die Wände voller Kunst. Auf einer Seite standen zwei moderne tiefe Sofas, auf der anderen ein geöffneter schwarzer Flügel und in der Mitte ein hochglanzpolierter Couchtisch aus Italien, darauf eine Flasche Champagner im Eiskübel. Die Fensterwand reichte vom Boden bis zur Decke mit einer sich zur Seine hin öffnenden Balkontür. Luise trat in die Abendluft hinaus und genoss die Nacht über Paris. Das Panorama der Stadt – der Ausblick auf den beleuchteten Eiffelturm und die Abermillionen von Lichtern, die sich vor ihnen ausbreiteten und im Wasser spiegelten, wirkten elektrisierend.

»Hast du schon etwas Schöneres gesehen?«, fragte er mit seinem charmanten französischen Akzent, als er ihr mit zwei gefüllten Champagnergläsern auf den Balkon folgte. Er stand direkt neben ihr. Luise senkte die Lider.

»Sieh mich an!« Sein Finger lag plötzlich unter ihrem Kinn und hob es an.

Luise war die Situation peinlich, und sie fragte sich plötzlich, wieso sie die Einladung so leichtherzig angenommen hatte. Trotzdem hatte sie immer noch das Gefühl, Herrin der Lage zu sein. Ganz langsam griff sie nach seinem Finger, der noch immer unter ihrem Kinn lag, und schob ihn weg.

Sein Gesichtsausdruck war schwer zu deuten. Eine Mischung aus Missmut über ihre Ablehnung und dem Erwachen seines Jagdinstinkts. »Na schön, wie du möchtest. Aber bei uns ist es üblich, seinem Gastgeber in die Augen zu schauen und mit ihm anzustoßen.«

Sie nahm das Glas, er stieß leicht an ihres, sodass es klirrte, und trank einen Schluck. Auch Luise trank und merkte, wie angenehm die kleinen Bläschen auf der Zunge und am Gaumen prickelten. Aber der Geschmack war ihr zu herb. Jetzt kam Pascal schon wieder näher, stellte beide Gläser auf dem kleinen Eisentisch ab und zog Luise an sich. Er küsste sie, und sie spürte seine Zunge, die sich zwischen ihre Zähne schieben wollte, doch schon wand sie sich aus seiner Umarmung.

»Wolltest du mir nicht die Wohnung zeigen?«

»Jetzt sofort, hat das nicht Zeit bis später?«

Er versuchte, seine Stimme weich klingen zu lassen, aber sie hörte sich so ärgerlich an, als wäre einem Kind das Spielzeug weggenommen worden.

Von dem großen Fenster der Küche aus hatte man einen Blick auf die weiß-silberne Sacré-Cœur. Hoch auf dem Montmartre gelegen, leuchtete die angestrahlte Kuppel der Basilika weithin über die Stadt.

»Bei Pariser Appartements ist es ein Verkaufsargument, wenn man eines der berühmten Wahrzeichen sehen kann. Das hebt sofort den Preis«, erklärte ihr Pascal. »Von meiner Wohnung aus siehst du den Eiffelturm, die Seine, Notre-Dame und Sacré-Cœur.« Er breitete die Arme aus. »Kein Zweifel, wir sind in Paris! Das absolute Klischee, die Postkartenkulisse der Stadt der Mode und der Liebe.«

Die Erdbeere, die er aus der Schale auf dem Küchenblock nahm, war purpurrot und glänzend, so perfekt, dass sie fast unecht wirkte. Er hielt sie Luise vor den Mund, wie einem Schoßhündchen ein Leckerli. Als sie nicht, wie von ihm erwartet, den Mund öffnete, runzelte er die Stirn und aß sie selbst.

»Du kannst dir also vorstellen, was das auf dem Immobilienmarkt bedeutet hat. Ich bin sehr froh, sie zu besitzen.« Auf sein Gesicht legte sich ein Ausdruck tiefer Selbstzufriedenheit, dann warf er den Stielansatz der Erdbeere auf die Arbeitsplatte. Luise stand vor der schneeweißen Kochinsel und bestaunte den gewaltigen Dunstabzug. »Er ist leiser als eine Klimaanlage in einem Luxushotel, soll ich es dir zeigen?«, fragte er mit dem Tonfall des stolzen Besitzers. Sie schüttelte den Kopf, aber schon hatte er auf den Schalter gedrückt, und ein dezentes Summen erklang. Langsam fand Luise seine Prahlerei übertrieben.

»Komm, ich zeige dir noch den Rest der Wohnung.«

Mit großer Unbefangenheit bewegte er sich in dem überdimensionierten Penthouse, als habe er schon immer in so einer Umgebung gelebt. *Und so ist es vermutlich auch*, dachte Luise. Obwohl? Die Art, wie er sie anpries und ihren Wert herausstellte, zeugte nicht unbedingt davon, dass es für ihn eine Selbstverständlichkeit war. Er ging ihr voraus, an dem großen Esstisch mit den vierzehn Schalenstühlen vorbei, beides ebenfalls schneeweiß. Er war nicht gedeckt, sondern Pascal hatte das Diner im Wintergarten vorgesehen und anscheinend von helfenden Händen vorbereiten lassen, die er anschließend nach Hause geschickt hatte.

Bevor sie es einnahmen, konnte es Pascal nicht lassen, ihr die drei Marmorbäder und natürlich den Master Bedroom zu zeigen, in dessen Mitte ein ausladendes, hohes Boxspringbett stand, mit aufgeschlagenen schneeweißen Bettbezügen und … Daunendecken statt der französischen Laken mit Wolldecken. *Wie himmlisch*, dachte Luise und machte ein unbeteiligtes Gesicht. Aber wie kam es bloß, dass nur richtig reiche Leute solche Decken hatten? Dann sagte sie: »Ich habe jetzt wirklich Hunger.«

»Auf mich?«

Luise schwieg verlegen. Es wäre der Zeitpunkt gewesen, zu dem sie hätte gehen sollen. Im Nachhinein würde ihr das klar vor Augen stehen. Warum sie es nicht getan hatte, verstand sie später auch nicht mehr. Aber in diesem Moment hatte sie noch das Gefühl, sie könnte die Situation kontrollieren, und wollte nicht wie ein schüchternes Landei wirken. Und schließlich trieb sie vermutlich immer noch ein Hoffnungsschimmer an, dass der Agenturvertrag und ein Leben in Paris womöglich doch nicht vollkommen unerreichbar waren.

»Also gut, dann essen wir zuerst!«, sagte er, reichte ihr seinen Arm, und nach einem kurzen Zögern hakte sie sich ein.

Unter den silbernen Cloches lag jeweils ein halber Hummer mit Mayonnaise und Salatbouquet, und Luise schluckte trocken. Sie kannte Krabbenbrötchen und Matjes, aber Hummer war etwas, das sie noch nie in ihrem Leben gegessen hatte.

»Ich dachte, ich lasse etwas typisch Französisches servieren«, sagte Pascal, als er ihr erschrockenes Gesicht bemerkte. Dabei schien er genau gewusst zu haben, dass sie das Gericht nicht kannte. »Du magst doch *homard mayonnaise*?«, dabei benutzte er den französischen Ausdruck. »Er kommt ganz frisch aus der Bretagne. Ich sage dir, sein Fleisch zergeht auf der Zunge.«

Er nahm die Flasche aus dem Eiskübel und schenkte ihr Champagner nach. Nach dem zweiten Glas schmeckte er schon weniger herb und nach dem dritten prickelte das edle Getränk nicht nur auf der Zunge, sondern auch in ihrem Kopf, und sie verlangte nach einem vierten. Das Hummerfleisch war bereits aus der Schale gelöst, wie sich zeigte, und in mundgerechte Scheiben geschnitten worden, die überraschend zart waren. Mit einem Klecks der hausgemachten gelben Knoblauchmayonnaise darauf, musste Luise ihrem Gastgeber recht geben, war es ein Gedicht, und schließlich kam er aus demselben Wasser wie die Nordseekrabben und Heringe, die sie schon bei Ausflügen mit dem Bier-Klub gegessen hatte.

»Weißt du was? Ich habe noch einmal nachgedacht«, sagte Pascal auf einmal. Er stand auf und ging zu dem weißen Sideboard an der Wand, auf dem eine schwere Kristallvase mit violetten Iris stand, und öffnete die Schublade darunter. Dann stellte er einen Becher vor sie auf den Tisch, der mit einem Foto von Linda im schwarzen Badeanzug beklebt war. In grünen Buchstaben stand darauf: *Linda Evangelista – Profession: Topmodel.*

»Hier: Linda auf einer Bleistift-Box.«

Daneben legte er einen Packen gelber Schulhefte. »Und hier: Dieses Jahr ziert Naomis Gesicht die Schulhefte. Micky Maus und Donald sind out!«

Luise nahm eines der Hefte in die Hand und besah sich das schöne Gesicht des schwarzen Models, das ihr so vertraut wie das einer Freundin vorkam, obwohl sie ihm erst dreimal begegnet war.

»Ihre Gesichter sind allgegenwärtig. Die Leute identifizieren sich mit ihnen. Sie identifizieren sich mit den Stars, so funktioniert das System. Wenn die Werbung den Models noch mehr Bedeutung beimisst, ist das nur gut für mein Geschäft … unser Geschäft.« Er warf ihr einen bedeutungsvollen Blick zu. »Ein Name und ein Gesicht machen das Produkt wertvoller.«

Luise versuchte, seinem Redefluss zu folgen, was ihr nicht leichtfiel. Heute bewirkte der Alkohol das Gegenteil vom letzten Mal, vielleicht hatte sie auch noch nicht den Cognac von heute Mittag verdaut: Sie verstand weit weniger Englisch als noch vor ein paar Stunden, und als sie etwas sagen wollte, gehorchte ihr ihre Zunge nicht, deshalb wurde sie immer schweigsamer und ließ Pascal einfach reden. Er schien alle Zeit der Welt zu haben und sich nicht daran zu stören, dass ihr Blick glasig war.

»Das Problem ist Folgendes: Die neue Designergeneration ist nicht mehr so erpicht auf die Supermodels. Natürlich, sie sind wunderschön, unvorstellbar schön, manchem sind sie inzwischen fast zu schön. Es gibt immer mehr Modemacher, die Frauen mit Ecken und Kanten bevorzugen.«

Luise war fast ein bisschen eingedöst, aber bei dem Ausdruck »women with rough edges« wurde sie wieder hellhörig. Das hatte sie heute schon einmal gehört! Und auch den nächsten Satz: »... deshalb geht der Trend weg von den Prototypen, und wir suchen Menschen, die zwar auch schön sind, dabei aber weibliche und männliche Elemente vereinen ... und vielleicht ...« Er legte die Stirn in Falten, als würde er nachdenken müssen, »... une surprise ... eine Überraschung bereithalten!« Dass er das Wort erst auf Französisch, dann auf Deutsch sagte, sollte wohl besonders weltläufig klingen. Und als sie lächelte, schob er ein, er habe eine deutsche Großmutter. Plötzlich fühlte sie seine Hand auf ihrem Knie. »Vielleicht so etwas wie deine Narbe?«

Luise war froh, eine Hose und keinen Rock zu tragen, und nahm sich in diesem Augenblick vor, das Penthouse in wenigen Minuten mit angezogener Hose zu verlassen.

»Weißt du was?«, rief Pascal voller Begeisterung aus, als sei er selbst überwältigt von seiner Eingebung. »Ich habe eine Idee. Warum rufen wir nicht Helmut an und fragen ihn, ob er morgen früh einen Termin frei hat.«

»Jetzt gleich?«

Er sprang auf, Luise nutzte die Gelegenheit und rückte ein Stück mit dem Stuhl von seinem weg. Gleich kam er mit einem kabellosen Telefonhörer zurück, ebenfalls in Weiß, und bevor sie ihn daran hindern konnte, tippte er schon eine Nummer in die Tastatur.

»Helmut! Comment ça va? Hör mal, ich habe hier ein Model, das ist perfekt für dich ... doch, doch, genau jetzt! Es ist wichtig. Was soll das heißen, ob sie schön ist! Natürlich ist sie schön, sie ist umwerfend!«, rief Pascal ins Telefon, während er einen Seitenblick auf Luise warf. »Sie ist eine Riesin, hat eine hässliche Narbe wie Frankenstein an der Wade, einen Gang wie eine Bäuerin, vielleicht sogar eher wie ein Bauer, aber sie ist klasse! Ich sage nur one, one, four …«

Luise saß unbehaglich auf dem Sofa und lächelte tapfer.

»Ja, du hast richtig gehört, ein Meter vierzehn lange Beine und sie sitzt hier vor mir!«, rief Pascal ins Telefon. »Sie heißt Luise Jensen … ja genau, eine Deutsche!«, sagte er und zwinkerte ihr dabei zu. Pascal legte die Hand auf die Sprechmuschel. »Helmut hat angebissen. Hier«, sagte er und reichte ihr den Hörer. »Sag doch schnell mal Hallo, tu ihm den Gefallen.«

Luise erhob sich seufzend und nahm das kabellose Telefon entgegen. Das Ganze war ihr schrecklich unangenehm, sie wusste noch nicht einmal, wie sie den neuartigen Hörer richtig halten sollte, und erst recht nicht, was sie sagen sollte. »Hallo«, hauchte sie ins Telefon.

»Lass dich bloß nicht von ihm rumkommandieren«, sagte die tiefe Männerstimme am anderen Ende der Leitung.

»Nein, werde ich nicht«, antwortete sie, den Blick auf Pascal gerichtet.

»Morgen um elf Uhr in meinem Studio?«

»Okay, und wo?«

»Pascal kennt die Adresse … and be careful, honey«, fügte er leise hinzu. Dann legte Helmut auf.

Pascal grinste Luise erwartungsvoll an. Ihr fiel erneut auf, dass seine Zähne gleichmäßig und blendend weiß waren.

»Ich soll morgen um elf in sein Studio kommen.«

Pascal schnippte mit den Fingern. »Perfekt. Und jetzt kommt das Dessert, aber das nehmen wir nicht hier ein, sondern wir machen es uns ein bisschen gemütlicher. Sagt man das nicht so in Deutschland: Gemüt-lich?« Er sprach das Wort fast akzentfrei aus. Anscheinend hatte er seine deutsche Großmutter nicht erfunden.

»Wo ist es denn?«, fragte Luise.

»Wo du möchtest!«

»Ich meinte das Studio.«

Wieder spürte sie seine Hand auf ihrem Knie, und er beugte sich weiter vor. »Möchtest du mir nicht noch einmal deine Narbe zeigen?«

Luise wurde nur ganz langsam bewusst, in was für einer schwierigen Situation sie sich befand, aber es war offensichtlich, dass er eine Art Entgegenkommen von ihr erwartete. Sie überlegte, was sie antworten sollte, wie sie sich möglichst diplomatisch aus der Affäre ziehen konnte, und musste plötzlich an all die Warnungen denken, von Aydin, von dem Fotografen, von Pilar. Es war ein merkwürdiges Geräusch, das sie kurzfristig rettete: Der Türgong war gedämpft, ein vornehmer, sonorer Ton, aber trotzdem nicht zu überhören. Und Pascals Gesichtsausdruck zeigte sofort, dass er über die Störung alles andere als erfreut war. Als er nicht aufstand, fragte Luise: »Willst du nicht nachsehen, wer da ist?«

Er schloss die Augen und schüttelte langsam den Kopf. »Ich erwarte niemanden.«

Wieder machte es »Ding-Dong«.

»Putain d'enfer!«, fluchte Pascal, nahm widerwillig die Hand von Luises Knie und ging in den Flur.

»Qui?«, hörte sie ihn sagen und stand ebenfalls ganz langsam auf und folgte ihm leise. Er stand an der Sprechanlage und fragte nochmals, wer dort sei, aber niemand antwortete. »Vermutlich nur Gesindel auf der Straße«, brummte er und fragte Luise, ob sie die Toilette suche.

»Ich muss leider gehen. Es ist schon spät, und ich glaube, es wäre gut, wenn ich morgen ausgeschlafen bin. Vielen Dank für alles.« Luise fragte sich, warum sie dabei ein schlechtes Gewissen hatte. Schließlich konnte er nicht erwarten, dass sie mit ihm ins Bett ginge, nur weil er ihr einen Termin bei einem Fotografen verschaffte.

»Oh, du könntest genauso gut hierbleiben.« Seine Stimme wurde weich. »Sicher ist mein Bett komfortabler als das in deinem kleinen schäbigen Zimmer. Das machen wir oft so, schließlich bist du nicht die Erste, die …«, er stockte und räusperte sich, denn er merkte wohl zum ersten Mal an diesem Abend selbst, wie merkwürdig der Satz klang.

Nicht im Traum würde ihr einfallen, bei ihm zu übernachten. Er kam auf sie zu, während sie sich Richtung Wohnungstür bewegte und überlegte, wie sie diese öffnen könnte, ohne dass es zu sehr nach Flucht aussah. »Schließlich bin ich durch und durch professionell!«

Pascal stand jetzt genau vor der Tür, durch die sie gehen musste, und sah sie mit einem Blick an, der ihr die Knie weich werden ließ. Was, wenn er sie einfach nicht gehen ließe? Aber wieder kam ihr die Türglocke zu Hilfe. Mit einem leisen Fluch, den Luise nicht verstand, machte Pascal einen Schritt zur Gegensprechanlage, und im gleichen Moment drückte Luise die Klinke herunter, öffnete die Tür und rannte die Treppen aus dem vierten Stockwerk hinunter. Ihre Hand glitt über den Messinglauf, bis die Haut brannte. Sie durchquerte die mit schwarzem Marmor ausgelegte Eingangshalle, schob die schwere Tür auf und trat ins Freie. Die sonst so belebte Straße war wie ausgestorben, und sie schrie auf, als sie plötzlich gegen einen Mann mit Kapuze stieß.

24

Aydin! Was tust du denn hier?«

»Ich habe mir Sorgen um dich gemacht.«

»Warst du es, der bei Pascal geklingelt hat? Woher wusstest du, welche Klingel er hat?«

Er zuckte mit den Schultern. »Ich habe einfach bei allen Parteien im Haus geklingelt.«

Luise legte die Arme um ihn und umklammerte seinen schmächtigen Körper, sie merkte, wie die ganze bisherige Anspannung in einen Schluchzer mündete. »Weißt du, dass du genau im richtigen Moment gekommen bist?«

Aydin ließ sie los und trat so wütend gegen die Fassade des Hauses, in dem Pascals Penthouse lag, dass er den Tritt noch Tage später im Fuß spürte. »Oh, verflucht, dreimal, nein, zehnmal verflucht! Ich hab's doch gewusst, dass das so ein Bastard ist!«

Luise machte einen Schritt auf Aydin zu. Aber er drehte sich weg, machte einen Tritt in die Luft, wie ein Kickboxer. »Wie kannst du auch zu so einem in die Wohnung gehen? Und ich war noch so dumm, dir seine Adresse weiterzugeben.« Er starrte sie an, als könnte er auf diese Art erkennen, was passiert war, aber sie hielt seinem Blick stand.

»Hat er dir was angetan?«

»Nein, er hat mir nichts angetan. Beruhige dich, Aydin.«

Drüben aus dem Hauseingang eines ebenso vornehmen Mehrfamilienhauses kam ein älterer Mann mit Hut und führte zwei weiße Zwergpudel an der Leine. Er blickte neugierig zu ihnen herüber, als würde er erkennen, dass sie beide nicht hierhergehörten. Aydin zog oft solche Blicke auf sich, und Luise erging es allein aufgrund ihrer Größe so.

Jetzt kam der Mann, obwohl er einen Gehstock benutzte, rasch über die Straße und direkt auf sie zu. Luise machte einen Schritt zurück, die Pudel begannen zu kläffen. Warum sah der alte Mann Aydin so an? Er musterte ihn auf eine völlig andere Weise, als es die Gäste und Angestellten seines Restaurants oder die Nachbarn in der Rue du Bouchardon taten. Dort gingen alle freundschaftlich miteinander um. Der Mann sprach ihn auf Französisch an, und Luise konnte zwar nicht verstehen, was er sagte, aber sein Tonfall war unmissverständlich.

»Sortez d'ici!«, rief er zum Schluss und zeigte mit dem ausgestreckten Finger die Straße hinunter. »Nous ne voulons pas les gays et prostituées ici!«

Ein Frösteln breitete sich in Luises Körper aus, und erst jetzt fiel ihr auf, dass sie ihren Mantel in Pascals Wohnung vergessen hatte. Wie der Alte Aydin ansah – wie einen herrenlosen Hund, der an seine Hauswand gepinkelt hatte. Aydin machte einen Schritt zurück, aber der Alte kam ihm nach. »Allez-y!« Dann nickte er in ihre Richtung und sprach Luise auf Englisch an: »Ich kenne Ihre Sorte Frau. Die geht bei ihm da oben aus und ein.« Dabei deutete er mit seinem Gehstock auf die Dachterrasse von Pascals Penthouse. »Sie nennen sich Models, aber ich weiß, was sie wirklich sind!« Dann verzog er verächtlich das Gesicht und spuckte zwischen sie auf den Bürgersteig. Aydin wollte ihn daraufhin am Arm packen, aber Luise zog ihn weg. »Lass ihn, er ist alt und verbohrt, komm mit!«

Und sie rannten.

Sie achteten nicht auf das, was der Mann ihnen nachrief. Sie liefen davon, so wie Aydin es früher oft genug hatte tun müssen, auch wenn sie nicht wussten, wo sie ihre Beine hintragen sollten. Erst als sie jeder Atemzug schmerzte, hielten sie an, und Luise sagte keuchend: »Wie schrecklich, was hat er gemeint? Dass du ein Schwuler und ich eine Prostituierte bin?« Aydin nickte und blickte Luise mit ernsten Augen an. »Das ist die andere Seite von Paris. Es gibt hier auch sehr, sehr konservative Menschen, homophob und reaktionär. Alles, was anders oder neu ist und nicht in ihr Weltbild passt, lehnen sie ab.«

Luise lauschte ihrem eigenen Herzschlag und starrte zu den Sandsteinfassaden hinauf, die im warmen Licht der sechsarmigen Straßenlaternen besonders majestätisch wirkten, beinah als hätte jemand Gold darübergegossen. »Und ich dachte, nur bei uns auf dem Land wären die Leute so engstirnig.«

Aydin schüttelte den Kopf, und sein schönes Gesicht wirkte mit einem Mal furchtbar melancholisch. »Diese Leute, über die wir reden, sind überall gleich. Bei mir zu Hause in Marokko war es sogar noch schlimmer. Ich hätte mich niemals getraut zuzugeben, dass ich Jungen lieber mag als Mädchen, aber sie haben gespürt, dass ich anders bin.

Und in Casablanca, wo ich aufgewachsen bin, musste ich meine Neigung auch verstecken.«

Sie gingen gemeinsam die Treppen zur Métrostation hinunter und nahmen den veränderten Geruch wahr, je tiefer sie kamen. Staub und abgestandene Luft, die ihnen aus den langen Röhren entgegenströmte wie eine unausweichliche Wolke.

»Da fällt mir ein …« Aydin hielt an, tippte Luise auf die Schulter und angelte etwas aus der Tasche seines Hoodies. Dann überreichte er ihr ein in knittriges rosa Papier verpacktes Geschenk.

»Für mich?«

»Ja, du hast doch heute Geburtstag!«

Und in der staubigen Luft des Métro-Gangs wickelte sie es aus. Es war eine Schneekugel, in der ganz Paris im Miniaturformat steckte. Luise schüttelte sie, dann betrachteten sie gemeinsam in dem kalten Licht der Neonröhren, wie sich die weißen Flocken langsam über die kleine Plastikstadt legten. »Bon anniversaire, belle Lou«, sagte Aydin leise.

»Merci«, antwortete Luise und gab ihm einen Kuss auf die Wange. Er überspielte seine Verlegenheit, indem er sie am Arm fasste und weiterzog.

»Wir müssen da entlang, mit der Linie 11 zur Station Louvre – Rivoli und dann weiter mit der Linie 2 zur Porte Saint-Martin.«

Aus der Ferne hörte man durch den weiß gekachelten Gang das Rauschen des einfahrenden Zuges und das Quietschen der Bremsen.

»Das ist unsere Bahn.« Er rannte los, aber Luise blieb stehen und fragte: »Und wie kommt man ins dritte Arrondissement, in die Rue du Bourg l'Ab …« Aydin kam zurück, während sie überlegte, wie der vollständige Name der Straße lautete, aber Aydin wusste gleich, was sie meinte. »Zum Bains Douches? Das kennst du also auch schon. Na, das ging ja schnell!«

Luise schüttelte den Kopf. »Nein, ich kenne es nicht, aber ein Freund hat mir davon erzählt und gefragt, ob wir uns da heute Abend treffen wollen.«

»Ein Freund?«

»Ja, ein Choreograf. Er heißt Jean-Luc und ist wirklich nett. Aber er ist erst ab Mitternacht dort.«

Aydin nickte, als wäre es das Normalste der Welt, dass man sich um Mitternacht verabredete. »Das passt.« Er zeigte auf seine Armbanduhr. »Es ist fünf Minuten vor zwölf.«

25

Die Schlange vor dem Nachtclub war so lang, dass sie sie schon von Weitem sehen konnten. In die Haussmann'sche Fassade war das pausbäckige Gesicht von Bacchus gemeißelt worden. Genau in dem Moment, als sie sich hinten anstellen wollten, winkte ihnen jemand von ganz vorne zu: Jean-Luc war mit zwei Mädchen in langen Nerzmänteln da und schien am Eingang auf Luise gewartet zu haben. »Da bist du ja! Heute Abend ist es so voll, dass sie nicht jeden reinlassen, aber ich kenne einen der Türsteher«, sagte er mit einem verschmitzten Grinsen und stellte ihnen nebenbei die beiden Blondinen als Mia und Carlotta vor. Luise machte sie mit Aydin bekannt und merkte sofort, dass Jean-Luc ihn ausgesprochen wohlwollend ansah. Zu fünft gingen sie an dem schwarz gekleideten Mann mit Boxernase vorbei, der sie anstandslos passieren ließ und direkt hinter ihnen das dicke rote Seil gleich wieder in den Messingring einhakte. Die anderen Wartenden murrten laut, weil sie nicht hereingelassen wurden, und sahen neidvoll zu, wie sie zu fünft das imposante Eingangsportal mit bemalten Glasfenstern, Holzvertäfelungen und mächtigen Säulen betraten. »Nous sommes complets pour ce moment!«, rief der Türsteher den Schlangestehenden zu und fügte auf Englisch hinzu, dass sie Geduld haben müssten.

Während Luise mit den anderen im mit Fresken ausgestatteten Foyer stand, konnte sie ihren Blick nicht von Mia abwenden. Deren Pelz war wie ein Bademantel geschnitten und streifte das große goldene Gucci-Logo auf ihren hochhackigen Stiefeln. Als Ohrringe trug sie schlichte, aber sehr große Diamanten, die durch ihre streng zurückgekämmten Haare im Wetlook besonders gut zur Geltung kamen.

»So ein Outfit ist wahrscheinlich mehrere Zehntausend Franc wert!«, raunte Aydin. Aber Mia war erstaunlich nett zu Luise und nahm ihre Hand. Ihre Haut fühlte sich unglaublich glatt und weich an.

»Hast du schon eine Choreografie von Jean-Luc gesehen?«, fragte sie. »Er ist ein echter Künstler.«

»Meinst du bei einer Prêt-à-porter-Schau oder beim Ballett?«

»Beides!«, sagte Mia und lächelte. »Und du?«, fragte sie und bückte sich, um nachzusehen, was Luise für Schuhe trug. »Trägst Ballerinas und überragst uns trotzdem alle? Wo kommst du her?«

»Aus Ostfriesland.«

Mia sah sie an, als hätte sie »Aus dem Taka-Tuka-Land« geantwortet.

»Northern Germany«, erklärte Luise, und das Gesicht des Mädchens hellte sich auf. »Ah, verstehe, ich dachte, du bist vielleicht Schwedin.«

»Nein, keine Schwedin.«

»Wirst du lange in Paris bleiben?« Mia musste jetzt die Stimme erheben, sogar fast schreien, denn die Musik wurde immer lauter.

»Ach nein, eigentlich nicht. Ich bleibe nur eine Woche.«

Mia sah Luise enttäuscht, aber verständnisvoll an. »Vielleicht änderst du deine Meinung ja noch.«

Luise ging nicht darauf ein, sondern fragte: »Und du? Lebst du in Paris?«

»Ja, ich lebe hier und gehe nie wieder weg.«

Das andere Model, Carlotta, hatte einen schwarzen Musketierhut mit weißer Straußenfeder auf dem Kopf, und unter dem Pelzmantel glitzerte ein silbernes Paillettenkleid im Space-Look mit einem sternförmigen Kragen, als sie den Pelzmantel von den Schultern gleiten ließ. Luise sah verstohlen an sich herunter. *Mit meinen Slim-Fit-Jeans und dem schwarzen Sweatshirt bin ich unter all den Paradiesvögeln hier vollkommen underdressed,* dachte sie, und außerdem war ihr immer noch kalt. Doch sie ahnte nicht, wie schnell sich das ändern und wie unwichtig ihr ihr eigenes Outfit schon in wenigen Minuten sein würde.

Jean-Luc redete unaufhörlich. Schon im Musée du Luxembourg hatte Luise bemerkt, wie gerne er sich als eine Art Fremdenführer betätigte. Eine Nacht im Les Bains Douches biete viele Gelegenheiten, meinte er nun: flüchtige Begegnungen, aber auch professionelle Kontakte, vor allem für die Leute aus der Modebranche, für die das Nachtlokal zum neuen Dreh- und Angelpunkt geworden sei.

Zwischendurch unterbrach er sich ständig, weil er Leute begrüßte, die Frauen mit den üblichen Bisous, die Männer manchmal auch. Eine hellhäutige Frau mit langen roten Haaren und einem drapierten Catsuit, deren Gesicht etwas älter aussah als das der meisten Models, kam ihnen entgegen und unterhielt sich kurz mit ihm. Sie war klein, sah zu Luise hoch, nickte und zwinkerte ihr zu.

»Das war Vivienne Westwood«, erklärte Jean-Luc, als sie weitergingen und an einem großformatigen Graffiti vorbeikamen. »Sie ist eine der ganz großen englischen Modemacherinnen, aber das wisst ihr sicher.« Luise schüttelte nur staunend den Kopf. Sie wusste gar nichts! Und schon sprach Jean-Luc wieder weiter. Es werde nicht nur gefeiert, es werde auch vieles ausprobiert. Aber das müsse man sich schon gut überlegen, wenn man am nächsten Tag noch einen Job haben wollte. Er drehte sich zu ihnen um und zog mit vielsagender Geste sein rechtes Augenlid nach unten.

»In den Achtzigern waren sie alle im Palace, jetzt sind sie alle hier«, sagte Jean-Luc, als sie die Treppen hinuntergingen. »Es ist wie ein Ort der Freiheit. Ein Tempel der Nachtkultur, und es ist cool! Kommt mit!«

Er ging weiter voraus und drehte sich immer wieder zu ihnen um. »Als Erstes zeige ich euch das Schwimmbad, das dem Nachtclub seinen Namen gegeben hat.«

Der Mosaikfliesenpool war von unten beleuchtet und auf der Wasseroberfläche glitzerten pinke Luftmatratzen und transparente Sessel, in denen sich Frauen in Bikinis rekelten. Auch die schummrig beleuchteten Nischen rund um den Pool waren mit Clubbesuchern besetzt. »Hey, Luise!«, sagte ein blondes Mädchen zu ihr. Sie war kleiner als die anderen, und Luise erkannte sie wieder. Es war Kate Moss, das Model, das sie bei der Schau im Centre Pompidou kennengelernt hatte. »Willst du mal ziehen?« Sie hielt ihr einen Joint entgegen. Aber Luise schüttelte den Kopf. Ein schlanker, dunkelhaariger Mann in weißem Hemd mit hochgekrempelten Ärmeln kam vorbei und fasste Jean-Luc vertraut in den Nacken, flüsterte ihm etwas ins Ohr.

»Das war Yves Saint Laurent!«, sagte Jean-Luc zu ihnen, kaum dass der Mann wieder in der Menge verschwunden war. »Kennst du ihn?«

»Nein, aber ich habe den Namen schon gehört.« Luise war froh, diesmal wenigstens nicht ganz unwissend zu sein.

»Es ist ein Badehaus aus dem 19. Jahrhundert«, erklärte Jean-Luc. »Der Designer Philippe Starck hat es zum Nachtclub umgebaut, damals war er noch ein vollkommener No Name, jetzt kennt ihn jeder.«

Luise seufzte wieder, denn ihr war der Designer unbekannt.

Ehe sie sich versah, hatten sie alle schlanke Gläser mit Gin Tonics in der Hand, aber Luise merkte schon beim ersten Schluck aus dem Strohhalm, dass sie an diesem Abend nicht noch mehr Alkohol vertragen würde. Sie stiegen die Treppen wieder nach oben, drängten sich an Highbrows und Lowbrows, Glamour und Underground, großen Namen und völlig Unbekannten vorbei, die alle gekommen waren, um sich von der Pariser Nacht inspirieren zu lassen.

»Wie gefällt euch der Sound?«, brüllte Jean-Luc, als sie am Mischpult des DJs vorbeigingen und der Rhythmus der kühlen House-Klänge bereits jede Faser seines durchtrainierten Körpers durchzuckte. »Unser Resident DJ David Guetta ist zwar ziemlich unbekannt, aber wir finden ihn alle cool.« Der DJ trug ausgewaschene Jeans, ein gestreiftes Hemd, hatte einen kleinen schwarzen Hut schräg auf dem Kopf sitzen und fuhr selbst auf seine Musik vollkommen ab.

Dance Machine stand in weißen Buchstaben auf dem orangefarbenen Tisch mit den beiden Plattenspielern. Er rief Musiktitel ins Mikrofon und warf ab und zu LPs in die jubelnde Menge. Mit seinen Sounds brachte er die Menge zum Durchdrehen. Jean-Luc bewegte sich so graziös und kreativ, drehte sich irrwitzig schnell auf dem schwarz-weiß karierten Boden Philippe Starcks, dass er viele Blicke auf sich zog. Aydin zog sein Hoodie aus und sprang im grauen Unterhemd im Takt der Musik wie ein Verrückter auf und ab, als hätte er auf einmal Gummi in den Knien. Luise spürte, wie ihr der Rhythmus in die Beine fuhr, ihren Körper durchdrang. Ihr war es jetzt so heiß, dass auch sie kurz entschlossen ihr Sweatshirt über den Kopf zog und nur in einem weißen Tanktop auf die Tanzfläche ging. Plötzlich war es ihr egal, wie durchsichtig es war. Hier konnte man sich alles erlauben, hier fiel man damit nicht auf, und wenn doch, machte es auch nichts. Hier war man frei!

Vor ihr tanzte ein Mann mit Schnurrbart, etwas längeren, schönen blonden Haaren, und ihre Körper berührten sich einige Male. Claude Montana war heftig, makellos, anziehend, hinreißend und auf eine Art von seiner Kreativität gezeichnet, wie ein Schauspieler in einem Film Erfindungsgabe verkörpern würde. Er tanzte voller Hingabe und ließ sich von den Pariser Nächten inspirieren, von den Menschen, den unterschiedlichen Stilen. Luise konnte nicht aufhören, ihn anzustarren.

Ihre Bewegungen wurden weicher, geschmeidiger, sie hob die Arme, ließ ihre Hüften kreisen. Ein paar Takte lang tanzte der Modeschöpfer direkt neben ihr, sie ahmte seine Bewegungen nach, sie stießen mit den Hüften aneinander, dann wandte sich Montana einem dunkelhaarigen Mann mit Lederkappe zu und wurde schließlich von der Menge verschluckt.

»Please don't go«, sangen alle aus vollem Hals mit, als David Guetta den Hit von Double You aufgelegte, und er flippte hinter seinen Plattenspielern völlig aus, klatschte in die Hände, peitschte sein Publikum auf. Die Lightshow kam in Gang, und Lichtblitze zuckten über sie hinweg. »Please don't go, don't go, don't go away …« Die Stakkato-Akkorde, der durchgängige Schlagzeugbeat entfalteten ihre Wirkung, und die Menschen verschmolzen mit der Musik. Die Gesangsstimme berührte Luise aus irgendeinem Grund tief in ihrem Inneren, und ein unbeschreibliches Gefühl breitete sich in ihr aus. Sie wurde eins mit ihrem Körper, ihren viel zu langen Gliedmaßen, wurde ein Teil der Masse junger und nicht mehr ganz so junger Menschen, die alle hierhergekommen waren, um es zu spüren: das einmalige, magische Etwas der Pariser Nächte, das nach Freiheit, Eau de Toilette, Schweiß und überbordender Kreativität roch.

Nach und nach entdeckte Luise fast alle auf der Tanzfläche wieder, die sie in den letzten Tagen kennengelernt hatte. Keith, das Model aus San Diego mit einem Zebraprinthemd und Sonnenbrille, Emile, den Modeschöpfer, bei dessen Schau im Centre Pompidou Luise gearbeitet hatte, Maria, das norditalienische Model in einem leuchtend gelben Neckholder-Mini, Kate, die in einem Lingerie-Kleid aus schwarzer Spitze barfuß, mit geschlossenen Augen tanzte, die französische Stylistin Anne und Marcel, den Schweizer Lichtassistenten, die Supermodels Eva und Claudia, die mit ihren Drinks am Rand der Tanzfläche standen, Pierre, den französischen Retuscheur, Nico, die überschminkte Chefstylistin von Chanel … und Naomi. Als sie sich sahen, bahnte sich Naomi einen Weg durch die Menge und begrüßte sie mit Wangenküsschen. »Belle Louiiise, wo hast du bloß gesteckt? Ich habe dich heute beim Defilee von Lacroix vermisst!«, schrie sie in ihr Ohr. »Udo sagte, du würdest nicht mehr für ihn arbeiten?«

Sie sah sie fragend an, dann senkte sie die Lider mit den dichten schwarzen Wimpern und saugte an dem Strohhalm ihres Longdrinks. Luise betrachtete die verschiedenen Grauschattierungen ihres Lidschattens und überlegte, ob sie ihr hier und jetzt die ganze Geschichte erzählen sollte.

Das schwarze Model sah umwerfend aus: Naomis Slip Dress aus Seidentwill war ganz und gar in gold-schwarzem Barocco-Print gehalten und zeigte viel von ihrer samtenen Haut. Plötzlich kam sich Luise zwischen all den schönen, fantasievollen Menschen wieder unbedeutend und verloren vor.

»Ja, das stimmt …«, fing sie an und brach ab. Sie musste schlucken, denn in ihrem Hals steckte plötzlich ein Kloß.

Naomi zog Luise an ihre Seite: »Komm mal mit!«

Im Vorbeigehen stellte sie ihren Drink auf dem Bartresen ab, hinter dem sich ein effektvoll hinterleuchtetes Regal mit unzähligen Flaschen Alkohol befand, und bahnte ihnen einen Weg durch die immer dichter werdende Menschenmenge. Als zwei Plätze auf einem Samtsofa in einem der Vorräume frei wurden, setzte sie sich mit Luise dorthin und lehnte sich zurück. Sie zeigte mit ihren unglaublich langen, schlanken Fingern nach oben, wo die aufgesprayten Buchstaben eines Graffiti von Menschen sprachen, die es längst nicht mehr gab. »Simone de Beauvoir, Jean-Paul Sartre, Elsa Schiaparelli, ihre Konkurrentin Coco Chanel, Sergei Diaghilev, Igor Strawinski – all diese berühmten Menschen dort haben auch nicht auf Anhieb ihren Weg gefunden, genauso wenig wie ich oder die meisten anderen hier.«

Luise betrachtete die schrill bunten Zeichen, las die lange Namensreihe an der Wand über den Köpfen der Nachtclubbesucher. Hinter den Namen der de Beauvoir hatte jemand ein Herz gemalt, vor den Namen von Sartre ein Smiley mit Brille.

»Hinter jedem Namen steht eine Geschichte«, fuhr Naomi fort. »Eine Familie, ein Geheimnis, ein Bruch in der Biografie, Selbstzweifel, Erfolg und Misserfolg. Und gerade hier in Paris liegen Glück und Unglück oft sehr nah beieinander, verstehst du?«

Ein Mann in einem schwarzen Blazer über dem nackten Oberkörper beugte sich zu ihnen herunter und fragte, ob sie Feuer hätten. Luise und Naomi schüttelten beide den Kopf.

»Und nicht jeder, der in einem Dior-Blazer oder in einem Chanel-Kleid hierherkommt, wohnt in einem Penthouse. Manche kriechen auch aus ihrem Kellerloch und umgekehrt.« Sie zeigte auf einen Mann mit Dreitagebart und schwarzem Hoodie. »John Galliano, kennst du ihn?« Er begrüßte sie mit Wangenküssen, und Naomi stellte ihm Luise als Model vor, dann setzte sie sich wieder. »Die mit Sweatshirts können auch eine Beletage auf der Avenue Montaigne besitzen und ein Modelabel. Believe me, belle Lou!« Luise nickte und blickte auf die anderen Besucher. Erst jetzt fiel ihr auf, dass bei Weitem nicht alle perfekt gestylt waren. Es gab auch Leute in ausgeleierten T-Shirts und Jeans, die völlig unauffällig aussahen.

»Sieh mal dort, das Zitat mag ich besonders, es ist von Coco Chanel.« Sie übersetzte Luise die Worte auf Englisch: »Mode ist nichts, was nur in der Kleidung existiert. Mode ist in der Luft, auf der Straße. Mode hat etwas mit Ideen zu tun, mit der Art, wie wir leben, mit dem, was passiert.«

Luise verstand nicht alles, weil es auch in dieser Nische des Nachtclubs viel zu laut war und ihre Englischkenntnisse wieder einmal stark schwankten, aber sie nahm die Essenz der Sätze auf und wollte sie sich merken.

»Ich habe morgen einen Termin bei einem Fotografen für Probeaufnahmen«, sagte sie.

Naomi musterte sie jetzt von oben bis unten und nickte anerkennend mit dem Kopf. »Schon als ich dich das erste Mal gesehen habe, dachte ich, dass du eigentlich alles hast, um eine von uns zu werden.«

Luise antwortete darauf nur mit einem Lächeln.

»Bei wem?«, fragte Naomi.

»Er heißt Helmut, weiter weiß ich nichts.«

Naomis Augen weiteten sich. »Helmut Newton?«

Luise nickte. »Ich glaube, ja.«

»Helmut ist wunderbar! Und wenn du ihn überzeugen kannst, kannst du es sehr weit bringen, glaube mir! Sei einfach du selbst, gib dich ganz natürlich und verstell dich nicht, er kann aufgesetzte Posen nicht ausstehen.«

»Danke, ich werde es versuchen.«

»Wie bist du an den Termin gekommen, über Pascal?«

»Ja.« Sie überlegte kurz, ob sie das fragen könnte, und dann überwand sie sich: »Glaubst du, er ist seriös?«

Naomis Gesicht war nicht anzusehen, ob sie die Frage überraschte.

»Helmut oder Pascal?«

»Pascal.«

Jetzt lächelte Naomi. »Warst du bei ihm zum Diner in seinem Penthouse?«

Luise nickte, und Naomi war sofort anzusehen, dass sie die Situation offenbar kannte.

»Na ja, bei manchen französischen Männern ist der Sexismus schon sehr ausgeprägt. Pascal findet sich einfach unwiderstehlich und erwartet auch immer eine Art ›Dankbarkeit‹, wie er es nennt, das hält er für normal, da hätte ich dich wahrscheinlich vorwarnen sollen.« Sie legte Luise die Hand auf den Arm und hob erwartungsvoll die Augenbrauen.

»Habt ihr …?«

Luise schüttelte den Kopf. »Ich bin ziemlich hastig aufgebrochen, und deshalb habe ich nicht einmal die Adresse von Helmuts Studio.«

»Das ist kein Problem, ich bin gleich wieder da.«

Also gut!, dachte Luise, während Naomi aufstand. Schließlich hatte sie sich dank Aydin gut aus der Affäre ziehen können und sollte deshalb auch nicht viel mehr Aufhebens von Pascals Annäherungsversuch machen, als es wert war. Vermutlich war diese Art von Verhalten in Paris eben einfach üblich. Sie sah sich um. Wo war Aydin überhaupt? Naomi begrüßte eine Stylistin in einem langen Fransenkleid und mehrere Models, schließlich kam sie mit einem Streichholzbriefchen und einem Stift zurück.

»Hier, bitte, das ist Helmuts Adresse und der Code an der Haustür.«

Luise bedankte sich und steckte es in ihre Handtasche.

»Entschuldige mich bitte, Naomi, ich muss jemanden suchen gehen!«, sagte sie und wollte zur Tanzfläche gehen, aber Naomi hielt sie noch kurz zurück. »Du solltest vielleicht bald ins Bett gehen. Augenringe lassen sich nicht besonders gut überschminken. Und …« Sie tat so, als würde sie ihr über die Schulter spucken. »Break a leg!«

Das hieß wohl so viel wie Hals- und Beinbruch, aber auf Englisch klang es noch drastischer, fand Luise und musste lachen. Sie gaben sich zum Abschied Wangenküsschen, und im letzten Moment fragte Luise: »Kennst du eigentlich Pilar?«

»Pilar? Pilar wer?« Naomis Gesichtsausdruck ließ nicht vermuten, dass sie den Namen schon einmal gehört hatte. »Wieso fragst du mich das?«

»Ist nicht so wichtig!«

Auf dem Weg zu dem Saal mit der Tanzfläche kam Luise an einigen spärlich beleuchteten Nischen vorbei, in denen sich Paare leidenschaftlich küssten. Kurz vor einem Rundbogen erkannte sie das graue Unterhemd eines zierlichen Mannes wieder, der mit dem Rücken zu ihr stand, und sah genauer hin: Es waren Aydin und Jean-Luc.

26

Am nächsten Morgen war das schlechte Wetter da. Der kalte Wind blies die Blätter von den Bäumen der Rue du Bussardin. Im Couscous-Restaurant waren die Stühle fest an die Tische gekettet, und die Metallösen klapperten in den Böen. Durchweichtes Laub lag im Rinnstein, Luise hielt sich ihre Tasche über den Kopf und rannte durch den Regen zur Métrostation. *Hätte ich jetzt nur meine gelbe Öljacke, meinen Friesennerz, dabei*, dachte sie, aber sie wäre nie auf die Idee gekommen, sie mit nach Paris zu nehmen. Stattdessen trug sie ihr Sweatshirt, denn ihr Mantel hing noch in Pascals Penthouse.

Um zehn Uhr vierzig kam sie die Treppe der Métrostation Rambuteau hinauf und sah sich nach den Straßenschildern um. Wieder einmal war sie im Stadtviertel Marais unterwegs, das offenbar eine Heimat für viele Modeschaffende und Kreative war. Sie betrat einen geschlossenen, symmetrischen Platz mit wunderschön geschwungenen Arkadengängen. Bei gutem Wetter wäre die Renaissance-Baukunst der ziegelroten Fassaden an der Place des Vosges eine großartige Festkulisse gewesen. Jetzt war Luise nur froh, dass sie unter den Arkaden trocken blieb, als sie an den kleinen Geschäften und Cafés vorbeiging. Drinnen beschlugen die Fenster, so gedrängt voll waren sie. In der Rue Aubriot suchte sie die Hausnummer, tippte den Code ein, den Naomi ihr gegeben hatte, und ging über den ausgetretenen Läufer, der jedes Geräusch schluckte, die Treppen hinauf.

Helmut öffnete die Tür seines Appartements in einem schwarzen Rollkragenpullover. Sie sah in ein scharf geschnittenes Gesicht mit einer kräftigen Nase. Er hatte seine Brille in die zurückgekämmten, immer noch fülligen Haare geschoben und war sonnengebräunt, genau wie Pascal. Trotz seines Alters von über siebzig war sein Körper immer noch drahtig, und seine Augen wirkten lebendig und wach.

»Ah, du bist Luise?«, begrüßte er sie auf Deutsch. Er starrte auf die Pfütze unter ihren Schuhen und auf ihre nassen Haare.

»Ja, die bin ich. Sie sprechen Deutsch?«

»Ich bin Deutscher. Du bist ziemlich nass geworden, ich gebe dir gleich ein Handtuch.«

Er führte sie hinein. Das Parkett knarrte unter ihren Füßen, und sie fragte, ob sie die Schuhe ausziehen sollte. »Musst du nicht.«

An den Wänden hingen unzählige Coverfotos. Von Pascal wusste Luise, dass Helmut Newton einen festen Vertrag mit der französischen *Vogue* hatte, für die er schon seit Jahrzehnten die wichtigsten Modeaufnahmen machte, dass er das Vertrauen und die Budgets der renommiertesten Redaktionen besaß, um seine Visionen auf Hochglanzpapier umzusetzen. Was sie nicht gewusst hatte, war, dass er Deutscher war. Luise staunte, als sie im nächsten Raum ein Foto von Helmut Kohl an der Wand sah. Helmut erzählte ihr, dass er in Deutschland geboren und zur Schule gegangen sei und seine Fotografenlehre in Berlin gemacht hätte.

Auf der anderen Seite hingen ausnahmslos Aktfotos, viele in Schwarz-Weiß. Frauen in selbstbewussten Posen, in theatralischen Inszenierungen, in Hotelhallen, Treppenhäusern oder vor einem Schlüsselloch. Manche gefielen Luise sehr gut, und sie fand sie ästhetisch, künstlerisch, die Menschen wundervoll gewachsen und sehr schön. Aber es gab Fotografien in aufreizenden Posen, die Intimsphäre verlassend, mit gespreizten Beinen, halb geöffnetem Mund, lasziven Blicken, einer Whiskeyflasche zwischen den Schenkeln. In Luises Augen strahlten sie unverkennbar Sex und Vulgarität aus. Es war ihr peinlich, von Helmut beobachtet zu werden, während sie daran vorbeigingen. Erst nahm sie die unterschwellige Dominanz der weiblichen Reize wahr, dann suchte sie die vielen Fotografien unwillkürlich nach bekannten Gesichtern ab, und erst später würde ihr klar werden, dass es Pilars Gesicht war, das sie gesucht hatte. Und doch beschleunigte sie ihre Schritte, um nicht danach gefragt zu werden, wie sie die Bilder fand, denn über die, die sie nicht mochte, wollte sie lieber kein Wort verlieren. Ausgerechnet jetzt kam ihr einer von Oma Linas Sprüchen in den Sinn:

»Het man nix propper to seggen, holt man de Beck to blarren.«

Wenn man nichts Nettes zu sagen hat, ist man besser still.

Ein unangenehmes Gefühl breitete sich in ihr aus. Was würde Oma

Lina, was würden ihre Eltern wohl denken, wenn sie sie hier sehen könnten? Was, wenn Helmut auch von ihr solche Aufnahmen machen wollte?

»Du musst die Unordnung entschuldigen, wir verbringen nur die Wintermonate in Paris und sind erst vor einer Woche aus Monaco zurückgekommen«, sagte er und ging ihr voraus.

Das Studio in der Rue Aubriot hatte sehr gutes Licht und wurde von einem eisernen Ofen geheizt. In einer Ecke führte eine weiß lackierte Treppe nach oben zu einer zweiten Ebene. Die Wände weiß, viele Scheinwerfer, Reflektoren und Strahler, Hintergründe, Requisiten. Ein Hocker vor einer Papierwand, deren Farbe man ändern konnte. Eine Art Kabine mit schwarzem Vorhang. Luise merkte, wie ihre Hände schwitzten und ihr Herz schneller klopfte.

»Du kannst deine Sachen in der Kabine ablegen und dich dort auf den Hocker setzen, ich hole ein Handtuch.« Mit diesen Worten verschwand er.

In der Kabine hing ein weißer Bademantel an einem Haken, ein schwarz gerahmter Spiegel an der Wand.

Meinte er mit Sachen ablegen, sie sollte sich ausziehen? Luise überlegte, dann zog sie ihr regenfeuchtes Sweatshirt, die Schuhe und Strümpfe aus, stellte sich in geripptem Tanktop und Jeans barfuß vor den Spiegel und betrachtete sich. Sie war wieder dünner geworden, ihre Konturen wirkten wieder weniger weich. In den letzten drei Tagen hatte sie abgenommen, sodass der Bund ihrer Jeans an ihrem konkaven Bauch weit abstand. Ihr Haar hing glatt hinunter, die Spitzen erreichten fast wieder die Schultern, und wirkte durch die Nässe dunkler als sonst, nur die blonden Sonnensträhnen blitzten heraus. Ihr Gesicht war noch immer leicht gebräunt, die vorstehenden Wangenknochen ohne Schimmer, die Schultern wieder kantiger. Schon nach den wenigen Tagen in Paris glich ihr Körper wieder eher dem eines Knaben oder eines geschlechtslosen Wesens als dem einer Frau.

Sie setzte sich auf den spartanischen Holzhocker, schlug die Beine übereinander und wartete. Nach zehn Minuten war er immer noch nicht zurück. Gelangweilt drehte sie sich auf dem Hocker hin und her und betrachtete das Studio, die Requisiten. Ein Rollstuhl, zwei Schaufensterpuppen, ein altes Megafon, hohe Blumenvasen. Nach einer Weile stützte sie die Ellbogen auf die Knie, legte das Kinn auf die Hände und schloss kurz die Augen. Ihr Puls verlangsamte sich, sie saß unbequem, aber ihre Aufregung und Nervosität wandelten sich in Ungeduld, schließlich in Wut.

Nach etwa einer halben Stunde kam er mit einem Handtuch zurück und reichte es ihr. »Entschuldigung, meine Frau hat sich in den Finger geschnitten, und ich musste ihr ein Pflaster suchen.«

Seine Frau war da! Das beruhigte Luise. Sie beugte den Kopf nach vorne und rubbelte sich die Haare trocken. Wie nebenbei griff er nach seiner Kamera, hielt sie in Bauchhöhe, sah von oben durch den Sucher, und es machte leise »Klick«, als er auf den Auslöser drückte. Dann warf Luise die Haare nach hinten und strich sie sich mit gespreizten Fingern aus dem Gesicht.

Er sagte: »Bleib so! Genauso!«

Klick.

»Wie lange bist du schon in Paris?«, fragte Helmut.

»Seit drei Tagen.«

»Das ist nicht lange … und … wie ist dein erster Eindruck?«

»Ich mag es.«

Klick.

War das schon das Fotoshooting? Luise fand, dass die Atmosphäre im Studio viel zu schläfrig war, zu normal, ohne Musik, ohne Pep, und sie war sicher, dass sie mit den zerzausten Haaren schrecklich aussah. Aber schon wieder machte es »Klick«.

»In welchem Arrondissement bist du untergekommen?«

»Im zehnten.«

Klick.

»Ist das Zimmer in Ordnung, sauber, hell?«

»Ja. Es ist okay, eigentlich finde ich es sogar ganz schön. Nur das Bett ist zu kurz.«

Er lachte. »Das kann ich mir vorstellen!«

Klick.

Er redete, während er fotografierte. »Ich liebe Menschen, die ein bisschen verrückt sind, weißt du? Ich mag den menschlichen Wahnsinn,

Leute, die für immer jung bleiben, im Kopf, meine ich, kein wohlgeordnetes Leben führen, aber Energie haben, lebendig sind, spontan, all das finde ich anziehend. Verstehst du, was ich meine? So eine gewisse Leichtigkeit, eine Lässigkeit, das zieht mich an.«

Er wechselte die Kamera und steckte sie auf ein Stativ, das er auf Augenhöhe einstellte. »Heb das Kinn etwas an … ja, so … leg die Hand darunter … Beine weiter auseinander. Klick, Klick. »… Schönheit wahrnehmen und verzehnfachen können, that's it … jetzt zur Seite drehen … ja, genau.« Dabei drückte er immer wieder auf den Auslöser. »Ja, wunderbar, so ist es gut, versuch mal, den Mund zu ent- und die Beinmuskeln anzuspannen!«

Dann bat er sie, mit ihm zu der weißen Treppe zu kommen. Er stellte einen Scheinwerfer an, schob einen Reflektor daneben.

»Und was hat Pascal gemeint, als er von einer Überraschung gesprochen hat? Hast du ein Geheimnis? Verrätst du es mir?«

»Ich weiß nicht … vielleicht meinte er die Narbe.«

»Was ist das für eine Narbe?«

»Sie ist von einem Unfall beim Melken, diesen April. Da hat mich eines unserer Rinder mit dem Horn an der Wade erwischt.« Als sie sein Entsetzen sah, beeilte sie sich zu erklären: »Aber die Kuh konnte nichts dafür, es war mein Fehler. Mathilde hatte große Schmerzen.«

»Okay, würdest du sie mir zeigen, die Narbe, meine ich?«

Luise biss sich auf die Lippen und zögerte. Jetzt kam es also doch! Aber dann musste sie daran denken, wie unbeschwert sich die Models auszogen, egal vor wem und wie viele Menschen um sie herum standen, wie wenig sie dabei fanden, wie selbstverständlich Nacktheit in der Branche war. Also knöpfte sie ihre Jeans auf, zog sie aus, legte sie zur Seite und drehte sich langsam um.

»Klick« machte der Auslöser. Newton gab ihr schwarze Lackpumps mit Zwölf-Zentimeter-Absätzen und roter Sohle, die ihr zwei Nummern zu klein waren. Aber sie zwängte ihre Füße hinein.

»Schuhgröße 43 hatte ich bisher noch nicht hier. Setz dich auf die Treppe, streck das Bein und dreh es so, dass man die Narbe sehen kann.«

Klick.

»Spann die Beinmuskeln an, das Gesicht ins Profil … ja genau so!« Der plötzlichen Heiserkeit in seiner Stimme konnte Luise anmerken, wie sehr ihm gefiel, was er sah. Warum, verstand sie nicht, denn die Narbe war kein bisschen blasser geworden, seit sie sie Pascal und Cécile gezeigt hatte. Rot und hässlich verlief sie über ihre gesamte lange Wade.

Helmut sagte leise: »Il n'y a rien comme le désir pour empêcher les choses qu'on dit d'avoir aucune ressemblance avec ce qu'on a dans la pensée.«

27

Er hat wirklich Proust zitiert?«, fragte Aydin und stellte einen Teller mit dampfendem Essen vor sie auf die Tischplatte. »War das alles?«

Aydin trug seine weiße Küchenjacke und setzte sich zu ihr auf die Bank an der Wand, mit dem Spiegel im Rücken und dem Tisch vor sich. Die letzten Gäste hatten ihr Mittagsmenü serviert bekommen. Das Les Saveurs de l'Orient war voll und laut, aber gerade deshalb behaglich. Wegen des schlechten Wetters saß niemand draußen auf der Terrasse, sondern alle drängten sich in dem kleinen Innenraum.

»Ich wusste nicht, dass es Proust ist, ich kenne keine französischen Schriftsteller. Was bedeutet der Satz denn?«

Sie hatte ihn nur zum Teil behalten können, aber schon als sie den Anfang stockend und mit harter deutscher Aussprache wiedergab, wusste Aydin den Rest auswendig: »Es gibt nichts Besseres als den Wunsch, die Dinge, die man sagt, davon abzuhalten, irgendeine Ähnlichkeit mit dem zu haben, was man denkt.«

»Alles klar! Dann hättest du es nicht übersetzen müssen! Ich verstehe den Satz weder auf Französisch noch auf Englisch, und ich bezweifle, dass ich ihn auf Deutsch verstehen würde.«

Der Duft, der von ihrem Teller aufstieg, war so verführerisch, dass sie nicht anders konnte und sich eine Gabel des Gerichts in den Mund steckte. »Mhhhhhhmmm!«, machte sie.

Über Aydins schönes Gesicht legte sich ein breites Lächeln.

»Avec ardeur!«, sagte er. »Mit Hingabe.« Ohnehin strahlte er heute eine Glückseligkeit aus, die Luise an ihm bisher noch nicht beobachtet hatte.

»Was ist das?«

»Curry vom jungen Huhn auf Navara-Reis mit Korianderschaum.«

»Das ist göttlich, du bist ein Genie, Aydin, und ich wusste nicht, dass du auch noch französische Dichter liest.«

»In Casablanca hatte ich einen sehr netten, sehr jungen Französischlehrer. Romane und Gedichte auszutauschen, war die einzige Möglichkeit, außerhalb des Unterrichts miteinander zu kommunizieren.«

»Ah, ich verstehe.«

Luise schloss genießerisch die Augen, als sie die nächste Gabel in den Mund steckte, und Aydin beobachtete sie.

»Was hat er für Fotos gemacht?«, sagte er nach einer Weile.

Luise öffnete die Augen. »Du willst wissen, ob ich angezogen war?«

»Das auch.«

»Erst hatte ich Jeans und Unterhemd an, was auch daran lag, dass mein Sweatshirt nass vom Regen war. Und später habe ich die Jeans ausgezogen …« Als er die Augen aufriss, fügte sie schnell hinzu: »Aber den Slip habe ich natürlich angelassen.«

Aydin atmete tief ein und aus. »Na, wenigstens etwas – und den BH auch?«

»Du bist schlimmer als meine Eltern.«

Sie hatte fast den ganzen Teller leer gegessen, und ihr Gaumen verlangte nach mehr, obwohl ihr Magen schon voll war.

»Ich möchte nur nicht, dass du in falsche Kreise gerätst, Lou! Was passiert denn jetzt mit diesen Fotos?«

Luise stützte den Kopf in die Hand und tunkte das letzte bisschen Soße mit einem Stück Brot auf. Sie musterte ihn ratlos, wie jemand, der nicht wusste, ob das, was er sich erhoffte, auch wirklich sein Glück bedeuten würde. »Das hat er nicht gesagt. Aber er wollte wissen, wie er mich erreichen kann, und ich habe ihm die Telefonnummer deines Restaurants gegeben.«

»Soso, dann bin ich jetzt also so etwas wie dein Agent?«

»Ich vermute, die Rolle ist schon besetzt.«

Aydin rollte mit den Augen. »Etwa von diesem Pascal Laurent?«

Da war noch ein anderer Gedanke, einer, für den Luise sich schämte. Er war da, seit sie vor der Modenschau in der Sorbonne wegen ihrer Unbeherrschtheit ihre Arbeit verloren hatte und davongelaufen war. »Du solltest dich bei Hammer entschuldigen«, flüsterte ihr Gewissen seither, ganz leise. »Du solltest zu ihm gehen und mit ihm sprechen.« Aber wie ein Kuckuck, der ins falsche Nest gelegt worden war, hatte sich eine Arroganz in ihr Herz eingeschlichen, machte sich breit und plusterte sich umso dicker auf, je mehr sie versuchte, sie zu verscheuchen. »Du wirst es diesem gealterten Starfriseur schon noch zeigen, er wird sich wundern«, krächzte dieser unerwünschte Vogel.

Sie schluckte den letzten Bissen Brot herunter, trank einen Schluck Wasser und sagte zu Aydin: »Ich habe eine Bitte.«

»Als ob ich dir etwas abschlagen könnte.«

»Ich möchte Udo Hammer möglichst nicht mehr begegnen, meinst du, ich könnte vielleicht eine Weile bei dir wohnen?«

»Bei mir?« Sein Gesicht verriet, dass ihn ihr Ansinnen überraschte und in Verlegenheit brachte. »Nur so lange, bis ich weiß, wie, oder vielmehr, ob es hier in Paris für mich weitergeht.«

Er drehte den weißen Knopf seiner Jacke und druckste herum. »Weißt du, dafür ist es gerade jetzt nicht unbedingt der richtige Zeitpunkt.«

Luise senkte den Kopf. »Verstehe, dann suche ich mir irgendwo ein billiges Hotelzimmer.«

Aber dann besann er sich, nahm ihren leeren Teller und sagte: »Natürlich kannst du das! Gar kein Problem, warte kurz.«

Er verschwand in der Küche und kam gleich darauf mit einem Schlüsselbund zurück. »Hier. Und das ist der Code.« Er nahm einen Kuli und schrieb ihn ihr in die Handfläche. »Das Haus hat keine Nummer, aber du wirst es schon finden. Cité Riverin, gegenüber ist ein kleiner Supermarché, daneben ein Waschsalon, die Haustür ist grün.«

Luise legte ihm die Hand auf den Arm.

»Ich möchte dir wirklich nicht zur Last fallen, Aydin. Du hast schon so viel für mich getan.«

»Mach dir keine Sorgen. Es ist nur, weil ich vielleicht gerade eine neue Beziehung beginne, und da …«

Luises Augen weiteten sich. »Etwa mit Jean-Luc?«

Aydin zog die Schultern hoch und sah dabei so glücklich aus, dass Luise ihn umarmen musste. »Ich freue mich für dich. Ich glaube, ihr passt sehr gut zusammen.«

»Abwarten!«

Die Wohnung von Aydin war nur zwei Gassen von seinem Restaurant entfernt. Sie hatte eine Küche, zwei Zimmer, ein winziges Bad. Da sie im Hochparterre lag, war sie nicht besonders hell. Luise hatte ihre wenigen

Sachen aus dem Appartement de Bonheur geholt, ihre Rechnung bei Madame Gambarini mit ihren letzten Franc bezahlt und war froh, Hammer dabei nicht begegnet zu sein. Aber nach dem, was er ihr über den heutigen Arbeitstag gesagt hatte, musste er schon längst bei einer Schau im Grand Palais sein. Ihr schlechtes Gewissen regte sich. Einige Minuten lang verspürte sie den Impuls, mit der Métro dorthin zu fahren und einfach zu fragen, ob sie wieder mitarbeiten könnte. Sicher konnte er jede helfende Hand gebrauchen! Doch dann krächzte ihr der arrogante Kuckuck aus dem falschen Nest zu: »Vergiss nicht, wie er dich genannt hat: Provinzfriseuse.«

»Merci pour tout, Madame!«, sagte Luise und war stolz auf ihre vier Worte Französisch. »De rien«, bekam sie von Madame Gambarini zur Antwort, »prenez soin de vous!« Und Luise nahm sich vor, endlich ein Wörterbuch zu kaufen und die Bedeutung nachzuschlagen.

»Was soll ich Herrn Hammer sagen, wo er Sie findet, Mademoiselle Louise?«, fragte die Zimmerwirtin schließlich in gebrochenem Englisch.

Luise antwortete: »Sagen Sie ihm, ich sei abgereist … ach nein, besser, Sie sagen ihm einfach, Sie wüssten es nicht.«

In Aydins Küche spülte sie sein gebrauchtes Geschirr vom Frühstück ab, wobei sie mit einem Lächeln registrierte, dass es zwei Kaffeetassen und Teller waren, die auf dem kleinen Tischchen standen. Über einem Stuhl hing noch der dunkelgrüne Wollblazer von Jean-Luc. Aydin hatte ein Regal voller Kochbücher, und im Wohnzimmer waren noch mehr Bücher, dicht an dicht in Regalen, fast alles Romane und Gedichte. Sie wunderte sich, dass ein Koch so belesen war, und hätte gerne die französischen Titel verstanden.

Luise putzte sich die Zähne, wusch sich das Gesicht und merkte erst jetzt, dass sie todmüde war. Sie suchte nach frischer Bettwäsche, fand sie im Schrank, bezog die Matratze neu, breitete ein weißes Laken aus. Das Doppelbett quietschte, als sie sich hineinlegte, trotzdem schlief Luise sofort tief und fest ein. In der Nacht träumte sie von schwarz gekleideten Männern mit Boxergesichtern und bulligen Körpern. Sie sah Pilar, eingesperrt in einem halb verfallenen Haus, vor dem Müllcontainer standen, schwarze Fässer neben Bergen von Bauschutt, und sie roch Benzin. Die Fenster waren leere Höhlen, und als sie sich näherte, befand sie sich selbst plötzlich in einem Raum mit einem schwarzen Vorhang, Fotostativen, Strahlern, weißen Sofas, einem Champagnerkühler auf einem Couchtisch und einer weißen Treppe, auf der Pilar mit dem Kopf nach unten lag – nackt. Mit einem kleinen Schrei erwachte Luise, tastete das Laken neben sich ab, denn sie wusste nicht, wo sie war. Nichts in dem Raum verriet, ob es Tag oder Nacht war. Sie spürte, wie die Angst aus den Wänden kroch, überall schien sie zu sein, ein körperloses, bösartiges Wesen, das sich im Schlaf an sie herangeschlichen hatte, um sie in seine kalten Arme zu nehmen. Luise traute sich nicht zu atmen. Sie hörte ein leises Schnarchen, streckte ganz vorsichtig die Hand aus, und ganz am äußersten Ende des Bettes fühlte sie einen warmen Körper. Jetzt erinnerte sie sich, dass sie in Aydins Wohnung war, in seinem Bett lag, rollte sich an seiner Seite zusammen, wartete darauf, dass das Morgenlicht durch die Fensterläden hindurchsickerte, und schlief wieder ein.

Am nächsten Morgen wurde Luise von einem unvergleichlichen Duft geweckt, und kurz darauf erschien Aydin mit einem Tablett in der Tür zum Schlafzimmer.

»Wie hast du geschlafen?«

Sie setzte sich auf und streckte die Arme in die Luft. »Unglaublich gut!«, seufzte sie, doch sie spürte sofort, dass es nicht ganz stimmte, denn eine diffuse Erinnerung an den schlechten Traum war immer noch da. Aydin schien es auch zu merken. Als er das Tablett mit dem heißen Kaffee auf dem weißen Laken abstellte, war ihr Gesichtsausdruck abwesend, und statt der Freude über das frische Gebäck, die er vielleicht erwartet hatte, entdeckte er Nachdenklichkeit darauf.

»Schlecht geträumt, belle Lou?«

»Ich glaube, ja, auch wenn ich mich nicht mehr genau erinnern kann. Ich weiß nur, dass ein Mädchen darin vorkam, das ich erst dreimal hier in Paris getroffen habe und immer unter verschiedenen Umständen.« Luise rührte ihren Kaffee und das Pain au chocolat nicht an, sie schnupperte nicht einmal daran. »Und ich glaube, dass sie in ernsten Schwierigkeiten steckt.« Der friedliche Morgen schien unwirklich, unecht, und dabei gab sich Aydin so viel Mühe! Er sah sie mitfühlend an, dann stand er auf. »Warte kurz.« Nach wenigen Sekunden kam er mit einem kleinen blauen Buch zurück, schlug es an der Stelle auf, wo ein weißes Band in den Seiten lag. Luise konnte sehen, dass er einen Satz mit Bleistift markiert hatte. Er las ihn erst auf Französisch vor, und Luise lauschte dem schönen Klang der Worte. Dann versuchte er, ihn auf Englisch zu übersetzen:

»Fast alle Träume antworten auf … questions …«, er tippte sich auf die Nasenspitze, während er überlegte »… Fragen, die wir uns stellen, mit einer verwickelten Inszenierung, bei der sich die Antwort auf Personen verteilt, die das … la lumière, la lumière … was heißt das noch mal? … das Licht des folgenden Morgens nicht mehr erblicken.«

Luise hob das Buch mit dem cremefarbenen Einband ein wenig an, um den Namen des Schriftstellers zu lesen. »Marcel Proust? Schon wieder? Du scheinst ihn sehr zu mögen!«

»Er hat für fast jede Lebenslage einen passenden Satz geschrieben. Schließlich war er nicht nur Romanautor, sondern auch Philosoph, und ich finde, solche Gedanken können Trost spenden.«

»Es sind aber ziemlich komplizierte Sätze, noch dazu in einer fremden Sprache, ich verstehe nicht viel …«

Luise verstand kein Wort. Sie wusste nur eins: Er meinte es gut mit ihr. Aydin sah sie eine Weile an, dann hielt er ihr ein Pain au chocolat vor den Mund. »Gerade siehst du schon viel weniger traurig aus. Und jetzt beißt du ab, dann wird der Traum gleich ganz verschwunden sein.«

Luise biss in das knusprige Gebäck, schloss die Augen, kaute und überließ sich ganz dem Genuss. Als sie sie wieder öffnete, strich ihr Aydin über das Haar. »Siehst du? Jetzt noch eine Tasse Kaffee, und der Tag ist dein Freund.«

Er hielt ihr die Tasse an die Lippen, und Luise sagte leise: »Du bist mein Freund!« Sie legte ihre Hand auf seine. »Ich weiß gar nicht, womit ich das verdient habe.«

»A votre service!«, flüsterte er verlegen und stand auf, öffnete weit das Fenster, klappte die Fensterläden auf. Von draußen kam kühle Herbstluft hereingeweht, die Geräusche der Straße, Motorroller, Autos drangen in das Zimmer.

Aydin sagte mit glücklicher Stimme: »Es regnet nicht mehr!« Luise stand auf und stellte sich im Schlafanzug neben ihn ans Fenster. Die

Pflastersteine waren nass vom Regen, und die ersten Sonnenstrahlen trockneten die Fassaden der Häuser gegenüber. Fast alle Geschäfte hatten noch die Rollläden vor den Schaufenstern.

Aydin ging um zehn ins Saveurs de l'Orient, und sie verabredeten, dass Luise jede Stunde einmal im Restaurant vorbeischauen würde, falls ein Anruf für sie käme. Aydin hatte zwar auch in seiner Wohnung einen Telefonanschluss, wo er sie hätte erreichen können, aber Luise hatte vor, sich diesen Vormittag unbedingt ein Wörterbuch zu kaufen. Sie hatte nur noch ein paar Münzen übrig und wollte Aydin keinesfalls nach Geld fragen. Also beschloss sie, zu den Bouquinisten am Seine-Ufer zu gehen, die sie im Vorbeifahren gesehen hatte und bei denen es gebrauchte Bücher gab.

Es war schön, morgens an den Fluss zu gehen. Jenseits des Seinearms war die Île Saint-Louis mit den alten, erhabenen Häusern, in denen früher Dichter wie Charles Baudelaire und Émile Zola gelebt hatten. Man konnte links abbiegen, dann hatte man beim Gehen die Länge der Île Saint-Louis, danach die altehrwürdige Kirche Notre-Dame und die Île de la Cité gegenüber. Dort lagen die Bücherstände längs des Quais Voltaire. Luise streifte an den grünen Holzkisten vorbei und betrachtete die Auslagen mit gebrauchten Büchern, alten Postkarten und Postern.

Sie fragte die ältere Besitzerin eines Standes mit gestreiften Markisen nach einem deutsch-französischen Wörterbuch, aber die antwortete unfreundlich auf Französisch. Mit einer Handbewegung scheuchte sie sie fort wie eine lästige Fliege. Am übernächsten Stand hatte Luise mehr Glück. Der Buchhändler war freundlich und vergnügt. *Mit seinem scharf geschnittenen Gesicht, den welligen grau gesträhnten Haaren, dem locker geknoteten königsblauen Schal um den Hals und der Hornbrille könnte er als Mid-Ager-Männermodel durchgehen*, dachte Luise. Er reichte ihr die ziemlich abgegriffene kleine Ausgabe eines *PONS*-Wörterbuchs Deutsch-Französisch von 1987. »Der passt in jede Handtasche!«, sagte er auf Englisch. Er war auf Touristen eingestellt. »Für fünf Franc gehört er Ihnen, belle Mademoiselle grande.«

»Ich habe nur zwei Franc«, sagte Luise und zeigte ihm ihr leeres Portemonnaie.

Er musterte sie eine Weile, dann nickte er. In dem Moment, als Luise ihm die zwei Münzen in die Hand legte, entdeckte sie ein Buch mit einem abgegriffenen marmorierten Einband und rotem Lederrücken. Darauf stand der Name *Marcel Proust*. Das war doch Aydins Lieblingsschriftsteller!

»A la recherche du temps perdu«, entzifferte sie den Titel.

»C'est une édition originale signée – eine signierte Erstausgabe von 1913«, sagte der Buchhändler, und seine Augen blitzten stolz, als er ihr erklärte, dass er von einer nahe gelegenen Pension namens Auberge de la Tour immer wieder Bücher gebracht bekam, die die Touristen dort vergessen hatten. Und dieses gehörte dazu. Was für ein Schatz, was für eine Entdeckung sei das!

»Das ist sicher teuer!«, sagte Luise mehr zu sich als zu ihm.

»Es kostet fünfunddreißig Franc.«

»Ein Freund von mir ist ein großer Proust-Verehrer. Ich würde es ihm gerne schenken. Also, wenn ich Geld verdient habe, komme ich wieder, vielleicht ist es dann noch da.«

Der Bouquinist schüttelte den Kopf »Das ist unwahrscheinlich. So etwas Besonderes verkauft sich schnell. Es gibt hier in Paris regelrechte Jäger und Sammler, die jeden zweiten Tag kommen und nach solchen Raritäten suchen.« Als er ihr enttäuschtes Gesicht sah, sagte er: »Bleibst du länger in Paris?«

Luise zögerte kurz, dann nickte sie.

»Und wo wohnst du?«

»Im zehnten Arrondissement, hinter der Porte Saint-Martin, Cité Riverin … das Haus hat allerdings keine Nummer, aber mein Freund besitzt das marokkanische Restaurant an der übernächsten Ecke, Les Saveurs de l'Orient.«

Er runzelte die Stirn, doch dann lächelte er. »Weißt du was? Nimm das Buch mit und bezahle es mir später, wenn du wieder Geld hast.«

Es gab keinen Grund, weshalb er Luise trauen sollte. Er kannte sie nicht, die Adresse, die sie ihm nannte, war vage, und es hätte kaum eine schlechtere sein können. Doch er war so großzügig, so voller positiver Zuversicht, dass er ihr das kostbare Buch einfach in eine gebrauchte Plastiktüte packte und mitgab.

»Merci, Mössiö!«, sagte sie, und er lächelte über ihre schlechte Aussprache, murmelte etwas wie »haricot magique«, als sie sich verabschiedete.

Luise überquerte den Pont Neuf und sah an der Spitze der Île de la Cité einen kleinen Park am Rande des Wassers. In den Wirbeln und Stauwassern der vorbeifließenden Seine standen einige Angler mit hohen Gummistiefeln, die ihre Ruten auswarfen. Sie hätte nicht gedacht, dass man mitten in Paris Fische fangen konnte, und wollte sich das näher ansehen. Gleich suchte sie nach einer Treppe, um zu dem Park zu gelangen, und fand sie schließlich. Die Insel endete hier so spitz zulaufend wie der Bug eines Schiffes. Obwohl es kalt war und sie ihren Mantel noch immer nicht zurückhatte, setzte sie sich auf eine Bank unter die ausladenden Kastanien und begann, die Wörter, die sie aufgeschnappt hatte, in dem kleinen Wörterbuch zu suchen und zu übersetzen, versuchte, sie laut auf Französisch aufzusagen, sich ihre Bedeutung zu merken. »Haricot magique« hatte sie von Madame Gambarini und von dem freundlichen Bouquinisten nun schon zum wiederholten Mal gehört. *Zauberbohne soll das heißen, aber auf mich bezogen, wohl eher Bohnenstange wie im Deutschen*, dachte sie. »De rien« hieß so viel wie »Nichts zu danken«.

Und schließlich schaute Luise den Titel des Proust-Romans nach:

»A la recherche du temps perdu«, sagte sie laut und suchte die einzelnen Wörter zusammen. »Auf der Suche nach der verlorenen Zeit«, übersetzte sie schließlich. Was für ein schöner Satz! Ein Windstoß fegte das Laub von den Bäumen, und Hunderte von bunten Blättern flogen über ihrem Kopf durch die Luft. Sie sah ihnen nach und bemerkte erst jetzt das leise Summen, das von den Anglern zu ihr herüberdrang. Es war die immer gleiche Melodie, die sie auch schon im Autoradio gehört hatte, als sie noch in Hammers Mercedes durch die Pariser Straßen gefahren war. Ein kleiner Walzer, der normalerweise von einem Akkordeon gespielt wurde. »Valse Musette« hatte ihn Hammer genannt. Mit den Anglern, der Melodie, dem Leben am Fluss, den Bateaux Mouches und den schönen Lastkähnen, die tief im Strom lagen und deren Bewohner ihr eigenes Leben an Bord hatten, den großen Ulmen und Pappeln an den steinernen Ufern des Flusses fühlte sie sich in diesem Moment fast unwirklich glücklich, ohne ihr früheres Leben zu vermissen. Weiter vorne am Ufer standen noch ein Dutzend Platanen. Mit so vielen Bäumen mitten in der Stadt konnte man die Jahreszeiten fast ebenso gut verfolgen wie auf dem Land. Nur waren sie für die Menschen hier wahrscheinlich nicht genauso lebensbestimmend, wie sie es von klein auf gewohnt war. Gerade jetzt konnte man Tag für Tag den Herbst kommen sehen, bis ihn ein Morgen wie dieser mit kaltem Wind und erdigem Geruch plötzlich brachte. Zu Hause in Leversdorf war jetzt die beste Grünkohlzeit. Luise musste lächeln: Wie stolz würde Moder wieder auf ihre Herbsternte sein! Ob sie noch neue Sorten gezogen hatte? Und sicher gab es am Sonntag das erste Mal seit Langem wieder Grünkohl mit Pinkel.

Sie beobachtete, wie einer der Angler gerade einen Fisch fing, ihn aus dem Wasser zog und vorsichtig von dem Haken trennte. Luise stand auf, ging zu ihm hinüber und beugte sich nach vorne, um in den Eimer mit Wasser zu schauen. Darin schwammen an die zwanzig kleine Fische.

»Poissons blancs«, sagte er zu ihr. »Délicieuse.« Dabei küsste er seine Fingerspitzen. »Dans la casserole, avec un peu de l'huile d'olive!«

Sie lächelte ihm zu. Die dunkelblonden Haare hatte er mit einem Zackenhaarband aus dem Gesicht geschoben, genau wie sie selbst im letzten Frühjahr, nach ihrem neuen Haarschnitt und dem Unfall – und genau wie Malte, nachdem sie ihm das Haarband geschenkt hatte.

»Américaine?«, fragte er.

»Non, Allemande«, antwortete sie und war stolz auf ihr Vokabular.

»Ah, Allemande!«, sagte er und sprach dann in stockendem Englisch weiter. Es gebe natürlich bessere Angelmöglichkeiten, in Charenton-le-Pont zum Beispiel, wo die Marne in die Seine mündete, aber hier in Paris gebe es auch gute Stellen. Als sie in sein junges Gesicht mit den blassen Lidern und den blonden Wimpern sah, den verwaschenen blauen Augen, musste sie plötzlich an Nils denken. Ihr Herz klopfte schneller, denn sie merkte eine tiefe Sehnsucht, sie spürte, wie sehr er ihr die ganze Zeit fehlte, wie gerne sie ihm Paris gezeigt hätte. Auf einmal wollte sie nur eines, dass ihre Liebe wieder so war wie im vergangenen Sommer, dass er hier bei ihr wäre.

Der junge Mann warf seine Angel wieder aus und begann erneut, den Walzer zu summen, genau wie Malte, Nils' Bruder, der immer ein Liedchen auf den Lippen hatte. Dann schlug die Turmuhr von Notre-Dame, dumpf und dunkel. Luise zählte die Schläge und erschrak: Es waren schon zwei Stunden vergangen, seit sie die Wohnung in der Cité Riverin verlassen hatte, dabei hatten sie doch ausgemacht, dass sie sich jede Stunde im Restaurant meldete!

»Da bist du ja endlich!« Aydin klang aufgeregt, fast ein bisschen verärgert. So hatte sie ihn noch nie erlebt. »Eine Cécile hat angerufen. Du sollst sofort in die Jardins des Tuileries kommen. Um achtzehn Uhr beginnt die Montagne-Modenschau. Und du sollst als Model einspringen.«

»Montagne? Wer ist das?«

Aydin wischte sich die Hände an seiner weißen Schürze ab und reichte ihr einen Zettel über den Tisch, auf den er kaum leserlich gekritzelt hatte: *Ready-to-wear, Show Claude Montagne, achtzehn Uhr, Les Jardins des Tuileries. Zwei Stunden vorher da sein.*

Luise merkte, wie sich ihr Puls beschleunigte. »Meinte Cécile vielleicht Claude Montana und nicht Montagne?«

»Aydin! Tu viens?«, rief eine Frauenstimme aus der Küche.

Aydin wirkte ungewöhnlich nervös. »Kann sein, du weißt, ich kenne diese Modeschöpfer und Designer nicht, ich kaufe bei GAP, und ich muss jetzt auch wieder in die Küche.«

Er deutete auf die Tische, die sich langsam füllten. »Mir hat jemand gesteckt, dass heute ein Restaurantkritiker kommt, da muss ich mir Mühe geben, dass alles perfekt wird.«

Luises Augen weiteten sich. Ihr wurde auf einmal klar, dass sie die ganze Zeit nur an sich gedacht hatte und Aydins Hilfe ganz selbstverständlich in Anspruch nahm. »Oh, das ist wunderbar! Kann ich dir vielleicht irgendwie helfen?«

Aydin schüttelte den Kopf und war schon auf dem Weg in die Küche. »Du hilfst mir am meisten, wenn du jetzt pünktlich zu deinem Termin gehst, belle Lou, bonne chance!«

28

Die Jardins des Tuileries zwischen Louvre und Place de la Concorde gehörten zu den größten und bekanntesten Parkanlagen von Paris. Wo einst Ziegelbrennereien, tuileries, gestanden hatten, nach denen Katharina von Medici das Schloss benannte, das sie neben dem Louvre errichten ließ, hatte der berühmte Gartenarchitekt André le Nôtre eine streng geometrische künstliche Landschaft geschaffen. Während der Fashion Week hatte sich der Park in ein Wunderland aus weißen Zelten verwandelt, in denen Dutzende Modenschauen stattfanden. Die Barockstatuen der geflügelten Pferde von Antoine Coysevox bewachten für eine Woche den roten Teppich zu der Zeltstadt, der tagtäglich von dichten Zuschauerspalieren gesäumt wurde. Die Kopie einer Büste von Le Nôtre, der später auch die Gärten von Versailles gestaltet hatte, zierte den Aufgang zum Jeu de Paume, und sein ernstes Gesicht deutete an, wie sehr er das Treiben in seiner perfekten Parkanlage missbilligte. Schon warteten wieder die ersten schwarzen Limousinen am Straßenrand. Es gab bei jeder Prêt-à-porter-Woche fünf oder sechs große Modenschauen, bei denen man sich unbedingt zeigen musste.

Studenten und Fans, die darauf brannten, ihren Lieblings-Modeschöpfer zu sehen, und unendlich viele Fotografen standen links und rechts des Teppichs.

»Claude Montana Ready-to-wear Spring/Summer 1993« stand auf dem breiten Banner am Zelt, und darüber war eine überdimensionale Zeichnung des Modeschöpfers angebracht worden. Luises Herz machte einen Satz: Es war der Kopf des blonden Mannes mit dem Schnurrbart, neben dem sie gestern Nacht im Les Bains Douches getanzt hatte.

»Ticket?«, fragte die Frau im schwarzen Blazer am Einlass. »Ich bin Model!«, lautete Luises Antwort, aber die drei Worte fühlten sich komisch an, so als wären sie eine Lüge.

Die Frau musterte sie kurz, nickte und deutete dann auf den Nebeneingang des Zelts. Sie musste außen herum um den Park laufen, und jetzt begann sie zu rennen, denn sie war spät dran. Doch als sie an der

Westseite ankam, stand dort wieder eine Frau im schwarzen Blazer, die ein Klemmbrett in der Hand hatte und ein Funkgerät um den Hals. Wieder sagte Luise, sie sei Model, und fügte diesmal hinzu, sie solle in der Montana-Schau laufen. Das fühlte sich noch merkwürdiger an. »Dein Name?«, fragte die Frau nur und fuhr dann die Liste auf ihrem Klemmbrett mit dem Finger herunter. »Allez-y, par là!«, sagte sie und zeigte auf den Zelteingang hinter sich. Eine unscheinbare, nur von einer Plane verdeckte Öffnung in der Zeltkonstruktion führte geradewegs in den Backstagebereich.

Luise versuchte dennoch, zuerst einen Blick auf den Laufsteg zu erhaschen, um sich geistig darauf einzustellen, wo ihr Auftritt stattfand. Sie steckte ihren Kopf durch die Öffnung neben der Stoffwand am Ausgang zum Laufsteg. Eine zehn Meter hohe Tribüne erstreckte sich fast bis zum Zeltdach hinauf. Direkt vor dem weißen Laufsteg standen weitere Bänke, geschützt durch ein niedriges Geländer, hinter dem sich schon die Fotografen drängelten.

Die Modenschau von Claude Montana war für achtzehn Uhr angesetzt, aber bereits jetzt um kurz nach sechzehn Uhr balgten sich fünf Kamerateams, an die hundert Fotografen, eine unübersichtliche Schar von Modejournalisten und Fashion-Aficionados um die besten Plätze. Luise blieb kurz stehen und atmete tief ein und aus. Vor all diesen Leuten samt Zuschauern sollte sie über den Laufsteg gehen. Bei Chanel hatte sie nicht viel Zeit dazu gehabt, nervös zu werden, aber heute merkte sie, wie sich ihr Puls beschleunigte und ihre Hände feucht wurden.

Sie betrat die Garderobe und suchte automatisch nach bekannten Gesichtern in dem üblichen Gewusel, dem Hin und Her von Menschen. Sie begrüßte Models, die sie bereits kannte, Stylisten, mit denen sie schon zu tun gehabt hatte, alles ehrgeizige junge Frauen und Männer, die ein Stück vom Kuchen des Modehimmels abhaben wollten und nicht gerne teilten. Dass sie jetzt plötzlich nicht mehr als Hairstylistin dabei war, sondern als Model, gefiel nicht jedem, und einige Mädchen zogen erstaunt die Augenbrauen hoch. Ohne es sich einzugestehen, suchte Luise nach den breiten Pilotenkoffern von Udo Hammer, nach seiner abgeschabten Lederjacke, nach seiner Stimme mit dem norddeutschen Akzent. Doch er schien nicht hier zu sein.

Ihr wurde ein Schminkplatz zugewiesen, und kaum, dass sie saß, griff ihr ein junger Mann mit gespreizten Fingern so grob in die Haare, dass ihr Kopf nach hinten gerissen wurde. Luise biss sich auf die Zunge, um nicht aufzuschreien. Er sagte etwas auf Französisch zu ihr. Sie blitzte ihn wütend an: Wie konnte er nur! So wäre sie nie mit ihren Kunden und auch mit keinem Model umgegangen.

»Ich spreche kein Französisch«, sagte sie auf Englisch.

»Ah!«, lautete seine Antwort. Dann wickelte er ihre Haare zu einem kurzen Zopf um die Finger und steckte ihn so fest mit einer Klammer an ihren Oberkopf, dass sie das Gefühl hatte, er bohre ihr eine Nadel direkt in den Schädel. Doch er sah sie dabei gar nicht an, sondern drehte sich zu einer anderen Stylistin am Nebenplatz und schrie ihr etwas auf Französisch zu. Sein Satz endete mit einem lauten, unsympathischen Lacher. Er selbst hatte die braunen Haare im Nacken kurz rasiert und eine Lockentolle auf dem Kopf, in seinem Nacken entdeckte Luise eine Schlangentätowierung. Sie versuchte, den Schmerz zu ignorieren, weil sie sich nicht gleich beim ersten Mal wehleidig geben wollte. Dann suchte sie den Schminkspiegel nach den Frisurenfotos ab, die für sie bestimmt sein könnten. Die waren fast alle nur kinnlang, glatt mit voluminöser glänzender Innenrolle und erinnerten Luise an die Perücke von Julia Roberts, die sie als Prostituierte in dem Film *Pretty Woman* getragen hatte. Wie wollte er aus ihren feinen Haaren so eine Frisur machen?

Jetzt wandte er sich wieder ihr zu. Er legte einige Rundbürsten auf die Ablage und löste die Klammer auf ihrem Kopf. Luise atmete auf, als der Schmerz nachließ. Aber sie hatte sich zu früh gefreut, denn er ließ nur eine Haarsträhne hängen und steckte den Rest ihrer Haare noch fester an den Oberkopf als zuvor. Dann fing er an, die Strähne mit der Rundbürste und dem viel zu heißen Föhn zu bearbeiten. Dabei unterhielt er sich die ganze Zeit mit der Hairstylistin am Nachbarschminkplatz und sprach kein einziges Wort mit ihr. So ging er Strähne für Strähne vor, als wäre Luise eine Schaufensterpuppe. Am liebsten hätte sie ihm den Föhn und die Bürste aus der Hand genommen und sich selbst frisiert. Als sie die Tortur endlich überstanden hatte, ähnelte ihre Frisur tatsächlich der blonden Perücke von Julia Roberts in dem Film, den sie im Kino in Emden gesehen hatte, nur hatte sie einen Seitenscheitel und keinen Pony.

Ihre Kopfhaut tat weh, und es roch nach verbrannten Haaren. Sie versank in einem Nebel von Haarspray und schloss die Augen.

»Allez hopp!«, sagte er einfach, um ihr zu bedeuten, dass sie fertig war und aufstehen solle, denn es wartete bereits das nächste Model.

Schon winkte ihr die Visagistin in einem grauen Kittel vier Plätze weiter zu, sie solle kommen. »Hi, ich bin Elaine!«, sagte sie. »Du bist Luise?«

Luise setzte sich und war froh, dass die burschikose Frau, die weitaus älter als die meisten hier war, mit ihr sprach, allerdings sprach sie viel, und sie wollte auch keine Antwort hören, es war ähnlich wie beim Zahnarzt. Während sie ihr mit einem Schwamm großzügig Foundation auf Gesicht, Hals und Dekolleté auftrug, fabulierte Elaine, die eher aussah wie eine Verkäuferin in einer Boulangerie, über die Mode Montanas, dessen glühender Fan sie zu sein schien. Sie sprach von aggressiver Eleganz, von unverkennbaren Silhouetten, die bis heute unerreicht seien. »Wusstest du, dass er seit zwei Jahren die Haute-Couture-Linie von Lanvin entwirft? Lanvin! Das muss man sich einmal vorstellen.« Sie schnalzte mit der Zunge. »Kein Wunder, dass er sich eine Villa auf Capri und ein französisches Schloss aus dem 18. Jahrhundert leisten kann.« Elaine rollte vielsagend mit den Augen, und ihre Stimme bekam einen schwärmerischen Tonfall. »Da würde ich gerne mal Mäuschen sein … er ist homosexuell, aber er hat eine Muse, sie sitzt da drüben, Wallis Franken, es heißt, sie seien inzwischen auch längst ein Paar.«

Sie deutete auf ein Model, das einen extravaganten brünetten Kurzhaarschnitt trug und vier Plätze weiter saß. »Wenn du mich fragst, ist das alles zu kompliziert. Man muss sein Privatleben einfach gestalten, im Beruf hat man schon genug Probleme!«

Luise nickte stumm, als plötzlich ein bekanntes Gesicht im Spiegel auftauchte: Jean-Luc.

Luise strahlte ihn an: »Bist du etwa der Choreograf der Montana-Schau?«

»Nicht lächeln!«, wies sie Elaine zurecht. »Ernst gucken!«

Jean-Luc kam näher und ging neben Luises Platz in die Hocke. »Bonjour, belle Lou! Ich sehe schon, du bist in guten Händen. Elaine ist unser aller Liebling!«

Er stand wieder auf und gab Elaine einen Kuss auf die Schläfe, aber sie schüttelte ihn unwirsch ab. »Aufdringlicher Kerl, störe mich nicht bei der Arbeit.«

Jean-Luc winkte ab und erklärte Luise: »Das meint sie nicht so.«

»Doch, das meine ich so!«, protestierte Elaine. »Und jetzt verschwinde hier!«

Währenddessen verwandelte sie Luise nach allen Regeln der Kunst in einen Vamp, betonte die Augenbrauen mit Van-Dyck-braunem Puder, trug unzählige Schichten und Schattierungen bronzenen Lidschattens auf, klebte mehrere Reihen falsche Wimpern an und malte ihr einen mauvefarbenen Schmollmund. »Du hast schöne Lippen, aber du musst sie besser pflegen und nicht darauf kauen …« Sie kramte in ihrem mehrfächrigen Kosmetikkoffer und gab ihr eine kleine orangefarbene Tube. »Hier, das trägst du morgens und abends auf.«

»Das ist sehr nett, vielen Dank. Arbeiten Sie schon lange in der Modebranche?«, sagte Luise, aber schon musste sie wieder stillhalten, denn wie eine Künstlerin modellierte Elaine ihr Gesicht nun mit verschiedenen Rouge-Tönen und unterschiedlich breiten Pinseln, ließ ihre Wangenknochen noch mehr hervorspringen und die Nase noch schmaler wirken.

»Voilà!«, sagte sie und betrachtete stolz ihr Werk. »Ich bin seit zwanzig Jahren in der Branche, Kindchen, und ich habe einen Blick für Modeltypen, habe viele kommen und gehen sehen.« Sie kam näher, senkte ihre Stimme, und Luise konnte jede einzelne Runzel über ihrer Oberlippe sehen. »Du bist neu hier, und wenn du mich fragst, kannst es noch weit bringen, denn du hast Persönlichkeit.«

Luise sah sie erstaunt an. Wie konnte sie feststellen, dass sie Persönlichkeit hatte, obwohl sie sie nur einen einzigen Satz hatte ausreden lassen? Elaine selbst sprach jetzt plötzlich noch leiser. »Aber tu um Himmels willen nicht alles, was man dir sagt. Lass dich nicht verbiegen. Bleib immer du selbst.«

Sie nickte und antwortete: »Okay, das mache ich, vielen Dank, Elaine!«

Während sie aufstand, fragte sie sich, wie Elaine das wohl meinte, denn die Models waren doch letztlich alle nur Marionetten. Die Branche lebte davon, dass sie taten, was man ihnen sagte.

Drei Plätze weiter entdeckte sie jetzt Naomi, die fast die gleiche Frisur wie sie bekommen hatte, nur in Dunkelbraun und länger. Sie war im Gespräch mit dem Visagisten und bemerkte sie nicht. Weiter hinten standen Linda und Eva, die ihr sogar zuwinkten, sich aber gleich wieder wegdrehten.

Schließlich stand sie bei den Kleiderständern, und die Stylistin zeigte ihr das Outfit. »Ich bin Nelly, und du musst Luise sein.« Luise zog sich bis auf den Slip aus. Nein, den müsse sie wechseln, sagte Nelly und gab ihr stattdessen einen hautfarbenen String. Sie musterte sie und runzelte die Stirn: »Ah, bei dir wird das Kleid etwas kürzer ausfallen als vorgesehen. Kirsten, die es ursprünglich tragen sollte, ist zwar der gleiche Typ wie du. Deshalb hat man dich vermutlich auch geholt, nur ist sie zehn Zentimeter kleiner. Ich denke aber, die Weite sollte kein Problem sein.« Sie taxierte Luises Figur, als diese nackt vor ihr stand, als sei es das Normalste der Welt, dass sie hier zwischen all den anderen Models und Stylisten vollkommen unbekleidet war.

Das Kleid war ein goldfarbener Mini, der geschnitten war wie ein Mantel und extrem breite Schultern, eine schmale Taille und ein ausladendes Revers hatte. Als Luise ihn anzog, merkte sie, dass ihr Gesäß nur ganz knapp bedeckt war. »Wird man nicht meinen Slip sehen?« Sie musste an die Fotografen und Kamerateams denken, die am Rand des erhöhten Laufstegs standen und den perfekten Winkel nutzen konnten, um ihr unter den Rock zu fotografieren.

Nelly ging in die Hocke, um die Perspektive zu überprüfen. »Oh, mon Dieu!«, rief sie aus.

»Also sieht man alles?« Luise merkte, wie ihr das Blut in den Kopf schoss.

»Das meine ich nicht.« Luise drehte sich zu ihr um. Genau wie Cécile, die Assistentin von Pascal, die ihr in der Agentur die Beine vermessen hatte, hielt sich Nelly jetzt erschrocken die Hand vor den Mund. »Was ist da passiert?« Sie zeigte mit dem Finger auf ihre Narbe.

»Ach das?«, sagte Luise und beschloss, sich diesmal nicht aus der Ruhe bringen zu lassen. »Das ist mein Markenzeichen«, antwortete sie mit fester Stimme. »Die Narbe gehört zu mir wie meine Haar- und Augenfarbe.«

»Ist das angeboren?«

»Nein, natürlich nicht, sie stammt von einem Unfall.«

»Oh, mon Dieu!«, wiederholte Nelly mit ernstem Gesicht und schüttelte den Kopf.

Dann richtete sie sich langsam auf. »Und weiß Claude davon? Du bist nämlich ziemlich exponiert.«

»Sicher!« Luise war sich zwar beileibe nicht sicher, ob Claude Montana davon erfahren hatte, aber es war schließlich auch nicht auszuschließen, dass er bereits ein Foto davon gesehen hatte. Nur was Nelly mit »exponiert« meinte, verstand sie nicht.

»Na gut, da bin ich erleichtert!« Nelly schloss ihr schweigend die zwei Knöpfe des Kleids, stellte den Kragen hoch, zupfte an dem Stoff herum. Zog ihr bronzefarbene Lederhandschuhe an und gab ihr schließlich die Schuhe in Größe 41. Zarte Riemchensandalen mit zwölf Zentimeter hohen Absätzen. Sie schlüpfte hinein und sah, dass ihre Zehen vorne ein Stück über die Sohle hinausragten. Aber es war weniger schmerzhaft, als sich in zu kleine Pumps zu quetschen. »Geht es?«, fragte Nelly, und Luise nickte. Über den kurzen Rock und die Narbe verloren sie kein Wort mehr.

Jetzt kam Montana zu ihnen, ließ seine Augen über die lange Reihe von Models wandern, und es schien ihm zu gefallen, was er sah. Manchen gab er noch ein paar nette Worte mit auf den Weg, aber anders als die meisten Modeschöpfer legte er keine Hand mehr an die Outfits, zupfte an den Kleidern nicht bis zum letzten Moment herum. Als ihre Blicke sich trafen, hatte Luise das Gefühl, dass er sich an sie erinnerte und unmerklich nickte. Dann rief er allen zu: »Drama please!«

Jean-Luc erklärte Luise, hinter wem sie laufen sollte, und nannte einige Begriffe, wie »sophisticated« und »smart«, die ihr rein gar nichts sagten. Er nahm sie beiseite und flüsterte: »Du hast die Coolness auch bei Chanel gehabt, mach es genau so, nur ist der Takt heute ein bisschen langsamer. Pass dich der Musik an. Zieh dein Ding durch!«

Luise erinnerte sich daran, dass sie einfach nur wie Naomi laufen musste. Nur wo war sie? Sie konnte das schwarze Model nirgends entdecken, und Jean-Luc schob sie bereits an ihren Platz in der langen Reihe. Anschließend ging er ganz nach vorne und zählte leise von zehn rückwärts, bis er ihnen das Startzeichen gab.

Dann ging es auch schon los: Die Musik war ein monotoner langsamer House-Rhythmus. Luise lief als Zehnte, und erst als sie den gelackten weißen Laufsteg entlangging, realisierte sie, dass alle anderen Kleider nicht nur länger waren als ihres, sondern sie mit ihrem goldenen Mini besonders herausstach. *Ist das ein Versehen?*, schoss es ihr durch den Kopf, und warum hatte sie das nicht schon bemerkt, als sie sich aufgestellt hatten. Naomi war immer noch nicht zu sehen, das Model vor ihr stakste merkwürdig unrhythmisch, und Luise merkte schnell, dass sie sich an ihr auf keinen Fall orientieren durfte – sonst wäre sie verloren! Sie musste ihren eigenen Gang finden, ihre eigene Balance. »Achte auf den Takt der Musik!«, hatte Jean-Luc gesagt. Der Takt war langsam, sehr langsam, und sie passte sich an. Sie wiegte die Hüften, setzte einen arroganten Blick auf, schaute einfach geradeaus, über die Zuschauer- und Fotografenmenge hinweg, als seien sie Luft für sie. Obwohl sich sonst in ihrer Miene jede Regung widerspiegelte, trug sie jetzt ein neues Modelgesicht zur Schau. Sie wusste nicht, woher das auf einmal kam. Hart und reglos lag es wie eine zweite Haut über ihrem normalen. Sie stemmte die Hände mit den Handschuhen in die Hüften, drehte sich am Ende des weißen Laufstegs und verharrte kurz in der Pose, wandte den Fotografen den Rücken zu.

Als die Fotoreporter ihre Narbe sahen, den kurzen Rock, die ellenlangen Beine, ging ein Raunen durch die Reihen. Jeder Fotograf wollte eine Nahaufnahme von ihrer rechten Wade machen, von der leuchtend roten Narbe auf der weißen Haut, und es kam regelrecht zu Tumulten. Luise konzentrierte sich auf den Walk. Die Gesichter der Zuschauer verschwammen mit den Kameralinsen, sie wusste später nicht mehr, wie sie zurück in die Garderobe gekommen war, ob sie gerannt oder ordentlich gelaufen war. Sie hatte zwei Minuten zum Umziehen. Diesmal sollten es schwarze Shorts aus ganz feinem Zwirn sein, dazu eine weiße Bluse mit hochgeklapptem Kragen und ein Longblazer, der exakt die Länge der Hosen hatte. Zugeknöpft sah er aus wie ein schlichtes Minikleid mit raffinierter Linienführung. Wieder waren die Schultern breit und die Taille besonders schmal. Dazu gab man ihr hauchzarte schwarze Feinstrumpfhosen und Slingpumps.

Im zweiten Durchgang schickte sie Jean-Luc als Drittletzte auf den

Laufsteg. Die eifersüchtigen Blicke der anderen bemerkte Luise nicht. Sie wusste auch nicht, dass die vordersten und hintersten Plätze bei einem Defilee normalerweise nur den Supermodels vorbehalten waren, und keine verstand, warum heute ein absoluter Neuling erst den goldenen Mini bekam und dann auch noch an dieser Position mitlief. Für Luise verging der Walk wie im Rausch. Geschmeidig bewegte sie sich über den weiß lackierten Laufsteg. Von ihrem Bauerngang war nichts mehr zu sehen. Allein die langsamen, großen Schritte waren geblieben, doch zu den langen Beinen passten auch keine Trippelschritte. Es kam ihr beinahe so vor, als schwebe sie über ihrem Körper und beobachtete sich selbst von oben. Sie war es – Luise Jensen, Bauerntochter und Friseurin aus Leversdorf, die zwischen den schönsten Mädchen der Welt über einen Pariser Laufsteg ging, sich vor den Fotografen in Positur stellte, mit ihnen spielte und dabei so cool blieb, als hätte sie in ihrem Leben nie etwas anderes getan.

Nach weiteren sieben Minuten war alles vorbei. Claude Montana wurde auf den Laufsteg geholt, die Models nahmen ihn in ihre Mitte. Doch der Applaus für den Modeschöpfer klang fast ein wenig verhalten, höflich, aber keineswegs begeistert. Oder bildete sich Luise das nur ein? Sie hatte jedenfalls schon mehr Beifall nach einer Schau gehört.

»Seine Zeit ist vorbei«, hörte sie ein Model hinter ihr flüstern. »Die Leute wollen nicht mehr diese Extravaganz.«

»Das war's für Mister Schulterpolster!«, hörte sie eine andere sagen, und Luise erschrak über so viel Hohn. Dann ergriff Montana auf einmal ihre Hand, holte Luise nach vorne, hob ihren Arm in die Höhe, und das Publikum jubelte ihr zu. Luise blinzelte in die Scheinwerfer und senkte den Blick. Sie fühlte sich verwirrt, aber auch erregt – beides zugleich. War das hier Wirklichkeit? Womit verdiente sie diesen Applaus?

»Du warst großartig, belle Lou!« Jean-Luc war der Erste, der ihr gratulierte. »Wie hast du es geschafft, so langsam zu gehen? Du warst die Einzige, die im Takt war.«

»Ganz einfach, ich habe mir vorgestellt, dass der Wind von vorne kommt«, lautete Luises Antwort, und Jean-Luc lachte auf. »Das ist gut!«

Er machte eine kleine Zeremonie daraus, verbeugte sich in ihre Richtung, applaudierte. »Mesdames et Messieurs«, verkündete er, die wohlgeölte Stimme eines Conférenciers parodierend. »Lou hat uns gerettet und war noch viel besser, als ich erwartet habe!« Mit lauten Schmatzern gab er ihr die üblichen drei Bisous. »Moi, moi, moi!«, machte er dabei. Die anderen gaben ihre Posen auf und umringten sie, um zu sehen, was los war. Einige der Models kamen zu ihr, beglückwünschten sie ebenfalls, manche standen eng zusammen, deuteten auf ihre Wade, tuschelten, schüttelten den Kopf.

Luise bedankte sich und ging zu den Plätzen in der Garderobe, an den leeren Kleiderständern vorbei, die sich nun nach und nach wieder mit den getragenen Teilen der Kollektion füllten. Sie setzte sich vor einen der Spiegel, um sich abschminken zu lassen, hielt dann aber inne und betrachtete ihr verwandeltes Gesicht. Zwei Minuten wollte sie in Ruhe gelassen werden und zu sich kommen. Die junge Frau, die ihr aus dem Spiegel entgegensah, wirkte so ernst, so fremd und so schön. Nie hätte sie geglaubt, dass sie so aussehen könnte, und dachte: *Diese Frau wäre ich gern.*

»Hey, Rising Star! Gratuliere!«, sagte eine Stimme neben ihr. Luise sah hoch, es war Naomi, und sie stand auf, um das Supermodel zu begrüßen. »Danke!«, sagte sie und tauschte Bisous aus. »Ich habe dich die ganze Zeit gesucht, Naomi, und war ziemlich verzweifelt, weil du hinter mir gelaufen bist. Eigentlich wollte ich dich nachahmen, wenn ich ehrlich bin. Das hatte ich bei der Chanel-Show gemacht, und es hat mich gerettet.«

Naomi strich ihr eine Haarsträhne hinter das Ohr. »Du musst mich gar nicht nachahmen, du musst niemanden nachahmen, sondern du hast es selbst drauf, wie man heute gesehen hat.«

Sie lächelte. »Ich hab's gleich gewusst. Aus dir wird noch was!« Für sie war es eine Freude und ein Genuss, die geschliffene Leistung, das Plus an Brillanz und Persönlichkeit einer neuen Rivalin zu beobachten. Selbst wenn es ein wenig schmerzte, besaß sie genug Selbstsicherheit und wusste: Es konnte ihrem eigenen Ruhm nichts anhaben. »Kommst du heute Abend ins Natasha?«

»Ich weiß nicht, was ist das?«

»Du kennst das Natasha nicht? Es ist unser absolutes Lieblingsrestaurant im Viertel Bastille! Ab elf verwandelt es sich jeden Abend in einen Nachtclub. Du wirst sehen, wir sind eine verrückte Truppe.«

Sie drehte sich um, als sich ihnen jemand von der Seite näherte. Es war Pascal Laurent in einem maßgeschneiderten Anzug, wie immer mit offenem Hemd. Unter seinem Arm klemmte eine blaue Ledermappe, über dem Arm hing ein dunkelblauer Mantel. Er klatschte Luise leise Beifall. »Bravo! Gut gemacht, Louiiise.«

»Habe ich es nicht gleich gesagt?«, fragte Naomi mit einem stolzen Unterton in der Stimme.

»Ja, das hast du, und du hast recht behalten, Darling! Aber würde es dir etwas ausmachen, uns einen Augenblick allein zu lassen? Wir haben etwas Geschäftliches zu besprechen.«

»Na gut.« Zu Luise gewandt, sagte sie leise: »Ich glaube, das ist der Beginn einer großen Karriere. Nur schade, dass du jetzt nicht mehr meine Haare frisierst. Wir sehen uns später.« Sie bahnte sich einen Weg zwischen den anderen Models hindurch zu den Kleiderständern.

»Nun? Wie fühlst du dich?«, fragte Pascal.

»Großartig«, flüsterte Luise. »Ich hätte nie gedacht, dass es so leicht ist.«

Pascal lachte leise. »Es ist ja auch nichts anderes als Geradeausgehen, und noch dazu nur eine Viertelstunde lang.«

Elaine, die Visagistin, näherte sich jetzt von hinten und fragte: »Wie sieht's mit Abschminken aus, Louiiise? Oder machst du das selbst?« Luise schüttelte erst den Kopf und nickte dann. Sie wollte gerne noch einmal in Ruhe ihre Verwandlung bestaunen, konnte sich noch nicht dazu durchringen, einfach alles wieder abzuwischen.

»Ja, ich mache es später selbst, aber danke!«

Elaine nickte mit einem wissenden Lächeln, sie kannte das Phänomen, wenn ein Mädchen noch nie zuvor von einem richtig guten Make-up-Artist geschminkt worden war und seinen eigenen Anblick noch auskosten wollte. »Aber nimm nicht einfach Wasser und Seife, das reizt die Haut … und erst recht gehst du nicht mit dem Make-up ins Bett … denn sonst ist deine Modelkarriere schneller zu Ende, als sie begonnen hat.«

»Mache ich nicht«, antwortete Luise, ohne zu ahnen, wie oft sie dieses Gebot in nächster Zeit noch übertreten würde.

Jetzt kam sogar Montana persönlich auf sie zu und gab ihr Wangenküsschen. »Bravo! Das war nicht schlecht. Zwar ein kleines Wagnis, ein so unerfahrenes Mädchen einzusetzen, aber ich wusste schon gestern auf der Tanzfläche, dass du dich bewegen kannst.«

Luise bemerkte aus dem Augenwinkel Pascals Blick. Eine Mischung aus Anerkennung und Entdeckerstolz.

»Daran haben Sie sich erinnert?«, fragte Luise.

»Natürlich, ich habe Naomi nach dir gefragt, und sie hat mich an Pascal verwiesen.«

Claude Montana sah, wie gestern, auffallend gut aus. Unter den Designern, die Luise bisher gesehen hatte, war er sicher der mit Abstand attraktivste. Aber sein unvergleichliches Charisma, seine kreative Energie, die er noch in der letzten Nacht auf der Tanzfläche versprüht hatte, waren hier in der Garderobe wie ausgelöscht. Luise erkannte jetzt eine Melancholie in seinem Gesicht, die sie vor der Schau nicht bemerkt hatte oder womöglich noch gar nicht vorhanden gewesen war. Vielleicht hatte es etwas mit dem verhaltenen Beifall zu tun, den seine Kollektion bekommen hatte. *Bestimmt ist es so*, dachte Luise. Sie verstand nur nicht, warum. Sie verstand nicht, wann eine Kollektion von den Journalisten und Einkäufern bejubelt wurde und was dazu führte, dass sie durchfiel.

»Du darfst eines deiner Outfits meiner Kollektion behalten. Als Willkommensgeschenk in der Modebranche.«

»Wirklich?«

»Welches möchtest du?«

Luise sah in den Spiegel. Die schwarzen Shorts mit der weißen Bluse und dem langen Blazer des zweiten Durchgangs, die sie noch immer anhatte, gefielen ihr besser als das goldene Minikleid. Das war ihr zu auffällig und so kurz, dass sie sowieso nicht wagen würde, es zu tragen.

»Dann nehme ich dieses hier.« Sie zeigte auf das, was sie trug. »Es ist sehr schick … danke!«

Montana lächelte. Er schien sich über ihre unverfälschte Dankbarkeit zu freuen. »Wir sehen uns …«, sagte er und verschwand im allgemeinen Gewimmel nach der Show.

Inzwischen hatte Pascal einige Papiere hervorgeholt. Luise registrierte das edle blaue Leder seiner Aktenmappe.

»Hier«, sagte er und legte den Vertrag auf die Ablage des nächsten freien Schminktischs. »Normalerweise mache ich das nicht zwischen Tür und Angel, aber morgen Vormittag wartet schon der nächste Auftrag für dich, und es muss ja alles seine Ordnung haben.«

Aus der Innentasche seines Sakkos holte er einen Füller, drehte die Kappe ab und hielt ihn ihr hin. »Reine Formsache, ich zeige dir, wo du unterschreiben musst.«

Luise nickte, als wäre es das Normalste der Welt, einen Vertrag mit einer der großen Modelagenturen zu unterschreiben. Doch als sie die vielen Seiten mit den unzähligen Klauseln sah, sagte sie: »Das ist alles auf Englisch, ich würde mir das gerne in Ruhe durchlesen.«

Auf einmal musste sie an Hammer denken und dass sie ihn jetzt gerne bei sich gehabt hätte – als Berater und als denjenigen, der sie mit nach Paris genommen hatte. Ohne ihn wäre sie nicht dort, wo sie war. Pascal bemerkte ihr Zögern und begann, mit weicher Stimme auf sie einzureden: »Du wirst bei keiner Agentur bessere Bedingungen kriegen: Wir kommen für alle Aufnahmen zur Erstellung deiner Sedcard auf, für alle Spesen, wenn du zu Castings gehst. Wenn du viele Aufträge an einem Tag hast, stellen wir dir insbesondere während der Fashion Weeks einen Chauffeur, damit du pünktlich ankommst. Wir stellen dir Model-Appartements zur Verfügung.«

Pascal beugte sich zu ihr herunter und legte den Finger auf der letzten Vertragsseite unter die Linie, wo ihr Name in Druckbuchstaben stand. »Was gibt es da noch zu überlegen?« Links auf dem Dokument hatte er bereits seine schnörkellose Unterschrift über den Namen der Agentur gesetzt. Luise konnte sein holziges Eau de Toilette riechen, was sie sofort an den Abend in seinem Penthouse erinnerte und merkwürdigerweise auch an das Gespräch mit Pilar vor dem Procope. Sie spürte, wie das Misstrauen seine kleinen Krallen in ihr Herz bohrte. Tat sie das Richtige, wenn sie sich an seine Agentur band?

Er räusperte sich ungeduldig und richtete sich auf. »Wie gesagt, da draußen warten genug andere Sternchen darauf, zum Glühen gebracht zu werden!«

Wenn doch nur Hammer hier wäre! Aber er war nicht da, und er würde sich vermutlich auch nicht mehr dafür interessieren, wie es ihr erging. Luise wurde klar, dass sie endlich erwachsen werden musste und keinen Aufpasser mehr hatte. Und sie wusste in diesem Moment, dass sie unbedingt in Paris bleiben wollte, in der Stadt mit diesem unvergleichlichen Flair, egal wie hoch der Preis war, den sie dafür zahlte. Sie streckte die Hand aus, nahm den kostbaren Füller, den Pascal ihr hinhielt, fühlte das kühle Perlmutt an ihren Fingerspitzen und unterschrieb.

Um ihre Schultern schmiegte sich etwas Weiches, aus einem Garn, so leicht und warm, wie sie es noch nie gefühlt hatte.

»Du hast neulich deinen Mantel bei mir vergessen«, sagte Pascal.

Luise sah an sich herunter.

»Dies hier ist er aber nicht.«

»Ich habe mir erlaubt, ihn auszutauschen, gegen einen Kamelhaarmantel aus der aktuellen Herbst-Winter-Kollektion von Dior.«

Sie wandte ihm das Gesicht zu, und er fügte leise hinzu: »Die Farbe nennt sich ›bleu minuit‹.« Der hungrige und eitel-jagdlustige Glanz in seinen Augen stieß sie ab, und gleichzeitig fühlte sie sich wunderlich weich und erregt davon. »Heißt das Mitternachtsblau?« Er nickte. Luise stotterte ein paar ungeschickte Dankesworte. Als Pascal sie zum Ausgang begleitete, setzte er mit der einstudierten Nachlässigkeit des erfahrenen Agenten hinzu: »Weißt du, Lou, die Modelszene ist wie eine Pyramide. Wenn man nicht bis zur Spitze kommt, dann fängt man besser gar nicht erst mit dem Klettern an. Aber du hast das Zeug dazu, bis ganz nach oben zu kommen.«

Sie ging im Dunkeln durch die Tuilerien zurück – allein, genauso wie sie hergekommen war. Dann blieb sie stehen und sah über das glitzernde Wasser des Bassin Octogonal auf die dunklen Gärten.

Dahinter blitzten die Lichter der Concorde und führten wie eine Sternenstraße den sanften Anstieg hinauf zum Arc de Triomphe. Der dramatische Anblick ließ ihr Herz höherschlagen. Sie war jetzt auch eines der Sternchen am Pariser Himmel, sie konnte hierbleiben, in dieser unglaublichen Stadt – und wenn sie Glück hatte, verglühte sie nicht so rasch wie ein Meteorit. *Doch selbst wenn!*, sagte sie sich, atmete tief die kühle, erdige Herbstluft ein und schlug den Kragen ihres neuen Mantels hoch. Wenn es schiefging, hatte sie es zumindest versucht, und niemand würde ihr diese Zeit in Paris wieder nehmen können! Sie musste sich beherrschen, nicht zu jauchzen, wie sie es als kleines Kind getan hatte, wenn sie auf Vaders Schoß auf dem Trecker über den Acker fahren durfte. Vader hatte selbstverständlich nicht gejauchzt.

Vader! Sie schloss die Augen. Oft hatte sie in letzter Zeit nicht an ihn, an ihre Eltern, an Leversdorf gedacht. Was würden sie wohl sagen, wenn sie wüssten, dass sie gerade den Vertrag mit einer Modelagentur unterzeichnet hatte und nach der einen Woche nicht zurückkehrte? Würden sie es verstehen? Sie würde sie anrufen müssen, es ihnen erklären und auf ihren Segen hoffen.

Der Abend war so still, wie Luise ihn in Paris noch nie erlebt hatte. Es musste an der Windrichtung liegen, dass der Verkehrslärm der Champs-Élysées hier nicht ankam. Es war, als könne man die Steinskulpturen im Park atmen hören.

Da tauchte hinter ihr ein schwacher Scheinwerfer auf, zitternd wie ein Lichtfinger, der sich durch die Finsternis tastete. Jetzt hörte sie auch das knatternde Motorgeräusch, das sich näherte, und Luise verspürte einen Adrenalinstoß. Was, wenn es der Motorradfahrer war, der Pilar mitgenommen hatte? Sie stand da wie festgenagelt. Der Lichtschein kam schnell näher. Luise sah, wie er nur noch wenige Meter entfernt war, und jetzt zeichneten sich die Konturen des Motorrollerfahrers ab.

»Attends, Lou! Warte!«

Sie erkannte die hohe Stimme von Jean-Luc und atmete auf.

»Wie kannst du allein am Abend durch den Park gehen!« Seine Stimme überschlug sich schier und brach. »Das ist gefährlich, da verstecken sich Clochards und andere Subjekte, denen du bei Nacht nicht begegnen möchtest.«

»Was sind Clochards?«, fragte sie neugierig.

»Obdachlose, SDF, sans domicile fixe, die sich in den Park einschließen lassen und auf den Bänken schlafen, obwohl es verboten ist.«

Luise sah sich um, konnte aber auf den Parkbänken niemanden entdecken. »Ich sehe keine!«

»Sie warten, bis der Nachtwächter seine letzte Runde gemacht hat.«

Jean-Luc deutete mit dem Daumen nach hinten auf die Sitzbank seines Rollers. »Komm, steig auf! Du wohnst doch in der Nähe der Porte Saint-Martin, oder?«

Luise nickte.

»Ich muss dort noch bei jemandem eine Jacke abholen.«

Luise lachte leise auf. »Ich verstehe«, sagte sie, kletterte auf seinen Soziussitz und konnte dabei nicht aufhören zu lächeln. Vermutlich war es kein Zufall gewesen, dass er seinen Blazer in Aydins Wohnung vergessen hatte.

29

Die Tische im Natasha waren bis auf den letzten Platz besetzt. Daneben standen Wein- und Champagnerkühler in Ständern. Viele der Gäste hatten auch Longdrinks vor sich stehen, um die Wartezeit, bis die Horsd'œuvres serviert wurden, zu überbrücken. Die Luft war mit Zigarettenrauch gefüllt, und das Klappern ihrer zu engen Slingpumps auf dem Terrazzoboden ging in dem Klangteppich aus französischen und englischen Sätzen unter. Luise trug die Shorts und den Blazer aus der Montana-Modenschau, dazu aber ein schlichtes weißes T-Shirt. Jean-Luc und Aydin hatten darauf bestanden, dass sie die Frisur und das Make-up behielt, und auch darauf, sie zu begleiten. In dem Raum summte und brummte es bereits, und in den Wandspiegeln sah Luise viele bekannte Gesichter. Sie wirkten entspannt, fröhlich, glücklich, sie feierten sich und das Leben, genossen den Augenblick. Sofort wurde sie von einigen Leuten mit Bisous begrüßt, die von ihrem Walk bei der Montana-Schau gehört hatten und sich nach den nächsten bei ihr anstehenden Defilees erkundigten.

Luise sah sich um, sie konnte Naomi nirgends entdecken, also setzte sie sich auf einen Platz auf der roten Lederbank. Als sie aufrückte, um Jean-Luc und Aydin neben sich zu holen, saß schneller, als sie reagieren konnte, schon ein anderer dort, sodass der Platz jetzt nicht mehr für zwei weitere Personen reichte. Sie machte eine hilflose Geste zu ihren Freunden, aber die beiden schienen mit sich selbst beschäftigt zu sein. »Want sam wine?«, fragte ihr Banknachbar mit den dunklen kurzen Haaren, ohne sich ihr vorzustellen, und goss Luise und sich, ohne ihre Antwort abzuwarten, die Gläser randvoll mit Weißwein, den er einfach aus dem Kühler nahm. Sie verstand ihn kaum, denn er sprach mit einem merkwürdigen Akzent. Dann stieß er gegen ihr Glas, murmelte: »I'm Alexander«, und trank ihr zu. Seine großen hellblauen Augen wirkten unruhig, so als würde er alles, was in dem Nachtlokal und an ihrem Tisch geschah, gleichzeitig in sich aufnehmen. Um seine vollen Lippen trug er einen blonden, unregelmäßig gewachsenen Bart. Seine abstehenden Ohren erinnerten sie fast an die von Malte, dem Rettungssanitäter. Sopptass hätte man ihren Tischnachbarn in Ostfriesland genannt. Luise fühlte sich vielleicht gerade deshalb von ihm angezogen.

Er fragte: »So ya're ve new rising star?« Das Wort »rising star« verstand sie, den Rest nicht. »Ever…one s' tailking bout ya!«

Die Frau mit dem scharlachroten Lippenstift, die ihr gegenübersaß, mischte sich nun ein. »Alexander, sie ist Deutsche und versteht dein schreckliches Englisch wahrscheinlich nicht.«

An Luise gewandt, erklärte sie: »Er spricht immer noch Cockney-Slang, das muss man nicht verstehen!« Dabei machte sie spaßhaft eine abfällige Handbewegung. Luise wusste nicht, was Cockney-Slang genau bedeutete, aber sie stellte es sich so ähnlich vor wie die englische Version von Plattdeutsch. Ihr Banknachbar wurde ihr immer sympathischer.

Ungefragt übersetzte die Frau für Luise seine Worte ganz langsam Satz für Satz und grinste, als diese beim letzten, nämlich alle würden über sie reden, errötete. Luise schüttelte den Kopf und nickte in Richtung der bunt gemischten Reihe von Menschen an dem langen Tisch, die so laut durcheinanderredeten und lachten, dass es kaum möglich war, eine eigene Unterhaltung zu führen. »Ich glaube, die haben ganz andere Themen.«

Isabella bewegte den Zeigefinger hin und her und wiegelte ab: »No, no, no, no, no, du bist das Gesprächsthema, alle reden über dein Naturtalent, deine unglaublich langen Beine …« Sie zog leicht anzüglich die Augenbrauen hoch. »Und deine Narbe … wo ist sie noch einmal? Sie muss unglaublich sein!«

Als sie bemerkte, wie peinlich das alles für Luise war, fügte sie hinzu: »Das ist nicht weiter schlimm, die brauchen immer etwas, über das sie reden können. Sonst wird es irgendwann langweilig. Ich bin übrigens Isabella.« Sie stand auf und beugte sich weit über den Tisch, um Luise Wangenküsschen zu geben. »Isabella Blow. Die Muse von Alexander, zumindest war ich das, bis du aufgetaucht bist.«

Luise erwiderte die Bisous und fragte sich dabei, was das Wort »Muse« bedeutete. Das Gleiche hatte die Visagistin Elaine über das Model Wallis Franken gesagt. Sie sei die Muse von Claude Montana. Hieß es Lieblingsmodel? Oder Geliebte – oder beides? Aber Isabella sah gar nicht aus wie ein Model, und sie war sicher auch schon über dreißig. Mit ihrem runden Gesicht, den Hasenzähnen und dem Liza-Minelli-Kurzhaarschnitt wirkte sie auffallend reizlos zwischen all den Schönheiten der Modelbranche. Nur ihr sehr tief ausgeschnittenes schwarzes Lingerie-Kleid und vor allem der breite Kragen aus lachsfarbenen Straußenfedern fiel sofort ins Auge.

»Ich bin Stylistin bei der *Vogue*«, erklärte Isabella, als hätte sie ihre Gedanken erraten. »Und Alexander ist ebenfalls ein Rising Star, genau wie du, ein Naturtalent. Ich habe ihn gerade erst entdeckt und auf der Stelle seine gesamte Abschlusskollektion am Central Saint Martins College für Kunst und Design in London aufgekauft. Sie ist einmalig, von solch visueller Kraft …« Sie spreizte die Finger und gestikulierte wild. »… und unbändiger Schönheit!« Der stolze Unterton in ihrer Stimme ähnelte dem von Naomi, Jean-Luc, Pascal und Claude, als sie über Luises letzten Walk gesprochen hatten. *Eine »Entdeckung« zu machen, scheint in der Modebranche etwas besonders Erstrebenswertes zu sein*, dachte Luise und wandte sich wieder ihrem Banknachbarn zu. Erst jetzt fiel ihr auf, dass er exakt den gleichen, viel zu kurzen Pony trug wie Isabella. Das sollte wohl besonders extravagant wirken.

Sie fragte: »Du bist Modedesigner?«

Er grinste. »I houpe so.« Selbst diese drei Worte sprach er merkwürdig aus.

»Müsste ich dich kennen?«

»Auf jeden Fall solltest du Alexander McQueen kennen«, mischte sich Isabella wieder in ihre Unterhaltung ein. Luise fand sie langsam etwas aufdringlich.

»Vielleicht noch nicht in dieser Saison, aber für Herbst/Winter 93/94 wird Alexander ganz sicher Ready-to-wear-Schauen auf den Fashion Weeks der Welt haben. Ich werde ihm den Weg ebnen!«

Alexander tat so, als kümmerte ihn das alles gar nicht, sondern zündete sich eine Zigarette an und sagte etwas zu Luise, von dem sie wieder nur wenige Brocken verstand. Dabei begann er, mit dem Kugelschreiber auf der Papierserviette Luise zu skizzieren, und versah ihren schwarzen Blazer mit einem üppigen Kragen aus den verschiedensten Blumen. Isabella übersetzte unterdessen eifrig: »Alexander war sozusagen das rosa Schaf in seiner Familie. Er kommt aus einer Arbeiterfamilie, da hatte man für seine überbordende Kreativität nicht viel Verständnis.«

Luise beobachtete sein Geschick und seine Hingabe, während er die Serviette mit immer mehr gekonnten Strichen und Schnörkeln bemalte. »Das kann ich gut nachvollziehen«, sagte sie. »Ich komme von einem kleinen Bauernhof in Norddeutschland. Da war auch kein Platz für Fantasie, und vor allem muss dort alles immer so bleiben, wie es schon immer war. Nichts darf je geändert werden.« Er nickte, hob den Kopf, sah ihr eine Weile direkt in die Augen und schien zu bemerken, dass diese genauso wässrig waren wie seine. »Da sind wir hier in Paris besser aufgehoben!« Diesmal verstand sie den Sinn seiner Worte auf Anhieb.

Die Vorspeise wurde von mehreren Kellnern an den Tisch gebracht, und Luise wunderte sich, dass vor Alexander eine große Platte mit überbackenen Köstlichkeiten gestellt wurde, während man ihr nur grünen Salat ohne Dressing servierte. Sie sah sich um und bemerkte, dass alle Frauen das Gleiche vor sich stehen hatten, die Männer aber üppige Speisen.

»Wunderst du dich über deine Salatblätter?«, fragte Isabella.

»Ehrlich gesagt, habe ich ziemlich großen Hunger!«

»Das musst du dir abgewöhnen! Soviel ich weiß, hast du schon einen Vertrag mit ELLE unterschrieben. Da solltest du mal das Kleingedruckte lesen!«

Luise sah erstaunt von einem zum anderen. »Woher wisst ihr das alles?«

»Paris ist ein Dorf, zumindest was die Model- und Modebranche angeht. Übrigens wäre Alexander fast wegen Majestätsbeleidigung ins Gefängnis gekommen!«

Alexander machte eine ungeduldige Geste in ihre Richtung und blaffte einige kaum verständliche, aber wenig freundlich klingende Worte. Unbekümmert sprach Isabella einfach weiter. »Während seiner Schneiderlehre bei Anderson & Sheppard in der Londoner Savile Row hat er in das Futter des von Prinz Charles in Auftrag gegebenen Anzugs eine heftige Beleidigung eingestickt. Wie hieß noch mal der Satz, Darling?« Sie schnippte ungeduldig mit den Fingern, weil ihr der genaue Wortlaut nicht mehr einfiel.

Alexander winkte ab. »Lass es einfach!«

»Es war etwas wie: ›Pappnase von Prinz‹«, improvisierte sie und lachte ein wenig zu schrill, sodass sich einige andere Gäste zu ihr umdrehten. »Jedenfalls hatte Alexander Glück und wurde nicht erwischt.«

Luise stocherte in ihren trockenen Salatblättern und versuchte, sich trotz ihres Hungers viel Zeit dabei zu lassen, damit sie nicht als Erste fertig war. Sie wusste ja nicht, was den Models als Hauptgang serviert wurde, wenn es überhaupt einen für sie gab. Dann wollte sie sich bei einem der Kellner Baguette bestellen und hob gerade den Arm, als sich der dunkelblaue Samtvorhang am Eingang des Lokals teilte und ein Mann mit schwarzem T-Shirt, Lederjacke und einem blondierten Borstenschnitt erschien, begleitet von Naomi und Kate. Er lachte in die Runde, schien jeden hier zu kennen und wurde von allen bestürmt. Naomi warf Luise eine Kusshand zu und setzte sich dann weiter hinten auf einen Stuhl, der gerade frei geworden war. Kate schien viele Verehrer zu haben, die sie umringten. Ihre geringe Körpergröße machte sie durch ihr unvergleichlich cooles Auftreten und eine ganz besondere Aura wett. Luise fragte Isabella, wer der blonde Mann sei, der mit den beiden gekommen war. »Das ist Jean Paul Gaultier, unser ›enfant terrible‹«, antwortete sie und nahm einen Schluck aus ihrem Weinglas.

Luise starrte ihn an. Das war Jean Paul Gaultier?

Isabella bemerkte ihren Blick. »Er hat eine schlimme Zeit hinter sich, nachdem sein Freund und Geschäftspartner Francis Menuge vor zwei Jahren an AIDS gestorben ist. Aber jetzt wirkt er endlich wieder glücklich, als hätte er den Verlust überwunden.«

Einige am Tisch wandten sich Isabella unverwandt zu, als sie das Wort AIDS hörten. Ihre Mienen verrieten, dass man darüber normalerweise nicht sprach. Isabella schien das aber nicht zu stören.

»Ich bin sehr gespannt auf seine Schau morgen. Läufst du für ihn, Luise?«

Langsam schüttelte Luise den Kopf. »Nein. Aber ich würde viel dafür geben! Meine Chefin in Leversdorf ist ein absoluter Fan von ihm. Ich muss ihr unbedingt ein Autogramm mitbringen.«

Wieder lachte Isabella schrill. »Ein Autogramm? Das ist einfach zu niedlich!« Sofort sprang sie auf.

»Nein, nicht!«, protestierte Luise. Doch Isabella ging schnurstracks zu dem Modedesigner, der sich noch immer inmitten eines Pulks von Leuten aufhielt. Luise konnte sehen, wie die *Vogue*-Stylistin mit ausgestrecktem Arm in ihre Richtung zeigte, wild gestikulierte, und schon kam sie mit Gaultier am Arm auf sie zu.

»Jean Paul, das ist Luise. Unser neuer Shootingstar in der Modelszene!«

Luise schloss kurz die Augen, so peinlich war ihr die Situation. Alle wandten ihnen die Köpfe zu. »Glaubst du wirklich, damit erzählst du mir etwas Neues, liebste Isabella? Ich habe schon die Fotos von Helmut gesehen … adorable!« Er hauchte Luise einen Kuss von seiner Handfläche zu. »Und ich habe Louise bereits für meine Schau gebucht.«

»Sag ich doch!«, lautete Isabellas Kommentar, als hätte sie es bereits gewusst.

»Wir sehen uns morgen um zehn Uhr, meine Liebe, ich hoffe, du kannst ein bisschen Akrobatik?«, rief Gaultier Luise zu und drehte sich auch schon wieder um.

Luise fragte leise: »Akrobatik? Was meint er damit?«

Isabella trank ihr Glas leer und sagte mit einem kleinen Anflug von Schadenfreude: »Du wirst perfekt in seine Schau passen, Luise. Obwohl …«, sie legte die Hand unter das Kinn, als würde sie überlegen. »Es wird eher ein Happening als ein Defilee, was man so hört. Soweit ich weiß, hat er schon so einiges aufgesammelt, alte, übergewichtige, gepiercte und tätowierte Models engagiert. Mit deiner Narbe wirst du die Krönung seiner Sammlung werden. Ich gäbe ja viel dafür, wenn ich sie einmal sehen könnte.« Sie legte die Hände in einer bittenden Geste aneinander, spitzte die Lippen und klimperte mit den falschen Wimpern. Luise schüttelte langsam den Kopf. Sie suchte nach den passenden Worten, um die nächste Peinlichkeit dieser aufdringlichen Person zu verhindern, und hatte ausnahmsweise eine schlagfertige Antwort parat. »Ganz einfach, dann kommen Sie morgen in die Gaultier-Schau, Isabella. Und ich hätte auch überhaupt nichts gegen ein Exklusiv-Interview in der *Vogue* einzuwenden.«

Jetzt war es Isabella, die zum ersten Mal an diesem Abend nach Worten rang. Schließlich klatschte sie leise in die Hände. »Bravo, Luise, da hast du ja schon einiges gelernt. Ich sitze morgen in der Front row und habe ein Auge auf dich.« Sie zwinkerte ihr zu. »Und was das Interview angeht, spreche ich mit meiner Chefredakteurin. Anna wird morgen selbstverständlich auch da sein, obwohl weder sie noch ich wirkliche Fans von Gaultier sind.«

Alexander, der die ganze Zeit über kein Wort gesprochen, sondern eine Papierserviette nach der anderen vollgekritzelt hatte, legte eine davon vor sie auf den Tisch. Luise sah darauf ein perfektes Porträt von sich, auf dem sie mit nichts als einem Herrenblazer bekleidet und in typischer Modelpose, die Hände in der Taille, gekonnt abgebildet war. Ihre Beine überdimensional lang, die Gesichtszüge ernst, aber genau getroffen. Sie sah auf und blickte genau in seine wässrigen Augen. »Es ist perfekt. Merci. Würdest du es mir noch signieren?« Dann sah sie zu, wie er seinen Namen daruntersetzte: Alexander McQueen.

Der Charme des Lokals hatte viel mit Spontaneität zu tun, denn es war kein Club wie das Les Bains Douches. Eines Tages hatten die Betreiber des Natasha entschieden, zwei junge Männer als DJs zu engagieren, die voller Kreativität steckten, Tracks mixten, die Bässe rein- und rausdrehten. Die Gäste genossen die Musik so sehr, dass sie irgendwann einfach aufstanden, die Tische zur Seite schoben und tanzten. Es wurde für das Modevolk zum Ritual: Erst trank und aß man etwas, verzichtete auf die Hauptspeise, dann rückte man die Tische und tanzte voller Inbrunst bis in die Morgenstunden. An diesem Abend hätte Luise das Nachtleben in der Modestadt Paris entdecken können, wären da nicht Aydin und Jean-Luc gewesen. Eine halbe Stunde vor Mitternacht, hakten sie Luise unter und bestanden darauf, sie nach Hause zu begleiten.

»Wisst ihr, was einer der wundervollsten Aussichtspunkte von Paris ist?«, fragte Jean-Luc, als sie zusammen in der kühlen Abendluft zur Métrostation Bastille gingen.

»Das weiß jedes Kind. Die oberste Plattform des Eiffelturms«, antwortete Aydin wie aus der Pistole geschossen.

»Falsch! Der Südturm von Notre-Dame ist viel, viel besser, denn von dort siehst du den Eiffelturm und Sacré-Cœur und ...«

»Warum seid ihr Pariser eigentlich so verrückt mit euren Sehenswürdigkeiten?«, unterbrach ihn Luise. Sie lief mit einem Fuß auf dem Bordstein, mit einem auf der Straße, wippte dabei auf und ab, wie sie es als kleines Kind manchmal getan hatte.

Aydin und Jean-Luc blieben abrupt stehen und sagten fast gleichzeitig: »Weil sie einmalig auf der Welt sind.«

»Schon gut!« Luise winkte ab.

»Also was ist?«, fragte Jean-Luc. »Wollen wir noch auf den Südturm, oder wollen wir nicht?«

»Jetzt, mitten in der Nacht? Er ist bestimmt abgeschlossen.«

»Nein, ist er nicht.«

»Ist er doch, allein damit sich dort nachts keine Wildpinkler und Clochards breitmachen.«

»Was, wenn ich einen Trick kenne, wie man trotzdem hineinkommt?«

»Das glaube ich nicht, und außerdem muss Luise ins Bett und ich auch.«

Eine Métrofahrt und acht Minuten später standen sie auf der Île de la Cité vor der mächtigen Hauptfassade der fünfschiffigen Kathedrale von Notre-Dame. Das Monumentale des mittelalterlichen Gebäudes, das als Meisterwerk der Gotik gefeiert wurde, drängte sich an diesem Abend geradezu auf, denn kein einziger der vielen Touristen, die sich normalerweise auf dem Vorplatz drängten, war zu dieser nächtlichen Stunde hier. Alles wirkte wie ausgestorben. Nur die jahrhundertealten, gewaltigen Mauern des Sakralbaus hoben sich in dem warmen Licht der Scheinwerfer von dem tintenblauen Pariser Himmel ab.

»Darin wurde Napoleon zum ersten Kaiser der Franzosen gekrönt, und genau hier, wo wir stehen, ist gewissermaßen das Zentrum von Frankreich. Von hier aus werden alle Entfernungen unseres Landes gemessen«, erklärte ihnen Jean-Luc. Luise sah wissbegierig in sein schlaues, rundliches Gesicht und hätte gerne noch mehr gehört. Sie war auf einmal gar nicht mehr müde.

Aber Aydin ging es offenbar anders. »Ich möchte ja nicht drängeln, aber ist es nicht ein bisschen spät für eine Stadtführung?«, fragte er. »Ich muss morgen früh ins Restaurant, Luise zum Defilee … also rauf auf den Turm und dann nichts wie ins Bett!« Er legte die Handflächen aneinander und bettete sein Gesicht darin. »Coucher!«

»Folgt mir!«, sagte Jean-Luc so leise, als würden sie auf dem menschenleeren Platz belauscht. Jean-Luc führte sie am Tympanon des Portail Saint-Étienne vorbei, auf dem in düsteren Steinbildern das Martyrium der Heiligen gezeigt wurde, durch eine dunkle überbaute Gasse zu einer kleinen Öffnung im Gemäuer des Südturms, direkt über dem Boden. Sie war nicht mehr als ein schwarzer Schlitz, gerade einmal so groß, dass ein Kind gut hindurchpasste. Bei einem Erwachsenen konnte es eng werden.

»Da ist es«, raunte Jean-Luc ihnen mit verschwörerischer Miene zu und blieb stehen. »Das findet man wirklich nur, wenn man es weiß.« *Wieder ein Franzose, der stolz auf eine Entdeckung ist!*, dachte Luise. *Aber jetzt wird es wirklich absurd.*

»Du glaubst aber nicht wirklich, dass ich in meinem Aufzug durch den Staub krieche, mich durch diesen dunklen Schlitz zwänge, um nachts auf einen Turm zu klettern?«

»Doch, das glaube ich, denn die Eingangstür ist um diese Zeit verschlossen, und die Aussicht von dort oben bei Nacht wirst du dein ganzes Leben nie wieder vergessen.« Er zeigte nach oben, die dicken Mauern empor zur Turmspitze.

»Na gut, ich fange an«, sagte Aydin, der Jean-Luc wohl mit seinem Mut beeindrucken und es schnell hinter sich bringen wollte. Ehe sie sich versahen, lag er schon auf dem Boden, robbte über die uralten Steinquader und wand sich geschickt durch den schmalen Halbmond der Öffnung. Jean-Luc zeigte auf ihn und sagte zu Luise: »Siehst du? Es ist ganz leicht!«

»Aydin ist ja auch zierlich, aber wie soll ich das schaffen?«

»Du bist auch zierlich, nur ein bisschen zu lang geraten.«

Sie stemmte die Hände in die Seiten. »Das ist unfair von euch! Erst sagt ihr, ihr bringt mich nach Hause, und dann zwingt ihr mich, mitten in der Nacht solche Dinge zu tun!«

»Keiner zwingt dich! Warte doch einfach allein hier unten, wir sind gleich wieder da«, antwortete Jean-Luc.

Luise schüttelte vehement den Kopf. »Auf gar keinen Fall!«

Sie zog ihren neuen Mantel aus und hielt ihn Jean-Luc hin. »Halt mal und pass gut auf ihn auf!« Schon lag sie bäuchlings auf den Steinen und robbte in ihrem Montana-Outfit durch die Öffnung, hinein in eine undurchdringliche Finsternis und hatte Mühe, ihre langen Beine nachzuziehen.

»Warum mache ich das bloß!«, schimpfte sie und klopfte sich den Dreck von ihrem Blazer. »Ich habe noch nie so teure Kleidung besessen, und dann tut ihr mir das an!«

Jean-Luc hielt jetzt den Mantel durch die Öffnung, so, dass er nicht den Boden berührte. Trotzdem schüttelte Luise ihn gleich aus, nachdem sie ihn ihm abgenommen hatte. Dann hörten sie, wie sich Jean-Luc ins Innere des Turms schob. Wieselflink! So durchtrainiert, wie er von seinen täglichen Ballettübungen war, hatte er am wenigsten Mühe dabei.

»Auf geht's!« Er zündete ein Feuerzeug an und scheuchte sie die dreihundertsiebenundachtzig ausgetretenen Steinstufen hoch, als wären sie eine Herde von Bergziegen. Um sie herum herrschte schwärzeste Finsternis, die kaum durch das Feuerzeug erhellt werden konnte. Während sie sich die steile Treppe hinaufquälten, war die Luft in dem Turm so stickig und staubig, dass sie sich mehr denn je nach frischer Luft sehnten.

Keuchend und nach Sauerstoff ringend, öffneten sie die Tür zur Aussichtsplattform und wurden von der Erschöpfung und dem Anblick, der sich ihnen bot, fast überwältigt. Direkt vor ihnen schienen Figuren aus Sagen und Märchen zum Leben erwacht zu sein. Ihre Silhouetten hoben sich gespenstisch von dem Nachthimmel ab. Luise machte einen Schritt nach vorne an die Steinbrüstung, und was sie sah, gehörte vermutlich wirklich zum Schönsten, was Paris zu bieten hatte. Steinerne Mischwesen aus unterschiedlichen Tieren wie Löwe, Ziege, Vogel und Schlange hockten, standen, krochen oder krallten sich an dem steinernen Geländer fest, überlebensgroß und in der Dunkelheit so echt, als würden sie im nächsten Moment aufspringen oder fortfliegen.

»Was ist das?«, flüsterte sie. »Davon hast du gar nichts gesagt.«

»Das sind die Schimären. Die bekannteste ist Stryga.« Er legte die Hand auf das steinerne Gefieder einer der Skulpturen. »Eine Stryga ist im Griechischen ein Vogel der Nacht, bei dem es sich der Legende nach um einen bösartigen Geist handelt, der nachts sein Unwesen treibt.«

»Dann fass ihn lieber nicht an!«, raunte Aydin, und seiner Stimme war nicht anzuhören, ob er es ernst meinte.

Jean-Lucs Hand zuckte jäh zurück. »Du hast recht! Lassen wir ihn lieber in die Nacht hinausfliegen.«

Jean-Luc ging ein Stück weiter und betätigte sich wieder als Fremdenführer, erklärte ihnen die einzelnen Gebäude. Aus siebzig Metern Höhe gesehen, lag das historische Zentrum der Stadt um die Cité, mit dem Hôtel de Ville, dem Louvre, der Sorbonne, dem Pantheon und der Île Saint-Louise in greifbarer Nähe. Die Gebäude wurden von allen Seiten durch starke Scheinwerfer in ein warmes Licht getaucht. »Illuminé!«, nannte es Jean-Luc. Aber das Panorama erfasste auch das moderne Paris bis hin zu den visionären Hochhäusern von La Défense. Und als Krönung strahlte im Westen der beleuchtete Eiffelturm wie eine Wunderkerze über dem nächtlichen Panorama von Paris. Die Stadt lag vor ihnen wie ein verlorener Schatz, der in der Dunkelheit schimmerte.

»Habt ihr schon einmal so etwas Traumhaftes gesehen?«

Luise und Aydin schüttelten langsam die Köpfe, hielten sich an den Händen und schwiegen andächtig.

»Es ist ein Traum!«, flüsterte Luise. »Nur ein Traum. Wenn die Sonne aufgeht, wird alles verschwunden sein.«

Plötzlich schlug die Turmuhr von Notre-Dame dumpf und düster zur zwölften Stunde. Luise presste sich aus einem Reflex heraus die Hände auf die Ohren. Doch dann ließ sie sie gleich wieder sinken und genoss einfach dieses verrückte Gefühl. Sie waren so dicht an der uralten Glocke, dass ihnen deren Klang in die Körper fuhr und sie bei jedem Ton erzittern ließ.

Es war Mitternacht in Paris.

»Geisterstunde!«, flüsterte Jean-Luc nach dem zwölften Glockenschlag.

30

Am nächsten Morgen fühlte sich Luise wie gerädert. Sie hatte auf dem Sofa im Wohnzimmer geschlafen, um Jean-Luc und Aydin das Bett zu überlassen. Nun spürte sie jede einzelne Sprungfeder, die sich in ihren mageren Körper gedrückt hatte. Als sie aufstand, merkte sie, dass sie außerdem Muskelkater in den Waden hatte, und erinnerte sich an die dreihundertsiebenundachtzig Stufen. *Vielleicht ist es doch keine so kluge Idee gewesen, um Mitternacht noch auf den Südturm von Notre-Dame zu klettern*, dachte sie.

Aydin war wie immer schon auf und werkelte in der Küche.

Als Luise mit nassen Haaren und einem Handtuch um den Körper aus der Dusche kam, standen bereits Teller mit frischem Gebäck auf dem Frühstückstisch, es duftete nach süßem Teig und starkem Kaffee. Was für unglaubliche Dinge er in seiner winzigen Küche zauberte.

»Voilà: Chaussons aux pommes!«, erklärte er, setzte sich ihr gegenüber und legte den Kopf auf die gefalteten Hände, um ihr zuzusehen, wie sie hineinbiss und die Augen schloss.

»Alors?«, fragte er. Luise ärgerte ihn ein wenig und spannte ihn auf die Folter, ließ ihn zappeln und sagte sekundenlang gar nichts. Erst als sie ihn ansah und ihm versicherte, sich wie im siebten Himmel auf Erden zu fühlen, lächelte er zufrieden.

»Avec ardeur«, sagte er. »Mit Hingabe.«

»Ardeur!«, wiederholte Luise. »Ich muss unbedingt Französisch lernen. Zumindest habe ich mir gestern ein Wörterbuch bei einem der Bouquinisten gekauft.«

»Très bien!«, kommentierte Aydin und stand wieder auf, um Marmelade zu holen.

Gestern! War das wirklich erst gestern gewesen? Es war kaum zu glauben, wie gefüllt und voll die Tage in Paris waren, wie sich die Erlebnisse und Ereignisse in aberwitziger Geschwindigkeit aneinanderreihten. In den achtzehn Jahren, die sie in Leversdorf verbracht hatte, war nicht halb so viel passiert wie in den vier Tagen, seit sie in Paris angekommen war.

»Was ist eigentlich aus dem Restaurantkritiker geworden, der gestern kommen sollte? Davon hast du gar nichts mehr erzählt.«

Aydin setzte sich ihr jetzt wieder gegenüber, schlug die Beine übereinander und trank einen Schluck Kaffee. Luise fielen seine schmalen Handgelenke auf und das neue geflochtene blau-weiß-rote Armband, das er trug. Das gleiche hatte sie bei Jean-Luc gesehen. *Schenken sich Männer Freundschaftsbänder?*, fragte sie sich. Aber sie traute sich nicht zu fragen. Er sah heute nicht so glücklich aus wie gestern, fand sie. Aber vielleicht war er einfach noch müde.

»Er ist doch nicht gekommen.«

»Bist du sicher? Vielleicht hast du den Kritiker nur nicht bemerkt, wie erkennt man ihn denn überhaupt … oder es könnte ja auch eine Frau gewesen sein.«

Aydin biss jetzt selbst in eine Apfeltasche und schwieg, bis sein Mund wieder leer war.

»Es spielt sowieso keine Rolle mehr, denn mein Vermieter hat mir gekündigt.«

Das war also der Grund, weshalb Aydin heute Morgen so niedergeschlagen war. Sie hatte es sich also doch nicht eingebildet.

»Er hat dir gekündigt? Kann er das denn so einfach?«

Aydin stand auf, holte ein Schreiben von der kleinen Kommode neben der Tür und reichte es ihr. »Hier.«

Luise wusste nicht, was sie sagen sollte. Es sah sehr förmlich aus und war natürlich auf Französisch geschrieben.

»Er möchte das Restaurant umbauen und modernisieren, und dann wird die Pacht natürlich so hoch sein, dass ich sie mir nicht mehr leisten kann.«

»Aber das kann er doch nicht einfach machen! Kannst du nicht zu einem Anwalt gehen?«

Aydin machte eine hilflose Geste. Luise starrte auf ihren Teller. Jemanden, der so ein begnadeter Koch und Bäcker war, ein jeden Tag volles Restaurant führte und der obendrein noch so liebenswert war, in solch einer Lage zu sehen, fühlte sich unendlich traurig an.

»Ich kann mir wirklich keinen Anwalt leisten. Es ist hoffnungslos. Das Einzige, was mir bleibt, ist, mir einen neuen Job als Koch in einem Café oder Restaurant zu suchen.«

Mit diesen Worten stand er auf und sagte: »Ich mache uns noch einen Kaffee.«

Erst jetzt erinnerte sich Luise wieder an das Buch, das sie für Aydin bei dem Bouquinisten an der Seine gekauft hatte. Vielleicht würde es ihn ja aufheitern. Sie stand ebenfalls auf, um die Plastiktüte zu holen, und wäre dabei fast mit Jean-Luc zusammengestoßen.

»Guten Morgen!«

Er war mit nichts als einem weißen Slip bekleidet. Der muskulöse Körper des Balletttänzers war kein unangenehmer Anblick, und er schien sich dessen vollkommen bewusst zu sein. Genüsslich streckte und rekelte er sich, gähnte und deutete dann auf die nostalgische Wanduhr mit der Pastis-Werbung.

»Müsstest du nicht langsam zu deinem nächsten Defilee?«, fragte er.

Luise erschrak, als hätte sie ein Stromschlag getroffen. »Geht die Uhr etwa richtig? Ich dachte die ganze Zeit, sie wäre nur ein Deko-Objekt!«

Aydin drehte den Kopf zur Wand. »Doch, doch, sie ist eine Kopie mit Batterie und geht genau!«

»Dann ist es schon zwanzig vor zehn?«

Sie stand auf, riss sich das Handtuch vom Körper, ohne auf die Blicke der beiden Männer zu achten, und begann, in rasendem Tempo im Wohnzimmer ihre Sachen zusammenzusuchen.

»Ich muss in zwanzig Minuten bei der Gaultier-Schau sein. Was bin ich bloß für ein Dussel, dass ich hier gemütlich beim Frühstück sitze, während mein zweiter großer Job auf mich wartet.« Ihr wurde schlagartig klar, dass sie endlich wieder zu ihrer früheren Pünktlichkeit und Zuverlässigkeit zurückfinden und sich einen Wecker kaufen musste. Denn ihre innere Uhr war durch die Pariser Ablenkungen vollkommen durcheinandergeraten.

Jean-Luc griff sich eine Apfeltasche, biss hinein und hielt das Gebäckstück zwischen den Zähnen fest, während er in seine schwarze Jeans schlüpfte.

»Keine Sorge. Ich fahre dich mit meinem Roller hin, meine nächste Schau ist erst um sechzehn Uhr, dann schaffst du es ganz locker. Wo ist es denn?«

»Im Jeu de Paume!«

»Oh, là, là! Dann sollten wir uns wirklich beeilen!«

Luise kam sich fast wie ein echtes Model vor, als Jean-Luc seinen Motorroller vor dem Seiteneingang in der nordöstlichen Ecke der Tuileriengärten zum Stehen brachte. Sie war nicht die Einzige, die hier von einem Motorrad- oder Rollerfahrer abgesetzt wurde. Es war nicht derselbe Eingang, der zu der Zeltstadt führte, sodass sie davon ausgehen konnte: Wer hier ankam, arbeitete heute für Gaultier!

Sie schwang ihr Bein über das Hinterrad, betrachtete neugierig die anderen Models und Stylisten, die gerade eintrafen, und musste an das denken, was Isabelle gestern Abend gesagt hatte: »Tätowierte, Gepiercte, Übergewichtige.« Bis jetzt sah sie nur die üblichen langbeinigen, dünnen Models und winkte Linda zu, die elegant aus dem Fond einer dunklen Limousine ausstieg, während ein Mann im dunklen Anzug ihr die Tür aufhielt. So wurde man also behandelt, wenn man Supermodel war!

Eigentlich hat mir Pascal sogar einen eigenen Chauffeur versprochen, ging es ihr flüchtig durch den Kopf. Aber insgeheim war sie froh, dass es bisher noch kein Fremder war, der sie fuhr, sondern ein Freund.

»Merci beaucoup!«, sagte sie mit deutscher Betonung und gab Jean-Luc Wangenküsschen. Er grinste über ihre neuen Bemühungen, Französisch zu sprechen.

»Bonne chance, belle Lou!«

Dann drehte er um und fädelte sich wieder in den Straßenverkehr ein.

Der Erste, dem Luise über den Weg lief, war Patrick, der Artdirector und Tausendsassa der Show im Centre Pompidou, der das Defilee von Emile in letzter Sekunde vor der Katastrophe gerettet hatte.

»Oh, bonjour!« Er sah sie mit einem schiefen Grinsen an und gab ihr Bisous. »Jetzt also nicht mehr Hairstylistin, sondern Shootingstar unter den Models!«

Luise lächelte verlegen, und sie gingen nebeneinanderher zum Eingang des Gebäudes. »Das ist maßlos übertrieben.«

Ihr fiel plötzlich ein, dass er bei der letzten Show ziemlich vertraut mit Pilar gesprochen hatte. Vielleicht wusste er etwas über ihren Verbleib. Doch bevor sie fragen konnte, wurde sie von Linda begrüßt. »Bonjour, Louise!«

Auch sie hatte ein schiefes Grinsen im Gesicht. »Bravo zu deinem

Coup! Damit hast du dich mit einem Mal ganz nach vorne in die Presse katapultiert.«

Jetzt erst bemerkte Luise, dass alle, die ankamen, ihren Schritt verlangsamten, in ihre Richtung sahen und tuschelten.

»Wie meinst du das?«

»Hast du nicht das Foto in der *Paris Match* gesehen?«

»Was für ein Foto?«

»Von gestern, von dir bei der Montana-Schau.« Sie deutete auf eine Gruppe von jungen Leuten, die zusammenstanden und gemeinsam in eine Illustrierte schauten. »Ich glaube, die dort drüben haben die Ausgabe.«

Linda ging auf die drei zu und fragte: »Excusez-moi, puis-je l'emprunter un instant?«

Das Geschwätz und Gelächter der drei verstummte wie abgeschnitten, sie sahen sie erstaunt an, aber natürlich erkannten sie Linda Evangelista sofort und überließen ihr bereitwillig die Zeitung. Dann begannen sie ein lautes Gespräch über irgendeine einfach himmlische neue CD.

Das Foto war auf der Titelseite der Klatschzeitschrift. Es war in Farbe, es war großformatig und es war unzweideutig. Der Fotograf musste sich ganz nah an den Laufsteg gestellt haben und von unten nach oben fotografiert haben. Luises Beine wirkten aus dieser Perspektive endlos lang und ihr Oberkörper kurz. Die Narbe an ihrer Wade leuchtete so purpurrot, dass ganz sicher jemand in der Bildredaktion nachgeholfen haben musste. Und der Blick von hinten unter den goldenen Mini gab den Blick auf ein Achtel ihrer Pobacken frei. Die Stelle, an der ihr Slip zu vermuten war, hatte man mit einem schwarzen Balken versehen, was die Fantasie des Betrachters nur noch mehr anregte.

»Oh, mein Gott!«, entfuhr es Luise, und sie legte sich die Hand vor den Mund.

Scandale au spectacle de Claude Montana lautete die Überschrift.

Linda musste ihr die Schlagzeile nicht übersetzen. Luise verstand die Worte auch so. Aber ungefragt übersetzte Linda ihr den Text, der darunter stand, ins Englische:

»Bei den Pariser Modewochen tummeln sich die Designer und Modejournalisten, die Einkäufer von Modegeschäften haben hier die Chance, sich überzeugen zu lassen und verschiedene Kollektionen einzukaufen. Im Laufe der Jahre ist die Pariser Fashion Week zu einem großen Event geworden, bei dem auch prominente Schauspieler und Musiker die roten Teppiche aufsuchen. Wer als Model einmal in Paris gelaufen ist, kann sich große Chancen in der Fashionwelt ausrechnen.

Ob das auch noch für die achtzehnjährige Deutsche Luise Jensen gilt, die gestern in der Claude-Montana-Schau Spring/Summer 93 in einem gewagten Mini, mit viel Bein, Po und einer grässlichen Narbe am Bein einen großen Auftritt hatte, wird sich erst noch zeigen müssen. Eines ist sicher: Sie hat einen Skandal provoziert, und in der Hauptstadt der Mode kennt sie jetzt jeder.«

Luise gab sich alle Mühe, unerschrocken dreinzublicken, denn erneut merkte sie, dass jeder, der eintraf, zu ihr hinsah. Doch damit scheiterte sie kläglich.

»Mach dir nichts daraus!« Linda legte den Arm um sie und drückte sie kurz, aber in ihrem Tonfall schwang eine kaum zu verbergende Schadenfreude mit. Nicht jede Konkurrentin freute sich über den Erfolg eines Rising Stars, umso vergnüglicher war dann für die meisten Models auch dessen früher Fall.

»Da musst du drüberstehen!«, gab Linda ihr noch mit auf den Weg, ehe sie die Zeitschrift an die rechtmäßigen Eigentümer zurückgab, die Luise die ganze Zeit über angestarrt hatten.

Linda winkte. »Ich muss jetzt in die Garderobe, kommst du auch?«

»Ja, ich komme gleich nach!«

Darüberstehen! Das sagte sich so leicht. Der Weg zum Eingang glich einem Spießrutenlauf. Luise hatte jetzt keinen Blick für die hohen Bogenfenster der schönen hellen Sandsteinfassade des ehemaligen Ballspielhauses und das zwischen die Säulen gespannte schwarze Banner mit der neonfarbenen Schrift:

PRÊT-À-PORTER PRINTEMPS/ÉTÉ 1993
JEAN PAUL GAULTIER

Sie huschte wie mit Scheuklappen auf den Kontrolleur im schwarzen Rollkragenpullover zu, flüsterte ihren Namen, wartete nervös, während er, »Jensen … Jensen … Jensen…«, murmelnd, eine halbe Ewigkeit auf der Liste suchte. *Vielleicht hat man mich ja sang- und klanglos schon wieder gestrichen*, dachte sie. Halb war sie erleichtert, halb enttäuscht, als er ihren Namen fand und abhakte. Was wäre ihr alles erspart geblieben, hätte sie sich jetzt sofort umdrehen und gehen können!

»Ah, l'Allemande!« Luise versuchte, die zwei Worte und die neugierigen Augen des Türstehers zu ignorieren. Jetzt einfach schnell und unauffällig in die Garderobe gehen, sich auf den Schminkplatz setzen und am liebsten die Kopfhörer über die Ohren stülpen.

Luise ging durch eine sonderbare Zwielichtzone. Ungekannte Dinge geschahen um sie herum, und nie zuvor war die Welt so voller Augen gewesen. Augen in dem Vorraum zur Garderobe, hinter den hohen Stahlgittern, die die verschiedenen Bereiche trennten. Augen zwischen den Kleiderständern, in Spiegeln starrten sie an. Augen in weiß geschminkten Clowngesichtern und grotesken Fratzen belagerten sie, registrierten jeden ihrer Schritte, begutachteten ihre Kleidung, verfolgten ihre Bewegungen. Grellrote Münder murmelten bösartige Bemerkungen, galante oder schmutzige Einladungen. *Sie tratschen über mich*, dachte Luise, *über dieses versaute Model, das auf dem Laufsteg sein Höschen zeigt.* Luise blieb voller Verunsicherung stehen. Es kam ihr gar nicht in den Sinn, dass die anderen wichtigere Sorgen haben könnten als ihren gestrigen Walk. Sie hatte noch nie in der Zeitung gestanden und dann ausgerechnet mit einer solchen Schlagzeile. Jetzt war sie überempfindlich. Es fühlte sich an wie ein Sonnenbrand in ihrem Inneren. Sie musste versuchen, wieder klar zu denken, die Augen, die Worte, die Menschen auszublenden, sich in dem unvorstellbaren Gewimmel auf Gegenstände zu konzentrieren.

Im Backstagebereich waren normalerweise etwa fünfunddreißig Fotos der gebuchten Models aufgehängt – hier waren es hundertvierzig Polaroids, die man in langen Reihen an eine weiße Rigipswand gepinnt hatte. Diese wiederum war an einem der hohen Drahtgitter befestigt.

»Wie viele Gäste kommen?«, hörte sie jemanden fragen.

»Tausendfünfhundert.«

»Und wie viele Models?«

»Hundertdreißig, hundertvierzig? Je ne sais pas! Und mindestens achtzig Jungs.«

An den schier endlosen Reihen von Kleiderständern hingen jeweils Fotos der Models, eine Art Steckbrief in einer Plastikfolie und dahinter die jeweiligen Outfits. Statt der üblichen Schminkplätze gab es hier nur ein langes Pressspanbrett mit niedrigen Spiegeln darauf, ein Stuhl neben dem anderen. Die schlichten Klappstühle waren bereits von Models besetzt, und jetzt sah Luise, was Isabella gemeint hatte: Unter ihnen waren dicke Frauen, Schwangere, Tätowierte, Frauen, die ihre Großmütter hätten sein können, und dazwischen Männer jeder Statur und jeden Alters. Die unübersichtliche Zahl von Models wurde von der der Stylisten noch bei Weitem übertroffen. Häufig waren zwei Stylistinnen gleichzeitig mit einem Model beschäftigt. Es war so unübersichtlich und eng, dass man in dem Gedränge unterging, sich beinahe verlor und kaum bewegen konnte. Aber ausgerechnet hier, hinter den Kulissen im Jeu de Paume, fiel man sich in die Arme, begrüßte sich so herzlich, als wäre es eine riesige Familienfeier, die gleich begann.

Und der Mittelpunkt des Ganzen, strahlend und liebenswürdig, war der Mann mit dem platinblond gefärbten Bürstenschnitt: Jean Paul Gaultier.

Aus seinem Overall schaute ein schwarz-weißes Ringel-T-Shirt heraus, und er hatte für jedes Model, das ankam, ein nettes Wort, lachte, war fröhlich, verbreitete eine unglaubliche Kraft und Lebensfreude.

»Bonjour, Louise, ça va? Hast du den ersten Schock verdaut?«

Obwohl er sie erst einmal gesehen hatte, nahm er sie in die Arme und flüsterte ihr ins Ohr: »Ich liebe Skandale, aber mach dir keine Sorgen, heute wird dein Rock nicht zu kurz sein!«

Die Atmosphäre war locker, freundlich, ausgelassen, und während Luise nach einem freien Stuhl Ausschau hielt, begann sie sich mehr und mehr zu entspannen. Es war eine ganz besondere Essenz, die Gaultier versprühte, das »enfant terrible« der Modeszene, wie Isabella Blow ihn genannt hatte: Zusammenhalt, Unordnung, Chaos, Energie, Paris und das Leben.

»Sieh mal, dort drüben wird gerade etwas frei!«

Er deutete auf einen Stuhl, von dem gerade ein Model mit einem feuerroten Riesentuff auf dem Kopf aufstand, der Marie-Antoinettes würdig gewesen wäre. Es war bereits in ein Wesen aus Gaultiers Fantasie verwandelt worden. Bei den vielen anderen, die vor den Spiegeln saßen, fand diese Metamorphose gerade noch statt. Der Designer, der durch seine platinblonden Haare bereits selbst auf dem Weg zur Ikone war, wusste ganz genau, dass vor allem die Frisur ein Model erst in seinen Show-Charakter versetzte. Er nannte es die fünfte Dimension der Mode. Plötzlich wurden Mädchen zu Frida Kahlo oder zu Maria Stuart. Raffinierte Konstruktionen und Frisuren entstanden, für die Türrahmen eine Herausforderung waren. Alles kam ins Haar: Getreidebündel, Makramee, Tüll oder auch hängende Haarschweife. Während Luise ihre Augen über die lange Reihe vor den Spiegeln gleiten ließ, wünschte sie sich nichts mehr, als wieder zurück in die Rolle der Hairstylistin schlüpfen zu können. Neben ihr stand gerade ein Model von ihrem Stuhl auf, und Luise bewunderte das Werk der Friseurin: Die tadellose rotblonde Frisur, bei der alle Haare seitlich in eine Richtung gekämmt und geföhnt worden waren, sollte den Windstoß auf einer irischen Düne simulieren, erklärte ihr die zierliche Hairstylistin mit dem schmalen Gesicht und forderte sie auf, Platz zu nehmen.

»Ich bin Jacky!«

»Ich bin Luise.« Jacky lächelte sie freundlich an. Sie schien die *Paris Match* nicht gelesen zu haben.

»Die Frisur ist unglaublich!«, lobte Luise sie und deutete auf den Kopf mit der irischen Windstoß-Frisur, der gerade in der Menge verschwand. Als Luises und Jackys Blicke sich im Spiegel begegneten, merkten beide sofort, dass sie auf einer Wellenlänge waren. Luise überlegte kurz, ob sie ihr verraten sollte, dass sie auch Friseurin war, aber sie entschied sich dagegen. Womöglich hätte sich Jacky dadurch unter Druck gesetzt gefühlt. Sie fragte Luise nach ihrer Model-Nummer und suchte dann nach dem passenden Polaroidfoto mit Frisur und Outfit.

Hinter ihnen rief jemand laut und durchdringend: »Der bestickte BH für Mathilde fehlt, Nummer neunundachtzig. Weiß jemand, wo er ist?«

»Schau doch mal dahinten in Planquadrat zweiundsechzig!«, antwortete eine tiefe Männerstimme.

»Ah, hier ist es.« Jacky deutete auf ein Foto mit mehreren gezwirbelten Zöpfen, die wie Spiralen vom Kopf abstanden.

Luise schluckte. Sie hatte gehofft, ähnlich gestylt zu werden wie die irische Dünenfrisur. Jacky bemerkte ihre Reaktion, auch wenn Luise sich Mühe gab, sich nichts anmerken zu lassen. Sie wollte sich nicht auch noch nachsagen lassen, sie sei kapriziös.

»So ist das bei Gaultier! Die Frisuren sind das Sahnehäubchen seiner Shows, oder wie sagt man …«, sie überlegte, während sie mit flinken Handbewegungen begann, unzählige Scheitel in Luises blonde Haare zu ziehen und die einzelnen Partien mit durchsichtigen Gummiringen zusammenzufassen. »… wie die Palme auf der Insel. Vor der Show werden Stunden mit den Haaren verbracht. Er hat gerne Frisuren, die das Thema mit einer surrealistischen Note unterstreichen.« Sie richtete die Spitze des Stielkamms auf das Model zwei Plätze weiter, auf dessen Ponyschnitt in Zinnoberrot gerade eine Art Ananas aus Haaren aufgetürmt wurde. »Und mit diesem Ding auf dem Kopf erwartet er dann auch noch von ihr, sexy zu laufen.«

Jacky grinste in sich hinein. »Ich bin froh, dass ich Friseurin bin und kein Model!«

Als sie den ersten Zopf mit einer ganz besonderen Technik zu flechten und zu zwirbeln begann, kam eine der Assistentinnen von Gaultier vorbei und sagte: »Noch eine halbe Stunde, dann geht's los!«

Jacky sah auf ihre Armbanduhr, die genauso überdimensional an ihrem zierlichen Handgelenk wirkte wie die Brille in ihrem Gesicht.

»Ah, ich sehe schon, das werde ich nicht allein in der vorgegebenen Zeit schaffen. Warte einen Moment. Ich suche mir noch eine Hilfe.«

Luise saß eine Weile regungslos vor dem Spiegel und betrachtete das Treiben im Hintergrund. Jacky kam und kam nicht wieder. Luise stand auf und sah die Reihen der Stühle entlang. Ganz am Ende entdeckte sie Hammer. Unverkennbar in seiner abgewetzten Lederjacke, die Sonnenbrille mit den blau verlaufenden Gläsern im Gesicht, obwohl hier drin nicht das beste Licht war. Eine Mischung aus schlechtem Gewissen und Sehnsucht nach einer Versöhnung durchströmte sie. Sie hob die Hand, um ihn zu grüßen, doch entweder sah er sie nicht, oder er wollte sie nicht sehen, weil er zu beschäftigt mit einem riesigen Dutt war, den er einem Model am Oberkopf festnadelte.

Plötzlich stand ein Mann im Overall vor Luise, fragte nach ihrem Namen, ihrer Nummer und begann, sie zu schminken. »Du brauchst eigentlich nicht viel, aber Gaultier mag es dramatisch!« Luise sah zu, wie er sie verwandelte, ihre schmale Nase betonte, die Augen mit grauem Lidstrich und silbrigem Lidschatten verzauberte, ihre Wangen mit pudrigen Rouge-Tönen abschattierte.

Als Jacky nach zehn Minuten noch immer nicht zurück war, besah sich Luise den ersten Zopf, den Jacky ihr geflochten hatte. Sie nahm die nächste Strähne am Oberkopf zwischen ihre Hände und versuchte, sich an ihre Zeit in der Berufsschule zu erinnern. Einige Flechttechniken hatten zur Standardausbildung gehört, und sie merkte, dass ihre Finger noch wussten, wie es ging. Der erste Zopf dauerte etwas länger, auch weil ihre Haare noch keine gleichmäßige Länge hatten, aber sie wurde immer flinker, machte an den Stellen weiter, an die sie selbst heranreichte. Als Jacky endlich zurückkam und atemlos keuchte: »Es ist keiner frei, jetzt muss ich mich aber extrem beeilen«, waren Luises Oberkopf und die Seitenpartien schon fertig. »Oh! Wer hat das gemacht?« Jacky besah sich die Zöpfe. »Das ist gar nicht mal so schlecht, um nicht zu sagen, eigentlich fast perfekt, genau wie auf dem Foto.«

Ihre Augen begegneten sich im Spiegel. »Warst du das etwa?«

Luise nickte. »Ich bin gelernte Friseurin und eigentlich hier nach Paris als Hairstylistin gekommen.«

»Wirklich? Wann war das?«

»Vor fünf Tagen.«

»Du bist vor fünf Tagen nach Paris gekommen, und jetzt bist du Model bei Gaultier?«

»Ja, es klingt verrückt, ich weiß.«

Jacky murmelte einige Worte auf Französisch, die wohl ihr Erstaunen ausdrückten, während sie Luise die restlichen Zöpfe am Hinterkopf flocht.

»Ich sage ja immer, so was ist nur in Paris möglich!« Schließlich sprühte sie die fertigen Zöpfe mit starkem Haarlack ein, damit sie Stand hatten, und als Gipfel des Stylings setzte sie ihr einen Hut auf, der wie ein umgedrehter Teller aussah, nur dass in der Mitte eine Spitze aus Fasanenfedern steckte. Er war schwarz-weiß geringelt, wie Gaultiers berühmte Shirts.

Auf einmal klatschte jemand in die Hände und rief: »Es geht in zehn Minuten los!«

In Sekundenschnelle wurden die letzten Looks fertiggestellt. »Bei ihr müssen wir die Haare noch hochbinden!«, rief jemand in unmittelbarer Nähe. »Der BH fehlt noch!«

Luise bedankte sich bei Jacky, drängte sich durch die Menge, um zu dem richtigen Kleiderständer zu gelangen, an dem ihre Nummer hing. Es fühlte sich ungewohnt an, sich mit den wippenden Zöpfen zu bewegen. Erst jetzt fiel ihr auf, dass sehr viele Models solche Hüte trugen wie sie.

»Ich weiß, wo der BH ist, ich finde ihn!«, rief ein Stylist direkt neben ihrem Ohr. Er hatte blau gefärbte kurze Haare und trug einen Overall in der gleichen Farbe.

»Ich bin Luise«, sagte Luise, als sie endlich an dem richtigen Kleiderständer angekommen war, bei dem bereits zwei Stylistinnen auf sie warteten.

»Oh, du bist spät dran, jetzt aber schnell!«

Eine ältere Frau mit Brille und grauen Haaren half ihr in das silber gewirkte Korsett, langte um sie herum und zog es an ihrem Rücken zusammen. Hinter ihr stand eine schwarzhaarige Frau und schnürte es, so fest sie konnte, zu.

»Soll ich oben noch weiter zusammendrücken?«, fragte die Ältere.

»Noch ein bisschen«, antwortete die Schwarzhaarige. »Heute ist der Moment gekommen, für diese Show darf es ruhig etwas enger sein.« Sie zog die Bänder über ihrer Wirbelsäule, ihren Rippen weiter an, sodass Luise fast die Luft wegblieb. »Alles okay?«, fragte die Ältere. Als Luise nickte, rief sie der Schwarzhaarigen zu: »Gut, noch etwas enger, das Model atmet noch. Anna Wintour ist da, also zieh, so fest es geht!«

»Der bestickte BH fehlt immer noch!«, schrie jemand in die Menge. »Jetzt musst du improvisieren!«, rief eine Frauenstimme zurück. »Das ist Mireille Simon, unsere Atelierleiterin!«, erklärte ihr die grauhaarige Stylistin.

»So ist es immer bei Gaultier!«, sagte sie zu Luise, während sie ihr in den Tüll-Rock half. »Die Fittings dauern Wochen. Hinter jedem Outfit stecken Hunderte von Ideen und Möglichkeiten, die er ausgesiebt hat. Wir waren alle seit geraumer Zeit von morgens bis abends in seinem

Atelier. Er hat zwar genaue Vorstellungen, aber wir alle sind es gewohnt, noch in letzter Minute seiner Inspiration zu folgen.«

»Ist das nicht etwas chaotisch?«, fragte Luise.

»Doch, doch, aber so ist das eben bei ihm, das ist auch eines seiner Markenzeichen, es klappt fast immer. Den Rest werden wir sehen.« Dann lachte sie herzlich.

»Hast du dicke silberne oder schwarze Ketten oder so was in der Art?«, fragte ein Stylist im Vorbeigehen.

»Frag mal Suzanne, bei ihr habe ich so was gesehen.«

Während sie auf das Startzeichen warteten, kam der Make-up-Artist wieder vorbei und trug nochmals Puder auf Luises Wangen auf, dabei sagte er: »Das Problem ist, dass man beim Warten immer noch mehr Make-up aufträgt, aber du brauchst eigentlich nicht viel.«

»Oh, es geht los!«

»Ruhe, es geht los!«

»Kinder, es geht los!«

Der Choreograf nahm Luise und das rothaarige Model mit der Windstoßfrisur, die Luise so gerne gehabt hätte, beiseite:

»Louise, du gehst hier entlang … Liz, du dort … es wäre gut, wenn ihr so posiert, als würdet ihr mit einer Freundin zusammenstehen.«

Gaultier war ganz präsent und hatte wieder für jedes Model, bevor es auf den Laufsteg ging, ein nettes Wort, lachte, war fröhlich, obwohl die Anspannung vor der Show nahezu greifbar war.

Backstage erstarrte alles vor Ehrfurcht: Naomi machte sich bereit, die Show zu eröffnen. Luise hätte gerne kurz mit ihr gesprochen, aber es ergab sich keine Gelegenheit. Sicher hatte sie auch den Artikel in der *Paris Match* mit ihrem Foto gesehen oder zumindest davon gehört. Jetzt war es zu spät, denn Naomis Walk stand unmittelbar bevor.

»Naomi, du gehst mit Tanel«, sagte Gaultier zu ihr. Alle konnten sehen, wie sie erstarrte. »Nein, das mache ich nicht.«

»Was soll das heißen, das mache ich nicht?«

Das Model neben Luise stieß sie an und flüsterte: »Naomi hat nur Angst, dass er ihr wieder die Show stiehlt.«

»Der da?« Luise wunderte sich, dass ein männliches Model Naomi anscheinend in den Schatten stellen sollte.

»Ja, das ist Tanel Bedrossiantz, er ist Gaultiers Muse, sein Kultmodel. Er erntet bei jeder Show tosenden Applaus.«

Luise betrachtete den jungen Mann eine Weile: Zigarette im Mundwinkel, Matrosenhut, eine Lederjacke nach Marlon-Brando-Manier und einen gefiederten Hahn, das französische Wappentier, auf dem Arm. Dazu weiße Hosen, weißes Hemd, schwarze Schaftstiefel, schmale schwarze Krawatte.

»Na gut, dann gehst du allein, und Tanel kommt als Zweiter.«

Der große schlanke Mann grinste schief, es schien ihn nicht im Geringsten zu stören, dass er wegen Naomis Kapriziosität in die zweite Reihe geschoben wurde.

Naomis Matrosenbluse war eine der größten Wiedererkennungsmarken von Gaultier. Natürlich indigoblau und weiß, mit einundzwanzig Streifen, wie sie seit dem 19. Jahrhundert traditionell von den Mitgliedern der französischen Marine getragen wurde. Das gestreifte Oberteil war erst populär geworden, nachdem Coco Chanel es auf die Laufstege gebracht und Jean Paul Gaultier sich diesen Stil zu eigen gemacht hatte. In diesem Fall war es ein Body, der so weit ausgeschnitten war, dass Naomis Taille und Lenden nackt waren. Dazu trug sie eine weite Matrosenhose. Unter all den Models mit sparsamen Rundungen war Naomi ein Stück Weiblichkeit: weich, muskulös, biegsam und herausfordernd. Sie steckte die Hände in die Taschen und lief so aufreizend lässig über den Laufsteg, als sei dies ein Pier, an dem die Matrosen nach einer langen Seereise ankommen und Ausschau nach der nächsten Kneipe oder dem nächsten Bordell halten. Der Beifall war unglaublich.

Schick, elegant und mit einem gewissen Hauch Feminität lief Tanel auf das Zeichen von Gaultier persönlich hinter Naomi los. Das Publikum war begeistert, und tatsächlich schien er sogar mehr Applaus zu bekommen als das schwarze Supermodel. Doch als er zu Naomi aufschloss, die in einer unzweideutigen Pose auf ihn wartete, ein hübsches Bein nach vorne geschoben, schnappte sie sich ganz plötzlich seine Matrosenmütze und setzte sie sich selbst neckisch auf den Kopf. Die Zuschauer lachten begeistert auf und tobten, solche kleinen schauspielerischen Einlagen waren es, die sie an den Supermodels besonders liebten.

Luise spürte einen Anflug von Lampenfieber. Vor ihr standen die beiden amerikanischen Models Kristen McMenamy und Cindy Crawford. Ihre engen Pullover mit spitzen Brustkegeln in Orange und Rot waren ebenfalls ein Markenzeichen von Jean Paul Gaultiers Bildsprache. Cindy drehte sich zu ihr um, denn sie schien Luises Nervosität zu spüren. Sie war so schön, dass es Luise den Atem verschlug.

»Hey, mach dich nicht verrückt. Sei stolz.« Cindy legte den Handrücken unter ihr Kinn und hob es ein wenig an. »Für Jean Paul Gaultier ist Schönheit ein Synonym für Stolz! Und mit diesem Wahlspruch kommst du durch alle Krisen und durch jeden Walk.«

Luise nickte dankbar, und schon wurden Cindy und Kristen losgeschickt. Luise bewunderte ihre Lässigkeit, mit der sie auf den Laufsteg gingen. Bei Cindy wirkte der Walk so leicht, als schlenderte sie durch die Jardins des Tuileries. Kristen, deren Haare gerade erst von lang und platinblond in kurz und schwarz verwandelt worden waren, hatte eine exaltiertere Art auf dem Catwalk. Sie hüpfte, drehte sich, schlenkerte mit den Armen, streute Tanzschritte ein, und dennoch erschienen ihre Bewegungen natürlich. Als Nächste war Luise dran. Sie versuchte, sich auf den schnellen Schlagzeugbeat einzustellen. Dazu hörte man eine schrille Frauenstimme aus den Lautsprechern mehr rufen als singen: »Allez hopp, le coq est mort? Nonononon …!« Luise wippte leicht im Takt und zählte innerlich mit, damit sie gleich im richtigen Tempo startete.

Es sollte gleich losgehen – mit dramatischen Posen.

»Eins, zwei, drei … Trauer!«, sagte Gaultier zu Luise und Liz.

Die Mädchen legten die Handrücken an die Stirn, die Männer, die hinter ihnen standen, Pierre und Giles, drückten sie aufs Herz. Erst jetzt realisierte Luise, dass die beiden Röcke trugen. »Der Männerrock ist ein Markenzeichen Gaultiers, genau wie die Streifen«, flüsterte Liz, weil sie ihren Blick auf die Männerbeine bemerkte.

»Eins, zwei, drei … Weinen, Tränen, Tränen!«, kommandierte Gaultier. Als Luise und Liz nicht gleich reagierten, fragte er: »Was ist los, wo bleiben die Tränen? So ist es gut! So könnt ihr gehen.«

Der Applaus für Cindy und Kristen war laut und anhaltend. Luise wollte direkt starten, doch der Choreograf hielt sie am Arm zurück. »Wartet zwei Sekunden länger, damit die anderen sicher weg sind. Wenn sie weg sind, zählt bis drei, dann geht los.«

Cindy und Kristen kamen zurück, Luise zählte bis drei und lief los. Die Zuschauermenge war gigantisch, die Fotografen unüberschaubar. Sofort war Luise drei Schritte vor Liz und merkte nicht gleich, dass diese nicht mitkam. Sie war irritiert, denn der Laufsteg bestand aus ganz verschiedenen Blöcken in bunten Mondrian-Farben, die nicht miteinander verbunden waren. Die anderen hatten den Walk einige Male geprobt, sie hingegen hatte noch nicht einmal den Ort gesehen, wo er stattfand. Sie blieb stehen, bis Liz zu ihr aufschloss. Dann versuchte sie, kleinere Schritte zu machen, tatsächlich musste sie fast trippeln, um sich dem Tempo der Musik und Liz anzupassen. Umso mehr wippten ihre Zöpfe. Direkt neben ihr begannen Zuschauer zu lachen und deuteten auf sie. Sah sie etwa so komisch aus?

Als sie an das Ende des Laufstegs kamen, drehte sich Liz, ohne noch einmal zu posen, direkt zur Seite und sprang mit beiden Beinen von dem gelben Block herunter. Jetzt wusste Luise, was Gaultier mit Akrobatik gemeint hatte. Sie machte es Liz nach und stolperte, konnte sich aber im letzten Moment noch fangen.

Neben ihnen waren schon die nächsten Models unterwegs. Eine sehr beleibte Frau, die stolz ihr Matrosenshirt mit Regenbogenstreifen um die Taille gebunden hatte und dazu einen schwarzen Spitzen-BH präsentierte. *Ist das der BH, der überall gesucht wurde?*, schoss es Luise durch den Kopf. Neben ihr lief Pierre mit schulterfreiem Streifen-Bandeau und dicken Ketten um den Hals. *Sind das die Ketten, nach denen man gesucht hat?*, dachte Luise und merkte, dass Liz längst auf den nächsten Laufstegblock geklettert war, dieser war rot. Luise war oft genug über Zäune und Gatter gesprungen, im Nu war sie mit einem Riesensatz auf dem roten Laufsteg und erntete diesmal keine Lacher, sondern Szenenapplaus. Das gab ihr Auftrieb. Sie trippelte ein Stück, um Liz wieder einzuholen, und sah gerade noch rechtzeitig das Zeichen eines der Choreografen, der unten am Laufsteg stand.

»Eins, zwei, drei, Trauer!«

Linda machte es vor, mit einer rührenden, sehr graziösen Geste. Alle Mädchen legten nun wieder die Handrücken an die Stirn, die Männer, die vor ihnen standen, drückten sie aufs Herz.

Luise machte einige schnelle Schritte, wobei sie ihren Tüll-Rock mit den Fingerspitzen so weit anhob, dass ihre Wade hervorblitzte. Liz nahm die Geste auf, doch war ihr Rock so kurz, dass ein Höschen-Blitzer daraus wurde, der ein Feuerwerk von Kameraklicks auslöste. Erleichtert atmete Luise tief ein und aus, denn sie war froh, dass diesmal nicht sie diejenige war, die den zu kurzen Rock anhatte. Liz hob die Hand, um sich für den Sonderapplaus zu bedanken – und Höschen-Blitzer der Zweite.

»Eins, zwei, drei, Freude!«, kommandierte der Choreograf leise und die beiden Mädchen machten einige Tanzschritte.

Schon sprangen sie wieder von dem Block herunter und im nächsten Moment hinauf auf den Laufsteg daneben, diesmal war er gelb. Inzwischen waren alle bunten Blöcke mit Models besetzt, manche hatten Raubtierkostüme an, manche trugen so enge Pencil Skirts, dass sie von den männlichen Models einen Lift bekamen, um die Blöcke wechseln zu können. Die Zuschauer und Fotografen wussten kaum noch, wo sie zuerst hinsehen sollten. Zwei Models kamen mit spitzen Hüten aus Fasanenfedern auf den Laufsteg, trugen taillierte gestreifte Jacken, die wie traditionelle Jagdblazer geschnitten waren, und führten jede einen weißen Königspudel an der Leine. Eine große Tüllblume wurde als Rucksack getragen.

»Eins, zwei, drei … Weinen, Tränen, Tränen!«, zeigte der Choreograf an. Zum Glück waren die Models Meisterinnen der dramatischen Pose, und Luise schaute sie sich bei Kristen und Cindy ab, die gegenüber auf dem roten Block standen. *Was macht mich traurig*, fragte sie sich und musste an Missi denken, die alte Katze, die in ihren Armen gestorben war. Die Gesten und Gesichter der Models waren herzzerreißend und so ansteckend, dass auch ein Teil der Zuschauer feuchte Augen bekam. Plötzlich riss sich einer der Königspudel los und raste über den Laufsteg. Der andere tat es ihm nach, und beide übersprangen bellend alle bunten Mondrian-Blöcke, sodass die Models auseinanderstoben und die Zuschauer kreischten.

Lief alles nach Plan, wie bei einer simplen Cocktailparty für den Botschafter? Herrschten Disziplin und Ordnung? Das Gegenteil war der Fall! Chaos, Fantasie, Frankreich! Das war Gaultier – und die Zuschauer liebten ihn dafür. Als er aus dem Backstagebereich auf den Laufsteg geholt wurde, umgeben von seinen Lieblingsmodels, trampelten die Zuschauer und Fotografen mit den Füßen. Er strahlte voller Begeisterung und Liebenswürdigkeit in die Menge und war dabei – trotz seines Erfolgs – kein bisschen arrogant oder hochtrabend, wie es die Mode in Paris manchmal war.

Luise stand in sechster Reihe vor dem Publikum, eine unter vielen, und applaudierte dem sympathischen Couturier, genoss es, diesmal kaum beachtet zu werden. Konnte es nicht immer so sein? Bei einer herzergreifenden Show dabei sein, mittendrin und doch in der Menge der Models untergehen. So sollte es bleiben, so machte es doch wirklich glücklich.

»Hey, Luise, kommst du mit nach Deauville?«

»Nach Deauville? Liegt das nicht am Meer?«

»Deshalb fahren wir ja hin.«

Luise war schon wieder in Jeans und Sweatshirt geschlüpft und dröselte ihre vielen Zöpfe auf, als Liz, das Model mit der roten Windstoßfrisur sich neben sie auf den freien Klappstuhl setzte.

»Ich weiß nicht, eigentlich müsste ich zurück ins Restaurant und nachfragen, ob es noch einen Auftrag gibt.«

»In welches Restaurant?«

»Les Saveurs de l'Orient, es gehört einem Freund, und ich habe seine Nummer bei der Agentur als die angegeben, unter der ich erreichbar bin.«

»Bei welcher Agentur bist du?«

»Bei ELLE.«

»Ah, da bin ich auch. Pascal Laurent ist hier. Ich kann ihn fragen, ob du heute noch einen Job hast. Morgen früh sind wir wieder zurück.«

Luise drehte sich um und suchte in der Menge der geschminkten Modelgesichter backstage nach dem braun gebrannten Teint und den silbernen Haaren von Pascal. Doch vergeblich. Stattdessen entdeckte sie Isabella Blow, die sofort auf sie zugestürmt kam, ohne Rücksicht auf die vielen Models und Stylisten, die ihr im Weg standen. Mit schriller Stimme rief sie: »Du hast mich sehr enttäuscht, Louise! Ich hätte mir wirklich mehr Pep, mehr Drama und einen handfesten Skandal erwartet, vor allem nach dem herrlichen *Paris Match*-Artikel! Warum war diesmal dein Rock so lang?«

Sie begrüßte Luise mit Bisous, als seien sie alte Freundinnen.

Liz räusperte sich neben ihr, und Luise wollte sie Isabella vorstellen, doch diese scheuchte sie mit einer einzigen Handbewegung weg, als wäre sie eine lästige Fliege. Mit einem verletzten Gesichtsausdruck drehte sich das rothaarige Model um und schlich davon wie ein Hund, dem man einen Tritt verpasst hatte. Luise sah Isabella fragend an, aber diese sagte nur: »Und? Was hast du zu deiner Verteidigung vorzubringen?«

»Es tut mir leid, wenn Sie nicht auf Ihre Kosten gekommen sind«, antwortete Luise. »Was mich betrifft, war ich mit dem Walk ganz zufrieden, und die Show fand ich umwerfend.«

»Ganz zufrieden? Umwerfend?« Isabella rollte mit den Augen. »Ich bin wahrlich kein Fan von Gaultier. Seine Mode ist nicht tragbar, was sich bereits daran zeigt, dass Madonna ihn als Kostümbildner für ihre ›Blond Ambition Tour‹ engagiert hat.« Luise hatte selten jemanden gesehen, der so einen arroganten Gesichtsausdruck aufsetzen konnte wie Isabella. »Seine beste Kreation war dann auch der Büstenhalter von Madonna für ihre Tour-Garderobe. Er wurde letztes Jahr für vierzehntausend Pfund versteigert.« Sie schüttelte den Kopf. »Aber für seine Männerröcke könnte ich ihn hassen. Ein Mann gehört nicht in einen Rock! Es muss auch mal etwas geben, das den Frauen vorbehalten bleibt!«

Ein Stück weiter sah Luise jetzt, dass Anna Wintour vor der Rigipswand mit den Polaroids der Kollektion stand und in ein Gespräch mit Gaultier vertieft war. Mittlerweile erkannte sie die Chefredakteurin der amerikanischen *Vogue* bereits von Weitem an ihrem rötlichen Pagenkopf und der großen Sonnenbrille. Sie trug einen Mantel mit Leopardenprint. Es sah nicht so aus, als hätte sie eine bessere Meinung über die neue Kollektion als ihre Redakteurin Isabella.

Diese folgte ihrem Blick und dämpfte ihre Stimme, als sie sagte: »Das Verhältnis zwischen ihr und Jean Paul Gaultier war noch nie das allerbeste. Sie gehen sich aus dem Weg. Ihre heutige Anwesenheit ist ein Anzeichen von Respekt, eine Art Friedensangebot.«

Jetzt schüttelte Gaultier vehement den Kopf, aber er lachte dabei. Das Gesicht von Anna Wintour sah aus, als hätte sie in eine Zitrone gebissen.

»Aber wenn ich mir die beiden so ansehe, rauchen sie nicht gerade eine Friedenspfeife zusammen.«

Isabella wandte sich wieder Luise zu. »Was ist, kommst du noch mit ins Bains Douches?«

Luise sah erst sie, dann Liz an, die zurückgekehrt war und stumm neben ihr saß, sich abschminkte und dabei vollkommen desinteressiert wirkte.

»Nein, heute nicht! Ich muss einmal früh ins Bett!«

»Schade!« Isabella nahm ihr ihre Ausrede nicht ab, das war ihr anzusehen. Sie kam näher, beugte sich zu Luises Ohr und schirmte ihren Mund mit der Hand ab. »Du hast es genau richtig gemacht. Lass nach dem kleinen Skandal erst einmal Ruhe einkehren und arbeite einfach fleißig und professionell deine Jobs ab. Sei ausgeschlafen, pünktlich und freundlich. Erlaube dir keine Schnitzer. Du wirst sehen, dann legt sich die Aufregung schnell, und durch deine hübsche kleine Duftmarke bei der Montana-Show gerätst du trotzdem nicht so bald in Vergessenheit.« Sie tippte sich mit dem Finger auf ihr Brustbein und rollte bedeutungsvoll die Augen. »Von mir bekommst du heute nur einen positiven kleinen Nebensatz, der wird deiner jungen Karriere sehr guttun.«

Luise sah ihr in die blauen Augen und nickte dankbar. Aus irgendeinem Grund schien Isabella sie zu mögen.

»Du scheinst ja ziemlich gute Verbindungen zur *Vogue* zu haben.« Liz war fertig abgeschminkt, hatte die wundervolle Windstoßfrisur ausgekämmt, und Luise registrierte, wie nichtssagend ihr Gesicht auf einmal aussah. »Und das nach fünf Tagen Paris?« Liz schüttelte den Kopf. »Manche haben einfach Glück im Leben. Also was ist, fahren wir?«

Wieder zögerte Luise.

»Ich muss doch zumindest erst einmal mit Pascal sprechen!«

»Schon erledigt. Ich habe ihn gefragt, und du hast heute Abend keinen Job.«

»Und morgen?«

»Die nächste Show, in der du läufst, ist morgen Nachmittag um zwei. Defilee Galliano in den Jardins des Tuileries.«

Luise zögerte. »Und wir sind rechtzeitig zurück?«

»Hundertprozentig. Versprochen.«

»Ich würde aber gerne noch zwei Freunde mitnehmen.«

»Kein Problem. In Sébastians Wagen ist genug Platz. Er hat einen Peugeot Traveller. Und je mehr wir sind, umso lustiger wird es.«

31

Aydin saß so schweigsam auf dem Rücksitz, dass man fast hätte vergessen können, mit ihm in einem Auto zu sitzen. Jean-Luc schlief zwischen ihm und Liz, während eines der Models, das vorne auf dem breiten Beifahrersitz neben Luise saß, ständig redete. Floriane, eine hübsche Brünette mit grünen Katzenaugen, kam aus der Normandie und schien sich während der Fahrt zur Fremdenführerin berufen. Deauville sei der Inbegriff der eleganten Seebäder, erklärte sie. Der Jachthafen sei ein absolutes »Must« unter Seglern, auch wenn der von Honfleur vielleicht sogar noch schöner wäre, die über sechshundert Meter lange Promenade Les Planches sei weltberühmt. »Aber der Saisonhöhepunkt ist das Festival des amerikanischen Films, dann kommen wirklich alle Hollywoodstars nach Deauville. Ich habe da schon Leonardo di Caprio gesehen und Brad Pitt.«

Sébastian, der Fahrer und Besitzer des klapprigen Peugeot Traveller, machte ab und zu ein paar witzige Bemerkungen, wenn Floriane einen Superlativ nach dem anderen aufzählte.

»Das mondänste Seebad, aber auch das regnerischste!« In seinem Mundwinkel hing eine Zigarette, die er zu Luises Erleichterung bisher nicht angezündet hatte. »Bei uns in Nizza lachen wir immer über den Wetterbericht im Hochsommer für die Normandie.« Er imitierte die helle Stimme einer Nachrichtenansagerin. »Aujourd'hui des nuages et dix-sept degrés – heute Wolken und siebzehn Grad«, und weil er es so nett machte, musste auch Floriane lachen. »Normandie, das bedeutet für uns nichts als feuchte Strände und Apfelcidre.« Sein Gesicht verzog sich zu einer säuerlichen Grimasse, und selbst dann war es noch schön anzusehen. Sébastian war eines der Männermodels aus der Show und trug noch immer das Ringel-T-Shirt des Defilees unter einer Lederjacke von Gaultier. Mit seinen blond gesträhnten welligen Haaren, den vollen Lippen und dem kantigen Kinn entsprach er dem Typ Mann, den der Modeschöpfer offenbar für seine Shows bevorzugte, denn heute hatten sich viele Gesichter auf dem Laufsteg geähnelt. Luise betrachtete Sébastians Profil und konnte nicht verhindern, sich zu fragen, ob er wohl auch homosexuell war. Bisher traf das auf fast alle Männer zu, die sie in Paris kennengelernt hatte. Zu ihrer Enttäuschung waren ausgerechnet die nettesten und attraktivsten Männer schwul. Vielleicht waren sie gerade deshalb in diese Stadt gekommen, weil sie ihre Neigung hier nicht verstecken mussten? Luise drehte sich ein paar Mal nach Aydin um, aber der blickte meist aus dem Fenster, so unbeteiligt, als sähe er durch die Wiesen und Wälder, Mauern und Bäume, die Dörfer hindurch, die draußen vorbeizogen. Ganz leer schien sein Blick. Es begann schon zu dämmern, als die Kuhweiden und Stoppelfelder zurückwichen und sie hinter den prächtigen alten Gebäuden des Seebads plötzlich das Meer sahen – so weit und blau wie ein zweiter Himmel. Die tief stehende Sonne ließ das Wasser schimmern wie den goldenen Stoff des Kleids, das Luise auf der Montana-Show getragen hatte und dessen Kürze den kleinen Skandal provoziert hatte. Längst gab es schon wieder neue Themen in Paris. Während der Prêt-à-porter-Woche beschäftigte man sich nicht lange mit einer einzigen Show. Schließlich gab es mehr als neunzig davon. Es war Naomi gewesen, die ihr das zum Trost zugeflüstert hatte, als sie sich am Ausgang des Jeu de Paume getroffen hatten. »Glaube mir«, hatte sie gesagt, »über diesen dummen Artikel in der *Paris Match* ist morgen schon Gras gewachsen. Vermutlich sogar schon heute Abend. Es ist weitaus schwieriger, dem Mode-Volk, dem Publikum und den Journalisten lange in Erinnerung zu bleiben, als rasch vergessen zu werden.«

Lange war es her, dass Luise das Meer gesehen hatte. Es war die kalte Nordsee gewesen, blass vom Wind und schiefergrau. Der Atlantik sah ganz anders aus. Allein ihn aus der Ferne zu sehen, wärmte Luise das Herz, auch wenn er noch allzu oft hinter den hohen Häusern verschwand. Endlich parkte Sébastian den Minivan ganz vorne an der Promenade, sprang heraus und öffnete die anderen Türen. Sie stiegen einer nach dem anderen aus, hielten ihre Gesichter in die frische Seeluft, zogen ihre Schuhe und Strümpfe aus und rannten los, übermütig, hüpfend über den feinen Sandstrand, vorbei an kleinen Badehäuschen, an denen die Namen der Stars standen, die bereits hier gewesen waren. Sie liefen auf das Meer zu, das im Licht der untergehenden Sonne vor ihnen lag, bis die Wellen an ihren Füßen leckten. Aydin und Jean-Luc hielten sich an den Händen. Luise drehte sich um und sah zu den Strandvillen und luxuriösen Hotels, dem hübschen Casino, dann wieder auf das Meer. Der Himmel färbte sich rosa und blutrotorange, während die Sonne immer tiefer auf das Wasser sank.

»Sieh dir dieses dunkle Blau an!«, sagte Sébastian und stellte sich neben sie. Er hatte sich nicht abgeschminkt, und der dunkle Kajal umrandete noch immer seine Augen, ließ das Blau seiner Iris so leuchten wie das Meer. Mit seinem schönen Akzent sagte er: »Man könnte meinen, es wäre ein Fass mit auslaufender Tinte. Eine Farbe, die ich noch bei keinem Modeschöpfer gesehen habe.«

Aydin, der die ganze Zeit über kein Wort gesprochen hatte, murmelte: »Der Anblick ist so schön, dass es fast schmerzt.«

Vielleicht ist das hier alles nur ein Traum!, dachte Luise. *Gleich wache ich auf und liege zu Hause in meinem Bett, dicht unter dem Dach, muss gleich aufstehen und zum Melken in den Stall.* Sie schloss die Augen ganz fest, als könne sie dadurch die Wirklichkeit von einer Halluzination unterscheiden. Doch als sie durch die Wimpern blinzelte, stand die rote Halbkugel der Sonne noch immer über dem Meer, und Aydin griff nach ihrer Hand.

»Gut!«, sagte er müde in die Stille hinein. »Gut, dass wir hierhergefahren sind. Danke, belle Lou!«

Luise wusste auf einmal genau, woran er die ganze Zeit dachte. Er dachte an sein Restaurant und daran, wie es damit weitergehen sollte.

»Möchtest du nicht doch einmal mit einem Anwalt sprechen? Sicher kann man etwas gegen die Kündigung des Pachtvertrags unternehmen. Vielleicht könnte ich Pascal fragen, ob er dir helfen kann.«

Aydins Blick war verhangen, und es lag viel Schwermut darin. Er drückte ihre Hand und sagte leise: »Lass uns heute nicht darüber reden und auch nicht daran denken. Lass uns einfach den Sonnenuntergang genießen.«

Eine Weile liefen sie am Strand entlang, Jean-Luc drehte seine Pirouetten und machte unglaublich hohe Sprünge, schließlich nahm er Aydins Hand und balancierte sich in eine perfekte Arabeske.

Aber auch Sébastian bewegte sich leicht, geschmeidig, geräuschlos im Sand, wie ein Raubtier im Dschungel. Er schien sein eigenes wärmendes Element mitzubringen, entspannt, angenehm, von entwaffnender Zutraulichkeit und mediterraner Lebensfreude. Sein Wesen war so, wie sich

Luise den Silbersand, die Kiesel und die blauen Gewässer der Mittelmeerküsten vorstellte, an denen er aufgewachsen war. Auf einmal blieb er vor Luise stehen und sagte mit einem versteckten Lachen: »Du bist das Mädchen mit der dekorativen Narbe, oder? Heute vor der Show warst du das Gesprächsthema Nummer eins, und auch dein etwas zu kurz geratener Rock in der Montana-Show. Ich habe das Foto gesehen, oh, là, là!« Er stieß einen anerkennenden Pfiff aus. Luise stand da, bleich, starr, auf einmal kalt wie Eis von den Haarwurzeln bis zu den Zehenspitzen. Für ein paar Sekunden fühlte sie sich wieder bis auf die Knochen blamiert. Doch Sébastian zog sie in die Wärme seines Körpers, legte seine Lederjacke um ihre Schultern, und so standen sie eine Weile am Strand von Deauville, nah und vertraut, bis er sagte: »Ich wollte dich nicht verletzen, das war … du gefällst mir sehr, ich mag dich.« Er küsste sie zart auf die kalten Lippen. »Horch mal«, sagte er, »sei still, hörst du das auch?«

»Was denn, Sébastian?«

»Ist das dein Magen, der so knurrt, oder meiner?«, fragte er.

Luise lauschte auf das unromantische Hungergeräusch. »Ich glaube, es sind alle beide.« Dann mussten sie lachen.

Giles schlug ein Rad und machte mehrere Überschläge hintereinander. Auch er sah sehr gut aus, wenn er auch etwas kleiner als Sébastian, aber gut gebaut und muskulös war. Er stamme aus Sarcelles, der Banlieue, hatte Floriane ihr zugeflüstert, ohne zu erklären, was das hieß, und er sei auch kein echtes Model. Aber Gaultier achte nicht auf die Herkunft, ganz im Gegenteil, er möge Diversität, habe keine Vorurteile, in jeder Beziehung. *Banlieue scheint jedenfalls nichts Gutes zu bedeuten*, dachte Luise. Giles hatte dunkle Kirschenaugen, und sein breites, viereckiges Gesicht trug den unlöschbaren Stempel einer harten Kindheit.

»Was heißt Banlieue?«, fragte Luise Sébastian, als sie Hand in Hand zurück zu den Badehäuschen gingen. »Das sind die Hochhäuser, die Vorstädte und Armenviertel von Paris. Ein Brennpunkt im wahrsten Sinne des Wortes, denn dort brennen nicht nur die Mülltonnen. Da wohnen sehr viele Araber, aber auch unterprivilegierte Franzosen, manchmal vier Generationen unter einem Dach, wieso fragst du das? Wer da aufwächst, kommt normalerweise nicht weit.«

»Nur so.«

Sébastian holte eine Kiste mit billigem Rosé aus dem Kofferraum, und Aydin hatte in letzter Sekunde Fladenbrot, Oliven und Gebäck aus dem Saveurs de l'Orient eingepackt. Seinen Protest, das Restaurant sei voll und er könne nicht weg, hatte Luise genauso wenig gelten lassen wie Liz zuvor ihre Einwände. Jetzt waren sie beide froh darüber.

Sie breiteten karierte Wolldecken aus, setzten sich an den Strand zwischen die Badehäuschen, und mit einem Plopp-Geräusch wurde die erste Flasche entkorkt. Das Gefühl, Sand zwischen den Zehen zu spüren, war neu für Luise und nach den zu kleinen High Heels, die sie inzwischen hatte tragen müssen, eine Wohltat. Jean-Luc musste lachen, weil ihre Haare durch die vielen geflochtenen Zöpfe ganz wellig geworden waren. Liz fragte Luise, ob sie es bereue, mitgekommen zu sein, und Luise verneinte und lächelte sie an. Sie sagte leise: »Ich muss dauernd über deinen Namen nachdenken, er erinnert mich an irgendetwas. Ich meine, ich habe ihn schon bei einer anderen Show während der Fashion Week gehört, aber ich kann mich nicht erinnern, dich vor heute gesehen zu haben.«

Liz schüttelte langsam den Kopf. »Ich glaube nicht, dass wir uns vor der Gaultier-Show schon mal begegnet sind.«

Jetzt mischte sich Jean-Luc ein: »Liz war das Model, das bei der Chanel-Show gebucht war und nicht erschienen ist. Weißt du nicht mehr? Du bist für sie eingesprungen.«

Luise glaubte, eine leichte Röte auf Liz' Wangen zu sehen. »Warum bist du eigentlich nicht gekommen?«, fragte Jean-Luc. »Das Defilee von Chanel verpasst man ja nicht, weil man verschlafen hat …«

Liz kaute auf ihren Lippen und musterte den Plastikbecher in ihrer Hand so angestrengt, als hätte sie eine Fliege darin entdeckt. Schließlich antwortete sie: »Das hatte private Gründe.« Ihr Lächeln wirkte gezwungen, als sie den Kopf hob und hinzufügte: »Aber wie schön, dass Lou für mich einspringen konnte.« Sie sah sie an. »Offenbar war es ja eine Art Sprungbrett für dich!«

Sébastian hatte sogar eine Gitarre dabei und veranstaltete ein Wunschkonzert.

»Kennst du *Das Boot*?«, fragte Luise und summte ihm ein Melodiefetzchen vor. »Bei uns in Ostfriesland ist das gerade ein Hit, als Remake der Musik zu einem Film über ein …«, sie suchte nach dem richtigen

Wort und sagte es schließlich auf Deutsch: »… ein U-Boot der deutschen Marine, während des Zweiten Weltkriegs.«

»Submarine!«, sagte Aydin. »Sous-marin!«, übersetzte Jean-Luc ins Französische, aber zu Luise flüsterte er leise, sie solle besser nicht auf den Zweiten Weltkrieg zu sprechen kommen. Erstaunt sah sie ihm in die Augen, doch dann fiel ihr die Warnung Hammers ein, und in dem Moment raunte Jean-Luc, es gäbe in Frankreich nicht wenige Leute, die nicht gut auf die Deutschen zu sprechen seien. Liz schlug ein anderes Lied vor: *Yellow Submarine* von den Beatles, und Sébastian legte los, mit einem Plättchen schlug er die Akkorde an und steigerte sich in die Musik hinein, bis alle von seiner guten Stimmung angesteckt wurden. Jeder kannte den Text und sang mit.

»Du sprichst und singst gar nicht das übliche harte Maghreb-Englisch, das man sonst von euch gewohnt ist«, sagte Giles ein paar Lieder später zu Aydin. Die anderen verstummten und sahen ihn erstaunt an. Sébastian ließ die Gitarre sinken.

Aydin fragte mit ruhiger Stimme: »Wie kommst du darauf, dass ich aus dem Maghreb komme?«

Giles zuckte mit den Schultern und starrte auf seine kräftigen, tätowierten Hände. »Haben viele von deiner Sorte in meinem Wohnblock gewohnt.«

»Von meiner Sorte?«, wiederholte Aydin. Luise bemerkte, wie Jean-Luc, der zwischen ihnen saß, die Muskeln anspannte und die Hände zu Fäusten ballte.

»Tu doch nicht so, Tunesier, Marokkaner, Algerier und so weiter … Nordafrikaner eben. Ihr seid doch alle durch diese beschissene Politik namens Familienzusammenführung nach Frankreich eingewandert und liegt uns seitdem auf der Tasche.«

Aydin sah Giles nur kurz an, dann blickte er aufs Meer und schwieg. Luise bewunderte ihn für seine Beherrschtheit. Aber die Luft war auf einmal zum Schneiden dick. Liz meinte schließlich: »Singen wir doch noch etwas! Ich wünsche mir ein neues Lied: *Je ne regrette rien* von Edith Piaf, kannst du das spielen?« Sie zog eine herzerweichende Grimasse. »Bitte, Sébastian!«

»Na gut! Aber du singst!« Er griff wieder zur Gitarre, schlug die Akkorde an, und Liz schmetterte mit einer hohen Sopranstimme erstaunlich tonsicher: »Non, rien de rien, non, je ne regrette rien, ni le bien qu'on m'a fait, ni le mal …«

Irgendwann im Morgengrauen wachte Luise auf. Ihr Kopf schmerzte so stark, als schlüge jemand mit einem Hammer auf ihren Schädel ein. Wie viel von dem billigen Rosé hatte sie getrunken? Zu viel auf jeden Fall, sonst wären sie nicht am Strand eingeschlafen. Ganz dicht neben ihr auf der Wolldecke schlief Sébastian und hatte seinen Arm über ihren Bauch gelegt. Wie durch einen Nebel kam die Erinnerung. Er war nicht mehr fahrtüchtig gewesen, deshalb hatten sie beschlossen, die Nacht über hierzubleiben. Einige hatten im Auto geschlafen, aber sie beide bevorzugten den Strand, auch wenn es eigentlich zu kalt war. Sie hatten sich geküsst, geknutscht, ziemlich heftig sogar, und dann …? Luise wischte sich über ihre aufgesprungenen Lippen und merkte, dass Sand zwischen ihren Zähnen knirschte und an ihrem Rücken kratzte.

Der feine Wind, der am letzten Abend über den Strand geweht und Sand auf den Badehäuschen und Bänken hinterlassen hatte, war zwar weitergezogen. Doch die Luft fühlte sich viel kühler an als gestern Abend. Über dem Meer war der Himmel noch klar, nur über den Häuserlinien an der Promenade von Deauville trieben graue Wolken heran. Sie legten sich wie ein Schatten über die Dächer des Ortes, der Luise frösteln ließ. Sie zog ihren mitternachtsblauen Kamelhaarmantel, in dem sie geschlafen hatte, enger um ihre Schultern, schlug den Kragen hoch. Aydin und Jean-Luc schliefen noch zusammengerollt zwischen den Badehäuschen, eng aneinandergeschmiegt. Eine Katze schlich steifbeinig auf sie zu, den Schwanz in die Höhe gestreckt. Eine magere Rotgetigerte, mit struppigem Fell und Rippen, die sich deutlich abzeichneten. Mit leiser Stimme lockte Luise sie heran, bis sie den Kopf unter ihren Arm schob und schnurrend um eine streichelnde Hand oder etwas zu fressen bat. *Vielleicht ist sie ausgesetzt worden, bevor die Pariser aus der Sommerfrische wieder zurück in ihre Stadtwohnungen und Häuser gekehrt sind*, dachte Luise. Sie musste mit einem Mal an Sneeiflock denken. Wie ging es ihr wohl zu Hause? Ob die kleine weiße Katze sie vermisste? Was Luises

Gedächtnis von dem Tag vor ihrer Abfahrt am deutlichsten festgehalten hatte, war die kleine Katze, die ihre Vorderpfoten vom Fensterbrett aus gegen ihre Brust stemmte, als wollte sie ihr sagen: Bleib hier!

Aber auch das Muster des verschlissenen Spitzenvorhangs hatte sich in ihre Erinnerung eingebrannt. Schloss sie die Augen, konnte sie tatsächlich noch immer jeden einzelnen Faden jenes Vorhangs sehen, der müde und traurig vor dem Wohnzimmerfenster ihres Hofs hing. So grau, dass er nie wieder ganz sauber werden würde, ganz gleich, wie oft Moder ihn wusch und bleichte. Die Orte und besonderen Momente ihrer Kindheit und Jugend hatten in ihrer Erinnerung ein ganz besonderes Aussehen, einen eigenen Duft, einen Geschmack, ein eigenes Aroma, das man anderen Menschen genauso schwer vermitteln konnte wie einem Blinden eine Farbe. Sébastian gab einen Seufzer von sich und drehte sich auf die andere Seite. Im Schlaf sah er aus wie ein junger griechischer Gott, fand Luise, wie Apollon, von dem sie ein Bild in ihrem Geschichtsbuch gesehen hatte, wie er mit seinem Streitwagen das Himmelszelt durchquerte und dabei die Sonne von Ost nach West zog. Wie anders mochte Sébastian seine Kindheit in Nizza erlebt haben, oder Giles in den Hochhausvierteln im Norden von Paris, oder Aydin in den Gassen von Casablanca?

Die Katze schnurrte laut, und die Sehnsucht nach Sneeiflock und nach der toten Missi wurde plötzlich übermächtig. Sehnte sich Luise auch nach Moder, nach Vader, nach Nils? Vielleicht. Sie konnte es nicht mit Sicherheit sagen, aber diese Leere, die sie manchmal spürte, war vermutlich doch eine Art Heimweh. *Womöglich trägt die eigene Kindheit, die jeder wie eine verschlossene Schatulle in seinem Herzen bewahrt, immer auch das Gefühl von Einsamkeit in sich,* dachte sie, als sie jetzt auf das dunkelblaue Meer sah. *Eine Einsamkeit, die uns zeit unseres Lebens begleitet, ganz gleich, wo wir sind und wie alt wir werden.* Luise kraulte der Katze die Ohren, den Rücken, den Hals. Das Tier sah nicht aus, als würde es jemandem gehören, da war kein Halsband und kein Gramm Fett, das von einem fürsorglichen Besitzer zeugte.

Wie spät war es wohl? Luise hatte keine Armbanduhr an, denn die Models sollten keinen eigenen Schmuck oder Uhren tragen. Aber Aydin trug immer eine Uhr, denn er musste pünktlich mit Backen und Kochen beginnen.

Sie ließ die Katze los, die empört miaute, und ging hinüber zu den beiden schlafenden Liebenden. Suchte nach Aydins Arm und sah auf seine Uhr: sieben Uhr dreißig. Sollten sie nicht längst wieder zurück nach Paris fahren?

Sachte rüttelte sie Sébastian an der Schulter und sagte leise: »Aufwachen!« Sébastian gähnte, rollte sich wieder auf die Seite und brummelte dabei etwas Unverständliches.

»Wann fahren wir denn zurück? Ich muss um zwölf Uhr in den Jardins des Tuileries sein. Und du hast doch heute sicher auch wieder einen Job?« Luise stand hilflos auf und klopfte sich den Sand ab. Da spürte sie einen Regentropfen auf ihrer Haut, dann noch einen und sah zum Himmel hinauf. Es war kein einziges Fleckchen Blau mehr zu entdecken. Aus Ostfriesland wusste Luise, wie schnell das nahe Meer das Wetter umschlagen ließ, und in diesem Moment war sie dankbar dafür. Plötzlich kam Leben in die Langschläfer, denn der Regen wurde rasch stärker.

»Merde alors« war das Erste, was Sébastian von sich gab. »C'est la Normandie!« Er stand auf und wiederholte auf Englisch: »Typisches Normandie-Wetter. Das nächste Mal schlafen wir lieber am Strand von Nizza.«

»Aber da gibt es keinen Sand, sondern nur Kiesel!«, wandte Jean-Luc ein, der jetzt plötzlich hellwach war und die Decken zusammenlegte.

Sébastian gähnte und lachte dann leise auf. »Dafür gibt es aber immer genügend freie Hotel-Strandliegen.«

»Könnten wir uns etwas beeilen, ich muss dringend zurück in mein Restaurant«, sagte Aydin.

»Auf jeden Fall! Ich muss heute Mittag auch zu einer Show!«

Auf der Rückfahrt unterhielt sich Luise leise mit Floriane. Ihr Werdegang war ein gutes Beispiel für das Spannungsverhältnis zwischen materieller Bedürftigkeit und der Suche nach Prestigegewinn in der Modebranche. Sie war nach Paris gekommen, weil ein international renommierter Stylist namens Marc sie während eines Fotoshootings in Deauville entdeckt hatte. Er hatte sie ermutigt, als seine Assistentin mit in die Stadt der Mode zu kommen. Sie hatte auf die Arbeitsbeziehung zu ihm gesetzt, um von Anfang an ein wenig Geld verdienen, sich ein Netzwerk aufbauen und Erfahrungen sammeln zu können, wenigstens so lange, bis sie auf eigenen Füßen stehen würde. Doch die Beziehung zu Marc erwies sich als kompliziert. Er trat autoritär auf, hatte immer häufiger cholerische Anfälle und bezahlte sie sogar bei längst entlohnten Aufträgen immer mit großer Verspätung, obwohl er ziemlich genau über ihre prekäre finanzielle Lage informiert war. »Eines Tages hat er vorgeschlagen, dass ich mich bei einer Agentur als Model bewerbe. Ich hatte sowieso schon daran gedacht, aber ich war mir unsicher, weil ich nur eins vierundsiebzig bin.« Luise wurde hellhörig. »Welche Agentur war das?«

»Agence ELLE, bei welcher bist du?«

»Auch bei ELLE. Dann haben wir ja eine Gemeinsamkeit.«

Floriane schüttelte den Kopf, und ihre Augen verdunkelten sich. »Nein, sie haben mich abgelehnt … als Model jedenfalls, mit der zu erwartenden Begründung, ich wäre zu klein …«

Luise überlegte einen Moment. »Aber du arbeitest doch als Model, oder etwa nicht?«

Floriane nickte. »Ja, ich bin bei einer anderen Agentur untergekommen, allerdings gehört sie nicht zu den Top Drei, und ich werde auch nur ganz selten für Fashion-Shows gebucht, die von Gaultier war eine Ausnahme. Eher für Fotoshootings, für Katalogwerbung und so weiter.« Sie lächelte ein wenig verschämt, als wäre ihr das, was sie erzählte, peinlich.

»Jedenfalls wird man für diese Jobs ziemlich gut bezahlt, und ich bin Marc immer noch sehr dankbar. Durch ihn bin ich überhaupt nach Paris gekommen und konnte eine Zeit lang an Werbekampagnen für angesehene Marken mitarbeiten. Er war für mich eine Art Türöffner in die Welt des Luxus. Shootings in den Suiten von Fünfsternehotels für Gucci oder Hermès …« Sie gab ein schwärmerisches Seufzen von sich. »Eigentlich würde ich gerne wieder als Stylistin arbeiten, auch wenn ich als solche früher ständig pleite war, aber es ist viel interessanter, als nur ein Wäscheständer zu sein.«

Luise sah eine Weile aus dem Autofenster auf die vorbeiziehenden Stoppelfelder und Wiesen. Auf einmal fragte sie unvermittelt: »Kennst du zufällig ein Mädchen namens Pilar?« Sie glaubte für einen Moment, ein Zucken in Florianes Mundwinkel zu sehen. »Sie hat ganz dunkle Augen und lange schwarze Haare, ein sehr hübsches Mädchen.« Floriane presste die Lippen aufeinander und schüttelte den Kopf. »In Paris gibt es Hunderte von Mädchen, wenn nicht sogar Tausende, auf die deine Beschreibung zutrifft.«

Sie fragte nicht, warum Luise Pilar suchte, sondern schwieg den Rest der Fahrt über und sah aus dem Fenster.

Je näher sie Paris kamen, umso voller wurde die Straße, und als sie sich endlich auf die Stadtautobahn einfädelten, waren aus zweieinhalb Stunden Fahrt, die sie für den Hinweg gebraucht hatten, dreieinhalb Stunden auf dem Rückweg geworden.

»Ich müsste längst im Restaurant sein«, sagte Aydin nervös und an den vollkommen entspannten Sébastian gewandt, den der dichte Verkehr nicht im Geringsten zu stören schien. »Kannst du mich vielleicht einfach an der nächsten Métrostation absetzen?«

Floriane schien der stockende Verkehr besonders zuzusetzen. Sie wurde richtig wütend, als ein Taxi vor ihnen mitten auf der Fahrbahn hielt, um einen Gast aussteigen zu lassen, und schrie: »Vas-y bouge ta vieille caisse, t'as eu ton permis dans une pochette surprise?« Was so viel hieß wie: Los jetzt, beweg deine Schrottkarre endlich weiter! Du hast deinen Führerschein wohl in einer Wundertüte gefunden.

Sébastian blieb ganz gelassen und setzte den Warnblinker. »Kein Problem, Aydin. Du kannst hier aussteigen. Da drüben ist die Métro.« Er hielt ebenfalls auf dem ziemlich befahrenen Platz, deutete auf das blaue Schild in zehn Metern Entfernung, drehte sich zu den anderen um und fragte: »Sonst noch jemand ohne Fahrschein?«

»Wo fährst du denn hin?«, fragte Luise.

»Ich muss zu den Jardins des Tuileries, zu der Galliano-Show.«

»Du läufst dort mit? Ich auch, dann fahre ich mit dir, wenn ich darf.«

Sébastian nickte mit einem breiten Lächeln. »Aber gerne doch!«

Alle anderen stiegen aus und verabschiedeten sich rasch. Jeder war noch müde und verkatert, die Stimmung war nicht annähernd mehr so fröhlich und ausgelassen wie am Abend zuvor. Liz hatte seit gestern

Abend überhaupt nicht mehr mit Luise gesprochen und stieg aus, ohne sich noch einmal zu ihr umzudrehen. Aber Luise schob es auf ihre Müdigkeit. Sie kletterte zurück in den Wagen, diesmal auf den Beifahrersitz, und bevor Sébastian den Wagen startete, legte er ihr die Hand in den Nacken und zog sie zu sich heran. »Bonjour, belle Lou! Ich hoffe, du hast die Nacht und die Fahrt gut überstanden.« Sie küssten sich, und Luise fühlte, wie ihr Herz klopfte. Vielleicht könnte sie sich in ihn verlieben! Vielleicht! Doch eine kleine bösartige Stimme sagte ihr: »Er ist viel zu schön, du wirst ihn nie für dich alleine haben.«

Sébastian navigierte den kastenförmigen Traveller souverän durch den Stadtverkehr von Paris, aber er fuhr nicht ganz so ruppig und schnell wie Hammer, fand Luise.

»Ich setze dich am Hintereingang zum Zelt ab und fahre den Wagen in eine Tiefgarage. Am besten gehst du schon ohne mich rein.« Zum Abschied küssten sie sich noch einmal, und Luise spürte zum ersten Mal seit dem letzten ostfriesischen Sommer mit Nils wieder eine herrliche Verrücktheit der Gefühle, die Sébastians Anziehungskraft in ihr auslöste. Lag es an seiner äußerlichen Attraktivität oder an seiner zutraulichen Art, dass sie sich kaum für eine Minute von ihm trennen wollte?

32

John Galliano stand in der Garderobe, gestikulierte wild mit den Armen und verbreitete Hektik. Obwohl klein und schmächtig, war seine Erscheinung dennoch imposant. Er trug eine orangefarbene Hose, ein pinkes T-Shirt mit der Aufschrift *Dangerous* und einen Nerz-Hut, dessen Form an die Kopfbedeckung Napoleons erinnerte. Luise fiel der flackernde Blick seiner dunklen Augen unter den schwarzen Augenbrauen auf. Sie hatte inzwischen viele Designer und Couturiers gesehen, doch dieser Blick schien ihnen allen zu eigen zu sein. Eine Art kreatives Aufblitzen als sichtbares Zeichen ihrer Gedankenflut.

Fast schon wie ein alter Hase ging Luise durch die Reihen in der Garderobe, suchte das Foto mit ihrem Namen an der weißen Pinnwand und nahm es mit zu einem leeren Platz vor dem Spiegel. Sie setzte sich, schloss ganz kurz die Augen und massierte ihre Schläfen. Sie hatte immer noch Kopfschmerzen, auch wenn sie sich nicht mehr ganz so erschlagen fühlte wie heute Morgen.

»Na, das sieht nach einer langen Nacht aus! Das Modelleben fordert wohl seinen Tribut?«

Die Stimme ließ sie auf der Stelle die Augen öffnen.

Vor ihr stand Udo Hammer, seinen Blick hinter der Sonnenbrille konnte sie nicht sehen, aber er wirkte nicht gerade gut gelaunt.

»Scheint so, als hätte ich heute die Ehre, deine ostfriesischen Schnittlauchlocken zu einem Marie-Antoinette-Look stylen zu dürfen.«

Luise wusste nicht, was sie antworten sollte. Sie wusste zwar, dass sie bei Hammer in guten Händen war, was seine Kunstfertigkeit als Friseur anging. Aber sie war sich nicht sicher, ob er ihr noch halbwegs wohlgesinnt war. Er schien ihre Gedanken zu erraten. »Du brauchst keine Angst zu haben, dass ich dir absichtlich die Haare verhunze. Das würde gegen meine Berufsehre gehen. Aber ohne Lockenstab werden wir heute nicht auskommen.« Er deutete auf das Foto mit der turmartigen Frisur. »Und ohne Haarteil auch nicht.« Auf der Ablage lagen bereits verschiedenfarbige voluminöse Kunsthaarsträhnen bereit.

Luise nickte. »Ich weiß.« Sie senkte die Lider. »Es tut mir leid, dass ich mich bei der Show in der Sorbonne so miserabel benommen habe. Ich hätte nicht die Beherrschung verlieren dürfen.«

Hammer begann, ihre Haare in verschiedene Abschnitte aufzuteilen. »Ja, das stimmt, das hättest du nicht tun sollen.«

Mit der üblichen Sorgfalt und Fachkenntnis suchte er das passende Haarteil aus und steckte es so geschickt fest, dass es kaum von ihren echten Haaren zu unterscheiden war. Er arbeitete schweigend, obwohl Luise sicher war, dass er in Wirklichkeit vor Neugier platzte und zu gerne gewusst hätte, wie es ihr in der Zwischenzeit ergangen war. Sie hätte viel dafür gegeben, zu erfahren, ob er den Artikel in der *Paris Match* gesehen hatte. Doch am Ende, als sie fertig war und er ihre Haare zu einem glänzenden Turm aus blondem Haar und schillernden Schläfenlocken geformt hatte, mit denen sie selbst in Versailles hätte glänzen können, beantwortete er ihr die Frage von sich aus: »Hast ja ganz schön von dir reden gemacht! Aber vergiss nicht, dass man auch in der Modebranche nur mit harter Arbeit vorankommt. Nicht mit Skandalen. Und dass nicht alles so rosig ist, wie es von außen aussieht.«

Er nahm seine Sonnenbrille ab, stellte sich vor sie hin, sodass sie sich nicht nur im Spiegel ansahen, und dämpfte seine Stimme. Trotz des Gewusels um sie herum konnte Luise jedes Wort verstehen und sollte sich später noch öfter daran erinnern. »In zwei Tagen ist die Fashion Week vorbei, und ich fahre zurück nach Kiel. Kommst du mit, oder kommst du nicht mit?«

Luise schüttelte den Kopf. Mit fester Stimme antwortete sie: »Ich bleibe hier.« Doch dann musste sie schlucken. Er sah sie eine Weile schweigend an.

»Du weißt, wo du mich findest, falls du es dir noch anders überlegst. Am Montag um acht Uhr morgens steige ich in meine alte Karre … danach bist du hier ganz allein auf dich gestellt.«

»Ich weiß, aber ich komme schon klar … und danke für alles.«

Hammer trat zu ihr, und sie stand auf. Er zog sie an seine Brust und ließ sie ihr Gesicht in seine Jacke drücken, ohne groß auf die Unversehrtheit ihrer kunstvollen Frisur zu achten. Das Leder war grob und roch nach kaltem Zigarettenrauch. »Pass auf dich auf, Mädchen«, raunte er heiser. »Wäre doch gelacht, wenn du hier nicht ganz groß rauskommst. Du hast auf jeden Fall das Zeug dazu.« Er strich ihr über den Rücken. »Unterschreibe nur keinen Agenturvertrag, ohne das Kleingedruckte zu lesen. Darin sind meistens ziemlich üble Klauseln versteckt.«

Luise musste schlucken, hob das tränennasse Gesicht und wollte ihm sagen, dass sie das doch längst getan hatte, aber der gealterte Starfriseur schüttelte den Kopf. »Nicht ... sonst bereitest du dem Make-up-Artist zu viel Arbeit.« Sie nickte und tupfte sich die Tränen aus den Augen. »Es ist nur, weil ich Sie eigentlich ziemlich gern mag und gerne Ihren Rat gehört hätte, auch wenn ...«

Er legte den Finger an die Lippen, murmelte: »Schscht, ich weiß«, und reichte ihr ein Taschentuch, aus dem einige Tabakkrümel fielen, als sie es auseinanderfaltete, um sich die Nase zu putzen. Hammer runzelte die Stirn. »Und such dir vor allem die richtigen Freunde. Es gibt hier viele, die nur so tun, als würden sie es gut mit dir meinen. Gerade unter den Models herrscht wenig Austausch und schon gar keine Solidarität. Ich glaube, dieser schwule Koch aus dem marokkanischen Restaurant, der ist gar nicht so verkehrt.« Er wischte ihr eine Träne von der Wange. Dann drehte er sich um, schob seine Utensilien auf der Ablage einen Platz weiter und begann, das nächste Mädchen zu frisieren.

Luise wurde geschminkt und angezogen. Heute ließ sie einfach alles mit sich geschehen, wie eine Schaufensterpuppe, die angekleidet wurde. Sie zog den Bauch ein, wenn der seitliche Reißverschluss des engen Minis geschlossen wurde, hielt die Arme nach hinten, um in den weißen Mantel zu schlüpfen.

»Fertig!«, sagte die Stylistin mit dem strengen Dutt, und Luise erwachte aus einer Art Halbschlaf.

»Fertig?« Sie sah erst jetzt an sich herunter und suchte dann nach einem Spiegel, doch hier bei den Kleiderständern gab es keinen. Es spielte außerdem keine Rolle, wie die Models sich selbst sahen. Sie waren nur Spielbälle des Couturiers, der Designer und Stylisten.

»Was ist?«, fragte die Frau, die sie angekleidet hatte. »Suchst du was?« Ihr Tonfall klang gereizt. Hinter Luise wartete bereits das nächste Model, und die Zeit wurde knapp.

»Das Top fehlt noch.«

»Es gibt kein Top, du bist hier bei Galliano!« Sie hob den Blick zur Decke, als könne sie so viel Naivität und Verklemmtheit kaum ertragen.

An Luise liefen andere Models vorbei, die ähnliche Outfits trugen. Fast alle hatten helle Mäntel an, an die mehrere Lagen Stoff als abgestufte Revers angenäht worden waren. Dazu hautenge graue Hosen oder knappe Business-Röcke, aus denen Strapsbänder heraushingen, als wären sie vergessen worden, und unter den offen getragenen Mänteln waren alle: nackt. Luise spürte eine heiße Welle der Entrüstung in sich aufsteigen. Gerade erst hatte sie die Peinlichkeit ihres Montana-Walks überwunden, und jetzt sollte sie in diesem Aufzug über den Laufsteg gehen? Doch was vorgestern bei Montana noch zu einem kleinen Skandal geführt hatte, schien bei Galliano ganz normal zu sein, und es war keine Zeit mehr, noch länger darüber zu sinnieren. Die Stylistin schob sie einfach aus dem Weg. Als sie sich backstage in der Reihenfolge ihres Walks aufstellten, sagte eine helle Stimme hinter ihr auf Deutsch: »Drei blonde Deutsche bei einem Defilee, das gab es hier in Paris vermutlich noch nie.« Luise drehte sich um und sah in die strahlend blauen Augen eines blonden Models, das kaum kleiner war als sie und ebenso nackt unter dem offenen Blazer. »Zumal Tatjana brünett ist«, fügte Claudia hinzu und drehte sich zu ihnen um. »Das ist übrigens Nadja.« Nadja beugte sich vor, um Luise Luft-Bisous zu geben. So kurz vor der Show durfte das Make-up nur noch von den Visagisten berührt werden.

Luise sagte: »Das könnt ihr besser beurteilen als ich, denn ich bin noch nicht einmal eine Woche in Paris. Ich bin übrigens Luise!«

»Ich weiß«, antwortete Nadja. »Ich habe schon viel von dir gehört.« Luise betrachtete das klare Gesicht von Nadja Auermann, deren Name vor allem im Zusammenhang mit der Länge ihrer Beine gefallen war. Beide ließen ihren Blick nach unten bis zu den Füßen der anderen wandern und suchten nach Vergleichsmerkmalen. »Schuhgröße 43, schätze ich«, sagte Nadja und grinste verschwörerisch.

Bevor Luise etwas entgegnen konnte, gab der Choreograf ihnen das Kommando zum Walk. Sie glaubte noch ein »Toi, toi, toi!« von Nadja zu hören, schon lief sie vor ihr und hinter Claudia Schiffer über den weiß lackierten Laufsteg. Zu Claudia passte der opulente Aufzug perfekt, sie hatte diese weiche, lockende Ausstrahlung und die Kurven an der richtigen Stelle. Ihr Gang war lässig langsam, die Hand in die Hüften gelegt, das hübsche Kinn ein wenig gesenkt. Mit einem Lächeln auf den vollen Lippen zog sie alle Blicke der Fotografen auf sich, bekam Szenenapplaus. Luise hatte keine Kurven und auch keine vollen Lippen, aber ihre Beine waren zehn Zentimeter länger, und auch sie wusste inzwischen, wie man sich auf dem Catwalk bewegte. Sie hob das Kinn und ihr Blick war ernst, fokussiert und so arrogant, dass sie die Männer zum Verzweifeln brachte. Ein Schauder lief über ihren Körper, als sie mit dem aufreizenden Outfit eins wurde, das eine kleine, erotische Geschichte erzählte. Sie spielte mit dem Stoff ihres Brokatmantels, ließ ganz kurze Seitenblicke auf ihre nackten Brüste zu und genoss es sogar. Noch nie zuvor war sie so eins gewesen mit ihrem Körper, ihren langen schlanken Gliedmaßen, ihrer geflickten Wade, legte alle Scham ab, war sich der Wirkung ihrer Erscheinung, ihrer Eleganz und des gewissen Etwas bewusst. Der Laufsteg war für sie zu einer Welt geworden, in der sie ihre Sehnsucht nach Freiheit ausleben und ihre eigene Identität finden konnte. Hier entdeckte sie plötzlich eine Seite an sich, die sie bisher nicht gekannt hatte. Als sie schließlich am Ende des Laufstegs posierte, die Lippen öffnete, mit dem Publikum und den Fotografen spielte, war sie es, die Standing Ovations bekam. Die beiden deutschen Supermodels nahmen den Neuling in ihre Mitte, als sei das ostfriesische Bauernkind schon immer eine von ihnen gewesen – und das blonde Dreiergespann erntete einen johlenden Extraapplaus.

Das war noch lange nicht alles. Denn für den nächsten Walk ließen die Models die Hüllen fallen. Sie trugen nichts als Reizwäsche, Seidenslips, Tüllhöschen, Strapse, Negligés, seidene Unterröcke oder transparente BHs und dazu opulente Brokatmäntel, die an Kostüme zur Zeit von Louis Quatorze erinnerten. Drama und Sex wurden verlangt, und Drama und Sex wurden von den Models geliefert. Minutenlang wurde Galliano gefeiert, bejubelt und in den Modeolymp gehoben, denn mit dieser gewagten Schau war er ohne Wenn und Aber der ungekrönte König der Prêt-à-porter-Woche. So würde die Schlagzeile der *Paris Match* am nächsten Tag lauten, und wieder würde ein Foto von Luise die erste Seite zieren, diesmal im Seidenslip mit Rokokomantel und Marie-Antoinette-Frisur.

Nach der Show ging Luise zurück in die Garderobe und spürte plötzlich eine Berührung an ihrer Schulter. »Pascal Laurent war vorhin hier und hat nach dir gesucht.« Es war Linda, die ihr diese Mitteilung im Vorbeigehen zuflüsterte. »Er sagte, du hättest heute Vormittag eine Show verpasst, für die du gebucht warst.« Inzwischen hatte Luise den Eindruck, das kanadische Supermodel wäre immer dann zur Stelle, wenn bei ihr etwas schlecht lief, und würde diese Situationen genießen.

»Danke!«, sagte sie trotzdem. »Weißt du zufällig, wo er jetzt ist?«

Linda schüttelte graziös ihr apartes Haupt. »Je n'ai pas la moindre idée!«

Und nun sprach sie auch noch Französisch mit ihr, wo sich doch sonst meist alle in der Modebranche auf Englisch verständigten. Sinngemäß verstand Luise, dass sie ihr einfach nicht helfen wollte. Ihr rutschte das Herz in die Hose. Sie hatte eine Show verpasst, war einfach nicht erschienen! Was für ein unverzeihlicher Fehler!

»Wovon hast du nicht den Hauch einer Ahnung, Linda?«, fragte Sébastian, der noch die weißen Strumpfhosen aus der Show trug, dazu einen ähnlichen Brokatmantel wie Luise, und zu ihnen getreten war.

»Occupe-toi de tes oignons, garçon gâté!« »Kümmere dich um deinen eigenen Kram, verwöhnter Junge!«, zischte ihm Linda zu, zerrte sich das Haarteil vom Kopf und verschwand im Gewühl der anderen Models.

Sébastian klatschte Luise galant Beifall, raunte ihr zu, sie sei das Gesprächsthema dieser Show – im positiven Sinn –, und fragte, ob sie sich am Abend sehen würden. »Komm doch zu mir. Wie wäre es so um acht?«

»Was heißt garçon gâté? Was hat sie damit gemeint?«, fragte Luise und sah immer noch Linda hinterher, ohne auf seine Frage einzugehen. Er winkte ab. »Ach, vergiss es. Sie ist eine eifersüchtige Zicke!« Er nahm eine von Luises langen Schläfenlocken in die Hand und zwirbelte sie um seinen Zeigefinger. »Also, was ist? Sehen wir uns heute Abend?«

Eigentlich wollte Luise einmal in aller Ruhe duschen und wenigstens eine Nacht in einem Bett durchschlafen, aber dann dachte sie an das harte Sofa, an Jean-Luc und Aydin. Sicher wären sie auch gerne einmal allein, ohne einen Übernachtungsgast im Nebenzimmer. Und außerdem spielten ihre Gefühle verrückt: Sébastian hatte etwas an sich, das sie fast jede Sekunde an ihn denken ließ. Also sagte sie ihm zu, und an dem Blitzen seiner blauen Augen sah sie, wie sehr er sich freute.

Gerade als sie zwischen den Kleiderständern stand und ihren Mantel ausgezogen hatte, hörte sie eine andere Stimme. Es war die von Pascal, und Luise bedeckte reflexartig ihre Brüste mit den Händen. »Da ist ja meine Schöne. Ich habe dich heute Vormittag schmerzlich vermisst.«

Auf einmal fühlte sie wieder die Scham, die sie vorhin so leichtsinnig abgelegt hatte, und suchte unbewusst mit den Augen nach einem Kleidungsstück, das sie sich rasch überwerfen könnte, doch nichts war in Reichweite.

»Vor mir brauchst du dich nicht zu verstecken. Ich habe schon zu viele nackte Mädchen gesehen, wahrscheinlich mehr als jeder Kinderarzt … aber wenn du dich dann wohler fühlst …«

Pascal ging an ihr vorbei, langte nach einem der Mäntel aus Gallianos Kollektion und legte ihn Luise so lässig um die Schultern, als sei es irgendein beliebiger Fetzen. Erleichtert zog sie das Revers zusammen und hielt es mit einer Hand fest. »Es tut mir leid, Pascal, aber Liz hatte Sie doch gestern extra gefragt, ob ich heute Vormittag gebucht bin, und Sie hatten Nein gesagt.«

»Liz? Wer soll das sein?«

»Liz, das Model mit den roten Haaren, in der Gaultier-Show hatte sie so eine Windstoßfrisur.«

Luise versuchte, ihm mit einer hilflosen Geste die Form der Frisur nahezubringen, aber er schien überhaupt nicht hinzusehen.

»Ich kenne keine Liz, und mich hat auch niemand nach deinen Jobs gefragt. Wie käme ich auch dazu, einer wildfremden Person Auskunft darüber zu geben?«

Luise ahnte auf einmal schmerzlich, dass Liz sie reingelegt hatte, dass sie ihr absichtlich etwas Falsches erzählt hatte. Womöglich als Retourkutsche, aus Missgunst, weil Luise ihren Platz in der Chanel-Show eingenommen und dort Erfolg gehabt hatte. Aber wenn sie nicht mit Pascal gesprochen hatte, woher wusste Liz dann, dass Luise für die Galliano-Show gebucht war? Luise, die zum ersten Mal mit einer kleinen Intrige konfrontiert wurde, griff mit zitternden Fingern in den Stoff des Mantels, als könnte sie dort Halt finden. Zorn und Enttäuschung über ihre eigene Naivität wollten überkochen.

Pascal wirkte überhaupt nicht so verärgert, wie sie es noch kurz zuvor erwartet hatte. Mit weicher Stimme lobte er ihren heutigen Walk, lachte über das Foto mit dem goldenen Minikleid in der *Paris Match* und ließ seine Augen dabei über ihre nackten Beine wandern. »Vergessen wir die kleine Unzuverlässigkeit, aber das sollte sich nicht häufen. Ansonsten bin ich sehr zufrieden mit dir. Du machst deine Sache gut, noch besser, als ich dachte. Mit diesem kühlen Sex-Appeal zeigst du eine ganz neue Facette. Und es gibt bereits viele interessante Anfragen.«

Luise senkte den Kopf und schob mit ihren nackten Fußzehen ein abgerissenes Etikett über den Zeltboden.

»Es wird Zeit, dass du in dein Modelappartement einziehst!«

Pascals Stimme klang weich und ein wenig belegt. Luise wunderte sich, dass er sich so viel Zeit für sie nahm. Schließlich hatte er Hunderte von Models unter Vertrag, darunter fast alle Topmodels. Er kam näher. »Jetzt noch ein kleiner Endspurt mit vier Shows in den nächsten beiden Tagen. Morgen für Thierry Mugler, und du bist bitte pünktlich um zwölf Uhr da, abends für Dolce & Gabbana. Und komm doch bitte am Montag um zehn Uhr in die Agentur. Dann bekommst du eine Liste mit den nächsten Aufträgen und Castings sowie den Schlüssel für deine neue Wohnung.« Pascal kam noch näher, war plötzlich ganz dicht bei ihr, und noch bevor Luise etwas dagegen tun konnte, waren seine warmen Hände unter das Revers des Galliano-Mantels geschlüpft, wölbten sich um ihre kleinen Brüste.

»Ich mag es mädchenhaft«, hauchte er ihr heiser ins Ohr. »Und ich will dich haben, belle Lou.« Es dauerte nur Sekunden, aber obwohl sie willenlos dastand, erblasst und zitternd, mit einer plötzlichen Schwere in den Gliedern, ließ er seine Hände sinken und verschwand dann zwischen den Kleiderständern.

In Aydins Wohnung angekommen, nahm sie eine lange Dusche, ließ sich das heiße Wasser über Kopf und Körper laufen und hatte das Gefühl, Pascals Berührung abwaschen zu müssen. Weder Aydin noch Jean-Luc waren da. Sie zog sich an, rubbelte sich die Haare trocken, hinterließ ihnen eine mit Bleistift geschriebene Nachricht auf dem Küchentisch. Dann nahm sie sich ein Madeleine von gestern, das noch auf einem Teller lag, doch als sie hineinbiss, war es steinhart und trocken.

33

Die Adresse, die Sébastian ihr genannt hatte, hätte sie bereits hellhörig werden lassen sollen, doch ihre mangelnde Ortskenntnis verhinderte jeden Argwohn. Als sie mit zögernden Schritten durch die Straße im siebten Arrondissement ging und nach der Hausnummer 8 suchte, glaubte sie, es müsse ein Irrtum vorliegen. Haussmann'sche Fassaden, hell und vornehm, ziselierte, gusseiserne Balkonbrüstungen vor gepflegten Buchsbaumkugeln und -pyramiden, die Luise inzwischen als ein äußeres Zeichen von Wohlstand wahrnahm. Und das alles in unmittelbarer Nähe des Eiffelturms. War sie hier wirklich richtig? Wohnte hier der Sébastian, den sie kannte? Doch zu ihrer Verwunderung sah sie den halb verrosteten Peugeot Traveller am Straßenrand stehen. Als Nächstes tippte sie den Code, den Sébastian ihr aufgeschrieben hatte, in die Messingtasten an dem Sandsteinportal ein, und das Schloss machte ein Klickgeräusch. Luise schob die schwere Tür auf, ging langsam über den weichen Läufer auf der ausladenden Marmortreppe nach oben, in die Beletage. Während sie noch verwirrt den Namen »De Myral« an der Wohnungstür anstarrte, öffnete sich diese auch schon, und Sébastian stand vor ihr. Er hatte seine Jeans und das Ringelhemd ausgezogen, sich sämtlicher Kleidungsstücke entledigt, er war nackt, bis auf ein dünnes, silbernes Kettchen mit einem Amulett, das in dem blonden Flaum zwischen seinen Brustmuskeln hing, und bis auf ein Handtuch, das wie ein Lendenschurz um seine schmale Mitte geschlungen war. Der gedämpfte Schein der Flurlampe ließ seine Haut dunkel wirken, den heißen Sommer erahnend, in dem er seinen jungen Apollo-Körper in der goldenen Mittelmeersonne geaalt hatte. Die aromatisch-holzige Note seines Duschgels oder der Rasierseife und eine helle, großflächige Narbe, die oberhalb der dunklen kleinen Brustwarzen bis in die Achselhöhle verlief, würden Luise für immer in Erinnerung bleiben. Sie sollte erst später erfahren, dass ein Dutzend kleiner Feuerquallen an einem Julimorgen seine schöne Haut verätzt hatten. Zuweilen würde sie sich auch noch an bestimmte Momente in jener ersten Nacht erinnern. Allerdings nicht so deutlich und genau, wie sie jeden Schritt, jeden Takt, jede Bewegung, jede Pose der Walks, die sie lief, im Gedächtnis behalten würde.

Er sprach kein Wort. Er zog Luise den Kamelhaarmantel von der Schulter, das T-Shirt über den Kopf, küsste sie und lockte sie in sein Schlafzimmer, auf das ungemachte Bett. Die Mischung aus wildem Tumult und tiefster Zärtlichkeit, alles, was Sébastian ausmachte, sollte irgendwann zu einer Episode in ihrem Leben werden. Nur dass sie dann mit einem merkwürdigen Stolz zu sich sagen würde: Das habe ich auch gehabt. Ja, diese Nacht hat er mir gehört und ich ihm, und ich habe auch in Paris die ganze Verrücktheit einer Leidenschaft erlebt – und es war wundervoll. Auf Dauer nicht ganz so wundervoll, und vielleicht war damals schon klar, dass es schlecht enden musste, aber ich habe es gehabt.

Sein Gesicht war scharf gezeichnet, charaktervoll. Er sah im Leben noch besser aus als auf den etwas zu stark retuschierten Sedcardbildern seiner Agentur. Die gebräunte Haut dunkler als sein blondes Haar. Aber womöglich waren die hellen Strähnen über seiner Stirn bloß eine geschickt gefärbte Nuance. Wenn ja, dann von einem guten Friseur, denn selbst Luise konnte dies nicht mit Sicherheit feststellen, doch sie war auch zu verliebt, um der Frage nachzugehen.

Sébastian kämpfte um sie, mit Geduld und Zärtlichkeit, mitunter auch mit einer zornigen Beharrlichkeit, und doch wusste sie von Anfang an, dass ihr sein schöner, sportlicher Körper nie so tief vertraut werden würde wie der von Nils in ihren glücklichen Stunden. Sie passte ihren Atem dem seinen an, wartete auf den bittersüßen Kuss der Ekstase, auf das Schweben und das Glücklichsein vergangener Tage – aber vergeblich. Luise war noch keine neunzehn Jahre alt, doch sie hatte eine Vergangenheit, nach der sie sich zurücksehnte. Und obwohl Sébastian ein erfahrener und guter Liebhaber war und Luise sich ihm mit der romantischen Willigkeit ihrer Jugend hingab, sollte er niemals die gleiche spontane Äußerung der äußersten Erfüllung von ihr hören wie Nils in ihrem ostfriesischen Sommer.

In den nächsten Tagen blühte Luise auf, badete in Sébastians Fröhlichkeit und Wärme. Es war alles neu für sie, so leicht und hell nach der Ablehnung, die sie durch Nils' Familie erfahren hatte. Sébastian war ein

Lebenskünstler, ein Beau, ein Talent auf dem Laufsteg, vor und hinter der Kamera, und solche Menschen konnten es sich leisten, sich selbst und anderen ein angenehmes Leben zu bereiten. Für drei Shows am Ende der Fashion Week waren sie beide gebucht und genossen die Gemeinsamkeit, die Verliebtheit, die sie beide zu leuchtenden Sternen auf dem Catwalk machte. Jeder konnte es sehen, ihre harmonische Ausstrahlung spüren, und jeder beneidete sie darum. Sébastian war neugierig auf Luise gewesen, von dem Moment an, als er sie auf dem Laufsteg gesehen hatte. Wie sie sich mit ihren viel zu langen Beinen in die Choreografie schmiss, viel zu intensiv, viel zu ungelenk. »Sei ganz cool, spür den Raum um dich, nicht nachdenken, das Gehirn hat nichts damit zu tun, wenn du Model sein willst«, sagte er zu ihr. »Zerreiß dich nicht so, sondern lass deinen Körper für dich denken.«

Er legte ihr die Hand auf den flachen festen Unterleib. »Es kommt alles von hier, belle Lou. Deine Bewegungen, deine Walks, natürlich auch die beste Sache der Welt … und irgendwann deine Kinder.«

Luise erschauerte unter seiner Berührung, und er schenkte ihr sein offenes Lächeln, das ihr wie ein kleines Flämmchen das Rückgrat entlanglief und sie wohliger wärmte als der neue federleichte Kamelhaarmantel.

Sébastian war dreiundzwanzig und würde bald am Ende seiner Modelaufbahn angelangt sein, doch er sprudelte über von neuen Ideen, sprach von Design, von Fotografie und hatte sich ein oder zwei gute Kameras zugelegt. Aber wenn man nicht den geringsten Zweifel hatte, was seine Zukunft betraf, ließ es sich auch leicht leben.

Die Wohnung im siebten Arrondissement gehörte einer entfernten Verwandten von ihm, erzählte er Luise, und er dürfe sie unter der Bedingung nutzen, regelmäßig die Katze zu füttern.

Bisher hatte Luise die Katze noch nicht zu Gesicht bekommen, obwohl sie jede Nacht in dem geräumigen Appartement verbrachte.

34

Glanz und Glamour der Prêt-à-porter-Woche waren verklungen, die Zelte in den Jardins des Tuileries wieder abgebaut und in den alten Weinlagern von Bercy verstaut. Die Einkäufer der großen Kaufhäuser und Boutiquen wie auch die internationalen Modejournalisten waren abgereist, und Paris versank in seinem üblichen pulsierenden Lebensrhythmus: Touristenbusse, Berufsverkehr, Café au Lait, Arbeit. Kosmopolitisch, hektisch, nonchalant.

Einige Stunden vor dem letzten Defilee war Luise schriftlich in die Modelagentur ELLE vorgeladen worden. Sie hatte die Karte mit schlechtem Gewissen in Empfang genommen. Pascal hatte ihr den Termin zwar bereits mitgeteilt, doch gerade, weil sie an ihre letzte Begegnung dachte, spannte sie automatisch die Muskeln an, und ihr stockte der Atem. Er wollte, dass sie in ein Modelappartement einzog, aber wollte sie das auch? Hätte er dann nicht die totale Kontrolle über sie? War das womöglich sogar der Grund, ihr das Appartement überhaupt anzubieten?

Zu ihrer Überraschung war Pascal jedoch gar nicht da, als sie das zweite Mal vor dem ausladenden antiken Tisch in der Agentur ELLE stand. Sondern nur Cécile saß dahinter und ließ sie, genauso wie beim ersten Mal, eine geraume Weile warten, bis sie ihr ihre Aufmerksamkeit schenkte. Sie trug eine weiße Bluse und ein sehr klassisches Hermès-Tuch, war stark geschminkt und hatte einen Pickel auf der Stirn mit Abdeckstift behandelt, wodurch er besonders stark hervortrat.

»Bevor ich dir die Schlüssel aushändige, musst du mir das hier unterschreiben.« Sie blätterte ein mehrseitiges Schriftstück durch, drehte es um hundertachtzig Grad, schob es zu Luise und legte den Finger unter den Strich für die Unterschrift. Mit der anderen hielt sie ihr einen Kugelschreiber entgegen. Luise nahm den Stift, beugte sich vor und wollte ihren Namen auf die Linie schreiben, doch plötzlich fielen ihr Hammers Worte ein. Sie solle keinen Vertrag unterschreiben, ohne zuvor das Kleingedruckte zu lesen. Diesmal waren die Klauseln nicht auf Englisch, sondern auf Französisch abgefasst. Luise hob den Kopf und holte tief Luft.

»Alors?«, fragte Cécile, und ihr ungnädiger Blick wirkte so einschüchternd, dass Luise stotterte. »Ich … könnte ich vielleicht …«, doch dann straffte sie sich und fasste Mut. Sie würde den Vertrag gerne mitnehmen, sagte sie, und in Ruhe lesen.

Pascals Assistentin kräuselte die Nase, als hätte Luise gefragt, ob sie ihr zehntausend Franc leihen könnte. »Das geht leider nicht!«, entgegnete sie. »Aber du kannst dich dort hinsetzen und ihn durchlesen, wenn du mehr Zeit brauchst.« Dabei deutete sie auf den Sessel an der Wand.

»Gibt es dann vielleicht auch eine englische Version? Mein Französisch ist leider noch nicht so gut.«

Cécile schnaubte. »Machst du wenigstens einen Sprachkurs?«

»Oui, trois fois par semaine.« Ja, dreimal die Woche, lautete Luises Antwort.

Cécile schüttelte nur entnervt den Kopf, zog eine Schublade mit einem Hängeregister auf und knallte den Vertrag auf Englisch so fest auf die antike Tischplatte, dass sie bebte.

Ohne sie anzusehen, deutete sie erneut auf den schwarzen Le-Corbusier-Sessel, der an der Wand stand. Dann wandte sie sich ihrem PC zu, und ihre langen Fingernägel machten ein klackendes Geräusch auf der Tastatur.

Luise setzte sich mit dem Vertrag in den Sessel und versuchte, die komplizierten Klauseln zu verstehen. Auf der zweiten Seite stand der Mietpreis: »Achtzig Franc«, und Luise atmete erleichtert auf. Das war ja ein Spottpreis, den könnte sie durch ihre Aufträge mit links bezahlen. Pascal hatte ja gesagt, es hätte sehr großes Interesse an Buchungen für sie gegeben. Doch dann las sie die Zeile darunter und schluckte, denn dort stand: »pro Nacht«. Sie überschlug rasch im Kopf, dass sie so auf zweitausendvierhundert Franc im Monat käme, und stand abrupt auf. Das war mehr als das gesamte Milchgeld, das Vader mit ihren Rindern verdiente. Cécile zog erstaunt die Augenbrauen hoch, als sie ihr den Vertrag ohne Unterschrift zurückgab und sagte: »Nein danke, ich suche mir selbst eine Unterkunft in Paris.«

»Tout ce que tu veux, bonne chance!« – »Ganz wie du willst, viel Glück!«, antwortete Cécile nur, warf beide Verträge zurück in die Mappe des Hängeregisters und versetzte der Schublade einen Stoß.

»Gar kein Problem!«, sagte Sébastian, als sie ihm von ihrer Entscheidung erzählte. »Du kannst bei mir wohnen, Tante Elise hat sicher nichts dagegen, du musst nur regelmäßig ihre Katze füttern.«

Luise hatte bislang weder Tante Elise noch die Katze jemals zu Gesicht bekommen, aber sie blieb stumm, überwältigt von der Großherzigkeit seines Angebots. Instinktiv erfasste sie, dass sie ihm nicht zu viele Fragen stellen sollte.

Immerhin war es eine wunderschöne Dreizimmerwohnung in traumhafter Lage, und sie waren sehr verliebt. Sie war nicht riesig, aber alle Wände waren in einem milden Azurblau gestrichen, das sehr vornehm wirkte. Zu beiden Seiten hatte sie schöne Fenster, durch eines konnte man in der Ferne gerade noch so die Seine glitzern sehen. Ein Wohnzimmer mit Kamin, nostalgischem Kronleuchter, einem blassblauen Sofa. Altmodisches weißes Leinen im Schlafzimmer. In der warmen, sorglosen Atmosphäre, die Sébastian um sich verbreitete, würde sie die unbewachte Freiheit haben, die sie brauchte. Ihr Angebot, sich an der Miete zu beteiligen, schlug er ebenso großzügig aus wie die Bitte, wenigstens für ihn einkaufen und ab und zu etwas kochen zu dürfen. »Wozu denn das, belle Lou? Wo es doch um uns herum die besten Restaurants und Bistros gibt, und außerdem dürfen wir doch offiziell ohnehin nur grünen Salat essen.«

Er hielt sich nie an die Diätvorgabe seiner Agentur, allerdings war sie für männliche Models auch nicht so streng wie für die weiblichen.

»Es ist so schön hier bei dir!«, seufzte sie, wenn sie, nachdem sie sich geliebt hatten, entspannt auf dem breiten, weiß bezogenen Doppelbett lag und sie sich eine seiner ägyptischen Zigaretten teilten. Er rauchte wenig, aber nach dem Sex immer, und sie nahm dann ebenfalls einige Züge. Es wurde zu einer Art Ritual.

»Bei Tante Elise!«, verbesserte er sie. Dabei blickten sie auf die breite Fläche des Fensters, das zum Trocadero hinausging. Das Stück Himmel, das man sah, spielte bereits eine Rolle in ihrer Liebesgeschichte. Ganz oben in der Fensterecke war die Spitze des Eiffelturms zu sehen, und Luise hatte natürlich ihr Wissen über die Aufwertung jeder Immobilie durch diesen einmaligen Blick – auch wenn das sichtbare Stück Sehenswürdigkeit noch so winzig war – zum Besten gegeben. Woher sie dieses Wissen hatte, verschwieg sie geflissentlich. Sébastian hatte sie damit nicht beeindrucken können. Er hatte erstaunlich wenig Interesse an materiellen Dingen.

Zuerst war in dem Fensterausschnitt noch spätsommerliches Blau im messinggelben Sonnenschein der allerletzten warmen Tage des Jahres zu sehen gewesen. Inzwischen hatte es sich schon in ein herbstliches Grau verwandelt, nur durchbrochen von den Lichtern der Stadt, wenn sie am Abend angingen.

Er küsste ihre Schläfe. »Wie fühlst du dich, Lou?«

»Nur ein bisschen faul, ein wenig schwer in den Gliedern. Wie eine Honigbiene im ostfriesischen Frühling. Sie möchte zwar noch fliegen, doch ihr Körper ist so beladen mit Pollen und Nektar, den sie den ganzen Tag aus den Obstblüten gesammelt hat, dass ihre Flügel sie nicht mehr tragen.«

Sébastian hörte ihr aufmerksam zu. »Eine müde Honigbiene aus dem deutschen Norden?« Sie hob ihre Arme, als wären sie ermüdete Flügel, und er lachte auf. »Das gefällt mir! Das wäre eine schöne Idee für ein Defilee von Lacroix!«

Dann wurde er ernst. »Die anderen gehen heute mal wieder ins Palace. Aydin, Jean-Luc, ich glaube, auch Floriane wollten mitkommen und noch ein paar andere Freunde. Patrick kennst du ja auch, der ist jetzt Artdirector in den Galeries Lafayette, er dekoriert dort die Schaufenster.«

»Wirklich? Schaufenster? Patrick hat einmal eine Fashion-Show im Centre Pompidou vor dem sicheren Untergang gerettet … er ist ziemlich genial!«

»Sonst hätten die Galeries Lafayette ihn auch nicht genommen! Ich glaube, du hast ihre Schaufenster noch nicht gesehen.«

Luise nickte und musste an die Show im Pompidou zurückdenken und damit auch an Pilar. Sie hatte das verängstigte Mädchen seit ihrem Treffen im Café auf dem linken Seine-Ufer nicht mehr wiedergesehen.«

Sébastian bemerkte nichts von ihren abschweifenden Gedanken.

»Das Palace ist die größte Disco von Paris, mais … c'est pas top …«

»Was heißt das?«

Luise drehte sich auf die Seite und merkte, wie er wohlwollend seine Augen über ihre knabenhaften Hüften und die langen Schenkel gleiten ließ. Er streckte die Hand aus und strich ihr zärtlich über die blass gewordene, seidenglatte Haut.

»›C'est pas top‹ heißt so viel wie: Das ist nicht gerade spitze, aber eigentlich bedeutet es meistens, dass es etwas mehr als nur ein bisschen enttäuschend ist. Vielmehr ist es absoluter Mist.«

Er grinste, und jetzt musste Luise lachen. »Und trotzdem willst du mitgehen?«

Er legte sich auf den Rücken und verschränkte die Arme hinter dem Kopf. »Als ich nach Paris kam, war das Palace absolut hip. Die Räume waren riesig, so ähnlich wie die des legendären Studio 54 in New York, und jeder konnte sich dort ausleben, sich darstellen, wie auf einer Bühne. Es kamen alle Designer, alle Models, alle Stars, egal ob hetero- oder homosexuell, dorthin. Sie konnten sich da gut in Szene setzen, extrovertiert und verrückt, genossen alle Freiheiten … aber seit Beginn der Neunziger ist die Zeit des Palace eigentlich vorbei. Nur … vielleicht musst du es mal gesehen haben.«

»Na gut!« Luise sagte die zwei Worte trotz ihrer Müdigkeit, denn sie wollte nicht als Langweilerin gelten, und sie fühlte sich manchmal dazu verpflichtet, sich an Sébastians Leben anzupassen, ihn zu unterhalten, gerade weil er so freigiebig war. »Dann lass uns erst einen Salat essen und danach ins Palace gehen, die vielen Kalorien auf der Tanzfläche verbrennen.«

Sie stand auf, ging nackt, wie sie war, ans Fenster und sah hinaus, in die Abenddämmerung und zu der Spitze des Eiffelturms. Im gleichen Moment, in dem sie sich an den cremefarbenen Vorhang lehnte, eine Hand an den Fensterrahmen gelegt, gingen die Lichter an und die eiserne Dame wurde von über dreihundert Scheinwerfern angestrahlt. Eine feine Traurigkeit lag in dem magischen Anblick. Liebe, Melancholie und Glück formten sich wie von selbst in einer der vollkommenen, entrückten Posen, für die Luise Jensen berühmt werden würde.

Sébastian de Myral, Model, Playboy, Fotograf, der Mensch mit dem großen Herz und den hungrigen Augen, griff zu seinem Fotoapparat und hielt den Moment für die Ewigkeit fest.

35

Die Tage nach der Prêt-à-porter Woche vergingen, und ein Casting, ein Shooting, ein Job jagte den nächsten, ohne dass Luise Zeit fand, auch nur eine Minute an zu Hause zu denken. Luise war dankbar für die Ablenkung. Das Telefonat mit ihrem Vater, als sie ihm mitgeteilt hatte, sie bliebe länger in Paris, war enttäuschend verlaufen. Sie war nicht einmal dazu gekommen, ihm zu erzählen, dass sie als Model arbeitete, so aufbrausend hatte er reagiert und schließlich grußlos aufgelegt. Mit einer Mischung aus Enttäuschung, Wut und schlechtem Gewissen hatte Luise Trost bei Sébastian gesucht. Den spendete er voller Überzeugung: Man könne nicht ewig nach der Pfeife der Eltern tanzen. Schließlich sei Luise volljährig und frei. Nachts zogen sie in Cliquen durch die Bars und Clubs und versuchten anschließend, wenigstens fünf Stunden Schlaf zu bekommen, was nicht immer gelang. Jeden Tag dachte Luise: *Oh, mon Dieu, ich darf wieder raus in diese Welt.* Die Welt und diese Fülle zu erleben, dazu passte im Grunde nur ein einziges Wort, und das hieß: »Ekstatisch«. Eine elektrisierende Stimmung beherrschte Paris. Die Stadt gab ihnen das Versprechen, gesehen zu werden, und sie waren jung genug, um an jedes Versprechen zu glauben. Fast alle Nachtschwärmer, die Luise nach und nach kennenlernte, waren nicht nach Paris gekommen, um leise zu sein und heimlich zuzuschauen. Sie waren laut, und sie wollten gesehen werden.

Wer in diesen Tagen nach der Fashion Week durch Paris spazierte, zum Beispiel die Rue d'Assas entlang bis zur Ecke Notre-Dame de Champs, dem begegneten mitunter junge große, schöne Frauen, fast alle mit einer Mappe unter dem Arm. Jetzt fanden überall in der Stadt die wichtigen Fotoshootings statt, in denen die neuen Kollektionen der Modeschöpfer, die sie gerade auf ihrer Prêt-à-porter-Schau vorgeführt hatten, für die großen Magazine fotografiert wurden. Und dafür wurden Models gecastet. Viele von ihnen waren müde, denn es war »la fin de saison«, das Ende der Saison. Sie waren wochenlang nur gereist, gelaufen, viel zu dick geschminkt worden, Haut und Haare von den unzähligen Styles ausgelaugt und strapaziert.

Anstatt der vier Fashion Weeks in den Metropolen dieser Welt hatte Luise nur die eine in Paris hinter sich. Sie war noch frischer und ausgeruhter als die meisten Models, sie war unverbraucht und »neu«. Die Zahl »Einhundertvierzehn« als Synonym für das Model mit den längsten Beinen sprach sich herum, sodass es, wie Pascal es ausdrückte, »viele interessante Anfragen gab« – Luise wurde gut gebucht. Im Unterschied zu den Modenschauen und der Zeit der Fashion Week hatten sich die Modemacher, Couturiers und Designer in ihre Ateliers zurückgezogen, die internationalen waren abgereist. Die kreative Aura, die sie umgab, wurde nun von der Aura erstklassiger Fotografen ersetzt, von denen sich manche den Modeschaffenden für ebenbürtig hielten.

Die Agentur spielte in Luises Leben inzwischen eine zentrale Rolle. ELLE bekam dreißig Prozent von allen gezahlten Honoraren, wobei viele Dienstleistungen unbezahlt blieben. Luise stand schon bald nach der Unterzeichnung des Vertrags für Modemagazine vor der Kamera, ohne dass sie dafür auch nur einen Centime bekam. Für einen Walk bei Fashion-Shows bekam sie im Schnitt achtzig Franc. Ihr Honorar war weit entfernt von den Traumgehältern der Supermodels, aber sie war zufrieden. Wenn sie auf dem Cover einer Zeitschrift landete, freute sie sich unbändig, und manche zahlten dafür Tagessätze bis zu sechzig Franc. Ihr erster Scheck sollte über hundertfünfzig Franc sein, aber sie konnte ihn nicht einlösen. Sie bekam statt ihrer Gage lediglich einen Brief der Agentur mit einer Honorarabrechnung, an deren Ende ein Betrag mit einem Minus davorstand. Als sie daraufhin bei Cécile anrief und nachfragte, hieß es: »Ich dachte, das hätte man dir erklärt. Wenn nicht, musst du eben noch einmal deinen Vertrag richtig lesen.« Luise zeigte ihn Sébastian, und nach seiner Erläuterung verstand sie schließlich: Die Agentur streckte Ausgaben für die Models vor, jede Briefmarke auf jedem einzelnen Brief, den sie für sie verschickte, listete sie fein säuberlich auf. Wenn Luise ein Casting hatte, ließ sie jedes Mal eine Composite Card dort, eine Art Steckbrief mit sechs kopierten Fotos, die in Rechnung gestellt wurde. Ein Franc je Comp Card. Da Luise zu vielen Castings ging und ihr Composite auch direkt von der Agentur überall verteilen ließ, wurde es teuer. Das hatte sie vorher nicht gewusst, jetzt wusste sie es. Also wurden die einhundertfünfzig Franc einbehalten. Außerdem hatte sie anfangs noch keine Fotos von sich gehabt. Pascal hatte ihr zwar gesagt, sie müsse für diese nichts bezahlen, und naiv, wie sie war, hatte sie ihm geglaubt, doch in ihrem Vertrag stand etwas anderes, und ja, sie musste auf einmal feststellen, dass nicht nur ihre einhundertfünfzig Franc einbehalten wurden, sondern dass sie der Agentur danach immer noch Geld schuldete. Zum ersten Mal in ihrem Leben hatte Luise Schulden. Jetzt dachte sie an Moder, an Vader, an Grootmoder und daran, was diese dazu gesagt hätten. Es war, als könnte sie die brüchige Stimme von Oma Lina hören: »Knippschulden un Stoffregen dringen dör.« Kleinere Schulden und Nieselregen sind etwas Unangenehmes.

Das Gefühl, hungrig zu sein, war immer da. Wenn sie auf dem Pont Neuf stand und hinunter auf das grau-grüne Flusswasser sah, die Métro nach Hause nahm, sogar wenn sie duschte. Luise wachte einmal mitten in der Nacht auf, denn sie hatten vergessen, die Rollläden zu schließen, und es war sternenklar. Das Licht des Vollmonds lag auf den Dächern von Paris und wurde von den hellen Fassaden reflektiert. Sie rückte ihr Gesicht aus dem Mondlicht in den Schatten, doch sie konnte nicht schlafen, lag wach, denn da war dieses Gefühl, das wie Hunger war, aber nicht nur von ihrem leeren Magen kam.

Nach und nach lernte sie mehr Models kennen, wenn sie in den Schlangen vor den Castings anstand oder auf Klappstühlen in kahlen Warteräumen saß. Fast alle hatten Schulden bei ihren Agenturen, und fast alle waren permanent hungrig. Sie fand heraus, dass die meisten Mädchen ähnliche Verträge hatten wie sie, allerdings beliefen sich die Kosten nicht immer nur auf ein paar Farbausdrucke und Briefmarken. Viele Mädchen kamen aus dem Ausland und wurden für die Monate, die sie sich in der Stadt der Mode aufhielten, wenn sie für Castings und Shootings von Stadt zu Stadt reisten, in den Wohnungen der Agentur untergebracht, die ihnen pro Nacht die Miete berechnete. Innerlich beglückwünschte sie sich dazu, den Vertrag für das Modelappartement nicht unterschrieben zu haben. Doch nicht jedes Model hatte einen so großzügigen Freund wie sie. Und nicht jede hatte das Glück, so oft gebucht zu werden.

Nun begannen auch die Kurzreisen zu Fotoshootings in wärmere Gefilde. Das erste fand in Cannes statt – Bademode für Roberto Cavalli –, und Luise hatte Sébastian vergeblich gebeten, sie doch zu begleiten, schließlich könnte er dann doch seine Familie besuchen. Sie sagte nicht, er könnte sie seiner Familie vorstellen, denn ihr war klar, dass sie sich dazu erst viel zu kurz kannten. Doch sie hätte schon gerne einmal Tante Elise kennengelernt und sie nach ihrer Katze gefragt. Sébastian hatte aber am darauffolgenden Tag selbst ein Shooting in Lissabon, sodass ihm die Reise zu »stressig« war, wie er sagte. Luise mochte ihre Freiheit, und sie wollte ihm die seine lassen. So hatte es bisher gut zwischen ihnen funktioniert. Deshalb drängte sie ihn nicht und stellte ihm auch keine Fragen. So kam es, dass sie ohne ihren Geliebten aus Nizza zum ersten Mal das Mittelmeer sah, dessen Farbenspiel nicht mit dem der grauen Nordsee vergleichbar war, und in sein übernatürliches Glitzern eintauchte.

Der Fotograf hieß Emerald, war ein hipper Engländer, hatte von der Länge ihrer Beine gehört, von ihrer Narbe, und er löcherte Luise damit, forderte sie immer wieder auf, sie in die Kamera zu halten. Sie bemerkte selbst, dass die Zeichnung auf ihrer Haut, die die Form einer Leiter hatte, inzwischen nicht mehr feuerrot, sondern zartrosa war, und musste zugeben, dass darin eine gewisse Ästhetik lag. Doch ihre Posen wurden durch seine dauernde Forderung unnatürlich, und sie merkte, wie sie sich immer mehr verkrampfte. Plötzlich wurde das Shooting harte Arbeit, zu hart, um glücklich zu wirken, denn dazu brauchte man Zeit, selbst wenn man schon einigermaßen glücklich war. Es waren nur zehn Grad, und es war windig. Die Models zitterten in ihren knappen Bikinis, als sie sich in die Wellen am Strand legen mussten, und bekamen sichtbar Gänsehaut. Linda war als einziges Supermodel dabei und schien das Frieren weglächeln zu können. Doch in dieser Hinsicht hatte das Shooting auch sein Gutes. Denn das erfahrene Fotomodell gab der Anfängerin Tipps, wie sie das Zähneklappern verhindern, wie sie einige Sekunden weich und unverkrampft sein konnte: indem sie an ein Kaminfeuer in einem Schweizer Chalet im Winter dachte, einen schönen Mann auf einem Fell davor. Nun hatte Luise noch nie in ihrem Leben ein Schweizer Chalet von innen gesehen, aber allein darüber zu sinnieren, lenkte sie ab, und das reichte Emerald für die Fotos, die er brauchte. Emerald bedankte sich bei Luise. Luise bedankte sich artig bei Linda. Am Ende des Tages war sie mit Linda zwar nicht befreundet – mit ihr konnte wohl kein weibliches Model befreundet sein –, aber ihr Verhältnis hatte sich spürbar verbessert. Als sie abends gemeinsam über die Croisette spazierten, wurden sie von Paparazzi und Fans umringt. Die groß gewachsenen, schlanken, strahlend schönen Frauen fielen auf, und Linda kannte in Frankreich inzwischen fast jeder. Schließlich gab es Schulhefte mit ihrem Gesicht auf dem Einband. Man bat sie um Autogramme, und auch Luise schrieb das erste Mal ihren Namen mit Filzstift auf den Unterarm eines Teenagers:

Luise Jensen

Den Bogen des letzten »n« verlängerte sie und unterstrich damit ihren Namen, wie sie es einmal bei Naomi gesehen hatte.

36

Nach und nach wurden auch Luises Honorare höher. Als sie das erste Mal eintausend Franc für ein Fotoshooting bekam, wusste sie, dass sie nun endlich ihre Schulden abzahlen konnte und sogar noch etwas übrig behalten würde. Und erst da traute sie sich, wieder zu Hause anzurufen. Es war schon halb zehn, und sie dachte, dass ihre Eltern um diese Zeit ziemlich sicher im Haus, aber noch nicht im Bett sein würden. Sie rief von einer öffentlichen Zelle aus an, damit sie nicht auch noch die Telefonrechnung von Sébastians Tante Elise belastete, nachdem sie schon umsonst in deren Wohnung lebte.

Es klingelte nicht lange, da wurde abgehoben und die tiefe Stimme ihres Vaters antwortete: »Jensen!«

Sofort hatte Luise einen Kloß im Hals.

»Vader, ik büns, de Luise!«

Eine Weile herrschte Schweigen am Ende der Leitung. Im Hintergrund hörte Luise ihre Mutter fragen. »Wer ist es denn?«

Offenbar schirmte er die Sprechmuschel mit der Handfläche ab, denn seine Stimme war leise, als er sagte: »Dien Dochter!«

»De Luise?«, fragte ihre Mutter. »Gib se mir mal!«

Dann schallte die Stimme ihrer Mutter laut und deutlich aus dem Hörer.

»Luise, was machst du denn? Wo geiht di dat?« Wie geht es dir? »Warum hest du denn so lang nichts von dir höörn lassen? Ik kann vor Sörgen nicht in Slaap komen.« Ich kann vor Sorgen nicht schlafen.

Luise schluckte. »Ja, ich weiß, Moder! Es tut mir leid, ich wusste nicht … ich dachte …« Sie merkte, wie sich ihre Augen mit Tränen füllten, und tastete mit einer Hand nach einem Taschentuch, doch sie fand keines. Allein der Tonfall des Niederdeutschen, die liebe Stimme ihrer Mutter und die lange Zeit, die sie sie nicht gehört hatte, drohten sie zu überwältigen. Sie atmete ein und zählte bis vier, dann atmete sie aus und zählte bis sechs. Es war eine Methode, sich zu beruhigen, die ihr Sébastian beigebracht und die ihr bei den Castings geholfen hatte. Auf keinen

Fall durfte sie jetzt anfangen zu weinen, das konnte sie ihrer Mutter nicht antun.

»Moder! Es geiht mir gut! Es ist all in Ordnung! Du brauchst di nich zu sorgen. Ich habe een Kuntrakt mit een Modelagentur und bliev noch en bietje länger in Paris. Dat läuft all prima!«

»Einen Vertrag? Mit einer Modelagentur? Aber du bist doch Friseuse!«

»Nein, nicht Friseuse, Friseurin, Moder. Und hier arbeite ich jetzt als Fotomodell und als Mannequin auf den Modenschauen.«

Sie benutzte absichtlich die altmodischen Ausdrücke, weil sie davon ausging, dass ihre Mutter sonst überhaupt nicht verstand, wovon sie sprach.

»Und ihr? Seid ihr all gesund? Läuft alles gut auf dem Hof?«

Sie bedauerte in dem Moment, als die Worte ihre Lippen verließen, den Satz ausgesprochen zu haben. Denn es war klar, dass nun der übliche Spruch folgen würde: »Is all in d' Rieg un nix up Stee!« Es ist alles wohlgeordnet, aber nichts in Ordnung. Es folgte eine Aufzählung der Tiere, Maschinen, Gebäude, Äcker, Zäune und Wiesen, die nicht in Ordnung waren, und Luise sah ihren Vorrat an Kleingeld schwinden. »Und Oma Lina?«

»Ihr geht's gut, sie wird bloß jeden Tag ariger.«

»So, so, wunderlicher also. Und Sneeiflock, dat lütt, witt Kattje, die kleine weiße Katze?«

»Ich wusste gar nicht, dass du sie Sneeiflock genannt hast. Dat lütt Beest is raffineert!«

»Moder, grüß mir alle schön, ich muss jetzt gleich auflegen.«

»Luise, wann kummst du na Huus? Du kummst doch sicher zu Wiehnachten?«

»Ich weiß nicht, Moder. Wenn ich genug Geld habe, schon! Und gib Vader einen Kuss von …« Es tutete nur noch in der Leitung, und die Verbindung war unterbrochen. Luise hängte den Hörer auf die Gabel und schob die Tür der Telefonzelle auf. In ihrem Herzen brannte eine tiefe Sehnsucht, nach ihren Eltern, nach Oma Lina, sogar nach ihrem Bruder, der meist ruppig zu ihr gewesen war, nach Sneeiflock und nach den Sommernächten auf dem Dach des Kuhstalls. Doch gleichzeitig spürte sie die tiefe Gewissheit, wie wenig sie den Stumpfsinn von Heim,

Hof und Familie, die unerträgliche Engstirnigkeit der prosaischen Leversdorfer gegen die stürmischen Ekstasen und die Freigeistigkeit von Paris eintauschen wollte.

Am nächsten Tag wachte sie ausnahmsweise früh auf. Der durchscheinende Himmel blickte in der Stunde vor Tagesanbruch auf ihr Wachsein herunter und auf Sébastian, der neben ihr schlief. Sébastian, das unergründliche Wesen, weitherzig, ohne jeden Zynismus, vielleicht zu gut für diese Welt. Bis heute wusste sie nichts über seine Familie, über Tante Elise, über deren Katze. Noch nicht einmal, warum er den alten verrosteten Peugeot Traveller fuhr, der viel zu unhandlich für die Pariser Straßen war, hatte sie herausfinden können. Unter seinem Scheibenwischer stapelten sich die Strafzettel, doch das schien ihn so wenig zu kümmern wie jedes andere Ungemach im Pariser Leben.

Sie wollte ihn nicht wecken, denn sie hatte noch etwas zu erledigen, das ihr schon eine Weile auf der Seele lag. Ganz leise suchte sie ihre Jeans, T-Shirt und Sweatshirt zusammen und ging auf Zehenspitzen ins Wohnzimmer, um sich anzuziehen. Nachdem sie die Wohnung verlassen hatte, rannte sie am Pont de l'Alma vorbei und winkte zwei Kindern auf einem Schleppkahn zu, der mit schwerer Last tief im Wasser lag und langsam auf die Brücke zutrieb.

Sie liebte Paris in den frühen Morgenstunden. Der Duft der frisch gereinigten Straßen, der Baguettes und Croissants, die gerade aus dem Ofen kamen, löste jedes Mal Glücksgefühle in ihr aus. *Stadt, mach dich bereit für einen neuen geschäftigen Tag*, dachte sie, als sie die Blumenhändlerin sah, die gerade vom Großmarkt kam und ihre herrlichen gelben, orangen und rostroten Herbstastern in die Eimer stellte.

»Bonjour, Madame!«, grüßte sie Luise.

»Bonjour, belle Lou! Ça va?«

Unterwegs holte sie sich einen Café au Lait to go in einem Pappbecher und ging zu Fuß weiter Richtung Seine-Ufer. Luise war heute zu Fuß hergekommen, einfach weil sie Lust hatte, an der Seine entlangzuspazieren, die Bateaux Mouches und die Kähne zu betrachten, die tief im silbernen Flusswasser lagen. Eines der Decks wurde während der Fahrt von seinen Bewohnern geschrubbt und herausgeputzt. Als sie weiterging, hatte sie direkt gegenüber von sich die Länge der Île Saint-Louis, danach die altehrwürdige Kirche Notre-Dame und die Île de la Cité. Da lagen die Stände der Bouquinisten längs der Quais. Sie suchte die Bücherstände mit den Augen ab. Einige Buchhändler schlugen gerade erst die Schutzfolien über den grünen Holzkisten hoch, zwei Stände waren noch unbesetzt, doch dann entdeckte sie den leuchtenden königsblauen Schal. Sie erkannte das scharf geschnittene Gesicht mit der Hornbrille sofort wieder und lief auf ihn zu.

»Bonjour, Monsieur«, sagte sie fröhlich.

Er sah sie freundlich an, zeigte aber kein Zeichen des Wiedererkennens.

»Vous vous souvenez?« Erinnern Sie sich?

»Marcel Proust? Die Originalausgabe … A la recherche du temps perdu?«

Jetzt blitzten seine Augen, und er rief: »Ah, l'haricot magique!«

»Ich wollte Ihnen endlich das Buch bezahlen.« Sie holte ihr Portemonnaie aus der Tasche und zählte ihm fünfunddreißig Franc in die Hand.

»Danke schön! Es gibt nicht viele Touristen, die so ehrlich sind. Aber bei dir habe ich es gleich gewusst.«

»Ich bin keine Touristin, ich arbeite in Paris.«

Er musterte sie eine Weile, fuhr sich durch die grau melierten Haare, dann nickte er. »Ja, du passt auch gut nach Paris. Hast du sie denn gefunden?«

»Was denn, was soll ich gefunden haben?«

»Le temps perdu – die verlorene Zeit.«

Luise lächelte. »Ich weiß nicht, ich glaube, ich suche noch danach.«

»Und wohnst du noch im Zehnten, hinter der Porte Saint-Martin?«

»Nein, ich wohne jetzt im Siebten.«

Er runzelte die Stirn und winkte ab. »Das ist zu touristisch, such dir lieber etwas anderes.«

»Das mache ich vielleicht sogar … irgendwann. Merci, Monsieur!«

37

Einen Monat später saßen sie an den runden Marmortischchen des Café de Flore und beobachteten die Pariser, die vorübergingen. Berufstätige, Mütter mit Kindern, Studenten und Müßiggänger auf einem dienstäglichen Boulevard. Es war ein kühler Dezembervormittag, eher grau als silbern. Viele gingen in die Cafés am Boulevard St. Germain und Boulevard Montparnasse, um dort von allen gesehen zu werden. Für manche aus der Modebranche und der Kreativszene waren deren Außenbereiche ein Puzzlesteinchen in ihrer täglichen Suche nach Ruhm, Aufmerksamkeit und dem Traum von der Unsterblichkeit. Hier zeigte sich täglich, dass Paris auch außerhalb der Prêt-à-porter-Woche die Hauptstadt der Modewelt war. In Paris war die Mode überall präsent: auf der Straße, in den Boutiquen, auf den Laufstegen und in den Museen. Besonders auf der Straße war die Modebegeisterung der Pariser nicht zu übersehen, denn im Schlabberlook mit Jogginghose und altem T-Shirt liefen hier nur die Touristen herum. Die Einheimischen hingegen sahen immer gut aus, trugen besondere Looks und kombinierten Mode ganz neu. Schließlich waren sie sich ihrer Rolle als Bewohner der Hauptstadt der Couture bewusst.

Das Café de Flore war einst ein Ort gewesen, wo sich Dichter mehr oder weniger regelmäßig getroffen hatten, wo Simone de Beauvoir und Jean-Paul Sartre mit Albert Camus über die Absurditäten des Lebens diskutiert hatten. Aber auch heute kam hier angeblich die junge Schriftstellergeneration zusammen. Im Winter war es drinnen schön warm, und im Sommer saß man im Schatten unter großen Markisen am Boulevard. Zwei der Kellner waren Freunde von ihnen.

Aydin und Jean-Luc tauschten Proust-Zitate aus, und Alexandre, ein hübscher Junge, den Jean-Luc im Ballettensemble der Opéra Garnier aufgelesen hatte, lächelte nur dazu und tat, als verstünde er, wovon sie sprachen. Aydin war seit sechs Wochen arbeitslos, Jean-Luc versuchte vergeblich, wieder in der Ballettszene Fuß zu fassen.

Luise, tief in die Weichheit ihres Kamelhaarmantels gewickelt, stieß einen Seufzer aus. »Euer Proust macht mich schwindelig, Aydin. ›Wer liebt, wird so argwöhnisch, dass er auf der Stelle eine Lüge wittert‹ … was ist das nur für ein schrecklicher Satz! Wie ist das denn bei euch, traut ihr euch etwa gegenseitig nicht?«

Jean-Luc applaudierte ihr, und Luise fiel auf, dass sie beide neuerdings den gleichen silbernen Ring trugen.

Aydin sagte: »Du hast den Satz fast perfekt übersetzt. Deine Französischkenntnisse machen große Fortschritte, nur die Aussprache ist noch verbesserungswürdig.«

Luise lächelte geschmeichelt und pustete ihm ein Luftküsschen zu. »Danke! Ich gehe auch jeden zweiten Tag zum Französischunterricht, das muss sich doch irgendwann auszahlen, aber ich bin nun mal Ostfriesin.«

»Ma Frisonne orientale …« Sébastian, der neben ihr saß, trug die Gaultier-Lederjacke mit einem blau gestreiften Hoodie darunter, eine dunkle Sonnenbrille auf der Nase, obwohl gar kein Sonnenstrahl zu sehen war, rührte seinen Café au Lait um und lächelte sie an. Er holte eine ägyptische Zigarette aus der Schachtel und ließ sie unangezündet im Mundwinkel hängen. Sie kannte die Gelegenheiten, bei denen er rauchte, nur zu gut, und eine Welle des Verlangens und der Zärtlichkeit überkam sie, wenn sie daran dachte. Er umgab sich gerne mit einem Hofstaat von Kreativen und Schönen, er war der Freund von Designern, Künstlern und Schauspielern, und er unterstützte manche von ihnen. Am Anfang ihrer Beziehung, im Taumel der Gefühle, hatten sich Luise und er einander nur von ihrer besten Seite gezeigt und auch vom anderen nur die Sonnenseite wahrgenommen. Die unbändige Freude über die Liebe, das Glück, das man zusammen erlebte, hatte sie beide geduldig, anpassungsfähig, einfallsreich, humorvoll und übermütig gemacht. Aber seit der Alltag eingekehrt war, tauchte aus dem Nebel der Glücksgefühle zunehmend die reale Person mit all ihren Bedürfnissen und Eigenheiten, ihrem angesammelten Lebensballast auf. Sie waren bereits in die zweite Phase ihrer Liebe eingetreten. Diese glich dem Aufwachen am Morgen. Noch war man träge von den süßen Träumen der Nacht, noch war man nicht bereit, sich dem beginnenden Tag zu stellen. Man streckte die müden Glieder und rieb sich die Augen, löste sich aus der Umarmung, um sich wieder mehr seinem eigenen Leben zu widmen. War ein Paar in der zweiten Stufe angekommen, betrachtete es sich mitunter ein wenig erstaunt, mit anderen Augen.

Jean-Luc fragte: »Was meinst du, Sébastian? Hat sie das nicht perfekt übersetzt?«

So angesprochen, zog er die Zigarette von seinen Lippen und sagte: »Kein Wunder. Ihr wisst ja wohl alle, wo man am besten Französisch lernt?«

Luise empfand seine intime Anspielung als irritierend. Hatte er das schon immer so gemacht? Aber vielleicht meinte er es ganz anders.

Thierry, Make-up-Artist aus Hyères mit einem auffälligen Boxergesicht, der neuerdings auch zu ihrer Clique gehörte und den Sébastian am Boulevard de Clichy aufgegabelt hatte, antwortete prompt: »Im Bett natürlich!«

Keiner lachte über seinen plumpen Scherz. Floriane biss sich auf die Lippen. Sie trank Diet Coke und hatte schlechte Laune, weil sie seit vier Wochen keinen Job mehr bekommen hatte – weder als Model noch als Stylistin. Ständig hörte man von ihr: »Oh, je suis crevée«, ich bin platt, oder »je suis HS« – hors service, also außer Betrieb, obwohl oder weil sie nichts zu tun hatte. Sie legte Thierry die Hand aufs Knie und tätschelte es, doch die beiden wirkten nicht besonders verliebt.

Luise mochte Thierry ohnehin nicht besonders, was vermutlich auch daher kam, dass er bei der Hank-Collins-Fashion-Show in der Sorbonne als Visagist dabei gewesen war. Ganz sicher erinnerte er sich an den dummen Vorfall, als sie sich so schrecklich unbeherrscht gezeigt und blamiert hatte. Bisher hatte er das Thema nie angesprochen, aber so manches Mal ruhte sein Blick einen Augenblick zu lange auf ihr, und wenn sie ihn ansah, schaute er weg. Er war neuerdings mit Floriane liiert, und auch Sébastian schien etwas an ihm zu finden, also duldete man ihn gezwungenermaßen in ihrem Kreis. Thierry hatte wie Luise eine Friseurlehre absolviert, doch als sie einmal den Versuch unternahm, darüber mit ihm zu reden, würgte er das Gespräch ab. Anscheinend war das Thema inzwischen unter seiner Würde.

Sébastian streckte sich und verschränkte die Arme hinter dem Kopf. »Ich meinte natürlich, man lernt eine Sprache durch viele Plaudereien mit so liebenswürdigen Freunden, wie ihr es seid.« Dann steckte er sich die Zigarette wieder zwischen die Lippen. »... nur durch euch hat Lou so gut Französisch gelernt.«

Luise schickte ihnen allen Luftküsschen. »C'est ça! So ist es! Und dafür bin ich euch allen sehr dankbar! Die Runde heute geht auf mich.«

»Merci!« Aydin hob seine Kaffeetasse in ihre Richtung.

Thierry lehnte sich zurück und verschränkte die Arme vor der Brust. Die Abneigung zwischen ihm, Luise, Aydin und Jean-Luc schien auf Gegenseitigkeit zu beruhen. Er setzte einen arroganten Gesichtsausdruck auf und sagte: »Hier j'étais invité à une soirée dans le 93, mais même pas en rêve, je sors seulement intra-muros!«

Aydin antwortete: »Ah bon?« Mit deutlicher Betonung auf dem zweiten Wort bedeutete die Frage: »Ach eeecht ...?« Da hörte der Pariser jemanden etwas behaupten, und an dem unverhohlenen Zweifel, der in seinem »bon« mitschwang, ließ sich erahnen, dass ihn das Gesagte entweder keinen Deut interessierte oder er von seinem Wahrheitsgehalt nicht so recht überzeugt war.

»Was soll das, sprecht doch Englisch!«, ermahnte Jean-Luc die beiden, leicht aufgebracht. »Ihr wisst doch, dass Lou sonst nicht alles versteht.«

»Dann versteht Lou eben mal was nicht!« Thierry zog eine Grimasse in ihre Richtung. »Irgendwann muss sie es mal richtig lernen, und es ist nervig, immer Englisch zu sprechen! Schließlich sind wir in Paris.« Er schnippte das Papier seines Strohhalms mit den Fingerspitzen über den Tisch. »Vielleicht sollte sich Sébastian im Bett doch ein wenig mehr ins Zeug legen ... damit sie es endlich lernt.« Er grinste so anzüglich, dass sich alle angewidert abwandten. Um die Aufmerksamkeit wieder auf sich zu ziehen, übersetzte er seinen vorangegangenen Satz nun doch noch: »Ich war zu einer Party außerhalb eingeladen, aber da kriegen mich keine zehn Pferde hin. Wenn ich ausgehe, dann nur in der Stadt.«

»Das geht mir genauso«, stimmte ihm Floriane rasch zu, froh, die Unterhaltung auf ein anderes Thema lenken zu können als die Animositäten zwischen ihrem derzeitigen Boyfriend und ihren Freunden.

Luise tat ihr den Gefallen und fragte nach: »Und weshalb?«

»Für uns zählt nur der Teil von Paris, der von der Périphérique umschlossen wird. Dahinter beginnt für echte Pariser die wilde Pampa.«

»Ich dachte, du stammst aus Hyère?«, wandte sich Jean-Luc an Thierry, der daraufhin seinen Unterarm freilegte und sein neues Tattoo vorzeigte: einen kleinen Eiffelturm, direkt am Puls.

Jean-Luc verzog das Gesicht. »Ay, das muss ziemlich wehgetan haben!«

Thierry wischte seinen Einwand mit einer Handbewegung fort. »Nicht der Rede wert!«

»Also stimmt jetzt das Zitat von Proust oder nicht?«, fragte Floriane, die anscheinend die Aufmerksamkeit wieder von ihrem Freund ablenken wollte.

»Das würde mich auch einmal interessieren«, meldete sich plötzlich der schweigsame Alexandre zu Wort. »Ich meine die Frage, ob ihr alle in der Liebe so misstrauisch seid. So eine Einstellung ist doch keine Grundlage für eine Beziehung!«

»Also ich traue, und ich habe Vertrauen«, sagte Sébastian, nahm die Sonnenbrille ab und zeigte einen unschuldigen Augenaufschlag. Er legte Luise den Arm um die Schulter und drückte ihr einen langen, zärtlichen Kuss auf die Wange. Dann fragte er: »Musst du nicht zu deinem Fototermin?«

»Ja, in zehn Minuten.« Luise blieb entspannt, denn sie hatte ihr Zeitmanagement inzwischen wieder genauso gut im Griff wie damals, als sie noch zwischen Kuhstall und Gittes Friseursalon gependelt war.

»Du hast einen Fototermin, Lou?«, fragte Floriane und straffte sich. »Wo? Und für wen?«

»Auf dem Pont Alexandre III. für Dolce & Gabbana.«

Floriane leerte hastig ihr Glas, nervös und ganz offensichtlich neidisch. Luise bekam ein schlechtes Gewissen. Sie hatte alles versucht, um Floriane bei dem wichtigen Shooting mit einzubinden, aber die Stylisten-Jobs waren alle schon besetzt gewesen, und als Model suchten die Booker einen anderen Typ Frau. »Ich konnte dich leider nur auf die Stand-by-Liste für die Stylisten ins Gespräch bringen. Sie beschäftigen anscheinend viele Festangestellte und arbeiten nur wenig mit Freelancern. Bis heute früh kam keine Nachricht, dass jemand ausfällt.«

Floriane nickte. »Ich weiß ja, dass du dich immer für mich einsetzt. Vielleicht könnte ich ja einfach mitkommen, falls in letzter Minute doch noch ein Model oder ein Stylist nicht erscheint.«

»Natürlich!« Luise war ehrlich erfreut. »Ich bin froh, wenn du dabei bist. Aber ich glaube, wir müssen dann jetzt auch langsam los.«

»Soll ich dich mit meinem Roller fahren?«, fragte Jean-Luc. Luise lächelte ihn dankbar an. Er war immer noch so fürsorglich und hilfsbereit wie am ersten Tag, als sie sich bei der Chanel-Modenschau kennengelernt hatten – ihrem ersten Defilee. Seitdem waren keine drei Monate vergangen, doch Luise kam es fast so lange vor wie ein halbes Leben.

»Das ist lieb von dir, aber wir fahren mit der Métro, wir sind ja auch zu zweit.«

Sie drehte sich um, winkte dem Kellner. »Ich mach das schon!«, sagte Sébastian, hob den Hintern an, um sein Portemonnaie aus der Hosentasche zu ziehen. »Geh nur zu deinem Termin, Chérie!«

»Aber ich wollte doch heute alle einladen!«

»Kommt nicht infrage!«

In dem Moment, als der Kellner auf sie zukam, fiel Luise hinter seiner Schulter ein Schild an der Wand des Cafés auf.

Nous recherchons un nouveau chef de cuisine dès maintenant –

Wir suchen einen neuen Küchenchef ab sofort.

Sie beugte sich zu Aydin vor und sagte leise: »Hast du das Schild dort hinten schon gesehen? Sie suchen einen neuen Küchenchef, wäre das nichts für dich?«

Er drehte sich um und verengte die Augen. Luise hatte schon ein paar Mal den Eindruck gehabt, dass er womöglich eine Brille brauchte.

»Versprich mir, dass du Roland danach fragst.« Roland war der Kellner, den sie gut kannten, aber Luise wollte Aydin nicht vorgreifen. Er nickte, wirkte aber nicht besonders interessiert. Zur Sicherheit wies sie auch noch Jean-Luc darauf hin, der ihr vor Kurzem erzählt hatte, dass sie bald nicht mehr wüssten, wie sie die Miete zahlen sollten. Dabei hatte er bereits sein Zimmer aufgegeben und war zu Aydin gezogen. Doch beide waren selbstständig und hatten keinerlei Rücklagen. Luise machte sich Sorgen um sie.

»Guter Hinweis, Lou, und viel Glück beim Shooting!«

Luise winkte allen zu, gab Sébastian einen Abschiedskuss und lief mit Floriane zur Métrostation. Sie wunderte sich ein wenig, wie desinteressiert ihre Freunde diesmal an ihrem Fototermin waren. Es hatte schon Außenshootings gegeben, zu denen sie die gesamte Clique begleitet und von Weitem zugesehen hatte. Doch anscheinend waren sie derzeit alle zu sehr mit sich selbst und ihren Existenzängsten beschäftigt.

38

Das Set war bereits in Vorbereitung. Luise sah schon aus der Ferne, als sie die Treppen der Métrostation hochstiegen, die Stylisten, die große Reflektoren und Scheinwerfer aufbauten. Sie nahm Floriane am Arm, und die beiden liefen einen Schritt schneller, um nicht zu spät zu kommen.

Zwischen dem Großen und dem Kleinen Palais führte die Avenue südlich zu dem anlässlich der Weltausstellung erbauten Pont Alexandre III.

»Sind sie nicht eine Wucht?«, flüsterte Floriane neben ihr und zeigte ehrfürchtig auf die mächtigen Bronzefiguren, die sich von dem schieferweißen Himmel abhoben. Ihre Vergoldung strahlte so hell, dass Luise fragte, ob es jemanden gab, der sie allmorgendlich putze.

Floriane musste lachen. »Nein, die Statuen wurden zwar schon für die Weltausstellung neunzehnhundert aufgestellt, aber erst vor drei Jahren vergoldet. Vorher waren sie fast ein wenig unansehnlich.«

Der Pont Alexandre III. verband das rechte mit dem linken Seine-Ufer, und je näher sie dem Bauwerk kamen, umso mehr verstand Luise, warum die beiden Designer diese berühmte Bogenbrücke für ihr Shooting ausgewählt hatten. Direkt am Anfang der Sichtachse wurde das geflügelte Pferd Pegasus von Fama, der stolzen Göttin des Ruhmes, gezügelt, sonst wäre es geradewegs in die Fluten der Seine gesprungen. Hinter der Statue bannten das prächtige Gebäude des Invalidendoms und der Eiffelturm unwillkürlich den Blick.

Luise wurde schon erwartet und zu dem Container gebracht, in dem sich die provisorische Garderobe befand. Es war eine Art Wohnwagen. Luise drehte sich zu Floriane um. »Warte am besten draußen. Ich frage gleich nach, ob jemand nicht gekommen ist.« Sie lächelte ihr aufmunternd zu, und Floriane nickte. Unter den Models herrschten so viel Konkurrenzverhalten, Missgunst und Neid, dass es selten war, wenn man sich gegenseitig half.

Als Luise die Tür des Wohnwagens öffnete, wäre sie fast mit einer Person zusammengestoßen, die ihr schon oft unter die Arme gegriffen hatte: Naomi. Ihre Beine steckten noch in langen stylishen Lederhosen, ansonsten trug sie nichts außer einem purpurroten Balconette-BH und einem Starbucks-Becher in der Hand. Sie begrüßte Luise überschwänglich und schien trotz der Geschäftigkeit um sie herum Zeit für ein Küsschen auf jede Wange und einen Plausch zu haben: »Belle Lou! Lange nicht gesehen! Wie geht's dir?«

»Gut, und dir?«

Naomi musterte sie von oben bis unten. »Ich höre nur Gutes über dich, und das Cover auf der *Marie Claire* war sensationell! Congratulations!« Mit ihren beringten Händen klatschte sie ihr Beifall. »Oh, die habe ich ganz vergessen.« Rasch zog sie ihre Ringe ab und ließ sie in ihren Hosentaschen verschwinden. »Es sieht so aus, als würden wir heute zusammen vor der Kamera stehen! Das freut mich!«

»Das ist wundervoll!« Luises Ausruf kam aus tiefstem Herzen. Naomi war schließlich diejenige, die sie zusammen mit Jean-Luc in die Modelszene eingeführt hatte. »Dir habe ich das alles zu verdanken … und Jean-Luc!«

Die Stylisten standen abwartend um sie herum und lauschten interessiert jedem Wort ihrer Unterhaltung. Luise war es egal, ob sie zuhörten. Was sie sagte, konnte ruhig jeder wissen, fand sie. Doch die Mienen verrieten eine gewisse Skepsis über ihren Gefühlsausbruch. In der Branche gab man sich zwar immer fröhlich und gut gelaunt, aber für zu viele Emotionen war normalerweise kein Raum. Naomi schienen die vielen Ohren und Augen gleichfalls nicht zu kümmern. Mehr als theatralische Geste denn zur Dämpfung ihrer Stimme schirmte sie ihren Mund mit der Hand ab und sagte laut und deutlich: »Und was mich auch freut, ist, dass Dolce & Gabbana endlich einmal ein nicht weißes Model einsetzen. Mich haben sie jedenfalls das allererste Mal gebucht. Und mit blond und flachbrüstig fällst du hier heute auch aus der Rolle. Sie engagieren kein einziges Model mit indischen oder chinesischen Wurzeln, keine schwarzen. Diversity wird hier nicht gerade großgeschrieben.« Naomi nahm kein Blatt vor den Mund, und die Stylistin, die auf Luise zutrat und ihre Haare durchkämmte, biss sich peinlich berührt auf die Lippen.

Luise sah sich um. Tatsächlich saßen auf den Stühlen um sie herum nur Models, die den italienischen Frauentyp verkörperten. Weitaus vollbusiger und kurviger, als die Models es sonst waren, und alle durchweg brünett bis schwarzhaarig. Sie wusste nicht, was sie antworten sollte, setzte sich auf den Klappstuhl und überließ sich der Hairstylistin, während Naomi weiter über das Designer-Duo herzog, für dessen Kollektion sie gleich vor die Kamera treten sollte. Sie sei sowieso der Meinung, die Modewelt der Zukunft müsse viel inklusiver werden … und vielfältiger!

»Weißt du zufällig, ob heute ein Model oder ein Stylist ausfällt? Ich habe eine Freundin dabei, sie kann beides, sie ist wirklich gut.«

Naomi sah sie mit einiger Skepsis an. »Sie kann beides? Was denn beides? Bisher bist du die Einzige, die ich kennengelernt habe, die sowohl als Hairstylistin als auch als Model herausragend ist!« Sie wandte sich an die Friseurin, die ihr gerade die Haare toupierte. »Lou ist nämlich eine ziemlich geniale Hairstylistin, musst du wissen, Denise.«

»Ah!«, sagte die junge Frau und schien sich nicht im Geringsten dafür zu interessieren. Das Mädchen neben Luise war fertig und machte den Stuhl frei.

»Hey, Leute, wisst ihr, ob jemand ausgefallen ist?«, rief Naomi laut durch die Garderobe. Die Stylistin kam mit einem Klemmbrett zu ihr und ging die Liste durch. »Es fehlt noch ein Model…« Luise schöpfte Hoffnung.

»Ich geh und schaue draußen gleich noch mal nach, ob sie inzwischen da ist.«

Im gleichen Moment öffnete sich die Tür des Wohnwagens und ein Mädchen setzte sich, ohne zu grüßen, auf den frei gewordenen Stuhl vor den Spiegeln, direkt neben Luise.

»Das hat sich erledigt. Da ist sie«, sagte die Stylistin. Zu Luises Überraschung war es Pilar, das Mädchen, das sich vor Hammers Mercedes geworfen hatte.

»Pilar! Du bist es!«, rief sie erstaunt aus. Viel zu laut.

»Salut, Luise«, antwortete Pilar weit weniger euphorisch.

Luise sah ihr forschend in die Augen, unter denen heute keinerlei Schatten lagen. Das Schwarz ihrer Pupillen hob sich auch diesmal kaum von der dunklen Iris ab, doch etwas in ihrem Gesicht hatte sich verändert. Unter ihren dichten dunklen Wimpern lag ein fast kaltblütiger Glanz in ihren Augen. Luise musste an ihre letzte Begegnung denken, als Pilar so unsagbar traurig und verängstigt gewirkt hatte wie ein gequältes Tier. Jetzt zeigte ihr Blick eine kühle Abgeklärtheit. Das junge Mädchen wirkte überlegen, fast ein wenig distanziert.

»Ça va?«, fragte Pilar keck. Riccardo, der Visagist, war bereits dabei, die Grundierung aufzutragen, und gab ihr die Anweisung, sie solle bitte still sein. Pilar zuckte daraufhin nur mit der einen Schulter, als wollte sie sagen: »Von mir aus!«

Als sie noch einmal aufstand, um einen Umhang anzuziehen, konnte Luise sehen, dass sie bei Weitem nicht mehr so mager war wie noch vor einigen Monaten. Ihre Formen waren weiblicher und weicher geworden. Luise musste zugeben, dass sie perfekt in das Typschema passte, das Stefano Gabbana und Domenico Dolce offenbar für das Shooting vorgegeben hatten. *Ich hingegen werde unter den acht Vollblutfrauen wie eine magere Albino-Giraffe wirken*, dachte sie ernüchtert.

»Wer ist eigentlich der Fotograf?«, fragte Pilar den Visagisten.

»Mario Testino!«

Pilar gab einen tiefen Seufzer von sich und verdrehte die Augen nach oben zur niedrigen Decke des Wohnwagens. »Oh Mann! Also wieder mal sexy, sexy und noch mal sexy! Na, von mir aus kann er das haben.« Sie strahlte dabei eine Abgebrühtheit aus, die Luise das Blut in den Adern gefrieren ließ.

Als Luise eine Stunde später in den Spiegel sah, hatte man sie von der Albino-Giraffe in einen blonden Vamp verwandelt. Das trägerlose Minikleid mit Bustier war aus Seide mit einem Anteil Stretch gefertigt. Es bestach durch einen fotorealistischen Rosen-Print und wurde an der Taille von einem Logo-Band betont. Der Rock war so kurz, dass Luise ahnte, worauf es hinauslaufen würde, doch diesmal zog man ihr dazu kostbare Spitzenstrumpfhosen an und ihr Po war bedeckt. Obwohl ihre Brüste flach waren und auch nicht mit BH-Einlagen künstlich aufgepeppt wurden, wunderte sie sich, wie feminin ihr Dekolleté in dem herzförmigen Ausschnitt wirkte.

In ihre offenen Haare hatte man ein Band im gleichen Muster wie das ihres Bustiers und Rocks gebunden, die auffälligen Clip-Ohrringe mit Perlen und Monogramm-Anhängern, die hohen Slingback-Pumps rundeten ihr Styling ab. Naomi trug ein sehr feminines, weit ausgestelltes Midi-Kleid mit dem für das Label typischen Bustier-Oberteil, Cut-outs und eleganten Flügelärmeln. In dem Moment, als die beiden aus dem Wohnwagen ins Freie traten und sich zwischen die brünetten Models in den opulenten Outfits gesellten, kam Floriane auf sie zu.

Luise musste ihr jetzt die Wahrheit sagen: »Es tut mir leid, Flo, aber es sind alle Models und Stylisten rechtzeitig gekommen.« Sie wollte noch ein tröstendes Wort hinzufügen, doch der schwarzhaarige Fotograf, der selbst aussah wie ein Männermodel, hatte schon mit dem Shooting begonnen, feuerte die Mädchen an, gab Anweisungen, wie sie sich bewegen sollten. »Du dort, in dem aufreizenden Unterrock, zeig, was du hast! Sexy! Gib mir Drama! So wie es sich in dem Outfit gehört! Und Pilar: Leg die Hand unter das Kinn, den Kopf in den Nacken!«

Pilar begann, sich verführerisch zu bewegen, während ihre Haare im Wind flatterten. Sie richtete ihre dunklen Augen in die Kamera und warf dem Fotografen feurige Blicke zu, strich sich mit den Händen über ihren Oberkörper. Sie zog ihren Rock hoch und begann, mit Blick in die Kamera, ihre Brüste zu streicheln. Mario war begeistert und bat sie, den dünnen Träger ihres BHs von der Schulter zu streifen.

»Ja, ja, gib mir mehr davon, Pilar!«, forderte er sie auf.

Pilar öffnete ihre dunkelrot geschminkten Lippen, schloss die Augen und gab ein lustvolles Stöhnen von sich.

Mario legte sich bäuchlings auf den Boden, um Pilar aus einem bestimmten Winkel fotografieren zu können. Luise kam die Szene vollkommen übertrieben vor, und sie konnte nicht verstehen, warum Pilar sich so vor ihm produzierte. Am Rand verfolgten Annie, die Stylistin, Denise, die Hairstylistin, und Riccardo, der Visagist, aufmerksam die Darbietung und kommentierten Pilars Leistung. »Sie ist wunderbar!«, sagte Annie. Denise warf ihr einen verschwörerischen Blick zu. »Mag sein, aber sie hat mindestens drei Kilo zugenommen, ich finde sie ein bisschen zu feminin.«

In eine plötzliche Stille hinein konnten alle Riccardos Spruch hören. »Mir kann keiner erzählen, dass die Möpse echt sind.«

Luise versuchte, sich auf ihre eigenen Posen zu konzentrieren, aber sie begann, die ganze Szenerie unwürdig und absurd zu finden. Auf der gegenüberliegenden Straßenseite hatte sich eine Traube von Zuschauern gebildet. Viele Passanten waren stehen geblieben und sahen dem Spektakel zu. »Naomi, stell das eine Beine auf das Brückengeländer und stütz den Ellenbogen auf das Knie … ja, genau so!«, kommandierte Mario.

»Hey, Blondie, wie heißt du?«

Luise fühlte sich mit der Anrede nicht gerade wohl, aber sie antwortete trotzdem: »Lou!«

»Okay, Lou, steh nicht so rum, als hättest du einen Stock im Arsch, sondern beweg dich mal. Zeig mir mal was! Mach dich mal locker!«

Er drehte sich zu Annie, der Stylistin, um und raunte: »Die soll die längsten Beine von Paris haben?«

Luise bot ihm verschiedene Posen an, stützte die Arme nach hinten auf das steinerne Brückengeländer, hob die Hand an die Stirn, als würde sie nach etwas Ausschau halten, balancierte auf einem Bein, stellte sich mit Naomi in die Mitte der anderen und hielt ein Zwiegespräch.

»Nicht schlecht für den Anfang«, murmelte Mario, aber es klang wenig begeistert. Aus dem Augenwinkel sah sie Floriane, die ihr aufmunternd zunickte, den Daumen hochhielt, und in einigem Abstand entdeckte Luise zu ihrer Überraschung Sébastian, Aydin, Jean-Luc und Thierry. Also waren sie doch gekommen!

Auf Marios Bitte hin wurde die Anlage aufgedreht und ein rhythmischer Song eingespielt. Pilar fing sofort an, für die Kamera zu tanzen, schwang ihre lockeren, gehorsamen Hüften, rekelte sich und ging dann mit weit geöffneten Beinen in die Hocke. Luise bemerkte, wie Sébastian das Mädchen ansah. Er stand in vorderster Reihe, und wie fast alle beobachtete er Pilar mit gieriger Aufmerksamkeit. Sie verharrte ein paar Sekunden in der Pose und schaute aufreizend in die Kamera, öffnete leicht die Lippen.

»Gut so, Baby, gib mir mehr!«, rief Mario. Pilar stand auf und streichelte die Innenseite ihrer Schenkel, drehte sich um, beugte den Oberkörper nach vorne und streckte ihren Po in die Kamera, dabei drehte sie den Kopf so, dass ihr Profil zu sehen war.

Mario feuerte sie an: »Arrogant, Pilar, sexy! I love it, beautiful, sophisticated! J'adore!«

Luise war von ihrer eindeutig sexuellen Gestik überrascht, doch bei dem Fotografen konnte sie keinerlei Verwunderung feststellen. Sie schloss daraus, dass dies den Regeln von Marios Fotosession entsprach. Ja, die Mode von Stefano Gabbana und Domenico Dolce mit ihren Dessous-Elementen, den Animal- und üppigen Blumenprints war ganz unverhohlen sexy. Es hieß, das Designer-Duo hätte sich zu den aufregendsten Modeschöpfern Mailands hochgearbeitet, und schließlich war auch Mailand eine Hochburg der Mode. Doch bisher hatte sie den Stil nicht nur als sexy, sondern gleichzeitig als feminin und romantisch empfunden.

Auf einmal fuhr ein Reisebus mit italienischem Kennzeichen auf den Pont Alexandre III. und wurde immer langsamer. Die Insassen, allesamt nur Männer, stürzten auf die rechte Fensterseite. In ihren Blicken lag eine Gier, ein unstillbares Begehren. Augenblicklich stoppte der Fahrer den Bus, stellte die Warnblinkanlage an und öffnete mit einem lauten Zischen die Türen am Heck und an der Front. Rasch sprang einer nach dem anderen heraus. Schließlich rannten fünfundvierzig italienische Männer auf die Models zu und warfen sich ihnen zu Füßen, legten die Hände auf ihr Herz und gaben Töne von sich, als hätten sie Schmerzen.

»Che vista!« – »Was für ein Anblick«, riefen sie und: »Evviva Dolce e Gabbana! Evviva la donna!«

Diese Flut an weiblichen Reizen, die überschwängliche Mode vor der herrlichen Kulisse ließ ihr Temperament mit ihnen durchgehen. Luise dachte, sie würden vor allem Pilar und die anderen brünetten Mädchen anhimmeln, doch sie hatten es ausgerechnet auf sie abgesehen. Mit der unerklärlichen magnetischen Kraft, die unverdorbener Schönheit innewohnt, zog sie die Männer in ihren Bann. Sie schienen etwas anderes in ihr zu sehen als die magere Giraffe. Für sie war Luise mit ihren langen Beinen in der Kreation von Dolce & Gabbana der Inbegriff eines bildschönen blonden, weiblichen Models. Zwei von ihnen hoben sie hoch und trugen sie zu ihrem Reisebus, taten so, als wollten sie sie mitnehmen. Die Fotoapparate der anderen Mitglieder der neapolitanischen Reisegruppe klickten und der Auslöser von Mario ebenfalls.

»Fantastisch!«, rief er aus, und Luise spannte die Muskeln an, um sich leicht zu machen und graziös zu wirken. Mario hielt den Daumen in die Höhe, und sie war erleichtert, dass sie sich nicht so aufdringlich in Szene setzen musste wie Pilar, um ihn zufriedenzustellen. Es war keine Inszenierung, es war eine umwerfende Momentaufnahme, die wie eine berühmte Filmszene wirkte, und sie ließ selbst den abgebrühten Starfotografen nicht kalt.

Schließlich ließen sie die beiden italienischen Fans wieder sachte auf den Boden hinab, die anderen umringten sie, krempelten die Ärmel hoch und baten um Autogramme. Diesmal waren es keine Teenager, denen sie den Namen *Luise Jensen* auf den Unterarm schrieb. Es fühlte sich unwirklich an, in einem sündhaft teuren Minikleid auf einer Pariser Brücke zu stehen und erwachsenen Männern den eigenen Namen auf die Haut zu schreiben.

Später sagte Naomi mit einem schiefen Grinsen zu ihr: »Auch das gehört manchmal zu unserem Geschäft. Wenn du mich fragst, hatte der Auftritt von diesem Mädchen einen etwas zu provokativen Beigeschmack. Das Ganze war für mich schon an der Grenze zur …«, sie suchte nach dem richtigen Ausdruck, der nicht zu herabwürdigend war, fand ihn aber offenbar nicht. »Aber letztlich sind Mädchen, die sich so sinnlich und zugänglich geben, am leichtesten zu fotografieren, manche studieren das deshalb ein. Tant pis!« Sei's drum! Sie öffnete die Handflächen und deutete eine Geste an, die ausdrückte, dass man daran nichts ändern könne. Dann begrüßte sie Jean-Luc, und Luise stellte sie ihren anderen Freunden vor, die vor der Garderobe auf sie warteten. Sébastian zog mit einer ritterlichen Geste seine Lederjacke aus und legte sie Luise über die nackten Schultern.

Sofort fragte Naomi: »Ist das dein Boyfriend?« Sie gab Sébastian zwei Wangenküsschen. »Da haben sich die zwei schönsten Menschen gefunden, die ich kenne.«

Luise schüttelte lachend den Kopf. »Übertreib nicht so. Der schönste Mensch, den ich kenne, bist du!«

»Nein, wirklich, wenn ihr mal zusammen Kinder bekommt, möchte ich unbedingt Patentante werden.«

Hinter Naomis Schulter sah Luise, wie Pilar schon umgezogen aus dem Wohnwagen kam und mit schnellen Schritten in Richtung des rechten Seine-Ufers lief. Luise sagte zu ihren Freunden: »Entschuldigt mich kurz.« Dann rannte sie ihr hinterher. Aus dem Augenwinkel heraus bemerkte sie noch, wie Mario sich neben Sébastian stellte und ihn ansprach.

»Hey, Pilar, du hast es eilig?«

Pilar ging einfach weiter. »Ja, ich muss los.«

»Wollen wir uns mal wieder auf einen Kaffee treffen?«

»Ich bin ziemlich beschäftigt.«

Luise nahm ihren Arm und blieb stehen. »Willst du mir nicht endlich sagen, was los ist? Du hast mich doch damals in der Sorbonne extra aufgesucht, du wolltest doch etwas von mir.«

»Ja, und es hat sich doch auch gelohnt, du hast alles richtig gemacht, Lou, ganz im Gegensatz zu mir.«

»Was meinst du, was habe ich denn richtig gemacht?«

»Du bist nicht in ein Modelappartement gezogen, du hast deine Schulden bezahlt, bist sehr erfolgreich, und im Grunde …« Sie sah kurz auf ihre Schuhspitzen und blickte Luise dann direkt in die Augen. »Im Grunde bist du frei.«

»Woher weißt du das alles … und du? Bist du nicht frei?«

Pilar senkte den Kopf. »Ich war nicht so gescheit wie du, ich zahle immer noch Schulden ab.«

»Aber für das Shooting eben bekommst du doch bestimmt ein gutes Honorar?« Luise wusste, dass die Bezahlungen sehr unterschiedlich ausfielen, auch wenn mehrere Models für ein und dasselbe Shooting gebucht wurden. Sie selbst würde heute die unglaubliche Summe von dreitausend Franc bekommen. »So viele Schulden kannst du doch gar nicht haben!«

Pilars Gesicht verschloss sich. »Möglich, dass ich ein Feigling bin … aber auf eines bin ich stolz, dass es bei dir anders gelaufen ist.«

Luise griff nach ihrer Hand und hielt sie fest.

»Ich glaube nicht, dass du ein Feigling bist. Aber sei doch nicht immer so geheimnisvoll, mach nicht immer aus allem ein Drama, bitte sag mir einfach geradeheraus, was los ist.«

Es entstand eine lange Pause, Kälte, Schweigen. Passanten, die vorbeikamen, gafften sie an, immerhin trug Luise noch das Outfit des Fotoshootings, und Pilar war noch entsprechend geschminkt.

»Geradeheraus? Also wenn du das wirklich willst: Koks, Schnee, die große Mode in gewissen Pariser Kreisen. Du ahnst ja gar nicht, wie leicht man da rankommt und wer hier alles …« Luises Hand zuckte zurück. Als sie Pilar nur mit großen Augen anstarrte, fügte diese hinzu: »… Kokain konsumiert und noch alle möglichen anderen Dinge.«

Ihre Finger hatten sich um die von Luise gekrampft, bis es wehtat, dann erschlafften sie. Luise wünschte sich, dass ihre Hand nicht gezuckt hätte. Sie gingen ein Stück weiter in Richtung des Petit Palais, schweigend. Neben ihnen begann sich der Pariser Berufsverkehr zu verdichten, einige Autos verlangsamten die Fahrt, als sie an ihnen vorbeikamen. Luise merkte, dass sie langsam zu frieren begann. Es war Dezember, und sie hatte zwar Sébastians Lederjacke über den Schultern, trug aber nur eine sehr dünne Strumpfhose zu dem kurzen Dolce-&-Gabbana-Kleid.

»Schockiert?«, fragte Pilar und warf einen Seitenblick auf Luise, anscheinend traute sie sich nicht mehr, ihr direkt in die Augen zu sehen. Ihre Stimme klang rau.

»Eigentlich nicht!« *Sei vorsichtig*, sagte Luise zu sich selbst, *sonst macht sie die Schotten dicht.* »Ich glaube, so etwas kann jedem passieren, und dann geht es irgendwann auch wieder vorüber …«, sagte sie leichthin, obwohl sie davon nicht die geringste Ahnung hatte. »Und bisher hat es dir ja nicht geschadet, du siehst viel gesünder aus als die letzten Male, und die Bewegungen vor der Kamera fallen dir leicht.«

Das erste Gebot für Models lautete: Immer gut aussehen und leicht sein, sich nie die Anspannung anmerken lassen. Sie fügte nicht hinzu, dass sie ihren Auftritt übertrieben sexy und provokativ gefunden hatte.

»Klar, mit dem Zeug in den Nerven kann jeder leicht sein, damit kann man sogar fliegen. Der Absturz kommt erst danach, der Kater, die Tiefe, das Dunkel, und dann brauchst du die nächste Dosis, und die nächste und die übernächste, und dafür brauchst du Geld.« Pilar rieb sich mit den Händen über das Gesicht, ohne Rücksicht auf ihr Make-up. »Es ist die reinste Hölle, man zappelt verzweifelt, man will davon loskommen und kann nicht. Und dann hast du noch mehr Schulden und noch mehr Schulden … Oh, mon Dieu!«

Luise hörte ihr zu, respektvoll und voller Mitleid, in abgründiger Unschuld. Sie hatte keine Ahnung von dem, was Pilar ihr schilderte. »Du musst zum Arzt gehen, ich frage meine Freunde nach einem guten Arzt, es ist doch so etwas wie eine Krankheit, nicht wahr?« Als Pilar daraufhin nur ärgerlich lachte, fügte sie hinzu: »Weißt du was, ich dachte schon, es wäre was viel Schlimmeres, du würdest womöglich auf den Strich gehen oder so was. Ich bin ganz schön dumm, nicht wahr?« Luise trat zu Pilar, strich ihr das Haar hinter die Ohren.

»Du hast ja keine Ahnung«, lautete deren Antwort. Sie schlug ihre Hand zur Seite, zitterte vor Scham, und Luise hatte das Gefühl, jetzt dicht an der Wahrheit zu sein. Pilar sprach leise und stockend:

»Es fängt damit an, dass sie dich bitten, jemanden zu begleiten, einen schwerreichen Kunden, einen Geschäftsmann, der irgendwie sehr wichtig für sie ist. Nur zu einem Essen, in ein Luxusrestaurant, oder besser noch in ein Luxushotel, und das nächste Mal dann wieder, und dann …« Sie stockte und biss sich auf die Lippen.

»Sie?«, fragte Luise.

»Kannst du dir das nicht denken?«

»Kannst du nicht einmal die Dinge beim Namen nennen?«

Pilar streckte den Arm aus und deutete hinter sie.

»Da kommt dein Freund.«

Luise fiel auf, dass Pilar ihr Verhalten änderte, sobald sich jemand näherte. Sofort sprach sie lauter, gestikulierte mehr und lachte ohne Anlass. Sie versuchte, normal und glücklich zu wirken. Ihre große Celine-Sonnenbrille im Haar, ihr roter Lippenstift und ihre Chanel-Handtasche gaben ein exzentrisches Gesamtbild ab, und doch konnte sie Luise nicht täuschen. »Es geht dir richtig dreckig, stimmt's?«

Pilar senkte den Kopf. »Gestern ging es mir nicht gut.«

Jetzt war ihre Stimme so leise, dass Luise noch näher kommen musste, um sie trotz des Autoverkehrs zu verstehen.

»Ich hab mich allein gefühlt und ängstlich.« Sie legte die Hand auf ihr Brustbein. »Ich hatte Herzrasen. Hattest du das auch schon mal?« Als sie Luise ansah, waren ihre Augen groß, dunkel und angstverzerrt. »Mein Herz schlug wie verrückt, und ich wusste nicht, warum. Es hörte erst auf, als ich mich unter die kalte Dusche gestellt habe. Vollkommen angezogen, verstehst du?«

Luise musterte sie, so ratlos wie jemand, der ein Vogeljunges berührt hat und nun zusehen muss, wie es von seinen Eltern verstoßen wird. Sie wusste nur eines, sie wollte diesem Mädchen irgendwie helfen.

»Da kommt dein Freund, sei froh, dass du so jemanden an deiner Seite hast!« Pilar nickte in Richtung der Brückenmitte, und tatsächlich kam Sébastian auf sie zugerannt. Atemlos blieb er vor ihnen stehen und sagte: »Die wollen zusammenpacken. Lou, du sollst kommen und dich umziehen.«

Pilar drückte ihre Hand auf die Lippen und warf Luise eine Kusshand zu. »Geh nur! Ich hab dich mit meinen dummen Geschichten viel zu lange aufgehalten.«

»Warte, wir könnten doch gleich noch in ein Café gehen. Ich habe heute nichts mehr vor.«

»Ich muss wirklich los. Bleib so, wie du bist, Lou, und pass auf dich auf!«

Luise sah dem Mädchen mit den langen dunklen Haaren hinterher, das bald zwischen den anderen Fußgängern verschwunden war.

»Merkwürdiger Vogel!«, sagte Sébastian, legte den Arm um sie und zog sie mit sich mit, zurück auf die Brücke.

Luise murmelte: »Ich glaube, sie ist in die falsche Gesellschaft geraten.«

»Also bei dem Shooting hatte man einen ganz anderen Eindruck, da hat sie ganz schön Gas gegeben, fast als wäre sie eine Professionelle, es hat nur noch die Stange gefehlt.«

»Was für eine Stange?«, fragte Luise in abgründiger Unschuld.

»Himmel, bist du naiv.« Er lachte und drückte sie an sich. »Du weißt gar nicht, wovon ich rede?«

»Natürlich weiß ich's!« Aber in Wirklichkeit verstand und wusste sie nichts. Sie gingen schweigend weiter, während sie versuchte, sich die Worte, die Andeutungen Pilars und Sébastians zusammenzureimen. Das Einzige, was sie einmal im Leversdorfer Bier-Klub gehört hatte, waren zotige Satzfetzen über die Hamburger Reeperbahn gewesen, über

Deerns, die »auf den Strich gingen«, »Nutten«, die nackt in Schaufenstern säßen. Sie war sich fast sicher, dass Sébastian die Grenze zu diesem Milieu nicht fremd war, aber sie wollte ihn nicht danach fragen. Die unaussprechlichen Geheimnisse dieser Halbwelt hatten für sie etwas klebrig Abstoßendes an sich.

»Wenn ich Pilar doch nur helfen könnte«, sagte Luise leise.

Sébastian antwortete mit trauriger Stimme: »Ich glaube ganz ehrlich, ihr ist nicht zu helfen …«

Plötzlich blieb er stehen. »Aber apropos ›helfen‹. Es gibt gute Neuigkeiten: Aydin hat die Stelle als Chef de Cuisine im Café de Flore bekommen.«

»Wirklich? Das ist wunderbar! Vielleicht nicht so toll für ihn, wie ein eigenes Restaurant zu haben, aber immerhin wird er Küchenchef!«

»Er fängt heute noch an, und es war deine Idee!« Er zog sie an sich und kam mit seinen Lippen ganz dicht an ihr Ohr. »Ich mag es sehr, wie wichtig dir deine Freunde sind, Lou.« Luise merkte, wie ihr seine Wärme in die Glieder floss und sie sanft einhüllte.

»Ich wünschte, ich hätte mehr für ihn tun können. Aydin hat es verdient. Er war für mich da, als ich ganz neu in Paris war.«

»Ich mag ihn jedenfalls!« Sébastian lächelte. Er war ein glücklicher Mensch, weil er fast alle Menschen liebte und diese Liebe auch auf ihn zurückstrahlte. Ja, er liebte sich selbst am meisten, ohne schlechtes Gewissen, ohne Eitelkeit, er übte gutmütig Nachsicht mit seinen Fehlern, so als würde er seinem eigenen Kind beim Spielen zuschauen. Doch wer mit ihm zusammen war, genoss mit ihm die Sonnenseite des Lebens.

Als sie zurück zum Set kamen, war das gesamte Equipment in einem Transporter verstaut worden. Der Garderobenwohnwagen rollte bereits an ihnen vorbei, und Annie, die Stylistin des Fotoshootings, stand händeringend vor ihnen.

»Mon Dieu, Lou! Wo bleibst du denn, ich muss die Outfits heute noch zurück ins Lager bringen.« Sie deutete auf den profanen Wäschekorb zu ihren Füßen, in dem Luises Alltagskleidung wie ein Haufen alter Lumpen lag. »Wo willst du dich denn jetzt bloß umziehen?«

Sébastian hatte die rettende Idee. »Ist das dort dein Auto?«

Auf dem Bürgersteig war ein kleiner Peugeot 205 geparkt.

Annie nickte.

»Wenn ich Lou helfe, kann sie sich auf dem Rücksitz umziehen.«

»Na gut, aber ihr müsst aufpassen, dass nichts kaputtgeht. Sonst bekomme ich richtig Ärger.«

Es war eng, und wegen ihrer langen Beinen hatte Louise Mühe, sich nicht hinter dem Vordersitz einzuklemmen, aber nach zehn Minuten hatte sie sich aus dem engen Kleid und den Spitzenstrumpfhosen geschält und stieg in ihrer Jeans und dem Sweatshirt wieder aus dem Kleinwagen.

Annie verstaute die Designerkleidung sorgfältig in einem Kleidersack. »Ich glaube, du hast Mario heute besonders gut gefallen. Er hat hinterher gesagt, dass das Foto mit den Italienern ›iconic‹ wäre.«

In ihrem Blick lag fast so etwas wie Ehrfurcht. Doch dann musterte sie sie von oben bis unten. »Aber du könntest vielleicht auch privat ein bisschen mehr aus dir machen.«

Sébastian nickte. »Das sage ich ihr auch immer.«

»Mit deinen Honoraren kannst du es dir doch bestimmt leisten, ein bisschen shoppen zu gehen.«

»Das ist eine ganz großartige Idee!«, rief Sébastian. »Wir nehmen jetzt die Métro, fahren zum Boulevard Haussmann und statten dich mal anständig aus, Lou.«

39

Es war der 5. Dezember 1992, als Luise das erste Mal unter der Glaskuppel des ältesten Kaufhauses Frankreichs stand. »Les Galeries Lafayette« war außerdem unbestritten das prächtigste Warenhaus von Paris, und als Luise aus dem fünften Stockwerk hinunter auf die verzierten Balkone in dem Rondell sah, fragte sie sich, warum sie nicht schon früher hierhergekommen war. Bei der Gestaltung war auf keinen Prunk und keine ornamentale Variante verzichtet worden. Sébastian erklärte ihr, dass die Kuppelglasplatten von einem berühmten Glasmaler stammten. »Du ahnst nicht, wie stolz die Pariser auf dieses Jugendstil-Kunstwerk aus Schmiedeeisen und Buntglas sind.«

Luise musste grinsen. »Doch, ich ahne es. Die Pariser sind ja auf so ziemlich alles stolz, was in ihrer Stadt sehenswert ist.«

In dem Moment ertönte aus den Lautsprechern, die überall an den Säulen angebracht waren, der helle Klang Tausender Glöckchen, und es wurde der amerikanische Weihnachtssong *Sleigh Ride* gespielt. Der absolute Höhepunkt des an Pracht kaum noch zu überbietenden Anblicks war der riesige Weihnachtsbaum, der vom Erdgeschoss fast ganz bis in die dreiundvierzig Meter hohe Kuppel ragte. An unsichtbaren Fäden schwebten Zuckerstangen, Teddybären und anderes nostalgisches Spielzeug von der Kuppel. Der Baum war über und über mit bunten Kugeln geschmückt. Zu allem Überfluss begann er, sich im Takt der Musik zu drehen.

»Oh, mon Dieu, ist das kitschig«, flüsterte Luise und lehnte ihren Kopf an Sébastians Schulter. »Kitschig, aber schön kitschig!«, antwortete er.

»Soll ich ein Foto von dir vor dem Weihnachtsbaum machen?«, fragte er, als die zuckersüße Glöckchenmusik zu Ende war.

»Das kostet aber dreitausend Franc!«, antwortete Luise im Spaß und stellte sich in Pose. Sébastian knipste einige Fotos, dann holte er sein Portemonnaie heraus und begann, Scheine abzuzählen. »Kann ich vielleicht anschreiben lassen? Ich habe nicht so viel bei mir.«

Sie gab ihm einen Klaps auf den Arm. »Kommt nicht infrage!«

In dem berühmten Kaufhaus waren tatsächlich alle großen Couturiers vertreten, als würde man von einer Edelboutique zur nächsten schlendern, allerdings ohne dabei durch eine Tür zu gehen oder auf den Bürgersteig zu treten. Luise blieb vor einem blassblauen Kleid mit schmaler Taille von Christian Dior stehen, das ihr gefiel, Sébastian deutete auf eine Schaufensterpuppe mit winzigem weißem Minirock und einem knallroten Pullover von Ralph Lauren. »Das wäre eher was für dich.« Luise schüttelte den Kopf. »Von Miniröcken habe ich erst einmal genug.« Kurz darauf hielt Sébastian ein schwarzes Stepptäschchen von Chanel für zweitausend Franc hoch. »Bist du verrückt geworden? Das ist die reinste Verschwendung. ›Upmaken‹ sagen wir in Ostfriesland.«

»Upmaken?« Sébastian sprach das Wort so komisch aus, dass Luise kichern musste und sich dabei selbst ihrer Albernheit bewusst wurde. Doch es tat so gut! Er hielt daraufhin noch die gesteppten Taschenmodelle in allen erdenklichen Pastellfarben hoch, bis die Verkäuferin im cremefarbenen Bouclé-Kostüm auf sie zukam und schmallippig fragte, ob sie ihnen helfen könne.

Sébastian, wie immer sehr charmant, ließ sich voller Interesse die verschiedenen Größen und Henkelarten erklären und hatte die Dame mit dem blonden Dutt schnell um den kleinen Finger gewickelt.

»Wir benehmen uns viel zu auffällig«, sagte Luise, als sie, ohne etwas zu kaufen, zum nächsten Stand weiterzogen.

»Sieh mal, da sind die Modelle von Azzedine Alaïa«, sagte Luise und deutete auf die komplizierten unifarbenen Kleider mit den unzähligen Abnähern. »Seine Modenschau war die erste, für die ich gearbeitet habe, damals noch als Hairstylistin.«

Sie seufzte. »Es kommt mir vor, als wäre es Jahre her, so viel ist inzwischen passiert.«

Sébastian strich ihr zärtlich über den Rücken.

»Die erste und letzte, ich habe gehört, er zieht sich von der Fashion Week zurück.«

»Und weißt du auch, warum? Ich wollte schon die ganze Zeit Naomi danach fragen, sie steht ihm sehr nahe.«

»Es heißt, er habe einfach keine Lust mehr auf den ganzen Stress und den Zirkus drum herum.«

Luise blieb stehen und fuhr mit der Hand über den Stoff eines Kleids auf einer Schneiderpuppe. »Er hat die Models persönlich in die Kleider eingenäht, ich wüsste gar nicht, wie man sich die fertigen Modelle allein hätte anziehen sollen, denn d…«

Ehe sie weiterreden konnte, wurde sie von Patricks Ausruf am anderen Ende des Designerstands unterbrochen. »Hey, Luise, was sagst du zu meiner Deko?« Er steckte in einem moosgrünen Samtblazer und winkte ihr zu, während er sich zwischen den Kleiderständern hindurchschlängelte. Dann begrüßte er sie mit Bisous. Luise fragte: »Kennst du Sébastian?«

»Wer kennt ihn nicht?«, antwortete Patrick mit einem schiefen Grinsen, das Luise nicht verstand, und Sébastian hob nur eine Augenbraue. Ihr fiel auf, dass die beiden sich ein wenig ähnelten: Mit den blonden Strähnen in den Haaren und dem Lidstrich unter den Augen, nur dass Patricks Iris braun waren und nicht von so einem tiefen Mitternachtsblau wie die von Sébastian.

Patrick deutete auf den Christbaum. »Wie findet ihr ihn?«

»Den hast du dekoriert?«

»Natürlich nicht eigenhändig. Dafür habe ich hier meine Leute.« Er zwinkerte ihnen zu und bat sie, ihm zu folgen. Dann ging er mit ihnen zum Aufzug, der nur für Mitarbeiter erlaubt war. »Erstens ist die Aussicht von der Dachterrasse atemberaubend, und außerdem habe ich etwas für euch«, sagte er und drückte auf den Knopf für die achte Etage. Das Restaurant dort oben sei nur bis September geöffnet, erklärte er, deshalb würde er es im Winter als Lager benutzen. Oben angekommen, traten sie ins Freie, und Sébastian hängte Luise gleich behutsam ihren Mantel über die Schultern. Alle Tische und Stühle waren weggeräumt worden, und die Dachterrasse wirkte dadurch leer und verlassen. Patrick bedeutete ihnen, ihm zu folgen. Luise und Sébastian sahen sich an und hatten nicht die geringste Ahnung, was Patrick vorhatte. Er schloss die Tür zu dem Pavillon des Restaurants auf, verschwand für einige Sekunden und kam mit Tüten aus glänzendem rotem Papier zurück. Dann drückte er jedem von ihnen eine in die Hand. »Geschenke!«, sagte er. Darin war je ein türkises Schächtelchen mit einem silbernen Schlüsselanhänger in Tannenbaumform von Tiffany. Eine kleine Packung mit Macarons von Ladurée und ein seidenes Gavroche-Tuch von Hermès, das eine zauberhafte Winterlandschaft mit Schlittschuhläufern und Spielzeugständen zeigte.

»Patrick, das geht doch nicht!«, japste Luise.

Patrick winkte ab. »Oh, keine Sorge, Süße.« Dann sah er sich verstohlen um, obwohl niemand außer ihnen auf der Terrasse war, und flüsterte: »Das sind die Geschenktüten für ganz besonders wichtige Kunden, davon habe ich einige abgezweigt.«

Sébastian lächelte, und Luise erkannte auf seinem Gesicht den Anflug von kindlicher Freude, den sie so an ihm mochte. Er knotete sich das hübsche Seidentuch um den Hals, das atemberaubend gut mit seiner Augenfarbe harmonierte, und legte Patrick den Arm um die Schulter. Gemeinsam gingen sie langsam zum Ende der Dachterrasse und genossen den Blick auf die platingraue winterliche Stadt, auf den Eiffelturm, Montmartre und – in direkter Nachbarschaft – die barocke Opéra Garnier. Luise war einen Schritt hinter den beiden schönen jungen Männern stehen geblieben. Ihre schlanken Silhouetten hoben sich von dem Panorama ab wie anthrazitfarbene Scherenschnitte.

Die Dächer und Fassaden wirkten von hier oben, als hätte ein Kind sie gemalt: schieferfarben, blassgelb, rosa, mit dunkelgrünen Fensterläden. Doch die aufziehende Dämmerung nahm ihnen die Farben. Ganz dicht an der Brüstung standen sie, lehnten sich aneinander, hielten sich jetzt zu dritt im Arm, und Luise begann zu frieren. Sie nahm ihren Kamelhaarmantel von den Schultern, schlüpfte in die Ärmel und zog den Gürtel fest zusammen.

»Kommst du heute Abend mit ins Bains Douches?«, fragte Sébastian Patrick. »Du bist selbstverständlich eingeladen!«

Sébastian war etwas ziemlich Seltenes: ein glücklicher Mensch. Es gab kaum eine Minute, die er nicht voll auskostete, kaum etwas, das er nicht intensiv genoss. Fand er einen neuen Freund, sprudelte er über vor Euphorie und freute sich an seinen guten Eigenschaften, sah über die schlechten großzügig hinweg. Er hatte den kräftigen Lebenshunger eines strahlenden, gesunden Geschöpfes voller Körperfreude und Lust an Vergnügungen. Er gab sich allem vollkommen hin. Ein Anblick, eine Berührung, ein Duft, ein Klang, eine Farbe, ein Geschenk konnten ihn in Entzücken versetzen.

»Ist das Leben nicht herrlich?«, fragte er und breitete die Arme aus. »Aber ich finde manchmal, die Welt ist viel zu reich für Worte.«

Dann gab er jedem von ihnen einen Kuss auf die Wange.

Luise fröstelte, trotz des warmen Mantels. Es wurde rasch dunkler, die Nacht kam früh an bedeckten Dezembertagen. Die Häuser schienen auf einmal in der aufziehenden Finsternis zu ertrinken.

40

Auf das Dolce-&-Gabbana-Werbeshooting folgten eine Fotostrecke für die *Vogue* und ein hoch dotiertes Engagement von Cartier. Sie erkannte sich selbst kaum wieder, als sie ihr Foto mit dem funkelnden, 64 Karat schweren Diamantcollier in den Zeitschriften entdeckte. Die Haare zu einem weichen Dutt gesteckt, mit einer einzigen lockeren Strähne, die schmeichelnd auf ihr Schlüsselbein fiel. Die Augen dramatisch in Silbergrau betont, die weiche Form ihrer Lippen mit chinesischrot nachgezeichnet, der Teint ebenmäßig wie Porzellan, die Wangen kunstvoll abschattiert. Diese ätherisch schöne Frau mit dem Antlitz einer Elfe und dem kostbaren Schmuck um den langen Schwanenhals war sie! Luise Jensen, Bauernkind und Friseurin aus Leversdorf.

Dann kam ein Anruf der Agentur, Pascal teilte es ihr persönlich mit: Das Foto mit den italienischen Touristen, die sie zu ihrem Bus trugen, hatte in dem Mailänder Unternehmen für Furore gesorgt. Sie sollte das Gesicht der neuen Parfum-Kampagne von Dolce & Gabbana werden. Noch im Dezember würden die Fotos in der Opéra Garnier aufgenommen werden. Der Fotograf wäre auch diesmal Mario Testino.

Schon während sie die breiten Stufen des neobarocken Gebäudes hinauflief, überkam Luise eine unangenehme Vorahnung. Sie wusste nicht, ob sie sich vor dem Fotografen unbefangen bewegen konnte, vor dem Pilar das letzte Mal ihre provokante Show abgezogen hatte. Die Stylisten empfingen sie auf der spektakulären Marmortreppe und führten sie nach oben. Als sie den gewaltigen, in goldenen Farbtönen dekorierten Zuschauerraum sah, verstand sie, warum das Shooting hier stattfinden sollte: Die reich geschmückten, stuckverzierten Logen waren in ihrer verspielten Architektur fast das genaue Gegenstück zu dem opulenten Stil des italienischen Designerduos.

Mario wollte sie als Erstes mit großer Robe in einer der Logen fotografieren. »Sexy!« war ein Adjektiv, das der gut aussehende Peruaner häufig gebrauchte. Die Scheinwerfer und Reflektoren waren aufgebaut, ein sechsköpfiges Team wuselte in der Garderobe um sie herum, bis sie fertig geschminkt, frisiert und angezogen war. Währenddessen bereitete sie eine Stylistin geistig auf das Shooting vor. »Das Geheimnisvolle, das den Roben von Dolce & Gabbana anhängt, wollte Parfümeur Frédéric Malle in einem Duft einfangen. Im Ergebnis entfalten die Essenz türkischer Rosen, ägyptischer Jasmin, Pfirsich- und Aprikosensamt, Weihrauch, Sandelholz, Vetiver, Patschuli und Moschus ihre Wirkung. Klassische Ingredienzen, keine davon eindeutig zu erkennen. Der Duft soll sie nur erahnen lassen. Es ist ein bisschen wie mit einem opulenten Opernabend samt anschließendem romantischen Diner: Jeder hat eine Vorstellung davon, was in einer Nacht dort passieren kann, ohne es jedoch in Worte fassen zu können.«

»Wow!«, rief Mario, als sie sich in dem hautengen schwarzen Spitzenkleid über die Brüstung der Loge beugte, und Luise war erleichtert, dass er so schnell zufriedenzustellen war. Doch sie täuschte sich. »Du hattest ja schon beim letzten Mal kein Gramm Fett auf den Rippen, aber jetzt …« Er rollte bedeutungsvoll mit den Augen, machte einige Aufnahmen. Schließlich ließ er die Kamera sinken, mit einem ernüchterten Ausdruck im Gesicht.

»Ich mag ja deine Schattenwangen und deinen langen Hals, aber dein Körper ist einfach zu männlich, nicht sexy, nicht anziehend, nicht verlockend genug!«, sagte er. »So wird das nichts.« Er drehte sich um, griff sich mit den Fingern an die Nasenwurzel, und Luise hatte für den Bruchteil einer Sekunde den Eindruck, er würde gleich alles hinschmeißen und gehen. »Wir brauchen einen Gegenpart!«, sagte er nach einigen Sekunden Grübeln und sah sich um. »Du da, komm her!« Er deutete auf einen der Beleuchter, einen etwa Dreißigjährigen in einem blauen Elektrikeroverall, der nicht wusste, wie ihm geschah. »Was einmal geklappt hat, wird auch noch ein zweites Mal funktionieren. Du stellst dich dort hin, und Lou: Du flirtest ihn an.«

Luise atmete tief aus und ein und sah den Beleuchter an, schlug die Augen nieder, lächelte, streckte den Arm aus, mit der Handfläche nach oben in einer sehnsüchtigen Gebärde. Sofort fühlte der Mann, der unfreiwillig zum Model wurde, wie Luise ihn gleich einem Netz elektrischer Ströme anzog. Er leistete überrascht Widerstand, doch das stachelte Luise an. Sie beugte sich vor, legte die Hand unter das Kinn, stützte die andere auf die Brüstung, gab ihrer schmalen Taille und ihren knabenhaften Hüften eine weiche Biegung. Ein verschleiertes Lächeln, ein fragendes Staunen in ihren Augen. Sie ließ ihre Finger über die vergoldete Brüstung gleiten. Dabei wirkte sie ganz natürlich, in unaufdringlicher Flirthaltung. Nicht unnahbar, sondern graziös und bezaubernd. Mario mimte aus Leibeskräften mit, nickte verzückt, applaudierte lautlos Beifall und drückte dazwischen auf den Auslöser. Er hielt den Daumen in die Höhe und rief: »Perfekt. Ich habe es!«

Danach wurde Luise umgezogen, für ein Shooting auf der pompösen Ehrentreppe in einem schulterfreien Volantkleid, knielang, aus hauchdünnem schwarzem Organza. Diesmal brauchte Luise kein männliches Model, sie schritt die Stufen hinab, die Lippen halb geöffnet, mit dem eifrigen, verwunderten Lächeln eines achtzehnjährigen Mädchens, als wäre sie eine »jungfräuliche Elfenprinzessin«, wie es Mario ausdrückte, der sie die Szene einige Male wiederholen ließ, obwohl er seine Aufnahmen längst im Kasten hatte. Nur weil es ihm solches Vergnügen bereitete, sie zu beobachten. Am Ende zitterten Luises Knie ein wenig, und ein kleiner Schmerz in ihrer Wade machte sich bemerkbar, wie damals, als ihre Wunde noch frisch genäht war. Sie humpelte in den zu engen High Heels in Richtung Garderobe.

»Was ist in dich gefahren, Lou?«, fragte Mario, hinter ihr herlaufend. »Wie du das Shooting angepackt hast, ist ja Brandstiftung!« Er mimte eine Gebärde aus der italienischen Oper, wunderbar anzusehen in ihrer Ausdruckskraft. Es lag Ergebenheit darin, aber auch der Gockelstolz eines erfolgsverwöhnten Mannes, eines weltberühmten Fotografen. Eine Geste, die Marios geflüsterte Worte überflüssig machte: »Du bist unwiderstehlich, doch ich bin es auch, nicht wahr?«

Luise hatte bereits die Gerüchte gehört, dass er homosexuell sei, und war deshalb umso überraschter, als er näher kam und mit seinen Händen ihre flachen Brüste umspannte, genauso wie Pascal es einmal nach einer Modenschau getan hatte. Sie wollte ihn wegstoßen, doch dann war da ein kleiner Gedankenfunke, der ihr sagte: Warum nicht mitspielen? Warum nicht wenigstens kurz so tun, als ob? Es würde ihrer Karriere sicher nutzen und ihr umgekehrt schaden, wenn sie ihn abwies. Seine Stimme klang weich, als er flüsterte: »Was für eine Träumerin du bist, eine sonderbare Heilige. Du erzeugst Grazie, Heiterkeit, Schönheit und all diese merkwürdigen, kindischen Wunder, die die Modeszene ausmachen.« Sie senkte die Lider, und als er mit den Lippen ihr Haar streifte, antwortete sie mit einem feinen Zittern ihres Körpers. Dann schob sie ihn weg. Mit heiserer Stimme sagte er: »Ich wollte nur ausprobieren, ob du das, was du versprichst, auch halten würdest, aber ich bin nicht interessiert …«

»Was verspreche ich denn?«

»Unschuld.«

Die Advertorials mit ihren Fotos waren für eine Kampagne in den Februarausgaben der Modezeitschriften vorgesehen. Doch die erste Werbeanzeige wurde noch im Dezember ganzseitig in der *Paris Match* abgedruckt – auf Seite drei.

Im »Gruß des Chefredakteurs« auf Seite zwei – seiner in ganz Frankreich gelesenen Kolumne – widmete Roger Thérond Luise einen Absatz: *In Luise Jensen lernen wir ein neues, sehr vielversprechendes Model kennen. Die Achtzehnjährige aus Norddeutschland hat erstaunlich viel Stil und besitzt jenes seltene, unbegreifliche »Je ne sais quoi«. Hat sie sich noch bei der Pariser Fashion Week eher mit einem sexy Walk als mit Eleganz hervorgetan, bezeugen die neuesten Werbefotos für Cartier und Dolce & Gabbana eine Art Weltwunder an Grazie – trotz einer Körpergröße von 186 Zentimetern –, ätherischer Schönheit und Natürlichkeit. Wir wollen sie bestimmt im Auge behalten und prophezeien ihr eine vielsprechende Modelkarriere – unserer »Belle Lou« mit den hundertvierzehn Zentimeter langen Beinen.*

Natürlich verbreiteten sich diese Kolumne und die Werbeanzeige wie ein Waldbrand in der Mode- und Modelszene. Sie wurde mit bewundernden Bemerkungen, glühendem Neid, achselzuckendem Zynismus und einer Flut an Anfragen in der Agentur beantwortet.

Es war ein Leben, das sich Luise nie erträumt hatte, weil ihr dafür die Vorstellungskraft fehlte. Nach den vergleichsweise verhaltenen Anfängen fand sie sich nun schwindelig im Strudel des Pariser Modelbusiness wieder. Sie verdiente an manchen Tagen zehntausend Franc. Es war eine fremde Welt, mit fremden Gefühlen, wo ein Pickel auf der Stirn zur Tragödie werden, eine gelungene Performance, ein gut gelaunter Scout einen in den Himmel hob, ein verhauenes Casting zum Nervenzusammenbruch führen konnte. Der atemlose Aufstieg zum Gipfel, das Leben im scheinbaren Luxus, die Cover, die Fotostrecken führten dazu, dass Pascal Laurent, der Chef der Modelagentur ELLE, sie einlud, Weihnachten in seinem Chalet in Megève zu verbringen. Doch sie schlug sein Angebot aus.

41

Heiligabend 1992 feierten sie alle zusammen im Les Bains Douches. Die Räume waren über und über mit silbernen Kugeln und Lametta geschmückt. »Beaucoup trop surchargé.« Viel zu überladen, fand Patrick.

»Mieux vaut trop que trop peu!« Besser zu viel als zu wenig!, meinte Sébastian dazu. Er hatte sich angewöhnt, wieder häufiger Französisch zu sprechen, seit Patrick zu ihrem ständigen Begleiter geworden war, denn dessen Englisch war nicht besonders gut, und er fand es mühsam, immer nach den richtigen Worten zu suchen.

Luise trug den weißen Mini und den engen roten Pullover von Ralph Lauren, die Sébastian bei ihrem Bummel durch die Galeries Lafayette so gut gefallen hatten, und er schenkte ihr das blassblaue DIOR-Kleid, das Luise damals so hübsch fand. Für ihn hatte sie eine klassische Armbanduhr von Cartier mit römischen Ziffern und einem schwarzen Krokolederband gekauft, die er sich sofort entzückt anlegte.

Sie saßen an einem langen Tisch im oberen Stockwerk, und die Models gönnten sich ausnahmsweise ein üppiges réveillon, ein weihnachtliches Festessen mit foie gras – gestopfter Gänseleber, Dinde aux marrons – Truthahn mit Maronenfüllung, Fisch, Käseplatten, schwerem Bordeaux, Bûche de Noël – Rollkuchen, der wie ein Holzstück aussah, und viel Champagner.

Keiner war zu seiner Familie nach Hause gefahren, deshalb waren sie vollzählig. Die ganze übliche Clique. Nur zum ersten oder zweiten Weihnachtsfeiertag planten einige, ihre Eltern oder Großeltern zu besuchen. Wie so häufig in Frankreich, wenn man gut aß, sprach man über gutes Essen. »Kochen ist unser Erbe, es ist ein wichtiger Bestandteil unserer Kultur seit Jahrhunderten«, sagte Aydin.

»Ja, das stimmt!«, sagte Floriane. »Was wären wir Franzosen ohne unser Essen? Ich könnte mir ein Weihnachtsmahl ohne foie gras und ohne Rotwein nicht vorstellen!«

Aydin nickte. »Die französische Küche ist mein Leben!«

»Nicht mehr die marokkanische? Ich fand deinen Couscous immer köstlich! Ich glaube ohnehin, du müsstest unbedingt wieder ein eigenes Restaurant haben, wir könnten uns doch alle nach einer Gelegenheit für dich umhören!«

»Ja, das machen wir!«, stimmten ihr die andern zu. Aydin drückte Luises Hand. »Mal sehen, was das neue Jahr bringt.«

»Habt ihr schon von South Beach gehört?«, fragte Naomi, die in Begleitung eines jungen amerikanischen Designers namens Ian gekommen war, der bei Azzedine Alaïa gelernt hatte und an seiner ersten Kollektion arbeitete. Sie trug ein Off-Shoulder-Kleid aus Tüll von ihm, das mit einem schwarz-weißen Graffiti-Muster bedruckt war.

»Nein, was ist South Beach?«, fragte Jean-Luc.

»Das ist in Miami, Florida …«, erklärte Naomi, »… bisher eher uncool, da waren nur Seniorenresidenzen, aber es wird gerade sehr cool. Palmen, Strand, Meer, schöne Menschen, da siedelt sich eine neue Generation an. Ich fliege nächste Woche hin, zu einem Shooting für Gianni Versace.«

»Warst du schon mal in Miami?«, fragte Luise Ian, für die eine Reise in die USA trotz ihrer vielen Jobs bisher nahezu unerreichbar klang.

»Nein, ich bin aus New York. Aber es sind schon viele Models und Designer in South Beach. Linda ist bei dem Shooting dabei und Christy auch. Cindy und Claudia hatten dort Aufträge, man sagt, Miami ist gefährlich und sexy, klingt nach einem Ort, wo man sein muss!« Er grinste vielsagend und schüttelte sich seine wellige Haartolle aus dem Gesicht.

»Komm doch einfach mit!«, sagte Naomi. »Ich bin sicher, Pascal kann dir dort im Handumdrehen Jobs vermitteln. Inzwischen bist du eine von uns, du gehörst mit Sicherheit zu den meistgebuchten Models, ja, du bist ein Supermodel.«

Luise lächelte und schüttelte den Kopf. »Ich glaube, da übertreibst du ein wenig.«

»Oh nein, ganz und gar nicht. Und was willst du schon im Winter hier im tristen Paris? Was hält dich hier?«

»Im Januar sind die Haute-Couture-Schauen, und ich bin für einige gebucht.«

Naomi blickte auf. »Du läufst für High Fashion? Ich auch! Für welche Couturiers?«

»Für Dior, Yves Saint Laurent und Chanel.«

Naomi schloss die Lider und schüttelte lächelnd den Kopf. »Und da glaubst du, nicht zu den Supermodels zu gehören? Das ist der Ritterschlag. Die Schauen der Haute Couture sind das Hochamt der Mode. Es ist ein Bereich, der nach sehr strengen Regeln funktioniert, und nur knapp ein Dutzend Modeschöpfer produzieren sündhaft teure Einzelstücke für vielleicht tausend Kundinnen auf der Welt, die sich das leisten können. Bis heute wacht die Chambre Syndicale de la Haute Couture darüber, wer in die Haute Couture einsteigen darf und wer nicht. Die wichtigsten Regeln dafür sind: Jedes Haus muss ein Maßatelier mit mindestens fünfzehn Vollzeit-Angestellten betreiben, sein Hauptsitz muss in Paris liegen, damit immer zu den offiziellen Haute-Couture-Schauen im Januar und Juli wenigstens fünfunddreißig von Hand gearbeitete Entwürfe für Tages- und Abendmode präsentiert werden können. Alles Unikate! Teilweise arbeiten Dutzende von Näherinnen wochenlang an einem einzigen Kleid. Für Dior habe ich letztes Jahr ein Kleid vorgeführt, das dreißig Kilo wog, weil es mit vergoldeten Pailletten besetzt war.«

Luise hörte ihr fasziniert zu. »Ich kann mir gar nicht vorstellen, wer so etwas tragen soll. Und dass man daran dann auch Freude hat!«

»Es ist eine eigene Welt, vielleicht ein bisschen aus der Zeit gefallen, aber gerade deshalb musst du anschließend mit nach South Beach kommen. Da geht es locker zu, es ist fast wie Urlaub, aber nur fast.« Sie grinste und steckte sich ein Stück foie gras in den Mund. »Heute wird gesündigt, morgen auch noch, ab übermorgen gibt es wieder Zitronensaft und grünen Salat. Für die Haute Couture müssen noch ein paar Pfund runter … also was ist, kommst du danach mit nach Miami? Es wird bestimmt cool!«

Luise nickte. »Vielleicht hast du recht.« Sie aß ein Stück Truthahn und betrachtete, während sie den nussigen Maronengeschmack auf der Zunge zergehen ließ, die Gesichter der Menschen am Tisch: Da war Floriane, die endlich einen Job als Stylistin bei Kenzo bekommen hatte und happy war. Sie hatte schon zu viel Rotwein getrunken und war noch redseliger als sonst. Doch ihre Beziehung war Luise zu oberflächlich für eine echte Freundschaft. Claude Montana mit seinem Lebensgefährten, die Luise beide kaum kannte. Mehrere Stylisten, die ihr bei ihren Jobs begegnet waren. Naomi, die sie sehr mochte, aber die viel zu berühmt war, um wirklich mit ihr befreundet zu sein. Aydin, der manchmal die Rolle der besten Freundin übernahm, war und blieb ein Mann, genauso wie Jean-Luc. Sébastian, der seine überbordende Liebe und Lebenslust großzügig verteilte, inzwischen nicht mehr nur an sie. Seit Hammer, Naomi, Jean-Luc, Pascal und Sébastian sie in diese Welt gelockt hatten, folgte ihr die Angst vor Einsamkeit und Traurigkeit wie ein zweiter Schatten.

Sie trank einen großen Schluck Rotwein und dachte plötzlich an zu Hause. An Leversdorf. Ob wohl ihre Eltern jetzt auch beim Essen saßen? Ob sie auch dieses Jahr den Küstenfunk hörten? Der »Gruß an Bord« war immer so anrührend und stimmungsvoll gewesen, wenn alle an Heiligabend zuhörten, wie Seeleute auf den Weltmeeren ihren Familien daheim »Frohe Weihnachten« wünschten. Ob sie den Jöölboom aufgestellt hatten, das Holzgestell, das aus der Not heraus, weil es in Friesland kaum Tannen gab, mit immergrünen Buchsbaumzweigen, vier Kerzen und Figuren geschmückt wurde? Und sicher gab es Teepunsch mit Rum, der zur weihnachtlichen Atmosphäre in Ostfriesland dazugehörte, und Butterkokjes mit bunten Streuseln. Später am Abend würden sie noch in die evangelische Christmette in der kleinen Backsteinkirche fahren. Die Sehnsucht ließ Luises Glieder schwer werden. Jean-Luc war es, der ein Weihnachtslied anstimmte. Mit seiner hohen Mezzosopran-Stimme sang er den Text, und die anderen Franzosen begannen, mitzusummen oder mitzusingen:

C'est la belle nuit de Noël
La neige étant son manteau blanc
Et les yeux levés vers le ciel

À genoux, les petits enfants
Avant de fermer les paupières
Font une dernière prière

Luise schloss die Augen, hörte zu, legte ihren Kopf an Sébastians Schulter, summte ein wenig mit und dachte an zu Hause, an die deutschen

Weihnachtslieder, an die bescheidenen Geschenke, an die besinnliche Stimmung in ihrem schäbigen Wohnzimmer mit den grauen Vorhängen. Was ihre Moder niemals großzügig verteilte, aber für sie immer genug hatte, war ihre spröde Liebe.

Kurz vor Mitternacht gingen sie alle gemeinsam eine Etage tiefer zur Bar und zu der schwarz-weiß gefliesten Tanzfläche, über der Hunderte silberne kleine Sterne aus Stanniol hingen. Der DJ legte die Hits des Jahres 1992 auf, und sie tanzten wie die Irren zu dem harten Rhythmus von Princes Song *The Continental*. Der Sänger war für die Modeleute eine Ikone, genauso wie Madonna, weil beide ihre Bühnenoutfits von den angesagten Couturiers gestalten ließen. Michael Jackson hatte gerade ein neues Album herausgebracht, und Sébastian imitierte dessen »Moonwalk«. Luise liebte es besonders, Jean-Luc beim Tanzen zuzusehen, weil er auch in einer Disco die Elemente des klassischen Balletts in seinen Stil mit einflocht und seinen trainierten Körper zum Schwingen brachte. Der Alkohol und die laute Musik taten ihre Wirkung. Zwischen den dampfenden Körpern verflog Luises Melancholie. Sie wurde wieder eins mit ihren langen Gliedmaßen, mit dem Gesang, der aus den Boxen tönte, Teil der kreativen Menschen um sie herum, die alle gekommen waren, um auch an Heiligabend das einmalige magische Etwas zu spüren, das nichts mit dem Althergebrachten, den alten Riten zu tun hatte, sondern sich nach Aufbruch und Freiheit anfühlte. Sie hoben die Arme, ließen ihre Hüften kreisen, schlossen die Augen und verschmolzen mit der Musik.

42

Sieh mal, kennst du den?«, fragte Pascal und deutete auf den Mann im grauen Blazermantel, der lässig neben dem Backstageeingang des Hotels Salomon de Rothschild an der Wand lehnte. »Ich glaube, er wartet auf Cindy, es heißt, die beiden hätten was miteinander.«

Luise hätte ihn auch ohne Pascals Hinweis erkannt, denn das verschmitzte Lächeln und die kleine Zahnlücke von Richard Gere waren einfach unwiderstehlich. »Er ist es wirklich.« Sie krallte ihre Hand in Pascals Ärmel. »*Pretty Woman* habe ich mir sogar zweimal im Kino in Emden angesehen. Kannst du hier warten, dann frage ich ihn nach einem Autogramm.«

»Nur zu!«

Sie ging zu dem amerikanischen Schauspieler, und er schenkte ihr sogar noch ein Lächeln, plauderte freundlich mit ihr, bewunderte ihre Größe, denn sie überragte ihn um einen halben Kopf. Dann sah sie sich nach Pascal um, der im Hintergrund gewartet hatte, und er nickte ihr zu.

Die Garderobe war genauso überfüllt wie bei den Prêt-à-porter-Schauen, aber es gab noch mehr Stylisten, die unter den goldverzierten Stuckdecken über das knarrende Parkett wuselten. Heute war die Haute-Couture-Schau von Dior by Gianfranco Ferré. Die erstmalige Berufung eines nicht französischen Modeschöpfers an die Spitze des Hauses Dior galt als ein Skandal, und Luise war schon ebenso wie das erlesene Publikum aus aller Welt darauf gespannt, ihn zu sehen. Pascal begrüßte einige Models, fast alle standen bei ihm unter Vertrag, und Luise war umso erstaunter gewesen, dass er heute Nachmittag mit im Wagen gesessen hatte, als der Chauffeur sie in der Rue Desaix abgeholt hatte. »Es ist deine erste Haute-Couture-Schau, da möchte ich gerne von Anfang an dabei sein, Lou!«, erklärte er ihr und legte seine Hand auf ihren Arm. »Aufgeregt?«

»Ein bisschen schon.«

»Denk einfach daran, dass im Publikum Filmstars, arabische Prinzessinnen und superreiche Amerikaner sitzen, und sie kommen zwar vor allem wegen der Mode von Dior, aber auch, um eine graziöse Schönheit aus Ostfriesland zu sehen. Zeig sie ihnen, belle Lou.«

Graziöse Schönheit aus Ostfriesland, dachte Luise. *Ein Bauerntrampel bin ich, nichts anderes!* Sie merkte, wie ihre Hände ganz leicht zu zittern begannen. Bevor sie in die Limousine gestiegen war, hatte sie keinerlei Nervosität gespürt. Aber Pascals Worte waren nicht gerade dazu angetan, sie zu beruhigen.

Gianfranco Ferré war ein korpulenter Mann mit Bart, der in einem weißen Anzug auf Pascal zukam, ihm auf die Schulter klopfte und auch Luise kurz mit den Worten begrüßte: »Ich bin gespannt, aber bisher habe ich fast nur Gutes von dir gehört.« Bevor Luise etwas antworten konnte, wandte er sich schon um und verschwand im nächsten Raum, wo bereits das erste Model angekleidet wurde. »Sehr gut!«, meinte Pascal, knotete seinen roten Cashmere-Schal neu und hielt den Daumen hoch, wobei Luise nicht verstand, was er »sehr gut« fand.

Naomi saß schon auf einem der Schminkplätze und winkte ihr zu. Linda und Kristen grüßten sie ebenfalls von Weitem, und Luise suchte sich einen freien Platz.

Pascal beugte sich zu ihr hinunter und raunte: »Okay, Hals- und Beinbruch, Lou!«

Sie fasste nach seiner Hand. »Aber ich bin eine blutige Anfängerin in diesem Metier. Vielleicht ist das doch eine Nummer zu groß für mich!«

»Oh nein, du bist keine Anfängerin mehr. Du wirst heute Nachmittag eine wunderbare Leistung hinlegen. Alle werden begeistert sein.«

Er drückte leicht und gut gemeint ihre zarten Mädchenschultern und verließ sie.

Der Make-up-Artist stand bereits mit zwei Zentimeter langen schwarzen Wimpern zwischen den Fingern neben ihr. Er hatte gewartet, bis Pascal verschwunden war. »Salut, Lou, ich bin Matthieu. Wimpern anzukleben ist auch eine heikle Sache, obwohl ich kein Anfänger bin! Also bitte tief Luft holen und die Augen schließen.«

Luise tat, was er sagte. Als er fertig war, beugte sie sich vor zum Spiegel. Die Wimpern saßen tadellos.

Eine Stunde später hatte sie ein schulterfreies, golddurchwirktes Brokatkleid mit enger Taille und ausgestelltem Rock an, der knapp über dem Knie endete. Sie stand am Ausgang zum Laufsteg bereit, um loszugehen.

»Die Hochsteckfrisur steht dir fantastisch. Wenn das kein Schwanenhals ist«, sagte Naomi zu ihr, die in einem wallenden indischgelben Umhang aus Seidentaft mit Tausenden eingestickten Bienen vor ihr wartete. Wie schon einmal legte sie ihr einen Finger unter das Kinn und hob es an. »Willkommen im Modehimmel, Lou!«

»Danke!«, flüsterte Luise und griff nach ihrer Hand. Ihre eigenen Hände hatten aufgehört zu zittern.

Der Choreograf berührte sie zwischen den Schulterblättern und zählte von zehn rückwärts, dann gab er ihr das Zeichen zu ihrem Walk in der ersten Haute-Couture-Schau des Jahres 1993.

43

Seit sie wusste, dass sie Paris übermorgen für zwei Wochen verlassen würde, begann sie die Stadt bereits zu vermissen. Anfangs hatte die Zusage für das Fotoshooting in Miami eine Euphorie in ihr ausgelöst, die kaum zu bremsen gewesen war. Sofort hatte sie Sébastian angerufen, um ihre Begeisterung mit ihm zu teilen. Niemand konnte sich dermaßen für jemand anders freuen wie er. Die Gewissheit darüber, so einen begehrten Job zu bekommen, hatte ihrem Leben eine neue Leichtigkeit verliehen.

Sie rannte die Treppen der Métrostation Bir-Hakeim hoch und lief den Boulevard Garibaldi entlang. Dabei sah sie auf die Uhr. Viel Zeit hatte sie nicht mehr, bevor die Vorstellung begann. Jean-Luc feierte sein Comeback als Ballettchoreograf an der Opéra Bastille, und natürlich hatten er und Aydin anschließend im Café de Flore alle Freunde eingeladen. Schade, dass Sébastian ausgerechnet seit gestern mit einer Erkältung im Bett lag. Hoffentlich wäre er wenigstens am Abend in der Lage, nach der Vorstellung ein wenig mitzufeiern. Sie blieb wieder stehen und betrachtete die Blechlawine des Feierabendverkehrs, der sich durch die Pariser Straßen schob. Sébastian! Seine Krankheit war der einzige Grund, der sie hatte zögern lassen, den Job in South Beach anzunehmen. Normalerweise war er nie krank, umso mehr litt der körperbetonte, vor Lebenskraft nur so strotzende Mensch anscheinend unter seinem Schnupfen. Aber wie großzügig von ihm, ihr so selbstlos zuzureden. Sie solle sich wegen ihm nicht ihre Karriere verbauen, und was seien schon zwei Wochen, die vergingen schneller, als sie denke. Sébastian war einfach großzügig und gönnte jedem leichtherzig seinen Erfolg und sein Glück.

Während sie die Straße überquerte, sah sie hoch zum Fenster der Wohnung im ersten Stock der typischen Pariser Haussmann'schen Fassade. Sie betrachtete es täglich als Glücksfall, dass sie hier wohnen durfte. Auch wenn ihr das zehnte Arrondissement fast ein wenig besser gefallen hatte, wo die »Appartements de Bonheur«, Aydins Wohnung und sein früheres Couscous-Restaurant lagen, die vielen Bistros, einfachen

Boulangerien, Vierundzwanzig-Stunden-Supermarchés, Waschsalons und afrikanischen Friseursalons. Es hatte dort mehr typisches Pariser Leben in den Straßen gegeben.

»Pardon, où le Tour Eiffel?«, fragte ein junges asiatisches Pärchen sie in radebrechendem Französisch.

»Das ist da entlang«, sie deutete die Straße hinunter. »Dann kommt ihr direkt zu dem Champ de Mars, biegt nach links ab, dann seht ihr ihn schon. Er ist nicht zu verfehlen.« Sie lächelte ihnen hinterher. Hier, im siebten Arrondissement, liefen immer unglaublich viele Touristen herum und fragten ständig nach dem Weg. Sie waren jedes Mal erstaunt, wenn sie auf Englisch antwortete, und Luise erklärte ihnen: »Ich bin Pariserin, und in Paris sind wir zweisprachig.« Dass sie in Wirklichkeit Deutsche war und inzwischen sogar fast dreisprachig, erwähnte sie nicht. Sie mochte es sehr, für eine Pariserin gehalten zu werden.

Das vierstöckige Wohnhaus in der Rue Desaix war ein vornehmes Haus, aber auf der Treppe roch es heute ausnahmsweise nach Essen, und sie dachte die ganze Zeit, während sie zwei Stufen auf einmal nahm, darüber nach, was es für ein Gericht war. »Coq au vin!«, sagte sie laut zu sich selbst. Aydin hatte ihr kurz vor Weihnachten erklärt, die französische Küche sei seit 2010 UNESCO-Weltkulturerbe, und sie könne unmöglich dauerhaft in Paris leben und auf Diät sein. Seitdem nahm sie es mit den Vorgaben der Agentur nicht mehr so genau und blieb trotzdem dünn – wie die meisten Pariserinnen. »Ne pas grignoter!« Nicht naschen, lautete ihr Geheimnis.

Sie schloss die Tür auf, warf ihren Schlüssel in die Schale auf der Kommode und ging den langen Flur entlang. Aus dem Schlafzimmer hörte sie ein Niesen.

»Ist es immer noch nicht besser, Sébastian?«, fragte sie und blieb im Türrahmen stehen. Sébastian presste den Kopf in die Kissen des Doppelbetts und schüttelte den Kopf. »Es ist katastrophal!«

Luise lächelte voller Mitgefühl. »Du Armer! Soll ich dir noch eine heiße Zitrone machen?« Dann begann sie, verschiedene Stücke Unterwäsche und Strümpfe aufzuheben, die er im Zimmer hatte fallen lassen.

Er machte eine Kopfbewegung in Richtung des Radioweckers links von ihm. »Hast du denn noch so viel Zeit?«

Sie sah auf die Digitalanzeige. »Oh nein, das schaffe ich nicht mehr, gleich achtzehn Uhr!« Hastig durchwühlte sie die Kommode nach einem Paar Feinstrumpfhosen, setzte sich auf das Bett mit den weißen Leinenlaken, die heute ziemlich zerknittert waren, und rollte das feine Gewebe hastig über die Beine.

»Ich komme hoffnungslos zu spät, aber ich war noch so lange im Café de Flore, um Aydin mit den Vorbereitungen zu helfen. Du solltest die Tischdekoration sehen, Hunderte rosa Tulpen aus Holland, es sieht traumhaft aus, richtig romantisch …«

»Bestimmt bist du rechtzeitig da, du musst dir nur schnell genug ein Taxi schnappen.« Sébastian setzte sich auf, schlug die Decke zurück, zog die nackten Beine an den Körper und legte die Arme darum. Er trug nur ein kurzärmeliges T-Shirt und Boxershorts aus blauer Baumwolle.

»Bist du wirklich nicht böse, dass ich ohne dich gehe?«, fragte Luise und drehte sich zu ihm um. »Und ist dir nicht kalt?«

»Das ist das Fieber«, antwortete er schulterzuckend und lächelte tapfer.

Sébastians Lächeln, die kleine Kerbe neben dem linken Mundwinkel, die gerötete Nase sehen so liebenswert aus, dachte sie entzückt. Zusammen mit seinen blauen Augen und den verwuschelten Haaren mit einer eigensinnigen blonden Strähne über der Stirn verliehen sie ihm den jungenhaften Ausdruck, der sie von Anfang an so sehr angezogen hatte. Sie glaubte fast zu platzen, so entsetzlich lieb hatte sie ihn. Er nahm ein Papiertaschentuch aus dem Spender auf ihrem Nachttisch und schnäuzte sich die Nase.

»Ich fühle mich einfach viel zu elend, um mitzukommen.«

Luise stand auf und zog das blassblaue Diorkleid vom Bügel am Schrank, schlüpfte hinein. Dann stellte sie sich mit dem Rücken zum Bett und ging ein wenig in die Knie.

»Wärst du so nett?« Er richtete sich auf und zog den Reißverschluss hoch. Luise drehte sich um und beugte sich zu Sébastian hinunter.

»Danke … ich liebe dich!« Der kleine Satz war einfach so ihren Lippen entwischt. Diese drei Worte hatte sie noch nie zu ihm gesagt und er nicht zu ihr. Er tat so, als hätte er sie nicht gehört, und als sie ihn küssen wollte, drehte er den Kopf weg und hustete.

»Pass auf, dass du dich nicht ansteckst, außerdem sehe ich scheußlich aus!«, sagte er lachend.

»Das ist mir ganz egal, ich liebe dich, auch wenn du krank bist und auch wenn du scheußlich aussiehst, was natürlich ganz und gar nicht der Fall ist!«

Zärtlich strich sie ihm über die weichen Haare, küsste die glatte Haut seiner Wange, seine leicht aufgesprungenen Lippen. Sie war sich auf einmal sicher, dass die drei Worte stimmten.

»Ich liebe dich!«, wiederholte sie.

»Das weiß ich doch!«

Er lachte, gab ihr einen Klaps auf den Arm und schob sie scherzhaft von sich weg.

»Und jetzt geh endlich! Sonst verpasst du noch Jean-Lucs Debüt an der Opéra Bastille, wie hat er das überhaupt geschafft, dort wieder engagiert zu werden?«

Sie gestand ihm das erste Mal ihre Liebe, und er begann eine belanglose Plauderei?

»Es ist noch kein festes Engagement, sondern er darf ein einziges modernes Ballett in der Spielzeit als zweiter Choreograf mitgestalten. Er hofft, dass er damit wieder in der Szene Fuß fassen kann.«

Sébastian lehnte sich zurück und schloss die Lider. Im letzten Spätnachmittagslicht, das durch das Fenster fiel, sahen seine Haare noch heller aus. »Er hat sich in der Modeszene wohl immer ein wenig deplatziert gefühlt«, murmelte er. »Ist ja auch ein ziemlich oberflächliches Business, wenn man es mal genauer betrachtet!«

Luise ließ sein Gesicht nicht aus den Augen, während sie die schwarzen Lackpumps anzog, konnte aber keinerlei Regung darin entdecken. Sonst standen ihm seine Gedanken und Gefühle oft auf die Stirn geschrieben, und er wirkte zugewandt, interessiert an allem, was sie tat und sagte. Doch heute war Sébastians Gesicht wie ein zugeklapptes Buch, und jeder, der darin blättern wollte, bekam einen Klaps auf die Finger.

Sie griff ihren Mantel, rannte aus dem Schlafzimmer, kam drei Sekunden später wieder zurück und steckte den Kopf durch den Türrahmen.

»Und hast du auch wirklich alles, was du brauchst? Aspirin, Halstabletten, Taschentücher …?«

Sébastian hatte sich auf den Bauch gedreht, und Luise betrachtete seine wohlgeformten Beine, die aus den Boxershorts herausschauten.

»Natürlich, ich bin gut versorgt! Und jetzt raus hier, du Verrückte!«

Luise lief die Treppen hinunter, suchte an der Kreuzung im fließenden Verkehr nach einem Taxi und hob den Arm, als sie eines entdeckte, doch dann fiel ihr ein, dass sie das Geschenk für Jean-Luc vergessen hatte. Das Taxi hielt ein paar Meter weiter, und sie beugte sich zum Fahrerfenster.

»Est-ce que vous pouvez attendre un moment? J'ai oublié quelque chose dans l'appartement.« Können Sie einen Moment warten? Ich habe etwas in der Wohnung vergessen. Der Fahrer machte eine Geste, als sei dies eine Zumutung, worauf sie auf das Taxameter deutete und ihm klarzumachen versuchte, dass er es gleich anstellen sollte. Ihre Französischkenntnisse waren inzwischen so weit, dass sie sich halbwegs verständigen konnte, aber viele Vokabeln kannte sie einfach nicht. Doch er verstand, was sie meinte, und schaltete das Gerät ein.

»Okay, okay«, antwortete er. »J'attends.«

Sie rannte, so gut es mit den hohen Schuhen ging, zurück in ihre Straße, tippte den Code ein, schloss wenige Sekunden später die Wohnungstür auf und streifte ihre Pumps ab. In Strümpfen lief sie Richtung Wohnzimmer und wäre dort fast mit Patrick zusammengestoßen.

»Salut! Was hast du denn hier zu suchen?«, fragte sie ziemlich überrascht.

Patrick lächelte verlegen. »Oh, du bist hier! Ich dachte nur, ich komme vorbei und borg mir ein paar alte CDs.«

»Und Sébastian hat dich reingelassen?« Die Haustür zur Straße konnte man, wie fast überall in Paris, nur mit dem Code öffnen.

»Ja.«

Luise ging an ihm vorbei ins Wohnzimmer. »Ich habe das Geschenk für Jean-Luc vergessen. Kommst du heute Abend auch zu seiner Feier im Flore?« Eigentlich hoffte sie, dass er nicht käme, denn inzwischen war ihr Patrick etwas zu anhänglich und fast lästig geworden.

»Äh, ich weiß nicht …« Er steckte die Hände in die Taschen und lehnte sich an den Türrahmen, als hätte er nicht vor, die Wohnung gleich wieder zu verlassen.

»Da ist es ja!«, sagte Luise, als sie das in goldenes Papier verpackte Geschenk auf dem Couchtisch liegen sah.

»Hör zu, Patrick«, sie gab ihm mit dem Geschenk einen Klaps auf die Brust. »Ich glaube, Jean-Luc würde sich freuen, wenn du kämst, Aydin hat sich ziemlich viel Mühe gegeben, und vielleicht ist Sébastian nachher ja auch so weit fit … ich schaue noch mal nach ihm.«

Patrick machte einen Schritt nach vorne, und fast wirkte es so, als wolle er ihr den Weg zum Schlafzimmer versperren.

»Nicht nötig, ich habe ihm gerade einen Tee gemacht, und er wirkte ziemlich müde …«

Luise zögerte einen Moment, sah in Richtung der angelehnten Tür des Schlafzimmers, das ganz am Ende des langen Flurs lag, und wandte sich um.

»Na gut, dann werde ich jetzt mal gehen, das Taxi wartet und ich bin spät dran«, sagte sie. Mit dem Geschenk in der Hand ging sie Richtung Wohnungstür, Patrick blieb dicht hinter ihr. Sie zog ihre Pumps an.

Plötzlich war Sébastians Stimme laut und deutlich aus dem Schlafzimmer zu hören. »Dépêche-toi, mon taureau corné! Je suis nu et je veux te encore baiser au moins trois fois avant qu'elle ne revienne!« Beeil dich, mein geiler Stier, ich bin nackt und will dich noch mindestens dreimal ficken, bevor sie zurückkommt.

Luise verstand inzwischen genug Französisch, um mitzubekommen, dass es Sébastian nicht nach einer zweiten Tasse Tee verlangte, und müde klang er auch nicht.

»Et dans deux jours nous en serons complètement débarrassés!« Und in zwei Tagen sind wir sie erst mal ganz los!

Luise stampfte in den Pumps Richtung Schlafzimmer.

»Nicht, tu das nicht!«, rief Patrick und versuchte, sie aufzuhalten. Doch es war zu spät: Sie sah Sébastian nackt auf dem Bauch liegen, auf einem Silbertablett standen zwei Gläser und eine Flasche Champagner auf Eis. Seine blauen Boxershorts hingen über der einen Nachttischlampe, das T-Shirt über der anderen und sorgten für schummriges Licht.

Als er Luise sah, sprang er auf. »Lou, es ist nicht so, wie du denkst, es ist ganz harmlos, nur ein bisschen Sex, aber du weißt doch, dass das nichts zu bed…«

Luise presste ihre Hände auf die Ohren. Von den Lügen und Ausflüchten wollte sie nichts hören. In ihrem Kopf summte es. Sie fühlte sich vollkommen zerschlagen, als hätte sie jemand einen steilen Abhang hinabgestoßen. Nur mühsam konnte sie sich beherrschen, ließ die Hände wieder sinken und presste sie krampfhaft zu Fäusten zusammen. Sie war nicht etwa schockiert, weil Sébastian sich als bisexuell outete. Längst hatte sie geahnt, dass er sich sowohl zu weiblichen als auch zu männlichen Körpern hingezogen fühlte. Seine Schwäche für Patrick war nicht zu übersehen gewesen. Sie hütete sich davor, herauszuschreien, was sie dachte: *Von allen Menschen tust ausgerechnet du mir das an, Sébastian!*

Und ausgerechnet, nachdem ich dir meine Liebe gestanden habe!

Sie schwieg. Sie hatte sich in der Gewalt, schluckte alle Bitterkeit hinunter und wandte sich ab. Ohne ein Wort holte sie ihren Koffer aus dem Wandschrank im Flur, klappte ihn auf dem Bett auf, warf ihre Kleider mitsamt Bügeln hinein.

Sébastian holte die Boxershorts von der Nachttischlampe und zog sie an, währenddessen redete er mit beschwörender Stimme auf sie ein: »Bitte, Lou, du musst doch nicht gleich zusammenpacken, lass uns doch in Ruhe darüber reden … ich meine, du fliegst doch ohnehin übermorgen nach Miami, und danach schauen wir, wie es weitergeht. Vielleicht tut uns eine kurze Trennung gut … Wir hatten eine schöne Zeit zusammen, lass uns doch nicht auf diese Weise auseinandergehen.«

Luise antwortete nicht. Stumm warf sie T-Shirts, Wäsche und Pullover in den Koffer. Als sie damit aus dem Schlafzimmer wollte, stellte sich Sébastian ihr in den Weg. Sie sahen sich in die Augen. Sie ließ den Koffer sinken, er breitete die Arme aus, und sie wehrte sich nicht, als er sie an sich zog. Ihr Gesicht schmiegte sich in die warme, vertraute Bucht zwischen seinem langen griechischen Kinn und der Schulter. Sie spürte seine Halsmuskeln und seinen starken Puls in der Schlagader. Und sie schluchzte ihre ganze Wut, ihren Kummer in seine weiche, glatte Haut. Ihr Make-up wurde von der unerwünschten Flut ihrer Tränen fortgeschwemmt, während sie Sébastian mit dem letzten Rest ihres Stolzes leise verwünschte.

Als sie mit ihrem Koffer auf die Straße trat, war das Taxi längst weggefahren. Sie sah auf die Uhr. Vor einer Viertelstunde hatte die Vorstellung in der Opéra Bastille begonnen, und sie würde allenfalls nach der Pause eingelassen werden. Sie hatte nicht das Bedürfnis, die ganze Bande heute Abend noch zu sehen. Und wie sollte sie in dieser Verfassung Jean-Luc gegenübertreten, der endlich seine große Chance bekam? Es war nicht leicht, so zu wirken, als schäume man über vor Glück, während sich das Blut in den Adern mit Tränen vermischte. Sie blickte in die Schaufensterscheibe des feinen Friseursalons. Einem sehr gepflegt aussehenden Mann mit grau melierten Haaren wurde gerade kunstvoll der Vollbart gestutzt. Trotz ihres Kummers musste sie unwillkürlich lächeln. Es gab so wenig Bartträger in Ostfriesland, dass sie darin gar keine Übung hatte. Der Friseur unterhielt sich sehr angeregt mit seinem Kunden, beide wirkten sympathisch, beide schienen die gemeinsamen Minuten zu genießen. Auf einmal überkam sie ein seltsames Gefühl der Leere und der Sehnsucht. Wie sehr sie doch die kurzweiligen Unterhaltungen, de Snack, dat Prootje mit ihren Kundinnen, mit den Leversdorferinnen und den Landfrauen vermisste! Die beiden Männer schienen sie jetzt bemerkt zu haben, denn sie drehten ihre Köpfe in ihre Richtung und wirkten überrascht. Luise sah an sich herunter, eine junge Frau in Paris, in einem blassblauen Diorkleid, allein, ganz allein und verlassen, hässliche Bahnen verschmierter Wimperntusche auf den Wangen. Die Einsamkeit schloss sich um sie wie ein schwarzes Tuch, und sie wandte sich ab.

In der Straße war es verhältnismäßig still. Weiter vorne am Boulevard de Grenelle zog laut und grell der abendliche Verkehr der ruhelosen Großstadt entlang. Weit oben am Himmel leuchtete die Spitze des Eiffelturms über der Häuserlinie. Unter der Wolkendecke war die Nacht warm, und dennoch fror Luise. An der Ecke war eine Telefonzelle. Sie ging langsam in die Richtung, ohne zu wissen, wen sie anrufen sollte. Ihre Eltern? Nein, was sollte sie ihnen denn sagen? Ein Hotel? Ja, sie konnte doch in ein Hotel gehen, sie konnte es sich leisten, sie verdiente doch genug. Doch aus guten Gründen fürchtete sie sich davor, in ein leeres Zimmer mit einem einsamen Bett zu kommen, mit ihren Gedanken allein zu bleiben. Wenn sie doch Aydin oder Jean-Luc bei sich hätte, doch sie waren in der Oper. Ein lässiger Wind fegte durch die Straße, und als sie an der Telefonzelle ankam, fielen die ersten Regentropfen aufs Pflaster, wo sie schwarze Flecken, so groß wie 10-Franc-Münzen, hinterließen. Sie kramte in ihrer Handtasche nach dem Portemonnaie und bekam stattdessen ihr kleines Adressbuch aus orangefarbenem, weichem Leder zu fassen. Pascal hatte es ihr geschenkt. Pascal Laurent! Ohne weiter nachzudenken, schlug sie die Einträge unter dem Buchstaben L auf, fuhr mit dem Finger die Spalte der Namen entlang, stoppte bei Laurent und wählte seine Nummer. Nach dreimal Klingeln hob er ab.

»Âllo?«

»Pascal? Ich bin es, Lou. Ich stehe auf der Straße. Ich weiß nicht, wo ich hinsoll.«

»Wo bist du genau? Ich schicke dir einen Wagen.«

»An der Ecke Rue de Fédération, Rue Desaix.«

»Das ist ja gar nicht weit von hier! Bis gleich!«

Eine Viertelstunde später stoppte eine schwarze Limousine vor ihr am Bürgersteig. Plötzlich war aus dem Wind ein Sturm geworden und aus dem Regen ein Wolkenbruch. Luise hatte Zuflucht unter einem Vordach gesucht und sich an die Hauswand gepresst. Der Fahrer stieg aus, spannte einen Schirm auf, verfrachtete Luises Gepäck in den Kofferraum und öffnete ihr die Fondtür. In dem Moment, als sie einstieg, in die komfortablen Polster einsank, die trockene Wärme der Heizung spürte und den luxuriösen Ledergeruch einatmete, ahnte sie, dass sie einen Fehler beging.

44

Die Morgensonne wurde vom Flusswasser reflektiert und spiegelte sich auf der perlmuttfarbenen Tapete. Wie kam es bloß, dass nur reiche Leute solche Bettbezüge, Daunendecken und Laken hatten? *An Pascals Bettzeug – selbst in seinem Gästezimmer – zeigt sich der Unterschied zwischen einem Millionär und einem marokkanischen Koch, einem Männermodel und erst recht einer ostfriesischen Bäuerin oder einer Provinzfriseuse*, sinnierte sie, und es erinnerte sie daran, dass sie sich an den Luxus vermutlich nie würde gewöhnen können. Nie verließ sie das Gefühl der Unwirklichkeit. Etwas von ihr war immer noch in Leversdorf, stand um fünf Uhr auf, molk fünfundzwanzig Rinder, radelte zu Gittes Salon, frisierte die ostfriesischen Landfrauen, bis sie auf den Jensenhof zurückkehrte und wieder die fünfundzwanzig Kühe molk.

Auf dem kleinen Tisch vor dem Fenster hatte das Hausmädchen bereits ein Tablett abgestellt. Darauf kein Pain au chocolat, kein Croissant, das seinen süßen Duft verbreitete, sondern ein Glas mit Essigwasser, schwarzer Kaffee und ein Granny-Smith-Apfel – passend zu ihrer Dauer-Model-Diät. Luise verzog gegen ihren Willen das Gesicht, als sie an den sauren Geschmack dachte. Säure hielt schlank! Pascal wollte nicht hören, dass sie noch nie in ihrem Leben dick gewesen war, ganz gleich, was sie aß. Er hatte hochtrabende Pläne mit ihr, seitdem sie im Januar in drei Haute-Couture-Schauen reüssiert hatte.

»Du bist für High Fashion geboren!« Für die exklusiven Haute-Couture-Schauen mussten die Mädchen noch dünner sein als für Prêt-à-porter.

»Üppiger Stoff fällt nicht etwa schöner über üppigen Polstern, nein, er wirkt nur elegant, wenn er in der Vertikalen nicht unterbrochen wird«, war ein geflügelter Satz, den sie in letzter Zeit häufiger hörte. Als High-Fashion-Model in Mailand oder Paris waren die üblichen geforderten Maße von 90–60–90 für Hüfte-Taille-Brust schon zu viel. Die Hüfte durfte gern noch schmaler sein, auch die Brust. Eine 87–58–82 hatte gute Chancen bei den Castings in den Modemetropolen.

Pascal formte jedes Mädchen nach seiner Vorstellung, jedes Model für eine andere Verwendung, so als wären sie aus Wachs. Pilar war das Model mit Sex-Appeal, das leicht zu fotografieren war und nicht nur dem Fotografen alles geben musste, was er verlangte. Luise sollte die unerreichbar überirdische Schönheit werden, die Modelle für die Superreichen der Welt vorführen würde.

Sie seufzte und betrachtete das Geschirr: Ein Tukan-Männchen mit dem Federkleid in leuchtendem Türkis reckte seinen grünen Hals, um an die blauen Trauben heranzureichen. Es sperrte bereits gierig den langen gelben Schnabel auf, doch die saftigen Früchte waren unerreichbar. Der Vogel saß auf einem Zweig, und die Farbenpracht seines Gefieders hob sich in sattem Kontrast von dem weißen Schimmer des Limoges-Porzellans ab. Luise betrachtete die Szene von ihrem Bett aus. Sie hatte beide Arme auf dem Laken ausgestreckt und die Wange auf das weiche Kopfkissen gelegt. Erst jetzt fiel ihr auf, dass die Blätter auf dem Porzellan eher denen eines Pflaumenbaums glichen. Sie richtete sich auf und stützte sich mit beiden Händen ab. Richtig, es mussten Pflaumen sein, die voller Geduld, mit feinem Pinsel auf die Kaffeetasse gemalt worden waren. Und es waren die blauen Pflaumen, die das kostbare Geschirr auf dem Frühstückstablett in ihrem Schlafzimmer schmückten, die sie an diesem Pariser Morgen an den Pflaumenkuchen denken ließen, den Oma Lina jeden Sommer backte. Und an die Hochsommertage mit Wespen und frischem Rahm auf dem Plumenkook, Wölkje im Tee, die sich in ihrer Erinnerung nun zu purem Glück verklärten.

Luise ließ den Kopf in die Kissen zurücksinken, die sich dabei links und rechts so hoch aufbauschten, dass man beinahe zwischen den weichen Daunen erstickte. Sie ließ noch einmal die Ereignisse der letzten Wochen Revue passieren. Es war eine anstrengende, aber aufregende Zeit, die hinter ihr lag, die Reise nach Miami, die Shootings am Strand, Luxuskarossen, herrliches Wetter, Sonne, Palmen, alles genau so, wie Naomi und Ian es ihr beschrieben hatten. Sie war oft ab sieben Uhr früh auf den Beinen gewesen, weil der Fotograf das Morgenlicht brauchte, und es hatte auch endlose Tage voller Castings, Fototermine, harter Worte, Unstimmigkeiten gegeben. Und am Ende die Streitereien mit Pascal, der sie begleitet und mit Argusaugen über sie gewacht hatte:

Breakfast ohne Backwerk und Butter, dafür Obst und Magerquark, Lunch mit etwas gedünstetem Huhn, Diner mit grünem Salat ohne Dressing und ein paar kleinen Pillen, zu viel Champagner. Seit einer Woche liefen die Castings für die nächste Fashion Week, und ihr Auftragsbuch war voll, sie würde bei fast jeder Show laufen. Sie hatte es geschafft, sie gehörte zu den Supermodels. Und mit den Buchungen für die Haute-Couture-Schauen stieg sie in den Olymp des Modehimmels auf, wie Pascal ihr versprach. War das nicht fantastisch? Doch woher kam dann diese innere Leere und Einsamkeit, die sie inmitten all dieses Luxus umgab, als säße sie allein in einem dunklen Wüstenzelt?

Im Spiegel begegnete sie sich selbst im nackten Schein der nicht beschirmten Glühbirnen. Mit den blauen Reflexen des Seidenkimonos auf ihrer weißen Haut sah sie angeschlagen aus, mit dunklen Schatten unter den Augen. Ein Anfall von Kummer, Einsamkeit und bitterer Selbsterkenntnis überfiel sie. Sie musste sich dringend eine eigene Wohnung suchen. Am liebsten wieder im zehnten Arrondissement, mitten im Pariser Leben. Sobald die Castings und die nächste Modewoche um wären, sie Zeit hätte, würde sie das tun!

Sie stand auf und ging ins Bad. Nach einer langen, heißen Dusche zog sie ihre Jeans und den Ringelpulli von Gaultier an, malte sich die Lippen purpurrot an, keine Mascara, keine Grundierung. Die Haare ließ sie an der Luft trocknen, so wie die typische Pariserin. Ein Blick ins Arbeitszimmer, wo Pascal mit dem Rücken zur Tür saß, telefonierte, die silbrigen Haare frisch gekämmt und zurückgegelt. Er bemerkte sie nicht, und sie legte sich ihren Kamelhaarmantel über die Schultern, zog hohe Pumps an, setzte eine große Sonnenbrille auf und verließ das Penthouse im feinen achten Arrondissement.

Erst als sie auf einem der Bugholzstühle im Café de Flore saß, vor sich auf der Marmorplatte des kleinen runden Tischchens einen Café Crème double und eine der unvergleichlich luftigen und zugleich saftigen Brioches, die Aydin jede Nacht um vier Uhr anfing zu backen, begann sie sich zu entspannen. Sie nahm das Gebäck in die Hand, sah Männer in maßgeschneiderten Anzügen – dafür hatte sie inzwischen einen

Blick – auf ihrem Weg zur Métrostation auf dem Boulevard Saint-Germain vorübergehen. Übernächtigte Paradiesvögel in Paillettenkleidern, die aus einem Nachtclub oder einem Hotelbett zurück in ihr Arrondissement kamen. Mütter und Kindermädchen, die dunkelblau gekleidete Kinder zur Schule oder in den Kindergarten brachten. Kleinwagen der Marken Renault und Peugeot tuckerten vor schwarzen Stretchlimousinen her. Sie mochte sogar den Pariser Berufsverkehr, denn er bildete einen der größten Gegensätze zu der Situation in Luises Heimatort. Die Mystik und Faszination der Stadt lag in dieser besonderen Mischung.

»Avec ardeur«, sagte Aydin – mit Hingabe. Er meinte seine innere Haltung, wenn er die herrlichen Backwaren für das Café herstellte. Manchmal sagte er auch stattdessen »avec l'amour«. Sie schloss die Augen, wenn sie hineinbiss und wusste, dass er ihr dabei zusah. Wie gespannt er auf ihr genießerisches »Hmmm« wartete. Aydin war in Marokko geboren und in Casablanca aufgewachsen, er hatte in Lyon gelebt – und war dennoch unter ihren Freunden der typische Pariser schlechthin.

Sie ärgerte ihn ein wenig und spannte ihn auf die Folter, ließ ihn zappeln und sagte sekundenlang gar nichts, während sie die salzige Butter des Briocheteigs auf ihrer Zunge zergehen ließ. Erst wenn sie ihn ansah und ihm versicherte, sich wie im Himmel auf Erden zu fühlen, lächelte er zufrieden.

Luise setzte ihre schwarze Sonnenbrille ab, zog ihren federleichten Kamelhaarmantel enger um die Schultern, warf ein Alka-Seltzer in das Glas Wasser und fragte ihn, was er nach Feierabend vorhabe – bei ihm begann er schon um elf. »Dormir!«, lautete seine Antwort. Er legte beide Handflächen zusammen und bettete die Wange darauf. »Das würde dir auch guttun!« Dabei nickte er in Richtung der dunklen Ringe unter ihren Augen, die sie vorher verdeckt hatte. Und wie immer schloss er die Frage an, ob sie ihm dabei Gesellschaft leisten wolle. Zwischen ihnen war das okay, diese Art Geplänkel gab es von Anfang an, keiner von ihnen nahm es allzu ernst.

»Du siehst müde aus, Lou! Ist es die Arbeit, oder sind es die Nächte?«

»Beides!« Sie zog die Tageszeitung aus ihrer Handtasche, die sie sich unterwegs gekauft hatte, und schlug den Anzeigenteil auf. »Ich muss mir unbedingt eine eigene Wohnung suchen. Bei Pascal halte ich es nicht mehr aus!«

Sofort konnte sie sehen, wie Aydin sich streckte, die Muskeln anspannte, bereit, sie zu verteidigen. »Hat er dir etwas angetan?«

»Nein, nein, er hat mich einmal nach einer Modenschau begrapscht, aber seit ich bei ihm wohne, hat er mich nicht angerührt.« Als Aydin sie immer noch besorgt musterte, fügte sie hinzu: »Ich schließe nachts mein Zimmer ab.« Sie rollte mit den Augen und blickte zum Himmel. »Es fühlt sich gerade alles etwas absurd und unwirklich an.«

»Lou, das ist doch wirklich kein Zustand, du kannst doch wieder zu mir ziehen, wenigstens so lange, bis du etwas Eigenes gefunden hast.«

»Das ist lieb von dir, Aydin … du warst immer so fürsorglich zu mir, von Anfang an … aber du wohnst mit Jean-Luc zusammen, und schließlich könnte ich auch in ein Hotel ziehen, bis ich eine eigene Wohnung habe.«

Warum tue ich es nicht einfach?, dachte sie, und Aydin stand die gleiche Frage ins Gesicht geschrieben. Sie legte das letzte Stück Brioche auf den Teller zurück und redete übertrieben vergnügt drauflos: »Pascal sagt, ich soll mich auf Haute Couture konzentrieren. Ich habe die richtigen Maße für High Fashion: siebenundachtzig-achtundfünfzig-zweiundachtzig, und meine Größe von eins sechsundachtzig ist dort eher ein Vorteil. Bei Prêt-à-porter sind mir alle Röcke und Hosen zu kurz, wie du ja vielleicht nach dem herrlichen Foto in der *Paris Match* mitbekommen hast.«

Aydin grinste. »Allerdings, so wie ganz Paris …«, er schlenkerte mit der Hand, »… was sage ich, ganz Frankreich!«

Luise lachte leise, als sie sich daran erinnerte, wie schockiert sie gewesen war, sich aus dieser Perspektive fotografiert in der auflagenstärksten Klatschzeitschrift Frankreichs zu sehen. Im Nachhinein sah sie die komische Seite der ganzen Affäre.

»Übrigens, hast du das von Sébastian gehört?«

»Nein, was gibt es Neues?«

»Seine Tante ist von ihrer Weltreise zurückgekehrt und hat ihn kurzerhand aus dem schönen Appartement rausgeworfen, als sie ihn dort mit Patrick im Bett erwischt hat.« Er lachte herzlich. »Da wäre ich zu gerne dabei gewesen, stelle es mir gerade bildlich vor, wie sie mit ihrem ganzen Gepäck ankommt, ins Schlafzimmer geht, und da sind die beiden gerade mitten dabei …« Als er ihr Gesicht sah, hielt er sich die Hand vor den Mund. »Oh, Entschuldigung, wie unsensibel von mir, du hast ihn ja auch dabei erwischt!«

»Zum Glück nicht direkt, sondern kurz davor.«

Es versetzte ihr immer noch einen schmerzhaften Stich, wenn sie daran dachte. Aber sogar vor ihrem guten Freund Aydin wollte sie das nicht zugeben, deshalb sagte sie leichthin: »Es gibt die Tante also wirklich? Und ich dachte, Tante Elise existiert gar nicht, sie sei nur eine Erfindung von ihm, genau wie die Katze.«

»Welche Katze?«

»Sébastian sagte immer, wir müssten die Katze von Tante Elise füttern, aber da war gar keine Katze …«

Luise merkte auf einmal, wie ihre Augen feucht wurden. Das Wort Katze war das falsche Stichwort gewesen. Aydin starrte Luise an, aber sie sah ihn kaum. Ihr Herz klopfte so schnell, dass es sie erschreckte. Was war heute bloß mit ihr los? Vielleicht bräuchte sie ein Beruhigungsmittel.

»Arme Lou!« Er setzte sich endlich neben sie und legte ihr den Arm um die Schultern. »Tut es noch immer so weh?«

Luise schüttelte den Kopf. Sie fuhr sich mit der Hand über das Gesicht und sah Aydin an, doch er hatte das Gefühl, dass sie durch ihn hindurchblickte. »Ich weiß nicht, es ist nicht nur die Sache mit Sébastian, sondern es ist die Situation mit Pascal, mit der Agentur, der Druck, diese ständige Diät, diese Reduzierung auf das Äußere, auf den Körper, auf die Maße, auf das, was sie manchen Models antun.« Sie erinnerte sich an ihre letzte Begegnung mit Pilar beim Dolce-&-Gabbana-Shooting und was dieses Mädchen für eine merkwürdige Entwicklung durchlaufen hatte.

»Ich sollte eigentlich jemandem hier in Paris meine Hilfe anbieten, aber ich weiß nicht, wie, weiß noch nicht einmal, wo ich sie finde.«

Aydin biss sich auf die Lippen und schüttelte den Kopf.

»Du machst dir selbst viel zu viel Druck, Lou. Weißt du, ich glaube, wir bauen uns manchmal unser eigenes Gefängnis und sperren uns darin ein …« Er lächelte aufmunternd. »Was war jetzt mit Sébastians Katze?«

»Es gab keine. Der Satz ›Wir müssen noch die Katze füttern‹ wurde irgendwann zu einem Spaß zwischen uns. Aber in letzter Zeit habe ich dann immer öfter an Sneeiflock gedacht.«

»Sneeiflock?«

Luise nickte. »Unsere kleine Katze, sie wurde geboren, kurz bevor ich nach Paris gekommen bin, sie ist ganz weiß und wuschelig, deshalb habe ich sie Sneeiflock genannt, das ist Plattdeutsch und heißt Schneeflocke. Und sie hat so ein rosa Näschen und einen nackten Bauch und … ach, es ist ja zu albern, sie ist nur eine von unzähligen Hofkatzen, die die Mäuse im Stall fangen.« Luise bemühte sich um ein überlegenes Lächeln, als nähme sie ihre Sehnsucht nach dem Kätzchen leicht. Dann beugte sie sich über ihre Schale Café Crème double, um ihr Gesicht zu verbergen, und trank ihn aus. Inzwischen war er kalt und schmeckte schal. Aydin seufzte. Er kannte Luise jetzt über ein halbes Jahr, er hatte sie sehr gern, und es tat ihm in der Seele weh, sie so traurig zu sehen. Vielleicht konnte er ihr helfen?

»Lou, was ist los? Ich merke doch, dass es dir nicht gut geht. Bist du sicher, dass es nur diese kleine Katze ist, die du vermisst, ist da nicht noch etwas oder jemand anderes? Vielleicht müsstest du dich mal aussprechen.«

»Nein, danke. Wenn ich erst einmal alles in mir auseinandergenommen habe, kann ich garantiert über keinen Laufsteg mehr gehen. Es ist gerade das Unbekümmerte, das unsereins in Gang hält.«

»Hast du vielleicht Heimweh? Glaub mir, ich kenne das. Ich habe am Anfang auch noch oft an Marokko gedacht und an meine Eltern.«

»Siehst du! Du sagst es selbst: am Anfang. Irgendwann gibt sich das.«

»Ganz gibt es sich niemals, aber es verblasst, so wie eine Narbe.«

»Dann ist doch alles in bester Ordnung.« Sie zog ihr Hosenbein hoch und fuhr mit der Handfläche über die Narbe an ihrer Wade. »Siehst du? Sie ist kaum noch sichtbar und tut auch nicht mehr weh.«

Aydin presste die Lippen zusammen und nickte. Es stimmte beides nicht. Die hellrosa Leiter zeichnete sich deutlich auf ihrer blassen Haut ab, und sie schmerzte immer noch ein wenig, wenn sie sie berührte.

»Gut, sehr gut. Solltest du mich fragen, ob du das Richtige tust, würde ich dir antworten: Nein. Du solltest nach Hause fahren und deine Eltern und … wie heißt sie noch …?«

»Sneeiflock.«

»… und Sneeiflock besuchen.«

»Wann?«

»Jetzt!«

»Aber ich kann jetzt nicht weg, bald beginnen die Fashion Weeks, die Castings. Wenn ich jetzt wegfahre, zerstöre ich meine Karriere, du weißt, wie schnelllebig die Branche ist, wie rasch man zu alt ist!« Sie hörte selbst, dass das, was sie sagte, mehr nach Patrick und der Stimme der Agentur ELLE klang als nach ihr selbst. Aber war nicht inzwischen die Modebranche ihr Leben?

»Das glaube ich nicht. Du musst doch gar nicht mehr zu den Castings, du wirst ohnehin engagiert, jeder kennt dich inzwischen. Bis es losgeht, bist du längst wieder zurück.«

»Du gehst doch auch nicht zurück nach Marokko und kannst nicht ohne dein Backen und Kochen leben!«

Sie biss sich auf die Lippen. Aydin war mit seinem Job als Chef de Cuisine im Café de Flore, das eigentlich nur ein Frühstückscafé war, unterfordert, das wussten alle. Aber er war so ein zurückhaltender Mensch, dass man immer wieder vergaß, dass auch er Sorgen hatte. Nachdem sie ihren letzten Bissen Brioche verzehrt hatte, stand Aydin auf, um zurück in die Küche zu gehen, und sagte: »In Marokko ist niemand mehr, der mir nahesteht. Meine Eltern sind längst gestorben, ohne dass ich sie noch einmal wiedergesehen habe. Man darf nie vergessen, was wirklich im Leben zählt, belle Lou.«

Luise blieb sitzen, markierte einige Wohnungsanzeigen mit blauen Kreuzen. Doch sie war nicht bei der Sache und tippte sich immer wieder mit dem Kugelschreiber ans Kinn. Eine elegant gekleidete Frau, die gegenüber bei Louis Vuitton eingekauft hatte, kam mit drei braunen Papiertüten aus dem Laden. Die Gliederpuppe im Schaufenster war mit einem langen Plisseerock im Logoprint und einer Seidenbluse dekoriert. Jedes Teil kostete weit über tausend Franc, mehr als das Milchgeld, das die Jensens mit ihren Rindern in zwei Monaten erwirtschafteten. Es kam ihr plötzlich alles vollkommen absurd vor. Sie fragte sich, warum in ihrem Inneren und in ihrer Welt zwischen gestern und heute Abend ein solcher Wandel stattgefunden hatte. Die Mode und die Kreationen der großen Couturiers waren ihr auf dem Laufsteg wie etwas Ewiges, etwas Bedeutsames erschienen. Und jetzt stand diese Luxusmode plötzlich da, kahl und kalt, und war außerhalb dieses Pariser Universums eigentlich ganz unwichtig. Es hatte keinen besonderen Anlass gegeben, keinen Lärm, keine Hexerei, und dennoch hatte die Modewelt über Nacht all ihren Zauber und Glanz für sie verloren. Luise konnte nur an eines denken: an zu Hause.

45

Es war schon fast Mitternacht, als Luise endlich die Einfahrt zu ihrem Hof am Straßenrand auftauchen sah. In einiger Entfernung davon lag ihr Elternhaus und dahinter die Scheune und der Kuhstall mit dem Wellblechdach. Die windgeduckten Gebäude hoben sich als niedrige schwarze Silhouetten vor dem Vollmondhimmel ab. Aber dahinter bemerkte sie etwas Fremdes, etwas Eigenartiges, das vorher nicht da gewesen war. Es waren die rot blinkenden Lichter eines Windrads, dessen Rotorblätter sich langsam drehten. Jetzt erinnerte sich Luise wieder an die Landvermesser, die auf den Grund des Nachbarhofs gekommen waren. Innerhalb von einem halben Jahr hatten sie das neue Windrad aufgestellt? Das war sicher ein neuer Rekord.

Der VW Kombi rumpelte über den Feldweg mit den vielen Schlaglöchern, und Luise musste daran denken, wie sie vor einem halben Jahr auf dem Beifahrersitz von Hammers Mercedeslimousine in die umgekehrte Richtung geschaukelt war. Was für ein ahnungsloses und naives Ding sie damals doch gewesen war!

»Da wär'n wir!«, sagte der Taxifahrer und stellte die Uhr ab.

»Einhundertachtzig fünfundsechzig bitte.« Vermutlich kam es nicht häufig vor, dass er mitten in der Nacht eine junge Frau vom Hamburger Hauptbahnhof zu einem abgelegenen ostfriesischen Bauernhof fuhr. Und der abgeplatzte Putz an dem schäbigen Haus, das seine Scheinwerfer beleuchteten, schien ihn daran zweifeln zu lassen, ob sie überhaupt den Fahrpreis zahlen konnte.

Sie gab ihm zwei Hundertmarkscheine und sagte: »Stimmt so.« Darauf tippte er sich zum Dank an seinen Elbsegler, stieg aus und öffnete ihr die Fondtür.

Es war ein tiefes, schönes Gefühl, wieder zu Hause zu sein. Vor allem der Wind, der Luise ins Gesicht fuhr, als sie aus dem Taxi ausstieg, fühlte sich vertraut an. Es war alles so vertraut. Der Duft der Wallhecken, der Geruch der Erde, des Kuhdungs und der Luft, die um so vieles kühler und weitaus feuchter war als in Paris. Sie schmeckte heute sogar ein wenig salzig. Weil sie den Nachtzug nach Hamburg genommen hatte, war sie nur im Dunklen an den Feldern vorbeigefahren, hatte nicht sehen können, ob gerade erst die Winterfurchen gezogen wurden. Bei leichtem Frostwetter ließen sich die schweren Traktoren besser über die Felder fahren. Schließlich kannte sie das Bauernjahr wie im Schlaf. Sie ließ den Koffer vor dem Haus stehen und lief, so wie sie war, über den Hof zum Kuhstall. Vieh machte im Winter mehr Arbeit als im Sommer. In der warmen Jahreszeit wuchs das Gras auf der Weide, und die Rinder bedienten sich selbst. Im Winter musste der Bauer verschiedene Futterkomponenten zusammenmischen, und das war umständlich. Gab es tiefen Frost, konnte das Transportband der Mistanlage einfrieren, dann kam man in »de Bredullje«, wie ihr Vader es ausgedrückt hätte. Es war schon seltsam – kaum war sie angekommen, kreisten ihre Gedanken um den Hof, als wäre sie nie fort gewesen. Sie kreisten um das Leben hier, und das Leben hier war ein ewiger Kreislauf aus Wind, Regen, Sonne, Erde, Gras, Heu, Korn, Milch und Mist – den Grünkohl nicht zu vergessen!

»Moin moin, da bin ich wieder!«, rief sie in das leise Rascheln hinein, während ihre Hand nach dem Lichtschalter des Stalls tastete. »Jetzt werdet ihr wieder von Luise gebosselt!« Das trübe Licht der staubigen Stalllampe flammte auf, und Luise sah in die runden Augen der fünfundzwanzig Rinder, die sich über die nächtliche Störung wunderten. Als Erstes ging sie zu Frida und legte ihr die Hand auf das Fell, schmiegte sich an den warmen Körper des gutmütigen Tieres, flüsterte ihr Worte der Wiedersehensfreude ins Ohr. Dann suchte sie nach Mathilde, fand sie viel weiter hinten als sonst und sah nach, ob ihr Huf wieder verheilt war. Sie zog ihr Hosenbein hoch und streckte ihr die Wade entgegen, als wäre sie ein echter Gesprächspartner. »Schau mal, wilde Mathilde, meine Narbe ist auch kaum noch zu sehen.«

Erst nachdem sie alle Rinder begrüßt, das Stroh aus ihrem Fell gesammelt und sie zwischen den Ohren gekrault hatte, knipste sie das Licht aus und lief über den dunklen Hof zum Haus. Die Tür war unverschlossen wie früher, und als sie sie öffnete, hörte sie ein leises Miauen. Es war die weiße Angorakatze. »Sneeiflock!«, rief sie leise, voller Zärtlichkeit und hob sie vorsichtig hoch. »Hast du dich zur Hauskatze hochgeschnorrt? Das hast du gut gemacht, und groß bist du auch geworden.«

Sie ließ ihren Koffer unten stehen und ging auf Zehenspitzen die Treppe zu ihrer Dachkammer hoch. Dort zog sie sich ihren alten Frotteepyjama an, legte sich mit der weißen Katze ins Bett. Durch das offene Fenster strich Wind herein, der vertraute ostfriesische Wind, Sneeiflock rollte sich auf ihrem Bauch zusammen und begann zu schnurren. Luise schlief auf der Stelle ein.

Als wäre ihr innerer Wecker mit der Ankunft zu Hause automatisch gestellt worden, holte er sie um fünf Uhr aus dem Schlaf. Sneeiflocks warmer Körper lag zusammengerollt in ihrer Kinnbeuge. Sie strich ihr über das weiche Fell, stand auf, zog die gerippte Unterwäsche an, schlüpfte in den sackartigen blauen Overall, band sich den schwarzen Gürtel fest um die Taille und warf einen Blick in den Spiegel. Das blasse Gesicht mit den blonden, kaum sichtbaren Augenbrauen und Wimpern war das Gesicht einer nordischen Schönheit. Sie sah aus wie ein deutsches Supermodel, nicht mehr und nicht weniger!

Mit den Handflächen strich sie über den festen Köper des neuen Blaumanns. Eine kräftigere Farbe, ein breiterer Gürtel, ein schwarz-weißes Ringelhemd darunter, schon hätte ihre alte Stallkleidung als Overall von Gaultier durchgehen können.

Als sie den Kopf einzog, die enge Treppe hinunterstieg, hörte sie schon Klappern und das Pfeifen des Kessels auf dem Herd.

»Moin moin, Moder.«

Ihre Mutter setzte den Kessel zurück auf die Platte, und das Pfeifen war entsetzlich schrill. Aber sie kümmerte sich nicht darum, sondern breitete die Arme aus und drückte ihre Tochter an sich.

»Ich hab schon dien Kuffer sehn. Moin moin, mien Luise. O Gommes nee!« Ach Gott! »Bist du mager geworden! Dünn as ’n Stück Holt!« Dünn wie ein Stück Holz!

»Ich war schon immer dünn, Moder!«

»Aber doch nicht so! Dat lett sük woll balgen, man nicht talgen!« Das magere Tier gibt wohl Haut, aber kein Fett.

»Aber Moder!« Luise musste lachen und befreite sich aus ihrer Umarmung. »Sind Vader und Jakob schon im Stall, und wo ist Oma Lina?«

»Ja, beide sind im Stall, und Oma Lina ist bettlägerig.«

»O nein, geht es ihr so schlecht?«

»Sie ist alt und müde, sagt sie, und Doktor Feddersen sagt das Gleiche.«

»Ich sehe nach ihr, wenn ich die Kühe gemolken hab.«

Die weiße Katze war Luise gefolgt, saß jetzt auf dem Fensterbrett und starrte hinaus in die Morgendämmerung.

»Gleich gibt's frische, warme Milch, Sneeiflock!«, flüsterte Luise ihr mit weicher Stimme zu. Zärtlich strich sie über das weiche Fell der Katze, dann setzte sie sich auf die Bank.

Ihre Mutter drehte sich zu ihr um und schüttelte den Kopf. »Du und dien Deren! Man hat fast de ganze Tied glöven können, sie würd dich missen. Ist immer wieder hoch zu dien Kamer gelaufen, wenn ich die Tür nicht tosloten hielt, lag sie auf dien Bett.«

»Und du hast sie ins Huus gelassen?«

Ihre Mutter lächelte verschämt. »Sie hat mich so an dich erinnert.«

Sneeiflock schien zu spüren, dass sie über sie sprachen. Sie stand auf, machte einen Satz zu Luise auf die Eckbank und stieß sie sanft mit dem Kopf an.

Luise schnitt sich eine Scheibe Brot ab, schmierte sich die billige Nussnougatcreme aus dem Großmarkt darauf. Sie warf zwei Stücke weißen Kandis in ihre Tasse, die beim Einschenken des heißen Tees so herrlich knisterten und dem Tee die leckere Süße gaben. Dann gab sie einige Tropfen dickflüssige Sahne dazu. Sie nahm die Tasse in beide Hände, trank einen Schluck, schloss die Augen und war sich in diesem Moment bewusst, dass sie niemals etwas anderes zum Frühstück trinken wollte. Am Anfang kam die cremige und etwas kühlere Sahneschicht, gefolgt vom herben Geschmack des Ostfriesentees, gekrönt von der Süße am Schluss.

Dann öffnete sie die Augen und biss in ihr Brot. »Also, Moder, morgen backe ich Brioches für uns alle. Ich weiß nicht, ob ich es so gut kann wie Aydin, aber ich werde es versuchen.«

»Brioches!«, wiederholte ihre Mutter. »Was ist das, und wer ist Aydin?«

»Das ist eine lange Geschichte, und ich erzähle sie dir noch, aber jetzt muss ich gleich in den Stall.«

Auf dem Tisch lagen ein ausgefüllter Lottoschein, Vaders halb leere Zigarettenpackung, ein gelbes Feuerzeug, das Kreisblatt, auf dessen erster Seite über die Planungsverfahren für zehn neue Windräder berichtet wurde. Luise musste an Magnus denken, den Rettungssanitäter, der sie vom Krankenhaus abgeholt und gemeint hatte, die Windkraft und Solaranlagen seien die Zukunft Ostfrieslands.

»Das ging aber schnell mit dem neuen Windrad. Sieht fast aus, als würde es auf unserem Acker stehen.«

Das Gesicht ihrer Mutter verdüsterte sich. »Sprich das besser nicht an. Es steht viel zu nah an der Feldmark, aber es gab eine Entschädigung. Dien Vader is trotzdem vergrellt!«

Luise klappte das Brot zusammen und sprang auf. »Ich fange besser mal mit dem Melken an!«

Zum Abschied streichelte sie der kleinen Katze über den Rücken, und diese schmiegte sich an ihre Hand. »Bleib schön nah an der Heizung, Sneeiflock«, flüsterte sie leise.

Die schweren Arbeitsschuhe in Größe 43 an den Füßen, lief sie über den Hof und sah dabei hinüber in die Ferne zu den Pappeln. Wie tintenschwarze Zähne ragten sie in den Himmel, der eine fast unwirkliche Färbung annahm. Luise legte den Kopf in den Nacken, atmete tief die kühle Luft ein. Sie schmeckte frisch und prickelte in ihren Lungen. Der Wind fuhr ihr ins Gesicht, und Luise merkte auf einmal, wie glücklich sie war. Das Glücksgefühl breitete sich in ihr aus wie die Schwingen der ersten Zugvögel. Sie spürte einen Kloß in ihrer Kehle, und als sie sich ein paar Mal räusperte, löste er sich mit einem Laut, der wie der heisere Schrei der Störche klang, die bald mit dem Frühling zurück zu ihren alten Nestern kommen würden. Sie wusste, dass der Hof veraltet war, der rostige Dreizylindertraktor viel zu gemächlich über den Kartoffel- und Rübenacker tuckerte, dass kein Bauer mehr mit zwanzig Hektar Land und fünfundzwanzig glücklichen Rindern, Klee und Grünkohl schuldenfrei auf einen grünen Zweig kam. Und doch glaubten ihre Eltern daran, und sie liebte sie dafür, dass sie diesen Glauben hatten.

»Moin moin, Chefin!«

Gitte ließ den Stielkamm fallen und fuhr herum.

»Ich glaub's ja nicht! Die Luise ist wieder da!« Es war ausgerechnet

Frau Detlefsen, die Wirtin des Moorbachhofs, der sie gerade die neue Farbe auftragen wollte.

»Und wie die Luise aussieht! Wie frisch vom Pariser Laufsteg!«

Luise hatte sich nicht besonders herausgeputzt, wie sie fand. Sie trug eine flaschengrüne Hose, einen engen Rollkragenpullover und eine kurze cognacfarbene Lederjacke mit spitzem Kragen von Montana, doch Gittes Entzücken über ihr Outfit machte ihr deutlich, wie weit sie sich in den sechs Monaten von der Realität eines ostfriesischen Dorfs entfernt hatte. Ihr Blick hing so bewundernd an ihr, dass es Luise nicht überrascht hätte, wenn sie sich ihr zu Füßen geworfen hätte. Gitte wusch sich die Hände und fragte dann: »Darf ich?« Ganz vorsichtig berührte sie das Leder von Luises Jacke und schloss genießerisch die Augen. »Butterweich!«

Dann verschwand sie kurz hinter dem Vorhang.

»Schau mal, ich hab sie alle gesammelt.« Sie kam mit einem Stapel Zeitschriften, aus denen überall kleine Post-its herausschauten, zurück. »Ich weiß nicht, ob ich alle Fotos von dir erwischt habe, aber das hier gefällt mir am besten.«

Sie schlug eine Ausgabe der *Vogue* auf und zeigte auf die Werbung für das Dolce-&-Gabbana-Parfum. Luise musste lächeln. Das Foto von ihr auf der Marmortreppe der Opéra Garnier schien aus einem anderen Leben zu stammen. Eine Frau, die graziös die Stufen hinunterging, mit langem Schwanenhals und wasserblauen Augen, die fast übernatürlich wirkten.

»Wenn man dich so anschaut, kann man gar nicht glauben, dass du das bist.«

»Aber sie ist es! Unverkennbar!«, sagte Frau Detlefsen, die sich auch über das Foto beugte und es immer wieder mit der Luise, die vor ihnen stand, verglich.

Gitte fragte: »Und, was ist? Bist du nur auf Besuch, oder bleibst du?«

Luise hob die Achseln. »Das weiß ich noch nicht.«

Frau Detlefsen kam ihr zu Hilfe. »Na, wer tauscht schon freiwillig Paris gegen Leversdorf ein?«

Luise ging wortlos in das Hinterzimmer, vertauschte ihre Lederjacke gegen den schwarzen Salonkimono und fragte Gitte: »Darf ich?«

Gitte trat zurück und grinste. »Aber immer noch.«

»Und, Froo Detlefsen? Wie ik seh, sind Se bei Chocolate Cherry geblieben … klaar für een neje Farv?«, fragte Luise betont munter, um die Wirtin des Moorbachhofs auf eine Veränderung einzuschwören. »In Paris verännert man allmanweg sien Typ. Se worden sehn, die blonden Foliensträhnchen maaken Se zu einem ganz nejen Minsk. Es ist der neueste Schrei von der Pariser Prêt-à-porter-Schau.«

Frau Detlefsen Blicke ruhten auf Luise und ihren fast schulterlangen glänzenden blonden Haaren. »Wenn ik dann so utseh wie du … denn man to!« Wenn ich dann so aussehe wie du, dann mal los.

»Foliensträhnchen? Was ist das?«, fragte Gitte neugierig.

»Das ist die neue Färbetechnik für Strähnchen.«

Luise blätterte eine Seite in der *Vogue* mit einer Fotostrecke für die neue Frühjahrsmode auf und legte den Finger neben die Haare von Cindy Crawford. »Hier … mit Cindy war ich übrigens auch auf dem Laufsteg.«

Gitte und Frau Detlefsen staunten. »Sehen Sie diese schöne Melange von Dunkel- und Hellbraun?« Die beiden nickten. »Das sind Foliensträhnen. Es geht viel besser als mit der Haube und der Häkelnadel. Man teilt die Haare ab und bepinselt die separierten Strähnen mit der Blondierung oder Farbe.«

Sie wandte sich an Gitte: »Haben Sie Alufolie da?«

Diese überlegte. »Ja, in der Teeküche müsste welche sein.«

»Damit die anderen Haare nicht mit der Farbe in Kontakt kommen, legt man die Strähne nämlich auf einen länglichen Folienstreifen, den man anschließend zusammenfaltet. So werden nicht nur die ungefärbten Haare vor Patzern geschützt, sondern es kommt in der Folie zu einer Wärmeentwicklung, die dafür sorgt, dass die Farbe schneller und besser vom Haar aufgenommen wird.«

»Klingt einleuchtend!« Gitte verschwand hinter dem Perlenvorhang und hielt wenige Sekunden später triumphierend eine Rolle hoch.

»Dann schneiden Sie mir bitte zwölf Zentimeter lange Streifen davon ab. So ungefähr dreißig Stück.«

Gitte grinste. »Na gut, dann bin ich heute mal der Lehrling!«

Sie machte sich eifrig ans Werk, während Luise Frau Detlefsen die Farbkarte mit den Haarlocken zeigte. Schnell war ein schöner dunkelblonder Ton gefunden. Luise rührte die Farbe an, begann, sich mit Frau

Detlefsen über deren Urlaubspläne zu unterhalten. Frau Detlefsen stellte ihr viele Fragen über ihre Zeit in Paris, über die Modebranche. Luise merkte, wie sie es liebte, wie ihr der Snack, dat Prootje mit den Kundinnen gefehlt hatte, wie sehr sie die Leversdorfer Landfrauen vermisst hatte. Aber ganz leise meldete sich ein kleiner Zweifel. Würde sie nicht nach wenigen Wochen oder vielleicht sogar schon nach ein paar Tagen das Gefühl haben, viel zu viel zu versäumen, wenn sie immer an ein und demselben Ort bliebe? Würde ihr hier nicht alles zu eng und eintönig werden?

»Seker hest du doch ganz schön vööl Geld lepelt, wenn du so vööl in de Hefte warst«, fragte Frau Detlefsen. Sicher hast du doch ganz schön viel Geld verdient, wenn du so viel in den Zeitschriften warst.

Luise wollte etwas antworten, aber da klopfte es an die Scheibe des Schaufensters.

»Sieh mal, wer da ist!«, sagte Gitte und deutete auf das Fenster. Luise wandte sich um, und ihr entfuhr ein kleiner überraschter Ton, den Gitte und Frau Detlefsen sehr wohl registrierten. Es waren Nils und Malte, die draußen auf dem Bürgersteig standen.

Gitte machte eine Kopfbewegung in Luises Richtung. »Na, geh schon raus, ich bin sowieso noch nicht mit der Alufolie fertig.«

Luise entschuldigte sich bei Frau Detlefsen und trat dann vor die Tür. Nils stand direkt vor ihr. »Luise, du bist wieder zurück! Moin moin.«

Ihr Mund war plötzlich ganz trocken. Aber bevor sie etwas sagen konnte, legte Malte ganz unkompliziert seine Arme um sie und schmiegte sich an ihren Körper. Die rührende Geste schnürte Luises Kehle noch weiter zu. Als Malte sie wieder losließ, schüttelte er den Kopf. »Sie ist nur noch Haut und Knochen!«

Luise berührte seine Haare. »Darf ich? Ist das immer noch mein Zackenhaarband, das ich dir mal geschenkt habe?« Malte schüttelte den Kopf. Jetzt legte Nils ihm die Hand auf die Schulter, eine Geste, die sie so oft bei ihm gesehen hatte, schon als sie noch Kinder waren. Er war immer der verlässliche, fürsorgliche größere Bruder gewesen. »Das ist nun bereits das dritte Zackenband. Als deines auseinandergebrochen ist, gab es ein mittleres Drama!«

Er lächelte sie offen an. Aus dem Kragen seiner Jeansjacke schaute der rote Pullover heraus, der ihr so vertraut war und den sie immer und überall wiedererkannt hätte. Nils war bei Weitem nicht so gut aussehend wie Aydin und auch nicht so klassisch schön wie Sébastian. Er versprühte auch nicht dessen überbordende mediterrane Lebensfreude. Nils' Art war eher spröde, eigenwillig, ostfriesisch eben, so wie das raue Land, das seine Vorfahren der Nordsee abgetrotzt hatten und das sie alle geformt hatte. Aber seine Augen, sein ruhiger Blick, sein Habitus strahlten noch immer diese einnehmende, große Gelassenheit aus, die sie schon als kleines Mädchen angezogen hatte. Er umschloss ihre Finger und strich mit dem Daumen über ihre Handfläche, langsam und sanft. Sonst nichts. Und sofort überkam sie eine Sehnsucht nach seiner Nähe, die Erinnerung an ihre vielen Treffen auf den sonnenwarmen Torfwiesen, an das Schweben und das bitter vermisste Glücklichsein ihres gemeinsamen ostfriesischen Sommers.

Luise versuchte zu schlucken, zu sprechen, aber es ging nicht.

»Woher weißt du … ich meine … wer hat dir gesagt, dass ich zurück bin?«

»Weißt du nicht mehr? Das hier ist Leversdorf, da verbreitet sich so eine Nachricht wie ein Lauffeuer.«

Sie nickte.

»Du siehst gut aus.«

»Du auch.«

»Um nicht zu sagen sehr gut!«

Eine Pause. Alle drei warteten, alle drei atmeten tief. Malte begann zu summen.

»Geht's dir gut, Malte?«, fragte Luise schließlich. »Hast du neue Bilder gemalt?«

Er nickte. »Und wir haben acht neue Windräder.«

»Hab ich schon gesehen, gefallen sie dir?«

Malte zögerte nicht eine Sekunde: »Wat mutt, dat mutt!«

»Luise …«, sagte Nils, und seine Stimme klang auf einmal rau. »Luise, wir brauchen … ich meine, ich brauche dich.«

»Was hast du gesagt?« Der Satz löste Überraschung und Seligkeit in ihr aus. Noch vor sechs Monaten hätte sie geweint, wenn sie diese Worte von ihm gehört hätte.

»Ich brauche dich, ich hab das nur nicht gewusst.« Er räusperte sich, warf einen Blick auf Malte und fragte ihn, ob er am Auto warten könne. Malte wollte widersprechen, aber dann schien er zu spüren, dass er seinem Bruder damit helfen würde, nickte und schlenderte mit den Händen in den Taschen zum Auto.

Nils zog Luise zur Seite, drückte sie gegen die Häuserwand, nahm ihr Gesicht zwischen die kalten Hände.

»Ich habe nie aufgehört, an dich zu denken.«

Sein Mund näherte sich ihrem, aber kurz bevor sich ihre Lippen berührten, drehte Luise den Kopf zur Seite.

Sie nahm eine Bewegung im Schaufenster des Salons wahr. Es waren Gitte und Frau Detlefsen, die sich rasch zurückzogen, als sie in ihre Richtung schaute.

Nils strich ihr über die Wange. Seine Hand fühlte sich stark und rissig an, nicht wie die eines Studenten, eher wie die eines Landwirts. »Ich habe dich so vermisst. Bleib hier bei mir, Luise.«

Luise öffnete den Mund. Etwas in ihr wollte seine Lippen auf ihren spüren, seine Hand ergreifen, den Kopf in den Nacken werfen und mit ihm losrennen, zurück in den unbeschwerten Sommer, über die Torfwiesen, zurück zu ihren versteckten Lichtungen. Aber sie blieb stehen, rückte sogar von ihm ab. Nils spürte ihren Zwiespalt und flüsterte: »Es war dumm von mir, auf meine Eltern zu hören. Aber ich bin inzwischen mit dem Studium fertig, und ich treffe meine eigenen Entscheidungen.«

Sie nickte mit ernstem Gesicht.

»So, glaubst du! Was hast du denn jetzt vor?«

»Ich will den Hof klar fürs nächste Jahrzehnt machen.«

»Und dein Vater lässt dich einfach so gewähren?«

»Komm mit, dann kannst du ihn selbst fragen.«

Er deutete auf seinen Golf GTI, den er weiter vorne mit zwei Rädern auf dem Bürgersteig geparkt hatte und an dessen Motorhaube sich Malte lehnte. Luise verstand nicht, ob Nils das ernst meinte. Was verlangte er da von ihr! Sie kannte die Auseinandersetzungen zwischen mehreren Generationen auf einem Hof nur zu gut. Sie wusste, dass sie niemals glatt und harmonisch verliefen, und sie erinnerte sich noch genau an die kühle und hochmütige Ablehnung, die ihr von Nils' Mutter entgegengeschlagen war.

In dem Moment wurde ihr bewusst, dass sie zwischen den Fronten stand, zwischen ganz verschiedenen Lebensentwürfen. Immer noch fühlte sie sich von Nils angezogen, aber gleichzeitig verspürte sie ein Unbehagen.

»Ja, frag ihn doch selbst!« Das kam von Malte, der die ganze Zeit zugehört hatte und sie nicht aus den Augen ließ. Er lachte, als würde er sich unbändig auf die Abwechslung freuen und die Aussicht, Luise mit nach Hause auf ihren Hof zu nehmen. Schon kam er wieder auf sie zu. In der Ferne hörten sie den Motor eines mächtigen Traktors knattern, der sich näherte. Ringsum auf den kahlen Bäumen hob warnend das Geschrei der Krähen an. Wie zufällig brummte einer der Landgehilfen des Ahlershofs auf dem Bock des giftgrünen Lamborghini-Traktors an ihnen vorbei. Er tippte an seine Kapitänsmütze, wandte den Kopf, starrte sie noch an, als er schon längst auf Höhe der Playhouse-Spielothek war.

»Was glotzt der Friedjof so wie die Kuh auf der Weide?«, fragte Malte und zog eine Grimasse in seine Richtung.

Nils sah ihm nachdenklich hinterher und sagte: »Vermutlich wird er brühwarm to Huus Bericht erstatten.«

Luise kam sich plötzlich fehl am Platze vor. Es war richtig gewesen, nach Hause zu kommen. Genauso, wie es richtig war, wieder zu gehen. Sie hatte einen Blick in eine Welt geworfen, die liebenswert altmodisch war, traditionell und bodenständig, aber auch hoffnungslos engstirnig. Was sie hier vorfand, war zu weit entfernt von dem Bild, das sie sich gemacht hatte, als ihr Heimweh immer größer geworden war.

»Ich mag euch beide sehr«, sagte sie zu Malte und Nils. »Aber ich bleibe nicht. Ich bin nur zu Besuch. In Paris gibt es noch viel für mich zu tun. Ich möchte einem Freund helfen, wieder ein eigenes Restaurant zu finden, ein Mädchen aus einem unfairen Agenturvertrag auslösen und mir eine Wohnung im zehnten Arrondissement suchen. In einer Woche beginnen die Fashion Weeks für die Herbstmode 93, spätestens dann muss ich zurück.«

Malte senkte den Kopf und bohrte die Spitze seines Schuhs in den grauen Streusplitt, der noch im Rinnstein lag.

»Aber für dich habe ich noch etwas«, sagte sie zu ihm. Die beiden jungen Männer starrten sie nur an, als sie im Salon verschwand. Sie trat mit einem neuen Zackenhaarband in der Hand wieder vor die Tür, löste es aus der Verpackung und gab es Malte. »Im Sommer, zur Ernte, komme ich wieder, versprochen.«

Sie sah ihnen nach, als sie davongingen und in den Golf stiegen.

Luise kam es vor, als wäre sie zu Hause einem Teil von sich begegnet. Hier lagen ihre Wurzeln, tief, stark und tragfähig, kaum zu erschüttern. Es blieb die Frage, ob diese sich als stark genug erweisen würden, ihre Identität zu bewahren, ihr in ihrem neuen Leben Kraft zu verleihen. Einem Leben auf den internationalen Fashion Weeks, einem neuen Leben in einem eigenen Appartement in Paris. Die Antwort darauf würde sie selbst herausfinden müssen.

DANKSAGUNG

An *Michael Lawrenz*

Friseure haben ja einen Standardsatz, wenn sie anfangen, die Farbe aufzutragen: »Und? Schon Pläne für den nächsten Urlaub?« So ähnlich ist es auch bei meinem Frankfurter Friseur, nur umgekehrt. Entweder er kommt gerade aus dem Urlaub zurück, oder er nimmt am nächsten Tag den Flieger und bereist die Welt – beneidenswert!

»Und, schon Pläne für das nächste Buch?«, fragte er mich im Herbst 2021, denn er weiß von mir: Ich schreibe und lasse meine Romanfiguren reisen.

Ich: »Ja, mein nächstes Buch soll in Paris spielen, denn ich liebe Paris, die Stadt der Mode … ich war dort Ende der Achtziger als Anwaltsreferendarin.«

Michael schwieg eine Weile und pinselte Farbe auf meine Haare, schließlich meinte er: »Da kann ich dir einiges erzählen! Denn ich war in den verrückten Neunzigerjahren dort als Hairstylist auf den Prêt-à-porter-Shows … und da gab es so ein Mädchen vom Land, eins sechsundachtzig groß, gerade siebzehn, das habe ich 1992 aus Deutschland mit zur Fashion Week nach Paris genommen. Du wirst es nicht glauben: Sie ist tatsächlich auf dem Laufsteg gelandet und hat sogar einen Agenturvertrag bekommen.«

An *Bettina H.*

Ein paar Wochen später habe ich mit diesem »Mädchen« sehr lange telefoniert. Natürlich ist sie inzwischen eine erwachsene Frau, und nach einer Modelkarriere wurde sie selbst zu einer erfolgreichen Modedesignerin. In unserem Gespräch hat sie mir von ihrem »Traum vom Leben« erzählt.

Eine Epoche im Umbruch – Die Geschichte zweier Jahrzehnte:
Drei Frauen gehen ihren Weg

KATHARINA FUCHS

UNSER KOSTBARES LEBEN

Während die beginnende Ölkrise und Proteste gegen den Vietnamkrieg Deutschland in Atem halten, versetzt ein tragischer Badeunfall 1972 eine hessische Kleinstadt in Aufruhr. Drei junge Frauen stellen daraufhin Fragen, die nicht jedem gefallen: Minka, die Tochter des SPD-Bürgermeisters, Caro, die Tochter des Direktors der Schokoladenfabrik, und ihre vietnamesische Adoptivschwester Claire. Die Freundinnen entdecken immer mehr Dinge in ihrer Stadt, die völlig falsch laufen: von vergiftetem Flusswasser bis zu Experimenten mit Psychopharmaka. Wie können sie da noch dem Weg folgen, den ihre Eltern für sie vorgesehen haben?

DROEMER

Die Geschichte der ersten deutschen Foto-Journalistin und einer Leistungsturnerin aus der DDR – ein bewegendes Stück Zeitgeschichte

KATHARINA FUCHS

LEBENSSEKUNDEN

Zwei Frauen, zwei Leben, eine Fotografie

Der große Traum von Angelika Stein scheint geplatzt, als sie mit 15 von der Schule fliegt: Kein Fotograf in Kassel will einem Mädchen, noch dazu ohne Schulabschluss, eine Lehrstelle geben. Doch Angelika gibt nicht auf – und bekommt schließlich eine Chance von einem Fotografen, der vor Kurzem aus der DDR gekommen ist. Zur selben Zeit wird in Ostberlin die junge Leistungsturnerin Christine Magold darauf gedrillt, die DDR bei den Olympischen Spielen zu vertreten. Doch ist das wirklich ihr Traum? Beim Bau der Berliner Mauer 1961 treffen die beiden jungen Frauen unter dramatischen Umständen aufeinander.